Brandilyn Collins · Die einzige Zeugin

Brandilyn Collins

Die einzige Zeugin

Roman

Aus dem amerikanischen Englisch
von Barbara Schuler

johannis

Bibliografische Information Der Deutschen Bibliothek
Die Deutsche Bibliothek verzeichnet diese Publikation in der Deutschen Nationalbibliografie; detaillierte Daten sind im Internet über http://dnb.ddb.de abrufbar.

ISBN 3-501-01451-1

TELOS-Paperback 72 428
2. Auflage 2006

Titel der amerikanischen Originalausgabe: Eyes of Elisha

Umschlaggestaltung: Dialog Werbeagentur, Waldbronn
Gesamtherstellung:
St.-Johannis-Druckerei, Lahr/Schwarzwald
Printed in Germany 16197/2006

www.johannis-verlag.de

Für Niwana Briggs,
eine Freundin, die »allezeit liebt«.
Sprüche 17,17

Und zu Ehren von Datis Corporation,
gegründet von meinem Mann Mark.
Jenes Geschäftsessen mit dem Bewerber für den Vize-
verkaufsdirektor hat meine Fantasie zweifellos
beflügelt.

Der König von Syrien führte Krieg gegen Israel. Er beriet sich mit seinen Truppenführern und entschied, an welcher Stelle sie sich für einen Überraschungsangriff bereithalten wollten.

Da schickte Elischa, der Mann Gottes, einen Boten zum König von Israel, nannte ihm den Ort und warnte ihn: »Mach einen Bogen um die Stelle, denn dort wollen sie dich angreifen!« Darauf ließ der König von Israel die Gegend, vor der ihn der Prophet gewarnt hatte, gut auskundschaften und war dort besonders vorsichtig. So ging es nicht nur ein- oder zweimal, sondern noch öfter.

Den König von Syrien beunruhigte die Sache. Er ließ seine Truppenführer zusammenrufen und sagte: »Einer von den Unseren verrät uns an den König von Israel. Könnt ihr mir sagen, wer es ist?«

»Nein, nein, mein Herr und König«, antwortete einer von den Truppenführern. »Der Prophet Elischa ist schuld. Er meldet dem König von Israel sogar, was du in deinem Schlafzimmer sagst.«

2. Könige 6,8–12

Vorwort und Dank

Ich glaube ...

Dass der allmächtige Gott, der Schöpfer der Welt und von allem, was auf ihr ist, uns so sehr liebt, dass er auf göttliche Weise zu uns spricht.

Dass selbst in Zeiten der Verwirrung, Spannung, Gefahr und des Bösen Gott die Oberhand behält. Denn »er, der in euch wirkt, ist mächtiger als der, der diese Welt regiert« (1. Johannes 4,4).

Möge dieser Roman jene Überzeugungen widerspiegeln und Gott die Ehre geben.

Und jetzt möchte ich den Fachleuten, die mir ihre Zeit und ihr Wissen zur Verfügung gestellt haben, meinen Dank und meine Anerkennung aussprechen:

Benny Del Re, Direktor des kriminaltechnischen Instituts vom Bezirk Santa Clara; Bob Morse, ehemaliger Inspektor für den Bezirksstaatsanwalt von San Mateo und Mordermittler in der Abteilung des Sheriffs; Ron Martinelli, Kriminaltechniker und Polizeiberater; Charles Constantinides, stellvertretender Bezirksstaatsanwalt von Santa Clara; und Kathy Jacomb, Strafverteidigerin aus Redwood City.

Sollten Sie irgendwelche Irrtümer oder Unterlassungen in diesen Bereichen feststellen, *mea culpa*.

Darüber hinaus möchte ich meiner Agentin Jane Jordan Browne ganz herzlich danken, die sich so unermüdlich für mich eingesetzt hat. Sie ist ein erstaunlicher Wirbelwind an Energie und Erfahrung.

Und meinem tollen Lektor, Dave Lambert, und dem gesamten Team von Zondervan – ich danke Gott für euch.

Zu guter Letzt noch ein Wort zu Haverlon:

Die meisten erfundenen Städte sind ländlich, wenn nicht sogar abgeschieden. Meine dagegen sitzt mitten in einem Pulk von sechs Millionen Menschen.

In mir steckt ein bisschen was von einem Trotzkopf.

Wie Sie sehen werden, habe ich Haverlon auf der Halbinsel San Francisco angesiedelt, am nördlichen Rand einer weltweit bekannten Region – des Silicon Valley. Alle umliegenden Städte, Autobahnen, Landschaften etc. habe ich getreulich abgebildet. Den Bezirk San Mateo, in dem Haverlon liegt, gibt es wirklich. Ein Wort an alle, die auf Bezirksebene in der Strafgerichtsbarkeit arbeiten: An manchen Stellen habe ich mich enger an meine Geschichte gehalten als an minutiöse Details bezirksinterner Praktiken und Prozeduren.

Die freie Erfindung muss irgendwo anfangen ...

Prolog

Piep, piep – piep, piep.

Beim Piepsen ihrer Sportuhr schlug sie die Augen auf. Zwanzigmal schallte der Weckruf durch das Schlafzimmer, das in das erste fahle Grau des Morgens getaucht war. Ein schrilles Erwachen an einem sonst stillen Sommermorgen. Sie starrte mit glasigem Blick zur tapezierten Decke hoch und zwang ihren Körper, mit ihren Gedanken Schritt zu halten, die bereits wirbelten.

An jedem anderen Tag hätte sie sich noch ein, zwei Augenblicke gegönnt, während der weiße Leuchtzeiger ihres Radioweckers auf 5:35 Uhr wanderte. Doch egal, wie träge sie sich in jenen wenigen Minuten auch fühlen mochte, es zog sie unwiderstehlich hinaus. Das Joggen hatte sich als die einzig wiederkehrende Schrittfolge in ihrer lockeren Lebenschoreographie erwiesen.

Heute war das anders. Heute wurde keine Minute vertrödelt. Und heute würde ihr Vier-Meilen-Lauf besonders nötig sein. Anstatt den ganzen Tag vor einem Computer zu hocken, wobei sie sich ab und zu wenigstens ein bisschen strecken konnte, würde sie bald in den sportlich tiefen Schalensitz ihres burgunderfarbenen Camaros sinken und in einem Tempo auf die Bundesstaatengrenze zuhalten, mit dem nicht zu spaßen war.

Von Haverlon in Kalifornien nach Chicago in Illinois. Mit dem Auto eine Drei-Tage-Reise, mit dem Flugzeug von San Francisco vier Stunden. Rein rational sprachen die Zahlen für sich. Doch bei ihrer Entscheidung hatte die Furcht ein Wörtchen mitzureden.

Sie hatte panische Angst vorm Fliegen. Sie hatte es einmal

gemacht, war mit ihrer Familie in den Sommerurlaub geflogen, als sie noch zur High School ging. Erinnerungen an dieses Erlebnis ließen es ihr immer noch kalt den Rücken hinunterlaufen. Das Flugzeug war in heftiges Unwetter geraten und die Fünfhundert-Tonnen-Maschine hatte gebockt wie ein verängstigtes Fohlen. Sogar die vornehme Stewardess mit ihrem französischen Zopf hatte ein gequältes Gesicht gemacht.

Da war Bodenhaftung doch ein weitaus besseres Gefühl. Und überhaupt, da sie ihren Urlaub mitten in der Woche antrat, hatte sie die Zeit, ihrer Furcht nachzugeben.

Sie rieb sich die Augen und musste bei diesem Gedanken lächeln. Raus aus dem Bett und ab ins Badezimmer. Die übliche Morgenprozedur: Kontaktlinsen, T-Shirt, Jogginghose. Dicke weiße Tennissocken. Ein flüchtiger Bürstenstrich durch das lange blonde Haar. Sie zog sich automatisch an, in Gedanken bei dem Wiedersehen mit dem Mann, den sie liebte. Sie hatte ihn *so sehr* vermisst. Er war der Richtige – dieses Mal war sie sich sicher. Das kurzlebige Stelldichein mit ihrem Nachbarn war nicht der Rede wert. Vielleicht, *vielleicht* würde er ihr ja bei diesem Besuch einen Ring schenken.

»He, schnür die Schuhe ordentlich zu«, schalt sie sich laut. »Anhalten und Zubinden bringt Unglück.« Sie hielt inne, um die kleine blaue Stofftasche zu befühlen, die auf ihren rechten Schuh genäht war. Macht der Gewohnheit, auf die harte Tour gelernt. Ihr Haustürschlüssel war da. Sie nahm ihn nur heraus, um nach ihrem morgendlichen Lauf die Haustür aufzuschließen. Sie hatte es sich angewöhnt, den Schlüssel wieder zurückzustecken, bevor sie über die Schwelle trat, selbst wenn es kalt war. Denn sich am frühen Morgen verschwitzt vom Laufen auszusperren war ein lausiger Tageseinstieg.

Vergnügt schlüpfte sie durch die Haustür, zog sie zu und schlug ein lockeres Tempo an.

Von seinem Wohnzimmerfenster aus sah er sie die Straße hinunterjoggen. Das blonde Haar wippte, der geschmeidige Körper trabte leichtfüßig dahin. Ihre Ellbogen waren leicht angewinkelt, die Arme schwangen locker an den Seiten. Eine geübte Joggerin. Er wusste, sie würde die gleiche Strecke nehmen wie jeden Morgen: geradewegs zum Trent Park.

Vor seinem inneren Auge tauchte das verwilderte, ausgedehnte Parkgelände auf. Das war kein Sonntagnachmittags-Picknick-auf-der-Wiese-Park, o nein. Eine einspurige Schotterstraße durchschnitt ihn in einer Ecke, schlängelte sich in den Wald und machte dann eine Kehrtwendung, um etwa eine halbe Meile nördlich vom ersten Eingang auf die Wickens Road zu stoßen. Es war eine beliebte Strecke für Jogger und Spaziergänger, die unberührte, waldige Landschaft liebten. Der Rest des Parks war naturbelassen, einige Teile kaum zugänglich. Pfadfinder nutzten den Trent Park für Zeltlager und zum Klettern, dank seiner exponierten Felsen und einer besonders tiefen Schlucht, die ein Wanderer nur fand, wenn er einem der schmalen Trampelpfade folgte, die von den Gruppen im Laufe der Jahre geschlagen worden waren.

Ach ja, der Trent Park. Er kannte ihn gut. Seine anziehenden Ausläufer und sein stilles, selten betretenes Herz.

Er sog ihren Anblick ein. Eine Gänsehaut lief ihm die Arme hinunter, er wiegte sich hin und her. Er kam nicht länger dagegen an. Es legte ihm Handschellen an, die Wellen seiner Kindheitserinnerungen drohten über ihm zusammenzuschlagen. Er streckte die Arme aus, packte die Lehne eines Sessels und klammerte sich fest.

Die besoffene Stimme seiner reichen, verwitweten Mutter – grell geschminkt und wasserstoffblond – hallte durch seinen Kopf. Mal hieß es: »Komm her, Baby, gib deiner Mama einen Kuss«, mal hagelte es wütende Schläge. Hände aus Seide und Feuer, die Kitzel und Ekel bescherten. Sein Hass auf diese

Hände war mit zunehmendem Alter zu einem lodernden Feuer geworden.

Er seufzte tief und mobilisierte seine Reservekräfte, seinen Überlebensinstinkt. Dieser Instinkt hatte ihm mit neunzehn gute Dienste geleistet, als seine Mutter an Krebs starb. Nach ihrem Tod hatte er sich geschworen, dass ihre reiche Hinterlassenschaft ihn für alles, was sie angerichtet hatte, entschädigen sollte. Eine verbogene Seele, aber ein volles Konto.

Und so hatte er das Feuer in sich bekämpft, hatte ganze Ozeane der Unterdrückung über die Flammen gekippt, bis sie nur noch schwach flackerten. Dann war *sie* gekommen, hatte ihm mit hochgezogenen Brauen schöne Augen gemacht, dieser Blick, so heiß, so einladend ... nur um über ihn herzufallen wie seine Mutter.

Er richtete sich auf, straffte sich und atmete einmal tief durch. Eine seltsame Ruhe überkam ihn, als er zur Haustür ging. Er öffnete sie verstohlen, trat hinaus und zog die Tür hinter sich zu. Ein stiller Morgen, der einen warmen Tag versprach. Im Nachbargarten zwitscherte ein Vogel in einem Trio schlanker Birken. Sein Hirn arbeitete auf Hochtouren, er dachte zweigleisig in mörderischer Absicht und gerissenem Selbstschutz. Er sah nach links. Rechts. Nahm die mit Vorhängen versehenen Fenster der Reihenhäuser gegenüber ins Visier. Keine Menschenseele. Mit raumgreifenden Schritten und fest zu seiner Mission entschlossen, begann er zu laufen, als er von seinem Gartenweg auf die Straße trat. Nach ein paar Atemzügen bremste er plötzlich ab und drehte sich um. Da. Auf der Eingangstreppe. Warum war er nicht selbst darauf gekommen, so etwas zu benutzen? Er starrte es mit zusammengekniffenen Augen eindringlich an, als wollte er es dazu bringen, ihm zu sagen, was er tun solle.

In einer Blitzentscheidung schlenderte er den Gartenweg hinunter, hob seinen Fund von der Veranda auf und stopfte ihn unter den Hosenbund seiner Shorts, wobei er sich verstohlen umschaute. Schon schnurrte der Gehweg wieder unter seinen Füßen, führte ihn zum Ausgang der Wohnsiedlung. Er spannte die Muskeln an, sodass seine Füße weich, nahezu geräuschlos über den Asphalt glitten. Als er nach links in die Wickens Road einbog, fuhr er mit der Hand in die Innentasche seiner Shorts, um den beruhigenden Schaft eines Springmessers zu fühlen – klein, aber tödlich.

Er atmete beim Laufen tief und gleichmäßig, Bäume und ein allein stehendes Haus federten vorbei. Acht Minuten später bog er in den Nordeingang des Trent Park ein und folgte dann einem Trampelpfad, einer Abkürzung, die nach einer Viertelmeile den geschotterten Hauptweg kreuzte. Seine Augen weiteten sich, als er zwischen den Bäumen verschwand, und versuchten in dem immer noch dunklen Wald den Weg zu erkennen. Dichter Nebel lag über dem Pfad, teilte sich unruhig bei seinem Vorbeikommen und perlte auf seinem Haar.

Sei allein, bitte, sei allein, begehrte er, als erstes Licht durch die Bäume vor ihm fiel. Er kauerte sich direkt am Rande des Schotterwegs zusammen und wartete mit angespannten Muskeln. Nach all seiner Planung könnte ihm ein anderer Jogger, der des Weges kam, alles verderben. Ihm schauderte bei der Vorstellung, was aus ihm werden würde, könnte er seine Aufgabe nicht erfüllen. Er musste das zu Ende bringen; er *musste* einfach.

Auf ein Geräusch hin riss er den Kopf hoch mit gespitzten Ohren, zitternden Beinen. Er hörte das rhythmische *Knirsch, knirsch* eines Zehn-Minuten-pro-Meile-Laufs, aber er sah niemanden kommen. Sein Herz begann wie wild zu klopfen. *Knirsch, knirsch.* Das Feuer in seinem Innern loderte auf. Unbewusst fuhr seine Hand wieder zum Springmesser und schloss sich fest darum. *Knirsch, knirsch.* Die Luft rasselte in seiner Kehle.

Mit übergroßer Klarheit sah er sie, abgehoben gegen den frühen Morgenhimmel, als nähere sie sich ihm in einem dreidimensionalen Film. Der plötzliche Anblick ihres wippenden blonden Haars, ihres gelösten Körpers verschlug ihm den Atem.

Mit leicht angewinkelten Ellbogen und tief gehaltenen Händen sollte sie ihre letzte Runde im Trent Park vollenden.

Ekel. Erleichterung. Eine energiegeladene Erschöpfung.

Es war vorbei.

Keuchend stand er über ihrem zerschlagenen Körper, umgeben von einer plötzlichen, die Seele zermürbenden Stille. Schweiß tropfte ihm in die Augen und hinterließ Salz auf seinen Lippen. Er wischte sich mit einem Ärmel über die Stirn und blickte ungerührt auf die gekrümmte Gestalt zu seinen Füßen. Das Symbol für seine betrunkene Mutter. Sie war tot, erledigt. Und ihre verhassten Hände hatten ihn nie berührt.

Er war frei.

Einen Augenblick lang ließ er sich die Erinnerung an ihre schreckliche Angst noch auf der Zunge zergehen, dann, mit einem Blinzeln, gingen seine Gedanken zum praktischen Teil über. *Halt, denk nach*. Was sollte er mit dem tun, was er von der Veranda aufgelesen hatte? Mit vorgestrecktem Hals machte er seine Untersuchung. Kein Blut auf der Vorderseite. Kein Blut auf der Rückseite. Vorsichtig drehte er es um, um sich ein vollständiges Bild zu machen. Nirgendwo Blut. Nur Erde. Gut. Er verstaute es wieder sicher im Hosenbund.

Nun zu ihr.

Mit einem letzten triumphierenden Blick auf den Gegenstand seiner Pein schob er einen Fuß unter sie, schubste ihren Körper zum Rand der Schlucht und sah ihn fallen, sich überschlagen und aufprallen. Beinahe träge blickte er auf die Wolken von Staub und Erde, die aufwirbelten, als der Körper hinunterstürzte, seiner letzten Ruhestätte entgegen. Dann war Stille.

Er trat zurück und benutzte einen kleinen Zweig, um seine Fußabdrücke in der weichen Erde zu verwischen. Als er den laubbedeckten Pfad erreicht hatte, blieb er stehen und erlaubte seinen Augen, sich wieder an die Dämmerung des Waldes zu gewöhnen. Dann eilte er den Pfad hinunter, wobei er den Zweig noch ein paar Minuten in der Hand behielt, bevor er ihn ins Dickicht schmiss. In heiterer Gelassenheit trabte er zurück zum Hauptweg, während über ihm die Vögel sangen. Kurz vor Ende des Pfades hielt er an und lauschte auf ein verräterisches *Knirsch*, *knirsch* auf der Straße. Er hörte zwar nichts, lauerte aber zur Sicherheit im Halbschatten der letzten Biegung. Unmittelbar bevor er auf die Schotterstraße sprang, vergewisserte er sich noch, dass das Messer in seiner Tasche steckte. Das war sein Drohmittel gewesen; die Reflexion, als die aufgehende Sonne auf den Stahl traf, hatte das Funkeln in ihren Augen schnell verlöschen lassen. Ein Aufblitzen dieses Messers, und sie hatte alles getan, was er verlangte, während ihr die Fassungslosigkeit ins Gesicht geschrieben stand.

Schon war er auf der Schotterstraße und steigerte das Tempo zu einem gleichmäßigen Dauerlauf Richtung nördlicher Parkeingang. Ende des Schotters, Asphalt, rechts abbiegen. Das gedämpfte *Knirsch* seiner Schritte wich der Lautlosigkeit. Noch eine Meile, und er war im Wohnviertel. Er blickte sich um. Immer noch niemand zu sehen. Während er an den fein säuberlich aufgereihten Häusern in der Dapple Street vorbeikam, fragte er sich wieder, was er mit seinem Fund von der Veranda anstellen sollte, spielte die möglichen Folgen durch.

Aber natürlich. Wie täuschend einfach ...

ERSTER TEIL

Der Zeuge

Ich, der Herr, weiß, was sie getan haben,
und trete als Zeuge gegen sie auf.
Jeremia 29,23

Mittwoch, 5. Juni

Kapitel 1

»Wir müssen los, Chels.«

Chelsea fühlte die sanfte Hand ihres Mannes auf ihrem Rücken, während sie noch zögerte, um den Schluss der Abendnachrichten zu sehen. Paul war eben erst von der Arbeit nach Hause gekommen. Seinem fein gewebten Ekrühemd, hundert Prozent Baumwolle, leicht gestärkt, waren die Sorgen und Mühen eines Zwölf-Stunden-Bürotages anzusehen. Chelseas schwarzes Kleid, in das sie gerade erst geschlüpft war, täuschte über ihren Jeanskluft-Tag zu Hause hinweg: zwei Jungs zur Schule hin- und herkutschieren, Wäsche waschen, zum Zahnarzt gehen.

»Okay.« Chelsea drückte auf den grünen Knopf der Fernbedienung. Die Nachrichten zerstoben auf dem Bildschirm. Lächelnd drehte sie sich zu Paul um und betrachtete sein gerades Kinn und das tiefe Blau seiner Augen. »Sie machen heute Abend eine gute Figur, Mr. Adams.«

»Keine halb so gute wie du.« Er zog sie an sich, seine Lippen liebkosten ihren Hals.

»Und du hast gesagt, wir müssen gehen«, frotzelte sie und umarmte ihn.

»Das müssen wir auch«, sagte er mit gespieltem Seufzen. »Die Arbeit ruft.«

Unten saß die Babysitterin mit einem Schulbuch vor der Nase am Küchentisch. Die Jungen – Michael, zwölf, und Scott, zehn – hatten sich auf dem Teppich im Wohnzimmer vor dem Fernseher ausgestreckt. »Ich möchte einen Kuss, und zwar von euch beiden«, verlangte Chelsea lächelnd. Sie musste sich Umarmungen sichern, wann immer es ging; die Jungen kamen sich schon viel zu groß vor, um etwas Derartiges in der

Öffentlichkeit zuzulassen. »Macht's gut. Ich hab euch lieb.« Sie strich Michael das Haar aus den Augen.

Fünfzehn Minuten später wand sich Pauls Lexus Sedan den Skyline Boulevard Richtung Bayhill hoch, eines ihrer Lieblings-Schlips-und-Kragen-Restaurants mit Blick über die Halbinsel von San Francisco. »Wie hieß dein Kandidat doch gleich?«, Chelsea legte ihrem Mann eine Hand aufs Knie. »Der Name klang irgendwie ungewöhnlich.«

»Ja. Gavil Harrison.«

»Gavil.« Sie ließ sich den Namen auf der Zunge zergehen und machte sich Gedanken über seinen Träger.

»Das ist der, der in Haverlon wohnt.«

Chelsea stellte sich vor, wie Gavil Harrison den Freeway 280 bis zum Highway 92 nahm und sich dann nach Westen Richtung Skyline Boulevard hielt. Haverlon war von ihrem Wohnort Woodside mit dem Auto in nur zehn Minuten zu erreichen und genau nördlich von Redwood City. »Schon erstaunlich«, meinte sie, »einen Kandidaten aus der unmittelbaren Umgebung zu finden. Das ist um einiges billiger, als wenn jemand von weit weg extra herziehen muss.«

Vizeverkaufsdirektor war ein neuer Posten bei AP Systems, der eingerichtet worden war, als mit dem expandierenden Unternehmen auch die Anforderungen an die vier regionalen Verkaufsleiter ständig stiegen. Chelsea wusste, dass Gavil bereits ein erstes Treffen mit Paul und anschließende Telefongespräche erfolgreich überstanden hatte. Auch Henry Morrow, der Gründer von Morrow & Co, der wohlhabenden Investmentgesellschaft in Silicon Valley, die der sechs Jahre alten Firma den Rücken stärkte, hatte im Laufe seiner peinlich genauen Befragung nichts an Gavil auszusetzen gefunden.

»Na ja, noch steht nicht fest, dass wir ihn gefunden haben. Er muss erst noch deine Zustimmung finden.«

Chelsea tätschelte Pauls Knie und überspielte ihre Skepsis. Paul wollte ihr das Gefühl vermitteln, dass ihre Meinung zählte, und sie dankte es ihm. Aber was blieb ihr noch zu sagen, wenn er sich praktisch schon entschieden hatte?

»Gavil scheint genau der Richtige für uns zu sein«, sagte Paul. »Ich frage mich nur, wie gut er sich in ein Start-up-Unternehmen einpassen wird, nachdem er fünfzehn Jahre in einem großen, fest etablierten Unternehmen gearbeitet hat.«

Chelsea schwieg. Sie wusste, Paul konnte diese Art Fragen besser beantworten als sie. Paul wusste besser als jeder andere, was AP Systems brauchte; er hatte die Softwarefirma aufgebaut.

»Ich glaube, du wirst den Mann mögen, Chels«, fuhr er fort, »obwohl mir zwei Dinge zu Ohren gekommen sind, die mich kurz stutzig gemacht haben. Da war so eine Geschichte vor etwa zehn Jahren – eine Art Zusammenbruch aufgrund beruflicher Belastung und persönlicher Angelegenheiten, wie er sagt. Aber ich sehe zur Zeit keinerlei Anzeichen für ein Problem und seinen Referenzen ist zu entnehmen, dass dergleichen seitdem nicht wieder vorgekommen ist. Und dann erwähnte jemand, dass er gesehen habe, wie Gavil am Telefon einmal richtig ausgerastet sei. Aber das habe nach einem Privatgespräch geklungen.«

Chelsea dachte darüber nach. »Und was heißt das jetzt? Zeigt er die Tendenz, während der Arbeit Wutanfälle zu bekommen?«

»Ich habe niemanden gefunden, der das so gesagt hätte. Und dabei habe ich mich so weit aus dem Fenster gelehnt, wie ich konnte, ohne die Leute direkt danach zu fragen.«

»Warum hat das dieser Jemand dann aber überhaupt erwähnt? Ich meine, jeder wird doch ab und zu mal wütend. Da muss doch mehr dahinter stecken als nur – das.«

Paul schüttelte den Kopf. »Ich weiß es nicht.«

Chelsea richtete den Blick auf die dunkler werdenden Bäume entlang der kurvenreichen Straße. »Wie alt ist Gavil?«

»Um die vierzig.«

»Verheiratet?«

»Nein. Er hat seit ungefähr einem Jahr eine feste Freundin und ich glaube, er ist gerade bei ihr eingezogen. Ich denke nicht, dass er jemals verheiratet war.« Das Auto holperte, als sie in die Einfahrt des Bayhill bogen. »Sie ist geschieden, hat aber, soweit ich weiß, keine Kinder. Schau.« Paul deutete mit dem Kinn auf das Restaurant. »Da geht er gerade rein.«

Die Autoscheinwerfer schnitten durch den Nebel und erfassten die schlanke Gestalt eines Mannes mit grau meliertem Haar, der soeben das Restaurant betrat. Chelsea erhaschte einen flüchtigen Blick auf ein energisches Kinn und eine vornehme griechische Nase. »Sieht gut aus«, meinte sie und griff nach ihrer Handtasche.

Beim Essen erfuhr Chelsea, dass Gavil ein Einzelkind und seine Eltern verstorben waren. Er war vor etwa einem Monat von San José nach Haverlon gezogen, um mit Marian zusammenzuleben, der Frau, die er eines Tages zu heiraten hoffte, und hatte sein eigenes Haus in der Stadt vermietet. Chelsea spürte der versteckten Andeutung »eines Tages« ab, dass Marian noch nicht zur Heirat bereit war, sehr zu Gavils Verdruss. Sie merkte es daran, wie er den Kopf senkte und die Augen niederschlug, als er die Bemerkung fallen ließ. Was war der Streitpunkt – Geld, Kinder, Werte? Furcht? Sie und Paul hatten vor ihrer Hochzeit ebenfalls kurz zusammengelebt. Heute erkannte sie die Weisheit in Gottes Plan, bis zur Heirat abzuwarten. Still betete Chelsea, dass Gott im Leben von Gavil und Marian wirken möchte.

Das Gespräch wandte sich bald den Geschäften zu – neue Trends im Softwarebereich, steigende oder sinkende Verkaufstendenzen der Konkurrenz im Silicon Valley, Fünf-

Jahres-Strategien. Die Chancen und Risiken eines Börsegangs. Gavil sprach darüber, wie voll die nächsten Wochen für ihn sein würden, da er für seine jetzige Firma die jährliche Verkaufsabrechnung aufstellen müsse.

»... in meiner Besprechung mit ihnen am Freitagvormittag«, sagte Paul und schnitt sein Steak, »haben sie mich hingehalten, aber das hier könnte die Sache zu einem erfolgreichen Abschluss bringen.«

»Was machen die Abstürze im Betatest? Die Leute in Atlanta machen keinen besonders geduldigen Eindruck.«

»Ich weiß. Wir haben zwei Dinge unternommen. Erstens haben wir das Programm dahingehend verbessert, dass ...«

Chelseas Gedanken gingen auf Wanderschaft, als sie sich zurücklehnte, damit der Oberkellner ihren Teller abräumen konnte. »Ihre bisherige Bedienung wird bei einer großen Gesellschaft gebraucht, die soeben Platz genommen hat«, erklärte er ihr mit gesenkter Stimme. »Deshalb werde ich Ihnen Ihr Dessert servieren.« Chelsea nickte. Ihr Soufflé, eine Spezialität des Bayhill, war schon zusammen mit der Vorspeise bestellt worden, da seine Zubereitung Zeit brauchte. Ein Schauer überlief Chelsea und sie rieb sich unbewusst die Arme. Sie trank einen Schluck Kaffee, fand ihn lauwarm und bat um Nachschenkung. Der Oberkellner nickte, eilte davon und kehrte mit einem silbernen Kaffeekännchen zurück. Das Tischgespräch ging ununterbrochen weiter, während er ihre Tasse hochhob, sie füllte und einen prüfenden Blick auf die Tassen von Paul und Gavil warf. Während sie über eine Bemerkung von Gavil lächelte, beobachtete Chelsea den Dampf, der von der schwarzen Flüssigkeit aufstieg, und legte dankbar beide Hände um ihre Tasse.

Chelseas Augen glitten von ihrem Mann zu Gavil und verglichen ihre Qualitäten. Gavil wirkte wortgewandt und kreativ, seine Einsichten verrieten ein fundiertes Verständnis der

Warums und Weswegens im Softwaregeschäft. Geschickt ließ Chelsea Fragen einfließen, die mehr auf sein Privatleben zielten. Gavils offene Antworten sagten Chelsea, dass er verstand, weshalb sie und Paul an diesem Teil seines Lebens interessiert waren. Dahinter stand die bewährte Philosophie, dass jemand, der es in persönlichen Angelegenheiten an Integrität fehlen lässt, dies möglicherweise auch im Geschäftsleben tut. Ein paarmal spürte Chelsea einen Anflug von Schärfe in Gavils Ton, als er mit ihr sprach, und sie fragte sich, ob dies auf eine Tendenz deutete, sich schnell aufzuregen. Aber das konnte auch an Nervosität liegen oder dem Wunsch, einen guten Eindruck zu machen. Als sie sah, wie angetan Paul gegen Ende des Dinners war, wusste Chelsea, dass ihr Mann nach langer, oft entmutigender Suche glaubte, endlich den richtigen Mann gefunden zu haben. Jeder Kandidat würde irgendeinen Haken haben. Und selbst wenn Gavil tatsächlich manchmal aus der Fassung geraten sollte, so wogen seine Berufserfahrung und sein Wissen das doch bei weitem auf.

Das Soufflé kam.

Paul entschuldigte sich, als das Dessert serviert wurde, und fragte den Oberkellner, wo er sich die Hände waschen könne. Chelsea lächelte ihm zu, als er aufstand, dann hoben sich ihre Augenbrauen zu einem stummen »Ooooh«, während sie und Gavil zusahen, wie das Soufflé auf ihre Teller gefüllt wurde.

»So etwas habe ich noch nie gegessen«, sagte Gavil. »Ein guter Tipp.«

Als der Kellner weiterging, um Gavil zu bedienen, öffnete Chelsea den Mund zu einer Antwort, doch das Einzige, was sie hörte, war das Klacken ihrer Zähne, die zu klappern begannen. Sie blinzelte überrascht. »Entschuldigen Sie.« Sie errötete. »Ich ... ich werde wohl ...« Ihre Stimme erstarb und sie schüttelte den Kopf. Sie fühlte, wie sie erbleichte, als es vor ihren Augen dunkel wurde.

O nein, dachte sie und kämpfte gegen das vertraute Gefühl an. *Nicht hier, nicht jetzt!*

»Was ist?«

Gavils Stimme war da und nicht da. Sie hallte in einem Tunnel, zog sich zurück, weit entfernt. Die Schallwellen drehten und wanden sich, spannen sie ein in einen stickigen Kokon und gingen allmählich in einen anderen Ort, eine andere Zeit über. Allmählich hörte Chelsea einen anderen Ton, zuerst schwach, dann immer stärker. Ein heiseres, ersticktes Flüstern.

»Ich hasse dich! Ich habe dich immer gehasst! *Sieh nur*, wozu du mich gebracht hast!«

Wie eine orientierungslose Motte, die in einen Sog geraten ist, streckte sie ihre Hände fühlerartig vor sich aus und wedelte mit ihnen. Sie kribbelten vor Hitze. Andere Empfindungen stellten sich ein. Sie lag auf kaltem, harten Boden. Ihre nackten Beine brannten, als ob sie von Dornen zerkratzt worden seien. Ihr Gesicht schmerzte, als ob sie geschlagen worden sei. Etwas tröpfelte in ihre Augen und sie schloss sie in namenlosem Entsetzen.

Sie sah im Geiste einen Wald vor sich. Chelsea spürte Bäume und dichtes Gestrüpp um sich herum. Der süße, würzige Duft von Eukalyptus lag schwer in der Luft und eine sanfte Brise raschelte in den Kronen turmhoher Mammutbäume.

Schluchzer stiegen in ihrer Kehle auf, als die Stimme, nur Zentimeter von ihrem Gesicht entfernt, wieder tiefkehlig ausspie: »Ich *hasse* dich!«

»Nein!« Ein Flehen kam instinktiv über Chelseas Lippen, als sie versuchte, ihren Peiniger abzuschütteln. Aber er war zu stark. Hände packten ihre Schultern, zogen ihren Oberkörper vom Boden hoch und schmetterten sie dann mit brachialer Gewalt nieder. *Knacks!* Ihr Genick schnappte zurück wie das eines Neugeborenen. Ein allumfassender, blendender Schmerz ging durch ihren Schädel.

»Nnnein.« Schwächer dieses Mal.

Sie bemühte sich verzweifelt, die blutunterlaufenen Augen zu öffnen, sah aber nur die verschwommenen Züge eines dunkelhaarigen Mannes. Wieder hoben die Hände ihren Kopf und schmetterten ihn nieder. Sie fühlte ihre Arme fallen, fallen, bis sie zuletzt nutzlos auf ihrer Brust lagen. »Nein«, wollte sie wiederholen, brachte aber keinen Ton hervor.

Ein drittes Hochheben. Ein drittes *Knacks*. Und ein viertes. Sie konnte nichts tun. Sie konnte nicht kämpfen. Sie konnte sich nicht bewegen. Mit jedem Schlag wurde die Welt, das Gefühl zu sein, dunkler und sie spürte, wie ihr Körper abschaltete.

So ist also Sterben.

Dieses letzte Gefühl, dieses unterschwellige Empfinden, wickelte sie ein, umgarnte, umwebte sie. Der Wald begann zu schwinden, der Eukalyptusduft löste sich auf. Sie war wieder gefangen zwischen den faserigen Wänden des Kokons, dann fand sie sich im Tunnel wieder. Sie sah nichts als Dunkelheit, bis auf ein schwaches Flackern, das sie magisch anzog, während es tanzend immer klarere Konturen annahm und Schatten auf einen weißen Hintergrund warf.

Eine Kerze.

Leinen auf einem Tisch. Ein Restaurant. Gedämpftes Licht, das auf poliertes Holz und Chintz fiel.

Der Tunnel verschwand. An seiner Stelle: das Bayhill. Doch das unverwechselbare Gefühl von etwas Bösem hatte sie immer noch.

Chelsea bemerkte, dass sie Gavil in die Augen starrte. Er glotzte sie an, als wollte er sie dazu bringen, sich zu bewegen. *Jesus, hilf mir. Herr Jesus, hilf mir.* Ihre Gedanken waren wirr. Gott hatte ihr wieder eine Vision gesandt. Viel erschreckender als alle anderen zusammengenommen. Doch diese war anders. Sie konnte nicht sagen, warum, aber sie war sich ganz sicher, dass dieses Ereignis bereits stattgefunden hatte. Und die anderen waren viel klarer gewesen. Dieses Mal kannte sie keine Details und tappte auf der Suche nach einer Deutung im Dunkeln.

»Ist alles in Ordnung, gnädige Frau?« Dem Oberkellner war anzusehen, dass ihm unbehaglich zumute war, als wisse er nicht, ob er seine Hilfe anbieten oder sich diskret zurückziehen solle.

Chelseas Brust war wie zugeschnürt, sie holte tief Atem. Schweißperlen traten auf ihre Haut. Sie konnte ihren Herzschlag hören. Ihre Finger umklammerten die Tischkante, als wollten sie Abdrücke im Holz hinterlassen.

»Was ist, Chelsea?«, fragte Gavil. »Was haben Sie?«

Tief in ihrer Kehle kämpften ihre Stimmbänder um Geschmeidigkeit. Die Worte kratzten in ihrem Hals, als sie auf einer wollenen Decke aus Luft hochstiegen. »Manchmal ... sehe ich Dinge.« Kaum waren ihr die Worte entschlüpft, wünschte sie auch schon, sie zurücknehmen zu können. Wie lächerlich das klingen musste.

Der Kellner verschwand stillschweigend.

Gavil runzelte die Stirn, schüttelte den Kopf. Dann sah Chelsea, wie sich die Furchen auf seiner Stirn glätteten und seine Pupillen sich weiteten. Beinahe unmerklich fuhr er zurück, den Blick immer noch in ihren gebohrt. Erstaunt sah Chelsea jähes Entsetzen über sein Gesicht huschen, als habe er sie beim Schnüffeln in seinem geheimen Tagebuch ertappt.

Der Moment hing in der Luft.

Es gelang ihr, den Blick abzuwenden, und sie senkte den Kopf, wobei sie schaudernd die Gänsehaut auf ihren Armen bemerkte. »Es ... es tut mir Leid.« Sie löste ihre verkrampften Finger. »Ich glaube, ich werde krank. Mir war plötzlich kalt – und schwindlig. Das ist alles.«

Gavil riss sich zusammen, gab sich nonchalant. »Vielleicht

sollten wir aufbrechen. Sobald Paul zurück ist.« Seine Stimme hatte einen Anflug von Schärfe.

Sie nickte, hielt den Blick gesenkt. Chelsea konnte ihn nicht wieder ansehen. Als Paul zurückkam, hockten sie schweigend über ihren Schokoladensoufflés. Niemand hatte auch nur einen Bissen angerührt.

Kapitel 2

»Es war so *real!* So *furchtbar!* Warum tut Gott mir das *an?* Ich *will* diese Visionen nicht mehr; ich habe *nie* darum gebeten. Du musst mich für verrückt halten. Ich mag dir nicht mal davon erzählen – aber die hier war einfach der Gipfel!«

Die Worte sprudelten aus ihr heraus, von Schluchzern unterbrochen. Sobald sie in ihr Auto geschlüpft waren, war sie an Pauls Schulter zusammengebrochen. Nun saß er verwirrt da und hatte die Arme in einer, wie er sich sicher war, nutzlosen Geste des Trostes um seine Frau gelegt. »Ist ja gut, Chels.« Er liebkoste ihr Haar, nahm vage den Geruch von Kokosnussshampoo wahr. »Erzähl es mir ruhig.«

Weitere Schluchzer. Er hielt sie ganz fest, seine Gedanken rasten. Hatte sie wieder eine von ihren »Visionen« gehabt, direkt vor Gavil? Paul war nicht stolz auf den Unmut, der sich in seine Fürsorglichkeit mischte. Aber was, um Himmels willen, mochte der Mann jetzt *denken?* Was, wenn Chelsea ihn vergrault hatte? Gavil war so ein Goldgriff gewesen. Nicht auszudenken, dass die Suche nach einem Vizeverkaufsdirektor möglicherweise wieder von vorne beginnen könnte. Das könnte Monate dauern und in der Zwischenzeit mussten sie Ware absetzen, Gewinne erzielen.

»Komm schon, Chels.« Er zupfte sie sanft an einer Haarsträhne. »Du musst mir erzählen, was passiert ist.«

Sie öffnete das Handschuhfach, zog ein Taschentuch aus einer Packung, putzte sich die Nase und lehnte dann immer noch schniefend den Kopf an die Kopfstütze.

Jemand klopfte an Pauls Fensterscheibe und er schreckte hoch. Er fingerte am Autoschlüssel, drehte ihn halb im Zündschloss und drückte dann auf den elektrischen Fensterheber. Kühle Luft strömte herein.

»Entschuldigen Sie die Störung, Sir. Ihre Frau hat dies hier im Restaurant liegen gelassen.« Der Oberkellner, das Gesicht im Halbschatten, reichte eine Handtasche durch das Fenster.

»Oh. Danke, vielen Dank.« Paul warf sie auf den Rücksitz. Er hatte die Hand schon wieder am Fensterheber, zögerte dann aber und wartete, dass sich der Mann vom Auto zurückzog. Ein beklemmendes Schweigen folgte.

»Ich hoffe, Ihrer Frau fehlt nichts, Sir.«

Paul nickte verstehend. Die Entdeckung von Chelseas Tasche musste ihm sehr gelegen gekommen sein, bot sie ihm doch die Chance, sich zu vergewissern, dass weder ihm noch dem Essen die Schuld gegeben wurde. »Sie wird sich schon erholen. Ich denke, das ist ein Grippeanflug.«

»Jawohl, Sir. Gute Nacht.«

Das Gesicht zog sich zurück.

Paul schloss das Fenster, zog den Schlüssel ab und wandte sich wieder zu Chelsea. Ihr Kopf war immer noch gegen die Kopfstütze gelehnt. »Wie gut, dass er sie rechtzeitig entdeckt hat.«

Sie ging nicht auf die Bemerkung ein.

»Na schön«, sagte sie schließlich. »Ich erzähl's dir.« Ihre Stimme schwankte. »Aber du wirst mir nicht glauben.«

Er seufzte innerlich. Wenn es wieder mal um eine dieser Visionen ginge, hatte sie Recht.

»Ich glaube dir.«

»Nein, das tust du nicht. Aber was soll's.«

Einmal tief durchatmen, und dann begann sie zu Pauls wachsendem Entsetzen in lebhaften Details den Mord an einer Frau in einem Wald zu beschreiben – und wie sie beim Hochfahren aus ihrem Trance gesehen hatte, wie Gavil sie beobachtete. »Ich habe zu ihm gesagt, dass ich manchmal Dinge sehe«, fuhr sie rasch fort, »und du hättest sein schuldbewusstes Gesicht sehen sollen!«

»Schuldbewusst?«, stammelte Paul. »Warum denn?«

»Weil ... Oh, Paul!« Sie griff nach ihm. »Ich weiß, du hältst mich bereits für verrückt genug. Aber bitte, hör mir jetzt genau zu. Ich habe das Gesicht des Mannes in der Vision nicht klar erkennen können, aber hinterher konnte ich das Böse immer noch *spüren*. Ich habe Gavil angestarrt und ich habe das Schuldbewusstsein in seinen Augen gesehen. Es ist sonnenklar, dass er irgendetwas verheimlicht! Ich *weiß*, was ich sage! Der Mann in der Vision war dunkelhaarig und schien in etwa die gleiche Größe zu haben. Es war Gavil, Paul. Ich bin mir ganz sicher!«

Paul starrte sie in der schummrigen Parkplatzbeleuchtung des Bayhill an und war sprachlos. Im Auto schien es plötzlich heiß. Er öffnete sein Fenster zur Hälfte und erfrischende Nachtluft strich über ihre Gesichter. Er wünschte, sie würde Klarheit in seine Gedanken bringen. Er ließ sich hart zurück in seinen Sitz fallen und atmete hörbar aus.

»Chels, das ist Irrsinn!« Er breitete die Arme aus. »Ich führe dich zu einem Dinner aus, damit du dir einen Kandidaten anschaust, und es endet damit, dass du mir in Tränen aufgelöst erzählst, er sei ein durchgedrehter Meuchelmörder! Gavil hat ausgezeichnete Referenzen; er kann alle nur *erdenklichen* Empfehlungsschreiben vorweisen.«

Sie verbarg den Kopf in ihren Händen. »Ich weiß, wie sich das anhört.« Ihre Stimme klang dünn, erstickt. »Und ich weiß auch, dass das, was ich gefühlt habe, sehr real war. Du musst zugeben, dass ich bisher immer Recht hatte, wenn mir so was passiert ist. Was wäre, wenn Gott diese Vision geschickt hat, um uns vor Gavil zu warnen? Denk doch nur, wie schrecklich es wäre, wenn sich alles, was ich gesagt habe, als wahr erwiese und du ihn eingestellt hättest! Egal, was du glaubst, ich *weiß*, was ich sage. Ich werde mich nicht umstimmen lassen.«

Daran zweifelte Paul keine Sekunde. Diesen Ton von ihr kannte er. Er hatte ihn das erste Mal in dem Philosophieseminar von Professor Carding an der Stanford Universität gehört, als eine streitbare Kommilitonin einen unklaren Punkt in Frage stellte. Paul war damals amüsiert gewesen und hatte sich gefragt, ob diese Stimme bei einem Kaffee in einem Café an der Universitätsstraße wohl genauso selbstsicher klingen würde. Das hatte sie. Er sah Chelsea immer noch vor sich, wie sie vor fünfzehn Jahren mit blitzenden Augen seine Ansichten zur Politik und zu aktuellen sozialen Missständen in Frage gestellt hatte. Nach ihrem ersten Kuss zwei Tage später hatte er allmählich die andere Seite ihrer Persönlichkeit kennen gelernt, ihre Verletzlichkeit und Wärme, als ob sie behutsam einen Schleier vor ihrem Gesicht lüftete. Erst hatte sie ihn bezaubert, dann hatte er sich in sie verliebt.

Er starrte blicklos auf das Armaturenbrett. Zwölf Ehejahre ohne dieses religiöse Zeugs. Beide hatten sich darauf konzentriert, voranzukommen und mit seiner Firma das große Geld zu machen. Dann war Chelsea vor einem Jahr Christ geworden. Junge, Junge, hatte die sich verändert. Sie hatte sofort damit angefangen, vormittags Bibelgesprächskreise in einer Kirche zu besuchen und sich zum Beten mit anderen Frauen zu treffen. Paul hatte gedacht, er würde damit schon zurechtkommen. Doch dann hatte sie ihm regelrecht den Boden unter den Füßen weggezogen. Hatte angefangen, ihm von »Visionen von Gott« zu erzählen. Das erste Mal hatte Chelsea einen verrückten Unfall »gesehen« – ein paar Teenager, die von einer Überführung einen Knüppel auf die Windschutzscheibe eines Autos schmissen und den Fahrer verletzten. Der Fahrer, den sie »gesehen« hatte, war eine Frau aus der Gemeinde gewesen, von der Chelsea wusste, dass sie in den Süden der Halbinsel fahren wollte, um an der Babyparty für ihre Enkeltochter teilzunehmen. Chelsea hatte sie angerufen und ihr geraten, statt des Highways 101 die Nebenstraßen zu benutzen, und sie hatte auf sie gehört. Am nächsten Tag brachte die Zeitung eine Geschichte von zwei Teenagern, die dabei erwischt worden waren, wie sie einen Knüppel von einer Überführung warfen und nur knapp ein Auto verfehlt hatten. Der Vorfall hatte sich ungefähr zu der Zeit ereignet, in der Chelseas Freundin auf diesem Highway gewesen wäre. Chelsea war überzeugt gewesen, dass Gott diese Vision geschickt habe, um ihre Freundin zu beschützen, die in »geistlicher Anfechtung« gestanden hatte, was immer das auch sein sollte. Paul hatte zugeben müssen, dass es ein merkwürdiger Zufall war. Trotzdem, er glaubte an reale, fassbare Dinge.

Paul legte zwei Finger an die Stirn. Unwillkürlich kam ein müdes Lachen über seine Lippen. Chelsea hob überrascht den Kopf.

»Tut mir Leid, Chels. Wirklich. Ich weiß, wie aufgewühlt du bist, aber es – es ist schon fast komisch. Da habe ich mir Gedanken gemacht, wie ein Gesamtpaket von Vergünstigungen und ein Gehalt aussehen müsste, das Gavil akzeptieren würde. Wir haben über seine Erfahrungen und Verkaufstechniken gesprochen und ich habe ihm alle möglichen Fragen gestellt. Bis auf: ›Ach, übrigens, Gavil, Sie haben nicht zufällig mal jemanden *umgebracht,* oder?‹«

Chelsea war nicht zum Lachen zumute. »Ich weiß, wie das klingt«, sagte sie leise. »Aber ich weiß, was ich gesehen habe. Wie die anderen drei Male auch. Zugegeben, diese neue Vision ist lückenhaft. Aber ich ... muss einfach noch darüber beten.«

Paul unterdrückte ein Stöhnen. Chelsea würde darüber beten, na prima. Wahrscheinlich würde sie schnurstracks zu Gladys Dell rennen, die eine Art »Mentor« für sie war. Gladys war um die sechzig, gescheit, mit jahrelanger Erfahrung in Büroleitung. Sie war eines Abends bei ihnen zum Essen gewesen und sie und Paul hatten die ganze Zeit über Geschäfte geredet. Ihr scharfer Verstand imponierte Paul. Aber Gladys war auch in diesen Kram von Kirche und Beten verwickelt und sie hatte sich Chelseas Geschichten über ihre Visionen immer ohne den leisesten Zweifel angehört. Was war nur dran an diesem Christsein, dass es das Denken der Leute derart beeinflusste?

»Entschuldige, dass ich gelacht habe, Chelsea«, sagte er und zog sie an sich. »Ich weiß, das alles muss schrecklich für dich sein. Es tut mir Leid, ehrlich. Ich bringe dich nach Hause, damit du schlafen kannst.«

Die Heimfahrt war schweigsam. Chelsea bedrängte Paul nicht wegen Gavil, weil sie die Antwort fürchtete. Still bat sie Gott, Paul zu leiten, selbst wenn er nicht um göttliche Leitung bat. Es gab keine Patentlösung. Wie würde sie sich fühlen, wenn Paul sie übergehen und Gavil einstellen würde? Sie wusste es nicht. Doch wenn er Gavil allein ihretwegen *nicht* einstellte, würde er einen furchtbaren Groll auf sie haben. Vor allem, wenn sich nicht herausstellte, dass sie Recht gehabt hatte.

Verzweiflung stieg in ihr hoch. *Gott,* flehte sie, *bitte sag mir mehr. Warum hast du diese Vision geschickt, wenn ich nichts damit anzufangen weiß? Bitte, zeig Paul, dass ich Recht habe, damit er Gavil nicht einstellt und glaubt, dass diese Visionen von dir kommen. Ich brauche seine Partnerschaft, Herr, aber in diesem wichtigen Bereich meines Lebens habe ich sie nicht. Ich bin es müde, dass er dich nicht annehmen will.*

Sie wanderte in Gedanken zurück zu ihrer Vision. Auf der restlichen Heimfahrt, während sie die Babysitterin bezahlte, sich abschminkte und die ganze Nacht hindurch durchlebte sie immer wieder jene letzten fünf Minuten im Leben einer anderen Frau. Der Geruch, das Rascheln der Blätter, der harte

Boden, ihre nackten Beine. Das wütende Geflüster. Hände, die sie hochhoben und niederschmetterten. Unerträgliche Schmerzen. Dunkelheit. Tod. Immer schwebte ihr das Gesicht von Gavil Harrison vor. Wie sehr sie sich auch bemühte, sie konnte ihn nicht von dem Mann in ihrer Vision trennen. Je mehr sie über seine schockierte, schuldbewusste Miene nachdachte, desto gewisser wurde sie, dass er derjenige sei.

Als sie in jener Nacht schweißgebadet unter ihrer Decke lag, strich eine unablässige Warnung über ihre Gedanken dahin, düster und rätselhaft – bis sie eintauchte und langsam in den dunklen Wassern eines unruhigen Schlafes versank.

Donnerstag, 6. Juni

KAPITEL 3

Wer war sie? Wer war sie? Die Worte gingen Chelsea unaufhörlich durch den Kopf. Sie rollte sich auf die Seite und legte einen Arm über die Augen gegen das Schlafzimmerlicht. Die Sonne hatte an diesem neuen Tag wenig Kraft. *Es muss neblig sein*, dachte sie unklar.

Paul war schon auf, seine Reisetasche lag offen auf seiner Hälfte ihres Doppelbetts.

Chelsea hielt die Augen geschlossen, sah die übliche Prozedur aber vor sich: Socken, Unterwäsche und zusammengelegte T-Shirts. Ein Hemd. Der Anzug, der immer so fein säuberlich über dem schwarzen Bügel hing, der mit der weichen Tasche mitkam. Eine Krawatte. Die braune Lederkulturtasche, voll gestopft mit Toilettenartikeln. Ein Reisewecker.

Sie öffnete die Augen und sah Paul über das Bett gebeugt stehen, seine Lippen bewegten sich, als er im Geist die Packliste abhakte. »Hallo.«

Er schaute sie mit einem verlegenen Lächeln an. »Morgen. Wie fühlst du dich?«

»Gut.«

»Hast du schlafen können?«

»Etwas.«

Paul nickte.

»Wohin musst du denn?« Nicht, dass er es ihr nicht erzählt hatte. Chelsea erinnerte sich an Gesprächsfetzen über eine Reise auf dem Weg zum Restaurant. Das kam ihr so lange her vor.

»Nach Atlanta. Ich muss mit dem Zusammenschluss da über unsere neue Software reden.« Paul schlug die Reisetasche einmal über und zog den Reißverschluss zu. »Eine ziemliche

Strapaze für nur einen Abend.« Er hob die Tasche vom Bett und stellte sie auf den Fußboden. »Das ist genau die Art von Reisen, auf die ich in Zukunft unseren neuen Vizeverkaufsdirektor schicken kann.«

Sie spürte, dass er sich am liebsten auf die Zunge gebissen hätte, kaum dass ihm die Worte entschlüpft waren. Offenkundig wollte er das Thema jetzt nicht anschneiden. *Das* könnte einen ganzen Tag in Anspruch nehmen und er musste sein Flugzeug erreichen.

Sie setzte sich auf, zog die Bettdecke bis ans Kinn und lehnte sich gegen die Kopfleiste. »Du willst ihn immer noch einstellen, stimmt's?«

»Sieh mal, Chels.« Paul setzte sich auf das Fußende des Bettes. »Du bringst mich da echt in eine Zwickmühle. Gavil ist ein Spitzenkandidat und ich kann ihm nicht einfach den Laufpass geben, ohne etwas Konkretes in der Hand zu haben. Wie sollte ich das Morrow beibringen?«

Chelsea senkte den Blick. »Was ich gesehen habe, ist für mich konkret genug, Paul. Ich weiß, Gott hat mir diese Vision gesandt. Glaub mir, wenn ich nicht dächte, das käme von ihm, wäre ich nur zu gern bereit, die ganze Geschichte zu vergessen, vor allem nach deiner Reaktion. Aber das kann ich nicht. Und als ich aus der Vision auftauchte und Gavil ansah, da wusste er *Bescheid*. Du hättest sein Gesicht sehen müssen!«

»Ach, komm schon, Chelsea. Er wusste lediglich, dass du dich ziemlich seltsam benommen hast. Er hatte vermutlich Angst, sich beim Essen irgendeinen Schnitzer geleistet zu haben.« Paul erhob sich seufzend. »Tut mir Leid, aber ich muss los.« Er drückte ihr einen raschen Kuss auf die Stirn. »Bis morgen«, sagte er und griff nach seiner Tasche.

Plötzlich schmeckte ihr der Gedanke nicht, allein im Haus zu sein. »Paul, Gavil arbeitet heute, nicht wahr?«

»Ja.« Er sah sie aufmerksam an.

Doch er wirkte so ungeduldig, dass Chelsea nichts mehr sagte.

Nachdem Paul gegangen war, saß sie noch eine Weile im Bett, die Arme um die Knie geschlungen, und betete. Um sieben schleppte sie sich aus dem Bett, um die Jungen zu wecken. Sobald sie die zwei zur Schule geschickt hatte, würde sie Gladys anrufen.

Pfannkuchen mit Schinken. Scott mochte seine Pfannkuchen weich; Michael wünschte sie mit knusprigem Rand. Für beide hatte der Schinken kross zu sein.

»SCOTT, wo ist mein T-Shirt von den Oakland A's?« Michael hing über dem Geländer und schrie zu seinem jüngeren Bruder hinunter.

»Öhmm – ja.« Scott schlitterte auf Socken über den Küchenparkettboden, schnappte sich seinen Ranzen und hechtete zur Tür.

»Scott, wo willst du hin ohne Schuhe und Frühstück?« Chelsea packte ihn mit festem Griff beim Ellbogen. »Und was hast du mit dem T-Shirt deines Bruders angestellt?«

»Nichts«, protestierte er. »Ich muss es nur einem Freund zeigen. Ich bring es heute Abend wieder.«

»Du bringst das T-Shirt zurück, wo es hingehört, aber dalli.« Chelsea schob den Teller mit den Schinkenstreifen in die Mikrowelle und stellte fünf Minuten ein. »Wozu um alles in der Welt musst du es deinem Freund überhaupt zeigen?«

»Weil Danny Harris nicht glaubt, dass Michael ein T-Shirt mit Autogramm hat, und er mit mir um zwei Dollar gewettet hat und ich mir heute mein Geld hole.« Ein Schwall jugendlicher Ungeduld.

Es war sowieso nicht fair, dass Michael so ein T-Shirt hatte, moserte Scott seine Mutter an. Der große Bruder hatte ein paar der Nachwuchsspieler von den Oakland A's bei ihrem ersten

Heimspiel der Saison treffen dürfen, während der kleine Scott bei so einem blöden Pfadfinderlager im Trent Park war. Wie furchtbar ungerecht. Michael kriegte das T-Shirt, und was hatte er dafür? Einen toten Salamander von einem Felsen im Wald. Toll.

»Scott, das T-Shirt gehört Michael und außerdem will ich nicht, dass ihr wettet. Und jetzt trag es hoch, zieh dir Schuhe an und komm zum Frühstück. Und bring Michael mit.«

Während er aus der Küche stampfte, maulte Scott weiter: »Ich wollte eh nie zu diesem ollen Lager. Wir haben doch nichts weiter gemacht, als einen neuen Pfad durch diese blöde Schlucht anzulegen.«

Mitten beim Wenden des letzten Pfannkuchens erstarrte Chelsea.

Eukalyptus.

Mammutbäume.

Ihr Herz machte wilde Sprünge und ihre Armhärchen stellten sich auf. Einen Augenblick lang schloss sich der Tunnel aus ihrer Vision wieder um sie, und sie machte sich auf mehr gefasst. Der Pfannenheber fiel zu Boden, der Pfannkuchen klatschte daneben. Doch ebenso plötzlich waren die Gefühle verschwunden.

Trent Park.

Der Trent Park war in Haverlon, wo Gavil wohnte. Im Trent Park standen Eukalyptus und gigantische Mammutbäume.

In Gedanken ließ sie den vergangenen Sommer Revue passieren, als sie und Paul dort nach Scotts einwöchigem Zeltlager an einer Vorführung für Eltern teilgenommen hatten. Sie waren auf dem Schotterweg bis zur »Arena« gelaufen, wo sie zuschauten, wie die Pfadfinder Sketche aufführten und verrückte Lieder sangen. An jenem Nachmittag hatte der waldige Park so sicher gewirkt, so offen. Doch wehe, man kam vom Weg ab, dann konnte man sich leicht im Dickicht verirren.

Herr, kommt das von dir? Chelsea wusste es schon. Dieses Gefühl, es war genau wie das am Abend vorher. Gott antwortete bereits auf ihre Gebete. Sie umklammerte die geflieste Arbeitsplatte und schloss die Augen. *Danke, Herr, danke. Was soll ich jetzt tun?*

»Ach, du grüne Neune, Mutti.« Die Worte schreckten sie auf. »Das ist wohl Michaels Pfannkuchen!«

Chelsea riss die Augen auf. Scott stand mit angeekelter Miene über den Schmadder auf dem Boden gebeugt.

»Oh«, sagte sie. »Du hast Recht, das ist Michaels.« Zerstreut kratzte sie den halbgaren Pfannkuchen vom Parkett und schubste ihn auf einen Teller.

Ihr Sohn starrte sie an, als sei sie übergeschnappt. Chelsea achtete nicht auf ihn. Sie biss sich auf die Lippen, ihr Verstand raste. Trent Park, nur ein kurzes Stück die Autobahn hoch. Mit Sicherheit wusste die Polizei von Haverlon über den Mord Bescheid. Frust machte sich in ihr breit. Warum hatte Gott die Vision nicht geschickt, *bevor* diese schreckliche Geschichte geschehen war, sodass sie hätte helfen können, sie zu verhindern? Und *warum* hatte er sie überhaupt geschickt? Chelsea konnte sich lediglich vorstellen, dass sie bei der Mordaufklärung helfen sollte. Vielleicht würde der Kerl, der diese arme Frau umgebracht hatte, weiter morden, wenn man ihm nicht das Handwerk legte. Das Herz wurde ihr schwer. Der Gedanke war unfassbar; wie sollte sie mit solch einer Verantwortung umgehen? Sie schüttelte den Kopf. Das war mehr, als sie verkraftete. Sie sollte das Ganze einfach vergessen.

Aber das konnte sie nicht.

Sie musste vergessen. Gott verlangte zu viel. Sie musste an ihren Mann und ihre Söhne denken. Noch nie in ihrem Leben war sie mit Gewalt in Berührung gekommen. Wie sollte sie sich da einmischen? Paul würde dem niemals zustimmen. Die Polizei bearbeitete den Fall bestimmt. Sie würde den Mörder finden. Und außerdem, selbst wenn sie mit ihrer Geschichte zur Haverloner Polizei ging, wer würde ihr das abnehmen? Die würden denken, sie sei *übergeschnappt*.

Plötzlich sehnte sie sich danach, mit Gladys zusammen zu sein. Sie brauchte den weisen Ratschlag ihrer älteren Freundin, das gemeinsame Gebet ...

»*He,* Mutti! Das ist *Scotts* Pfannkuchen!«

Chelsea schrak zusammen und kam blinzelnd in die Gegenwart zurück. Sie senkte den Kopf, um den Teller in Augenschein zu nehmen, den sie geistesabwesend Michael angeboten hatte. Ein Pfannkuchen lag darauf, knusprig an den Rändern, aber wabbelig weich in der Mitte.

Er erinnerte sie an einen zerschmetterten, offenen Schädel.

Kapitel 4

»Danke! Ich bin ja so froh, dass du gleich Zeit für mich hattest.« Chelsea sank aufatmend in die dicken Kissen von Gladys' Wohnzimmercouch und fühlte sich schon allein durch die unerschöpfliche Energie ihrer Freundin gestärkt.

»Wie hätte ich Nein sagen können?«, grinste Gladys augenzwinkernd. »Du weißt doch, meine Abenteuerlust ist unstillbar. Schlimm.« Sie stellte einen Becher Kaffee auf den Glastisch vor Chelsea und machte es sich dann in einem Sessel gemütlich. »Also schön. Schieß los.«

Gladys' Energie schien wirklich unerschöpflich. Bei ihrer Lebensfreude wurde es Chelsea manchmal richtig schwindlig. Wenn sie sie in ihrem Sonntagsstaat sah, fiel es Chelsea schwer, sich Gladys in schwarzer Lederkluft vorzustellen, wie sie sich auf ihrem Motorrad in die Kurven der Küstenautobahn legte. »Motorrad-Oma«, nannte Gladys sich selber kopfschüttelnd. Aber sie war auch der fürsorglichste Mensch, den Chelsea kannte – immer bereit zu helfen.

Chelsea lächelte sie an, betrachtete das kurze braune Haar (»stärkste Tönungsstufe, damit man das Grau nicht sieht«, hatte Gladys bekannt) und die weichen, grünen Augen hinter den modisch kleinen Brillengläsern. »Also, diesmal war es echt der Hammer«, begann Chelsea.

Gladys hörte staunend zu, während Chelsea ihre lange Geschichte entrollte – und Pauls Reaktion. »Gütiger Himmel!«, sagte sie, als Chelsea geendet hatte. »So etwas durchzumachen ist ja *furchtbar*.« Sie setzte ihren Kaffeebecher ab und verfehlte dabei beinahe die Tischplatte.

Chelsea brachte ein wehmütiges Lächeln zustande. »Aufregend genug, selbst für dich, was?«

Gladys breitete die Arme aus. »Allerdings. Ich würde sagen, das steht ganz oben, direkt neben meinem ersten Fallschirmsprung.« Sie betrachtete Chelsea mit wachem Blick. »Wir beten besser zuerst. Ich habe nämlich nicht die *geringste* Ahnung, wie ich dir hierbei helfen kann!«

In den nächsten zehn Minuten baten sie Gott abwechselnd um Weisheit. Auf der Sesselkante balancierend, runzelte Gladys lebhaft die Stirn. »Und was meinst *du*, was jetzt für dich dran ist?«

Chelsea seufzte. »Ich denke, ich muss zur Polizei, aber ich habe nichts Stichhaltiges vorzuweisen. Und ich fürchte, sie werden mir nicht glauben. Mehr Sorge macht mir allerdings, dass Paul mir nicht glaubt. Du weißt ja, wie viel ich für ihn gebetet habe, aber diese Visionen treiben einfach einen Keil zwischen uns. Ich verstehe nicht, was Gott tut.«

»Das verstehst du vielleicht eine Zeit lang nicht«, gab Gladys freundlich zurück.

»Aber warum lässt diese Vision so viele Fragen offen?«, wollte Chelsea wissen. »Alle anderen waren klar. Ich wusste genau, was ich zu tun hatte!«

»Nun«, sagte Gladys, »vielleicht möchte Gott deine Fähigkeiten ausbauen, sozusagen. Du bist ja noch nicht lange dabei und es ist tatsächlich reichlich ungewöhnlich, dass jemand, der so jung im Glauben ist, eine so starke Gabe besitzt. Du weißt ja, letztlich will er uns mit allem näher zu sich ziehen. Heute erkenne ich, dass ich jedes Mal, wenn ich auf eine Antwort warten musste, gelernt habe, seine Stimme ein bisschen deutlicher zu hören.«

Chelsea wand sich. »Die Sache ist die, ich fürchte mich fast vor dem, was Gott sagen wird. Ich wünschte wirklich, er würde diese Visionen jemand anders geben.«

»O nein«, Gladys schüttelte lächelnd den Kopf, »die wirst du nicht los! Gott hat *dir* diese Gabe nicht von ungefähr gegeben. Vielleicht einfach nur deshalb, weil du bereit bist zuzuhören.« Sie tippte sich mit dem Zeigefinger an den Mund. »Das klingt jetzt vielleicht abgedroschen, aber ich muss davon ausgehen, dass Gott, wo er einmal mit dieser Vision angefangen hat, dir noch mehr offenbaren wird, wenn er es für richtig hält.«

Chelsea kniff die Lippen zusammen. »Aber ich muss es *jetzt* wissen. Was, wenn Paul Gavil einstellt? Dann ist es zu spät.«

»Chelsea, der Herr wird für euch sorgen. *Glaub* nur. Und was die Schuld oder Unschuld dieses Mannes betrifft, so rate ich dir, äußerst vorsichtig zu sein. Es ist keine Kleinigkeit, jemanden eines so entsetzlichen Verbrechens zu beschuldigen.«

Chelsea blickte zu Boden, Verwirrung durchströmte sie.

»Wenn du zur Polizei gehst«, fügte Gladys hinzu, »dann wende dich an Sergeant Dan Reiger. Er ist Christ. Vielleicht bearbeitet er den Fall ja schon. Der übrigens brandneu sein muss, denn in den Nachrichten kam noch nichts darüber. Egal, ich kenne Dan zwar nicht persönlich, aber ein paar Freunde von mir aus der Baptistengemeinde in Haverlon. Er gehört zu dieser Gemeinde.«

»Wirklich?«, Chelseas Kopf hob sich. »Dann wird er vielleicht nicht denken, dass ich völlig von der Rolle bin.« Sie blickte ihrer Freundin forschend ins Gesicht. »Meinst du, dass ich jetzt zu ihm gehen sollte?«

Gladys zuckte die Schultern. »Ehrlich gesagt, ich weiß es nicht. Ich werde weiter für dich beten, dass Gott dich führt. Aber noch mal, wenn du gehst, dann solltest du den Namen von Gavil Harrison noch nicht erwähnen. Bete noch mehr darüber. Sei ganz sicher. Denk dran, Chelsea, Gott wird alles zu seiner Zeit offenbaren. Ich weiß, dass du mit Paul gerade in einer verzwickten Lage bist, aber lass nicht zu, dass Furcht vor ihm – oder vor irgendetwas – dein Denken bestimmt.«

»Was habe ich der Polizei dann überhaupt noch zu melden?«

Gladys dachte darüber nach. »Die Einzelheiten des Mords, wie du sie gesehen hast. Jedes bisschen Information kann ihnen bei der Lösung des Falls helfen. Besonders was du gehört hast – ›Ich hasse dich‹ zum Beispiel. Das klingt so, als hätten die beiden Personen sich möglicherweise gekannt. Das kann sehr aufschlussreich sein.«

Auf der Fahrt nach Hause betete Chelsea so intensiv, dass sie beinahe ihre Ausfahrt verpasst hätte. Sie hatte das Gefühl, zur Polizei gehen zu sollen, obwohl allein schon der Gedanke daran sie zu Tode ängstigte. Zum Glück war Dan Reiger Christ. Aber er war auch Polizist. Sie würde eine offizielle Meldung erstatten. Sie würde in die Sache verwickelt sein. Paul würde toben.

Trotzdem, je näher sie ihrem Zuhause kam, desto stärker spürte sie, dass sie gehen sollte. Als sie die vertraute Einfahrt zu ihrer eigenen langen Auffahrt in der Ferne sah, ging eine Welle der Erleichterung durch Chelsea, als ob sie der Gefahr entkommen sei. Und diese Erleichterung sagte ihr, dass es ihr schwer fallen würde, die Geborgenheit ihres Zuhauses wieder zu verlassen, sobald sie einmal in Sicherheit war.

Sie bog in die Einfahrt ein. Dann, mit einem Stoßgebet, setzte sie rückwärts wieder raus.

Kapitel 5

»Wir gratulieren Sergeant Dan Reiger, Haverlons Mann des Jahres.«

Die große Tafel mit den Goldbuchstaben prangte in Augenhöhe gegenüber dem Schreibtisch des Sergeants, wo er sie ständig im Blick hatte, ob ihm das passte oder nicht. Nicht, dass er sie dort aufgehängt hatte. Pat Turnbow, der braunhaarige, jung aussehende Kriminalbeamte ein paar Bürotüren weiter, hatte den Hammer gehalten, der den Nagel einschlug, der die Tafel hielt, die man Dan verliehen hatte. Und Reiger hatte es dabei bewenden lassen, weil ... nun, sonst wäre ja schließlich ein hässliches Nagelloch in der Wand gewesen.

Den Papierkram leid, lehnte sich Sergeant Reiger in seinem Stuhl zurück, verschränkte die Hände hinter dem Kopf und studierte zum tausendsten Male die Tafel. Dreißig Jahre im Haverloner Polizeidienst, und was hatte es ihm eingebracht? Eine Fahrt den El Camino hinunter in der Parade zum Nationalfeiertag, gequetscht auf den Rücksitz einer Limousine mit dem silbernen Schriftzug »Mr. Haverlon« auf den Türen. Und diese protzige Tafel.

Er zuckte die Achseln und schnaubte. Die Tafel war kein Abbild seiner Stadt.

Es ließ sich gut leben in Haverlon. Etwa 20 000 Einwohner vor dreißig Jahren; heute eher 30 000. Mitten auf der Halbinsel San Francisco, wo ein wirklich angenehmes Klima herrschte. Wer neu in der Gegend war, hätte Haverlon nicht unbedingt von den Nachbarstädten unterscheiden können. Man konnte auf der Hauptverkehrsader, dem El Camino, vom Süden San Franciscos bis nach Sunnyvale und weiter fahren und alle Städte gingen nahtlos ineinander über – eine einzige riesige Menschenballung. Mehr als sechs Millionen Menschen lebten im Großraum der Bay Area, die von San Francisco bis nach San José reichte und die Halbinsel und den östlichen Teil der Bucht einschloss. Und natürlich das berühmte Silicon Valley, dessen nördliche Ausläufer sich bis nach Haverlon erstreckten. Doch wer eine Weile in dieser Gegend gelebt hatte, der kannte die Unterschiede. Jede Stadt hatte ihre eigene Atmosphäre, ihr bestimmtes Flair.

Haverlons Bewohner gehörten größtenteils zur Mittelschicht. Früher hatten dort vorwiegend ältere Leute gewohnt, aber mittlerweile hatte ein Zuzug von Yuppies eingesetzt, besonders in die Neubausiedlungen in den Bergen. Man hatte von dort einen herrlichen Blick über die Bucht, wenn man sich nicht an dem Gefälle im Garten hinterm Haus störte. Der überwiegende Teil Haverlons war Wohngebiet, aber es gab einen kleinen belebten Innenstadtbereich. Besonders beliebt war nach wie vor die Camilla Street mit ihren malerischen Lädchen, Banken und Kaffeestuben. Reigers Frau Edith führte ihren eigenen Blumenladen in der Mayfield Street, einen Block von der Camilla Street entfernt. Reiger und Edith hatten zwei Töchter in Haverlon großgezogen und Reiger hatte sein dunkelbraunes Haar mit den Jahren grau werden sehen. Jetzt war er fünfundfünfzig, seine kleinen Mädchen längst erwachsen – eine hatte selbst schon Kinder – und sein Haar dünnte am Scheitel aus.

In einer Stadt von der Größe Haverlons war es üblich, dass die Polizeibeamten alle zwei bis drei Jahre zwischen den Abteilungen Streifendienst und Aufklärungseinheit wechselten. Dreißig Jahre im Amt verliehen einem Beamten den inoffiziellen Titel »Allroundfachmann« – man kannte sich in vielen Bereichen polizeilicher Arbeit aus, brauchte aber Jahre im Dienst, um Erfahrungen auf einem bestimmten Gebiet zu sammeln. Auf Reigers Schreibtisch landeten pro Monat etwa hundert Fälle, die die gesamte Verbrechensskala abdeckten. Bei vielen handelte es sich um Einbrüche – Autos, Häuser, Büros. Morde hatte Reiger in Haverlon nur drei gesehen – einen, während er auf Streife war, und zwei, an deren Aufklärung er beteiligt gewesen war.

Aufseufzend wandte sich Reiger von seinem Schreibkram ab und ging sich eine Tasse des kaum genießbaren Kaffees holen, an den er seinen Magen mit der Zeit gewöhnt hatte.

»Hey, Reiger, jetzt wird's lustig.« Auf dem Koboldgesicht von Monika Hudson lag unverhohlene Neugier. Sie machte eine Bewegung hin zum Tresen – um die Ecke und über den grünen Teppich im Wartebereich. »Da draußen ist eine Frau, die sagt, sie möchte jemanden in der Angelegenheit ›Mord im Trent Park‹ sprechen.« Kurz und bündig sagte sie es.

Reigers Augenbraue hob sich, er schob die Unterlippe vor und krauste das Kinn. »Mord im Trent Park?«

»Das hat sie gesagt.«

»Hm. Schön. Ich komme sofort.«

Er ging zurück in sein Büro und stellte die Kaffeetasse bedächtig auf den Schreibtisch. Halbherzig räumte er ein paar Ordner und Papiere weg. Eine Minute später war er aus der Tür seines Büros, ging dann aber noch einmal zurück, öffnete die rechte oberste Schreibtischschublade und zog einen gelben Schreibblock heraus. Den legte er auf seinen Tisch und obendrauf einen Stift. Dann ging der Sergeant den Gang hinunter, murmelte drei vorbeihetzenden Beamten einen Gruß zu und bog um die Ecke ins Foyer.

Er erfasste seine potenzielle Informantin mit einem Blick. Volles, rötlich goldenes Haar, das sich von einer olivgrünen Bluse und farblich passender Hose abhob. Große Augen von außergewöhnlichem Gold. Ein fein geschnittenes Gesicht, dezentes Make-up. Sie trug eine zarte Goldkette. Einen Ehering an der linken Hand. Dann nahm er ihre Körpersprache wahr. Sie hockte auf der Kante eines Holzstuhls, die Hände nervös im Schoß zusammengekrampft. »Sergeant Reiger.« Er streckte ihr die Hand hin. »Ich habe gehört, Sie wollten mich in einer Mordangelegenheit sprechen.«

Das Wort ließ sie zusammenzucken. »Ja.« Sie schüttelte kurz seine Hand und zögerte dann in der Erwartung, dass er den nächsten Schritt machte.

Die Frau sah angespannt aus wie ein Gummiband an einem Spielzeugflugzeug. »Kommen Sie mit in mein Büro.«

Entschlossen folgte Chelsea dem Sergeant einen Gang hinunter mit beigefarbenen Wänden und grauem Teppichboden. Er streckte einen Arm aus und ließ sie vor sich in sein Büro eintreten. Es war spärlich möbliert – ein schäbiger Schreibtisch und ein Drehstuhl; zwei weitere Stühle, von denen er einen für sie heranzog; und ein hoher, grauer Aktenschrank aus Metall. Das einzige Fenster mit den verstaubten Rollläden blickte zur Straße auf das Rathaus von Haverlon. Als sie ihre Handtasche auf den Boden stellte, sah sie aus den Augenwinkeln etwas an der Wand und drehte sich um, um es zu betrachten. »Wir gratulieren Sergeant Dan Reiger, Haverlons Mann des Jahres.« Sie betrachtete die Tafel eingehend.

»Bitte, meine Dame, nehmen Sie Platz.«

Der Sergeant ließ sich auf den abgewetzten braunen Drehstuhl hinter seinem Schreibtisch fallen.

»Kaffee?« Er deutete auf seine Tasse.

»Nein, danke.« Sie saß auf dem ihr angebotenen Stuhl und sah ihm über den Schreibtisch hinweg ins Gesicht.

Nachdenklich auf sie blickend, runzelte der Sergeant die Stirn. »Sie haben mir Ihren Namen noch nicht genannt.« Er schlug einen lockeren Ton an, als habe er ihre Beklemmung erraten.

Sie holte Luft und richtete den Blick in einer Geste der Verlegenheit nach oben. »Entschuldigen Sie. Ich heiße Chelsea Adams. Ich wohne in Woodside.«

Sie sah zu, wie er ihren Namen, Anschrift, Telefonnummer und den Namen ihres Mannes notierte. Er kannte Woodside als eine kleine, wohlhabende Stadt südwestlich von Haverlon mit großen Landparzellen und vielen Pferden. Aufgrund seiner Größe besaß es keine eigenständige Polizeidienststelle, sondern war mit dem Bezirkspräsidium zusammengelegt.

»Woodside. Aber Sie sind hierher zu mir gekommen.«

»Ja, weil ... es um das geht, was hier passiert ist.«

Er nickte leicht, ermutigend. »Sie haben Monika gesagt, es gehe um den Trent Park.«

»Ja.«

»Schön. Wenn Sie etwas über einen Mord wissen, dann setzen Sie mich besser in Kenntnis.« Reiger sah sie mit gezücktem Stift erwartungsvoll an.

Sie rutschte auf ihrem Stuhl herum, unschlüssig, womit sie beginnen sollte. »Ich gehe zur Kirche in Menlo Park und eine Freundin von mir hat mir von Ihnen erzählt. Sie dachte, dass Sie meine ziemlich ungewöhnliche Geschichte vielleicht verstehen könnten wegen Ihres Glaubens.«

Reiger lächelte ihr ermutigend zu, ging aber nicht auf das Thema ihrer Kirchenzugehörigkeit ein. Chelsea spürte, dass er seinen Glauben für sich behielt, zumindestens im Dienst. »Ich höre.«

Chelsea atmete tief durch. »Ich muss dazu ein wenig ausholen.« Sie nahm allen Mut zusammen und erzählte ihm von ihrer Bekehrung im vergangenen Jahr und den Visionen von Gott, die sie später hatte. »Bei den ersten ›sah‹ ich Bereiche im Leben von Menschen, die Gott ausgeliefert haben wollte. Das Wissen half mir, gezielt für andere zu beten. Aber dann hatte ich zwei Visionen, die anders waren, denn dabei ging es um Körperverletzungen.« Chelsea erzählte dem Sergeant von der

Vision, die sie am stärksten bewegt hatte. Sie und Paul waren zu einem Baseballspiel von Scott gegangen. Ein Junge aus der gegnerischen Mannschaft hatte nach dem Spiel ihre Aufmerksamkeit erregt. Ihr fiel auf, dass seine Schultern sich bewegten, als scheuere das Trikot. Plötzlich »sah« sie, wie das Trikot sich hob und Narben und frische rote Striemen zum Vorschein kamen. Chelsea war entsetzt gewesen, sie bekam weiche Knie, so weh tat ihr die Verletzung des kleinen Jungen. Von Mitleid getrieben, hatte sie sich den Weg bis zum Trainer des Jungen durchgebahnt und ihn kühn gebeten, den Jungen beiseite zu nehmen und einmal seinen Rücken zu untersuchen. »Ich wusste, dass es seine Pflicht als Trainer war, jegliche Anzeichen von Misshandlung zu melden«, fuhr Chelsea fort. »Später habe ich erfahren, dass man den Jungen und seinen Bruder von zu Hause fortgeholt hat und dass sie es nun bei einem Onkel und einer Tante gut haben. Offensichtlich hatte die Mutter die Familie schon vor Jahren verlassen. Der Vater sitzt jetzt wegen Misshandlung im Gefängnis.«

Sergeant Reiger machte sich Notizen, ohne den Blickkontakt für längere Zeit zu unterbrechen. »Hört sich an, als hätten Sie wirklich eine Gabe.«

»Nun, das kommt ja nicht von mir, wissen Sie. Es ist Gottes Entscheidung, durch mich zu sprechen, um anderen zu helfen. Ehrlich gesagt, Spaß macht mir das nicht. Ich meine, ich bin schon froh, dass ich in der Lage war, etwas im Leben von Menschen zu bewirken. Das erstaunt mich und ist zugleich sehr demütigend. Aber manchmal wünschte ich, Gott würde sich jemand anders aussuchen. Diese Visionen sind sehr kräftezehrend, weil ich die seelischen Schmerzen anderer fühle. Das Bild von dem Rücken des armen Jungen verfolgt mich immer noch.«

Sergeant Reiger wusste nicht, was er davon halten sollte. »Und jetzt haben Sie etwas im Trent Park ›gesehen‹?«

Chelsea schluckte. »Ich habe den ganzen Mord gesehen. Ich hatte das Gefühl, in dem Körper der Frau zu sein, die umgebracht wurde.«

Der Blick des Sergeants war stechend. »Erzählen Sie mir, was Sie gesehen haben.«

In schmerzhaften Einzelheiten berichtete Chelsea alles, an was sie sich von ihrer Vision erinnern konnte. Sie erzählte von den Mammutbäumen und dem Eukalyptusduft. Wie sie auf hartem, kaltem Boden gelegen hatte. Gesicht und Stirn verletzt. Die Beine bloß und brennend, die Hände heiß und kribbelig. Sie erzählte von dem Mann über ihr – seinen heiser geflüsterten Worten und wie er sie getötet hatte. Gavil erwähnte sie nicht.

Als sie geendet hatte, war dem Sergeant anzusehen, dass er überlegte, welche Frage er zuerst stellen sollte.

»Wo genau im Park?«

Sie zuckte die Achseln. »Es muss sich um irgendeinen abgelegenen Pfad handeln. Ich habe ihn nicht erkannt.«

»Woher wissen Sie dann, dass es der Trent Park ist?«

Sie dachte an einen durch die Luft segelnden Pfannkuchen. »Das ist schwer zu erklären. Ich weiß es einfach.«

»Haben Sie den Mörder erkannt?«

Chelsea zögerte. »Ich konnte sein Gesicht nicht erkennen. Weil ja, wie gesagt, meine Augen die meiste Zeit zu waren. Und als sie dann offen waren, sah alles verschwommen aus.«

Reiger setzte behutsam den Stift ab, als überlege er, wie er fortfahren sollte. »Mrs. Adam, haben Sie jemals in einer Ihrer Visionen etwas gesehen, was noch nicht geschehen war? Was Sie verhindern konnten?«

»Ja.« Chelsea erzählte ihm von den Teenagern, die einen Knüppel von einer Überführung warfen.

Sergeant Reiger nickte. »Woher wissen Sie dann, dass diese Vision nicht auch in der Zukunft spielt?«

Chelsea suchte vergebens nach Worten. »Das kann ich auch nicht erklären. Ich weiß es einfach.«

»Sind Sie sicher?«

Warum fragte er sie das? »Absolut. Ich habe den Mord gesehen. Er ist bereits passiert. Ist Ihnen der Fall vielleicht nicht bekannt?«

Reiger stützte einen Ellbogen auf die Stuhllehne und rieb sich das Kinn. »Gestatten Sie mir eine Frage«, wagte er sich vor, »haben Sie sich jemals geirrt?«

»Nein.« Sie fühlte ihre Zuversicht schwinden.

Er klopfte mit einem Fingerknöchel auf seinen Schreibblock. »Den Trent Park gibt es schon sehr lange, wissen Sie. Wir hatten dort draußen bisher erstaunlich wenig Ärger.«

»Ich weiß. Mein Sohn war mit den Pfadfindern dort.«

Reiger grunzte. »Richtig. Also muss Ihnen klar sein, dass ein Mord im Trent Park ziemliche Schlagzeilen machen würde. Haben Sie sich nicht gewundert, dass in den Zeitungen nichts darüber stand?«

»Nun, ehrlich gesagt, schon. Ich dachte, Sie würden ... es vielleicht aus irgendeinem Grund geheim halten.«

Er schüttelte den Kopf. »So eine Geschichte lässt sich nicht geheim halten, unmöglich.« Er beugte sich vor und stützte beide Ellbogen auf den Schreibtisch. »Mrs. Adams, ich glaube Ihre Geschichten von Ihren früheren Visionen. Ich weiß, Gott kann auf geheimnisvolle Weisen wirken. Aber mit dieser hier kann ich nichts anfangen. Selbstverständlich danke ich Ihnen für Ihr Kommen. Ich bin sicher, das war kein leichter Gang für Sie. Aber ich muss Ihnen reinen Wein einschenken.« Er breitete die Arme aus. »Es hat keinen Mord im Trent Park gegeben. Fakt ist, wir hatten in Haverlon seit über acht Jahren keinen Mord mehr. Und es wird auch keine Frau vermisst, soweit ich weiß.«

KAPITEL 6

Wie war sie in ihr Auto gekommen? Chelsea konnte sich kaum erinnern. Irgendwie, nach Sergeants Reigers Abschlussworten, hatte sie ihren Stuhl zurückgeschoben, eine Hand gehoben und so gefasst wie möglich gesagt: »Es tut mir Leid, Ihre Zeit beansprucht zu haben.« War das, bevor oder nachdem er gemeint hatte, Mammut- und Eukalyptusbäume »wachsen überall in dieser Gegend Kaliforniens«? Vielleicht habe sie sich im Ort geirrt.

Trotz der Höflichkeit des Beamten wusste Chelsea, dass er sie lediglich hatte beschwichtigen wollen. Sergeant Reiger musste sie für eine wild gewordene Fanatikerin halten, die hinterm Haus mit Schlangen tanzte.

Chelsea umklammerte das Lenkrad ihres Range Rovers, während sie die Junipero Serra 280 entlangfuhr – unbescheiden als die »schönste Autobahn der Welt« gepriesen. Sie blieb auf der rechten Spur und nahm die vorbeiflitzenden Autos kaum wahr. Ihr Fuß hatte keine Kraft, das Tachometer über 80 km/h klettern zu lassen. War es wirklich erst gestern Abend gewesen, dass sie und Paul nach Norden zum Bayhill gefahren waren? Erst fünfzehn Stunden her. »O Gott, was habe ich gemacht, wie konnte ich mich so *irren*?«, sagte sie laut. »Ich war mir so sicher! Ich bin mir *immer noch* sicher. Wie kann das *sein*; was soll ich *tun?«*

Das Auto vor ihr war plötzlich zu dicht. Chelsea setzte den linken Blinker und schob sich an dem Wagen und seinem älteren Fahrer vorbei, dann lenkte sie wieder ein. Das Auto wurde langsam immer kleiner im Rückspiegel.

Könnte sie sich im Ort geirrt haben? Vielleicht hatte Scotts Bemerkung über den Trent Park sie zu dieser Folgerung getrieben. Chelsea kniff nachdenklich die Augen zusammen. Sergeant Reiger hatte Recht; Mammut- und Eukalyptusbäume wuchsen tatsächlich in der gesamten Bay Area und bewaldete Parks gab es an ihren Ausläufern zur Genüge. Just in diesem Moment fuhr sie rechter Hand an bewaldeten Hügeln vorbei; sie und Paul hatten sich gestern Abend auf ihrem Weg zum Bayhill durch sie hindurchgeschlängelt. Trotzdem, ein Mord, egal, wo in dieser Gegend, würde für Schlagzeilen sorgen; es war naiv von ihr gewesen, etwas anderes anzunehmen. Und außerdem wusste sie mit unerschütterlicher Gewissheit, dass es der Trent Park war. Dieser Glaube verschluckte alle bekannten Tatsachen so vollständig, wie Nebel die Skyline von San Francisco verschlucken konnte.

Chelsea blinkte und fuhr ab. Es zog sie nach Hause. Eine halbe Meile später bog sie auf die Pennhill Lane. »Eins verstehe ich nicht, Herr. Wenn du diese Vision geschickt hast, wo liegt dann mein Fehler? Höre ich nicht genau genug hin? Bete ich nicht genug?« Während sie sich das letzte Stück ihrer langen Auffahrt hochschlängelte, drückte sie auf den Knopf des ferngesteuerten Garagentoröffners und sah das Tor aufgleiten.

Sie rollte in die Garage und machte den Motor aus. Das System zur Niveauregulierung schaltete ab, die Roverkarosserie senkte sich mit kleinen Stoßseufzern. *Abschalten*. In Chelseas Gedanken blitzte die Szene im Trent Park auf – das Gefühl, als schalteten ihre Körpersysteme der Reihe nach ab. Sie hielt den Atem an.

Gott teilte ihr etwas mit.

Ja, versicherte eine Stimme in ihrem Kopf. *Was du gefühlt hast, war real.*

Chelsea starrte blind durch die Windschutzscheibe. »Aber dann, wie ...?«, flüsterte sie. Sie verharrte stocksteif, wartete. Im Auto wurde es heiß. Immer noch rührte sie sich nicht. Bis sie verstand.

Kapitel 7

Der Donnerstag war kein Glückstag für Gavil Harrison.

Der Morgen hatte schon reichlich schlecht begonnen, als eine ängstlich gespannte Marian ihn über sein Dinner mit den Adams ausgefragt hatte. Zum Glück hatte sie schon geschlafen, als er am Abend vorher nach Hause gekommen war. Ein Blick in sein Gesicht, und sie hätte die ganze Nacht kein Auge zugetan. »Ja«, hatte er wortkarg erwidert, »es lief alles wie geschmiert. Ja, ich liege wahrscheinlich ganz vorne im Rennen.«

Sie hatte gestrahlt und die Arme um ihn geschlungen. »Herrlich! Wir werden ausgehen und feiern, sobald du die Stelle hast.«

Er hasste es, Marian anzulügen. Sicher, es ging manchmal nicht anders, war aber trotzdem schäbig.

Wie er so vor der Computertastatur in seinem Büro hockte, dachte Gavil bei sich, dass er Marian wirklich liebte. Er liebte sie, hatte vor, sie zu heiraten, hatte sie nie verletzen wollen. Aber nach einem Leben voller Halbwahrheiten ...

Das Telefon auf seinem Schreibtisch klingelte und er fuhr hoch. »Gavil Harrison.«

»Hallo, Gav! Wie war es gestern Abend?« Es war Stuart Hocking, Gavils Mentor und engster Freund. Fünfzehn Jahre älter als Gavil, war es maßgeblich Stuart Hocking und seiner persönlichen Empfehlung zu verdanken, dass Gavil von Titan Electronics eingestellt worden war. Stuart war der Einzige, dem Gavil die Neuigkeiten von seiner Anwerbung durch AP Systems anvertraut hatte.

»Oh, hallo.« Gavil räusperte sich. »Es war ... interessant.«

»Interessant?«, in Stuarts Stimme schwang ein Hauch von Ungeduld.

Gavil seufzte. »Na ja, wir haben noch eingehender über einige Punkte geredet, die Adams wichtig sind. Ich denke, er will mich haben, und klar ist, dass meine Erfahrung, besonders hier, genau die Art von Sachkenntnis ist, die er sucht. Nichtsdestotrotz«, Gavil zog das Wort in die Länge, »scheint es ihn etwas zu beunruhigen, dass ich hier so viele Jahre gearbeitet habe. Die andere Atmosphäre in einem aufsteigenden Unternehmen und so; und zusätzlich noch die Verantwortung des Vizedirektors, die neu für mich ist.«

Stuart schnaubte: »Das kannst du laut sagen.« Stuart Hocking hatte vor vielen Jahren einen gut bezahlten Posten aufgegeben, um sich selbstständig zu machen wie Hunderte von Unternehmern im Silicon Valley. Einige brachten es zu etwas; andere gingen pleite. Stuart hatte es zu viel gebracht. Er hatte eine Firma aufgebaut, die computergesteuerte Systeme für Spezialeffekte, die man in der Film- und Fernsehindustrie einsetzte, entwickelte und herstellte.

»Stimmt. Wie dem auch sei, ich denke, es ist mir gelungen, seine Bedenken in diesem Punkt zu zerstreuen.«

»Und wo liegt dann das Problem?«

Ein Moment des Zögerns. »Ich glaube, seine Frau hat was gegen mich.«

»Oh. Glaubst du, das spielt eine Rolle?«

Gavil trommelte mit den Fingern auf den Schreibtisch. Stuart wusste genau, welche Macht eine gescheite Frau ausüben konnte. Seine eigene war von demselben Schlag. Sonya Hocking, zwei Jahre jünger als Gavil, war Stuarts zweite Frau, seine Eroberung, nachdem seine erste Frau einen Tag nach ihrem siebenundzwanzigsten Hochzeitstag an Brustkrebs gestorben war. Sonya war intelligent, schön und ehrgeizig. Als Tochter armer Einwanderer hatte sie an einem Bankschalter gearbeitet, bis Stuart sie entdeckt und sie in seine einflussreichen und wohlhabenden gesellschaftlichen Kreise katapultiert hatte. Und jetzt, nur vier Jahre später, hatte eine wachsende Lobby prominenter Bürger Sonya ermutigt, in die Politik zu gehen. Fernziel: Parlament. Gavil wusste, sie brachte systematisch »ihre Küken in Aufstellung«, wie Stuart sagen würde, aber öffentlich wies sie einen derartigen Entschluss weit von sich. Ihr laufendes Projekt, so Sonya, sei viel zu wichtig und lasse ihr zu wenig Zeit, um an eine politische Karriere zu denken. Und wirklich, Sonya *hatte* zahllose Stunden damit verbracht, mit Hilfe der Sonya-Hocking-Stiftung Spendengelder einzutreiben, um das modernste Kinderkrebskrankenzentrum des Landes aufzubauen. Über dem Eingang des Zentrums, das Teil des West Bay Krankenhauskomplexes war, würde in dicken Lettern ihr Name prangen. Sie und Stuart hatten selbst ein Viertel des Stammkapitals beigesteuert. Der Rest war von erfolgreichen Freunden und Firmen dank ihres leidenschaftlichen Eintretens gespendet worden.

Sonya war eine vielschichtige Persönlichkeit. Viele kannten sie nur als die, die sich unermüdlich für die abgezehrten, kahlköpfigen Kinder einsetzte, die die Poster schmückten, die sie für ihre Kampagne verwendete. Aber Gavil kannte sie besser als die meisten anderen. Sonya Hocking hatte sich sehr schnell daran gewöhnt, »alles zu haben«. Unter ihrem humanistischen Gehabe verbarg sich eine berechnende Frau, die wusste, dass ihre gesellschaftliche Stellung und ihr tadelloser Ruf für ihre Zukunftsambitionen unbedingt notwendig waren.

»Ja«, sagte Gavil, »ich glaube, das spielt eine Rolle.« Sarkasmus schlich sich in seine Stimme. »Du kennst das doch. Paul Adams hat vierzehn Stunden täglich in den Aufbau der Firma gesteckt und ihr die Kinder überlassen; da meint sie nun, persönliche Anteile am Geschäft zu haben.«

»Verstehe«, sagte Stuart. »Aber was ist denn nun passiert? Sieht sie etwas Zwielichtiges in dir?«

Stuart hatte nur Spaß gemacht, aber Gavil spürte trotzdem

ein Flattern in der Magengegend. »Also, eigentlich lief alles wunderbar, bis sie auf einmal anfing, sich seltsam zu benehmen. Sie sagte, sie fühle sich krank, und vielleicht stimmt das auch. Ist ja auch egal.« Gavils Ton hatte etwas Endgültiges. »Man sollte sich deshalb wohl keine grauen Haare wachsen lassen.«

»Nun, ich hoffe, du bekommst die Stelle, wenn du sie willst. Und selbst wenn nicht, so hast du einen guten Stand bei Titan. Wenn du gute Umsätze erzielst, wirst du nächstes Jahr wieder eine dicke Prämie einstreichen. Außerdem ist dein jetziger Posten noch reichlich ausbaufähig.«

Auf dem Teppich bleiben – das war Hocking. »Schon, aber der Unternehmergeist, Mann, du kennst das doch.« Gavil hob die Stimme. »Anpacken, aufbauen, aus diesem Privatvermögen Millionen machen!« Und was noch wichtiger war, es würde Marian seinen Wert beweisen. »Wie war's beim Golf gestern?«

»Das Wetter war super und mein Spiel lausig.« Stuart klang verärgert. »Aber Sonya hat gut gespielt. Du hättest dabei sein sollen; vielleicht hättest du ausnahmsweise mal gewonnen.«

»Ha! Wenn ich gewonnen hätte, müsstest du deinen Schläger jetzt an den Nagel hängen.« Ein alter Witz. Stuart hatte einmal erklärt, sollte Gavil ihn jemals im Golfspielen schlagen, dann wüsste er, es sei an der Zeit, sich einen anderen Sport zu suchen.

»Halt mich auf dem Laufenden, Gav.« Stuart schien es plötzlich eilig zu haben.

»Mach ich.« Gavil nahm bereits den Hörer vom Ohr, als er innehielt. »Sag mal, bist du dieses Wochenende da? Vielleicht können wir für Samstag eine Viererparty Golf ansetzen.«

»Nein, du hast noch Gnadenfrist. Ich muss zu einer Tagung nach Seattle, die Samstagvormittag beginnt: Ich fliege morgen nach der Arbeit los. Sonya bleibt allerdings hier. Vielleicht kommt sie ja mit.«

»Schon gut.« Gavil behielt den lockeren Ton bei. »Ich habe sowieso zu viel um die Ohren. Danke für den Anruf, Stuart.«

Es klickte. Gavil wandte sich wieder seinem Computer zu und starrte auf die Tabellenkalkulation auf dem Monitor. Ein Riesenberg Arbeit wartete auf ihn bis zum Monatsende – das gleichzeitig das Ende des Steuerjahrs bei Titan Electronics war. Druck, Druck, Druck. Für ihn und den gesamten Vertreterstab. Im Moment rannte jeder Verkäufer in zehn Richtungen gleichzeitig, um seine Absatzziffern zu steigern. Die Jahresabschlussverkaufszahlen waren eine wichtige Sache. Provisionen hingen von ihnen ab; Urlaubsreisen auf Firmenkosten – dies Jahr nach Hawaii – hingen von ihnen ab. Und Gavil musste nicht nur seinen eigenen Absatz übertreffen, sondern auch noch die Verkaufsprojektierungen für den westlichen Bezirk, für den er verantwortlich war, überarbeiten und verfeinern.

Toller Tag heute, sagte er sich, und Ärger stieg in ihm hoch. Er konnte sich nicht auf die Arbeit konzentrieren.

Sein Fuß klopfte auf den Boden.

Die Zahlen vor ihm verschwammen und setzten sich wieder zu Chelsea Adams Gesichtsausdruck zusammen, als sie tranceartig auf ihrem Platz im Bayhill erstarrt war. Gavil erinnerte sich an ihre anklagenden Augen, als sie ihn wenige Sekunden später angestarrt hatte. Er erinnerte sich an die unvermittelte, unerbittliche Gewissheit, dass sie tief in ihm etwas gesehen haben musste. Gavil holte tief Luft und beugte sich über seinen Schreibtisch. Er wollte den Job bei AP Systems. Für sich und für Marian. Er massierte seinen Nacken und fragte sich, was genau Chelsea Adams wusste – und was ihn das kosten würde.

Kapitel 8

Halb zwölf.

Chelsea ging im Geiste alles noch einmal durch. Ihr Atem kam stoßweise, während sie ihre Laufschuhe zuschnürte. Die grüne Hose und die Bluse hatte sie bereits gegen Jeans und ein Baumwollstrickhemd ausgetauscht. Die Jungen hatten um halb drei Schule aus. Nächste Woche hatten sie Sommerferien. Aber heute würde Michael den Bus nach Hause nehmen und gegen zehn nach drei ankommen. Scott hatte donnerstags Bandprobe. Sie würde ihn um vier Uhr abholen müssen.

Ihr blieben fast vier Stunden. Reichlich Zeit.

Chelsea sprang die Stufen hinunter und ging durch die Küche in die Garage. Als sie in ihr Auto schlüpfte, betete sie um Mut. Angst schnappte nach ihr, aber sie ignorierte sie.

Sie war auf einer Mission. Sie würde beten und sich allein auf ihre Mission konzentrieren, nichts weiter. *Das ist wie zum Zahnarzt gehen*, sagte sie sich. *Mal es dir nicht aus. Bloß nicht stehen bleiben und über das Pieksen und Kratzen oder den grausigen Bohrer nachdenken. Geh einfach*.

Trotz ihrer Entschlossenheit drängten sich Fragen in ihren Kopf. Der Trent Park war riesig; unmöglich konnte sie ihn ganz durchstreifen. Was, wenn sie nichts fand? Was, wenn doch? Was um Himmels willen sollte sie Paul sagen? Er würde es schlimm genug finden, dass sie zur Polizei gegangen war. Aber es so weit zu treiben? Auf einmal war Chelsea froh, dass er bis zum morgigen Abend verreist sein würde.

Andererseits würde es Paul vielleicht von Gottes Macht überzeugen, wenn sie etwas Beweiskräftiges finden würde. Vielleicht war Paul der Grund, weshalb Gott sie das durchmachen ließ.

Doch letztlich ausschlaggebend waren nicht Chelseas eigene Probleme, sondern ihr Mitgefühl mit einer ihr unbekannten Familie. Gott hatte in seiner Weisheit beschlossen, sie von einem noch unentdeckten Mord wissen zu lassen. Irgendjemand da draußen würde bald anfangen, sich Sorgen zu machen über eine vermisste Ehefrau, Tochter oder Schwester. Chelsea hatte versucht, sich die Verzweiflung vorzustellen. Wie könnte sie einfach nach Hause gehen und vergessen, was Gott ihr gezeigt hatte?

Chelseas Schuhe knirschten auf dem Schotterparkplatz am Nordeingang des Trent Park. Sie trug nichts bei sich außer einem Fernglas. Die Autoschlüssel steckten in ihrer Hosentasche. Ihre Handtasche hatte sie hinten im Rover versteckt, bevor sie die Türen abschloss.

Der Park war still. Nur wenige Autos verteilten sich über den Parkplatz, die meisten standen irgendwo im Schatten. Jogger oder Rentner vielleicht, die einen Spaziergang machten. Chelsea bemerkte auch ein staubiges Parkwächterauto unweit der Stelle, wo der Parkplatz in den beginnenden Schotterweg des Trent Park mündete.

Die Sonne wärmte sie, als sie losmarschierte ohne die geringste Ahnung, wohin. In Gedanken spulte sie das Band ihrer Vision zurück. Sie hatte Eukalyptus gerochen. Und harten Untergrund – nicht Schotter – im Rücken gefühlt. Chelsea blickte sich um. Sie sah zahlreiche hohe, schlanke Mammutbäume, aber keinen Eukalyptus mit seiner sich abschälenden weißen Rinde.

Eines wusste sie – sie würde den Hauptweg verlassen müssen.

Ein Vogel trällerte lautstark in ihre Überlegungen hinein und sie hob das Gesicht zur gleißenden Sonne. Sie blinzelte heftig und senkte den Blick auf die losen Steinchen unter ihren

Füßen. Ihr Weiß warf die Strahlen zurück. Eine Sonnenbrille müsste man haben. Sie liebäugelte mit dem Gedanken, noch einmal zum Auto zurückzugehen und eine zu holen, verwarf die Idee dann aber. Sobald sie im Wald wäre, würde das Licht gedämpfter sein.

Als sie an die Dämmrigkeit, die Stille des Waldes dachte, stockte ihr Fuß.

Einen Augenblick überlegte sie umzukehren. *Herr, hilf mir,* betete sie still. *Zeig mir, wohin ich gehen soll.*

Da, gleichmäßige Schritte hinter ihr. Chelsea blieb ruckartig stehen. Ihre Nerven waren zum Zerreißen gespannt, ihre Kopfhaut prickelte. Für den Bruchteil einer Sekunde konnte sie sich nicht bewegen. Dann wirbelte sie herum.

Es war nur ein Jogger mit vom gleichmäßigen Einatmen, Ausatmen offenem Mund und Schweißrinnsalen an den Schläfen. Er warf ihr im Vorbeilaufen einen komischen Blick zu. Chelsea ärgerte sich über sich selbst. Kaum vom Parkplatz und schon ein Nervenbündel.

Als er vorbei war, blieb sie stehen und versuchte, die Fassung wiederzugewinnen. Das Fernrohr baumelte schwer an ihrem Hals. Dann ging sie entschlossen weiter und hielt Ausschau nach irgendeinem Pfad, der von der Straße abböge. Sie würde den erstbesten einschlagen.

Kurz darauf sah sie einen Abzweig, der sich links in dichtes Buschwerk schlug.

Sie betrat ihn und spürte sofortige Kühle. Das helle Sonnenlicht wurde schwächer. Ohne Grund lief ihr eine Gänsehaut die Arme hinunter.

Der Pfad war leicht zu folgen, gut markiert und oft begangen von so manchem Pfadfinder. Chelsea gelang ein Lächeln beim Gedanken an Scott, wie er durch das Unterholz latschte und sich ereiferte, wer das nächste gelbe Band um einen kratzigen Baumstumpf binden würde. Nach einem leichten Gefälle bog der Pfad wieder nach links, führte dann einen Hang hinunter und wandte sich nach rechts.

Wachsendes Unbehagen überkam sie beim Gehen. Was, wenn sie Gavil Harrison gerade jetzt begegnen würde? Was, wenn er zurückgekommen wäre, um Spuren zu beseitigen?

»Unsinn«, sagte Chelsea laut. Sie kam sich töricht vor, aber der Gedanke war hartnäckig. Was sie *tat*, war Unsinn. Sie wünschte, sie wäre sicher zu Hause bei den Jungen. Oder Paul. Vielleicht konnte sie das Ganze vergessen ...

Horch! Sie riss den Kopf hoch.

Nichts.

Sie benahm sich wirklich lächerlich. Das kleinste Geräusch nahm sie wahr. Um sich zu beruhigen, fing sie an, in Gedanken Verse aus den Psalmen aufzusagen. Sie würde nicht umkehren, ausgeschlossen.

Chelsea drängte vorwärts.

Das Laubwerk wurde dichter, das Sonnenlicht schwächer. Nach fünf Minuten kam sie an eine Weggabelung. Die rechte Spur führte einen niedrigen, kargen Hügel hoch und verschwand dann in den Bäumen. Die linke schlenderte an einem riesigen umgestürzten Baumstamm vorbei und verschwand gleichfalls. Sie biss sich auf die Lippe, wog die Möglichkeiten ab und bog dann nach rechts.

Der Pfad lockte sie einen weiteren Berg hoch und um einen kleinen Hain herum. Der Geruch von Humus stieg zwischen den knorrigen Wurzeln auf. Der Pfad wurde heller. Als sie den letzten Stamm umrundete, schaute sie erwartungsvoll nach vorn, nur um wieder den Schotterweg zu sehen.

Erleichterung mischte sich mit Zorn. Und jetzt? Sie trat auf die Straße, blinzelte und fühlte harte Steine unter ihren Füßen. Sie stemmte die rechte Hand in die Hüfte. Was war mit dem anderen Abzweig an der Gabelung? Sie blickte den Weg zurück und dachte nach. Dann machte sie kehrt und lenkte ihre Schritte zurück durch die Bäume.

An der Gabelung nahm sie den anderen Pfad um den umgestürzten Stamm herum in einen dichten Hain. Es wurde noch dunkler und kälter. Das Frösteln kam zurück, legte sich auf ihre Schultern. Nadelstiche den Körper rauf und runter. Ihr Atem ging stoßweise. Das Herz klopfte wild und schnell.

Herr, hilf mir weiterzugehen.

Weiter durch die Bäume. Sie war bereits müde, ihre Beine schwach. Jeder Atemzug dröhnte in ihren Ohren. Wachsende Furcht klumpte sich in ihrem Magen zusammen. Chelsea umklammerte das Fernrohr um ihren Hals und spürte seine harte, runde Oberfläche. Langsamer werdend nahm sie die nächste Kurve in Augenschein.

Die Stille war ohrenbetäubend. Hohe Baumstämme schritten ihr unerschütterlich voran, riefen sie weiter. Es roch nach feuchter Erde, der Tau war von der Sonne noch unberührt. Ein Kratzen unsichtbarer Finger lief ihr den Rücken hinunter. Noch einen weiteren Hang hinunter und durch einen Abschnitt mit feinem, sandigem Boden. Verschwommen ging ihr durch den Kopf, wie matschig der Pfad nach einem Regenguss sein müsste.

Ein stacheliger Ast streckte sich quer über den Weg, um in ihren Fußknöchel zu stechen. »Autsch!« Sie zog das Bein weg und stolperte rückwärts. Das Dickicht schien über das plötzliche Geräusch empört und raschelte missbilligend. Chelseas Blick jagte hin und her, während sie auf menschliche Laute lauschte. Ein Schritt, das *Wusch* einer zuschlagenden Hand. Ihr Nacken kribbelte und sie hob einen zitternden Arm in dem fruchtlosen Versuch, das Gefühl wegzuwischen.

Der Wald schien nicht länger ein unbelebter Zufluchtsort. Er erwachte zum Leben, wisperte höhnisch. Chelsea drehte sich einmal um die eigene Achse, ihre Augen versuchten angestrengt, das Dickicht zu durchdringen. Vergeblich. Wo immer sie sich hinwandte, spürte sie jemanden hinter sich. Sie machte einen Schritt nach rechts, blieb mit dem Absatz in einer Wurzel hängen und stürzte. Die Luft entwich pfeifend ihren Lungen. Ihre Zähne schlugen aufeinander. »Uff!« Sie landete auf allen Vieren und krabbelte zum nächsten Baum. Sie sank zusammen und lehnte sich japsend an ihn. Der feste Halt in ihrem Rücken war ein wenig tröstlich. Sie betete inständig, versuchte, sich zu beruhigen. Ihre Fantasie spielte ihr einen Streich. Sie war nicht in Gefahr. Dies war nur ein Wald. Selbst wenn sie fand, was sie suchte, konnte es ihr kein Leid zufügen. Eine Leiche kann nicht nach dir greifen, dir ein Bein stellen ...

Plötzlich schnupperte sie.

Süß, würzig. Der Geruch hielt sie zum Narren, so intensiv war er. Chelsea drehte den Kopf und folgte dem Duft, während sie auf die Füße sprang und sich dabei mit einer Hand am Baum abstützte. Der Stamm kratzte ihre Handfläche auf. *Abblätternde Rinde*. In plötzlicher Erkenntnis riss sie die Hand zurück. Ihre Augen wurden groß, als sie den Kopf zurücklegte und ihren Blick immer höher den weißen Stamm hinaufwandern ließ.

Eukalyptus.

Wütend klopfte sie sich Rücken und Hintern ab, als seien sie besudelt, und tastete mit dem linken Schuh nach dem Pfad. Sie ließ den Baum nicht aus den Augen. Sobald sie wieder Erde unter den Füßen hatte, blieb sie schwankend stehen und musste sich erst zum Gehen überwinden. Sie war fast da. Das Wissen zog sie vorwärts wie an einem Stahlseil.

Die Furcht saß ihr im Nacken, als sie einen zweiten Eukalyptus entdeckte und einen dritten. Dahinter kamen noch mehr, wie Wachtposten am Wegesrand. Hier entlang, gnädige Frau, grinsten sie heimtückisch.

Chelsea zwang ihre Beine zum Gehen, erst zögerlich, dann

entschlossen. Sie ging schneller und schneller, bis sie fast in Laufschritt verfiel, so unbedingt wollte sie ihre Mission hinter sich bringen. Sobald sie gefunden hätte, weshalb sie gekommen war, sagte sie sich, würde ihr Teil erledigt sein. Die Polizei würde alles Weitere übernehmen.

Vorbei an den Bäumen, über eine Wurzel. Chelsea versuchte, einen kühlen Kopf zu bewahren, und atmete tief durch. Ihre Lungen quietschten wie das alte Leder eines altertümlichen Blasebalgs. Langsam zeigte sich vor ihr ein Lichtschein, Sonnenstrahlen brachen durch die Bäume. Ein Blitzlicht vom Himmel, um ihr den Weg zu zeigen. Sie begann zu rennen und bog um eine Kurve.

Der Pfad kleckerte aus dem Buschwerk.

Chelsea blieb stehen und beschattete ihre Augen vor dem plötzlichen Sonnenlicht. Sie stand am Rande einer tiefen Schlucht, die sich von rechts nach links fast eine Viertelmeile hinzog. Der Himmel wölbte sich wie ein leuchtend blauer Baldachin über ihr. Ein einsamer Falke glitt über die Schlucht dahin. Ein Bild des Friedens.

Ihr Herz klopfte immer noch wild. Sie versuchte, ihre Gedanken zu ordnen.

Sie war an den Eukalyptusbäumen vorbeigekommen. Sie hatte das Ende des Pfads erreicht. Und sie hatte nichts gefunden.

Vor Erleichterung wurde ihr ganz schwindlig und sie sank keuchend zu Boden. Die fest gestampfte Erde fühlte sich warm an unter ihren Fingern. Sie rastete einen Moment, wartete, bis ihre Gedanken zur Ruhe gekommen waren. Jetzt brauchte sie nur noch umzukehren. Vielleicht gab es noch andere Wege mit Eukalyptusbäumen. Aber heute würde sie nicht nach ihnen suchen. Vielleicht auch nie. Sie hatte die Nase voll.

Chelsea setzte sich ein wenig anders hin und sah sich um. Sie hatte es nicht eilig, zurück in diesen dunklen Wald zu kommen. Nach einer Weile fiel ihr Blick auf einen großen Felsbrocken, der ein paar Meter entfernt im Boden steckte. Er hatte rötlich braune Streifen.

Sie blinzelte, sagte sich, die Sonnenstrahlen spielten ihr einen Streich. Sie sah genauer hin, betrachtete die Form des Steins, seine vorspringende Nase an einem Ende. Unwillkürlich stand sie auf, angezogen wie eine Motte vom Feuer. Schon wollte ihre Hand ihn berühren, fiel dann aber unverrichteter Dinge herunter.

Angetrocknetes Blut.

»Oh!« Ihr Schrei durchschnitt die Stille und hallte durch die Schlucht etwa zehn Meter tief unter ihr. Zur Antwort begann das Unterholz aufgeschreckt zu knacken. Chelsea wirbelte zu dem Geräusch herum und griff nach ihrem Fernglas. Das Plastik fühlte sich warm an, als sie es an die Augen hob. Der Grund der Schlucht erschien sprunghaft vergrößert, als sie ihn mit angestrengtem Blick der Länge nach absuchte. Nach einem Augenblick, der ihr fast das Herz stehen bleiben ließ, nahm sie flüchtig eine Bewegung wahr. Ein Kojote. Der an irgendwas zerrte. Sie nahm das Fernglas herunter.

Der Anblick ließ sie würgen. Eine Leiche. Sie lag auf dem Rücken, nackte Beine lugten aus einer knallgelben kurzen Jogginghose. Der eine Arm war seltsam abgeknickt; der andere ausgestreckt. Sie hatte kein Gesicht. An seiner Stelle waren Blut, Haare und ein Schwarm schwirrender Fliegen. Die Schnauze des Kojoten war vergraben in dem, was von den Eingeweiden übriggeblieben war.

Chelsea überlief es kalt vom Kopf bis zu den Füßen. Einen Augenblick lang konnte sie sich nicht bewegen. Dann drückte sie das Fernrohr an ihre Brust und stolperte keuchend rückwärts. In hellem Entsetzen begann sie zurück durch den Wald zu preschen.

Sie war nie eine Joggerin gewesen. Aber jetzt rannte sie – in dem wilden Tempo eines Körpers im Adrenalinrausch. Sie hatte das unwirkliche Gefühl, über sich zu schweben, während ihre Beine sie vorbei an den Eukalyptusbäumen, über den sandigen Boden und durch dichtes Buschwerk trugen. Das Fernrohr schlug ungleichmäßig gegen ihre Rippen, scheuerte auf ihrer Haut. Jeder Baum, an dem sie vorbeirannte, jede krauchende Wurzel erwachte sich reckend und streckend zum Leben. Äste griffen mit knorrigen Fingern nach ihr, Steine streckten das Kinn vor, um sie zu Fall zu bringen.

Weiter stürmte sie mit rudernden Armen. Je weiter sie rannte, desto größer wurde ihr Entsetzen, bis sie sich sicher war, dass sie verfolgt wurde. Bald würde sie die Gabelung erreicht haben. Durch Tränen hindurch erspähte sie einen umgestürzten Baumstamm vor sich, was ihre Panik noch vergrößerte. Schluchzend warf sie sich dem Stamm mit einem gewaltigen Satz entgegen. Ihr linker Fuß verfing sich in einem kleinen Ast und sie schlug hin.

Bitte, Gott, bitte beschütze mich!

Sie rappelte sich auf und hastete weiter. Einem Geistesblitz folgend, schwenkte sie an der Gabelung nach links und nahm den Pfad, der schneller auf den Hauptweg stieß. Nach Luft ringend und schluchzend, kämpfte sie sich den letzten Hügel hoch und durch den letzten Hain. Sonnengesprenkeltes Licht winkte in der Ferne und sie stürzte darauf zu. Mit letztem Schwung krachte sie aus dem Unterholz in die blendende Helle der sonnengetränkten Schotterstraße.

Und direkt in ausgebreitete Arme.

Chelsea hatte die Augen zusammengekniffen, fühlte aber seine Stärke, als er versuchte, ihre Hände festzuhalten. Wie eine Wildgewordene öffnete sie den Mund und stieß einen schrillen Schrei aus. Sie fühlte, wie ihr Angreifer erbleichte, und nutzte ihre Chance. Sie kämpfte verzweifelt und es gelang ihr, ihre Arme zu befreien und dem Angreifer einen Doppelschlag vor die Brust zu versetzen.

Er grunzte überrascht.

Sie schlug noch einmal zu.

»Heda, hallo, Sie! Hören Sie auf!« Er versuchte mit aller Kraft, ihre Arme wieder unter Kontrolle zu bringen. »Ich habe Sie schon von weitem kommen hören, weil Sie so einen Lärm gemacht haben.« Er keuchte laut und bekam ihre Handgelenke schließlich mit festem Griff zu fassen. »Also, was ist denn *los?«*

Seine Worte trafen irgendwo im hintersten Winkel ihres Hirns auf die Vernunftebene. Chelsea warf den Kopf zurück. Ihre Augen waren schreckgeweitet. Das Bild ihres Gegners waberte verschwommen, stellte sich dann aber scharf wie ein überbelichtetes Foto. Ein Fremder. Jung. Eine Parkwächteruniform.

»Kommen Sie, beruhigen Sie sich. Ich möchte Ihnen doch nur helfen!«

Chelsea öffnete den Mund, um etwas zu sagen, brachte aber kein Wort heraus. Ihr Körper wurde wachsweich. Mit aufgerissenem Mund stieß sie einen heiseren Schrei aus. Undeutlich fühlte sie noch, dass ihre Augen zurück in den Kopf rollten und ihre Knie nachgaben, dann sank sie an der Brust des Mannes in tiefe Finsternis. Ihre letzte bewusste Wahrnehmung war das Fernrohr, das schmerzhaft gegen ihre Rippen schlug.

ZWEITER TEIL

Die Verfolgung

Fürchte dich nicht, ich stehe dir bei!
Hab keine Angst, ich bin dein Gott!
Ich mache dich stark, ich helfe dir,
ich schütze dich mit meiner siegreichen Hand.
Jesaja 41,10

Kapitel 9

Sergeant Reiger wischte sich seufzend den Schweiß von der Stirn. Dieses verrückte Wetter in der Bay Area. Der Nebel brachte zwar Kühle in den Morgenstunden, aber gegen Mittag wurde es entschieden zu heiß. Sechsundzwanzig Grad mochten einige Leute ja prima finden, er nicht. Vielleicht hing das mit den zwanzig überflüssigen Pfunden zusammen, die er nie losgeworden war. Er blieb stehen, um sich die Jacke auszuziehen, bevor er ins Auto stieg. Es könnte schlimmer sein. Er könnte jetzt auch in schwarzer Lederkluft stecken wie in seinen alten Motorradtagen.

Reiger wandte die Gedanken wieder den Pflichten zu, als er von dem Haus der Williams wegfuhr. Er musste einen Haufen Protokolle verfassen. Dieser Einbruch kam da überhaupt nicht gelegen. Und er konnte sich nur zwischen den Anrufen der Einsatzzentrale an die Schreiberei machen.

Seine Gedanken wanderten zu Chelsea Adams. Sie war ihm nicht mehr aus dem Kopf gegangen, seit sie erschüttert und beschämt aus seinem Büro geflohen war, offensichtlich nicht daran gewöhnt, sich zu irren. Wenn sie jedoch dächte, er zweifele an ihrer Zurechnungsfähigkeit, so irrte sie sich auch darin. In Wahrheit bewunderte er sie.

Reiger hatte einen starken Glauben an Gott und er hatte sein Leben während der letzten zwanzig Jahre um diesen Glauben herum aufgebaut. Davor hatte er zu viel getrunken und um ein Haar seinen Arbeitsplatz verloren. Seine Ehe hatte auf Messers Schneide gestanden. Irgendetwas hatte ihn eines Sonntagmorgens in die Kirche gezogen. Und dort wurde sein Leben verändert. Er war in der darauf folgenden

Woche wiedergekommen und hatte Edith mitgenommen. Von da an waren sie treue Kirchgänger.

Jeden Tag betete Reiger im Dienst. Für Opfer. Für Täter. Für die gelangweilten Teenager, die anfingen, Drogen zu nehmen, oder dumme Sachen machten. Für seine Kollegen. Er fragte sich heute, wie er diese Arbeit ohne die Hilfe von Christus überhaupt hatte schaffen können. Trotzdem war er ein in sich gekehrter Mann, dem es schwer fiel, über den christlichen Glauben außerhalb des geschützten Kreises von Freunden aus seiner Gemeinde zu reden. Er hatte sich oft gewünscht, anders zu sein. Beruflich war er doch auch so mutig und energisch wie nötig; warum konnte er nicht auch mutig von seinem Glauben erzählen?

Chelsea Adams – das war eine mutige Frau. Wahrscheinlich zwanzig Jahre jünger als er, aber schon gefestigt genug, um einem Fremden ins Auge zu blicken und ihm von ihren Visionen von Gott zu erzählen, ohne zu wissen, ob dieser Fremde sie vielleicht für verrückt erklären würde.

Wäre Chelsea Adams keine Christin gewesen, hätte Reiger ein ungutes Gefühl bei ihren Fähigkeiten gehabt. Er hatte im Alten Testament alles gelesen, was er über »Medien« wissen musste. Fazit: Übernatürliche Kräfte kamen entweder von Gott oder vom Teufel. Eine Grauzone gab es nicht. Die Gesetze des Volkes Israel ließen keinen Zweifel an Gottes Abscheu vor spiritistischen Sitzungen, Wahrsagerei, Handlinienlesen und dergleichen. Dennoch hatte Gott seine eigenen Propheten viele, viele Male benutzt, um Ereignisse vorherzusagen oder das Volk vor Unheil zu warnen. Reiger fragte sich, ob Gott so etwas auch heute noch tun würde.

Trotzdem, wenn Chelsea Adams' Visionen von Gott kamen, warum war diese eine dann falsch? Reiger seufzte. Gott war vollkommen, aber seine Diener hier auf Erden ganz gewiss nicht. Vielleicht war sie zu selbstsicher geworden und hatte vorschnelle Schlüsse gezogen. Ein ziemliches Problem hatte sie da. Reiger war froh, dass seine eigenen Fähigkeiten bodenständiger waren.

Gedankenverloren fuhr er an einem Schnellimbiss vorbei und vergaß das Mittagessen völlig, bis er auf seinen Parkplatz vor dem Polizeirevier rollte. Er überlegte zurückzufahren, bemerkte dann aber, wie spät es war. »Ach, vergiss es.« Er würde sich drinnen einen Schokoriegel aus einem Automaten ziehen. Essen auf dem Sprung gehörte zu seinen Berufsrisiken. Kein Wunder, dass er einen Schmerbauch hatte.

Er wischte sich den Schweiß von der Stirn und stieß die Doppelglastür der Dienststelle auf. Gott sei Dank gab es Klimaanlagen.

»Reiger!«, krähte Monika ihm vom Tresen entgegen. »Ich wollte gerade bei Ihnen anrufen.«

Die Tür schlug hinter ihm zu. »Was gibt's denn jetzt schon wieder? Ich bin doch gerade erst gekommen.«

»Sehr richtig, und Sie werden gleich ins *Staunen* kommen. Erinnern Sie sich noch an die Frau, die Sie wegen des ›Mords im Trent Park‹ sprechen wollte?« Sie quetschte die Worte bis zum letzten Tropfen aus.

Etwas lief ihm den Rücken hinunter. »Was ist mit ihr?«

»Der Parkwächter drüben vom Trent Park hat gerade angerufen.« Sie blickte Reiger fest an. »Anscheinend hat die Dame einen Spaziergang gemacht und eine Leiche in der Schlucht gefunden.«

Einen Augenblick lang war er wie vom Donner gerührt. »Monika, Sie Scherzkeks, Sie machen Witze!«

»Nein, Sir, mit so etwas spaße ich nicht.« Sie hob die rechte Hand.

Sie meinte es ernst. Ein Gedankenkarussell drehte sich in Reigers Kopf, während er sie anstarrte. Dann, plötzlich, war er ganz dienstlich. »In Ordnung. Rufen Sie die Spurensicherung an und sagen Sie den Kollegen, dass sie sich mit mir dort treffen sollen«, wies er sie an und federte zur Tür. »Rufen Sie auch in der Gerichtsmedizin an; bitten Sie um eine Vorgabe von einer Stunde. Um sicher zu gehen, fragen Sie 10 Charles 55 um eine Stunde extra oder so. Und sehen Sie zu, dass Kommissar Turnbow sich auf den Weg macht.« 10 Charles 55 war der Code für den Bezirksdienst, der eine Leiche vom Tatort abtransportierte. Er hatte einen Fuß schon in der Tür, als er noch einmal kurz innehielt und sich umdrehte. »Ist Mrs. Adams noch dort?«

»Ja.« Monika schürzte die Lippen. »Sie wartet auf Sie.«

»Gut.« Reiger wetzte zur Tür hinaus.

Kapitel 10

Diesmal war im Trent Park keine Pfadfinder-Schnitzeljagd im Gange. Streifenwagen verteilten sich auf dem Schotterweg, als die Polizei von Haverlon eiligst die Gaffer im Zaum hielt und den Tatort sicherte. Funkgeräte schnarrten, rote Lichter flammten auf und überzogen die sonst so verschlafene Gegend mit einer Decke des Durcheinanders. Reiger schlug die Tür seines Chevys zu und besah sich das Spektakel. Vier Verstärkungseinheiten. Die Straße in den Park hinein abgeriegelt. Zwei Bezirksparkwächter. Den älteren Mann kannte er. Und Chelsea Adams, in Jeans, mit einem Fernrohr um den Hals. Sie stand gegen den Wagen eines Parkwächters gelehnt und sah verstört aus. Ihr Gesicht war bleich, das Make-up verschmiert.

Die Parkwächter kamen über den Parkplatz auf Reiger zu und sie trafen sich in der Mitte.

»Jim.«

»Hallo, Dan.« Kurzes Händeschütteln. »Das ist Troy Jenkins.« Reiger nickte dem jungen Mann zu. »Troy war hier, als diese Frau aus einem der Seitenpfade geschossen kam wie ein aufgescheuchter Hase.«

Der Junge sah ein wenig grün um die Nase aus. »Warum erzählst du nicht, was vorgefallen ist?«, fragte Reiger.

Troy schluckte. »Vor etwa vierzig Minuten hörte ich ein Krachen, das von einem Pfad ein ganzes Stück oberhalb der Straße kam. Sie rannte direkt in mich hinein, heulend und keuchend. Bevor ich herausfinden konnte, was passiert war, fiel sie in Ohnmacht. Als sie zu sich kam, begann sie etwas von einer Leiche zu wimmern, die sie in der Schlucht entdeckt habe.« Troy schluckte wieder. »Ich konnte sie schließlich beruhigen und kam hierher, um Jim anzufunken. Sie war so verängstigt, dass ich sie nicht allein lassen wollte, um nachschauen zu gehen. Also wartete ich, bis er kam.«

»Schließlich bin ich den Weg abgegangen«, fiel Jim ihm ins Wort. »Troy kam mit der Dame gut zurecht und, nun ... ich habe so was schon ein-, zweimal machen müssen.«

Reiger schnaubte leise. Jim Sykes war fast im Rentenalter und hatte im Laufe der Jahre schon in vielen Parks seine Runden gedreht, einschließlich des Golden Gate Parks in San Francisco. Es gab vermutlich nichts, was er noch nicht gesehen hatte.

»Ein grausiger Anblick da unten, Dan.« Jim senkte die Stimme. »Eine Frau. Liegt zwar noch nicht so lange da unten, dass sie schon von weitem stinkt, aber lange genug, um die Tiere anzulocken. Sieht aus, als ob ihr Hinterkopf zertrümmert ist. Oben am Rand der Schlucht liegt ein großer, blutbefleckter Stein – sieht aus, als ob es dort vielleicht verübt worden ist. Natürlich«, fügte er hastig hinzu, »habe ich nichts angerührt.«

Ein Stein mit Blut darauf. Das passte zu dem, was Chelsea Adams beschrieben hatte. »Hast du bemerkt, ob ein Auto über Nacht hier stehen geblieben ist?«, fragte Reiger.

»Kein einziges«, sagte Troy. »Der Parkplatz war leer, als ich heute Morgen kam. Die paar, die jetzt hier stehen, sind von den Leuten, die noch hinausgeschafft werden. Und eins gehört Mrs. Adams.«

»Schön. Danke euch beiden für eure Arbeit. Ich werde jetzt mit ihr reden, während ich auf die Spurensicherung warte.« Der Kriminaltechniker würde direkt vom Institut kommen und hatte einen längeren Anfahrtsweg als Reiger. »Kommt denen da besser nicht in die Quere«, sagte er mit einem Nicken auf das geschäftige Treiben der Polizisten, »aber wir werden einen von euch brauchen, der uns auf dem Pfad vorangeht. Der andere soll auf den Ermittler der Gerichtsmedizin und die Bergungsspezialisten warten und ihnen den Weg zeigen.«

Die Parkwächter nickten.

Reiger sah auf Chelsea und schickte ein Stoßgebet um Weisheit zum Himmel. Das würde ein delikater Balanceakt werden. Ironischerweise war es einfach gewesen, an ihre Aufrichtigkeit zu glauben, als er ihre Vision für falsch hielt. Nun aber, wo tatsächlich ein Mord passiert war, lagen die Dinge anders. Dank Monikas losem Mundwerk hatte die Kunde von seinem Treffen mit Chelsea Adams im Polizeirevier bereits die Runde gemacht. Jetzt würde es dort summen wie im Bienenstock. Sein Chef würde Reiger scharf im Auge behalten. Er würde die Sache mit viel Fingerspitzengefühl angehen müssen.

Im Moment schien es ihm am ratsamsten, Mrs. Adams Kommissar Turnbow zu überlassen, bis er zurück zur Dienststelle könnte. Turnbow hatte ein Händchen für Frauen. Fünfunddreißig Jahre alt und geschieden, eine gefällige Mischung aus rauem Polizist und jungenhaftem Charme, der in Gegenwart des »schwächeren« Geschlechts positiv zum Vorschein kam. Pat könnte Chelsea Adams die Befangenheit nehmen und sie gleichzeitig rösten wie ein Grillsteak.

Der Schweiß lief Reiger zwischen den Schulterblättern herunter, als er über den Parkplatz schlenderte.

Chelsea verkrampfte sich, als sie den Sergeant kommen sah.

»Hallo, Mrs. Adams.« Staub wirbelte um Reigers Füße auf, als er vor ihr stehen blieb. »Wie ich höre, haben Sie ganz schön was durchgemacht.«

Sie suchte vergeblich nach einer angemessenen Erklärung. »Sie müssen mich für verrückt halten, dass ich alleine hier herumspaziert bin.«

»Nein, ich –«

»Es ließ mir keine Ruhe! Erst als ich zu Hause war, habe ich verstanden, dass die ... Frau ... hier war und dass Sie das einfach nur noch nicht wussten.«

»Verstehe. Warum haben Sie mich dann nicht wieder angerufen?«

Sie sah auf ihre Füße. »Ich konnte mir nicht vorstellen, dass Sie auf mein Wort hin Männer ausschicken würden, um den ganzen Park zu durchkämmen.«

Als sie wieder aufschaute, schien Reiger ihr forschend ins Gesicht zu sehen. »Sie hatten ziemliches Glück – wenn das der richtige Ausdruck ist –, dass Sie den Pfad so schnell gefunden haben. Der Park ist groß.«

»Stimmt. Ich schätze mal, Gott hatte da seine Hand im Spiel.«

»Mag sein. Also, ich werde Ihnen sagen, wie es jetzt weitergeht. Ich werde gleich zur Schlucht gehen. Sie schicke ich zurück zum Revier zusammen mit meinem Partner, Pat Turnbow, der jeden Augenblick hier sein müsste.«

Quer über den Parkplatz rief ein Beamter einem Schaulustigen zu: »Treten Sie zurück, Sir!« Reiger warf einen Blick über die Schulter und wandte sich dann wieder Chelsea zu. »Er wird Sie ausführlich über die Vision befragen, die Sie behaupten gehabt zu haben. Wo Sie waren, ob jemand bei Ihnen war usw. Außerdem wird er mehr Angaben zu Ihrer Person benötigen.«

Chelseas Magen zog sich zusammen. *Behaupten, gehabt zu haben.* »Wollen Sie damit sagen, dass Sie mir nicht glauben?«

Reiger hob die Hand. »Hier geht es nicht darum, was ich glaube. Das ist reine Routinesache. Jeder, der eine Leiche findet, wird befragt. Aber Sie müssen verstehen, Mrs. Adams. Sie haben mir Einzelheiten über einen Mord erzählt, die bisher ziemlich exakt klingen – sobald ich am Tatort war, werde ich Näheres wissen. Ich teile Ihren Glauben an Gott. Und ich weiß, er kann mächtige Dinge tun. Aber meine Kollegen, allen voran mein Vorgesetzter, werden sehr misstrauisch sein. Berufskrankheit, wissen Sie. Deshalb kommt es darauf an, dass Sie uns alles erzählen, was Ihre Geschichte glaubwürdig macht. Selbstverständlich können Sie einen Anwalt hinzuziehen, wenn Sie wünschen.«

Chelsea war sprachlos, ein Dutzend Fragen drängten sich ihr auf. Warum hatte sie nicht selbst daran gedacht? Warum war ihr nicht klar gewesen, wie das aussehen musste? Sie und eine *Verdächtige*? Die Vorstellung war absurd. Und was war mit der Presse? Ihr Blick schweifte umher, zählte die Anzahl der bereits eintreffenden Reporter. Was war mit ihren Jungen? Paul würde furchtbar wütend auf sie sein. Hatte sie vorschnell gehandelt? Gladys hatte sie gemahnt, auf Nummer sicher zu gehen. Es schnürte Chelsea die Kehle zu. Nein, selbst bei allem, was geschehen war, hatte sie immer noch das Gefühl, das Richtige zu tun. *Herr*, betete sie innerlich, *wo bist du? Hilf mir!*

»Ich brauche keinen Anwalt«, brachte sie hervor. »Ich habe nichts zu verbergen. Aber ich muss nach Hause. Meine Söhne kommen bald aus der Schule.«

Reiger legte den Kopf schief. »Das kann eine Weile dauern. Haben Sie eine Freundin, die einspringen könnte?«

Gladys würde helfen. Und wenn sie keine Zeit hätte, dann andere aus der Gemeinde. »Ja.«

»Schön. Kommissar Turnbow wird Sie von der Wache aus anrufen lassen.« Beim Geräusch von aufspritzendem Kies unter Autoreifen drehte er den Kopf. Zwei Autos rollten gleichzeitig ein. »Ach, da ist er ja schon. Und die Spurensicherung ist auch schon da. Ich übergebe Sie jetzt Kommissar Turnbow; Sie sind bei ihm in guten Händen.«

Chelsea starrte auf den Kriminalbeamten, der aus seinem Auto stieg, und Furcht sägte an ihren Nerven. Er schien in ihrem Alter zu sein, hatte welliges, hellbraunes Haar, ein festes Kinn und nach oben gebogene Mundwinkel. Er sah überraschend gut aus, aber sie konnte an nichts anderes denken, als dass er sie ins Verhör nehmen würde. Sie *musste* diesem Mann ihre Unschuld beweisen.

In diesem Moment wusste sie, dass sie ihm von Gavil erzählen würde.

Die Vorstellung war schnell gemacht. Reiger schien unbehaglich zumute zu sein, die Gruppe Journalisten, die sich in der Nähe herumdrückte, lenkte ihn ab. Der Mann aus dem zweiten Auto kam heran. Er musste Ende zwanzig sein, mit rötlich blondem Haar.

»Hal, das ist Chelsea Adams«, machte Reiger bekannt. »Sie hat die Leiche gefunden. Mrs. Adams, Hal Weiss von der Spurensicherung.«

»Hallo.« Ihre Stimme klang schwach.

Ehe sie sich versah, eskortierte Kommissar Turnbow sie auch schon zu seinem Wagen. »Sie werden mit mir fahren müssen«, sagte er. »Ihr Auto holen wir später.«

Chelsea fühlte, wie sich die Mauern immer enger um sie schlossen. Nun durfte sie nicht mal mehr ihr Auto haben.

Aufgeregtes Lärmen hinter der gelben Absperrung erregte ihre Aufmerksamkeit. Reporter hoben ihre Kameras. »O nein!«, schrie sie, drehte den Kopf zur Seite und hielt blitzschnell die Hand vors Gesicht. Turnbow öffnete seine hintere Wagentür, sie kletterte hinein und duckte sich.

»Tut mir Leid, das«, sagte er, als er den Motor anließ. »Unmöglich, so eine Sache geheim zu halten, fürchte ich.«

Auf der ganzen Fahrt zum Polizeirevier hielt sie den Kopf gesenkt und fühlte sich, als sei sie soeben auf einem anderen Stern gelandet. Sie versuchte zu beten, aber ihr Geist konnte nur zwei Worte formulieren.

Warum, Gott? Warum?

Kapitel 11

Einen vorsichtigen Schritt nach dem anderen folgte Reiger Troy durch den Wald und versuchte dabei, genau in die Fußstapfen des jungen Parkwächters zu treten. Reiger wusste, dass Hal, ein erfahrener Kriminalist, hinter ihm das Gleiche tat. Spuren konnten sich überall am Weg finden; sie sollten so wenig wie möglich zertrampeln. Doch sie fanden nichts Bedeutsames. Keine Fußeindrucksspuren, die gut genug für einen Abguss gewesen wären. Nichts Fallengelassenes.

Beim Gehen betete Reiger. Egal, wie lange er schon im Dienst war, er hatte sich nie daran gewöhnen können, eine Leiche zu untersuchen. Glücklicherweise hatte er noch nicht viele zu Gesicht bekommen. Er hatte Freunde bei der Bezirksmordkommission, die schon alles gesehen hatten, und auch sie meinten, dass es nicht leichter würde. Der Unterschied zwischen ihnen und ihm, dachte er, war sein christlicher Glaube. In solchen beruflichen Situationen brauchte er Gott am meisten. Mit einem mulmigen Gefühl im Bauch wegen dem, was vor ihm lag, dankte Reiger Gott dafür, dass er immer da war, auch wenn es hart auf hart kam, und dass er in solchen Situationen auf eine Art und Weise wirken konnte, wie viele niemals meinen – oder glauben würden.

Reiger fragte sich, ob die »Vision« von Chelsea Adams in diese Kategorie gehörte.

Möglich. Er hoffte, dass sie die Wahrheit gesagt hatte, aber er hielt sich wohlweislich mit einem Urteil zurück. Der zwangsläufige Zynismus, den die Jahre im Einsatz mit sich brachten, flüsterte, sie habe einen ausgeklügelten Plan ausgeheckt, um einen Bekannten zu decken. Die Angst vor der Entdeckung brachte den Schuldgeplagten oft dazu, das erste Wort zu sagen. Doch Reigers Wissen über Gottes Macht drängte ihn dazu, ihr zu glauben. Tief in seinem Innern spürte er ihre Aufrichtigkeit.

»Da ist die Schlucht.« Die Worte des jungen Parkwächters drangen in seine Gedanken. »Und der Stein.«

»Nichts anfassen«, warnte Hal Troy. Sorgsam suchte Hal den Boden nach Fußabdrücken ab. Als er sah, wie Hal sich auf die Lichtung pirschte, wusste Reiger, der junge Mann war in seinem Element. Er würde äußerst sorgfältig mit den Puzzleteilchen der Beweisspuren umgehen.

Reiger zog Fotoapparat, Spiralblock und Bleistift hervor. »Sieh mal, Hal.« Er bückte sich. »Sieht aus, als habe man hier mit einem Zweig rumgewedelt.«

Beide beugten sich vor, um genauer hinzuschauen, während Troy zurücktrat. »Du hast Recht.«

Hal folgte der undeutlichen Spur im Sand mit den Augen. »Der Mörder muss rückwärts gegangen sein und seine eigenen Fußspuren verwischt haben. Diese kleinen hier könnten von Mrs. Adams stammen. Und die anderen da, die ihre kreuzen, könnten Jims sein.«

»Nicht sehr wahrscheinlich, dass wir gute Abgüsse bekommen. Aber das überrascht mich nicht.« Reiger nahm die Objektivkappe von seiner Kamera und schlich mit den Augen langsam auf den Grund der Schlucht. Selbst von da, wo er stand, war der Anblick grausig. Er schaute schnell weg. »Auf geht's.«

Die nächsten fünfundvierzig Minuten arbeiteten die beiden Männer Seite an Seite und sammelten methodisch Beweismaterial. Reiger fotografierte den Stein und den Boden ringsherum, das Ende des Weges und die Schlucht unter ihm. Er hatte im Laufe der Jahre bei der Aufklärung von Einbrüchen und anderen Verbrechen gelernt, selbst zu fotografieren; heute war ihm das sogar lieber. Zusätzlich machte er sich sorgfältige Notizen.

Hal kratzte vorsichtig Blut und Härchen vom Stein in getrennte Papiertüten und beschriftete sie. Er entdeckte auch ein winziges Etwas, das wie Haut aussah – möglicherweise ein unschlagbarer DNS-Beweis, wenn es nicht vom Opfer stammte. Auch das wanderte in ein Tütchen. Er untersuchte den Stein mit Rußpulver auf Fingerabdrücke. Nichts. Er hätte gerne den ganzen Stein mitgenommen, aber der war zu groß und steckte tief in der Erde.

Nichts übersehen – das Credo des Kriminalbeamten. Reiger notierte die Position des Felsblocks – wie groß sein Abstand zum Pfad war, wie groß zur Schlucht. Er und Hal suchten den Boden nach Handflächenabdrücken ab, obwohl sie nicht damit rechneten, welche zu finden. Sie diskutierten, wie die Leiche in die Schlucht gerollt worden sei. Erst als es oben nichts mehr zu entdecken gab, machten sie sich daran, in die Schlucht abzusteigen. Es gab keinen Pfad, dem sie hätten folgen können, sie mussten sich an Felsblöcken und Büschen vorbeischlängeln und sich an Ästen hangeln, als sie im Zickzack zum Grund der Schlucht vordrangen. Sie wählten absichtlich eine Stelle, die etwa drei Meter von der Leiche entfernt war. Noch ein Halt für weitere Fotos und Notizen.

»Sie muss schon mindestens vierundzwanzig Stunden hier liegen.« Hal nahm das Stadium der Fliegenlarven auf ihrem Gesicht in Augenschein, dann lehnte er sich zurück, um sich einen Gesamteindruck zu verschaffen. »Offensichtlich eine Joggerin. Shorts und Turnschuhe.«

Kein gutes Zeichen. Jogger trugen selten Ausweispapiere bei sich. »Sieh dir den rechten Schuh an«, deutete Reiger. »Da ist ein Stofftäschchen aufgenäht. Vielleicht werden wir da fündig.«

Sie setzten ihre Untersuchung der Leiche und der Umgebung fort, achteten aber streng darauf, den Leichnam selbst nicht zu berühren. Von Rechts wegen musste ein Ermittler der Gerichtsmedizin dabei sein.

»Ich habe der Gerichtsmedizin eine Vorgabe von einer Stunde gegeben.« Reiger bückte sich, um einen abgebrochenen Zweig genauer zu betrachten. »Keine Ahnung, wen sie schicken werden.«

»Hm.« Hal krauste die Nase, als ein Windstoß eine Strähne des blonden Haars des Opfers zerzauste. »Vielleicht finden wir Totenflecke auf ihrer Unterseite. Man muss sie oben getötet und anschließend runtergestoßen haben. Ich bezweifle, dass sie seitdem bewegt worden ist, außer von Tieren.« Seine Stimme war grimmig.

Leichenblässe – die schwerkraftbedingte Sammlung des Blutes am tiefsten Punkt des Körpers – verursacht rötlich braune Flecken auf der Haut. Sie sind ein klarer Hinweis auf die Lage des Körpers kurz nach dem Tod.

»Mann«, murmelte er, »da ist nicht mehr viel übrig für eine Autopsie.«

Ein Lebertemperaturcheck war ausgeschlossen, dachte Reiger. Manchmal dauerte es eine Weile, bis die Tiere Überreste witterten, aber diesmal schienen sie keine Zeit verloren zu haben. Das meiste Gewebe zwischen Hals und Unterleib war weggefressen. Das hieß: keine exakten Gewichtsangaben sowohl für den ganzen Körper als auch für die wichtigeren Organe. *Lieber Herr,* betete Reiger, *hilf der Familie dieser armen Frau.*

Ein Ruf schallte von oben herunter. Hal legte den Kopf zurück und sah Jake O'Brian, den Ermittler der Gerichtsmedizin, auf dem Weg nach unten. Troy blieb außer Sicht.

»Dan, Hal«, nickte Jake seinen Kollegen zu, als er den Grund erreicht hatte, und besah sich gleichmütig die Leiche. »Hm. Nette Fingernägel. Meine Tochter ist im Teeniealter und macht den ganzen Tag mit ihren Nägeln rum. Die würde glatt jemanden umbringen für solche Prachtexemplare.«

Hal brachte ein schwaches Lächeln zustande. Reiger hatte

Verständnis für ihren abgebrühten Humor. Sie brauchten das. Sie hatten tagtäglich mit solchen Grausamkeiten zu tun; manche Dinge musste das Herz abblocken. Das war eine Frage des nackten seelischen Überlebens. Erkenntnisse wurden gesammelt, registriert und in einen Behälter gesteckt, Gewitzel klickte den Deckel zu.

»Also«, murmelte Jake, »dann wollen wir doch mal sehen, was wir hier haben.«

Zu dritt untersuchten sie die Leiche. Jake wies auf alle Quetschungen und Brüche hin. Die Maniküre enttäuschte ihn letztendlich doch. Unter den Nägeln war viel Dreck und einer war direkt am Fleisch abgebrochen.

»Das ist vielleicht passiert, als sie kopfüber runterging, oder bei einem Kampf. Knallrot. Ihr seht den nicht irgendwo rumfliegen, was?«

Hal schüttelte den Kopf. »Mit dem ist wahrscheinlich ein Vogel auf und davon.«

»Ich werde dafür sorgen, dass dieses Stückchen in der Obduktion abgeknipst wird, nur für alle Fälle.« Jake hob die Hand und beugte sich vor, um die Fingerspitzen zu untersuchen.

Hal lugte unter einen dreckigen Nagel. »Hier ist was.« Er holte eine Pinzette aus seiner Tasche und kratzte vorsichtig einige Fasern eines goldbraunen Materials hervor, das unter dem zweiten und dritten Fingernagel steckte, dann versiegelte und beschriftete er es in einem Tütchen. »Hoffen wir mal, dass die nicht von einem Stoff kommen, den man in halb Haverlon findet.«

Reiger zog die Oberseite des kleinen Täschchens auf, das auf dem Schuh des Opfers befestigt war, und fand einen Hausschlüssel. Er zog ihn bedächtig mit einem Taschentuch heraus. »Bingo.« Und noch besser war, dass er an einem Ring hing, auf dem »MEG« in goldenen Buchstaben stand.

»Das ist fast unschlagbar«, sagte Jake.

Der Sergeant warf ihm einen schnellen Blick zu. »Du hast nichts dagegen, dass ich den schon mal an mich nehme, nicht wahr?« Reiger würde kostbare Zeit verlieren, müsste er warten, bis der Schlüssel in den Autopsiebericht aufgenommen war. Je länger die Identifizierung eines Opfers dauerte, desto kälter wurde die Spur des Verdächtigen.

Jake dachte über die Bitte nach, dann nickte er. »Nur zu.«

»Warte, ich nehme einen Abdruck«, sagte Hal. Ein guter Fingerabdruck könnte ihre Chance sein, das Opfer zu identifizieren, wenn man ihr jemals einen Fingerabdruck abgenommen hatte, etwa für eine Arbeitsstelle oder aus anderen Gründen. Reiger wartete, während Hal nach einem Abdruck auf der metallenen Oberfläche suchte. »Hey, gar nicht schlecht«, meinte Hal und zeigte das Ergebnis vor.

»Schön. Hoffen wir, dass wir eine Entsprechung finden.« Reiger nahm Hal den Schlüssel ab und steckte ihn ein.

Jake grunzte. »Ich habe schon ziemlich wilde Geschichten über Identifizierungen gehört. Einmal war dem Opfer während seiner Armeezeit ein Satz neuer Zähne verpasst worden und der praktisch denkende Militärarzt hatte ihren Namen auf die Zahninnenseite gestanzt.« Er verstummte, als er ein Augenlid hochhob, um etwas vom Glaskörper des blauen Auges abzunehmen, das stumpf ins Leere starrte und dann barmherzig verschwand, als das Lid zurück an seinen Platz klappte. »Ein andermal hat die Mordkommission von San Francisco eine Identität herausbekommen durch den Abholschein einer Heißmangel, der in der Hosentasche des Toten steckte.«

Es wurde wieder still bis auf das Knacken des Geästs unter ihren Füßen.

»So weit, so gut«, sagte Jake und stand auf, um sich die Beine zu vertreten. »Folgendes kann ich euch schon mal sagen.«

Er deutete auf den Kopf des Opfers. »Ins Gesicht geschlagen, Schädel zertrümmert, wahrscheinlich auf dem Stein da oben. Keine Schuss- oder Messerwunden, wenigstens nicht in dem, was von ihr übrig ist. Keine sichtbaren Anzeichen für eine Vergewaltigung. Unter Vorbehalt würde ich sagen, sie ist an der Schädelzertrümmerung gestorben, aber ich warte die amtliche Erklärung nach der Obduktion ab.«

Hal schüttelte den Kopf. »Ich habe nicht viel zusammen bekommen. Nichts zu finden an ihr. Keine Fingerabdrücke, keine Fußeindruckspuren, keine Fremdkörper. Vier oder fünf Goldfiberfasern. Das ist alles.«

Sie warteten etwa zehn Minuten, bis die Bergungseinheit mit einer Apparatur kam, die an ein Orangenpflückkörbchen erinnerte, mit der man Leichen aus schwer zugänglichen Gebieten barg. Bis die beiden Spezialisten das Opfer geborgen und Reiger, Hal und Jake O'Brian ihre Ausrüstung die Schlucht hinauf und unter Führung eines blassen Troys durch das Gehölz getragen hatten, war es fast halb fünf. Hals Auto mit Reiger und Troy darin folgte dem weißen Leichenwagen, der die gelben Blinklichter eingeschaltet hatte, auf der Schotterstraße Richtung Parkplatz. Schaulustige und Reporter stürzten sich auf die Fahrzeuge. *Klick. Surr.* Eine Fernsehkamera lief.

Haverlon wird heute Nacht seine Türen verrammeln, dachte Reiger.

»Sergeant Reiger!« Ein Mikrophon wurde ihm unter die Nase gehalten, als er aus dem Auto stieg. »Wissen Sie, wer das Opfer ist?«

»Wie lange hat die Leiche dort gelegen?«

»Es heißt, sie sei halb aufgefressen!«

Sie umschwärmten Reiger wie Bienen. »Keine Aussage zur Zeit, Leute«, antwortete er so höflich wie möglich. »Wir können noch nicht viel sagen.«

Der weiße Leichenwagen fuhr zuerst aus dem Park und rollte langsam durch die sich teilende Menge, um »Meg« zum Leichenschauhaus zu bringen. Hal steuerte mit seinen Funden das kriminaltechnische Institut an und Jake wollte wieder zurück in die Gerichtsmedizin.

»Buckman!«, schrie Reiger einem Polizisten zu, während er sich an den Journalisten vorbeikämpfte. »Trommel so viele Beamten wie möglich zusammen.« Er klopfte auf die Tasche mit dem Hausschlüssel. »Wir müssen eine Tür finden.«

Die Beamten sollten sich bei der Zentrale melden, wenn sie irgendetwas über eine junge blonde Joggerin namens Meg herausgefunden hatten. Reiger setzte seine Hoffnung auf den Schlüssel. Wenn irgendwelche Abdrücke in den Datenbeständen mit denen übereinstimmten, die sie vom Schlüssel abgenommen hatten, würde er sofort benachrichtigt werden.

Als er durch die Menge zur Wickens Road fuhr, fiel Reiger ein, dass er seit dem Frühstück noch nichts gegessen hatte. Sei's drum; nach dem, was er gesehen hatte, hielt sich sein Hunger in Grenzen. Außerdem hatte er Wichtigeres zu tun.

Er musste Mrs. Adams verhören.

Kapitel 12

Um viertel vor fünf zog Reiger an jenem Nachmittag die Tür zur Haverloner Polizeiwache auf. Monika empfing ihn mit einem Hochziehen ihrer dünn gezupften Augenbrauen, als er über den grünen Teppich schritt. Wortlos deutete sie in Richtung Turnbows Büro.

»Geben Sie mir Bescheid, sobald die Funkstreife etwas über das Opfer herausgefunden hat.« Er eilte den Gang hinunter, machte aber noch einen Abstecher in sein Büro, um zu telefonieren.

»Ediths Blumenladen.«

»Hallo, Liebe.«

»Dan!« Seine Frau klang überrascht. »Oh, oh. Es bedeutet nichts Gutes, wenn du von der Arbeit aus anrufst.«

Er grunzte. »Bingo. Wir hatten einen Mord. Und du weißt ja, was das heißt. Ich weiß nicht, wann ich zu Hause sein werde.«

Sie holte tief Luft. »In Haverlon ist jemand umgebracht worden? Wer?«

»Wir wissen es noch nicht. Eine Joggerin im Trent Park. Edith, mach dich auf was gefasst. Dieser Fall wird für die Presse ein gefundenes Fressen sein. Die Stadt wird eine Weile Kopf stehen.«

»Was ist passiert?«

Er seufzte. »Das ist eine lange Geschichte. Ich erzähl sie dir ... wenn ich da bin.« Er zog eine Schublade auf, holte während des Sprechens einen Kassettenrekorder hervor, stellte ihn auf den Schreibtisch und überprüfte, ob eine neue Kassette abspielbereit darin lag. »Ich muss jetzt los. Ach, übrigens, wir wollten ja zu dem Spiel der Giants gehen am Samstag. Du suchst dir wohl besser eine andere Begleitung.«

Edith seufzte. »Ist gut, Dan. Ich bete für dich.«

»Danke.« Reiger legte den Hörer auf, krauste gedankenverloren das Kinn und schob dann seinen Stuhl zurück, um in Turnbows Büro zu gehen.

Turnbow hatte seine Hausaufgaben gemacht.

»Sie ist aufrichtig, soweit ich das beurteilen kann«, sagte er mit gesenkter Stimme vor seiner Bürotür. »Ich habe mit einer Reihe ihrer Referenzen gesprochen – wir konnten übrigens eine Frau namens Gladys Dell dafür gewinnen, auf die Kinder aufzupassen. Sie bestätigten einige von Mrs. Adams' früheren Visionen. Vor allem diese Gladys. Offenkundig hatte sie ein paar ziemlich interessante. Und ich hab ihren Führerschein durch die Verkehrssünderkartei jagen lassen. Nichts, nicht mal eine Geschwindigkeitsüberschreitung.« Zügig fasste Turnbow zusammen, was Chelsea über die Firma ihres Mannes, das Dinner im Bayhill am vergangenen Abend und den Zeitpunkt ihrer Vision erzählt hatte. »Alles überprüft. Außerdem hat sie für gestern größtenteils sichere Alibis. Weiter zurück bin ich noch nicht gegangen.« Er händigte Reiger einen dicken Ringordner aus – der Anfang ihrer Fallakte, in der alle Berichte über den Fall stehen würden. »Hier ist alles, was sie am Mittwoch gemacht hat.«

Reiger überflog die krakelige Handschrift seines Partners. Normaler Tag. Um sieben Uhr aufstehen, Mann und Kinder zur Arbeit, Schule. Aerobic-Kurs bei BBs: 8:30 bis 9:30. Nach Hause, umziehen, einkaufen. Nach Hause: Mittag. Hausarbeit, Wäsche bis 14:30. Kinder abholen, zum Zahnarzt. Nach Hause: 17:00. Wäsche, umziehen, Dinner im Bayhill. Er reichte den Ordner zurück.

»Das Restaurant hat bestätigt, dass die Adams einen Tisch

für drei Personen für 19:45 Uhr reserviert hatten. Ihre Bedienung war noch nicht da, aber ich habe mit dem Besitzer gesprochen. Einem ...« Er schaute in seine Aufzeichnungen. »Fred Night. Er konnte sich an sie erinnern. Er sagte, die dritte Person sei ein Mann gewesen. Und was sagst du dazu, er erinnert sich deshalb so gut an sie wegen dem, was an ihrem Tisch vorgefallen ist. Er sagte, die Dame sei völlig von der Rolle gewesen am Ende der Mahlzeit.«

Reiger zog die Augenbrauen hoch.

»Er konnte es nicht richtig erklären. Er war auf der anderen Raumseite und bemerkte, dass die Frau am Tisch der Adams Anstalten machte, in Ohnmacht zu fallen oder so. Einer der Männer war kurz aufgestanden, also saß sie mit dem anderen allein da, der besorgt um sie schien. Dann kam der erste Mann zurück. Der Oberkellner stand ganz in ihrer Nähe, aber sie schienen seine Hilfe nicht zu wollen. Hinterher hat der Oberkellner Night erzählt, die Frau sei fast in Trance geraten. Jedenfalls sind die drei dann wenig später gegangen.« Turner zuckte mit der Schulter. »Night sagte, ihm sei klar gewesen, dass etwas passiert sein müsse, als er gesehen habe, dass sie ihr Dessert nicht angerührt hatten.«

»Das Dessert?«

»Soufflé. Das Bayhill muss berühmt dafür sein. Sie sagen, dass noch nie zuvor jemand sein Soufflé stehen gelassen habe.«

»Oh.«

Turnbow schloss das Notizbuch. »Noch was. Etwas, was sie dir *nicht* erzählt hat.«

Reiger sah seinem Partner fest in die Augen. Aus irgendeinem Grund lief ihm ein Schauer über die Haut. »Was?«

»Der Mann, mit dem sie essen waren. Sie sagt, er war es.«

Noch einmal ging Chelsea ihre Vision in allen Einzelheiten durch und diesmal ließ Reiger das Tonband mitlaufen. Dann und wann hakte er noch einmal nach und sie stellte den Sachverhalt klar. Die Einzelheiten, sagte er ihr, könnten sich als äußerst bedeutsam erweisen, da ihre Vision bisher exakt zu sein scheine. Chelsea spürte, dass Sergeant Reiger ihr glaubte, sein Partner hingegen skeptisch blieb, das aber hinter einer unerschütterlichen Professionalität verbarg. Der Teil mit Gavil Harrison schien jedoch beiden Bauchschmerzen zu machen.

»Verstehe ich Sie richtig«, sagte Reiger. Er saß rechts von Turnbows Schreibtisch. »Sie haben in der Vision selbst sein Gesicht nicht gesehen, aber hinterher seine schuldbewusste Miene?«

Chelsea zögerte, ihr morgendliches Gespräch mit Gladys war wie ein Stachel in ihren Gedanken. »Das ist so schwer zu erklären. Erinnern Sie sich, mir entschlüpften doch die Worte: ›Manchmal sehe ich Dinge.‹ Und mit einem Mal sah er verängstigt aus. Wir haben nicht weiter darüber gesprochen. Aber Sie wissen, wovon ich rede; Sie kennen das sicher auch, wenn Sie Leute verhören. Sie spüren, ob sie die Wahrheit sagen oder nicht oder wann sie etwas verheimlichen. Er sah mich schuldbewusst an. Ihm ist vermutlich nicht klar, wie viel ich weiß. Aber ich denke, er spürt zumindest, dass ich etwas in ihm erblickt habe. Und noch etwas bestärkt mich in meinem Glauben: Als ich aus der Vision auftauchte, *wusste* ich, dass das Böse in der Nähe war. So ein Gefühl hatte ich vorher noch nie. Aber schließlich war ich in meinen früheren Visionen auch nie wirklich in der Gegenwart der Menschen gewesen, die Unheil anrichteten.«

Reiger ließ das Thema fallen und stellte Fragen zu ihren anderen Visionen. Nach einer Stunde hörte Chelsea zu ihrer Verwunderung ihren Magen knurren. Sie hatte nicht gedacht, je wieder essen zu können. Der Sergeant lächelte.

»Meiner auch. Wir haben vermutlich beide das Mittagessen verpasst.« Er schaute in das Notizheft auf seinem Schoß. »Wir sind auch fast durch und anschließend kann Kommissar Turnbow Sie zurück zu Ihrem Wagen bringen.«

»Und dann?«, fragte Chelsea. »Ich meine, was mache ich jetzt?«

Reiger nickte. »Fürs Erste ist Ihr Teil erledigt. Wir werden uns vielleicht noch mal mit Ihnen in Verbindung setzen, wenn wir weitere Fragen haben oder wenn wir irgendwelche ... Ungereimtheiten feststellen zwischen den Informationen, die Sie uns gegeben haben, und unseren eigenen Ermittlungen. Zwei Dinge möchte ich klarstellen, Mrs. Adams. Erstens, dass ich geneigt bin, allem zu glauben, was Sie gesagt haben, so ungewöhnlich es ist. Zweitens, dass Glaube für unsere Ermittlungen kaum eine Rolle spielt. Mit anderen Worten, alles muss verifiziert werden. Was Mr. Harrison betrifft, so können wir dem mal nachgehen, überprüfen, ob es irgendeine Verbindung zwischen ihm und dem Opfer gibt, zum Beispiel. Sobald wir wissen, wer sie ist. Aber Sie müssen verstehen, dass kein Gericht eine Vision anerkennen wird. Noch nicht einmal diese Dienststelle oder mein Vorgesetzter, in dem Fall. Was mein Partner und ich jetzt brauchen, sind handfeste Beweise, wer dieses Verbrechen begangen hat. Und die wiederum beruhen schlicht und ergreifend auf kriminalistischer Kleinarbeit, die mühselig und zeitaufwendig sein kann. Wenn Sie also nichts von uns hören, müssen Sie nicht meinen, wir würden an dem Fall nicht mit allen Kräften arbeiten.«

»Ich verstehe.« Chelsea fühlte eine Flut der Erleichterung.

Reiger sah seinen Partner an. »Fällt dir noch was ein?«

»Ja. Die Medien.«

Reiger verdrehte die Augen. »Hast du schon irgendetwas in Richtung Öffentlichkeitsabblockung unternommen?«

»Dafür ist gesorgt. Offenkundig hat Mrs. Adams nie ihren Namen angegeben. Der Chef droht bereits, dass Köpfe rollen werden, falls ›Gerüchte‹ nach außen dringen. Und diesen Bericht«, Turnbow deutete auf den Notizblock, »kriegen nur wir und der Chef zu Gesicht.«

Chelseas Augen glitten zwischen den beiden Männern hin und her, eine dunkle Ahnung kroch ihr den Rücken herauf. Reiger fing ihren fragenden Blick auf. »Wir reden davon, als Sie heute Morgen hierher kamen«, erklärte er. »Unsere Rezeptionistin war über Ihre Aussage anscheinend so verdattert, dass sie vergaß, Sie nach Ihrem Namen zu fragen. Also hat ihn außer uns niemand gehört. Wie Sie sich sicher denken können, macht die Kunde von der, ähm ... Eigenartigkeit dieses Falles bereits die Runde auf der Wache.«

Chelsea bedachte ihn mit einem durchdringenden Blick. In Gegenwart seines Partners wollte er offensichtlich nicht über Gott reden. Reiger rutschte ein wenig hin und her, als habe sie ihn mit der Hand in der Keksdose erwischt.

»Auf jeden Fall«, sagte er weiter, »wird die Presse über uns herfallen. Sie werden mit Kriminalbeamten sprechen, mit deren Ehefrauen, Freundinnen und jedem, von dem sie sich vorstellen können, dass er etwas Vertrauliches in dieser Sache weiß. Wir werden unser Möglichstes tun, um die Wache dichtzuhalten, einschließlich unserer Rezeptionistin. Vielleicht gelingt es uns eine Zeit lang, und danach – wir werden sehen. Sie wissen ja, wie das ist. Irgendwann wenden die Reporter sich wieder anderen Dingen zu. Aber ein paar Einzelheiten werden höchstwahrscheinlich an die Öffentlichkeit gelangen. Wir werden auf jeden Fall alles daransetzen, dass Ihr Name nicht durchsickert. Denn wenn das passiert, werden Sie zu allem Überfluss die Reporter in ihrem Vorgarten kampieren haben.«

Chelsea war elend zumute. Sie schlug die Augen nieder, als sie sich den Dominoeffekt einer Medienhetzjagd ausmalte. Ihre Söhne in der Schule, Paul, seine Firma, ihre Gemeinde, ihre Freunde. Alle konnten in Mitleidenschaft gezogen werden. »Sie können mir glauben«, sagte sie, »ich werde ebenfalls alles tun, was ich kann. Ich werde niemandem mehr etwas erzählen. Nur meine Freundin Gladys weiß davon. Und natürlich wird mein Mann –«

Die Worte brachen abrupt ab, als ein neuer Gedanke hochkam. Sie fühlte, wie er schwer durch sie hindurchsank und Blasen einer dunklen Ahnung aufsteigen ließ. Ihre Augen weiteten sich, als sie den Kopf zu Sergeant Reiger hob.

»Gavil Harrison. Wenn ihm zu Ohren kommt, dass ich die Leiche entdeckt habe, weiß er Bescheid. Dann ist ihm alles klar.«

Kapitel 13

Reiger hörte das Ticken der Uhr. *Ticktack*. Mit jeder Minute wurde die Spur des Mörders kälter. Eine Stunde konnte eine Katastrophe sein; ein Tag das Ende.

Er rutschte auf seinem Sitz herum, während Turnbow eine weitere Straße in der Umgebung des Trent Park abfuhr. Sie hatten Chelsea Adams zurück zu ihrem Auto am Park gebracht und waren anschließend in die laufende Fahndung nach der Besitzerin des Schlüssels eingestiegen, der ein Loch in seine Hosentasche brannte. Es waren keine Entsprechungen zu dem Fingerabdruck auf dem Schlüssel gefunden worden. Nach einer Stunde hatten sie bereits an viele Türen geklopft, aber keine »Meg«. Von den anderen Beamten war auch nichts zu hören. Das war merkwürdig. Jogger waren keine Durchreisenden. Sie hatten meistens eine Familie oder Freunde oder wenigstens eine Arbeit. Warum hatte niemand diese Frau vermisst?

Er sah auf die Uhr. Sieben.

»Dapple Street.« Turnbows Stimme drang durch Reigers Überlegungen. »Ich bin als Kind immer auf dem Pferd eines Nachbarn geritten, das Dapple hieß. Als mein Vater noch lebte.«

Reiger warf seinem Partner einen Seitenblick zu. Die nervöse Erregung schaute ihm aus jedem Knopfloch – nichts Ungewöhnliches für einen ersten Mordfall. Die meiste Zeit über war Polizeiarbeit sterbenslangweilig. Reiger knurrte eine Antwort und drehte dann den Kopf wieder zur Straße.

Die Dapple Street war eine enge Sackgasse mit vierundzwanzig einstöckigen Wohnhäusern mit beigefarbenen Stuckfassaden und braunen Schindeldächern. Benachbarte Häuser teilten sich eine Seitenwand und hatten überdachte Veranden, die in kleine Vorgärten ragten. Jede Doppelhaushälfte schien das Spiegelbild der anderen zu sein, wenigstens von außen. Einzelgaragen bildeten einen Block am Ende der Straße zusammen mit einem als Besucherparkplatz angelegten Wendehammer, dessen Mitte mit Rasen und kleinen Bäumen bepflanzt war. Die Siedlung war anheimelnd und ruhig.

»Diese Art Reihenhäuser weisen meistens auf eine Hauseigentümervereinigung hin«, bemerkte Reiger. »Und das wiederum heißt, dass es einen Vorsitzenden gibt, der eine Liste aller Anwohner führt. Wenn wir den finden, sind wir hier schnell fertig.«

In der ersten Tür, bei der sie es in Parkplatznähe versuchten, der Nummer siebzehn, zeigte sich ein junges Paar, das neu in der Bay Area war und niemanden namens Meg kannte, aber wusste, wo der Vereinigungsvorsitzende wohnte. »Das muss Alice Geary sein.« Die Frau zeigte über die Straße auf ein Haus mit drei Silberbirken davor. »Sehen Sie sich vor«, flüsterte sie, als Turnbow und Reiger sich zum Gehen wandten, »das ist eine Quasselstrippe.«

Egal, dachte Reiger, sie hatten keine Zeit für Small Talk.

»Ich habe Sie schon kommen sehen«, flötete die kleine Frau, die ihre Haustür öffnete, noch bevor sie die Chance hatten zu schellen. Ihr graues Haar war im Nacken zu einem lockeren Knoten hochgesteckt, das knallige Pink von Hose und Hemdbluse fand sich in den kreisrunden Kullern auf ihren Bäckchen wieder. »Ich habe das Wappen auf Ihrem Auto gesehen und natürlich war ich bereits alarmiert von dem Sirenengeheul heute Nachmittag. Also habe ich mir gedacht, da ist was im Busch in der Nachbarschaft. Und wenn dem so ist, dann muss ich Bescheid wissen, weil ich hier Obacht gebe auf die Häuser, wissen Sie.«

Reiger stellte sich und Turnbow vor und kämpfte mit der

Ungeduld. Sie führten eine Untersuchung durch, erklärte er ihr, und bräuchten Hilfe. Ob Sie eine Anwohnerliste habe? Auf ihren Fragenschwall hin hob Reiger die Hand. »Es tut mir Leid, meine Dame, aber wir können Ihnen zur Zeit nicht mehr sagen.«

Alice Geary wiegte den Kopf. »Hmpf«, meinte sie verschnupft. »Ich mag eine alte Witwe sein, aber ich weiß, wann was im Busch ist.« Turnbow öffnete den Mund, aber sie kam ihm zuvor. »Keine Sorge, keine Sorge, ich habe genau das, was Sie brauchen.« Sie machte ein überlegenes Gesicht. »Folgen Sie mir in mein Büro.«

Reiger und Turnbow wechselten einen Blick und taten, wie ihnen geheißen war. Sobald Alice Geary ihre Haustür öffnete, umfing sie der satte Duft von Gemüsesuppe. Das Publikum einer Fernsehspielshow applaudierte lautstark aus dem Wohnzimmer. Sie ging hinein, um den Ton leiser zu stellen. Vor dem Fernseher stand ein Armsessel mit passendem Fußhocker, Wollknäuel und Stricknadeln quollen aus einem stattlichen Korb neben dem Sessel. Sie führte sie am Wohnzimmer vorbei in ihr Büro.

»Da haben wir sie.« Sie öffnete die Schublade eines grauen Stahlaktenschranks und zog ein schwarzes Büchlein hervor. »Die Liste ist immer auf dem neusten Stand – ich trage immer ein, wenn jemand kommt oder geht, mit Datum. Auf diese Weise«, sie rückte verschwörerisch an Reiger heran, »kann sich niemand beschweren, dass ihm zu viel abgeknöpft worden sei, wenn die Abrechnung fällig ist.«

Reiger nickte anerkennend und nahm ihr die Liste aus der Hand. Er überflog die erste Seite und stellte fest, dass die Namen nach Hausnummern sortiert waren, angefangen bei Nummer eins. Er sah keine »Meg« auf der ersten Seite. Aber er sah etwas anderes. Jäh hob er den Blick und starrte Turnbow an.

Marian Baker und Gavil Harrison. Nummer vier.

Turnbow runzelte fragend die Stirn, machte ansonsten aber keine Bewegung. Alice Geary sperrte die Ohren zu weit auf. Reiger blätterte die erste Seite um und überflog die zweite, wobei er schon halb damit rechnete zu finden, weshalb sie gekommen waren. Sein Blick blieb wieder hängen, diesmal beim letzten Eintrag. Nummer vierundzwanzig. Besitzer: Michael Ward. Mieter: Meg Jessler.

Irgendetwas war Reiger plötzlich auf den Magen geschlagen, nicht sein hastig hinuntergeschlungenes Abendessen, sondern etwas, was glatt und ölig durch ihn hindurchrollte wie eine gehärtete Wachskugel. »Würden Sie uns einen Augenblick entschuldigen, Mrs. Geary?« Die Frau hing ihm praktisch über der Schulter. Sie hob den Kopf und trat betont würdevoll zurück.

»Selbstverständlich.«

Still streckte Reiger Turnbow das Buch hin und zeigte von einem Namen auf den anderen. Turnbows Gesicht erschlaffte.

»Mrs. Geary«, wandte Reiger sich um. »Können Sie Meg Jessler beschreiben?«

Alice Geary fuchtelte mit der Hand. »Ach, mit Meg, mit der hat man keine Schwierigkeiten. Ein nettes Mädchen. Ein bisschen flatterhaft, aber sie ist ja noch jung. Zur Zeit ist sie nicht da.« Eine Falte zeigte sich auf ihrer Stirn. »Du liebe Zeit, sie hat vergessen, mir ihren Hausschlüssel zum Blumengießen zu geben.«

»Wo ist sie denn hingefahren?«

Mrs. Geary brauchte zwei Minuten für die Antwort und ließ sich darüber aus, wie Meg jemanden in Chicago kennen gelernt hatte und »quer durch die Lande« fuhr, um ihn zu besuchen. »Der hat ihr völlig den Kopf verdreht, wissen Sie. Sie hat mir einmal erzählt –«

»Wann ist sie weggefahren?«, schnitt Reiger ihr das Wort ab.

»Gestern Morgen.«

In seinen Gedanken blitzte das grausame Bild in der Schlucht auf. »Sie haben noch nicht gesagt, wie sie aussieht.«

Mrs. Geary sah ihn durchdringend an, der Schatten einer Ahnung überflog ihr Gesicht. »Warum?«

Turnbow berührte ihren Ellbogen. »Bitte.«

»Na schön.« Sie blickte zur Decke. »Sie ist um die fünfundzwanzig, blondes Haar. Aber nicht echt, wenn Sie mich fragen. Etwa ein Meter siebzig. Schlank. Joggt viel. Jeden Morgen, sagt sie, obwohl ich nicht früh genug auf bin, um es mit eigenen Augen zu sehen.«

Die Wachskugel rollte, schwerfällig. »Kommt man mit dem Haustürschlüssel auch in die Garage?«

»Ja«, antwortete Mrs. Geary, »entweder mit dem Schlüssel oder mit der Fernsteuerung.«

Reiger ging in den Flur. »Würden Sie uns sagen, welches ihre Garage ist?«

Sie nickte heftig und führte sie auf die Veranda. »Da drüben.« Sie wedelte mit dem Arm. »Hat die gleiche Nummer wie die Haushälfte. Aber wenn es das Auto ist, das Sie suchen, da werden Sie Pech haben. Das Mädel ist jetzt wahrscheinlich schon auf halber Strecke nach Chicago.«

Reiger war schon auf der untersten Stufe. Turnbow blieb auf der Mitte der Treppe stehen. »Sie lebt allein, richtig?« Ein Mitbewohner würde sie Zeit kosten, da sie gezwungen wären, seine Erlaubnis einzuholen, den Schlüssel auszuprobieren.

»Ja. Aber das Haus gehört ihr nicht. Sie hat es von Mr. Ward gemietet, der außerhalb wohnt, in Concord. Ihre Eltern zahlen den größten Teil der Miete; teure Gegend hier, wissen Sie.«

Turnbow nickte dankend und eilte seinem Partner hinterher.

»Dann wollen wir doch mal sehen, ob das unser Mädchen ist«, sagte Reiger sanft, als sie zur Garage kamen.

Turnbow wusste nicht, was er von all dem halten sollte. Wohin würde die »Vision Gottes« von Chelsea Adams sie als Nächstes führen? Das Ganze war reichlich seltsam.

Reiger zog den Schlüssel aus seiner Tasche und drehte ihn um. Er starrte auf die goldenen Buchstaben auf dem Kettchen. »MEG«. Schweigend steckte er den Schlüssel ins Schloss. Turnbow hielt den Atem an. Er passte. Reiger packte den Garagentorgriff und zog es mit leisem Rumpeln auf. Sie schauten hinein. Kisten an den Seitenwänden, ein Fahrrad in einem starken Halter an der Rückwand. Und ein burgunderfarbener Camaro.

Sie untersuchten ihn routiniert, sprachen wenig und öffneten die Türen mit der samtweichen Berührung eines Taschentuchs von Reiger. Im Fußraum vor dem Vordersitz lag die Plastiktüte eines Herrenausstatters, in der ein Schlafanzug war, der Kassenbon datierte vom vierten Juni. Auf dem Beifahrersitz lag eine ausgebreitete Straßenkarte vom Westen der Vereinigten Staaten, die bis Wyoming ging. Darunter, noch zusammengefaltet, eine zweite Karte der östlichen Bundesstaaten. Kassetten; eine Bürste; verschiedene Sonnenbrillen; eine Schirmmütze und eine zerknüllte Pommestüte, in der noch ein paar ranzige Fritten klebten, flogen auf der Rückbank herum.

Als sie fertig waren, verließen sie die Garage, ließen das Tor herunter und gingen die wenigen Schritte zum Haus Nummer vierundzwanzig. Sie klopften lautstark an die Tür, warteten, klopften noch einmal. Reiger steckte den Schlüssel, den er immer noch in der Hand hielt, ins Schloss. Das metallene Schlüsselkettchen klimperte leise.

Ein Schauer lief Turnbow den Rücken hinunter, als sie in das stille Haus traten. Ihm war, als beträten sie ein Mausoleum, die

Luft war drückend und stickig. Sie gingen ein paar Schritte den Flur entlang, ihre Schuhe knallten auf dem nackten Hartholzboden. Zu ihrer Linken lag das Wohnzimmer, die Fenster waren geschlossen. Ein Strahl der untergehenden Sonne fiel durch ein Doppelfenster, das zur Straße blickte. Man sah den Staub in seinem Licht tanzen. Bücher und Zeitschriften, ein paar Klamotten, ein halb volles Glas warmen Sodas verbreiteten einen Hauch von Nachlässigkeit, als wäre jemand nur mal eben kurz rausgegangen und käme jeden Moment zurück. Die Küche auf der anderen Flurseite wirkte aufgeräumt, aber nicht sauber. In Turnbows Augen war dies die Arbeit von jemandem, der einmal flüchtig durchgeputzt hatte, mit den Gedanken aber ganz woanders war.

Im Schlafzimmer im hinteren Teil des Hauses herrschte Unordnung. Das Bett war nicht gemacht, Kleidung, Modeschmuck und Schuhe flogen durcheinander. Ein großer Koffer gähnte in einer Ecke auf dem Fußboden, in der einen Hälfte waren Damenwäsche aus schwarzer Spitze und eisblau, Strumpfhosen, Slips und ein grünes Taftkleid.

»Sie wollte also verreisen, na schön.« Turnbows Stimme tat ihm in den eigenen Ohren weh. Er hockte auf den Absätzen neben dem Koffer.

Reiger trat an eine lange Eichenkommode rechts von Turnbow und nahm eine goldgerahmte 8-mal-10-Zoll-Fotografie zur Hand. Turnbow erhob sich schwerfällig und stellte sich neben ihn, um einen Blick darauf zu werfen. Sie war blond, ihr Haar glatt und lang. Sie lehnte an der Schulter eines Mannes Mitte zwanzig, hatte einen Arm um ihn gelegt und den anderen vor sich, um nach seiner Hand zu greifen. Ihre Fingernägel waren manikürt, lang und rot. Sie lächelte breit, fast mit Besitzerstolz. Ihrer Sinnlichkeit ging jegliche Feinheit ab. Obwohl sie auf dem Foto ein geblümtes Strandkleid trug, konnte Turnbow sie sich gut in abgeschnittenen Shorts und Pullunder, die aufreizenden Beine gekreuzt, über einer Margarita hängend in einer Bar auf dem El Camino vorstellen. Es kam ihm in den Sinn, dass dies eine junge Frau war, die mit Geld zu beeindrucken war, und zwar nicht mit Kleckerbeträgen, weil ihr eigener Lebensstil das widerspiegelte, sondern mit stattlichen Summen. Sprich mit der Jahresprämie eines erfolgreichen Vertreters. Oder mit dem Glanz viel versprechender Aktien.

»Kannst du sagen, ob sie das ist?«

Reiger starrte das Foto unverwandt an. »Sie ist nicht viel jünger als meine zweite Tochter.« Seine Stimme klang belegt und er räusperte sich. Er stellte das Bild mit beiden Händen langsam, fast ehrfürchtig zurück. Als er sich umdrehte, sah Turnbow, dass sein Gesicht aschfahl war, die Kiefer arbeiteten.

»Nehmen wir die Sache in Angriff.«

Kapitel 14

Gladys erwartete sie schon, als Chelsea in die Garage rollte. »Wie *geht* es dir, Liebe?« Sie umarmte Chelsea herzlich.

Beim Klang der vertrauten Stimme traten Chelsea Tränen in die Augen. »Ganz gut.«

»Es wird alles gut werden.« Gladys hielt sie so lange fest, bis Chelsea sich gefasst hatte.

»Wo sind die Jungen?« Chelsea wischte sich über die Augen.

»Vor dem Fernseher. Ich habe ihnen zwei Filme aus der Videothek besorgt. Abenteuer pur – natürlich.« Gladys grinste, als hoffte sie, mit ihrer eigenen Lebenslustigkeit ihre Freundin aufmuntern zu können. »Die Hausaufgaben sind gemacht und ich dachte, die Filme würden sie beschäftigt halten.«

»Du bist ein Schatz.« Dankbarkeit durchströmte Chelsea.

»Ach, nicht der Rede wert.« Gladys winkte ab.

»Die Jungs ... wissen sie eigentlich etwas?«

»Nein. Ich habe ihnen gesagt, du seiest bei einer Besprechung, fertig.«

»Gut.« Chelsea stieß einen Stoßseufzer aus. Sie war so müde. »Ich will ihnen nämlich nicht früher als notwendig etwas erzählen.«

Sie gingen zur Tür. »Sag mal, hast du Hunger?«, fragte Gladys. »Ich habe Pilzsuppe und Rouladen gemacht. Zart und schmackhaft, wenn ich das so sagen darf. Du weißt ja, ich bin in der Küche ebenso in meinem Element wie auf dem Motorrad!« Sie eilte geschäftig in die Küche zum Herd.

»Gladys«, murmelte Chelsea halb zu sich selbst, »du bist eine Wucht.«

Gegen halb zehn lagen die Jungen im Bett und Gladys war

nach Hause gegangen. »Möchtest du, dass ich heute Nacht bei dir bleibe?«, hatte sie sich anerboten. »Mach ich gern.«

Chelsea wusste, dass sie dann extra nach Hause fahren und ihr Schlafzeug holen müsste. Gladys hatte schon genug getan. »Es wird schon gehen, wirklich. Außerdem wird Paul anrufen und ich werde ihm alles erzählen müssen. Das könnte ein längeres Gespräch geben.«

Gladys hatte verstanden. »Ich werde für diesen Anruf beten. Dass Gott die Ereignisse benutzt, um Pauls Herz weich zu machen.«

»Danke. Paul glaubt vermutlich, allen Grund zu haben, sauer auf Gott zu sein. Nicht nur, dass er mir verrückte Visionen schickt, jetzt nimmt er Paul auch noch den Spitzenkandidaten weg.«

Gladys sah nachdenklich aus. »Das ist mir noch die Frage.«

»Wie meinst du das?«

Sie zögerte. »Ich weiß, dass bisher alles, was du ›gesehen‹ hast, eingetroffen ist. Aber sei nicht allzu überrascht, wenn Paul dir das mit Gavil immer noch nicht abnimmt.«

Chelsea blickte Gladys an und versuchte, die versteckte Andeutung in diesen Worten zu verstehen. Ein Teil von ihr fühlte sich wie ein milde getadeltes Schulkind. Gladys hatte es zwar nicht gesagt, aber sie spürte ihrer Freundin die Enttäuschung darüber ab, dass sie Gavil bei der Polizei so schnell erwähnt hatte. Hatten sie darüber nicht heute Vormittag erst gesprochen? Der andere Teil von ihr dachte an Paul. Sie war sich nicht sicher, wie er auf all das reagieren würde, und sie hatte keine Lust auf noch eine Auseinandersetzung. Sie wollte einfach ein verständnisvolles Ohr. In diesem Augenblick wünschte sie, sie bräuchte überhaupt nicht mit Paul zu reden.

Er rief um kurz nach zehn an.

Wie sollte sie anfangen? Chelsea hörte sich halbherzig seine Erlebnisse des Tages an und begann dann zögerlich, von sich zu erzählen. Sie sprach über zehn Minuten lang, Pauls Schweigsamkeit staute die Angst in ihr auf. Als es an der Zeit war, ihm zu erzählen, dass sie Gavils Namen an die Polizei weitergegeben hatte, stockte sie. Sie brachte es nicht übers Herz. Er würde wütend werden. Vielleicht würde es leichter sein, wenn er zu Hause war, nachdem er Zeit gehabt hatte, alles zu verdauen.

Sie beendete ihre Geschichte. Er schwieg noch immer. »Paul?« Sie saß stocksteif auf ihrer Bettkante und betete um sein Verständnis. Wenn sie je seine Anteilnahme gebraucht hätte, dann jetzt. »Bist du mir böse?«

Er gab einen kehligen Laut von sich. »Nein. Ich bin dir nicht *böse;* wie könnte ich – nach allem, was du durchgemacht hast. Ich hätte ... mir nur gewünscht, dass du gewartet hättest, bis ich nach Hause komme. Wir hätten erst darüber reden sollen. Normalerweise treffen wir unsere Entscheidungen gemeinsam. Aber seit du in dieses christliche Zeug reingeraten bist, scheinst du mehr und mehr auf eigene Faust zu unternehmen. Zur Kirche gehen, diese Visionen haben. Das gibt mir das Gefühl, nicht mehr so zu deinem Leben dazuzugehören wie früher.«

»Das ist nicht wahr! Ich brauche dich mehr als je zuvor. Ich habe *Angst;* du hast ja keine Ahnung, wie schrecklich der Tag heute war.«

»Warum konntest du dann nicht abwarten? Vielleicht hätte ich nicht gewollt, dass du dich in das Ganze einmischst.«

Chelseas Blick wanderte zu ihrem Hochzeitsfoto an der Wand. »Paul, wie hätte ich mich nicht einmischen sollen? Wenn du diese Dinge wüsstest, könntest du sie für dich behalten? Irgendwo da draußen vermissen Menschen jemanden aus ihrer Familie; meinst du nicht, dass sie wenigstens ein Recht darauf haben zu erfahren, was passiert ist? Ich weiß, das

Ganze ist fürchterlich, und ich hätte meine Nase da nie freiwillig reingesteckt. Aber vielleicht benutzt Gott das, um bei der Ergreifung des Täters zu helfen, wer auch immer das ist. Der Kerl darf nicht frei herumlaufen.«

Pause. »Und du glaubst, dass es Gavil ist.«

Chelsea fühlte sich plötzlich erschöpft. Gott sei Dank hatte sie Paul nicht alles erzählt. Sie wollte das Gespräch nicht einmal mehr beenden. Oder ihm ins Gesicht sehen, wenn er nach Hause kommen würde. Was, wenn er auf den Gedanken käme, sie zu fragen, ob sie der Polizei von Gavil erzählt habe? Sie konnte nicht lügen. Chelsea musste beinahe lachen. Der einzige Grund, weshalb er nicht gefragt hatte, war wohl, weil er sich nicht vorstellen konnte, dass sie so dumm sein würde.

»Paul«, sagte sie, es schnürte ihr die Kehle zusammen, »ich weiß, du hältst mich für verrückt. Und vielleicht bin ich das auch. Aber ich kann das nicht alleine durchstehen. Mir geht das Bild von dieser Leiche nicht aus dem Kopf. Und ob du glaubst, dass Gavil damit zu tun hat, oder nicht, ich fürchte mich vor ihm. Glaub mir, ich ziehe mich nicht von dir zurück.«

»O Chelsea, es tut mir Leid«, sagte Paul besänftigend. »Du hast so einen schweren Tag hinter dir und ich rede die ganze Zeit von meinen eigenen Sorgen.«

Chelsea schloss vor Erleichterung die Augen.

»Hab keine Angst heute Nacht; du bist völlig in Sicherheit. Schalt die Alarmanlage ein, wenn du dich dann wohler fühlst.«

Ihr Haus war gegen Feuer und Einbruch mit einer Alarmanlage gesichert, die mit einer Wach- und Schließgesellschaft in Redwood City verbunden war. Normalerweise schalteten sie den Alarm nicht scharf, wenn sie zu Hause waren, sie brauchten ihn eigentlich nur, wenn sie in Urlaub fuhren. Es gab zwei Steuereinheiten, eine in der Küche und eine im Elternschlafzimmer. »Das mach ich wahrscheinlich«, antwortete Chelsea.

»Ich lande morgen Nachmittag gegen vier und versuche, gleich nach Hause zu kommen, ohne vorher einen Abstecher ins Büro zu machen. Okay?«

»Okay.«

»Dann reden wir weiter. Du hast ja meine Nummer für den Fall, dass du heute Nacht hier anrufen willst, stimmt's? Ich geb sie dir noch mal durch, sicher ist sicher.« Paul las sie vor, während Chelsea nach Papier und Stift auf dem Nachtschränkchen griff. »Wenn du mich aus irgendeinem Grund brauchst heute Nacht, ruf an.«

Kapitel 15

»Lass uns mit der Vernehmung bei Gavil Harrison anfangen«, meinte Reiger zu Turnbow, als sie über den Parkplatz der Wohnsiedlung schlenderten.

Trotz des seltsamen Zufalls blieb Turnbow skeptisch. »Warum ausgerechnet bei *ihm?* Wir müssen die *ganze* Siedlung abklappern.«

Reiger bog in einen kurzen Gartenweg zur Nummer vier ein. Er war mit roten und gelben Blumen gesäumt. »Warum? Sieh mal, Turnbow, das ist unser einziger Anhaltspunkt. Aber keine Sorge, wir werden an jede Tür klopfen.«

Anhand von Mrs. Gearys Listen hatten Turnbow und Reiger die Anschrift von Meg Jesslers Eltern herausgefunden und die Ortspolizei verständigt, damit man dort das Ehepaar aufsuchte und ihnen die Nachricht vom Tod ihrer Tochter überbrächte. Megs Vater hatte seine Tochter im Leichenschauhaus identifiziert – er habe die Ruhe eines Mannes weggehabt, der unter Schock steht, sagte der Ortspolizist, der ihn begleitet hatte, um ihm seelischen Beistand zu leisten. Per Telefon hatte der Beamte Turnbow und Reiger durchgegeben, was Megs Eltern über deren Arbeit und ihren Freund in Chicago erzählt hatten.

Reiger drückte auf Harrisons Türklingel und wartete. Turnbow hörte es innen läuten. Eine Frau, die er auf etwa sein Alter schätzte, mit hellbraunem, kurz geschnittenem und sehr lockigem Haar öffnete die Tür. Sie war ungefähr eins siebzig groß und wäre vermutlich gerne zehn Pfund leichter gewesen. Ihr Gesicht war rund mit großen, tief liegenden Haselnussaugen. Hosenanzug, etwas Schmuck, zurückhaltendes Makeup.

»Frau Marian Baker?«

»Ja?«

Reiger stellte sich und Turnbow vor und zeigte seine Dienstmarke. Ihre Augen wurden noch runder. »Dürfen wir Sie einen Augenblick sprechen?«

Sie suchte mit den Augen den Besucherparkplatz ab. »Wo steht Ihr Auto?«

»Dort drüben«, zeigte Reiger. »Ein Zivilwagen.«

Sie bestand darauf, dass sie vor der Tür auf der Veranda warteten, während sie die Angaben bei der Polizei überprüfen lassen wollte. Als sie zurückkam, entschuldigte sie sich für die Verzögerung.

Die hellgrün gestrichene Küche lag linker Hand, als sie eintraten. Der hintere Teil des Raumes war als großzügiger Essbereich gestaltet, dicht an einer Schiebeglastür, die auf eine Terrasse führte. Zu ihrer Rechten war das Wohnzimmer, in Beige- und Brauntönen gehalten. Am Ende der Diele sah Turnbow zwei Türen, die erste ging in ein Arbeitszimmer. Hinter der zweiten vermutete er das Schlafzimmer.

Im Wohnzimmer hockte sich Marian Baker auf die Kante eines Sessels und bedeutete ihnen, auf dem Sofa Platz zu nehmen. Mit verlegenem Gesichtsausdruck baute Reiger seinen Kassettenrekorder auf dem Couchtisch vor ihnen auf. »Tut mir Leid, Mrs. Baker, dass dieses Ding da laufen muss. Es kann schneller mitschreiben als ich.«

Sie fragten, ob Mr. Harrison zu Hause sei. Nein, er sei noch auf der Arbeit.

Marian reagierte schockiert, als sie vom Tod ihrer Nachbarin hörte.

Sie hatte Meg kennen gelernt, kurz nachdem sie voriges Jahr in die Dapple Street gezogen war. Meg war der Möbelwagen aufgefallen und ein paar Tage später war sie vorbeigekommen, um eine Produktreihe an Kosmetikartikeln vorzustellen, die sie vertrieb. Marian wurde schon bald eine Stammkundin.

»Wie oft haben Sie sie gesehen?« Reigers Stimme klang beiläufig, während er einen Fussel von seinem Hemd bürstete, aber Turnbow wusste, dass er in Hochspannung war. Immer wieder holte er tief Luft, als habe er Sauerstoffmangel.

»Nicht oft, nur wenn ich etwas brauchte.« Sie dachte einen Augenblick nach. »Vielleicht alle drei Monate oder so. Und selbst dann habe ich meistens nur bei ihr angerufen, um etwas zu bestellen, und sobald sie die Sachen da hatte, kam sie damit vorbei und ich stellte ihr einen Scheck aus.«

Turnbow speicherte die Information gedanklich ab. Meg Jessler konnte mit jedem Haushalt in der Siedlung Kontakt gehabt haben. »Haben Sie sie jemals zusammen mit Freunden hier gesehen, etwa wegfahren oder nach Hause kommen?«

Marian schüttelte den Kopf. »Nein. Die Dapple Street ist sehr ruhig. Man lebt zwar dicht zusammen, kennt sich aber in dem Sinne nicht.« Sie zuckte die Achseln. »Jeder hat zu tun. Nicht mal die Leute von nebenan sehen wir häufig. Die dort drüben«, sie zeigte in Richtung Wickens Road, »haben eine Bäckerei, deshalb verlassen sie schon in aller Frühe das Haus, um den Laden zu öffnen. Sie haben Bäcker angestellt, denke ich, weil sie nachts zu Hause sind. Und der Typ von dieser Seite«, sie nickte mit dem Kopf zur Hausnummer sechs, »ist erst seit ein paar Monaten hier. Ich habe mich vorgestellt, aber Gavil hat ihn, glaube ich, noch nie zu Gesicht bekommen.«

Das letzte Mal hatte sie mit Meg Jessler vor etwa zwei Wochen zu tun gehabt, als sie durchsichtigen Nagellack und ein paar Lippenstifte kaufte. »Obwohl«, sie machte eine Pause, »ich sie da eigentlich auch nicht gesehen habe. Wie gesagt, ich habe die Sachen telefonisch bestellt, und als sie ein paar Tage später damit vorbeikam, war ich verreist. Gavil war zu Hause und er hat ihr den Scheck gegeben.«

Turnbow verzog keine Miene. »Hat er sie sonst noch mal getroffen?«

Verstehen huschte über ihre Züge, sofort gefolgt von den gestählten Muskeln der Gewissheit. »Ich denke nicht.« Sie schien das erklären zu wollen. »Er ist wegen seiner Arbeitszeit noch seltener hier als ich. Und er ist viel häufiger verreist. Außerdem wohnt er erst seit drei Wochen hier.«

Reiger dankte ihr für ihre Zeit, ließ das Band aber laufen. »Wo arbeiten Sie eigentlich?«

Sie sei schon seit fünf Jahren als Beraterin bei Barry & Harry in Haverlon, sagte sie. Sie berate Unternehmen in Fragen zu Personalverwaltung, Büroführung, Stellenausschreibungen und so Sachen. Reiger plauderte mit ihr und entlockte ihr den Namen eines »besonders abhängigen« Mandanten in Südkalifornien. Sie schien sich während des Gesprächs ein wenig zu entspannen, obwohl ihr Blick immer noch von einem Mann zum anderen huschte und ihre Hände beim Sprechen herumwedelten. Sie erinnerte Turnbow an ein nervöses Fohlen.

Sie redeten noch eine ganze Weile – und erfuhren Einzelheiten, wie sie vor zwei Tagen zu dem Mandanten in den Süden geflogen und über Nacht geblieben war –, bevor Reiger das Band abschaltete und etwas murmelte wie, dass er das fast vergessen hätte.

Sie folgten Marian zur Eingangstür, während Turnbow überlegte, was es bedeuten könnte, dass ihr Lebenspartner am Dienstagabend allein gewesen war. Reiger behielt den lockeren Plauderton bei, machte Bemerkungen über das Wetter und bewunderte ihre Einrichtung, zeigte auf ein paar abgewetzte Gartenhandschuhe aus Leder, die auf der Arbeitsplatte in der Küche lagen, und fragte, ob sie die Gärtnerin sei. Das war sie. Seine Frau liebe die Gartenarbeit auch, plapperte er weiter. Und Ediths Handschuhe sähen genauso mitgenommen aus wie ihre.

Sie traten auf die Veranda und bedankten sich nochmals. Reiger verstummte, als die Tür hinter ihnen ins Schloss fiel.

Danach trennten sie sich. Reiger wiederholte seine Vorstellung für die Leute mittleren Alters in Hauseinheit zwei, denen die Backstube gehörte. Turnbow klopfte bei Nummer sechs und bekam keine Antwort. Er ging weiter zur Nummer acht. Dort lebte ein Pärchen mit einem kleinem Baby. Die Frau stillte die Kleine im Schlafzimmer, während der Mann mit Turnbow sprach. Nein, sie würden Meg Jessler nicht richtig kennen. Sie sei einmal an ihre Haustür gekommen und habe ihre Kosmetika vorgestellt, aber seine Frau sei nicht interessiert gewesen. Nein, sie hätten in den letzten achtundvierzig Stunden nichts Auffälliges bemerkt. Turnbow machte sich ein paar Notizen und bedankte sich.

Er trat gerade aus der Tür, als Reiger auf derselben Seite die Straße hochkam.

Sie trafen sich in der Mitte, in der Nähe von Nummer sechs, um sich auszutauschen. Die Bäckereibesitzer, berichtete Reiger, hätten ihm erzählt, dass sie noch bis vor einem Monat jeden Morgen um viertel vor sechs aus ihrer Garage gefahren seien, um in San Mateo ihren Laden zu öffnen, und dabei häufig eine blonde Frau durch die Siedlung joggen sehen hätten. Doch seitdem die Geschäfte besser liefen, führen sie schon um halb sechs los und seit dieser Zeitänderung hätten sie sie nicht mehr gesehen.

»Viertel vor sechs ist reichlich früh.« Turnbow stellte sich die Dapple Street in der Stille der soeben erst aufgegangenen Sommersonne vor. Die Wickens Road, der direkte Weg zum Trent Park, war eine ländliche Straße mit wenigen Häusern. »Wir finden womöglich niemanden, der sie gesehen hätte.«

Die Haustür von Nummer sechs ging auf. Turnbow drehte sich um und sah einen jungen Mann mit dichtem, schwarzem

Haar im schwarzen Anzug und Fliege nach draußen eilen. Sein Haar war feucht.

»Entschuldigen Sie.« Turnbow trat dem Mann in den Weg, als dieser zum Bürgersteig kam, und zückte Stift und Notizbüchlein. »Wir müssen kurz Ihre Zeit in Anspruch nehmen, Sir. Wären Sie so freundlich, uns ein paar Fragen zu beantworten?«

Turnbow fragte zuerst nach dem Namen. »Jackson Doniger«, erwiderte der junge Mann und musterte die Kriminalbeamten neugierig. Doniger gab an, dass er erst vor kurzem in die Mammutbaum-Wohnsiedlung gezogen war. Sie hätten an seiner Tür geklingelt? Oh, das tue ihm Leid, da sei er wohl unter der Dusche gewesen. Als Turnbow erklärte, was vorgefallen war, machte Doniger große Augen, ganz der überraschte Nachbar.

»Nein, ich habe sie nicht gekannt.« Er fuhr sich mit der Hand durchs Haar und in dieser Geste lag sein ganzes Bestreben, endlich loszukommen. Als er in Turnbows Augen las, dass dieser ihn durchschaut hatte, schien er zerknirscht. »Tut mir Leid. Da reden wir über den Tod einer Nachbarin und ich mache mir Sorgen, wie ich rechtzeitig zur Arbeit komme.«

Reigers Blick fiel auf den Anzug, die Standarduniform in Dutzenden besseren Restaurants auf der Halbinsel. »Haben Sie zufällig in letzter Zeit morgens etwas oder jemanden Ungewöhnlichen gesehen?« Er erwähnte beiläufig, dass Meg dafür bekannt war, in der Früh joggen zu gehen.

»Nein, ich fürchte nicht. Ich komme nicht vor Mittag aus den Federn. Ich arbeite abends im Restaurant und gehe hinterher meistens noch aus, also komme ich erst spät ins Bett. Eigentlich hatte ich heute Abend frei, sonst wäre ich schon längst auf der Arbeit, aber sie haben mich gerade für ein paar Stunden angefordert.«

Turnbow schrieb sich etwas auf. »Also sind Sie so früh noch nicht auf den Beinen?«

Er zuckte die Achseln. »Nur wenn ich aus irgendeinem Grund nicht schlafen kann, was selten vorkommt.« Er sah auf die Uhr. »Hören Sie, ich habe jetzt die Wahl. Entweder fahre ich zur Arbeit und rede später mit Ihnen, oder wenn Sie jetzt noch Fragen haben, rufe ich meinen Chef an und sage ihm, was los ist.«

Als er sich zu Reiger umwandte, sah Turnbow, dass sein Partner irgendetwas verfolgte, was auf der anderen Parkplatzseite vor sich ging. Er warf einen Blick über die Schulter. Ein Mann steuerte mit seinem BMW auf die Garage Nummer vier zu.

Doniger wartete. Turnbow wandte sich wieder dem jungen Mann zu. »Wir werden in den nächsten Tagen noch öfter hier in der Gegend sein. Wir kommen auf Sie zurück. Wahrscheinlich morgen.«

Doniger sagte, das gehe in Ordnung, bot ihnen seine Telefonnummer an und hastete dann zu seiner Garage neben der von Gavil Harrison, der soeben hineinfuhr.

Turnbow sah Harrison aus seinem Auto steigen und Aktentasche und Mantel vom Rücksitz nehmen. Er verließ die Garage und drückte auf den Knopf einer Fernbedienung in seiner linken Hand, die Aktentasche und den Mantel in der Rechten. Das wummernde Scheppern des Tors dröhnte über den Beton.

»Mr. Harrison?«

Sie schnitten ihm auf dem Bürgersteig den Weg ab, erklärten die Situation und fragten, ob sie ein paar Fragen stellen dürften. Turnbow sah müde Überraschung über sein Gesicht huschen, dann Resignation, als bedeute ihr Dasein nach einem ohnehin schon anstrengenden Tag nun auch noch einen unerquicklichen Feierabend. Sobald sie im Haus waren, manövrierten sie ihn ins

Büro und schlossen die Tür. Turnbow informierte zuvor noch Marian, dass sie ungestört bleiben müssten. Nachdem sie den Anzug gegen Jeans und T-Shirt eingetauscht hatte, kam sie Turnbow beinahe kindlich vor. Um ihretwillen hoffte er, dass Harrison nichts auf dem Kerbholz habe.

Die Büroeinrichtung bestand aus einem großen Eichenschreibtisch mit einem Computer, einem Drehstuhl auf Rollen, Einbauregalen voller Bücher an einer Wandseite, einem hohen Aktenschrank aus Eiche, einem Stuhl in einer Ecke und einer eins fünfzig breiten Ledercouch. Reiger ließ sich auf dem Drehstuhl nieder und stellte seinen Kassettenrekorder auf den Tisch. Turnbow nahm die Couch.

Harrison zögerte und stand unbeholfen vor dem Stuhl in der Ecke. Reiger bedeutete ihm, Platz zu nehmen, und schaltete den Kassettenrekorder an. Der Sergeant fragte als Erstes, wann er Meg Jessler zuletzt gesehen habe. Gavil erzählte ihnen, das sei ein paar Wochen her, als sie mit Kosmetiksachen für Marian vorbeigekommen sei. Er habe sie in Empfang genommen, bezahlt und sie sei gegangen.

»Wie lange haben Sie mit ihr gesprochen?«

Gavil zuckte die Achseln. »Nicht lange. Eine Minute oder zwei schätzungsweise.«

»Ist sie ins Haus gekommen?«

»Nein.«

»Sie mussten Geld holen, nicht wahr? Was hat sie in der Zwischenzeit gemacht?«

»Genau genommen habe ich einen Scheck geholt. Und sie stand wartend in der Tür.«

»Sie haben sie nicht hereingebeten?«

Gavil zögerte. »Das hört sich unhöflich an, nicht?« Er lachte kurz. »Vielleicht habe ich es ja getan, aber ich kann mich nicht erinnern, dass sie hereingekommen ist.«

»Also – sind Sie sich nicht sicher.«

»Nicht ganz. Ich kann mich wirklich nicht erinnern.«

»Haben Sie sie seitdem noch einmal gesehen?«

Harrison drückte Daumen und Finger einer Hand gegen die Augen. »Ich denke nicht.«

»Schön.« Reiger dachte einen Moment nach. »Waren Sie schon mal im Trent Park?«

»Ja. Marian und ich sind dort vor ein paar Monaten mal samstags spazieren gegangen.«

»Sind Sie auf den Nebenwegen gewandert?«

»Nein. Wir gingen den Hauptweg entlang.«

»Auch nie dort joggen gewesen?«

»Ich bin kein Jogger.«

»Also – sind Sie nie dort joggen gewesen.«

»Richtig.«

»Schön.« Reiger machte eine Pause. »Würden Sie uns sagen, was Sie gestern gemacht haben?«

Gavil schoss Reiger einen Blick zu. »Warum?«

»Routinesache, Sir«, warf Turnbow ein. »Die Frage stellen wir jedem.«

Gavil schloss die Augen und seufzte. »Da gibt es nicht viel zu erzählen. Ich habe den ganzen Tag gearbeitet, und abends bin ich zu einem Geschäftsessen gegangen. Ich bin erst kurz vor halb elf zu Hause gewesen.«

»Wann sind Sie zur Arbeit gefahren?«

Für den Bruchteil einer Sekunde zögerte er. »Ich stehe für gewöhnlich gegen halb sechs auf, verlasse gegen sieben Uhr das Haus und komme gegen halb acht ins Büro.«

»Und wo arbeiten Sie?«

»Bei Titan Electronics in Sunnyvale. Ich bin zuständig für den Vertrieb in der westlichen Region.«

Reiger kratzte sich die Wange. »Sie sagten, für gewöhnlich kämen Sie gegen halb acht ins Büro. Wann sind Sie denn *gestern* gekommen?«

»He, was soll das?« Harrison hob die Hand.

Turnbow war auf einmal ganz ruhig. Der Mann benahm sich, als hätte er etwas zu verbergen. Es lag an der Krümmung seines Rückens, dem Zusammenkneifen der Augen. »Entschuldigen Sie bitte«, warf Turnbow ein. »Nur noch ein paar Fragen. Wenn Sie sich unwohl fühlen, können wir einen neuen Termin ausmachen, bei dem ein Anwalt anwesend ist.«

»Ein Anwalt! Nein, ich meine doch nicht ... Ich brauche keinen Anwalt.«

»Also schön«, erwiderte Reiger. »Wann sind Sie also ins Büro gekommen?«

Harrison schluckte. »Wie gesagt, normalerweise komme ich gegen halb acht dorthin.«

»Und *gestern?*«

Eine leise Antwort, die Augen niedergeschlagen. »Gegen halb acht.«

Ein knochiger Finger bohrte sich in Turnbows Rückgrat. Er hätte schwören können, dass der Mann log.

»Halb acht«, wiederholte Reiger.

»Ja. Halb acht.«

»Und Sie haben Ihr Haus nicht verlassen, bevor Sie zur Arbeit gingen?«

»Richtig.«

»Und wann waren Sie wieder zu Hause?«

»Das habe ich Ihnen doch schon gesagt.« Die Antwort kam prompt. »Ich blieb bis etwa sieben Uhr abends. Dann fuhr ich zu dem Geschäftsessen bis um etwa halb elf.«

»Sind Sie mittags essen gegangen oder waren Sie tagsüber auf irgendwelchen Sitzungen?«

Harrison schüttelte den Kopf. »Nein, nur in meinem Büro. Ich habe im Feinkostimbiss im Erdgeschoss gegessen.«

Reiger beugte sich vor, um den Kassettenrekorder abzuschalten. »Das wär's. Haben Sie vielen Dank, Mr. Harrison.

Entschuldigen Sie, dass wir Sie nach einem langen Tag noch behelligen mussten. Wenn wir noch Fragen haben, dürfen wir dann wieder auf Sie zukommen?«

Gavil Harrison stand auf und lächelte holzschnittartig. »War mir ein Vergnügen. Meg machte einen netten Eindruck. Bin froh, wenn ich Ihnen irgendwie behilflich sein konnte.«

Turnbow nickte skeptisch.

Kapitel 16

Wie eine Motte, die es zum Feuer zieht, wartete Chelsea auf den Beginn der Spätnachrichten. Zum zehnten Mal hatte sie überprüft, ob auch alle Türen unten verriegelt und alle Fensterläden verschlossen seien. Sie war schon oft abends allein zu Hause gewesen, wenn Paul unterwegs war, und nie hatte sie sich gefürchtet. Aber in dem Moment, als sie den Hörer auflegte, machte sich ein Gefühl der Einsamkeit in ihr breit. Ihre Angst davor, Paul zu begegnen, war dem Wunsch gewichen, er müsse nicht so viel verreisen. Er war etwa ein Drittel der Zeit auf Reisen, und wenn er da war, arbeitete er zwölf bis vierzehn Stunden am Tag. Eine Firma aus dem Nichts aufzubauen war keine Kleinigkeit und sie und Paul hatten stundenlang über die Probleme gesprochen, die unweigerlich auf sie zukommen würden, bevor er beschlossen hatte, seinen sicheren Posten bei einem großen Softwareunternehmen aufzugeben und sich selbstständig zu machen. Die Übergangszeit war hart gewesen. Der zusätzliche Stress in Pauls Leben, sein geringerer Verdienst, das alles hatte von der ganzen Familie seinen Tribut gefordert. Chelsea hatte daraufhin auf der Highschool von Woodside Englischunterricht gegeben und gelernt, gleichzeitig Mutter von zwei aufgeweckten Jungen und berufstätig zu sein. Ihre starke Beziehung mit Paul hatte die Familie zusammengehalten.

In den vergangenen drei Jahren war es mit AP Systems (Pauls Initialen rückwärts; PA klang nach PA-Anlage, nach öffentlicher Beschallungsanlage) bergauf gegangen und Pauls Gehalt war gestiegen. Sie hatten ihr Haus in Woodside so kosteneffizient wie möglich gebaut und zwei Jahre gebraucht, um im hinteren Teil des Gartens eine Teichlandschaft anzulegen, vom Transport bis zum Setzen der fünf Tonnen Steine. Im vorigen Jahr war Chelsea aufgrund staatlicher Sparmaßnahmen gekündigt worden und sie hatten beschlossen, dass sie sich keine neue Arbeit suchen würde. Anfangs war es ihr komisch vorgekommen, zu Hause zu bleiben, aber heute empfand sie es als Wohltat.

Sie lag, gegen ein paar Kissen gelehnt, auf ihrem Bett und drückte auf die Fernbedienung. Es dauerte nicht lange, da kam ihre Geschichte. Milt Waking, der Reporter, der für Kanal Sieben die Lokalnachrichten brachte, stand vor der Haverloner Polizeiwache.

»... heute im sonst so stillen Haverlon. Aus polizeilichen Quellen verlautete, dass eine namentlich nicht genannte Frau bei einem Spaziergang im Park über eine Leiche stolperte.« Chelsea sah sich selbst in den Nachrichten, mit eingezogenem Kopf zum Schutz vor den Kameras im Trent Park. Sie fühlte sich fehl am Platz, wie sie dort ihre eigene Gestalt gehen sah. Würden die Leute sie erkennen? Würde Gavil sie erkennen? Ein Schauer lief ihr den Rücken hinunter.

»... Vor wenigen Minuten wurde das Opfer von ihrem Vater identifiziert. Es ist die fünfundzwanzigjährige Meg Jessler, eine Bewohnerin der Mammutbaum-Wohnsiedlung unweit vom Park. Die Polizei hat bislang weder ein Motiv noch Tatverdächtige.«

Die Nachricht fesselte Chelsea ans Bett. Sie durfte gar nicht erst anfangen, sich auszumalen, dass ein Vater solche Überreste identifizieren musste. *O lieber Jesus,* dachte sie, *lieber Jesus.* Mehr Worte fand sie nicht, aber sie wusste, Gott verstand ihr Gebet.

»Meg Jessler.« Sie flüsterte den Namen, ließ ihn sich auf der Zunge zergehen. Chelsea fragte sich, was für ein Mensch Meg gewesen sei, wo sie gearbeitet habe, wer ihre Freunde gewesen seien. Sie war noch so jung gewesen.

»... Die Polizei wollte sich zu dem Fall nicht äußern, Polizeipräsident Wilburn erklärte lediglich, dass sie ›sich unverzüglich an die Aufklärung dieses fürchterlichen Verbrechens begeben haben, um den Täter vor Gericht zu bringen.‹ Wir werden Sie über die Entwicklung dieses Falles auf dem Laufenden halten.«

Chelsea war elend zumute, sie schaltete den Fernseher aus. Wie sollte sie jetzt einschlafen können? Sie blickte zum Telefon, überlegte, doch noch Gladys zu bitten rüberzukommen, dann ging ihr auf, wie spät es war. Außerdem, was konnte Gladys schon ausrichten? Sie erhob sich vom Bett und ging ins Badezimmer. Sie würde das Licht dort heute Nacht brennen lassen. Zurück am Bett, gab sie den fünfstelligen Alarmanlagencode auf dem Bedienfeld neben der Schlafzimmertür ein. Sie hielt inne und starrte auf das rote Lämpchen, das Betrieb signalisierte. Wenn irgendeine Tür oder ein Fenster geöffnet würden, würde die Anlage laut genug losheulen, um Tote aufzuerwecken. Die Wach- und Schließgesellschaft würde sofort anrufen, um rückzufragen. Ginge niemand ans Telefon, würde man die Polizei verständigen. Chelsea kletterte mit verspannten Muskeln ins Bett. Egal, wie viel sie betete, die Dunkelheit schien Augen zu haben und jedes Rascheln der Bäume vor dem Fenster war ein Flüstern. Lange blieb Chelseas Blick fest auf den beruhigenden Lichtschimmer aus dem Bad geheftet. Allmählich aber übermannte sie die Erschöpfung eines langen, ereignisreichen Tages.

Sie schlief.

Mitten in der Nacht riss ein Geräusch Chelsea aus dem Schlaf. Das Zimmer war stockfinster. Ihre Gedanken rasten im Kreis. Was war anders? Ein Frösteln überlief sie, als sie sich erinnerte. Das Badezimmerlicht war aus.

Sie konnte nichts sehen, bis sich ihre Augen an die Dunkelheit gewöhnt hatten. Sie hörte noch ein Geräusch. Jemand kam die Treppe hoch. Ein Schritt. Pause. Noch ein Schritt. Das gedämpfte Quietschen einer Hand, die über ein poliertes Geländer gleitet.

Steh auf!, schrie Chelsea sich selbst zu. *Schließ die Tür zu!* Dann dachte sie an ihre Kinder, deren Zimmer noch dichter an der Treppe lagen als ihres. *Gott, hilf uns!* Ihr Körper war starr vor Schreck. Wie konnte sie die Jungen beschützen? Sie sah sich die Bettdecke zurückwerfen, den Panikschalter der Alarmanlage drücken und den Flur hinunterrennen, um ihre Söhne zu beschützen. Aber ihre Glieder gehorchten ihr nicht.

Wie war er ins Haus gekommen? Das Blut sauste ihr in den Ohren, ihr war schwindlig. Sie kämpfte gegen die aufsteigende Panik an.

Er musste die Kabel der Alarmanlage durchtrennt haben.

Die Luft in ihrem Zimmer war stickig. Ihre Kehle wie zugeschnürt. In jenen langen, gedehnten Sekunden hörte sie, wie die Schritte den Flur erreichten und genau auf ihr Zimmer zusteuerten. Ein Schritt. Noch einer. Sie sah im Geiste, wie der dicke, beigefarbene Teppich unter jedem einzelnen Fußtritt zusammengedrückt wurde. Näher. Die abgewetzte Spitze eines Turnschuhs. Noch näher. Eine Hand, die an der Wand entlang fuhr, eine schmierige Blutspur zog.

Halt, halt!, schrie Chelsea, brachte aber keinen Laut hervor.

Haut auf Metall. Das Klicken eines gedrehten Knaufs, ein leiser Stoß, und die Tür öffnete sich einen Spaltbreit. Chelseas Mund öffnete sich weit zu einem Schrei, aber der Laut gluckste in ihrer Kehle. Noch ein Schritt, und Gavil war im Zimmer, ging auf ihr Bett zu. Als er sich immer drohender erhob, war sie plötzlich überwältigt von Eukalyptusduft. Ein Windstoß fegte durch den Raum, Mammutbäume raschelten in der Ecke. Das Bett unter ihr wurde steinhart und der Boden fühlte sich kalt an. *Nein, nein, das kann nicht sein!* In der Dunkelheit sah sie zwei Hände, die sich mit verschränkten Daumen zu ihrem Hals herabsenkten. Sie versuchte vergeblich, noch einmal zu schreien, aber ihre Zunge war ein einziger Klumpen und ihr Hals zugeschnürt.

Bei der ersten Berührung seiner Fingerspitzen heulte ein Kojote unter ihrem Fenster.

Chelsea kniff die Augen zu und versuchte wieder zu schreien. Ihr Kehlkopf rasselte. Sie fühlte sich wie eine in Angst und Schrecken versetzte Seele auf der Suche nach ihrem Verstand, als ob sie aus einer entlegenen Ecke zuschaute. In diesem Moment verschwanden die Hände. Der Wind raschelte nicht mehr. Der Kojote schwieg.

Ihre Augenlider sprangen auf. Fünf Sekunden vergingen. Das Schlafzimmer war ruhig. Still. Schwach erhellt vom Badezimmerlicht. Ihr eigener Körper lag unter ihrer Bettdecke.

Ein Stöhnen entwich ihren Lippen, sie schnappte nach Luft. Ihr Herz pochte wild. Chelsea drehte den Kopf und sah auf den Wecker neben dem Bett. Halb fünf. Es würde erst in einer Stunde dämmern. Sie bemühte sich, ruhig zu atmen.

Sie hatte einen entsetzlichen Albtraum gehabt. Das war alles. Nur ein Traum. Sie ließ das auf sich wirken.

Nur ein Traum.

Nach ein paar Minuten fühlte sie sich stark genug, um aufzustehen. Ängstlich schlich sie sich aus dem Bett und um die Ecke ins Badezimmer. Sie stürzte ein Glas Wasser hinunter. Bevor sie wieder ins Bett fiel, machte sie alle Lampen im Raum an.

In dieser Nacht war an Schlaf nicht mehr zu denken.

Freitag, 7. Juni

Kapitel 17

Die Autopsie fand am Freitagvormittag um zehn Uhr statt. Reiger war anwesend, ebenso Hal Weiss vom kriminaltechnischen Institut. Der amtliche Leichenbeschauer, Gene Mowery, war ein sechzigjähriger Veteran, Jake O'Brien sein Ermittler. Turnbow war eifrig damit beschäftigt, die Informationen, die er und Reiger am Vorabend gesammelt hatten, zu überprüfen und ein Profil des Opfers zusammenzupuzzeln, um daraus Hinweise auf Tatverdächtige abzuleiten.

Reiger war müde. Er hatte sich noch lange mit Edith unterhalten, nachdem er endlich nach Hause gekommen war. Sie hatten sich ans Bett gekniet und gemeinsam gebetet – für Meg Jesslers Familie und dass Gerechtigkeit geschehe. »Und, lieber Herr, lass selbst dieses schreckliche Ereignis«, hatte Reiger gebetet, »zu deiner Ehre dienen. Durch mich, durch Chelsea Adams, durch die anderen Beteiligten.« Im Stillen betete er diese Worte wieder, als er widerstrebend auf die grausigen Überreste blickte. Er hatte wenig gefrühstückt und in diesem Moment war er froh darüber.

»Hier haben wir ein Contrecoup-Trauma.« Mowery untersuchte das Gehirn. »Sehen Sie sich nur die Verletzung hier an und die Schwellung dort.« Er deutete auf den Stirnlappen. »Offensichtlich das Okziput zerschlagen. Sie muss drei-, vielleicht viermal auf den Hinterkopf geschlagen worden sein.« Er wandte sich an Hal. »Sie erwähnten etwas von Blut auf einem Felsbrocken, der dort im Boden steckt.« Hal nickte. »Das wird die Todesursache sein, falls die Toxikologie nicht noch mit einer Überraschung aufwartet.«

Der Toxikologiebericht würde die Untersuchungsergebnisse vom Gehirn und von anderen Organen enthalten und Mowery würde die Todesursache nicht mit letzter Gewissheit benennen, ehe er diesen nicht erhalten hätte. Es war offensichtlich, dass Meg auf den Hinterkopf geschlagen worden war. Doch was wäre, wenn man sie vorher betäubt oder sogar vergiftet hätte? Unwahrscheinlich zwar, aber der Toxikologiebericht würde Klarheit schaffen.

»Contrecoup?«, Reiger hielt etwas Abstand zum Tisch. »Das ist mir neu.«

»Hat mit Membranverletzungen zu tun. Wenn man beispielsweise einen Schlag auf den Hinterkopf bekommt, kann man eine genauso schwere – manchmal sogar eine noch schlimmere – Verletzung auf der gegenüberliegenden Hirnseite davontragen. Genau das ist hier der Fall.«

Reiger grunzte.

Mowery untersuchte die Überreste der Organe, und der Körper wurde auf Knochenbrüche oder Geschosse geröntgt. Eine systematische Zusammenstellung aller Vergewaltigungsindizien gehörte ebenso zur Standardprozedur wie das Abnehmen von Fingerabdrücken, obwohl das Opfer bereits identifiziert war. Weiss kratzte etwas Dreck unter den Fingernägeln hervor und knipste ein Stück des abgebrochenen Nagels ab. Er durchkämmte Megs Haar nach Fremdkörpern. Jeder Beweisschnipsel wurde einzeln eingetütet und beschriftet.

Die Indizien waren spärlich.

Reiger verließ kurz vor Mittag das Leichenschauhaus und zog seinen Spiralblock aus der Tasche, während er im hellen Sonnenlicht blinzelte. Zeit für eine Fallrevision. Mowery hatte sich während der Obduktion seine eigenen Notizen gemacht, die manchmal auch als »Protokoll« bezeichnet wurden und die Grundlage für den Autopsiebericht bildeten. Reigers Aufzeichnungen waren für seinen persönlichen Gebrauch bestimmt, bis er den Bericht bekommen würde. An sein Auto gelehnt, schrieb er oben auf ein leeres Blatt: »Autopsie«. Dann listete er die Fakten auf, die an jenem Vormittag zusammengetragen worden waren, falls die Toxikologie nicht noch mit »Überraschungen« aufwartete.

Erstens – Todesursache: drei oder vier Schläge auf den Hinterkopf. Zweitens – einzige andere Körperverletzung: das zerschlagene Gesicht. Keine Knochenbrüche, keine Stichwunden in den Überresten des Körpers erkennbar. Drittens – geschätzter Todeszeitpunkt: zwischen Sonnenaufgang und Mittwochmittag. Viertens – keine Anzeichen für eine Vergewaltigung. Fünftens – einziges Beweismaterial, das untersucht werden muss: Goldfasern und Dreck von unter den Fingernägeln.

»Bitte, Gott, gib, dass die DNS aufschlussreich ist.« Reiger steckte den Notizblock ein.

Wenn das winzige Hautstückchen, das sie auf dem Stein gefunden hatten, zu einem Tatverdächtigen und nicht zum Opfer passte, dann wäre das ihr Trumpf im Ärmel. Ohne den aber hatten sie wenig Anhaltspunkte für weitere Fahndungen.

Turnbow klopfte an die Tür von Hausnummer sechs in der Dapple Street. Er war zur Mammutbaum-Wohnsiedlung gefahren, um noch einmal mit Mrs. Geary zu sprechen, und da kam ihm der Gedanke, da er schon mal hier sei, könnte er auch gleich die Vernehmung von Jackson Doniger unter Dach und Fach bringen. Er betrachtete die Wohnanlage von Donigers oberster Treppenstufe aus, wartete auf eine Reaktion und klopfte wieder.

»Komme.« Donigers Stimme klang schlaftrunken. Die Tür ging auf und da stand er im weißen Bademantel ungekämmt und unrasiert im Türrahmen. »Oh, entschuldigen Sie. Ich hab noch gepennt.«

Er lud Turnbow in ein Haus, das genauso geschnitten war

wie das von Marian Baker, nur spiegelverkehrt. Turnbow hatte viele dieser Wohnhäuser gesehen und war mit der Architektur in der Mammutbaum-Wohnsiedlung mittlerweile zwangsläufig besser vertraut, als er je gedacht hätte. Sie saßen an einem Küchentisch aus schwarz lackiertem Chrom. »Ein Kaffee gefällig?« Turnbow hatte sein tägliches Quantum Kaffee schon gehabt, als er am Morgen versucht hatte, wach zu werden. Es hatte nicht angeschlagen. Er nickte dankbar.

Doniger hatte ihrer ersten Vernehmung wenig hinzuzufügen. »Kann sein«, sagte er und füllte ihre schnell geleerten Tassen wieder auf, »dass ich die Meg Jessler mal gesehen habe. Ich wohnte vielleicht einen Monat hier, als ich eine Blondine, auf die Ihre Beschreibung passt, aus der Siedlung fahren sah. Aber sicher bin ich mir da nicht.« Auch über seine Nachbarn konnte er Turnbow nicht viel erzählen. »Von dem, was ich bisher von ihnen zu Gesicht bekommen habe, sind die meisten älter als ich. Und die meisten arbeiten tagsüber, denke ich. Manchmal sehe ich Leute ungefähr dann nach Hause kommen, wenn ich zur Arbeit gehe. Ich sage: ›Hallo‹, sie sagen: ›Hallo‹, und das war's dann.«

Turnbow war vor Enttäuschung schon ganz unruhig. Diese Vernehmung, wie so viele andere, dauerte nun schon fünfzehn Minuten und führte zu nichts. Er musste noch bei anderen Leuten vorbei, außerdem wartete eine lange Liste mit Telefonaten. Er beendete das Gespräch ziemlich abrupt und entschuldigte sich, Doniger aus dem Bett geholt zu haben.

»Ach, kein Problem.« Doniger winkte ab, während er ihre Tassen ins Spülbecken stellte.

Als er die Wohnsiedlung verließ, fuhr Turnbow am Ü-Wagen eines lokalen Fernsehsenders vorbei, der soeben einbog. »Da haben wir den Salat«, murmelte er vor sich hin. In den Abendnachrichten würden heute zweifellos Bilder aus der Siedlung und von Meg Jesslers Haustür zu sehen seien. Einer der Reporter, Milt Waking, war besonders widerlich gewesen. Er war um das Polizeirevier geschlichen und hatte versucht, Beamten auszufragen, wann denn nun die Autopsieergebnisse vorlägen. Turnbow fragte sich, wie lange es dauern würde, bis die Informationen über Chelsea Adams durchsickerten.

Er stöhnte, während er seinen Nacken knetete. Seine Muskeln waren verspannt. Eine ordentliche Mütze Schlaf würde ihm sicherlich gut tun, aber an Schlaf war vorerst wahrscheinlich überhaupt nicht zu denken. Doch jetzt war keine Zeit für Grübeleien. Im Augenblick hatte er einem Verdacht auf der Wickens Road nachzugehen, und als er um die Kurve bog, kam sein Ziel in Sicht.

Das Haus war klein – eine Streichholzschachtel, wie Turnbows Großmutter im tiefsten Kansas sagen würde. Flach, weiß und quadratisch, erinnerte es ihn an die Gegend, in der er aufgewachsen war, wo Männer mit kantigen Gesichtern früh morgens aus dem Haus gingen, die Blechbrotdosen unterm Arm, um auf den Farmen der Bessergestellten mit ihren Weizenfeldmustern zu arbeiten. Abends schleppten sie sich wieder nach Hause, erschöpft und nach Schweiß und Mist stinkend. Als kleiner Junge hatte er die schwieligen Hände seines Vaters bewundert, die breiten, kräftigen Finger, die zwei Tonnen schweres Ackergerät genauso leicht steuern konnten wie Pat seinen Spielzeugkipper schieben. Diese Hände waren sanft, wenn sie ihn kurz an sich zogen, fest, wenn sie straften, und entschlossen, wenn sie bei den sonntäglichen Baseballspielen im Sommer einen Schläger umklammert hielten.

Der erste Schuss – die Schreckreaktion eines überraschten Diebs – hatte die Stille der Winternacht und eine dieser Hände zerrissen, die zum Schutz blitzschnell hochgegangen waren.

Turnbow ließ den Wagen ausrollen. Ein Auto fuhr auf der

Wickens Road vorbei in Richtung Trent Park, der nur eine viertel Meile von hier war, seine Räder summten auf dem Asphalt. In der darauf folgenden Stille schien Turnbows zuknallende Tür laut genug, um jeden vorzuwarnen, der drinnen sein mochte. Am Donnerstag war niemand zu Hause gewesen, als man andere Bewohner in der Umgebung vernommen hatte in der Hoffnung, einen Zeugen zu finden. Im Zuge der Nachprüfungen hatte Turnbow von einem Nachbarn, der ein Stück weiter unten in der Straße wohnte, erfahren, dass in dem Haus ein allein stehender älterer Herr lebte, der oft bei seiner Tochter am anderen Ende der Bucht zu Besuch war. Nein, der Nachbar kannte den Namen der Tochter nicht. Wahrscheinlich war hier nichts zu holen, aber Turnbow wollte sicher gehen.

Als er den schmalen Gartenweg betrat, dessen aufgebrochener Zementboden mit unverwüstlichem Unkraut übersät war, ging die Haustür auf.

Der Mann sah aus wie Mitte siebzig, war klein, beinahe hager, mit gebeugten Schultern und lichtem weißem Haar. Er bewegte sich langsam, aber seine tief liegenden grauen Augen tanzten lebhaft.

Sein Name sei Jenkin Tommason, sagte er, nachdem er Turnbow in ein kleines, vor Gerümpel dämmriges Wohnzimmer gebeten hatte. Sei zu Besuch bei seiner Tochter gewesen, ja, Sir, genau wie der Nachbar gesagt habe. Sei am Mittwochmorgen gegen elf weggefahren, als seine Tochter mit ihren zwei kleinen Kindern – seinen Enkelchen, wissen Sie – gekommen sei, um ihn abzuholen. Ja, er habe dort die Nachrichten gesehen über das Mädchen, das im Trent Park ermordet worden war. Sei erst heute Morgen in der Früh nach Hause gekommen, jawohl, seine Tochter habe ihn früh zurückbringen müssen, damit sie mit einem der Kinder noch habe zum Arzt können wegen Husten. Tommason hatte sich nicht anstecken wollen und deshalb entschieden, einen Tag früher als geplant zurückzukommen.

Turnbow bewunderte gebührend ein holzgerahmtes Foto von Tommasons Tochter mit ihren Kindern, das er von einem staubigen Beistelltischchen genommen hatte, und stellte das Bild dann wieder zurück. »Die junge Frau, die getötet wurde, Mr. Tommason, ist vermutlich irgendwann am Mittwochmorgen hier vorbeigejoggt. Ich frage mich, ob Sie etwas gesehen haben.«

Tommason verzog nachdenklich das Gesicht. »Nun, ich habe tatsächlich morgens ein Mädel gesehen, als ich wegen meiner Rückenschmerzen aufgestanden bin. Gegen fünf Uhr fünfundfünfzig.«

»Woher wissen Sie das? Das mit der Uhrzeit, meine ich.«

In einem umständlichen Wortschwall erfuhr Turnbow, dass Tommason schon seit etwa einem Jahr an Kreuzschmerzen litt, am Mittwochmorgen in aller Hergottsfrühe nicht mehr schlafen konnte und aufgestanden war, um zwei Aspirin zu nehmen. Er hatte auf die Uhr geschaut und sich ausgerechnet, wie lange er noch schlafen könnte, bis er sich fertig machen müsste, um bereit zu sein, wenn seine Tochter kommen würde, um ihn abzuholen. Auf dem digitalen Radiowecker neben seinem Bett – übrigens einem Weihnachtsgeschenk seiner Tochter – hatte 5:55 gestanden. Er hatte die Tabletten geschluckt und war wieder ins Bett gegangen. Sie hatten gewirkt.

»Wie hat sie ausgesehen?«, warf Turnbow ein.

»Nun, hübsch, was ich von ihr gesehen habe. Langes, blondes Haar, schlank.«

Turnbow fühlte Hoffnung aufsteigen. Er hatte fast Angst, die nächste Frage zu stellen, aus Furcht, etwas Gutes zu verpatzen. »Wissen Sie noch, was sie anhatte?«

»Aber natürlich.« Tommason grinste und zeigte schiefe

Zähne. »Die hat so geleuchtet, wissen Sie. Ich weiß noch, dass ich dachte, die strahlt ja wie die Sonne. Ihre Hose, meine ich. Die war gelb.«

Turnbow blickte auf, die Zähne in ein Taco geschlagen, als Reiger in sein Büro kam. »Willst du welche?« Er schob seinem Partner eine bunt bedruckte Pappschachtel hin.

Bäh, dachte Reiger. Er hob die Hände. »Ich passe.« Er ließ sich auf einen Stuhl gegenüber von Turnbows Schreibtisch plumpsen und wischte sich den Schweiß von der Stirn. »Ziemlich warm da draußen. Ich vermisse den Morgennebel.«

»Ja. In den Nachrichten haben sie für die nächsten Tage eine Hitzewelle angesagt.« Turnbow fuhr sich mit einer Papierserviette über den Mund. »Also, was hast du herausgefunden?«

Eine kurze Wiedergabe von Reigers Liste. »Das einzig Gute ist, dass Weiss mir versprochen hat, noch heute Nachmittag einen Blick auf unser Beweismaterial zu werfen. Wenn wir Glück haben, gibt er uns sogar heute noch Bescheid. Das mit der DNS dauert natürlich ein paar Wochen. Und du? Was ist bei dir rumgekommen?«

»Ein paar interessante Sachen.« Turnbow warf seinen Müll weg und zog einen gelben Block vor. »Erst mal zu Meg Jessler. Hier ist ein Abriss ihrer letzten vierundzwanzig Stunden, so gut ich sie rekonstruieren kann. Sie hat als Schriftsetzerin bei Ford Printing in San Mateo gearbeitet, von halb neun bis vier Uhr nachmittags. Zum Mittagessen verließ sie meistens das Gebäude; am Dienstag ging sie mit einer Kollegin zu einem Feinkostimbiss in der Nähe. Die müssen bei Ford so eine Art Dreierclique gewesen sein. Eine von ihnen – Candy Seifer – hat erzählt, sie sei am Dienstag nach der Arbeit mit Meg noch etwa eine Stunde im Hillsdale Mall shoppen gewesen. Meg habe ein Geschenk für ihren Freund gekauft. Das muss der Pyjama sein, den wir im Auto gefunden haben. Dann sei Meg nach Hause gegangen, um ihre Nägel zu machen und mit dem Packen anzufangen, wie sie sagte. Das war das letzte Mal, dass Candy sie gesehen hat.

Ich habe auch mit Megs Vermieter gesprochen. Er hat bestätigt, dass sie etwa ein Jahr lang bei ihm gemietet habe. Grundsätzlich eine gute Mieterin. Er sagte, sie sei manchmal etwas ausgefallen gewesen.«

Reiger trommelte mit den Fingern auf den Schreibtisch. Was, wenn überhaupt etwas, konnte »ausgefallen« bedeuten? Unberechenbar? Zwanghaft? Leicht vom Hauptweg des Trent Parks abzudrängen? Sie spielten sich die Ideen zu. Eine selbstbewusste Frau, der klar war, dass sie vermutlich nicht mit dem Leben davonkommen würde, würde höchstwahrscheinlich nicht so schnell die Waffen strecken, meinte Reiger. Er konnte sich noch zwei andere Möglichkeiten vorstellen. Vielleicht kannte sie den Täter und ist ohne Angst mitgegangen. Oder aber sie hatte den Abstecher zur Schlucht geplant – ein Rendezvous mit einem Liebhaber vielleicht. Allerdings zu einem reichlich seltsamen Zeitpunkt.

Turnbow erzählte, er sei noch einmal bei Alice Geary gewesen. »Sie hatte aber nicht mehr viel zu berichten. Keine Männer, die um Jesslers Haus schlichen, keine wilden Partys. Ihr zufolge ist es genau so, wie wir gedacht haben: Meg schaute bei jedem aus der Siedlung mal vorbei wegen ihrer Kosmetikartikel. Ich habe gefragt, ob sie beobachtet habe, dass Meg bei manchen Nachbarn besonders häufig gewesen wäre, aber die Frage hat zu nichts geführt. Alice Geary schien zu glauben, dass Megs Freunde woanders lebten.«

»Hast du mit ihrem Freund gesprochen?«

»Ich hab's versucht, habe ihn aber bisher noch nicht erreicht – er ist anscheinend auf einer Konferenz in Atlanta. Ich habe eine Nachricht für ihn hinterlassen. Allerdings habe ich überprüft, ob er auch wirklich jeden Tag dort war. Ich habe mit einer Frau gesprochen, die an der Konferenzorganisation beteiligt war, und sie hat gesagt, dass sie ihn am Dienstag und Mittwoch bei Sitzungen gesehen habe, die jeweils um neun Uhr morgens anfingen.«

Reiger schnaubte. »Geh dem ruhig noch etwas nach, aber es scheint so, als sei er aus dem Schneider.« Ehemänner und Liebhaber standen oft ganz oben auf der Liste der unmittelbaren Tatverdächtigen, wenn eine Frau umgebracht worden war.

»Mach ich. Und nun noch was Wichtiges. Ich weiß, wann Meg joggen gegangen ist.« Turnbow erzählte Reiger von Tommason. »Er hat zufällig gerade aus dem Fenster geguckt. Sie war allein und er hat niemanden hinter ihr gesehen.«

Reiger rechnete den zeitlichen Ablauf nach. »Sie könnte gegen halb sieben tot gewesen sein.«

Turnbow warf ihm einen viel sagenden Blick zu. »Ganz genau.« Er blätterte zur nächsten Seite seiner Notizen. »Was uns zu Hausnummer vier bringt.«

Reiger runzelte die Stirn.

»Ich habe die Geschichte von Marion Baker überprüft, es passt alles zusammen. Ich habe bei dieser Firma angerufen, die sie angeblich im Süden besucht hat – Raynor's Spring –, und sie war dort, schön. Das ist so eine Firma, die Wasser abfüllt. Ich habe auch die Flüge in der Gegend geprüft und ihre Buchung gefunden. Sie war im Flugzeug.«

»Und Harrison?«

»Da liegt der Hund begraben. Ich habe mich bei seiner Arbeit erkundigt.« Turnbow beugte sich vor. »Am Mittwoch ist er erst gegen *zehn* dort aufgetaucht.«

»Zehn Uhr?«

Nicken. »Zuerst habe ich mit der Rezeptionistin gesprochen, dann mit seiner Sekretärin. Sie sagen übereinstimmend das Gleiche.«

»Wer hätte das gedacht.« Reiger blickte aus dem Fenster. Wie

Turnbow hatte auch er das Gefühl gehabt, dass Harrison gelogen hatte; trotzdem, das war geradezu unerhört. »Wir werden ihm noch einen Besuch abstatten müssen. Es könnte sich herausstellen, dass Mrs. Adams einmal mehr Recht hat. Das wäre wirklich der Gipfel.« Er schüttelte den Kopf und murmelte vor sich hin: »Dann muss sie Augen wie Elischa haben.«

Turnbow sah verdutzt aus. »Elischa?«

Reiger blinzelte, als habe man ihn bei irgendetwas ertappt. »Öhm, ja. Ein Prophet in Israel im Alten Testament. Gott gab ihm besonderes Wissen über viele Dinge. Eine der Geschichten erzählt, dass Elischa immer wusste, wo der feindliche König von Syrien einen Hinterhalt legen würde, und den König von Israel warnte, nicht dorthin zu gehen, was dem natürlich das Leben rettete. Der König von Syrien wurde wütend und schrie seine Diener an, dass sie ihm gefälligst sagen sollten, wer da Informationen durchsickern lasse. Einer der Diener sagte: ›Das ist keiner von uns, das ist Elischa. Der Kerl weiß sogar, was du in deinem Schlafzimmer sprichst.‹«

Turnbow schnitt eine Grimasse. »Und du glaubst dieses Zeugs? Ich weiß ja, du bist ein Kirchgänger und so, aber ... glaubst du *wirklich*, dass Chelsea Adams Recht hat? Meinst du nicht, dass sie uns einfach nur nicht die wahre Geschichte auftischt?«

Reiger zuckte zusammen. Sein Partner sollte ihn für mehr als nur einen »Kirchgänger« halten. »Eine Frage, Turnbow. Glaubst du an Gott?«

»Nun, schon. Als Kind gehörte Kirche für mich dazu. Ich ... bin nur schon lange nicht mehr hingegangen.«

»Glaubst du, dass Gott die Erde und die Sonne und uns geschaffen hat?«

»Sicher.«

»Warum sollte so ein mächtiger Gott dann nicht jemandem ein bisschen übernatürliches Wissen verleihen können?«

Turnbow zuckte die Achseln. »Warum sollte er?«

Die Frage traf Reiger schmerzlich. Dies war die Sicht einer verlorenen Welt – ein Gott, der sie in Gang gesetzt und dann seiner Wege gegangen sei. Doch er hatte schon genug zu seinem Partner gesagt. Reiger atmete tief durch und schlug leicht mit der flachen Hand auf Turnbows Schreibtisch. »Noch was in diesen deinen erhellenden Aufzeichnungen?«

Kapitel 18

Chelsea summte leise mit dem Radio mit. Sie stand in der Küche und bereitete ein frühes Abendessen vor – alles vor acht Uhr war früh bei ihnen wegen Pauls Arbeitszeiten. Er hatte bereits vom Flughafen angerufen, um zu sagen, dass er auf direktem Weg nach Hause sei, kein Abstecher mehr ins Büro.

»Gut«, hatte Chelsea geantwortet. »Weißt du was, die Jungs sind heute Abend unterwegs. Scott ist bereits drüben bei Tim und ich bin auf dem Sprung, Michael zu den Brandons zu bringen. Also sind wir zu zweit.«

»Wunderbar. Wir müssen sowieso reden. Möchtest du ausgehen?«

»Nein«, hatte Chelsea mit Bestimmtheit erwidert, »ich möchte zu Hause bleiben – mit dir.«

Als sie das Gemüse zum Garen auf den Herd stellte, dachte Chelsea darüber nach, was für einen Unterschied doch ein Tag ausmachen konnte. Nach der grauenhaften Nacht hatte sie sich aus dem Bett geschleppt, um die Jungen zur Schule zu schicken, und danach eine Stunde auf dem Sofa geschlafen. Als sie erwachte, ging es ihr schon viel besser. Sie hatte sich mit ihrer Bibel in ihren Lieblingssessel gekuschelt und den Epheserbrief gelesen, dabei besonders gründlich das sechste Kapitel. Die Worte des Apostel Paulus hatten sie beruhigt und ermutigt. »Denn wir kämpfen nicht gegen Menschen«, hieß es in Vers zwölf, »wir kämpfen gegen unsichtbare Mächte und Gewalten, gegen die bösen Geister, die diese finstere Welt beherrschen.« Wie Vers elf sagte, sollten sie deshalb »die Waffen« anlegen, die Gott ihnen gab, dann könnten ihnen die »Schliche des Teufels« nichts anhaben.

Chelsea hatte die Bibel in ihren Schoß gelegt und versonnen

aus dem Wohnzimmerfenster geblickt. Eine sanfte Brise raschelte in den Blättern der Bäume, die die lange Zufahrt säumten. Es war ein warmer und friedlicher Tag – so ganz anders als die vergangene Nacht, als ihr jedes Rascheln der Bäume Furcht eingeflößt hatte. Es war falsch gewesen, sich dieser Furcht hinzugeben. Ihr kam plötzlich der Gedanke, dass die Bäume sich nicht verändert hätten. Der einzige Unterschied zwischen letzter Nacht und jetzt war das Licht.

War es mit den Christen nicht das Gleiche? Gottes Leute lebten in einer Welt der Finsternis, in der das Böse herrschte. Doch sie trugen Gottes Licht. Wie Paulus sagte, mit den »Waffen Gottes« konnten sie in jener Finsternis standhaft bleiben und brauchten sich nicht zu fürchten. Friede überkam Chelsea, als sie die Verse noch einmal las und Gottes Verheißung auf sich herabsinken, sich von ihr einhüllen ließ. Sie musste ihm vertrauen. Sie musste sich auf die Tatsache verlassen, dass er ihr die Gabe der Visionen gegeben hatte, um dadurch ihren eigenen Glauben und den anderer zu stärken. Sie erinnerte sich noch gut an ihre allererste Vision, nur einen Monat nachdem sie Christ geworden war. Während eines Gottesdienstes waren viele Menschen nach vorne zum Altar zum Beten gegangen. Chelsea war eine junge Frau, die ganz am Rand kniete, aufgefallen und sie hatte den Blick nicht von ihr abwenden können. Unverwandt hatte sie auf den Rücken der jungen Frau gestarrt. Und dabei hatte Chelsea im Geiste ganz deutlich »gesehen«, wie diese junge Frau ihre Mutter nach einer langen, schmerzhaften Trennung umarmte. *Geh und sag es ihr,* hatte eine Stimme in Chelsea gesagt, und ehe sie sich versah, war sie auch schon den Gang hinuntergegangen. Chelsea hatte sich neben die Frau gekniet und sich sagen hören: »Gott möchte dich wissen lassen, dass er deine Gebete erhört hat. Die Beziehung zu deiner Mutter wird geheilt werden.« Bis heute kannte sie nicht den Grund für die Entfremdung der beiden Frauen. Was sie jedoch wusste, war, dass deren Beziehung langsam heilte, und alles nur, weil die Tochter angefangen hatte, in Liebe auf ihre Mutter zuzugehen.

Seitdem hatte Chelsea viele Visionen gehabt, die den Menschen geholfen hatten, mit Christus zu leben. Gott war der Urheber all dieser Visionen, auch ihrer letzten.

Da ging Chelsea auf die Knie und betete lange. Sie dankte Gott für seine Fingerzeige, dankte ihm sogar für die Vision, die ihr solche Angst eingejagt hatte. »Du hast alles in der Hand, Herr«, flüsterte sie. »Ich vertraue deiner Führung.« Sie betete für jeden Menschen, der mit dieser Vision zu tun hatte – die Familie des Opfers, die Polizei, sich selbst, Paul, sogar für den Mörder. Als sie sich schließlich mit kribbelnden Beinen erhob, fühlte sie sich gefestigt und in Gottes Schutz geborgen. Sie brauchte keine Angst zu haben; sein Wille würde siegen.

Komme, was da wolle, sie würde sich an diese Verheißung klammern.

Kapitel 19

Die Gummisohlen von Hal Weiss quietschten, als er am späten Freitagnachmittag über die Fliesen im kriminaltechnischen Institut glitt. Waren normale Tage Wirbelwinde, dann war dieser ein Hurrikan gewesen. Auf eine besonders grausige Autopsie am Vormittag war Arbeit für zehn Stunden, in fünf gepackt, gefolgt. Das Institut schien immer chronisch überlastet. Alles wurde untersucht, von Blutproben (hatte der Fahrer einen Rausch oder nicht, als die Straßenwacht ihn rauswinkte?) bis zu Unmengen an Röhrchen mit Drogen aus diversen Rauschgiftfällen. Stunde um Stunde schleuderten, erhitzten, verdampften, berechneten und analysierten millionenteure High-Tech-Apparate Beweismaterial, das über Sein oder Nichtsein eines Falls entscheiden konnte.

Die Apparate waren Wunderwerke, aber nicht die Stars im Polizeilabor. Am Ende, das wusste Hal, war jedes technische Gerät nur so gut wie der Kopf dahinter. Die Kriminaltechnik war ein aufregendes, weites Feld, das Leute aus allen Hintergründen anzog. Hier horteten sie wie einen Schatz, was draußen in der Welt Alltagsgegenstände waren – einen Zigarettenstummel, ein Fädchen eines Kleidungsstücks, einen benutzten Kaffeebecher. Im Labor konnten eben diese Sachen zum Eckstein werden, der die Anklage gegen einen Brandstifter, einen Drogendealer, einen Mörder stützte. Ein guter Kriminologe wendete die Standardverfahren an und versuchte fleißig, jedem versiegelten und beschrifteten Röhrchen oder Tütchen Informationen zu entlocken. Ein sehr guter benutzte den erstaunlichsten Computer von allen, sein Gehirn, um das Beweismaterial noch einen Schritt weiter zu treiben – zu bohren; nach dem Warum zu fragen; zu entziffern, was diese Schnipsel, Splitter, Fitzel und Tröpfchen verbargen.

Hal betrat das kleine Spektrometerzimmer und schloss die Tür hinter sich. Hier wurde die Feinarbeit geleistet. Er hatte die Goldfädchen schon unter ein Mikroskop gelegt. Das war eine einfache Übung gewesen; sie waren eindeutig weich, fast veloursledererartig, was nicht übel war. Wenigstens stammten sie nicht von einem x-beliebigen Teppich, wie er in den meisten Wohnungen auf der Halbinsel lag. Gelegentlich war das Institut mit einer Faser überfragt. Dann konnte man auf das FBI zurückgreifen, das Datenbanken von nahezu allen Materialien auf der Welt besaß. Diese Typen da konnten jede Stoffprobe nehmen und dir sagen, ob sie tierisch, pflanzlich, einheimisch, eingeführt, gefärbt oder gewoben war. Tolle Informationen, aber das dauerte seine Zeit. Zum Glück war Reigers Beweismaterial nicht von dieser Sorte.

Hal öffnete das zweite Tütchen mit Beweismaterial vom Trent Park und zog einen hölzernen Zahnstocher heraus, mit dem man unter den Fingernägeln des Opfers gekratzt hatte. Die winzigen Schmutzpartikel an der Spitze des Stäbchens machten ein Drittel des Beweismaterials in Reigers Fall aus. Der Rest: ein kleines Stück Haut und ein paar Lederfasern. Hal schüttelte den Kopf. Fingernagelschabsel – das am stärksten überstrapazierte Beweismaterial in ihrer Branche. Und dies war zu allem Überfluss auch noch Erde. Was war zu erwarten von einer Frau, die auf dem Boden gestorben war und sich wahrscheinlich in panischer Angst in die Erde verkrallt hatte? Aber er würde es nicht auf sich beruhen lassen, bis er die Gewissheit hätte, dass es nichts weiter sei als stinknormale Erde. Das Beweismaterial in diesem Fall war zu dürftig für Spekulationen.

Vorsichtig kratzte er die Erdpartikel von dem Stöckchen auf das große Rasterelektronenmikroskop, das an ein Röntgenspektrometer angeschlossen war. Das Mikroskop vergrößerte ein Objekt auf das 25 0000fache und zielte dann mit seinem Röntgenspektrometer auf einen bestimmten Partikel, woraufhin dessen chemische Zusammensetzung auf dem Monitor angezeigt wurde. Vervollständigt wurde dies durch eine interne Datenbank, in der man nach der Herkunft der Bestandteile einer Stoffprobe suchen konnte.

Hal blinzelte, als er die Ergebnisse sah.

Gut, es war Erde, aber er hätte nicht gedacht, dass der Boden in der Schlucht des Trent Park so nährstoffreich war. »Was soll man davon halten?«, flüsterte er und bedachte den Bildschirm mit einem finsteren Blick. Das Diagramm machte ihn stutzig. Es zeigte einen hohen Stickstoffgehalt, gefolgt von Spuren an Phosphorsäure, Kalzium, Schwefel, Eisen und Zink. Hal bat den Computer um eine Auflistung der Möglichkeiten aus seiner Datenbank, kannte aber bereits die Antwort. Organisches Material. Er rechnete schon halb damit, dass der Monitor hinzufügen würde: »Dummkopf.«

Er zog seinen Stuhl näher heran und starrte auf das Diagramm, als wollte er dem Computer eine Erklärung abringen. Ihm fielen nur zwei Möglichkeiten ein. Erstens – die Erde in diesem Teil des Parks war hochwertig genug für die seltensten Samen. Oder zweitens – jene Partikel stammten überhaupt nicht von dort.

Er sagte sich, er hasche nach Wind. Er redete sich zu, es gut sein zu lassen, dass es nicht der Mühe wert sei, der Frage nachzugehen. Selbst wenn die Erde ein fremder Stoff wäre, was dann? Sie konnte von überall sein.

Lass es auf sich beruhen, sagte er sich. Er hatte ja noch die Fasern.

Hal starrte noch ein Weilchen auf den Bildschirm. Dann, während er die Augen über seine eigene Begriffsstutzigkeit verdrehte, stieß er ruckartig seinen Stuhl zurück und stand auf.

Bevor er den Computer ausschaltete, beugte er sich über die Tastatur, um das Diagramm seiner »nährstoffreichen« Erde in der Datenbank für zukünftige Vergleiche abzuspeichern, und nannte es »Trent«. Er würde es am Montag wieder brauchen, denn er hatte bereits entschieden, was er tun würde. Irgendwann am Wochenende würde er eine Wanderung durch den Trent Park machen und Erdproben sammeln, ob ihm der Gedanke, diesen Weg noch einmal zu gehen, schmeckte oder nicht.

O ja, die Bewegung würde ihm gut tun.

Reiger legte den Hörer mit einem flauen Gefühl in der Magengegend auf. So wenig, um weiterzumachen. Sicher, die Erde war erstaunlich. Aber er würde bis Montag warten müssen, um zu erfahren, ob sie aus dem Trent Park käme. Und wenn nicht, was dann?

Niedergeschlagen las sich der Sergeant noch einmal durch, was er während seines Gesprächs mit Hal mitgeschrieben hatte, blätterte dann zur ersten Seite seines Notizbuchs und schrieb unter die Liste, die er sich früher am Tag gemacht hatte: Sechstens – Harrison gelogen bzgl. Aufenthalt am Mittwochmorgen. Siebtens – goldbraune Fasern = weiches Leder wie eine Veloursjacke. Achtens – Fingernagelschabsel organisch, »nährstoffreich«.

Reiger schloss das Büchlein und lehnte sich auf dem Stuhl zurück. Er war schläfrig.

Seine Gedanken wanderten zum vergangenen Abend, als er und Turnbow die Bewohner der Mammutbaum-Wohnsiedlung aus ihren Betten gerissen hatten für jeden Fitzel Information, den diese liefern könnten. Sie hatten sich aufgeteilt. Reiger hatte die Häuser mit den geraden Nummern abgeklappert, Turnbow auf der anderen Straßenseite mit den ungeraden angefangen. Reigers Fragen waren kurz gewesen:

Name, Arbeitsplatz, Adresse und Telefonnummer, ob sie Meg Jessler in Gesellschaft von irgendjemandem in den letzten Tagen gesehen und welche Beziehung sie zu dem Opfer gehabt hätten. In allen Häusern hatten sie mit Leuten gesprochen, mit Ausnahme der Nummern drei und einundzwanzig. Mrs. Geary nahm an, dass diese Leute in Urlaub seien. Keine Befragung hatte etwas ergeben. Viele behaupteten, sie seien zu der Zeit, als Meg bekanntlich joggen ging, im Bett gewesen. Muss ein träger Morgen gewesen sein, dachte Reiger. Da fiel ihm ein, war das nicht der Tag gewesen, an dem Turnbow reingestolpert kam und meinte, er habe verschlafen?

Er schaukelte sacht, der Stuhl knarrte protestierend. Turnbows Gespräch mit dem alten Mann hatte den Zeitpunkt des Mordes fast minutengenau ergeben. Das machte Alibis für die frühen Morgenstunden umso bedeutsamer. Die »Ich habe geschlafen«-Behauptungen waren schwer zu überprüfen; wer allein lebte, hatte niemanden, der das bestätigen könnte, und Paare könnten sich gegenseitig gedeckt haben. Er hatte am Nachmittag die mit Arbeitsstellen begründeten Alibis überprüft und versucht herauszufinden, ob irgendeiner von Megs Nachbarn am Mittwochmorgen später als gewöhnlich zur Arbeit gekommen sei. Es war nur einer gewesen.

Gavil Harrison.

Reigers Telefon klingelte. Er schreckte hoch und nahm automatisch ab. »Sergeant Reiger.«

»Guten Tag, Sir, hier ist Milt Waking von der Nachrichtenabteilung Kanal Sieben. Ich möchte einer reichlich ungewöhnlichen Information auf den Grund gehen, die mir über den Trent-Park-Fall zu Ohren gekommen ist.«

Reiger unterdrückte ein Stöhnen. Da hielt jemand schon nicht mehr dicht. Das hatte ihnen gerade noch gefehlt. »Es tut mir Leid, Mr. Waking, ich fürchte, ich kann im Moment nichts dazu sagen.«

»Ich habe gehört«, fuhr Waking unbeirrt fort, »dass die Frau, die die Leiche entdeckt hat, wegen des Mords bereits früher bei Ihnen vorgesprochen und behauptet habe, sie habe eine Vision davon gehabt. Aus einer Quelle verlautete sogar, sie behaupte, die Vision sei von Gott.«

Zorn und Unwille schossen Reiger durch die Adern. Zorn auf diese »Quelle«, wer auch immer das war. Und Unwille, weil er sich lebhaft die unzähligen Reaktionen derer, die für Gott blind waren, auf Chelseas Vision vorstellen konnte. »Wie gesagt, kein Kommentar.«

»Dann bestreiten Sie diese Information also nicht.«

»Ich bestreite nichts und bestätige nichts.«

»In aller Freundlichkeit, Sir, aber Sie werden doch wohl so eine Sache nicht geheim halten wollen. Ist es Ihnen nicht lieber, dass ich die Geschichte gleich richtig höre?«

»Mir wäre es *lieber*, Mr. Waking, wenn Sie mich nicht mehr anrufen würden. Ich habe alle Hände voll zu tun.«

Reiger legte nicht eben sanft auf und strich sich über die Stirn. Er und Turnbow sollten schleunigst mit etwas Handfestem aufwarten. Schlimm genug, dass Sachen durchsickerten, aber solange es keinen wirklichen Fortschritt in dem Fall gab, war das das Einzige, was die Presse hatte.

Und für die Medien war es ein gefundenes Fressen.

Déjà vu. Gavil erkannte die Kriminalbeamten, als er kurz nach achtzehn Uhr auf sein Haus zuging. Der Anblick genügte, um ihn ruckartig stehen bleiben zu lassen. Ihm war beklommen zumute.

»Mr. Harrison.« Der ältere Polizist nickte, lächelte aber nicht. »Wenn Sie gestatten, würden wir Sie gerne mit zur Wache nehmen und Ihnen noch ein paar Fragen stellen.«

Gavil starrte Reiger an, dann schwenkte sein Blick zu Turnbow. Er hatte keine ruhige Minute mehr gehabt, seit seine Sekretärin ihm am Nachmittag von ihrem Gespräch mit diesem Beamten erzählt hatte. Gavil wusste, er hatte einen schweren Fehler gemacht, einen, der ihn teuer zu stehen kommen könnte. Allzu selbstsicher hatte er gestern Abend naiverweise angenommen, sein Wort würde der Polizei reichen. Er hätte sich etwas Plausibles ausdenken sollen – ihnen erzählen sollen, dass er am Mittwochmorgen einige Stunden zu Hause an seinem Laptop gearbeitet hätte. Nun war es für so eine banale Geschichte zu spät. »Was geht hier vor sich?«, hörte Gavil sich sagen. »Ich habe Ihnen schon alles gesagt, was ich weiß.«

»Ja, und wir wissen Ihre Kooperationsbereitschaft zu schätzen. Es gibt da nur noch ein paar Kleinigkeiten zu klären.«

Gavils Füße schienen im Bürgersteig einzementiert. Der jüngere Mann beugte sich vor. »Mit Sicherheit möchten Sie nicht hier aussagen vor den Augen aller Nachbarn. Steigen Sie ein, und dann sind Sie im Handumdrehen wieder zu Hause.«

Mit weichen Knien zermarterte Gavil sich das Hirn, was er tun sollte. Er könnte sich weigern mitzukommen, könnte sagen, er brauche einen Anwalt. Während er im Geiste dieses Szenario durchspielte, bemerkte er, dass sich seine linke Hand vor Anspannung zusammenballte, und er öffnete sie mit bewusster Willensanstrengung. Ohnehin vom Arbeitsstress überlastet, hatte er das Gefühl, in einen langen, dunklen Tunnel gezogen zu werden. Die Polizei war wieder da und er wusste, warum. In den letzten achtundvierzig Stunden war alles schief gegangen. Die Jahre, in denen er sich eine Existenz aufgebaut hatte, der Job, den er so unbedingt wollte, Marian – alles schien sich in Wohlgefallen aufzulösen. Die Angst wühlte in seinen Eingeweiden. Er würde sich zusammenreißen müssen. Er hatte vor zehn Jahren unter stressbedingten Depressionen gelitten und kurz vor einem Nervenzusammenbruch gestanden – das war furchtbar gewesen. Nicht noch einmal wollte er so etwas durchmachen.

Gavil stierte auf den Zementboden, das Gewicht von zwei Augenpaaren auf ihm, und konnte sich nicht entscheiden. Seine Aktentasche zog schwer an seinem rechten Arm. Erst als er ein Auto kommen hörte und ihm bewusst wurde, dass Marian jeden Augenblick nach Hause kommen konnte, bekam er Klarheit in seine Gedanken.

»Lassen Sie mich nur eben die Sachen ins Haus bringen.«

Gavil sah blind aus dem Fenster, während Turnbow das kurze Stück zum Haverloner Polizeirevier fuhr. Die Fahrt kam ihm wie eine außerkörperliche Erfahrung vor. Er konnte förmlich sehen, wie sich die beiden Seiten seiner Persönlichkeit bedrohlich näher kamen. Und alles wegen Meg Jessler. Blödes Mädchen.

Mit einem Kloß in der Kehle nahm er in Reigers Büro Platz. Die Demütigung, an den wachsamen Augen des Beamten hinter dem Tresen vorbeieskortiert zu werden, hatte bei ihm einen bitteren Nachgeschmack im Mund zurückgelassen. Er stemmte die Absätze fest in den Boden aus Angst, seine Beine könnten zittern. Schweigend beobachtete er, wie Reiger einen Kassettenrekorder auf den Schreibtisch stellte und auf Start drückte. Turnbow zog sich einen Stuhl neben den von Reiger.

»Mr. Harrison, wir brauchen lediglich eine Klarstellung von Ihnen«, begann Reiger. »Wir haben einen Mitschnitt, auf dem Sie uns erzählen, Sie seien am Mittwochmorgen um halb acht im Büro gewesen. Als wir jedoch mit der Rezeptionistin Ihrer Firma und mit Ihrer Sekretärin sprachen, sagten diese uns übereinstimmend, Sie seien gegen zehn zur Arbeit gekommen. Wollen Sie uns erklären, wo Sie waren?«

Gavil wandte die Augen ab. Seine Kehle war staubtrocken. Er leckte sich über die Lippen und rutschte auf seinem Stuhl herum. Er wollte nicht tun, wozu sie ihn drängten. »Sehen Sie mal, was für einen Unterschied macht das schon? Ich habe nichts mit dem Tod dieses Mädchens zu tun, wenn es das ist, was Ihnen Sorge macht.«

»Das höre ich gern. Trotzdem, wenn wir feststellen, dass uns jemand belogen hat, sind wir ein bisschen beunruhigt, wie Sie sicherlich verstehen werden.«

»Aber ich weiß so gut wie nichts darüber. Ich habe nicht mal die Nachrichten verfolgt; ich hatte zu viel zu tun.«

»Das ist alles schön und gut. Aber ich werde Ihnen mal ein kleines Geheimnis verraten. Wir wissen jetzt nämlich zufällig – fast auf die Minute genau –, wann Meg Jessler getötet wurde. Und von allen Leuten, mit denen wir bislang gesprochen haben, einschließlich der meisten ihrer Nachbarn, sind Sie der Einzige, dessen Geschichte einer Überprüfung nicht standhält. Das ist für uns keine Kleinigkeit. Wir würden ja liebend gerne weitermachen, aber das können wir nicht, bevor wir nicht sicher sagen können, wo Sie zu diesem Zeitpunkt waren.«

Gavil überlegte schnell. Er konnte sich nicht vorstellen, dass sie irgendeinen anderen Grund haben sollten, ihn zu verdächtigen. Er musste es einfach überstehen.

Reiger beugte sich über den Schreibtisch, sein Stuhl knarrte. »Vielleicht sollten wir noch einmal zu Marian gehen und *sie* fragen, wo Sie waren.«

»Nein.« Gavil kämpfte seine Panik nieder. »Lassen Sie Marian aus dem Spiel.«

»Also schön.« Die Kriminalbeamten warteten.

Gavil hätte gerne mehr Zeit zum Überlegen gehabt. Wie sollte er den Spagat schaffen zwischen ihnen und Marian?

»Mr. Harrison?«

In die Enge getrieben, überschlug er die Risiken. Vielleicht sollte er sich einen Anwalt nehmen.

»Mr. Harrison.«

Er hob die Hände. »Schon gut, schon gut! Ich sage Ihnen,

wo ich war. Aber ich will nicht, dass Marian das erfährt. *Niemand sonst* kann das wissen.«

»Wir hören.«

Ein Knoten bildete sich in Gavils Magen bei dem, was er im Begriff war zu tun. Er schluckte hart. »Es betrifft indirekt meinen engsten Freund. Er hat viel für mich getan und ich möchte ihn nicht verletzen. Ich habe am Dienstag bei ihm zu Hause übernachtet und bin von da aus am nächsten Morgen zur Arbeit gefahren. Ich ging um etwa«, Gavil überlegte kurz, »halb zehn.« Er konnte Reiger nicht in die Augen sehen.

»Sein Name?«

»Stuart Hocking.«

»Anschrift, Telefon? Arbeitsstelle?«

Mit monotoner Stimme gab Gavil ihnen die Daten.

»Wann etwa sind Sie am Dienstagabend von sich zu Hause aufgebrochen?«

»Ähm, so etwa gegen zehn.«

Gavil riskierte einen Blick zu Turnbow. Die Arme des Kommissars waren verschränkt. Er starrte ihn an. »Warum haben Sie uns das nicht gleich erzählt?«, fragte er.

»Es ... es sollte niemand davon erfahren. Es steht zu viel auf dem Spiel.«

»Warum?«

Im letzten Moment hätte Gavil beinahe doch noch die Nerven verloren. Doch wohin sollte er sich von hier noch flüchten? »Weil Stuart Hocking in dieser Nacht verreist war. Ich war bei seiner Frau. Sonya.«

Ein Anflug von Überraschung, dann Verstehen huschte über Reigers Gesicht. »Sonya Hocking? Die Frau, die neulich groß in der Zeitung stand, die Spendengelder sammelt für dieses Kinderkrankenhaus?«

Gavils Stimme war leise. »Ein Krebszentrum, ja. Vielleicht verstehen Sie jetzt, warum ich es Ihnen nicht gesagt habe. Ich habe zu viel zu verlieren, und sie auch. Und wenn ihr etwas zustößt und das Zentrum nicht gebaut wird, dann sind diese kranken Kinder ebenfalls die Verlierer.«

Turnbow atmete vernehmlich aus.

Gavil wusste nicht, ob aus Abscheu oder aus Enttäuschung, einen Verdächtigen verloren zu haben. Er konnte sich denken, was sie von ihm halten mochten – ein Mann, der sowohl die Frau, mit der er zusammenlebte, als auch seinen engsten Freund betrog. Ein Mann, der es seiner Sinneslust gestattet hatte, ein Projekt zu gefährden, das sterbenskranke Kinder retten könnte.

Einen aberwitzigen Moment hätte er fast gelacht. Wäre es ihm lieber, sie würden ihn für einen *Mörder* halten?

Doch sollten sie denken, was sie wollten; er hatte seinen Rubikon überschritten. Die Beamten wollten Hintergrundinformationen, Einzelheiten – nagelten ihn auf sein Alibi fest. Ihre Fragen waren wie eine Schlinge, die sich immer enger um seinen Hals zusammenzog. Er sagte sich, es würde alles gut werden. Er sagte sich, Sonya würde sich für ihn verbürgen, auch wenn sie ihm nie verzeihen würde, was er getan hatte. Er sagte sich, dass dieser ganze plötzliche Stress ihn nicht wieder in Depressionen versinken lassen würde. Er *würde* einen Weg finden, das durchzustehen.

Als er sich wieder auf der Rückbank von Reigers Wagen befand, war Gavil schweißgebadet. Irgendwie musste er Marian gegenübertreten. Und er musste Sonya sofort anrufen. An der Bordsteinkante vor seinem Haus stieg er mit wackeligen Beinen aus dem Auto und ging den Gartenweg entlang. Erst beim Aufschließen der Haustür fiel ihm ein, dass Marian ja mit einer Freundin essen gegangen war. Ungläubiges Staunen über seine eigene Dummheit schlug über ihm zusammen. Er hätte sich doch Zeit lassen können, alles zu durchdenken! Er lehnte sich gegen die Wand. Was er getan hatte, machte ihn ganz krank. Dann riss er sich gewaltsam zusammen. Noch war nichts verloren. Er musste Sonya lediglich davon überzeugen, dass ihm keine Wahl geblieben war. Und dass niemand außer ihnen beiden und den Kriminalbeamten jemals von seinem Alibi erfahren würde.

Kapitel 20

»Was sagst du dazu?« Turnbow ließ das Gurtschloss einrasten, als er mit Reiger aus dem Gittertor der Auffahrt zu den Hockings fuhr. Als sie vor einer Stunde den Privatweg in Atherton hochgerollt waren, hatte er einen leisen Pfiff ausgestoßen angesichts des eleganten Anwesens mit Tennisplatz, riesigem Haus und Swimmingpool. Offenkundig hatte Sonya sie erwartet; sie reagierte auf ihr Klingeln und drückte auf den Türsummer.

Reiger versuchte, seine Gedanken zu ordnen. »Zuerst, als Harrison uns dieses Alibi auftischte«, sagte er bedächtig, »da dachte ich: ›Schön, kann sein.‹ Ich fand es einleuchtend, warum er uns das nicht vorher erzählt hatte. Obwohl es unglaublich *dumm* von ihm war zu versuchen, das vor uns zu verheimlichen. Aber jetzt ...« Reiger schüttelte den Kopf. »Sie war wirklich eine Mischung aus Schock und gerechter Entrüstung, oder?«

Turnbow rieb sich die Augen. »Also bist du dir nicht sicher, wem man glauben soll.«

Reiger gab zu, dass er verblüfft war. Eine empörte Sonya Hocking hatte ein Verhältnis mit Gavil Harrison –, oder sonst jemand, übrigens – mit aller Entschiedenheit von sich gewiesen. Die Wangen gerötet, die dunklen Augen blitzend, hatte sie sich das seidig schwarze Haar an den Schläfen gerauft und laut lamentiert, wie Gavil so etwas habe behaupten können. »Wie konnte er so etwas *sagen?*«, jammerte sie. »Wie konnte er seinem besten Freund das antun, nach allem, was Stuart für ihn getan hat? Warum will er mich und alles, wofür ich gearbeitet habe, zerstören?« Sie wirbelte zitternd zu Reiger herum. »Sehen Sie, ich weiß nicht, was hier gespielt wird. Ich weiß nicht, weshalb ich für ihn als Alibi herhalten soll oder wo er wirklich war. Ich weiß nur, dass Gavil mich anrief, bevor Sie kamen, und mich anflehte, seine Aussage zu bestätigen.« Ihre Augen füllten sich mit Tränen. »Ich bin ja nur froh, dass Stuart nicht zu Hause ist und sich das anhören muss; es hätte ihn *umgehauen!«* Sie rang schluchzend nach Luft. »Bitte, um Stuarts und um meinetwillen, verbreiten Sie diese Geschichte nicht. Die Leute vertrauen mir; nur deshalb habe ich so viel Geld für das Krebszentrum sammeln können. Und *niemand* unterstützt mich dabei; das ist ganz allein *mein* Projekt. Je länger ich brauche, um das Geld zusammenzubekommen, desto länger zögert sich der Bau des Zentrums hinaus. Und in der Zwischenzeit *sterben* Kinder, verstehen Sie?« Sie breitete die Arme aus, dann klappte sie wie eine zerbrochene Puppe auf der Couch zusammen. »Und bitte«, ihre Stimme war belegt, »lassen Sie Gavil in Ruhe. Er ist immer noch ein Freund, selbst jetzt noch, und ich will nicht, dass ihm irgendetwas zustößt. Außerdem, er ist kein Mörder, das kann ich Ihnen versichern. Was immer er Ihnen auch verschweigt, ich *weiß*, er kann nichts mit dem Mord an diesem Mädchen zu tun haben. Bitte, lassen Sie ihn wieder ein normales Leben führen.«

Reiger und Turnbow hatten über ihre Naivität müde gelächelt. Als ob sie die Angelegenheit mitten in einer Mordermittlung einfach fallen lassen könnten.

»Wenn *sie* lügt«, sagte Reiger zu Turnbow auf der Fahrt, »dann schauspielert sie glänzend. Wenn *Harrison* lügt, dann frage ich mich – wie konnte er erwarten, damit durchzukommen? Denkt er wirklich, sie würde ihn decken ohne Wenn und Aber? Das ist seltsam.«

Dann gab es noch den Glauben von Chelsea Adams, dass Harrison Meg Jessler getötet hatte. Reiger musste zugeben, dass die Worte von Chelsea Adams ihre Wirkung auf ihn nicht verfehlt hatten. Trotzdem, sie mussten sich an nackte, harte

Fakten halten. Sie brauchten Beweise – Beweise, die vor Gericht stichhaltiger waren als ein begründeter Verdacht oder eine moralische Gewissheit. Und so weit waren sie bei Harrison noch längst nicht.

Vielleicht *hatte* Harrison ja die Wahrheit gesagt, schlug Turnbow vor, als Reiger den El Camino Richtung Haverlon fuhr. Und Sonya Hocking hatte einfach zu viel zu verlieren, um das zuzugeben.

»Dann würde sie ihn also hängen lassen?«

Turnbow zuckte die Achseln. »Ihr ist vermutlich nicht klar, wie ernst die Lage ist. Wenn sie genau weiß, dass er unschuldig ist, dann meint sie vielleicht, wir könnten ihm aus dem Mord sowieso keinen Strick drehen. Also kann sie ebenso gut ihren Ruf retten.«

Reiger hielt an der roten Ampel an der Broadway Kreuzung in Redwood City. Zu seiner Linken tauchte das dämmrige Gelände der Mammutbaum-Highschool auf, benannt – wie zahlreiche andere lokale Einrichtungen und Geschäfte einschließlich der Mammutbaum-Siedlung – nach dem allgegenwärtigen, immergrünen Riesenbaum. »Andererseits könnte Harrison uns auch absichtlich ein Alibi beigebracht haben, das skandalträchtig genug ist, um plausibel zu machen, warum er es zuerst versuchte zu verheimlichen. Außerdem könnte er für den Fall, dass Sonya Hocking sich weigert, seine Aussage zu bestätigen, sie selbst als Lügnerin beschuldigen.« Wobei er zugeben musste, dass das für einen Gauner schon ziemlich gewieft wäre. Die meisten waren nicht gerade Intelligenzbestien, weshalb man ihnen ja auch auf die Schliche kam. Aber Harrison war anders. Reiger konnte dessen Verschlagenheit förmlich spüren. *O Herr*, betete er, *zeig uns, was richtig ist.*

»Na ja«, seufzte er, »im Augenblick haben wir noch ein Alibi, das unhaltbar ist. Das reicht für einen Durchsuchungsbefehl.«

Turnbow schielte auf die Uhr im Armaturenbrett. »Es ist ziemlich spät.«

»Ich krieg das schon hin.« Er würde wieder zu wenig Schlaf bekommen. »Lass uns morgen in aller Frühe bei Harrison auftauchen. Noch bevor irgendwelche Reporter auf den Beinen sind. Vielleicht haben wir Glück und finden ein Kleidungsstück aus goldbraunem Leder.« Eine zweite Durchsuchung von Megs Haushalt hatte die Möglichkeit ausgeschlossen, dass die Fasern unter ihren Nägeln von ihrer eigenen Kleidung stammten. »Ich werde Harrison ordentlich einheizen, mal sehen, ob er zusammenbricht. Wenn nicht, müssen wir Sonya Hocking unter die Lupe nehmen und überprüfen, ob noch jemand anderes etwas von diesem angeblichen Verhältnis weiß.«

Er sah Turnbow achselzuckend an. »Das ist keine höhere Mathematik, weißt du. Einer von beiden lügt.«

Kapitel 21

»Hast du heute schon was von der Polizei gehört?«, fragte Paul Chelsea, als sie ihre Stühle an den Tisch zogen. Sie nahmen ihr Abendessen auf der Terrasse ein. Der große Schirm am Tisch schützte Chelseas Augen vor der Sonne.

»Nein. Sie meinten ja auch, sie würden sich nur bei mir melden, falls sie noch Fragen hätten.«

»Die Zeitung hat es jedenfalls groß gebracht.«

Chelsea hatte gehofft, er würde die Geschichte nicht entdecken. »Was Wunder. Der Trent Park ist beliebt; nun werden sich die Leute nicht mehr hineintrauen.«

Ein düsterer Ausdruck huschte über Pauls Gesicht. Chelsea schwante nichts Gutes, sie konzentrierte sich voll auf ihr Hühnchen.

»Ich hab mich immer noch nicht damit abgefunden, dass du allein dort herumgestreift bist, weißt du.«

»Ich weiß.«

Er musterte sie. »Denkst du jetzt anders über das Ganze, nachdem du einmal so richtig ausgeschlafen hast?«

Beinahe hätte sie gelächelt. Wenn er wüsste, wie ihre Nacht gewesen war. »Eigentlich nicht.«

»Oh.« Paul sah enttäuscht aus.

Das war es also. Was sollten sie lange fackeln? »Hast du wirklich erwartet, dass ich meine Meinung ändern würde?«

Er studierte seinen Teller. »Ich habe viel über all das nachgedacht, Chelsea. Gestern Abend und auf dem Heimflug. Und je mehr ich darüber nachgedacht habe, um so klarer wurde mir, dass es stimmt, was ich am Telefon gesagt habe. Seit du angefangen hast, zur Kirche zu gehen, bist du anders. Das trennt uns. Und ich will nichts Trennendes zwischen uns, Chels; dafür liebe ich dich zu sehr. Und diese Visionen von dir sind mir nicht geheuer. Zu den anderen habe ich ja nicht viel gesagt. Aber bei dieser hier hört der Spaß auf. Es passt mir nicht, dich in einen Mord verwickelt zu sehen. Es passt mir nicht, dass sie dich zu Dingen getrieben hat, die du nicht mit mir abgesprochen hast. Und es passt mir ganz und gar nicht, wie sie sich auf meine Arbeit auswirkt, denn jetzt weiß ich nicht mehr, was ich mit diesem Mann tun soll, den ich einstellen möchte.«

Chelsea suchte nach Worten. Wie konnte sie ihm erklären, dass nicht sie bei dieser Vision das Sagen hatte, sondern Gott? »Du willst Gavil also immer noch einstellen?« Ihre Stimme war dünn.

»Er ist wie gemacht für den Job, Chelsea.«

Sie schloss die Augen. »Warum willst du mir nicht glauben?«

»Ich zweifle ja nicht an deiner Aufrichtigkeit. Und ich weiß auch, dass sich alles andere, was du gesagt hast, als richtig erwiesen hat. Aber, Chelsea, du warst keine zwei Stunden mit ihm zusammen. Und deine Vision hat wie lange gedauert, Sekunden? Ich habe jetzt schon vier Gespräche mit ihm geführt. Ich habe ihn anderen aus dem Büro vorgestellt. Unsere Investmentgesellschaft hat ihn zum Vorstellungsgespräch zitiert. Wir haben mit seinen Referenzen gesprochen. Ich kann einfach nicht glauben, dass Gavil so etwas tun könnte. Das passt nicht zu ihm.«

Chelsea verlor bei den Worten ihres Mannes den Mut. Wie konnte sie ihn erreichen? »Was hast du also vor?«

Paul seufzte. »Ich weiß es nicht. Ich will Gavil nicht verlieren, und dich will ich auch nicht vor den Kopf stoßen. Ich muss mich aber auf alle Fälle bei ihm melden; das habe ich vor mir hergeschoben. Er rechnet wahrscheinlich damit, dass ich ihn dieses Wochenende zu Hause anrufe: Wir haben die Telefonnummern ausgetauscht. Wenn ich das nicht tue, wird er sich wundern, warum.«

»Er wird sich nicht wundern.«

Paul warf ihr einen entnervten Blick zu. »Ich muss ihn spätestens Montag anrufen. Vielleicht hast du bis dahin ja deine Meinung geändert. Ich kann ihm sagen, dass ich noch ein paar Referenzen überprüfen muss, und dadurch ein, zwei Tage rausschlagen. Aber dann, Chelsea, muss ich ihm eine Antwort geben. Und außerdem ist der Leitungsstab mit ihm einverstanden, was soll ich denen bitte schön erzählen?«

Chelsea sank das Herz. Sie war wütend auf Paul und wütend auf sich. Und dabei hatte sie sich noch am Morgen so stark gefühlt; nun fragte sie sich schon wieder, was Gott da tat. Wie konnte Paul *das* sagen? War ihm nicht klar, was sie durchgemacht hatte? Konnte er nicht wenigstens versuchen zu verstehen, wie schwer das für sie war? *Bitte, Gott,* betete sie, *tu was in den nächsten Tagen.*

»Na schön«, sagte sie leise. »Tu, was du tun musst.«

»Gut.« Paul atmete zufrieden ein. »Und jetzt zum nächsten Punkt. Wenn ich schon mal dabei bin. Ich weiß, es wird dir nicht gefallen, aber ich denke, es ist zu deinem und unserem Besten.«

Sie hob den Blick zu seinem und wartete.

»Ich will nicht mehr, dass du zur Kirche gehst.«

Ihr Magen wurde zu Blei.

»Wie gesagt, diese ganze Geschichte mit den Visionen läuft aus dem Ruder. Es gefällt mir nicht, wie sich das auf dich oder uns auswirkt. Und ich denke, die Kirche und deine Freunde dort verstärken den Zauber nur. Genau wie Gladys. Ich weiß, sie ist eine gescheite Frau und so, aber wenn sie diesen Spuk unterstützt, dann will ich nicht mehr, dass du dich mit ihr triffst.«

»Paul, diese Freunde brauche ich jetzt mehr denn je! Ich muss mit ihnen beten können.«

»Nein, musst du nicht. Chels, hör mir zu. Wie oft ist es vorgekommen, dass ich dich gebeten habe, etwas sein zu lassen? Du weißt, dass ich immer voll hinter dir stehe und dich glücklich sehen will. Aber ich mache mir ernsthaft Sorgen, was diese Geschichte dir antut. Sie macht dir Angst und stellt sich zwischen uns, und ich habe ganz einfach die Nase voll davon. Deshalb bitte ich dich, tu mir den Gefallen. Uns beiden. Außerdem, steht nicht in der Bibel irgendwo etwas wie ›Ihr Frauen, hört auf eure Ehemänner‹?«

Epheser, Kapitel fünf. Sie hatte das Kapitel dahinter am Morgen noch gelesen. Chelsea nickte unglücklich.

»Na bitte, da hast du's. Wenn du tun willst, was Gott sagt, dann musst du auf mich hören.«

Paul lehnte sich zurück und war stolz auf sich, als ob er sie soeben auf eigenem Boden geschlagen hatte.

Samstag, 8. Juni

Kapitel 22

Marians Bewusstsein kam beim Geräusch der Türglocke an die Oberfläche.

Benommen rollte sie zu ihrem Radiowecker herum. Halb sieben. Wer konnte das sein um diese Zeit? Sie hob lauschend den Kopf und hörte Gavils Schritte auf dem Parkettboden im Flur. Sie hatte nicht bemerkt, wie er aufgestanden war, aber das war nicht ungewöhnlich. Gavil war ein Frühaufsteher, oft schon um halb sechs hellwach, selbst am Wochenende. Er setzte dann Kaffee auf und gönnte sich ein paar Tassen einer frisch gemahlenen französischen Röstung, während er die Zeitung las.

Die Fußtritte stockten. Sie hörte eine Stimme, die ihr irgendwie bekannt vorkam, und danach Gavil ärgerlich antworten. Dann weitere Stimmen und Schritte. Sie warf die Bettdecke zurück und schnappte sich ihren Morgenrock vom Fußboden. Als sie an der Schlafzimmertür war, erkannte sie die Stimme.

Sergeant Reiger.

Marian öffnete die Tür und blieb abrupt stehen. Reiger und zwei andere Polizisten – in Uniform – hatten sich in unterschiedlichen Richtungen im Haus verteilt. Der Sergeant stritt mit Gavil und drängte ihn rückwärts zur Küche, während sie sprachen. Ein kleiner Polizist mit Frühglatze betrat mit zielstrebigen Schritten das Wohnzimmer; der andere verschwand im Arbeitszimmer.

»Was geht hier vor?« Ihre Stimme war spitz vor Furcht.

Gavil lehnte sich zur Seite und sprach am Sergeant vorbei. »Sie sagen, sie wollen das Haus durchsuchen.«

Marian sah sich verdattert um. »Wonach?«

Reiger redete über die Schulter mir ihr: »Ich bin in einer Minute bei Ihnen, um es Ihnen zu erklären. Und Sie«, er zeigte auf Gavil, »bitte ich noch einmal – im Guten –, sich auf diesen Stuhl da zu setzen, bis wir fertig sind.«

»Was wollen Sie jetzt schon wieder?«, fragte Gavil. »Warum belästigen Sie mich weiterhin?«

Reiger hob die Hand. »Ich *bitte* jetzt nicht länger. Ich teile Ihnen mit, dass wir eine Hausdurchsuchung durchführen, und derweil werden Sie *genau hier* sitzen. Noch irgendwelche Einwände, und Sie werden noch eine Fahrt zur Wache unternehmen. Ist das klar?«

Gavil starrte den Sergeant mit furchterfüllten Augen an. Marian sah den Blick und fühlte, wie sie eine nie gekannte, schreckliche Angst beschlich. *Noch eine Fahrt zur Wache* ... Sie sah zu, starr vor Schreck. Gavil drehte sich um und verschwand in der Küche. Marian flatterte über den Flur zu ihm hin. Er sank auf einen Küchenstuhl.

»Danke. Nun, Mrs. Baker«, Reigers Ton wurde weicher, »ich muss Sie einen Augenblick sprechen.«

Sie antwortete nicht, ihre Aufmerksamkeit war abgelenkt durch den Mann in ihrem Wohnzimmer, der eine Schublade im Couchtisch aufzog. Den Polizisten in ihrem Arbeitszimmer konnte sie nicht sehen, hörte ihn aber hantieren.

»Gnädige Frau. Bitte.«

Ein zerstreutes Nicken.

Er schob sie vorsichtig den Flur hinunter weg von der Küche, bat um Verständnis, dass sie so etwas über sich ergehen lassen müsse, und sagte, dass die Durchsuchung begründet sei. Dass sie ihre Sachen so schonend wie möglich behandeln würden. Sie aber solle mit Kommissar Turnbow zur Wache fahren. Er würde ihr einen Kaffee spendieren. Sie könnten sich unterhalten.

Zur Polizeiwache! Marians Zunge versagte fast ihren

Dienst. »Warum? Ich weiß überhaupt nichts über Megs Tod!«

»Turnbow wird Ihnen alles erläutern«, sagte der Sergeant beruhigend. »Nur bitte, seien Sie kooperativ. Das wird das Ganze für uns alle vereinfachen.«

Wie ein verängstigtes Kind gehorchte Marian. In fünf Minuten war sie in eine quer gestreifte Stoffhose und ein Strickhemd gekleidet und sich mit zitternden Fingern durchs Haar gefahren. Als sie an der Küche vorbeiging, warf sie einen sehnsüchtigen Blick auf Gavil, aber der hatte den Kopf gesenkt. An der Haustür erschauerte sie beim Rumpeln von Möbeln, die über ihren Schlafzimmerboden geschoben wurden. Dann floh sie.

Turnbow geleitete sie zu seinem Auto. Er sprach erst, als sie aus der Wohnsiedlung auf die Wickens Road gefahren waren. »Mrs. Baker –«

»Sagen Sie doch Marian zu mir.« Ihre Stimme war bitter. »Sie und Ihr Partner müssen alles über mich wissen, nach all den Nachforschungen, die Sie an meinem Arbeitsplatz angestellt haben. Und nun durchwühlen Sie mein Zuhause. Da können Sie mich auch gleich beim Vornamen anreden.«

Er warf ihr einen Blick zu. »Marian. Das ist ein besonderer Name für mich. Meine Mutter hieß so.«

Sie gab keine Antwort.

Sie hielten an einer roten Ampel. Turnbow wandte sich zu ihr um, die Aufrichtigkeit in Person. »Ich hoffe, ich kann Ihnen das mulmige Gefühl ein wenig nehmen. Ich weiß, wie schwer das alles für Sie ist, und Ihnen das zumuten zu müssen ist nicht gerade das, was ich mir unter angenehmem Zeitvertreib vorstelle.«

Die Ampel schaltete auf Grün und die Augen des Kommissars richteten sich wieder auf die Straße. Marian blieb stumm.

»Ich bin in einer Kleinstadt in Kansas aufgewachsen«, sagte Turnbow, »bevor ich hierher kam, um mein Glück zu suchen. Die drei Menschen, die mir im Leben am meisten bedeutet haben, waren meine Mutter, meine kleine Schwester und meine Oma. Mein Opa starb, bevor ich zur Welt kam, und mit neun habe ich meinen Vater verloren. Er wurde in die Brust geschossen von einem Einbrecher, der einen Ladenüberfall machte. Mein Vater war Kunde und versuchte, dem Verkäufer zu helfen. Er hat die Kugeln abbekommen. Meine Schwester war erst vier. Und da habe ich beschlossen, Polizist zu werden.«

Marian schlug die Augen nieder. »Das tut mir Leid.«

Sein Lächeln war kurz. »Das ist lange her. Der Punkt ist, danach habe ich die Stärke von Frauen schätzen gelernt.« Er atmete langsam aus. »Jetzt ermittele ich in einem Mordfall und das Opfer ist so alt wie meine Schwester an ihrem Hochzeitstag. Ich will den Schuft finden, der das getan hat; unbedingt. Und ich glaube, Sie können dabei helfen. Und darum sitzen Sie jetzt hier in diesem Auto auf dem Weg in mein Büro.«

Sie fühlte sich etwas besänftigt. »Ich werd's versuchen. Ich verstehe nur nicht, was das alles mit mir zu tun hat.«

Marian lehnte sein Angebot eines Kaffees ab. Turnbow verschob seine Tasse auf später. Sie saßen einander gegenüber, zwischen ihnen sein abgewetzter Schreibtisch, die geschlossene Bürotür sperrte die Schichtwechselgrüße der Beamten auf dem Gang aus. Ohne Make-up sah Marian bleich und abgehärmt aus, jünger. Sie hatte etwas Verlorenes an sich wie ein verirrtes Hündchen auf einer belebten Straße.

Behutsam eröffnete Turnbow ihr die Nachricht, die, wie er wusste, Marians Leben erschüttern würde. Wer immer auch log – Sonya Hocking oder Harrison –, Marian war die Verliererin. Wie es momentan aussah, lebte sie entweder mit einem Mann zusammen, der sie mit der Frau seines besten Freundes betrog, oder mit einem Mörder. Das kleinere Übel war immer noch niederschmetternd genug.

Ohne die Hockings zu erwähnen, gab Turnbow Gavils erstes und zweites Alibi wieder, wobei er nur sagte, sie »hätten Grund«, das zweite ebenfalls in Zweifel zu ziehen, obwohl die »Nachprüfungen noch nicht abgeschlossen« seien. Er hoffte auch zu erfahren, ob Harrison ein goldbraunes Lederhemd oder einen Mantel besaß, für den Fall, dass das Kleidungsstück bereits beseitigt worden war.

Turnbow war sich bewusst, als er Marians Gesicht erbleichen sah, dass er ihren Schmerz benutzte. Dass ihre Qual unweigerlich zu Zorn auf Gavil führen würde und ihr Zorn die Erinnerung an Vorfälle schärfen könnte, die zuvor unbedeutend schienen. Er verabscheute sich dafür, sagte sich aber, dass es für Meg war. Marian würde wenigstens am Leben bleiben.

Marian nahm den Blick nicht von ihm, während er sprach. Sie hatte drei Finger auf den zitternden Mund gepresst und blinzelte durch Tränen. Turnbow spürte, dass sie glauben wollte, ja *musste,* dass sein Mitgefühl echt sei. Er entschuldigte sich und griff nach einem Päckchen Taschentücher. Sie nahm es dankbar an.

»Es tut mir Leid. Ich ... ich kann das nur nicht glauben.« Sie rang um ihre Fassung. »Ich weiß nicht, wie Sie darauf kommen, dass Gavil für dieses Verbrechen verantwortlich ist. Ich kenne ihn gut genug, um Ihnen zu versichern, dass er zu so etwas nicht fähig ist. Er wird manchmal wütend, aber wer wird das nicht? Selbst das, was Sie mir gerade erzählt haben, wird mich niemals dazu bringen zu glauben, dass er irgendjemandem ein Haar gekrümmt hat. Aber vielleicht verstehe ich jetzt, wie ...« Sie blickte zur Decke, suchte nach Worten. »Gavil war wunderbar. Er hat mich aus der Schwermütigkeit geholt, nachdem mein Mann mich verlassen hatte. Wegen einer anderen.« Sie kniff die Lippen zusammen. »Er hat selber Depressionen gehabt, er weiß, wie das ist. Aber er hatte immer etwas an sich, das ich nicht recht ... einordnen konnte. Das ist eine Seite von ihm, an die ich nicht herankomme. Und ich weiß nicht, was das ist.«

»Haben Sie ihm das gesagt?«

Ein Nicken. »Darum habe ich auch gezögert, ihn zu heiraten. Ich dachte: ›Vielleicht hat er auch eine andere.‹ Es ist schwer, einem Mann zu vertrauen, so kurz nachdem dich einer betrogen hat. Aber Gavil hat immer beteuert, dass er mir das niemals antun würde.«

Turnbow dachte über das nach, was sie gerade gesagt hatte. »Es gibt da noch eine Sache, die ich Ihnen sagen muss«, sagte er sanft. »Sie kennen die Frau vielleicht, von der Gavil behauptet, er sei am Mittwochmorgen bei ihr gewesen. Sonya Hocking.«

»Sonya Hocking?« Ihre Augen weiteten sich. »Nein! Das glaube ich niemals!« Sie starrte Turnbow an, als erwartete sie von ihm, seine Geschichte zu ändern. »Stuart Hocking ist Gavils bester Freund! Gavil würde ihm – oder mir – das niemals *antun*. Wir sind oft bei den Hockings gewesen und es gab nie auch nur das geringste Anzeichen dafür, dass –« Sie presste eine Hand gegen die Stirn. »Ich kann das nicht glauben. Gavil würde das nicht tun. Das *würde* er einfach nicht. Das ist einfach nicht *wahr.*«

Turnbow beugte sich über seinen Schreibtisch. »Ich weiß, das ist schwer für Sie. Aber manchmal sind die Menschen nicht das, wofür wir sie halten. Ich war früher auch verheiratet – über sieben Jahre. Und dann, vor achtzehn Monaten, brannte die Frau, die geschworen hatte, immer zu mir zu halten, mit einem Nachbarn von uns durch, einem Kerl, den ich immer für einen Volltrottel gehalten hatte. Einfach so.« Seine Stimme wurde weicher. »Marian, Menschen können uns zum Narren halten. Manchmal stellt sich heraus, dass die Person, die uns im Leben am nächsten stand, das genaue Gegenteil von dem ist, was wir dachten. Aber wir wollen es nicht wahrhaben. Normalerweise gibt es Anzeichen, bevor das ganze Ding himmelhoch auffliegt, aber wir stecken den Kopf in den Sand, weil wir es nicht sehen wollen. Und dann, eines Tages, finden wir es heraus. Der Beweis schlägt uns so hart ins Gesicht, dass man ihn unmöglich leugnen kann. Und wenn dann die Tage verstreichen – Tage, in denen man glaubt, nichts geht mehr –, dann erinnert man sich an die vielen Male, als man diese kleinen Stiche gespürt hat, dieses ›Etwas‹, wie Sie es genannt haben. Und dann denkt man: ›Ich hab's doch eigentlich die ganze Zeit gewusst.‹« Er berührte flüchtig Marians Hand. »Was wissen Sie, Marian? Ich meine, angenommen, Sie blicken tief in sich hinein und leugnen keinen dieser Verdachtsmomente, die Sie immer weggeschoben haben, was wissen Sie dann?«

Seine Hand blieb dicht neben ihrer auf dem Schreibtisch liegen. Einen Augenblick lang dachte Turnbow, sie würde sie wegziehen, aber das tat sie nicht.

»Ich weiß genau«, sagte sie langsam, »dass Gavil kein Mörder ist. Vor die Wahl gestellt, müsste ich glauben, dass er die Nacht mit einer anderen Frau verbracht hat, wenn er das sagt. Mit Sonya Hocking. Das hätte ich nie für möglich gehalten. Aber schließlich«, ihre Stimme war kaum hörbar, »hätte ich das Gleiche von all dem hier gesagt.«

»Also, Harrison.« Reiger knallte seinen Kassettenrekorder auf den Küchentisch und drückte die Aufnahmetaste. Er zog sich einen Stuhl heran und setzte sich seinem Verdächtigen gegenüber. »Ich habe ein kleines Szenario für Sie.«

Er hatte sich bereits im Haus umgeschaut, aber nicht gefunden, was er suchte; die beiden Polizisten suchten immer noch. Wenn Harrison goldbraune Kleidung besessen hatte, war sie womöglich längst beseitigt.

»Sie sagten, Sie gehen jeden Morgen gegen sieben Uhr zur Arbeit, von daher nehme ich an, dass Sie recht früh aufstehen – sagen wir mal gegen halb sechs, sechs. Eines Morgens schauen Sie aus Ihrem Wohnzimmerfenster und sehen eine süße kleine Blondine die Straße hinunterjoggen. Erst machen Sie sich weiter keine Gedanken darüber, aber am nächsten Tag sehen Sie sie wieder. Und am übernächsten. Und bald schon stellen Sie fest, dass Sie regelrecht darauf warten, sie jeden Morgen an Ihrem Haus vorbeilaufen zu sehen. Sie ist attraktiv; Sie würden sie gerne kennen lernen. Dann, durch einen glücklichen Zufall, finden Sie heraus, dass sie Marian Make-up verkauft.« Reiger krauste das Kinn. »Eines Abends liefert sie eine Bestellung ab, während Marian verreist ist, und Sie begegnen einander. Sie machen den ersten Zug.«

Gavil funkelte ihn schweigend an.

»Dann gehen die Dinge in der Eile schief. Vielleicht will sie mehr, als Sie geben können. Vielleicht droht sie, es Ihrer Freundin zu erzählen. Oder vielleicht wollen Sie mehr, und sie zieht sich zurück. Sie sind wütend. Als Marian wieder einmal verreist ist, folgen Sie Meg eines Morgens, als sie vorbeijoggt, den ganzen Weg bis zum Trent Park. Irgendwie überreden Sie sie, den Hauptweg zu verlassen und mit Ihnen einen Spaziergang zu machen. Sie versuchen, mit Ihr zu reden; Sie geraten in Streit. Die Dinge gleiten aus der Hand.«

Reiger klopfte sich mit einem Fingernagel gegen die Zähne. »Wussten Sie, Harrison«, bluffte er, »dass man sein eigenes Todesurteil unterschreibt, wenn man Haare und Fingerabdrücke auf einem Opfer hinterlässt?«

Gavil Harrisons Augen wurden groß, dann hart. Er knirschte mit den Zähnen. »Ich habe Ihnen gesagt, wo ich am Mittwochmorgen war. Was wollen Sie von mir?«

»Die Wahrheit, Harrison!« Reiger hieb auf den Tisch und schüttelte den Rekorder. »Die Wahrheit will ich!«

»Ich habe Ihnen die Wahrheit *gesagt!* Warum fragen Sie nicht Sonya selbst?«

»Oh, habe ich Ihnen das nicht erzählt?« Reiger legte den Kopf schief. »Sie war empört über Ihre Behauptungen von einer Affäre. Sie sagte, das sei erstunken und erlogen. Und sie hätte Sie niemals zu Gesicht gekriegt an jenem Morgen.«

Gavils Gesicht wurde kreidebleich. Ihm blieb der Mund offen stehen. »Sie lügt!« Er umklammerte mit beiden Händen die Tischplatte. »Sie lügt und Sie lügen!«

Reiger beugte sich vor, seine Stimme war eisig. »Und ich sage Ihnen, wir haben mit Mrs. Hocking geredet. Und sie sagt, Sie seien nicht bei ihr gewesen. Wenn Sie also weder *dort* noch im Trent Park waren, *wo waren Sie dann?«*

Gavils Mund stand offen, aber er brachte keinen Ton heraus. Er fuhr sich mit einer zitternden Hand über das Gesicht. »Das ist verrückt«, stammelte er schließlich. »Ich habe nur ...« Seine Stimme erstarb.

Ungerührt sah Reiger zu, wie er sich im Sturmwind krümmte.

An jenem Nachmittag spielte ein frustrierter und erschöpfter Reiger die aufgezeichneten Gespräche seiner bisherigen Vernehmungen ab. Er und Turnbow waren den ganzen Tag eifrig Spuren nachgegangen. Gegenwärtig stellte Turnbow Nachforschungen über Sonya Hocking an. Bislang hatten alle ihre Freunde beteuert, niemals etwas von einer Affäre gewusst zu haben. Mit jeder Meldung von Turnbow festigte sich Reigers Überzeugung, dass Harrison schuldig war. Aber sie brauchten Beweise. Bisher hatten sie lediglich Fragen. Der Fall passte hinten und vorne nicht zusammen. Beharrlich machte Reiger sich Notizen in sein kleines Spiralbüchlein und versuchte, das Ganze logisch zu durchdenken.

Megs Hände störten ihn am meisten.

Chelsea Adams hatte eine seltsame Bemerkung über diese Hände in ihrer Vision gemacht. Sie hatte sie als »heiß und kribbelig« beschrieben? Sollte er ihr Glauben schenken? Und wenn ja, was hatte das zu bedeuten?

Was wäre, wenn? Das ewige Spielchen des Kriminalbeamten. Was wäre, wenn die Erde unter Megs Fingernägeln von woanders stammte? Hal hatte gemutmaßt, sie könnte sie aus Unachtsamkeit irgendwo in der Nähe ihres Hauses oder von ihren Turnschuhen aufgegabelt haben. Reiger bezweifelte das. Es passte nicht zu der Tatsache, dass sie am Abend zuvor erst ihre Nägel gemacht hatte. Eine Frau mit neuer Maniküre würde sich hüten, sich die Hände schmutzig zu machen.

Vielleicht fanden sie nie heraus, woher die Erde kam, sagte er sich, und es konnte sowieso belanglos sein. Aber genau zu wissen, woher die Goldfädchen stammten, war von entscheidender Bedeutung, und dieses Wissen entzog sich ihm. Marian hatte Turnbow klipp und klar erklärt, dass Gavil keine Kleidung besaß, von der sie stammen könnten. Reiger spürte, dass ein Teil des Puzzles, eines, das genau zu Harrison passte, gerade außerhalb seiner Reichweite lag. Irgendwo dort war ein Lederhemd oder eine Jacke, ein fallentscheidendes Beweisstück.

Gedankenverloren drehte sich Reiger mit seinem Stuhl hin und her und fragte sich, ob Marian Baker Turnbow die Wahrheit gesagt hatte.

Kapitel 23

Gavil schmiss drei Paar Unterhosen und Socken ganz unten in seinen Koffer. Obendrauf landeten kreuz und quer einige Hemden und Hosen, gefolgt von Toilettenartikeln. Sollte er einen Anzug einpacken? Gavil zögerte. Er überlegte, am folgenden Abend zurückzukommen, sagte sich dann aber, er klammere sich an Strohhalme. Er wählte einen Anzug und eine Krawatte aus und stülpte eine lackschwarze Schutzhülle darüber. Braune Anzugschuhe und Socken. Ein dazu passendes Nadelstreifenhemd.

Dem äußeren Anschein nach gelassen, war Gavil innerlich wie versteinert. Jede seiner Bewegungen wirkte hölzern. Arme und Beine waren ihm schwer, und eine drückende Last lag auf seiner Seele. Er konnte Marian im Nachbarzimmer hören, die ihre ganze Energie darauf verwandte, im Büro wieder Ordnung zu schaffen. Er sah sie vor sich, wie sie den durchwühlten Inhalt jeder Schublade aufräumte.

Er ließ den Koffer zuschnappen und griff nach seiner Anzughülle. »Ich gehe jetzt«, erklärte er, als er in der Tür zum Arbeitszimmer stand.

Marian drehte sich um, um ihn anzusehen, in beiden Händen Stifte und Zettel. Ihre Augen waren verschwollen vom Weinen. »Du solltest anrufen, sobald du ein Hotel gefunden hast, und deine Nummer hinterlegen. Für den Fall, dass die Polizei noch was von dir will.«

»Richtig.« Seine Antwort triefte vor Sarkasmus. »Wir wollen die Guten schließlich nicht enttäuschen, nicht wahr?«

»Gavil, das ist ja wohl kaum deren Schuld.« Ihre Stimme war belegt. »Wie *konntest* du das nur vor mir verheimlichen wollen?«

Er dachte, er sollte dankbar sein, dass sie Sonya für eine Lügnerin hielt. Besser ein ehebrecherischer Betrüger als ein Mörder.

»Ach, *vergiss* es«, sagte sie fast flüsternd. »Das hatten wir schon; das bringt uns nicht weiter. Nur ... geh jetzt. Ich brauche ein paar Tage zum Nachdenken.«

Marian starrte blind auf den Schreibtisch, als Gavils Schritte ihn den Flur hinunter- und zur Tür hinaustrugen. Zur Tür hinaus und vielleicht aus ihrem Leben. *Bitte, Gott, nicht aus meinem Leben.* Und doch, wie konnte sie jetzt noch mit ihm zusammenleben?

Sie räumte zu Ende auf und schlenderte dann in den Flur, wo sie stehen blieb und in die Leere blickte, die sie umgab. So einsam hatte sie sich schon lange nicht mehr gefühlt. Die Stille war beängstigend laut. Sie wollte nachdenken, überlegen, aber sie konnte keinen klaren Gedanken fassen. Was sollte sie tun? Marian wusste es nicht. Sie brauchte Zeit.

Zeit. Diese ganze vergeudete Zeit. Sie war sechsunddreißig Jahre alt, eine Karrierefrau, die wieder einmal vor einem Leben ohne Mann stand. Ihre Zeit, Kinder zu bekommen, würde abgelaufen sein, ehe sie sich versah. Was, wenn sie gerade ihre letzte Chance vor die Tür gesetzt hatte?

Flüchtig kam ihr der Gedanke, dass Gavil jetzt wenigstens von jeglicher Verwicklung mit Meg Jesslers Ermordung freigesprochen werden könnte. Die Polizei hatte nichts gefunden. Sie hatten Gavil nur verdächtigt, weil er sie belogen hatte. Sobald sie sein Alibi nachgewiesen hätten, würde sie nie wieder mit ihnen zu tun haben. Aus irgendeinem Grund versetzte ihr das einen leisen Stich der Enttäuschung, und das überraschte sie. Warum sollte sie nicht froh darüber sein? Die hatten auf ihrer Arbeit herumspioniert, ihr Haus wie ein Schlachtfeld hinterlassen. Die konnten ihr doch gestohlen bleiben. Aber dieser Kommissar Turnbow, der hatte etwas an sich ...

Sie schnitt eine Grimasse. Typisch, da schnappte sie schon wieder gierig nach jedem Köder, den ein Mann ihr hinschmiss. Dabei hatte er das nur getan, um sie zur Mitarbeit zu gewinnen.

Marian kam sich innerlich wie tot vor. Sie lungerte im Flur herum, als ob jede Bewegung so sinnlos sei, dass man sie gleich bleiben lassen könnte. Die Trauer drohte sie fortzuspülen und sie lehnte sich Halt suchend an die Wand. Nein, sie würde *nicht* wieder weinen. Ihre Tränen hatte sie schon alle vergossen. Sie musste etwas *tun*, die Gedanken verscheuchen. Sie schloss die Augen und gab ein Stöhnen von sich, das das Haus erfüllte. Dann nahm sie alle Kraft zusammen und stieß sich von der Wand ab. Sie würde sich zwingen, ins Schlafzimmer zu gehen, sich umzuziehen und etwas im Garten zu arbeiten. Ihr altbewährtes Fluchtmittel. Das Arbeiten in der Erde, ihr satter Duft verschafften ihr oft Erleichterung, ohne dass sie das erklären konnte. Sie hatte dieses Hobby angefangen, als ihr Scheidungsprozess in vollem Gange war. Ihr Garten hinterm Haus war recht klein, aber er und der vordere Weg hatten die beste aller Pflege erfahren.

Sie zog sich eine schlabberige Jeans und ein T-Shirt an, trat auf die geflieste Terrasse und öffnete den Vorratsschrank zu ihrer Rechten. Dieser Schrank gehörten zu den Dingen, die sie an dem Haus begeistert hatten – bot er doch ausreichend Platz für ihre Gartengerätschaften. Sie nahm ihre Handschuhe und ein paar Werkzeuge aus den Regalen und kämpfte darum, ihre Gedanken zusammenzuhalten. Bevor sie den Garten in Angriff nahm, kontrollierte Marian noch das bunte Löwenmaul, das die Vorderveranda säumte. Ein bisschen Unkraut musste gejätet werden. Sie ging in die Hocke, streifte die Gartenhandschuhe über und streckte die Hand zu einer rosa blühenden Pflanze aus.

Das Geräusch der aufgehenden Tür von Haus sechs ließ ihre Hand erstarren. Auf den Knien herumrutschend, beugte sich Marian mit gesenktem Kopf tief über ihre Blumen. Sie verkrampfte sich, als sie das gedämpfte Aufkommen einer weichen Schuhsohle hörte. Dann war Stille. Sie konnte die Augen ihres Nachbarn auf sich fühlen, spürte in seinem Zögern die Fantasien eines Geistes, der vor Neugier platzte. Er musste die Polizeiwagen heute Morgen gesehen haben. Sie entdeckte ein junges Unkraut und rupfte es aus. Sie hörte einen schwereren Schritt wie von den Verandastufen auf den Gartenweg. Ein zweiter Schritt folgte.

»Hi.« Er klang fast entschuldigend.

Widerstrebend sah Marian über ihre Schulter. »Hallo.«

Jack Doniger stand auf seinem Gartenweg, die Hände in den Hosentaschen vergraben. Marian hörte das Klimpern von Autoschlüsseln und losen Münzen. »Hab dich schon lange nicht mehr gesehen.«

Er war lässig in ein blaues Strickhemd und Khakihosen gekleidet. Sein dunkles Haar umrahmte ein auffällig fein geschnittenes Gesicht, das das Herz einer jüngeren Frau bestimmt höher schlagen lassen würde, mutmaßte Marian. Er hatte etwas Zurückhaltendes an sich, in seinen Augen lag Empfindsamkeit. Sie zwang sich zu einem kurzen Lächeln. »Ich schätze mal, wir hatten beide viel zu tun.«

Er nickte. Marian sah, dass er allen Mut zusammennahm. »Kann es sein, dass ich heute Morgen die Polizei hier gesehen habe?«

Sie schloss die Augen.

»Entschuldigung«, sagte er schnell, »ich hätte nicht fragen sollen.«

»Nein, nein, ist schon gut.« Marian wunderte sich über die Unverwüstlichkeit ihrer Höflichkeit. »Sie war da, ja.«

»Na ja. Was soll's. Die befragen jeden hier, weißt du; mir haben sie auch schon Fragen gestellt. Glaubt nicht, dass die nur euch auf dem Kieker haben.«

Marian lachte bitter auf. »*Mich* haben die nicht auf dem Kieker«, platzte sie heraus, »sondern Gavil.« Das Gefühl der Beschämung war sofort da und brannte in ihren Wangen. Warum um *alles* in der Welt hatte sie das gesagt?

Jack blies die Backen auf und pustete. »Ach, es wird schon werden, er muss lediglich mit denen reden und ihnen erzählen, wo er an jenem Tag war. Er war vermutlich eh mit dir zusammen, stimmt's?«

Sie blickte ihn dumpf an. Diese Frage zu beantworten würde ein ganzes Leben dauern. »Ich war nicht da.«

»Oh.«

Marian wandte sich ab. »Tut mir Leid, ich muss jetzt weitermachen.«

»Ja, natürlich.«

Sie fühlte ihn zaudern.

»Gibt es irgendetwas, was ich für dich tun kann?«

Marian wagte nicht, ihn anzusehen. Sie schüttelte den Kopf. »Danke. Sie müssen ... halt nur dahinterkommen.«

Das Münzgeld klimperte wieder. »Das werden sie bestimmt. Also dann, man sieht sich.«

»Tschüs.«

Jack ging den Bürgersteig entlang zu seiner Garage. Marian flüchtete sich in den Garten. Wenn die Neugier schon diesen schüchternen neuen Nachbarn gepackt hatte, dann würden die anderen nicht lange auf sich warten lassen. Zweifellos würde Mrs. Geary das Rudel anführen. Das konnte sie jetzt unmöglich verkraften.

Marian stand auf ihrer Terrasse und sah auf den Garten. Ein Orangenbaum war noch nicht gedüngt worden. Die anderen waren vor ein paar Wochen drangekommen, doch dann hatte sie keine Zeit mehr gehabt. Gavil hatte an jenem Tag eine Matinee machen wollen. Die Erinnerung daran trieb ihr neue Tränen in die Augen und sie riss ihre Gedanken gewaltsam davon los und wandte sie wieder dem Garten zu. Alle Bäume mussten bewässert werden, die Rosen brauchten Pflege und in der linken Ecke musste sie Unkraut jäten. Die Aufgaben behagten ihr. Sie zog einen Sack Dünger aus dem Schrank und steuerte dann auf den Zaun zu, den sie mit Jack teilte. Sie kniete sich hin und begann zu jäten.

Die Sonne brannte heiß auf Marians Rücken und schon bald lief ihr ein Rinnsal Schweiß die Arme hinunter. Sie konnte ihre eigene warme Haut riechen, gemischt mit dem Duft der Rosen.

Der vierte Finger ihrer rechten Hand begann beim Arbeiten zu schmerzen, als ob sich irgendetwas in seine Spitze bohrte. Zunächst ignorierte es Marian. Das Gärtnern tat ihrer Seele wohl und sie genoss die Augenblicke der Ruhe. Aber das Gefühl in ihrem Finger wurde stärker. Sie kratzte ihn mit ihrer anderen Hand. Es ging nicht weg.

Verärgert zog sie den Handschuh aus und schüttelte ihn ein paar Mal. Nichts. Mit einem Stoßseufzer setzte sie sich auf ihre vier Buchstaben und krempelte den vierten Finger des Handschuhs um, indem sie hineingriff. Sie tastete darin herum, arbeitete mit den Zähnen, bis sie das pieksende Ding zu fassen kriegte. Marian zog in der Erwartung, dass es feststeckte, aber es kam leicht heraus. Sie sah nach unten und wollte es gerade beiseite werfen, als ein Aufblitzen von Farbe ihr ins Auge stach. Sie drehte das Ding um, hielt es sich näher vors Gesicht, erkannte, was es war, und blinzelte. Was machte das hier?

An einem normalen Tag hätte sie mehr darüber nachgedacht. An einem normalen Tag hätte es sie beunruhigt und sie wäre zu Gavil gelaufen, um ihn einfach zu fragen, wo das Ding herkomme. Aber heute war er fort. Sie und Gavil hatten sich zwei Stunden lang gestritten, nachdem Kommissar Turnbow sie zurück nach Hause gebracht hatte. Sie hatte geheult, angeklagt, geschrien und geflucht und ihm gegen die Brust getrommelt. Gavil hatte auch geweint, um Vergebung gebeten und versucht, ihr eine Seite seiner Persönlichkeit zu erklären, die sie nie hatte verstehen können.

Plötzlich schlug noch einmal ein Wust an Emotionen über ihr zusammen – Enttäuschung, Ärger, Verletzung. Die Tränen begannen zu fließen. Hatten sie einmal angefangen, gab es kein Halten mehr. Sie landete wieder auf den Knien, senkte den Kopf und sah die Tropfen fallen und dunkelblaue Flecken auf ihrer Jeans hinterlassen. Sie schluchzte und schleuderte das Ding ohne einen weiteren Gedanken beiseite, verschränkte die Arme vor der Brust und schaukelte weinend vor und zurück.

Wieder allein.

Bei diesen zwei Wörtern packte Gavil die Angst, gefolgt von einer lähmenden Wut. Die heile Welt, die er sich geschaffen hatte, war dabei, einzustürzen, und das hatte er nicht verdient. Er ließ sich schwer auf das Bett plumpsen und verzog das Gesicht, als er die harte Matratze spürte. Wieder ein Hotel. In wie vielen hatte er nicht schon übernachtet auf seinen Hunderten von Geschäftsreisen? Heute war Samstag, da hätte er zu Hause bei Marian sein sollen.

Gavil hieb mit der Faust auf das Bett.

Wenigstens die von der Kripo sollten verschwinden. Sie hatten nicht das Geringste gefunden. Einen Augenblick lang fragte er sich, was sie wohl gesucht haben mochten. Wenn sie ihn noch einmal behelligten, wenn sie ihn auf *irgendeine* Art und Weise belästigten, dann, das schwor sich Gavil, würde er sie verklagen.

Und dann war da Sonya. Eine schöne Freundin, überließ ihn der Polizei als ungeschützte Zielscheibe. Er hätte wissen müssen, dass Sonya ihren guten Ruf um jeden Preis schützen würde, egal, wie inständig er sie am Telefon angefleht hatte. Gavil hatte sie in der letzten Stunde dreimal angerufen. Sonyas einzige Antwort hatte darin bestanden, den Hörer hinzuknallen. Und schließlich war da noch Marian. Sie liebte ihn innig, das wusste Gavil, aber zu heiraten hatte sie sich immer geziert. Er kochte vor Wut auf die beiden Polizisten, die ihn zuerst zu seinem Alibi gezwungen und ihr anschließend davon erzählt hatten.

Unwillkürlich griff er wieder zum Telefon. Nach viermal Klingeln ging der Anrufbeantworter ran und er hörte die Ansage, die Marian aufgenommen hatte, nachdem er eingezogen war: »Hallo, Sie sind mit dem Anschluss von Marian Baker und Gavil Harrison verbunden. Bitte hinterlassen Sie eine Nachricht, wir rufen zurück.« Gavil fragte sich, wie lange sein Name wohl noch auf dem Band bleiben würde.

»Hallo, Marian. Ich bin im Welthing Hotel in San Carlos. Hier ist die Nummer.« Er las sie vom Telefon ab. »Ruf mich an, wenn du mich brauchst. Ich liebe dich.« Er legte auf und starrte dann bewegungslos auf ein billig gerahmtes Aquarell an der Wand. So vieles hatte sich in den letzten drei Tagen ereignet. Er versuchte, seine Gedanken zu ordnen, herauszufinden, was schief gegangen war.

Angefangen hatte es mit dem Dinner am Mittwochabend.

Er erinnerte sich an seine aufsteigende Panik, als die Frau von Paul Adams geradewegs in ihn *hinein*geschaut hatte. *Manchmal sehe ich Dinge* ... Noch nie zuvor hatte er etwas Derartiges erlebt. Es war, als hätte sie ihn aufgemacht und seine Seele inspiziert. Er war nach diesem Essen wie benommen nach Hause gefahren.

Eines stand fest; er wollte Chelsea Adams nie wieder sehen. Wie konnte er ihr gegenübertreten? Wieder und wieder sah Gavil im Geiste ihr Bild vor sich – ihr Gesichtsausdruck, ihr anklagender Blick. Je mehr er an sie dachte, desto defensiver und wütender wurde er. Wer war sie, ihn zu richten? Wie konnte sie wissen, was in ihm vorging? Dann dachte er an die Stelle bei AP Systems – die Stelle, die er immer noch unbedingt wollte. Wie konnte er eng mit Paul zusammenarbeiten und gleichzeitig die Frau dieses Mannes verabscheuen? Was war mit Betriebsfeiern oder Tagen, an denen sie im Büro vorbeischneite? Er würde ihr zwangsläufig irgendwo begegnen.

Es spielte vermutlich eh keine Rolle mehr. Alles war gelaufen wie am Schnürchen; er schien wie geschaffen für den Job – bis zu jenem Dinner. Paul Adams hatte seitdem nichts mehr von sich hören lassen. Gavil versuchte, sich das Gespräch zwischen Paul und Chelsea auszumalen, nachdem sie das Restaurant verlassen hatten. Was genau hatte sie ihm erzählt? *Wie viel* hatte sie ihm erzählt? Würde er ihr glauben? Warum sollte ihn das kümmern?

Gavil stierte mit leerem Blick vor sich hin, seine Gedanken wirbelten. Und nun auch noch dieser Albtraum mit der Polizei. Und Marian. Er wollte die Dinge mit Marian wieder ins Lot bringen, er *brauchte* sie. Vielleicht, aber auch nur vielleicht würde er in ihrer Achtung wieder steigen, wenn er die Stelle bei AP Systems bekommen würde. Dank zweier schnüffelnder, blöder Polizisten war diese Achtung nun futsch. Und dank Chelsea Adams die Aussicht auf den Job vermutlich gleich mit. Im Augenblick hätte er sie alle drei erwürgen können.

»Chelsea Adams.« Der Name blieb ihm im Halse stecken.

Kapitel 24

»Turnbow!« Die Wochenendrezeptionistin bekam ihn am Spätnachmittag zu fassen, als er durch die Glastüren der Polizeiwache fegte. Er warf ihr einen entnervten Blick zu. »Ich weiß, Sie haben zu tun, aber diese Frau hat jetzt schon dreimal angerufen. Sie sagt, sie muss mit Ihnen reden.«

»Wer ist es denn?«

»Marian Baker.«

Er sah sie überrascht an. »Ist sie gerade auf der Leitung?« Ein Nicken. »Stellen Sie sie durch in mein Büro, ich bin gleich da.«

Hab was Gutes für mich, dachte er, als er abnahm. »Marian?«

»Hallo.« Ihre Stimme schwankte. »Ich wollte Sie nicht anrufen, aber ich weiß mir keinen Rat mehr. Es wimmelt hier nur so von Reportern und es werden immer mehr. Sie rufen ständig an – ich gehe schon gar nicht mehr ans Telefon. Ich höre mir nur an, was sie mir auf den Anrufbeantworter sprechen. Und sie klingeln an der Tür. Wie konnten Sie denen *erzählen*, dass Sie hier waren, wo Sie doch nichts gefunden haben?«

»Warten Sie.« Er sank auf seinen Stuhl. »Wir haben denen überhaupt nichts erzählt. Wir setzen alles daran, dass Informationen nicht nach außen gelangen, aber bei einem großen Fall plappern die Leute. Uns gefällt das genauso wenig wie Ihnen.«

»Aber Sie sollten sich mal die Nachrichten von denen anhören! Die wissen, dass Sie das Haus durchsucht haben! Und auch, dass Sie nicht das gefunden haben, wonach Sie suchten, aber das scheint die nicht im *Geringsten* zu kümmern!«

Sie tat Turnbow Leid. Sie klang so verstört. Doch dann

dachte er an Harrison. Wie würde *er* reagieren? »Wo ist Gavil?«

»Fort.« Sie schniefte. »Ich habe ihn gebeten, für ein paar Tage zu gehen.«

»Fort! Wo ist er hin?«

»Keine Sorge«, sagte sie bitter, »ich kann Ihnen sagen, wo er sich aufhält.«

»Marian, ich –« Er holte Luft. »Sie haben Recht, es ist für uns wichtig zu wissen, wo er ist. Und bevor ich auflege, werde ich diese Information von Ihnen brauchen. Aber ich mache mir auch Sorgen um Ihre Sicherheit.«

»Er wird mir nichts tun«, entgegnete sie verzweifelt. »Ich habe Ihnen doch gesagt, dass er keiner Fliege was zuleide tun kann! Das Problem sind diese Reporter. Einer von denen hat eine ellenlange Nachricht auf Band gesprochen über die ›Vision‹ irgendeiner Frau, wie der Mord passiert ist und was ich davon halten würde, dass Sie unser Haus durchsuchen, nur weil sie gesagt hat, Gavil sei der Mörder. Wovon *redet* der?«

Das stieß Turnbow sauer auf. Es sei denn, dass Chelsea Adams plauderte – was er ernsthaft bezweifelte –, gab es nur zwei Quellen für diese Informationen: ihre eigene Fallakte oder das Band mit dem Interview von ihr. Irgendjemand im Revier musste eins von beiden an sich gebracht haben. Oh, wie würden die Köpfe von ihm und Reiger rollen, wenn die Medien sie beschuldigten, einen rechtschaffenen Geschäftsmann zu verfolgen nur aufgrund der verrückten Geschichte irgendeiner Frau ...

In diesem Augenblick hoffte Turnbow inständig, dass Harrisons Alibi sich nie als richtig erweisen würde.

»Marian, das tut mir aufrichtig Leid. Hören Sie nicht auf die Reporter; die verbreiten alles, was ihnen an Gerüchten zu Ohren kommt. Ich darf Ihnen nicht alle Fakten dieses Falles erzählen. Aber ich kann Ihnen versichern, dass wir Ihr Haus aus gutem Grund durchsucht haben.«

»Aber Sie haben nichts *gefunden!*«

»Das stimmt, aber –«

»Dann machen Sie das bekannt! Sagen Sie denen, dass Gavil das nicht *getan* hat; die haben kein Recht, das Leben eines Menschen zu zerstören!«

»Hören Sie mir zu.« Er zwang seine Stimme zur Ruhe, wünschte, sie stände leibhaftig vor ihm. Ihr Atem klang bebend. »Marian? Ich muss Ihnen etwas erzählen. Können Sie das jetzt verkraften?«

»Ich werd's versuchen.«

Sie klang nicht sehr überzeugend. »Okay. Sie müssen wissen, dass wir nicht in der Lage waren, Gavils Alibi zu verifizieren. Erinnern Sie sich noch, wie ich sagte, dass wir das noch überprüfen? Und zwar deshalb, weil Sonya Hocking gesagt hat, Gavil sei nicht bei ihr gewesen, und sie vehement bestreitet, eine Affäre mit Gavil gehabt zu haben.«

Stille.

»Marian?«

»Sie meinen, Gavil hat gelogen?«

»Nun ja, wir haben auch bei anderen Freunden von Sonya nachgeforscht. Aber alle denken, dass sie ihrem Mann treu war.«

»Er hat *gelogen?*«

»Es sieht danach aus.«

»Wie konnte er bei *so* etwas lügen?« Ihre Stimme brach. »Warum sollte er mir das *antun?*«

Turnbow suchte nach tröstlichen Worten, fand aber keine. Sie würde dem offensichtlichen Grund nicht ins Auge sehen, bis sie bereit dazu war.

»Darum halten Sie Gavil also für schuldig, ja?« Ihre Stimme klang gepresst. »Weil Sonya es bestreitet. Ich will Ihnen mal was sagen. Ich kenne Sonya gut genug, um zu wissen, dass sie *alles* tun würde, um ihren Ruf zu retten. Wenn Stuart sich von ihr scheiden ließe wegen Ehebruchs, dann wäre sie wieder da, wo sie angefangen hat – ein unbekannter Habenichts! *Natürlich* leugnet sie. Oh!« Schluchzer rollten durch das Telefon. »Was *sage* ich da! Als wollte ich, dass es wahr wäre! Ich dreh *durch!*«

Hilflosigkeit übermannte Turnbow, dann Wut. Dieser Dummkopf Harrison wusste nicht, was er da hatte.

»Marian, hören Sie zu. Bitte, versuchen Sie es.« Er wartete, bis ihr Weinen nachließ. »Ich werde mit Ihnen in Kontakt bleiben, vielleicht komme ich sogar morgen oder Montag vorbei, wenn das geht, ohne dass ich mich durch Reporter durchschlagen muss. Ich erzähl Ihnen, so viel ich kann, von unseren Ermittlungen, in Ordnung?«

»Okay«, brachte sie hervor. »Aber was hat es mit dieser Vision oder was auch immer auf sich?«

Turnbow zögerte. Er konnte ihr nicht mehr sagen, hatte aber Angst, es abzustreiten, nur damit sie es in den Nachrichten hörte. »Ich darf darüber eigentlich nichts sagen, Marian. Es spielt eh keine Rolle, egal, was die Journalisten sagen. Glauben Sie mir bitte. Was zählt, sind die Beweise, die wir finden. Nichts weiter.«

Sie flehte ihn an, es ihr zu erzählen, aber er blieb hart und kam sich schäbig vor.

»Ich weiß nicht, ob ich Ihnen vertrauen kann«, stieß sie schließlich hervor.

Er zuckte zusammen. »Sie können mir vertrauen.«

Sie schwieg.

»Sehen Sie, Marian, ich muss jetzt wieder an die Arbeit. Aber eins möchte ich Sie noch fragen. Sind Sie sicher, dass Gavil keine goldbraune Lederjacke oder Veloursjacke besitzt? Oder ein Hemd? Oder von mir aus einen Lumpen oder Stofffetzen?«

»Ich habe es Ihnen doch *gesagt* – ich bin mir sicher.«

Er unterdrückte ein Stöhnen. »Okay. Noch was. Hat er einen Schlüssel für Ihr Haus?«

»Ich habe ihn zurückgefordert.«

»Gut. Es ist womöglich das Beste, wenn Sie ihn eine Zeit lang nicht mehr sehen.«

Wenn Harrison schuldig war und ihm die Polizei und nun auch noch die Presse im Nacken saßen, war nicht abzusehen, was er tun würde.

KAPITEL 25

Chelsea war in der Küche halbherzig damit beschäftigt, das Abendessen vorzubereiten, als das Telefon klingelte. Paul und die Jungen wuschen draußen vor dem Haus die beiden Autos. Sie konnte ihr Gequietsche und den harten Wasserstrahl auf Betonboden hören. Anscheinend war die Arbeit zu einer Wasserschlacht ausgeartet. Dann hatten wenigstens sie ihren Spaß heute. Ihr Tag war schrecklich gewesen. Sie konnte sich im Augenblick beim besten Willen nicht vorstellen, wie es noch schlimmer werden könnte. Gott schien sie verlassen zu haben. Mal betete sie und bat ihn, alles gut werden zu lassen, und im nächsten Moment fragte sie sich, warum sie überhaupt betete, weil es ja doch nichts zu nützen schien.

Vor ein paar Stunden hatte sie heimlich Gladys angerufen, die mit ihr am Telefon gebetet und zu Chelsea gemeint hatte, es sei richtig von ihr, sich Pauls Wünschen zu fügen und ihrer Gemeinde und ihren Freunden dort fernzubleiben. »Nur vorläufig«, hatte Gladys gesagt. »Gott wird sich mit Paul befassen, und wenn er das tut, dann begrüßen wir euch *beide* in der Kirche. Aber fürs Erste würdest du kein Zeugnis für Paul sein, wenn du mit ihm darüber streitest. Und eins darfst du wissen: Ich und andere werden in der Zwischenzeit für euch beten.«

»Danke«, hatte Chelsea gesagt. »Ich bete auch. Ich weiß, dass Gott durch diese Sache wirken wird.« War das nicht genau das, was Gladys hören wollte? Aber innerlich hatte Chelsea mit Gott gehadert und ihm gesagt, wenn er ihr jemals wieder eine Vision schickte, würde sie sich taub stellen. Sie würde keiner Menschenseele davon erzählen.

Das Telefon klingelte wieder und sie trocknete sich die

Hände ab, bevor sie abhob, vollkommen unvorbereitet auf die Stimme am anderen Ende der Leitung.

Es war der Reporter Milt Waking. Und er wusste alles. Von ihrer Vision, wie sie zur Polizei gegangen war, wie sie die Leiche gefunden hatte. Und von ihrer Verdächtigung von Gavil Harrison. Chelsea lauschte in starrem Schweigen, alles Blut wich ihr aus dem Gesicht. Sie klammerte sich Halt suchend an der gekachelten Arbeitsplatte fest, der Lärm von der Wasserschlacht ihrer Familie erstarb. »Kannten Sie den Tatverdächtigen wirklich nicht vorher, Mrs. Adams?«, fragte der Reporter. »Oder war diese angebliche Vision ein Mittel für Sie, um der Polizei zu erzählen, was Sie wussten, ohne dabei selbst in Verdacht zu kommen?«

Chelsea war sprachlos. In ihrem Schock entging ihr die Bedeutsamkeit des Ausdrucks »der Tatverdächtige«.

»Mrs. Adams?«

Sie knallte den Hörer hin.

Bevor sie noch ihre Hand zurückziehen konnte, klingelte es wieder. Sie hob ab und legte krachend wieder auf, dann zog sie das Telefonkabel aus der Buchse. Ihre Gedanken rasten. Würde all das in den Nachrichten kommen? Würden die Journalisten nun an ihre Tür hämmern? Wie hatten sie das herausgefunden? Und was war mit Paul? Was würde er sagen? Sie hatte ihm nie erzählt, dass sie der Polizei Gavils Namen genannt hatte. Auf schwachen Beinen schleppte sie sich zu einem Küchenstuhl und sank darauf nieder, den Kopf in beide Hände gestützt. Undeutlich nahm sie die Geräusche von Pauls Wasserschlacht mit den Jungen wahr. Dann wurde es still. Schritte hallten durch die Garage. Als die Küchentür aufging, hob sie den Kopf.

»Junge, Junge, die haben es mir aber gezeigt!«, tönte Paul, dann brach er ab. Er war tropfnass und zu seinen Füßen bildete sich eine größer werdende Lache. »Was ist los?«

Herr, bitte hilf mir!, betete sie. Sie wusste nicht, wovor sie sich am meisten fürchtete – davor, dass ihr Name in den Nachrichten käme, oder vor Pauls Reaktion, wenn er erführe, was sie über Gavil gesagt hatte. Was hatte sie nur *getan?* Paul würde womöglich so rasend werden, dass er sie *nie* mehr zur Kirche gehen lassen würde. Wie sollte ihn Gott jetzt noch erreichen können?

Sie war innerlich ganz starr, kalt. »Ich habe gerade einen Anruf von einem Reporter bekommen. Er weiß alles.«

Bei diesen Worten flackerte Angst in seinem Gesicht auf. »O nein.«

Sie wandte den Blick ab und starrte dumpf auf den Tisch.

»Wie haben die das herausgefunden?«

Sie schüttelte den Kopf.

Er rührte sich nicht. Sie konnte das *Tropf, tropf* des Wassers auf den Parkettboden hören. Sie atmete tief durch. »Es wird wahrscheinlich heute Abend in den Nachrichten kommen. Er wollte einen Kommentar von mir, bevor er die Geschichte bringt.«

»Was hast du gesagt?«

»Ich hab aufgelegt. Zweimal.«

Als hätte es auf dieses Stichwort gewartet, klingelte das Telefon wieder aus einem anderen Zimmer. Klingelte und klingelte, ohne dass sich der Anrufbeantworter vom Nebenanschluss in der Küche meldete.

Sie konnte den Blick nicht vom Tisch heben. »Es gibt da noch etwas, das ich dir sagen muss.«

»Was?« Seine Stimme war gepresst, als ob er ein unliebsames Geständnis erwartete. Bei seinem Ton wünschte sie, sie könnte die Worte zurücknehmen. Vielleicht sollte sie erst den Bericht in den Nachrichten abwarten. Vielleicht würden sie wie durch ein Wunder nichts über Gavil sagen. Vielleicht würde der Mond grün werden.

Es führte kein Weg daran vorbei.

»Nachdem ich die Leiche entdeckt hatte, da … benahmen sich die Polizisten zuerst so misstrauisch mir gegenüber, als ob ich etwas damit zu tun hätte. Und deshalb …« Ihr Satz verlor sich im Nichts.

»Und deshalb hast du ihnen von Gavil erzählt.« Die Worte schlugen ein wie Kugeln in Holz.

»Ja«, flüsterte sie.

»Oh, ich *fass* es nicht!« Er schlug sich die Hand vor die Augen. »Wie *konntest* du nur? Wie konntest du auf jemanden mit Fingern zeigen ohne jeden *Grund?«* Er drehte sich in einer Geste der Hilflosigkeit von ihr weg, dann wieder zurück. »Ist dir nicht klar, dass er uns bis aufs letzte Hemd *verklagen* kann? Du kannst doch nicht mir nichts, dir nichts zur Polizei spazieren und jemanden eines derart entsetzlichen Verbrechens beschuldigen. Und jetzt macht das Schlagzeilen! Was werden die Leute *denken?* Was wird *Gavil* denken? Was werden Morrow von der Investmentgesellschaft und mein Leitungsstab denken? Und was um alles in der *Welt* sollen wir den Jungs erzählen? Dass ihre Mutter eine Art *Geistesgestörte* ist? Ach, vergiss es«, rief er aus, als sie den Mund zu einer Verteidigung öffnete. »Ich will das gar nicht *hören!«*

Er drehte ihr angewidert den Rücken zu und ging mit großen Schritten aus der Küche, wobei er beim Rausgehen mit der Faust gegen einen Türpfosten hieb.

Kapitel 26

Zur Essenszeit hatten sich Turnbow und Reiger in Reigers Büro verschanzt. Turnbow knurrte der Magen, aber sie würden sich nicht eher Zeit zum Essen nehmen, bis sie die Ereignisse des Tages besprochen hätten, da sie sich in einem Restaurant vor gespitzten Ohren fürchteten. Reiger hatte beschlossen, eine große, abschließbare Metallbox von zu Hause mitzubringen, in der sie ihre Fallakte und die Bänder von nun an aufbewahren würden. Obwohl es wahrscheinlich schon zu spät war. Hatte sich erst mal ein Nachrichtensender dafür entschieden, die durchgesickerten Informationen über Chelsea Adams und Gavil Harrison zu bringen, würden die anderen folgen, ohne der Sache auf den Grund zu gehen, und sich schützen, indem sie die Geschichte verpackten als Bericht von jemandem, »der nicht genannt werden will«.

Reiger stöhnte. »Dem Chef platzt gleich der Kragen. Zum Glück ist er genauso erbost über die undichte Stelle an sich wie über das, was durchgesickert ist.«

Dennoch half das wenig, um die Wogen zu glätten. Turnbow wusste, sie mussten jetzt schnell mit Ergebnissen aufwarten. Entweder etwas über Gavil herausfinden – genug, um eine Festnahme zu rechtfertigen – oder einen anderen Tatverdächtigen finden, damit sie sich eindeutig nicht nur auf Harrison konzentrierten.

»Die Durchsuchung war begründet«, protestierte Turnbow zum zehnten Male. »Wir hätten keinen Durchsuchungsbeschluss bekommen, wenn sich sein Alibi als sauber herausgestellt hätte.«

»Schon, aber wir haben nichts herausgefunden«, gab Reiger zurück. »Die Medien sind misstrauisch, also werden sie eine

Zeit lang auf unserer Seite stehen. Aber sie werden sich ruck, zuck gegen uns stellen, wenn wir keine Festnahme machen.«

»Ich weiß, ich weiß.« Missmutig überflog Turnbow seine Notizen. »Wo waren wir?«

Nach ihrer Durchsuchung am Morgen hatten die Kommissare Gavil Harrison nach Strich und Faden abgeklopft. Turnbow hatte mit einem Anruf in Gavils früherem Gerichtsbezirk begonnen. Gab es dort irgendwelche ungeklärten Mordfälle, besonders von jungen Frauen? Sie hatten zwar keinen Grund anzunehmen, dass ihr Verdächtiger ein Wiederholungstäter war, aber die Möglichkeit musste trotzdem überprüft werden. Manchmal ergänzte ein unfertiges Puzzle, verglich man es mit einem zweiten, genau die fehlenden Teile von beiden. Aber die negative Antwort machte es nur zu einer weiteren Sackgasse.

Turnbow hatte weitere Freunde von Sonya Hocking befragt, aber nichts gefunden, was Gavils Alibi erhärtet hätte.

Dann war eine zweite Vernehmungsrunde von Hauseigentümern zwischen der Dapple Street und dem Trent Park gefolgt einschließlich der Anwohner, die bei der vorausgegangenen Befragung nicht da gewesen waren. Erwartungsgemäß erklärten auch diese, sie hätten zu Hause geschlafen und nichts gesehen. Reiger und Turnbow setzten auch noch eine zweite und dritte »Überwachung« für den Sonntag- und Montagmorgen im Trent Park an, bei der sich zwei Polizisten an beiden Enden des Schotterwegs postieren und Jogger befragen sollten. Die erste Überwachung hatte keine Zeugen erbracht. Niemand außer Jenkin Tommason hatte Meg vorbeilaufen sehen und überhaupt niemand hatte irgendjemanden gesehen, der ihr Mörder hätte sein können. Reiger hatte Zeit mit Megs Arbeitskolleginnen und ihrem untröstlichen Freund Brent verbracht, der zur Beerdigung eingeflogen war. Aber keiner von ihnen konnte sich irgendwie erklären, warum Meg umgebracht worden war.

All ihren Bemühungen zum Trotz war es bei Gavil Harrison als ihrem einzigen Verdächtigen geblieben. Er kannte das Opfer und er hatte ihnen ein falsches Alibi beigebracht – zweimal. Turnbow spürte, wie sich sein Magen zusammenkrampfte beim Gedanken daran, dass der Mann immer noch auf freiem Fuß war. »Harrison ist aalglatt«, sagte er zu seinem Partner. »Ein erfolgreicher Geschäftsmann mit einer sehr dunklen Seite. Da fragt man sich fast, wie er das so lange verbergen konnte. War das nur eine Kurzschlusshandlung? Ist mit Meg irgendetwas schief gegangen, wie du vermutest? Oder hat er etwas Ähnliches schon einmal getan? Und wird er es wieder tun?«

Reiger machte seinem Unbehagen ebenfalls Luft. »Das geht jetzt seit drei Tagen. Und überleg mal, was er in dieser Zeit alles verloren hat.« Dank Chelsea Adams würde höchstwahrscheinlich der Job dazugehören, den er praktisch schon in der Tasche gehabt hatte. Dazu seine Freundin und bald genug auch seinen engster Freund und Mentor. Nun wohnte er sogar in einem Hotel, da Marian ihn rausgeworfen hatte und sein eigenes Haus in San José vermietet war. Das anfänglich großspurige Gehabe eines Mannes, der stolz auf seine Fähigkeiten war, könnte schnell ins Wanken geraten, während Harrison allein auf seinem Hotelzimmer hockte. Die Furcht vor einer Verhaftung könnte zu aberwitzigen Plänen führen. »Wir behalten ihn besser im Auge«, fügte Reiger hinzu. »Es kann gut sein, dass er Reißaus zu nehmen versucht.«

»Möglich«, knurrte Turnbow. Aber er sprach nicht aus, was ihm noch schwerer auf der Seele lag.

Er machte sich Sorgen um die Sicherheit von Marian Baker.

Kapitel 27

Es dämmerte bereits und sie redeten immer noch kaum ein Wort miteinander. Chelsea brachte die Jungen ins Bett und bemühte sich dabei, ihre Verzweiflung zu verbergen. Sie und Paul liebten einander so sehr; sie konnte es nicht ertragen, mit ihm im Clinch zu liegen. Sie erschrak vor der Wut, die er ausstrahlte, nur um festzustellen, dass sie selber wütend war. Glaubte er etwa, sie habe sich ausgesucht, was geschehen war? Glaubte er etwa, ihr machte das Spaß? Mit welchem Recht nahm er ihr zu allem Überfluss auch noch die Gemeinschaft mit ihren christlichen Freunden weg? Es war hart für sie, sich vorzustellen, am nächsten Morgen aufzustehen und nicht zum Gottesdienst zu gehen. Eine Hälfte von ihr erwartete, dass Paul bis dahin eingelenkt haben würde; die andere Hälfte fürchtete, dass er das niemals tun würde.

Sie unterdrückte ein Seufzen und drehte das Licht in Scotts Zimmer aus. »Gute Nacht, Scott.«

»Nacht, Mutti. Ich hoffe, dir geht's wieder besser.«

Sie stutzte. Womit hatte sie sich anmerken lassen, dass etwas nicht in Ordnung war?

»Oh, mir geht's prima.« Behutsam schloss sie die Tür und dachte, dass Kinder doch weit mehr mitbekommen, als Erwachsene oft meinen.

Paul saß auf der Wohnzimmercouch und zappte ungeduldig durch die Kanäle. Die Nachrichten kamen erst in zehn Minuten. Sie sank in einen Sessel der Couchgarnitur, heftete die Augen blind auf die Mattscheibe und wartete. Er schenkte ihr keine Beachtung. *Zapp, zapp.* Ein küssendes Liebespaar im scharfen Kontrast zu einer Verfolgungsszene. *Zapp, zapp.* Ein spanischer Sender platzte in ein altes Musical. Chelsea sah die

Szenen ruckartig wechseln und dachte bei sich, dass ihr Leben in den letzten Tagen genau so gewesen sei – völlig unvorhersehbar.

»Mir ist eingefallen«, schnitt Pauls grimmige Stimme durch ihre Gedanken, »dass sie Gavils Namen wahrscheinlich nicht veröffentlichen werden. Ich kann mir nicht vorstellen, dass ein Journalist ihn mit einem Mord in Verbindung bringen kann, wenn es nichts gibt, was das bestätigen würde. Deine Vision ist mit Sicherheit kein ausreichender Grund. Er würde den Sender sonst womöglich verklagen.«

Chelsea warf ihrem Mann einen zaghaften Blick zu. Sein Gesicht war verschlossen. Sie fragte sich, was sie tun könnte, um seinen Zorn zu besänftigen. *Herr,* betete sie, *bitte erreiche ihn. Und hilf mir, in der Zwischenzeit mit ihm auszukommen. Ich fühle mich so allein!*

Sie hatte das Gefühl, dass sie sich neben ihn setzen, seine Hand nehmen und sich noch einmal entschuldigen sollte. Aber sie konnte sich nicht bewegen.

Der vertraute Nachrichtenvorspann flimmerte über den Bildschirm, der Moderator brachte einen kurzen Trailer vor der Werbung. »Schockierende neue Enthüllungen über die Ermordung einer Joggerin im Trent Park in Haverlon. Bleiben Sie dran für unseren exklusiven Bericht über diesen bizarren Fall und die unglaubliche Geschichte einer Frau, die alle Einzelheiten vor der Entdeckung der Leiche kannte und die behauptet, sie habe eine ›Vision von Gott‹ gehabt.«

Die Reportage endete. Pauls Hand glitt zur Fernbedienung und schaltete den Fernseher aus, seine Augen bohrten ein Loch in den Teppich. Chelsea saß in ihrem Sessel und wartete. Er konnte ihr Schweigen förmlich spüren und darin ihre Furcht vor seiner Reaktion. Er wusste nicht, wie er reagieren sollte. Ja, er war immer noch nicht darüber hinweg, dass sie zur Polizei gegangen war, und bestürzt, dass ihr Name durch die Nachrichten geisterte. Doch binnen fünf Minuten war diese Wut verraucht. Er spürte sie nicht einmal mehr, so sehr war er darin versunken, sich zu bemühen, diese neue Information zu verarbeiten. Er konnte es nicht fassen. Konnte es einfach nicht fassen. Doch es gab nichts daran zu rütteln.

Gavil Harrison – der Mann, von dem er so begeistert gewesen war, sein künftiger Vizeverkaufsdirektor – ein Verdächtiger. Gavil war ein Mann, der, da war Paul sich sicher, unmöglich in ein Verbrechen verwickelt sein konnte, geschweige denn in so einen grausamen Mord. Und doch, Gavil kannte das Opfer. Er war ihr Nachbar. Und er hatte die Polizei mit einem falschen Alibi belogen. *Belogen!* Warum sollte er das tun? Geistesabwesend klopfte Paul mit dem Finger auf die Fernbedienung. Warum sollte er das tun?

Nein, es musste eine logische Erklärung geben. Das Ganze war unlogisch. Passte vorne und hinten nicht zusammen. Und wenn er sich keinen Reim darauf machen konnte, wie sollte er dann weiter vorgehen? Missmut machte sich in Paul breit. Seine Gedanken verhaspelten sich, als er versuchte, die Fakten auseinander zu sortieren, aber er fand nicht einmal einen vernünftigen Ausgangspunkt. Er kniff die Augen zusammen und versuchte, sich zu konzentrieren.

Vielleicht hatte Gavil einfach Panik bekommen. Vielleicht log die Frau, bei der er gewesen zu sein behauptete. Vielleicht hatten die Medien zu viel Wind um eine Routinedurchsuchung gemacht. Und davon abgesehen, welche der Polizeiaktionen waren überhaupt eine direkte Folge von Chelseas Anschuldigung? Hatte man sich lediglich ihretwegen auf Gavil konzentriert? Paul zog diesen Gedanken in Betracht. Bestimmt nicht. Wenn überhaupt, dann hielt die Polizei Chelsea wahrscheinlich für ein bisschen sonderbar.

Außerdem, sagte sich Paul, war ein Großteil dieser Informationen wahrscheinlich durchgesickert – er konnte sich nicht vorstellen, dass man bei der Polizei so geschwätzig war. Also konnten Einzelheiten falsch sein. Vielleicht würde sich Gavils Alibi ja doch noch als wahr erweisen.

Trotzdem, die Einzelheiten stimmten mit allem überein, was Chelsea behauptet hatte. Diese Tatsache konnte Paul nicht vom Tisch wischen. Sie erfüllte seinen Kopf, bis alle anderen Gedanken flohen.

Er öffnete die Augen. Chelsea beobachtete ihn beklommen, den Körper hoch aufgerichtet, wie in Erwartung seines nächsten Ausbruchs. Plötzlich sah Paul sich mit ihren Augen und erkannte, wie hart er zu ihr gewesen war.

Er brachte die Andeutung eines Lächelns zustande. »Chels.« Seine Stimme klang rostig. »Ich weiß nicht, was hier gespielt wird. Und es gefällt mir nicht. Aber – es tut mir Leid, dass ich nicht auf dich gehört habe.« Sie wollte etwas sagen, aber er hob die Hand. »Versteh mich richtig, ich ändere meine Meinung nicht. Ich denke nicht, dass Gott irgendetwas mit diesem Wirrwarr zu tun hat. Und mehr denn je möchte ich nicht, dass du zur Kirche gehst. Aber ich werde sicherlich ... noch einmal darüber nachdenken, Gavil einzustellen.« Ein Vorwurf schlich sich in seinen Ton. »Was bleibt mir auch anderes *übrig*, jetzt, wo sein Name durchs Fernsehen gegeistert ist.«

Chelsea sah ihn an, ihre Augen füllten sich mit Tränen. Paul war sich nicht sicher, ob es Tränen der Erleichterung oder der Enttäuschung waren – oder beides. »Ich hab Angst«, flüsterte sie, ihr Kinn zitterte.

Das Mitgefühl zog ihn von der Couch. Er stand auf, breitete die Arme aus und schon weinte sie an seiner Brust. »Es tut mir Leid, dass ich uns das eingebrockt habe.« Ihre Worte erstickten an seinem Hals. »Es tut mir so Leid.«

»Schon gut«, sagte er und strich ihr übers Haar. »Wir ... finden schon einen Weg.«

Während er die Frau tröstete, die er liebte, wunderte sich Paul erneut über ihren Glauben. Warum sollte man einem Gott dienen wollen, der so viel Ärger zusammenbraute?

Gavil hatte den Abend in seinem Hotelzimmer verbracht und vergeblich versucht, sich auf Unterlagen von der Arbeit zu konzentrieren. Er brauchte etwas, um sich zu zerstreuen. Gegen elf Uhr konnte er sie nicht mehr sehen, diese verschwommenen Verkaufszahlen. Mit einem angewiderten Murmeln schob er die Ordner in eine Ecke des kleinen Schreibtischs. Er hasste es, wenn alles drunter und drüber ging. Hasste es, hasste es, *hasste es*. Er wollte ins Bett kriechen, sich die Decke über den Kopf ziehen und tagelang schlafen. Doch allein schon der Wunsch machte ihm Angst, denn er erkannte in der Entnervung die Anzeichen einer drohenden Depression. Sein alter Therapeut hatte ihn gewarnt: Hatte man einmal eine Depression hinter sich, erlitt man unter den passenden Umständen leicht einen Rückfall. Und wenn die Umstände je passend waren, dann jetzt.

Gavil lehnte sich auf dem Holzstuhl zurück und strich sich mit der Hand über die Augen. Er weigerte sich, diesem Gefühl von Hoffnungslosigkeit und Kraftlosigkeit nachzugeben. Dieses Mal würde er kämpfen; er würde alles daran setzen, um das nicht noch einmal durchzumachen.

Zum hundertsten Male sah er seine Demütigung durch diesen Sergeant vor sich – war das erst heute Morgen gewesen? Die Demütigung, Marians Augen auf sich zu fühlen, ihr verächtliches Abwenden, als sie von seinem Alibi erfuhr. Er *würde* sie zurückbekommen. Und die Polizei von Haverlon würde dafür büßen.

Er schob den Stuhl mit einem plötzlichen Ruck zurück, schnappte sich die Fernsehfernbedienung und ließ sich aufs Bett plumpsen, wobei er sich die Kissen so zurechtstopfte, dass er aufrecht sitzen konnte. Er zielte mit der Fernbedienung, schaltete den Fernseher ein und zappte auf der Suche nach Nachrichten durch die Lokalsender. Wenn es irgendwelche neuen Entwicklungen in dem Fall gab, wollte er das wissen. Er kam bei Kanal Sieben an und wollte eben runter auf fünf schalten, als ein vertrauter Name seine Hand stocken ließ.

Sein eigener.

»... Gavil Harrisons Alibi, der behauptet, zum Zeitpunkt des Mordes bei der Frau eines guten Freundes gewesen zu sein, scheint nicht haltbar zu sein«, sagte der Reporter, während er auf dem Parkplatz der Mammutbaum-Siedlung stand. »Unseren Quellen zufolge sagte die betreffende, noch ungenannte Frau, sie sei zur fraglichen Zeit nicht mit Harrison zusammen gewesen. Die Polizei wollte sich zu dieser exklusiven Information nicht äußern, auch sagte sie nicht, wonach sie fahndeten, als sie dieses Haus durchsuchten, in dem der Verdächtige zusammen mit seiner Freundin Marian Baker wohnt.« Der Reporter deutete über die Schulter. »Aber offenkundig haben sie es nicht gefunden, denn es kam zu keiner Festnahme. Anrufe bei Mrs. Baker blieben unbeantwortet.

Aber das ist noch nicht alles in diesem seltsamen Fall. Kanal Sieben hat ebenfalls exklusive Informationen über eine Frau erhalten, die behauptet, eine Vision über den Mord von Gott bekommen zu haben, noch bevor die Leiche überhaupt entdeckt war ...«

Gavils Körper verschmolz mehr und mehr mit dem Bett, während er mit weit aufgerissenem Mund dem Bericht lauschte, die Augen starr auf den Bildschirm geheftet. Entsetzen kroch ihm den Nacken hoch und die Arme und Beine wieder hinunter. Sein Herzschlag setzte aus. Er konnte kaum atmen.

Noch lange nachdem Milt Wakings Bild von der Mattscheibe verschwunden war, während Werbespots für Waschmittel, Telefondienste und eine ausländische Automarke abliefen, saß Gavil Harrison wie versteinert da. Starrte auf den Fernseher, hörte nichts, sah nichts. Ihn beherrschte nur ein Gedanke – Chelsea Adams.

Manchmal sehe ich Dinge ...

Er konnte es nicht glauben.

Im Restaurant, da hatte sie – all das gesehen? Den Mord ... die Einzelheiten ... *ihn?* Wie konnte das sein? Wie konnte das passieren? Waren Paul Adams und seine Frau religiöse Spinner?

Gavils Verstand raste. Er versuchte sich auszumalen, welche Auswirkungen es haben würde, dass sein Name im Fernsehen mit so einem Verbrechen in Verbindung gebracht wurde. Auf Marian, seinen Job, sein *Leben.* Alles wegen einer einzigen Frau und ihrer so genannten Vision.

Plötzlich ging ihm ein Licht auf. Kein Wunder, dass die Polizei so schnell auf ihn gekommen war. Hatten sie seinen Namen zu Protokoll genommen, noch bevor sie überhaupt etwas von der Leiche wussten? Gavil stieß ein fassungsloses, ärgerliches Lachen aus. Sie hatten nichts gegen ihn in der Hand. *Nichts.*

Und doch, was war nicht alles passiert.

Wegen Chelsea Adams hatte er ihnen von Sonya erzählt. Wegen Chelsea Adams hatte er die Stelle bei AP Systems verloren ... und Marian ... und sein Zuhause.

Während er so dasaß und die Gedanken weiterspann, verwandelte sich Gavils Benommenheit allmählich in Zorn, bis er wie Feuer durch seine Adern rann, seine Hände in die Bettdecke verkrallen ließ, an der Schlinge um seinen Hals zerrte. Gavil begrüßte den Zorn, empfing ihn mit offenen Armen, denn mit ihm kam die Kraft über die Kraftlosigkeit. Eine greifbare Schwärze senkte sich auf ihn herab, summte in seinem Kopf. Und inmitten dieser Schwärze zerknackte etwas in Gavil, so glatt wie ein eisüberzogener Ast im Winter.

Sie hielten ihn also für einen Mörder, ja? Für gefährlich, ja?

Er würde es ihnen zeigen. Er würde es ihnen allen zeigen. Das würde er sich nicht gefallen lassen. Er würde sich nicht in einem Hotelzimmer vor zwei Kriminalbeamten verkriechen, die ihn nur wegen des Spleens einer Frau schikanierten. Er würde Marian nicht aufgeben oder zulassen, dass man sein Leben ruinierte.

Die Nachrichten endeten. Eine Talkshow folgte, der Gastgeber begrüßte einen Gast nach dem anderen. Gavil hörte kaum zu. Er überlegte, *überlegte,* was er tun sollte. Er könnte sein Alibi mit Sonya zurücknehmen. Marian sagen, er sei unter Druck in Panik geraten. Die Kriminalbeamten hatten nichts gegen ihn, er brauchte kein Alibi. Er könnte gegen die Polizei Anzeige erstatten, sie zwingen, seinen Namen reinzuwaschen. Aber das würde Zeit brauchen. Er wollte, dass sie *jetzt* aufhörten, ihn zu belästigen. Aber unerklärlicherweise hingen sie Chelsea Adams an den Lippen. Wie bekämpfte man eine »Vision von Gott«? Gavil lachte höhnisch.

Eins war glasklar: Da sie so offensichtlich die Sache deichselte, musste er die Meinung von Chelsea Adams ändern.

Kapitel 28

Paul saß, den Arm um Chelsea gelegt, auf der Couch. Sie hatte endlich aufgehört zu weinen, lehnte aber immer noch an seiner Schulter, als klammere sie sich kraftsuchend an ihn.

»Vielleicht sollten wir morgen einen Familienausflug machen, damit die Jungs aus der Stadt und vom Telefon wegkommen«, schlug er vor. »Es wird vermutlich den ganzen Tag ununterbrochen klingeln.«

Sie seufzte. »Find ich gut.«

Wie auf Stichwort läutete das Telefon wieder einmal in ihrem Schlafzimmer oben. Es hatte seit den Nachrichten nicht mehr still gestanden. Der Küchenanschluss war immer noch ausgestöpselt. Besorgnis malte sich auf Chelseas Gesicht, sie setzte sich auf. »Du solltest vielleicht besser rangehen. Es könnte wichtig sein.«

Paul schüttelte ablehnend den Kopf. Er ging in die Küche, steckte das Telefon ein und nahm den Hörer ab. Wenn das irgend so eine neugierige Freundin von Chelsea war, dann würde er sie ohne Skrupel kurzerhand abfertigen. »Hallo?«

»Paul. Gavil Harrison.«

Die Stimme klang abgehackt, barsch.

Pauls Magen wurde zu Blei. Er brauchte einen Moment, um sich zu sammeln. Was sollte er diesem Mann bloß sagen? »Hi.«

»Ich komme gleich zur Sache. Ich bin sehr – enttäuscht über die Nachrichten. Ich weiß nicht, was hier gespielt wird. Ich dachte, es wäre so gut wie entschieden, dass ich eine gute Ergänzung für Ihr Team wäre. Nun muss ich hören, dass ich als Mörder bezeichnet werde – öffentlich – von Ihrer Frau.«

»Warten Sie, Gavil, sie hat niemals etwas öffentlich gesagt.

Sie hat nie mit Reportern gesprochen. Das ist nicht ihr Verdienst.«

»Wollen Sie bestreiten, dass sie der Polizei gesagt hat, ich sei für diesen Mord verantwortlich?«

Paul brachte kein Wort heraus. *Ruhig bleiben*, sagte er sich, *halt deine fünf Sinne beisammen*. »Ich ... nein.«

»Dann will ich Ihnen mal was sagen.« Gavils Ton wurde schärfer. »Ihre Frau sollte sich lieber vorsehen. Sie sollte lieber aufhören, mit Gottes Namen um sich zu schmeißen, wenn sie Lügen über jemanden verbreitet. ›Eine Vision von Gott.‹ Also *wirklich*. Wenn es einen Gott gibt da oben, dann wird er wohl ein bisschen ungehalten sein, dass sie seinen Ruf so beschmutzt. Ganz abgesehen von meinem.«

»He, he, jetzt reicht's aber«, schoss Paul fassungslos zurück, »so einen Ton verbitte ich mir.«

»Verbitten *Sie sich*? Nach dem, was sie über *mich* gesagt hat? Was glauben Sie, wer Sie *sind?*«

»Hören Sie auf, Harrison.« Paul holte tief Atem. »Hören Sie. Ich weiß auch nicht alles, was gespielt wird. Das meiste von dem, was ich heute Abend gehört habe, war für mich auch neu. Ich bin sicher –«

»Bei Ihnen ist gar nichts ›sicher‹; Sie können nicht mal Ihre Frau im Zaum halten.«

»Gavil, Sie sollten lieber –«

»Kommen Sie mir nicht mit ›Gavil‹, Paul. Dafür bin ich nicht in Stimmung; Sie haben ja keine *Ahnung*, wie mein Leben in den letzten drei Tagen ausgesehen hat. Und alles wegen Ihrer Frau. Bestellen Sie ihr etwas von mir, hören Sie? Sagen Sie ihr, sie soll das zurücknehmen. *Sofort*. Sagen Sie ihr, sie soll die Polizei anrufen und denen die Wahrheit sagen. Offensichtlich wusste sie früher als jeder andere von dem Mord. Fragen Sie sie, wer es in *Wirklichkeit* war. Vielleicht wissen *Sie* es sogar.«

Pauls Rücken versteifte sich vor Zorn. »Halten Sie die *Klappe*, Harrison! Sie wissen nicht, was Sie da reden!«

»Oho, habe ich da einen Nerv getroffen?«

»Sehr richtig. Rufen Sie *nie* wieder in diesem Hause an.«

»Ich werde anrufen!«, schrie Gavil. »Ich werde anrufen, ich werde alles tun, was ich tun muss, um Ihre Frau zum Schweigen zu bringen.«

Paul bohrte seine Finger ins Telefon. Seine Stimme wurde tödlich ruhig. »Was soll das heißen?«

Schweigen.

»Drohen Sie meiner Frau, Harrison? Ist es das, was Sie tun?«

»Habe ich das gesagt?« Gavils Ton verfinsterte sich sarkastisch. »Das zeigt nur, wer von uns beiden Gewalt im Kopf hat.«

Pauls Kehle war so zugeschnürt, dass er die Worte kaum ausspeien konnte. »Rufen Sie nie mehr hier an, Gavil. *Nie mehr*. Und kommen Sie meiner Frau nicht zu nahe. Oder Sie werden mich gewalttätig *erleben*. Ist das klar?«

Mit festem Griff hielt er den Hörer über den Apparat, dann donnerte er ihn auf die Gabel.

Kapitel 29

Reiger wälzte sich im Bett hin und her und beneidete Edith um ihr gleichmäßiges Schnorcheln. Er war rechtzeitig genug nach Hause gekommen, um die Nachrichten zu hören; Turnbow und er hatten anschließend am Telefon darüber geredet. Jemand musste eine Menge Informationen weitergegeben haben, na schön. »Wir sollten schon mal üben zu sagen: ›Kein Kommentar‹«, hatte Reiger gegrollt. »Wir werden das bald im Schlaf sagen können.«

Wenn er überhaupt je wieder schlafen könnte.

Er blickte zur Decke, die schwach erleuchtet war vom orangenen Schein einer Straßenlaterne. Sie mussten bald mit Erklärungen aufwarten. Nur handfeste Beweise – und Zeit – würden der Sensationsmache um Chelsea Adams das Wasser abgraben.

Seine Gedanken wandten sich ihrer Vision zu. *Augen wie Elischa.* Sie hatte wirklich eine außerordentliche Gabe von Gott. Der Herr konnte natürlich Wunder tun, aber dass er in einem solchen Maße eingriff, geschah nicht alle Tage. Er musste etwas Größeres vorhaben, dachte Reiger. Wo wären sie jetzt ohne Chelseas Vision? Meg Jesslers Leiche könnte immer noch unentdeckt sein. Und selbst wenn man sie gefunden hätte, wären er und Turnbow vielleicht nicht so schnell darauf gekommen, Harrison zu verhören. Wie ärgerlich er die durchgesickerten Nachrichten auch fand, Reiger musste zugeben, dass die Öffentlichkeit jetzt wenigstens von Gottes Macht hörte. Wenn die Leute es glaubten. Die meisten würden es nicht.

Was für eine verkehrte Welt. Da schrie sie in schwierigen Zeiten nach einem Wunder von Gott, weigerte sich aber, es anzuerkennen, wenn es geschah. In dieser rational ausgerichteten Gesellschaft war einfach kein Platz für ein göttliches Wort vom Herrn. Die Gesetzeshüter waren auf so etwas nicht vorbereitet. Und Reiger konnte sich beim besten Willen nicht vorstellen, was die Justiz mit Chelseas Vision anfangen würde, sollte es ihm beschieden sein, den Verbrecher vor Gericht zu stellen.

Plötzlich ging Reiger auf, dass er in einer Position war, ein echtes Zeugnis zu sein. Was würde er Kollegen auf der Wache sagen? Was würde er sagen, wenn Turnbow wieder darauf zu sprechen käme?

Das Telefon neben seinem Bett schrillte in der Dunkelheit. Edith fuhr hoch. Automatisch nahm er ab. »Reiger.«

»Hier die Einsatzzentrale, Sir. Entschuldigen Sie die Störung, aber eben hat ein Mann wegen dem Mord angerufen. Er sagt, er würde mit niemandem außer Ihnen sprechen.«

»Wer war das?«

»Paul Adams. Sagt, er sei der Ehemann von Chelsea Adams.«

Reiger war schon aus dem Bett, zog Papier und Stift aus der Nachttischschublade und knipste die Lampe an. Er blinzelte in dem plötzlichen Licht. »Die Nummer.« Sie wurde diktiert. »Danke.« Er tippte die Ziffern ein.

»Mr. Adams? Hier ist Dan Reiger.« Er hörte sich an, was der Mann von einem Telefongespräch mit Harrison erzählte.

Paul Adams war verständlicherweise aufgebracht. Reiger fühlte, wie sich seine Zehen einrollten.

»Hat er ihr gedroht?« Er machte sich eine Notiz. »Wiederholen Sie noch einmal genau, was er gesagt hat.« Er klemmte sich den Hörer unters Kinn und schrieb mit. »In Ordnung. Vielen Dank für den Anruf. Das tut mir aufrichtig Leid. Wie geht es Mrs. Adams?«

»Sie hat Angst«, antwortete Paul. »Sie hat schon die ganze

Zeit Angst vor Gavil gehabt. Ich wollte nur bisher nicht auf sie hören. Was werden Sie jetzt unternehmen?«

Reiger blies die Luft aus. Paul Adams klang wie ein Mann, der es gewohnt war, Leute springen zu lassen. »Ich kann Ihnen versichern, dass wir alles in unserer Macht Stehende tun werden. Ich werde jetzt gleich meinen Partner anrufen. Wir werden Harrison vermutlich einen Besuch in seinem Hotelzimmer abstatten. Und das nicht zum Spaß. Aber ich muss Ihnen leider mitteilen, dass ich nicht denke, dass wir ihn aufgrund Ihrer Aussage verhaften können.«

»Er bedroht meine Frau!«

»Es hört sich aber so an, als habe er sich nicht ganz so deutlich ausgedrückt.«

»Aber ich habe es seinem Tonfall angemerkt! Ich sage Ihnen, der Mann ist nicht ganz beieinander. Vor drei Tagen sind wir ihm noch begegnet; jetzt klingt er wie ein völlig anderer Mensch.«

»Ich verstehe. Wir werden mit ihm reden. Wenn er Ihnen gegenüber noch eindeutiger wird, nehmen wir ihn fest. Aber wir werden jetzt schon streng beobachtet, was ihn betrifft. Von unseren Vorgesetzten und nun auch noch von den Medien. Wenn wir ihn ohne einen triftigen, vor Gericht gültigen Grund festnehmen, werden wir uns noch mehr Ärger aufhalsen. In der Zwischenzeit können wir ihm wenigstens sagen, dass er sich weder Ihrem Grundstück noch jemandem aus Ihrer Familie nähern darf. Wenn er sich nicht daran hält, wird er festgenommen.«

»Wenn er sich nicht daran hält«, erwiderte Paul Adams, »dann wird ihm Hören und Sehen vergehen.«

Zwei Schnellfeuerschläge gegen die Hotelzimmertür. Turnbow kochte bereits. Eine Frau tot, und nun bedrohte der Kerl eine andere. Es juckte den Kommissar, diesen Mann hinter

Schloss und Riegel zu sehen; ihm gefiel sein eigenes Gefühl der Hilflosigkeit nicht, solange Gavil Harrison auf freiem Fuß war. Chelsea Adams hatte wenigstens einen Mann, der auf sie aufpasste. Marian Baker hatte niemanden.

»Machen Sie auf, Harrison!« Turnbows Stakkato-Befehl hallte durch den Gang. »Wir wollen mit Ihnen reden – und zwar *jetzt.«*

Keine Antwort. Turnbow wechselte einen Blick mit Reiger. »Jetzt, Harrison!«

»Ich habe Ihnen nichts zu sagen.« Eine gedämpfte Stimme gleich hinter der Tür.

»Sie haben zwei Möglichkeiten«, schaltete sich Reiger ein, »hier oder auf der Wache.«

»Sie haben keinen Grund, mich zu verhaften.«

»Öffnen Sie die Tür, Harrison.« Reiger täuschte einen gelangweilten Ton vor. »Müssen wir uns einen Schlüssel besorgen, werden wir ungemütlich.«

»Dann besorgen Sie sich einen.«

Turnbow schäumte vor Wut über die Streitlustigkeit dieses Mannes. Er und Reiger hatten sich bereits einen Schlüssel an der Rezeption geben lassen, für alle Fälle. Nun zog er ihn aus der Tasche, steckte ihn ins Schloss und stieß die Tür auf. Gavil flog in drei unbeholfenen Schritten rückwärts. Ehe er sich wieder gefasst hatte, war Turnbow schon über ihm und drückte ihn auf einen Stuhl. Er landete mit einem dumpfen Aufschlag.

»Ganz ruhig«, sagte Reiger sanft.

Turnbow legte die linke Hand flach auf Gavils Brust. »Schön sitzen bleiben«, schnarrte er. »Jetzt rede ich und Sie hören zu.« Gavils Gesicht war versteinert. »Wir wissen von Ihrem Gespräch mit Paul Adams. Wir wissen, dass Sie seine Frau bedroht haben.«

»Ich habe nie –«

»Schnauze!« Turnbow drückte seine Hand fester gegen Gavils Hemd. »Ich erzähl Ihnen das nur einmal. Sie werden die Adams nicht wieder anrufen, ist das klar? Sie werden sich von der gesamten Familie fern halten. Sie werden weder Chelsea Adams noch ihrem Mann, noch ihren Kindern, noch ihrem Haus nahe kommen. Sie werden keinem von ihnen näher als bis auf Footballfeldlänge kommen. Tun Sie es dennoch, werden wir Sie auf der Stelle einlochen. *Haben Sie verstanden?«*

Zorn glitt über Gavils Gesicht. »Warum belästigen Sie mich immer noch?«, zischte er. »Ich werde dafür sorgen, dass Sie beide gefeuert werden; ich werde Sie auf alles verklagen, was Sie haben.«

»Passen Sie auf, Harrison.« Reiger stellte sich neben Turnbow. »Sie befinden sich wohl kaum in einer Position, uns drohen zu können.«

»*Sie* befinden sich in keiner Position, *mir* drohen zu können! Wenn Sie irgendetwas gegen mich vorliegen hätten, hätten Sie mich schon längst verhaftet. Sie wissen beide, dass ich dieses Mädchen nicht getötet habe! Sie brauchen lediglich einen Sündenbock, um Ihre eigene Unfähigkeit zu übertünchen!«

»Harrison«, Turnbows Blut kochte, »mit mir ist nicht zu spaßen, wenn unschuldigen Frauen Leid zugefügt wird. Eine Schwäche von mir, verstehen Sie; ich habe selber eine Schwester und eine Mutter. Darum glauben Sie mir, ich bin so *nett* zu Ihnen, wie ich im Moment kann. Treiben Sie es nicht zu *weit.«*

»Leere Drohungen«, höhnte Gavil. »Machen Sie weiter, werden Sie ruhig noch gemeiner, als Sie schon sind. Warten Sie, was dann passiert. Warten Sie, wie schnell Sie Ihr Abzeichen los sind.«

Der Kommissar knirschte mit den Zähnen.

»Wo waren Sie überhaupt, als das süße junge Ding zusammengeschlagen wurde? Haben Sie weiblichen Pfadfindern schöne Augen gemacht?«

Turnbow sah Rot. Seine Finger drückten hart gegen Gavils Brust, seine rechte Hand ballte sich zur Faust.

»He, he, Pat«, schritt Reiger ein.

»Nur zu«, spie Gavil, »schlagen Sie zu!«

»Pat, nein, das will er doch gerade!«

Turnbow zog die Faust zurück. Gavil duckte sich.

»Turnbow, *halt!*«

Die Furcht in Reigers Stimme brachte Turnbow zur Besinnung. Der Faustschlag erstarrte in der Luft, unausgeführt. Niemand rührte sich. Turnbow atmete zweimal tief durch, seine Kiefer arbeiteten. Er versuchte, einen klaren Kopf zu bekommen. Er schluckte schwer, zwang den Ärger hinunter. Gavil blieb unbeweglich sitzen. Langsam entspannte sich Turnbows Faust, dann fiel sie herunter. Er richtete den Blick auf Reiger und straffte die Schultern. Starrte Gavil wieder zornig an. Trat zurück. Reiger trat zwischen sie.

»Harrison«, sagte Reiger, »wir gehen. Aber wir werden Sie im Auge behalten. Wenn Sie diesen Raum am Wochenende verlassen, wird Ihnen jemand folgen, verstanden? Gehen Sie am Montag zur Arbeit, aber kommen Sie *ja* nicht auf den Gedanken, die Stadt zu verlassen. Habe ich mich deutlich genug ausgedrückt?«

Schweigen.

»Deutlich genug?«

»Ja, okay!«, schnappte Gavil.

»Gut.«

Reiger sah Turnbow an und nickte in Richtung Flur. Turnbow bedachte Gavil mit einem Blick blanker Verachtung und folgte seinem Partner dann zur Tür hinaus.

Sonntag, 9. Juni

Kapitel 30

Reiger goss sich eine zweite Tasse Kaffee ein und ließ sich dann wieder auf seinen Küchenstuhl plumpsen. Vier Aspirintabletten hatten seinen Kopfschmerzen nichts anhaben können. Es war sieben Uhr morgens. Er hatte zwei Stunden geschlafen, wenn es hoch kam. Bald würde er sich wieder zum Revier schleppen, um noch einmal seine Notizen durchzugehen. Irgendetwas war da, irgendetwas hatte er übersehen. Das nagte an ihm. Aber sein Kopf war so schwer, er konnte kaum denken. Und wenn er an die Reporter dachte, durch die er sich durchwühlen, die Erklärungen, die er würde abgeben müssen – vor der Presse wie vor seinem Vorgesetzten –, dann wollte er einfach nur wieder ins Bett.

»Tut mir Leid, dass ich dich heute Morgen angeknurrt habe, Edith.« Er drückte seiner Frau die Hand, die vor dem Gottesdienst noch für ein paar Stunden in den Garten gehen wollte.

Sie tätschelte mitfühlend seinen Arm. »Mach dir keine Sorgen, Liebster, es wird sich alles klären. Gott steckt dahinter.«

Reiger seufzte, als er durch die Küchenschiebetür schaute. Ediths Gartenhandschuhe und ihre dicken Knieschoner lagen auf der Terrasse. Er hatte ihr die Knieschoner letztes Jahr zu Weihnachten geschenkt und sie hatten schon so manches Paar Hosen eingespart. Die Sonne stach schmerzhaft in seinen Schädel und er senkte den Blick auf seinen Kaffeebecher. Das Koffein tat seinem Schädel wahrscheinlich auch nicht gerade gut. Er knurrte bei dieser Überlegung und nahm noch einen Schluck.

Edith schob die Tür auf und trat in den Garten. Sie schloss die Tür hinter sich. »Puh! Schon richtig heiß hier draußen«, meinte sie. Träge sah Reiger zu, wie sie ihre Handschuhe und die Knieschoner überstreifte. Er stellte seinen Kaffeebecher ab und streckte den Rücken, die Wirbelsäule knackte. Mit geschlossenen Augen drehte er den Hals hin und her.

Der Gedanke traf ihn wie ein Backstein.

Handschuhe.

Er riss die Augen auf, Edith zog seinen Blick an wie ein Magnet.

»Sind Sie die Gärtnerin?«

Er erstarrte, die Hände flach auf den Tisch gelegt, und beschwor die Erinnerung herauf. Er war auf dem Weg zu Marian Bakers Haustür gewesen und hatte mit ihr geplaudert, weil er auf eine unbedachte Äußerung hoffte. *»Meine Frau liebt die Gartenarbeit auch ...«*

Goldbraune Lederfasern. Nährstoffreiche Erde. Megs »kribbelnde« Hände.

Weil sie einen Angreifer abwehrte, der Gartenhandschuhe trug?

»Ah!« Reiger verzog das Gesicht, als ihm klar wurde, was das hieß, was das bedeutete. Wenn diese Fasern von Handschuhen stammten, dann handelte es nicht um ein Verbrechen aus einer Kurzschlussreaktion. Handschuhe bedeuteten Vorsätzlichkeit – böswillige Planung und Absicht. Der Mörder war sogar noch gefährlicher, als sie angenommen hatten ...

Reiger stieß seinen Stuhl zurück, der Kaffee war vergessen. Er schob die Terrassentür auf, ging zielstrebig über den Rasen und ergriff die Hand seiner verdutzten Frau. »Was ist?« Sie sah ihm forschend ins Gesicht.

Er zog ihr den Handschuh von der Hand und drehte ihn. »Herr, sag nichts«, murmelte er. Drei Polizisten hatten das Haus durchsucht. Es blieben also nur zwei Möglichkeiten. Gavil hatte sie rechtzeitig beseitigt oder sie hatten sie ganz einfach übersehen. Er wusste nicht, was schlimmer war.

»Dan, was ist?«

Reiger hielt ihr den Handschuh hin. »Das hier, Edith. Das ist es.« Er ballte die Faust um ihn zusammen und quetschte, als versuche er, Antworten herauszupressen. Dann, ohne ein weiteres Wort, drückte er ihr den Handschuh wieder in die Hand und trabte zur Küche.

»Reiger«, sagte Turnbow zum dritten Mal, »ich *will* diesen Durchsuchungsbefehl nicht anwenden.«

»Wir können sie nicht vorwarnen, Pat, wo bleibt dein Verstand? Erwartest du etwa, dass sie uns die Dinger einfach so mir nichts, dir nichts gibt – vorausgesetzt, sie hat sie überhaupt?«

»Ja, das tue ich. Überlass das Reden mir; ich krieg das hin.« Reiger warf ihm einen viel sagenden Blick zu. »Ja, ja, gestern Abend bin ich etwas hitzig geworden. Das war ... etwas anderes.«

»Was ist nur in dich gefahren, Turnbow? Erst schlägst du einen Tatverdächtigen fast k. o. und jetzt weigerst du dich, sein Haus zu durchsuchen?«

»Es geht nicht um Harrison, sondern um seine arme Freundin. Die hat schon genug durchgemacht. Ich will ihr Haus nicht noch einmal auseinander nehmen.«

»Mir tut sie genau so Leid wie dir, aber wir müssen unsere Arbeit tun!«

»Nein, musst du nicht.« Kaum waren ihm die Worte entschlüpft, wünschte Turnbow sie zurück.

Reiger beäugte ihn. »Was soll das heißen?«

Turnbow sah sein Misstrauen. »Nichts. Glaub mir. Ich ... will nur behutsam mit ihr sein, das ist alles. Weißt du was, wir nehmen den Durchsuchungsbefehl mit. Aber ich rede vorher mit ihr und kläre, ob sie zur Zusammenarbeit bereit ist. Und wenn wir ihn doch benutzen müssen, dann tun wir es.«

Reiger sah ihn immer noch forschend an. »Also schön«, sagte er schließlich, »machen wir es auf deine Weise.« Er schob den Befehl in seine Tasche. »Aber du benimmst dich in letzter Zeit reichlich seltsam.«

»Wer ist da?«

Marian legte den Kopf an die Haustür und hoffte verzweifelt, es möge Gavil sein. Vielleicht würde er sie wieder um Verzeihung bitten – und sie würde ihm verzeihen. Es war noch keine vierundzwanzig Stunden her, seit er das Haus verlassen hatte, und schon jetzt schien die Einsamkeit unerträglich. Und nach der Nachrichtensendung am Vorabend wusste sie überhaupt nicht mehr, wo ihr der Kopf stand. Vielleicht war er *wirklich* nur wegen einer verrückten Frau ins Schussfeuer geraten. Mal bebte sie vor Wut auf ihn, dann wieder zitterte sie vor Trauer.

»Pat Turnbow.«

Enttäuschung durchzuckte Marian, gefolgt von einer unerklärlichen Erleichterung. »Einen Augenblick.« Sie öffnete die Tür und trat zurück. Ihr Gesichtsausdruck wechselte von fragend zu misstrauisch, als sie Reiger erblickte. »Was ist jetzt schon wieder?«

»Marian«, sagte Turnbow hastig, als fürchtete er, sie könnte die Tür wieder zumachen, »es hat sich etwas ergeben, seit ich gestern Abend mit Ihnen gesprochen habe.«

Mit unverhohlener Zurückhaltung ließ sie sie herein. Verlegenes Schweigen, als sie im Flur standen. Turnbow blickte sie an und sie sah, dass ihm ihre verquollenen Augen nicht entgingen. Er nickte mit dem Kopf fragend in Richtung Wohnzimmer. Sie ließ sie eintreten und forderte sie auf, Platz zu nehmen. Turnbow saß ihr gegenüber und lächelte sie zaghaft an. »Es geht um Ihre Gartenhandschuhe«, fing er an. »Erinnern Sie sich, wie Sergeant Reiger sie letzten Donnerstag auf Ihrer Küchenarbeitsplatte liegen sah?«

Eine plötzliche Ahnung überkam Marian. Sie ging die Erinnerung in Gedanken noch einmal durch. »Ja.«

»Sind sie noch da?« Turnbow war sichtlich angespannt.

»Ja, schon.«

Reiger atmete aus. Mit weit aufgerissenen Augen sah sie ihn an. »Wo sind sie?«, fragte er.

»Im Terrassenschrank draußen.«

Reiger wechselte mit Turnbow einen Aha-Blick. »Ich denke nicht, dass wir da nachgeschaut haben.« Er stand auf.

Goldbraune Lederfasern. In einem grässlichen Geistesblitz ahnte Marian die Bedeutung der Handschuhe. Aber das ergab doch keinen Sinn. »Gartenhandschuhe?« Sie hob die Hand. »Sie denken doch wohl nicht etwa ... Warum sollte jemand Gartenhandschuhe tragen?«

Die Beamten tauschten einen Blick, als überlegten sie, ob sie antworten sollten. Schließlich ergriff Turnbow das Wort. »Alle Arten von Handschuhen verdecken Fingerabdrücke, Marian.«

»Fingerabdrücke? In einem Park?«

Er rutschte unbehaglich hin und her. »Auf der Leiche.«

Marian senkte den Blick, schluckte schwer. Fingerabdrücke auf einer toten Frau. Ihre Handschuhe. Sie schüttelte den Kopf, ein Knoten bildete sich in ihrer Kehle. Das konnte nicht sein. Sie sah sich selbst erst gestern noch im Garten knien und diese Handschuhe tragen. Konnten eben diese Handschuhe benutzt worden sein, um Meg zu töten?

Dann, in einem Moment, der kalt genug war, ihr das Blut in den Adern gefrieren zu lassen, erinnerte sie sich an das, was sie gefunden hatte. Ihr stockte der Atem.

Vielleicht hatte es nichts zu bedeuten; wenn es stimmte, was die beiden sagten, ergab das keinen Sinn.

Aber es *musste* etwas zu bedeuten haben; jenes Ding war mit Sicherheit nicht von ihr gewesen. Sie fühlte die Blicke der

Beamten auf sich. Sie musste sich bewegen. Die würden nicht mehr von ihr bekommen, als sie ohnehin schon wussten.

Die Beine einer anderen drückten sie hoch. Der Körper einer anderen trug sie zur Küche. Sie trat auf die Terrasse, öffnete den Schrank. Sie nahm die Handschuhe, die gut sichtbar auf einem Regal lagen, und registrierte undeutlich Reigers Selbstbeschimpfungen. Sie hielt die Handschuhe, während er einen schwarzen Filzstift aus der Hemdtasche zog, und sah schweigend zu, wie er auf jeden seine Initialen schrieb, sie in eine Plastiktüte steckte und verschloss. Dann stöberte er in der Schrankecke herum und besah sich verschiedene Säcke mit Düngemittel. »Haben Sie diese Handschuhe seit letzten Mittwoch benutzt?« Er schob eine Gießkanne beiseite.

Sie zögerte. »Ja. Gestern Nachmittag.«

Er schien darüber nicht glücklich zu sein. »Irgendwelchen Dünger benutzt?«

»Ja, den hier.« Sie zog einen fast leeren Sack mit Zitrusdünger hervor und reichte ihm den.

Reiger las das Etikett, dann drehte er den Beutel um und suchte nach der Liste mit Inhaltsstoffen. Er entzifferte, vor sich hinmurmelnd, die kleine Schrift – »Stickstoff, Phosphorsäure, Kalzium, Schwefel, Eisen, Zink.« Er hielt seinem Partner den Sack hin. »Halt mal kurz.« Er zog einen kleinen Spiralblock aus seiner Tasche und blätterte ungeduldig darin herum. Sein triumphierender Ausdruck sagte ihr, dass er gefunden hatte, wonach er suchte.

»Haben Sie diesen Dünger in letzter Zeit außer gestern noch benutzt?«, fragte er.

»Ich denke schon.«

»Den brauche ich auch«, sagte er kurz. Er beschriftete den Sack. Sie hob zustimmend die Hand. Ein plötzlicher Ekel überkam sie und sie wandte sich beschämt ab. War es erst Minuten her, dass sie sich Gavil zurückgewünscht hatte? Sie durfte gar nicht anfangen, darüber nachzudenken, was sie tun sollte. Flüchtig fragte sie sich, wie lange es dauern würde, bis sie die Wahrheit fassen, sie betrachten würde, wie sich ein zart besaitetes Kind ein Insekt besieht. Sie ging in die Küche. Dort war es dunkel, dämmrig, Punkte tanzten vor ihren Augen. Sie bekam weiche Knie. Aus dem Nichts tauchte Turnbow plötzlich neben ihr auf und führte sie zu einem Stuhl. Er setzte zum Sprechen an, aber sie winkte ab.

»Bitte, geh. Ich kann nicht ... ich muss jetzt einfach allein sein.«

Er zögerte.

»Bitte.«

»Na gut.« Er legte ihr die Hand auf die Schulter. »Aber, Marian, ich möchte, dass du mich anrufst, wenn du mich brauchst.« Er wartete auf eine Antwort. Sie sah weg.

Reiger kam herein. Er trug ihre beiden Besitztümer wie Diamanten vor sich her. Turnbow zog seine Hand weg, als habe man ihn bei etwas Verbotenem ertappt. Sein Partner schien nichts zu bemerken. Er nickte ihr kurz zu. »Danke, Mrs. Baker. Sie hören von uns.«

Unwillkürlich wanderten Marians Augen zu Turnbow. Das Mitgefühl in seinem Blick zerriss ihr das Herz. Im nächsten Augenblick war er fort. Sie brachte nicht die Kraft auf, sich zu rühren.

Die Haustür ging auf, dann zu.

Sie sagte sich, dass nichts von alledem wahr sei. Sie stritt im Geiste mit den Gestalten der beiden Kriminalbeamten, Turnbows Gesicht vor sich. Was musste er von ihr denken?

Aber was sie gefunden hatte ...

Irgendeine innere Kraft zog sie plötzlich vom Stuhl hoch, zur Schiebetür, über die Terrasse und in den Garten. Die Sonne lastete heiß auf ihren Schultern, die Luft war drückend. Sie blieb ruckartig stehen und drehte den Kopf hin und her, während sie um die Erinnerung kämpfte. Teile und Fetzen einer verworrenen Wirklichkeit marschierten vor ihr her. Orangenbäume. Unkrautjäten. Sie schloss die Augen und sah sich selbst knien, sah den Zaun zu ihrer Rechten.

Eilige Füße brachten sie zu dem Baum, der über den Zaun ragte. Dort fiel sie auf die Knie. Vom knallbunten Dünger stieg ihr ein beißender Geruch in die Nase. Mit bloßen Händen begann sie in der leicht geschwärzten Erde zu scharren, ließ sie wegspritzen wie ein wütendes Hündchen. Ihr Atem kam stoßweise. Die Minuten verstrichen. Aus dem Atmen wurde Schluchzen.

Sie sagte sich, es sei nicht da.

Marian scherte sich nicht um die Schmutzflecken auf ihrer Hose oder die stinkende Erde an ihren Händen. Sie grub um den ganzen Baum herum und fand nichts. Entschlossen kroch sie auf eine Seite, um dort nachzuprüfen, wo sie gejätet hatte. Wie rasend packte sie mit beiden Händen Grasbüschel und rupfte sie samt Wurzel aus. Stückchen des Rasens, den sie so liebevoll gepflegt hatte, flogen in alle Richtungen, krachten in den Zaun. Immer noch nichts.

Seht ihr!, schrie sie innerlich. *Ich habe euch doch gesagt, dass es nicht wahr ist!*

Ihre Augen standen voller Tränen. Ihre Knie schmerzten, der Rücken tat weh. Doch sie wühlte, buddelte, rupfte weiter.

Sie kratzte um die gelben, pinken, roten, weißen Rosenstöcke herum und ignorierte die Dornen, die ihr die Hände blutig stachen. Diese Rosen waren so leuchtend, so leuchtend wie das, was sie gefunden hatte. Das war es! Das hatte sie gesehen! Ein Blütenblatt, nichts weiter. Ein Blütenblatt in ihrem Handschuh. Und sie war so bestürzt gewesen, hatte es für etwas ganz anderes gehalten, aber das war es nicht. Das *war es nicht*.

Systematisch begann Marian, jedes Blütenblatt aus seinem Stempel zu rupfen und in den Dreck zu schmeißen. *Da, und da, ihr Rosen! Das habt ihr nun davon, dass ihr mich zum Narren gehalten habt, mich verrückt gemacht habt!* Bald schon riss sie ganze Blüten auf einmal ab und schluchzte mit dem Tod jeder einzelnen heftiger. Als alle Rosen ab waren, fegte sie um die kahlen Stöcke herum, um mit zerstörerischen Händen durch ihre Ringelblumen zu fahren. Tränen machten ihre Augen blind und salziger Schleim lief ihr über die Lippen.

Es war nicht da. Sie hatte das geträumt.

Sie wurde müde. Ihr Weinen wurde zum Wimmern und die Kratzer auf ihren Händen brannten.

Doch sie wütete weiter, riss die goldenen Blüten samt und sonders ab, *stampfte, manschte* sie in den Dreck, bis die zarten Blütenblätter zermalmt und zerstoßen dalagen. Erst als es nichts mehr zu zerstören gab, begann ihre Raserei nachzulassen und schließlich langsam zu verebben. Es verging einige Zeit.

Ein tiefes Stöhnen stieg zu ihren Lippen auf. Was hatte sie getan?

Wie vor den Kopf geschlagen blickte sie sich um und besah sich den Schaden. Reue überkam sie, ihr wurde richtig schlecht. Ihre Augen beschrieben einen vollen Kreis und blieben dann noch einmal träge auf den jetzt völlig verwüsteten Ringelblumen hängen. Eine schmutzige, senfbraune Verwüstung.

Bis auf ein Farbglitzern unter einer zerstampften Blüte.

Mit einem Schrei streckte Marian die Hand danach aus und hob es hoch, obwohl sie sich schalt, dass dies auch nur wieder ein Rosenblatt sei. Doch in dem Augenblick, da sich ihre Finger um den Gegenstand schlossen, wusste sie, was es war. Sie kniff die Augen zu und betete, sie möge etwas anderes, irgendetwas anderes sehen, wenn sie die Augen wieder aufmachte. Fünf, zehn, zwanzig Sekunden. Dann, mit wild klopfendem Herzen, öffnete sie mit schierer Willenskraft alle fünf Finger und spähte durch verklebte Wimpern auf das, was in ihrer Hand lag.

Jack Doniger stand im Bademantel auf seiner Terrasse und massierte sich mit einer Hand den dröhnenden Schädel. Was ging da vor sich nebenan? Das Weinen einer Frau war durch sein offenes Schlafzimmerfenster gedrungen und hatte ihn aus dem dringend benötigten Schlaf gerissen. Leise schlich er barfuß über sein kleines Rasenstück, um über den Zaun zu spähen. Der Anblick ließ ihn die Augen weit aufreißen. Marian Baker auf Knien, schluchzend, ihr Garten verwüstet.

Ein Dutzend Gedanken schossen Jack durch den Kopf und er zog sich zurück, ehe sie ihn bemerkte. Was war denn jetzt passiert? Die Polizei? Hatte man seinen Nachbarn verhaftet? Alle Schlaftrunkenheit war verflogen und Jack eilte zurück ins Haus, um aus dem Wohnzimmerfenster zu gucken. Nichts. Kein Polizeiauto.

Er drehte sich um und lehnte gedankenversunken an der Wand. Arme Marian. Sie schien so lieb. Was ihr auch zugestoßen war, sie tat ihm Leid. Während er in die Küche schlenderte, um Kaffee zu machen, beschloss Jack Doniger, der Sache auf den Grund zu gehen.

Montag, 10. Juni

Kapitel 31

»Michael, wo ist mein Baseballhandschuh?«, schrie Scott die Treppe hoch, während er seinen Schuh zuband.

»Woher soll ich das wissen?«, bellte sein Bruder ungeduldig von oben zurück. Immer zwei Stufen auf einmal nehmend, wischte er seinem Bruder über den Kopf, als er unten ankam.

»Autsch!«, kam es empört von Scott zurück. »Mutti!«

»Geh nur, Baby, lauf zur Mami. Aber wenn ich du wäre, würde ich mal im Salon gucken.«

In Scotts Hirnstübchen regte sich etwas. Sie hatten mit dem Baseball im langen, vornehmen Salon Zuwerfen gespielt. Mutti würde einen Anfall kriegen, wenn sie sie je dabei erwischte, deshalb hatten sie sich aus der Schiebetür auf die Gartenterrasse geschlichen, als sie sie kommen hörten.

»Au ja, ich wette, er liegt im Garten!« Scott flitzte mit einem Schuh durch die Diele in den Salon und schlitterte auf dem Socken bis zur Schiebetür, wobei ihm auf dem hochpolierten Parkettboden eine glänzende Landung gelang. Er kämpfte einen Augenblick mit dem Schloss, das immer zu klemmen schien, höchstwahrscheinlich, weil die Tür so selten benutzt wurde. Der Salon war reserviert für Abendgesellschaften und Gäste – »nur für Erwachsene«, wie Mutti zu sagen pflegte. Und selbst dann wurden die zarten Vorhänge nur bei warmem Wetter zurückgezogen, wenn die Besucher auf die Terrasse treten und den angelegten Wasserfall bewundern konnten.

»Uff!« Scott drückte mit beiden Fäusten gegen das Schloss, bis er das belohnende *Klick* hörte. Er zog die große Tür auf und tollte über die Terrasse nach draußen. Sein Baseballhandschuh lag im Gras.

»Michael! Scott! Kommt zum Frühstück!« Muttis Stimme drang aus dem Küchenfenster am anderen Ende des Hauses.

»Au Backe.« Scott schnappte sich den Handschuh. Er hüpfte auf dem beschuhten Bein zurück über die Terrasse und sprang über die Schwelle in den Salon, sich selbst zu seiner Schläue beglückwünschend. Muttis waren neugierig und der Anblick eines einzelnen schmutzigen Sockens konnte unangenehme Fragen nach sich ziehen.

»Scott, wo steckst du?« Mutti klang sauer.

»Komme!« Scott zog die Tür zu, schlitterte durch den Salon und rannte durch den Flur, wobei er nur kurz abbremste, um seinen zweiten Schuh aufzugabeln, als er an der Treppe vorbeikam. Bevor er die Küche betrat, kam er quietschend zum Stehen und steckte seinen Fuß in den Schuh. Dann setzte er ein zerknirschtes Gesicht auf und schritt durch die Tür, als wollte er sagen: »Mutti, ich hab ja alles versucht, um pünktlich zu sein, ich *kann* nichts dafür.«

»Fünf Tage noch, fünf Tage noch, fünf Tage, dann sind Fee-rien«, trällerte Michael, während er sich die Knusperflakes in den Mund schaufelte. Scott stimmte in den Singsang ein, ihr Konzert strapazierte Chelseas Nerven. Sie warf ihnen einen Blick zu.

»Ihr habt noch ungefähr drei Minuten, Jungs«, kündigte sie an, »dann wird euer Vater abmarschbereit hier unten sein. Und ihr wollt ihn doch sicherlich nicht warten lassen.«

»Warum bringt Papa uns heute hin?«, fragte Scott. Dad war normalerweise lange aus dem Haus, wenn sie zur Schule gingen. »Etwa, weil du im Fernsehen warst?«

»Weil ich testen will, ob ihr euch benehmen könnt.« Paul rückte seine Krawatte zurecht, als er die Küche betrat. »Und jetzt ab. Wir sind weg.«

»Erst noch Zähneputzen«, mahnte Chelsea. Die Jungen segelten hinaus und hinterließen in ihrem Kielwasser eine plötzliche Stille.

Paul strich ihr mit einem Finger über die Wange. »Bist du sicher, dass dir nichts passieren wird?«

Sie nickte. »Ich gehe ja nirgendwo hin. Dank dir muss ich sie nicht mal zur Schule bringen. Außerdem, es ist ja nur für ein paar Stunden, stimmt's?«

»Stimmt. Ich werde sofort nach Hause kommen, sobald diese Sitzung mit den Kapitalanlegern zu Ende ist, versprochen. Glaub mir, wenn ich den Termin hätte verschieben können ...«

»Ich weiß, ich weiß.« Chelsea lächelte zaghaft. »Es spielt keine Rolle. Mir wird schon nichts passieren, bis du wieder da bist. Wirklich.«

Paul sah sie eindringlich an. »In Ordnung. Und vielleicht ist der ganze Spuk ja auch schon vorbei, wenn die Jungens aus der Schule heimkommen.«

Sergeant Reiger hatte am Sonntag eine Nachricht hinterlassen und darin vage mitgeteilt, dass »weiteres Beweismaterial« gefunden worden sei. Als sie abends von ihrem Tagesausflug nach San Francisco zurück waren, hatte Paul zurückgerufen. Reiger bat um Verständnis, dass er nicht ins Detail gehen könne, sagte aber, er rechne in Kürze mit einem Durchbruch in dem Fall. Die Laboruntersuchungen würden an diesem Vormittag durchgeführt werden, und wenn alles gut ginge, würde Gavil Harrison verhaftet werden.

»Und noch was«, Paul wackelte mit dem Finger. »Ich ruf dich an, um zu fragen, wie's dir geht. Irgendwie werde ich mich während der Sitzung ans Telefon schleichen. Sobald du es klingeln hörst, springst du ran.«

»Du hast's erfasst.« Sie lächelte ihn an.

Vier trappelnde Füße.

»Na, die können die Zahnbürste auch nur von weitem gesehen haben«, schalt Chelsea sanft.

»Die sind blitzblank, Mutti«, erklärte Michael mit einem übertriebenem Lächeln. »Siehst du?«

Chelsea schüttelte den Kopf.

»Reigers Nummer hast du?« Pauls Stimme war leise, als die Jungen durch die Tür zur Garage flitzten und sie hinter sich zukrachen ließen.

»Ja. Aber es wird alles gut gehen. Mach dir keine Sorgen. Bis ganz bald.«

Paul runzelte die Stirn. »Ja, das wird es.« Er gab ihr einen schnellen Kuss und trat in die Garage. »Also dann, Jungs!« Seine Stimme war bis in die Küche zu hören. »Alles hört auf mein Kommando! Abteilung, marsch!«

Das Haus wirkte so still, sobald sie allein war. Chelsea lief ein Schauer über den Rücken, doch sie schüttelte ihn ab. Beim Aufräumen der Küche betete sie – für Paul, die Kriminalbeamten, die wichtigen Laboruntersuchungen an diesem Vormittag. Erst als sie den Geschirrspüler zuklappte, dachte sie an die Einbruchssicherung. Sie ging zur Steuereinheit, um den Alarm scharf zu stellen, und bemerkte dann das blinkende grüne Lämpchen. Einige Fenster waren offen. Um den Alarm einzuschalten, mussten alle Fenster geschlossen sein. Der Gedanke behagte ihr nicht. Es war jetzt schon warm und die Temperatur sollte noch steigen. Ohne frische Luft würde es drinnen bald richtig heiß werden. Wie die meisten Häuser auf der Halbinsel hatte auch ihres keine Klimaanlage, der Nebel sorgte für natürliche Abkühlung. Chelsea entschied sich gegen die Benutzung der Alarmanlage. Es konnte sowieso niemand ins Haus einsteigen. Die Fenster waren vergittert und konnten nur weiter geöffnet werden, wenn man innen einen Hebel umlegte. Die Türen waren zugeschlossen. Und es spielte auch keine Rolle. Gavil würde auf der Arbeit sein. Er hatte Paul am letzten Mittwoch erzählt, was für ein arbeitsreicher Monat vor ihm lag mit der Jahresumsatzaufstellung. Und Paul würde ruck, zuck wieder zu Hause sein.

Als sie mit dem Geschirr fertig war, holte Chelsea einen Beutel Fischfutter aus der Speisekammer und maß eine Dritteltasse ab. Sie trat durch die Küchenschiebetür, überquerte den Rasen bis zum Teich und warf, über die Gier ihrer Koi den Kopf schüttelnd, das Futter hinein. Dann ging sie zurück in die Küche, schob die Tür zu und verschloss sie.

Als Reiger um zwei Minuten nach neun schnellen Schrittes das kriminaltechnische Institut betrat, fand er Hal Weiss neben der Kaffeemaschine einer gut aussehenden Blondine zugeneigt.

»He, Weiss. Ich hab was Wichtiges; könntest du da jetzt gleich mal einen Blick drauf werfen?«

Hal unterbrach sein Tête-à-tête offensichtlich nur ungern. »Klar.«

»Bring mich zu deinem tollen Mikroskop«, sagte Reiger und hielt ihm die Tüte mit Marians Handschuhen hin. »Die sind goldbraun und aus Leder.«

Hal zog eine Augenbraue hoch. »Also dann.« Er wies Reiger zu einem Tisch und ging, um die Goldfädchen zu holen.

Reiger betete inständig, während er wartete. Er hatte unablässig gebetet, seit sie die Handschuhe sichergestellt hatten. Turnbow und er hatten diesen Streich so bitter nötig. Der Polizeichef hatte sich an diesem Morgen über die Nachrichten aufgeregt und sie beide in sein Büro zitiert, um erneut das Gezeter über die undichte Stelle anzustimmen. »Das waren wir nicht!«, hatten sie beide beteuert.

»Egal, wer es war, dieses Polizeirevier wirkt so dicht wie ein Fischernetz!«, rief Wilburn aus. »Jetzt, wo Gavil Harrisons Name Schlagzeilen macht, tun wir *gut* daran, schleunigst etwas vorzuweisen.« Stress zerfurchte die Stirn des Chefs. Reiger hatte sich in jenem Moment gefragt, wer den schlechteren Job hatte – der Beamte an vorderster Front oder Wilburn, der als Verantwortlicher ins Schussfeuer geriet. »Dieser Hellseherkram versetzt die Presse in helle Aufregung!«

»Chelsea Adams ist keine Hellseherin«, hatte Reiger eingeworfen.

Der Chef hatte ihn mit einem komischen Blick bedacht. »Wie würden Sie das dann nennen?«

Reiger hätte sich treten können. Warum hatte er den Mund aufgemacht? Ungemütliche Gedanken aus seiner schlaflosen Samstagnacht waren ihm in den Sinn gekommen. Wie lange noch würde er solch ein Feigling sein? »Nach ihren Worten war es eine Vision von Gott.«

»Was auch *immer«*, hatte Polizeichef Wilburn abgewinkt. »Unterm Strich heißt das Folgendes: Ich hoffe für Sie, dass diese Handschuhe etwas ergeben, und zwar etwas, was für eine Verhaftung ausreicht. Denn wenn wir nicht bald etwas Stichhaltiges gegen diesen Kerl in der Hand haben, können wir uns warm anziehen.«

»Huhu, Reiger. Reiger! Hörst du mich?« Hal winkte ihn den Gang hinunter.

Reiger blinzelte. »Oh, ja! Ich komme.« Er sprang auf die Füße.

In einem kleinen Raum öffnete Hal vorsichtig Reigers Tüte und holte einen Handschuh hervor. Mit einem Scherenschnipp schnitt er eine Faserprobe weg und legte sie behutsam unter das Mikroskop. Dann nahm er eine der Fasern, die unter Megs Fingernägeln gefunden worden waren, und legte sie neben die erste. Reiger stand wie angewurzelt da und betete.

Hal beugte sich vor und schaute schier unendlich lange durch das Mikroskop. »Was du nicht sagst«, meinte er schließlich und richtete sich auf. »Hier, Reiger, guck du.«

Der Sergeant bückte sich, um durch das Mikroskop zu spähen. Die Fasern unten sahen aus wie zwei dicke Röhren, die sich viele Male überkreuzten. Und sie sahen sehr gleich aus.

»Das sind Zwillinge.« Hal hielt eine Hand auf. »Herzlichen Glückwunsch, Mann.«

Gavil fuhr langsam mit einer Karte auf den Knien die kurvenreiche Straße entlang. Zum Glück stand Paul Adams im Telefonbuch. Seine Privatadresse herauszufinden wäre unter den gegebenen Umständen nicht einfach gewesen.

Nachdem Paul Adams am Samstag krachend aufgelegt hatte, war Gavil unbeweglich in seinem Hotelzimmer sitzen geblieben. Er konnte nicht glauben, was er getan hatte. Er hatte nie und nimmer so feindselig sein wollen, als er Paul anrief, aber die Wut war wie von selbst aus ihm herausgesprudelt. Dann waren die von der Kripo gekommen. Turnbows Beinahe-Schlag hatte Gavils Selbstvorwürfen schnell ein Ende gemacht. Es war sein gutes Recht, wütend zu sein.

Nun aber, trotz seines Vorhabens, fühlte er sich unerklärlich ruhig. Und er war ausgeruht. Er hatte tatsächlich die ganze Nacht durchgeschlafen. Das Wochenende war einfach unfasslich gewesen, aber nun, da sich sein Zorn und seine Furcht gelegt hatten, wusste er, was er zu tun hatte. Die Warnungen dieser Möchtegern-Detektive kümmerten ihn nicht. Noch vor einer Woche wäre ihm so etwas nicht im Traum eingefallen. Aber vor einer Woche hatte sein Leben schließlich auch noch ganz anders ausgesehen. Was hatte er jetzt noch zu verlieren?

Nummer 1284. Gavil bremste, um einen verstohlenen Blick auf eine kurvige Auffahrt zu werfen, die zwischen Mammutbäumen verschwand. Durch die Bäume sah er die Umrisse eines großen, modernen Hauses schimmern. Er fuhr noch etwas weiter, bis er zu einer alten Schotterstraße kam, die offensichtlich selten benutzt wurde. Perfekt.

Er bog ein und folgte dem Schotterweg ein kurzes Stück, bis seine Stoßstange gegen eine dicke Kette mit einem »Durchfahrt Verboten«-Schild stieß, die quer über den Weg gespannt war. Er stellte den Motor ab, stieg flink aus seinem BMW aus und schlug die Tür zu. Er hielt kurz inne, sah sich um und lauschte aufmerksam. Zufrieden steckte er die Schlüssel ein und begann den kurzen Marsch zum Haus der Adams.

Reiger seufzte erleichtert. »Da ist noch was.« Er griff in eine braune Papiertüte und zog den Dünger heraus. »Das dürfte deine ›reichhaltige‹ Erde sein.«

Hal schnitt eine Grimasse. »Soll das heißen, dass ich am Wochenende den ganzen Weg zur Schlucht umsonst gelaufen bin?«

»Du hast eine Erdprobe gesammelt?«

»Ja. Ich habe sie aber noch nicht untersucht. Wenn dein Zeug passt, müssen wir meine Probe auch noch untersuchen, als Gegenprobe.« Hals Sohlen quietschten, als sie in das Spektrometerzimmer gingen. »Da ist mein Schätzchen«, zeigte er auf eine Reihe von Apparaturen. »Und was ist das für ein Zeug?«

»Ich bin auf das Ganze überhaupt erst gekommen, als ich meiner Frau bei der Gartenarbeit zusah.« Reiger händigte ihm den Sack aus. »Sieh selbst. Die Inhaltsstoffe sind genau dieselben, die du bei der Untersuchung der Erdprobe herausgefunden hast.«

Hal las die Aufschrift und kratzte sich nachdenklich das Kinn. »Du hast zwar Recht«, sagte er bedächtig, »aber wie sollte das Zeug unter ihre Fingernägel gekommen sein?«

Reiger zuckte die Achseln. »Sie hat sich gewehrt, Hal. Wenn der Täter die Handschuhe anhatte, dann hat sie mit ihren langen Fingernägeln vielleicht etwas von dem Zeug abgekratzt.«

»Dafür habe ich viel zu viel Erde unter ihren Nägeln gesehen,

Reiger. Das scheint mir nicht einleuchtend.« Hal zögerte. »Na ja, was soll's, schauen wir erst mal, was wir hier haben.«

Chelsea war dabei, die Wäsche in einen weißen und einen bunten Haufen zu sortieren, als ihre Hand plötzlich mitten in der Luft stockte.

Sie hatte etwas gehört.

Es klang wie das leise Schaben von Metall auf Metall, wenn eine Schiebeglastür aufgeht. Ihr stockte der Atem. Lautlos ließ sie ein Paar Socken fallen und schlich auf Zehenspitzen hinaus in den Flur, wo sie die Treppe hinunter in die Diele unten sehen konnte. Alles war still. Eine Minute lang stand sie lauschend da, ihr Herz machte wilde Sprünge. Ihre Augen strichen suchend über den Parkettboden im Eingangsbereich, vor und zurück, vor und zurück.

Nichts.

Ihre Schultern sackten vor Erleichterung zusammen und sie gestattete sich einen tiefen Atemzug. Sie war wirklich mit den Nerven am Ende. Mit einem letzten Blick nach unten lenkte sie ihre Schritte zurück in die Waschküche und sortierte weiter.

Hal löffelte etwas Dünger auf ein Plättchen, um ihn unter dem Rasterelektronenmikroskop zu besehen, und wartete dann auf die Ergebnisse auf dem Bildschirm. Diese verglich er mit dem Diagramm, das er im Ordner »Trent« abgespeichert hatte. Der Computer zeigte identische Spitzen.

»Schau dir das an!«, Reiger tippte mit dem Finger auf den Monitor. »Ich hab's gewusst!«

»Hm.« Gewissenhaft wiederholte Hal die Prozedur noch einmal, diesmal mit der Erde, die er im Trent Park gesammelt hatte. Es bestand nicht die geringste Ähnlichkeit. Er schob seinen Stuhl vom Monitor zurück, legte die Fingerspitzen ge-

geneinander und sah Reiger grübelnd an. Der Sergeant erwiderte seinen Blick.

»Was ist?«

Hal überlegte noch einen Moment, dann griff er nach der Plastiktüte mit Marians Handschuhen. »Was schätzt du also, wie diese Menge Dünger unter die Fingernägel deines Opfers gekommen ist?« Er klopfte mit seinem Zeigefinger auf die Tüte. »Angenommen, der Täter hat tatsächlich diese Handschuhe getragen und sie hat nach ihnen gegriffen. Dann würde ich immer noch sagen, das reicht nicht.«

Reiger machte ein skeptisches Gesicht. »Was dann?«

»Du hast erzählt, dass deine Frau viel im Garten arbeitet, richtig?« Hal öffnete die Tüte und zog einen Handschuh heraus. »Lass uns mal was ausprobieren.«

Fünfzehn Minuten lang trat Reiger ungeduldig von einem Bein aufs andere, während der Kriminaltechniker seine Hausaufgaben machte. Hal begann damit, vorsichtig jeden einzelnen Handschuhfinger nach innen zu stülpen, bis er den ganzen Handschuh auf links drehen konnte. Während er das tat, fielen Erdpartikel auf den Tisch. Diese sammelte er sorgsam ein und legte sie zur Untersuchung unter ein Elektronenmikroskop. Dann befragte er erneut den Computer.

Zuerst waren die Ergebnisse unbestimmt; sie glichen nicht der Erde, die man unter Megs Fingernägeln gefunden hatte. Laut denkend bemerkte Hal, die Erde aus dem Handschuh setze sich vermutlich aus Partikeln verschiedener Erdquellen zusammen – von dem Dünger und von einem Garten. Geduldig versuchte er es noch einmal und kratzte mehr Teilchen vom Tisch, um sie zu untersuchen. Beim dritten Mal klappte es. Der Bildschirm zeigte vollkommene Übereinstimmung.

»Wow.«

Reiger hielt es nicht mehr aus. »Also?«

»Also Folgendes, Reiger. Ist dir schon mal aufgefallen, dass deine Frau immer dreckige Fingernägel kriegt, wenn sie im Garten arbeitet, obwohl sie immer so ein Paar anhat?« Er deutete auf die Handschuhe.

Reiger nickte.

»Das kommt daher, dass die Handschuhfinger spröde werden. Diese Dinger werden ziemlich alt und nach einer Weile kommt genauso viel Dreck herein, wie draußen im Garten ist. Also trägst du sie, und deine Hände werden trotzdem schmutzig.«

Reiger legte die Stirn in Falten. »Du meinst also ...«

»Einfach ausgedrückt, Sergeant«, sagte Hal achselzuckend, »nicht der Mörder hat diese Handschuhe getragen, sondern das *Opfer.*«

Kapitel 32

Chelsea schloss die Klappe der Waschmaschine, wählte das Programm und drückte den silbernen Drehschalter ein. Gerade als der Schalter nachgab, hörte sie wieder ein vages Geräusch wie ein Schritt auf Parkettboden. Die Maschine rumpelte los. Sofort zog sie den Startknopf wieder heraus und wartete mit zum Zerreißen gespannten Nerven, während der Wasserstrahl allmählich schwächer wurde und schließlich in ein *Tropf, tropf* überging. Nach einer Ewigkeit hatte es ausgetröpfelt. Ihre Augen glitten durch die Waschküche, während sie sich vorbeugte, um zu lauschen.

Wieder nichts. Bis auf ihr eigenes Atmen.

Chelsea seufzte, halb ärgerlich, halb ängstlich. *Ein* eingebildetes Geräusch konnte sie ja ignorieren. Aber *zwei* ... Sie leckte sich über die Lippen und überlegte, was sie tun sollte. Sie könnte ins Schlafzimmer huschen, die Tür abschließen und Sergeant Reiger anrufen. Aber weshalb? Sie benahm sich wirklich töricht. Wo war ihr Glaube? *Herr, hilf mir, nicht solche Angst zu haben.*

Das war lächerlich. Sie wusste, was sie tun würde. Vernünftig, wie sie war, würde sie zu ihrer eigenen Beruhigung nach unten gehen. Dann würde sie alle Türen nachkontrollieren, die Fenster schließen, egal, wie heiß es war, und die Alarmanlage scharf machen, einfach um ihre lebhafte Fantasie zu besänftigen.

Derart entschlossen, wandte sich Chelsea von der Waschmaschine ab und ging Richtung Treppe.

Verstohlen pirschte sie sich über den Flurteppich bis zum Beginn der Stufen vor. Dort blieb sie stehen, um wieder zu lauschen, hörte aber nur das entfernte Geräusch der tickenden

Standuhr im Salon. Mit der einen Hand auf dem Geländer, mit der anderen an der gegenüberliegenden Wand entlangstreichend, ging sie immer nur eine Stufe auf einmal hinunter – und musste plötzlich an ihren Albtraum vor kurzem denken. *Ein Schritt. Noch einer. Blutspuren an der Wand.* Sie versuchte, den Gedanken abzuschütteln, vergeblich.

Auf halber Höhe erstarrte sie, legte den Kopf schief und suchte mit den Blicken alles ab, was sie erfassen konnte. Sie sagte sich, sie sei närrisch und dass sie in zwei Minuten wieder über sich selbst den Kopf schütteln würde. Aber ihr Körper wollte es nicht glauben. Irgendwann hatte ihr Herz wie wild angefangen zu schlagen und pochte nun in ihren Ohren.

Noch drei Stufen. Ihre Zunge wurde trocken und klebte am Gaumen. Noch zwei.

Beide Sprunggelenke zitterten bei jedem erzwungenen Schritt. *Dicker, beigefarbener Teppich, der unter einem Turnschuh zusammengedrückt wird.* Noch eine. Sie trat von der letzten Stufe auf das Dielenparkett und fragte sich, in welche Richtung sie gehen sollte. Sie drehte sich nach links zum Salon und schlich mit stockenden Schritten über den dicken persischen Läufer, der an der Salontür endete. Ihre Lungen bettelten um mehr Sauerstoff und sie keuchte leise.

Windrascheln in Mammutbäumen.

Fast da. Noch fünf Schritte, und sie könnte um die Ecke lugen und den ganzen Salon überblicken. Sie sagte sich, dass er leer sein würde. Noch vier Schritte. Noch drei. *Eukalyptusduft.* Der Gedanke, ihren Kopf durch die Tür zu stecken, machte sie schaudern. Und wenn er *doch* da war? Was sollte sie dann tun?

Rennen wie verrückt.

Hände, die nach ihrem Hals greifen.

Noch zwei Schritte. Jetzt konnte sie die zitternden Finger ausstrecken und schon den Türrahmen berühren. Noch einer, und sie war fast auf gleicher Höhe. Erneutes Luftschnappen. In einem letzten schlurfenden Schritt legte sie Halt suchend eine Hand an die Wand und lehnte sich nach vorne, jede Sehne zum Zerreißen gespannt. Sie beugte sich so weit vor, dass sie mit einem Auge um die Ecke schielen konnte. Sie tastete den Raum ab. Ganz vorne der Stuhl. Gegenüber der Kamin. Ganz hinten das Klavier.

Ein heulender Kojote.

Gavil machte eine Bewegung am anderen Ende des Raumes neben der Couch, er hatte den Blick gesenkt.

Chelsea erstarrte, stolperte rückwärts und glitt auf dem Parkettboden aus.

Sein Kopf fuhr ruckartig hoch. Er kam in großen Sätzen auf sie zu, krachte aber mit der Schulter gegen den Türrahmen. Chelsea schrie und stürzte zur Treppe. Ihre Muskeln wollten mit ihrem Kopf nicht Schritt halten. Sie erreichte die erste Stufe, stolperte und krabbelte auf allen Vieren weiter. Das Ende war so weit weg! Sie konnte Gavil hören, spürte seinen Atem auf ihren Beinen. Sie war fast oben und schlang die Hand um das Geländer. *Zieh!*

Gavil bekam ihre Beine zu fassen und zog sie rückwärts.

Chelsea klammerte sich fest und ihre strampelnden Beine trafen Gavil am Kopf und im Gesicht.

Er versuchte, ihre Beine festzuhalten. »Aufhören! Aufhören! Ich tue Ihnen nichts!«

Der Schweiß machte ihre Hände glitschig. Sie rutschte vom Pfosten ab. Gavil zog wieder. Sie warf sich herum, um ihm die Stirn zu bieten, und schlug mit beiden Fäusten zu.

»He, he! Gute Frau, was ist denn los?«

Ihre rechte Faust traf ihn ins Auge. Er knurrte vor Schmerz, dann warf er sich auf sie. Sie schrie. Er nagelte ihre Arme fest, ihre Beine.

Sie kämpfte verzweifelt darum, frei zu kommen, und fuhr

hoch, um ihn zu beißen. Er wich zurück. Sie rutschten eine Stufe hinunter. Sie versuchte wieder zu schreien. Gavil knallte ihr die Hand auf den Mund, sein heißer Atem auf ihrem Gesicht.

Sie renkte ihren Kiefer los und bäumte sich unter seinem Gewicht auf. Sie rutschten noch eine Stufe hinunter, dann noch eine. Sie kämpfte gegen ihn, bis sie alle Stufen hinuntergeschlittert waren. Unten angekommen, tat ihr alles weh. Sie starrte Gavil mit weit aufgerissenen Augen an und schnappte zwischen seinen quetschenden Fingern nach Luft.

Dann lag sie still.

»Ich nehme jetzt meine Hand von Ihrem Mund und Sie werden nicht schreien.« Seine Stimme war leise. »Verstanden?«

Chelsea grunzte, nickte einmal.

Langsam zog Gavil seine Finger weg. »So ist's gut. Braves Mädchen.« Er atmete stoßweise. »Nun stehen wir auf. Und gehen – gemeinsam – in die Küche. Dort setzen wir uns hin und reden. Das ist alles«, versicherte er ihr. »Einfach – reden.«

Vorsichtig löste er seine Arme und Beine aus ihrem Gliedmaßenknäuel, stand auf und zog sie hoch. Sie zitterte heftig. Gern wäre sie wieder weggerannt, wusste aber, dass es ihr nichts nützen würde. Gavil war gut und gerne zwanzig Zentimeter größer als sie und mindestens fünfzig Pfund schwerer. Sie hatte keine Chance.

Sie konnte jetzt nichts anderes tun, als ihn zu besänftigen. Und tun, was er wollte. Egal, was.

Henry Morrow sah Paul ungehalten an. »Mitten in der Diskussion, kann das nicht warten?« Er breitete die Hände aus.

»Nein, kann es nicht.« Rasch stieß Paul seinen Stuhl vom Konferenztisch zurück. »Es dauert nur eine Minute. Ich habe versprochen, zu fragen, wie es ihr geht.« Bevor sein führender Investor noch etwas einwenden konnte, hastete er zur Tür und in sein Büro, um Chelsea anzurufen. Er setzte sich, griff nach dem Telefon, gab seine Privatnummer ein und wartete ungeduldig. Besetzt. Er runzelte die Stirn. Ihr Telefon hatte Anklopffunktion. Sie musste mit jemandem sprechen, während ein zweiter Anrufer auf der anderen Leitung war. Das war seltsam. Er trommelte mit einem Finger auf seinen Schreibtisch. Chelsea wusste doch, dass er anrufen würde, um sicher zu gehen, dass alles in Ordnung war; sie sollte nicht beide Leitungen blockieren.

Vielleicht hatte er sich verwählt.

Er drückte auf den Hörer und tippte noch einmal sieben Nummern ein. Immer noch besetzt. Er runzelte wieder die Stirn, sein Blick schweifte durch das Büro.

»Hey, Paul.«

Bei der Stimme seiner Sachbearbeiterin fuhr er zusammen. Er legte das Telefon auf und blinzelte sie zerstreut an. »Was?«

»Ist die Sitzung schon aus? Ich habe gar keinen gehen sehen.« Sie trat geschäftig an den Schreibtisch. »Hör mal, ich habe versucht, diesen Brief zu finden –«

»Nicht jetzt, Janet, nicht jetzt.« Er hob beschwichtigend die Hand. »Die Sitzung läuft noch.«

»Oh. Aber du bist hier.«

Er schüttelte mit steigendem Unmut den Kopf. »Ich habe nur einen Anruf zu erledigen. Bitte!«

Janet sah ihn neugierig an, öffnete den Mund, besann sich dann aber offensichtlich eines Besseren, drehte sich um und verließ schweigend den Raum.

Paul griff wieder zum Telefon.

Chelsea saß schlaff auf einem Küchenstuhl mit dem Rücken zur Arbeitsplatte, auf der das Telefon stand. Ein hyperaktives *Biep, biep* tönte aus dem daneben gelegten Hörer. Nach ein paar Minuten hörte es auf.

Gavil zog seinen Stuhl heran, streckte die Hand aus, packte ihr Kinn und zwang sie, ihn anzusehen. »Und jetzt werden wir uns unterhalten. Und Sie werden zuhören. Und wenn wir fertig sind, werden Sie Ihre Meinung über mich geändert haben. Und wenn nicht, fangen wir noch mal von vorne an.«

Chelseas Kinn zitterte unter seiner Berührung. *Hilf mir, Herr, beschütze mich!* Ihr Herz schlug doppelt so schnell; ihr Gesicht lief rot an. Sie konnte es nicht ertragen, ihn anzusehen.

»Ich weiß nicht, warum Sie verbreiten, dass ich dieses Mädchen getötet hätte. Ich weiß nicht, woher Sie von diesem Mord wussten und wen Sie zu decken versuchen. Aber Sie haben sich den falschen Sündenbock gesucht.«

Chelsea zog ihr Gesicht weg. Sie würde sich keine seiner Lügen anhören. Gavil packte ihr Kinn wieder und schüttelte es. Ihr dröhnte der Kopf.

»Sehen Sie mich gefälligst an, wenn ich mit Ihnen rede!«

Tränen brannten in ihren Augen. Widerspruchslos gehorchte sie, seine Züge verschwammen.

»Jetzt werde ich Ihnen alles erzählen. Und dann werden Sie diesen Knallköpfen von Polizisten erzählen, dass Sie eine neue ›Vision‹ gehabt haben. Verstanden?«

Und Gavil begann seine Geschichte ganz langsam aufzurollen, als redete er zu einem kleinen Kind. Am Dienstagabend, erzählte er, war er aus dem Haus gegangen, nachdem Marian ihn angerufen hatte – was sie immer tat, wenn sie verreist war. Er war nach Atherton gefahren, wo ein enger Freund von ihm wohnte, der ebenfalls verreist war. Die Kinder des Freundes – aus seiner ersten Ehe – waren schon erwachsen. Was bedeutete, dass die jetzige Frau seines Freundes allein zu Hause war. Gavil und diese Frau hatten schon seit über sechs Monaten ein Verhältnis. Da Marian und Gavils Freund beide nicht da waren, war es die perfekte Gelegenheit für eine Nacht zu zweit. Am

Mittwochmorgen kamen Gavil und die Frau einfach nicht aus den Federn, obwohl im Büro eine Menge Arbeit auf ihn wartete. Schließlich fuhr er gegen halb zehn in die Firma.

Untreue sei seine Schwäche, behauptete Gavil. Er habe es geschafft, sich jede ernsthafte Beziehung mit einer Frau aufgrund seiner Treulosigkeit zu verscherzen.

Gavil erzählte Chelsea von Sonya Hocking – eine Frau, die sich in Geld eingeheiratet hatte. Eine Frau, deren öffentliches Bild der Großherzigkeit ihren brennenden Ehrgeiz hübsch kaschierte. All ihrer Wohltätigkeit zum Trotz hatte er im Grunde gewusst, dass sie selbstsüchtig war. Er hatte nur nicht erkannt, wie sehr. Aber jetzt war es zu spät. Sie hatte Panik bekommen und die Polizei angelogen und jetzt würde sie nicht mehr dahinter zurückgehen. Sie würde sich selbst schützen, koste es, was es wolle. Selbst wenn es Gavil Harrison den Kopf kosten sollte.

»Ich weiß, dass die Kripo mit Sonyas Freunden redet. Aber die werden niemanden finden, der von dem Verhältnis weiß, Chelsea; wir haben es zu gut verheimlicht. Und darum steht im Moment ihre Aussage gegen meine.«

Chelsea saß ein Kloß in der Kehle, als sie trocken schluckte. »Was wollen Sie von mir?«

»Was ich von Ihnen *will?«* Gavils Gesicht verzog sich, als er auf die Füße sprang. »Sehen Sie sich doch an, was Sie mir angetan haben! Sie haben mein Leben aus der Bahn geworfen! Ich habe dieses Mädchen nicht umgebracht! Und das wissen Sie *genau.«*

Seltsame Laute quollen aus Chelseas Lippen. Sie glitt vom Stuhl auf den Fußboden und kauerte sich an die Wand, die Hände vors Gesicht geschlagen.

Meine Messer, ging es ihr blitzartig auf. Gavil war nur ein paar Schritte von ihrem großen hölzernen Messerblock entfernt.

Er schlurfte zu ihr hin und schob ihren Stuhl beiseite. »Nicht, *bitte!*«, flehte sie und drückte sich in Erwartung der niederprasselnden Schläge gegen die Wand. Er ragte über ihr auf, klatschte in die Hände. Dann, völlig unerklärlich, hellte sich seine Miene auf und er streckte ihr die Hand hin, um ihr aufzuhelfen.

»Entschuldigen Sie«, sagte er. »Ich weiß nicht, was mit mir los ist. Ich kann einfach nicht mehr klar denken. In den letzten Tagen habe ich alles verloren.«

Chelsea nahm die Hände vom Gesicht und sah ihn misstrauisch an. Seine Hand hing immer noch in der Luft.

»Na, kommen Sie. Ich bin doch nicht hier, um Ihnen weh zu tun.«

Argwöhnisch legte sie eine zitternde Hand in die seine und zog sich hoch. Wortlos setzte Gavil sich hin und bedeutete ihr, das Gleiche zu tun.

Sie gehorchte. Die verschiedensten Ausdrücke wechselten auf seinem Gesicht. »Also. Jetzt mal ehrlich. Warum machen Sie das?« Seine Stimme klang ruhig. Normal.

Chelsea starrte zu Boden, suchte nach Worten. »Sie wissen, dass ich wirklich eine Vision hatte. Sie waren dabei. Im Restaurant.« Sie wagte, ihn anzuschauen. Sein Gesicht wurde finster vor Wut. »Aber ich könnte mich in Ihnen getäuscht haben«, platzte sie eingeschüchtert heraus, um sich zu retten. »So wird ... es wohl gewesen sein. Ich muss mich geirrt haben.«

Gavils Ausdruck wurde weicher. »Das klingt schon besser.« Er berührte zustimmend ihren Arm.

»Fangen wir noch mal von vorne an.«

Paul rief wieder bei sich zu Hause an. Immer noch besetzt. Mit einem Stich der Angst hackte er die Nummer zum vierten Mal ein. Das *Biep, biep* tat ihm in den Ohren weh. Besetzt. Er legte den Hörer auf.

Eine andere Sache könnte er noch versuchen.

Er griff wieder zum Telefon und wählte die Null. Vier Klingelzeichen. Wo zum Teufel war die Telefongesellschaft?

»Willkommen bei Pacific Bell. Wir bedanken uns für Ihr Vertrauen.«

»Dies ist ein Notfall. Ich wähle 555-0440, aber die Leitung ist ständig besetzt. Ich muss Sie bitten, für mich durchzubrechen.«

»Einen Augenblick, Sir.«

Paul rieb sich das Kinn und wartete ungeduldig auf die Stimme seiner Frau. Es würde alles in Ordnung sein.

»Es tut mir Leid, Sir«, meldete sich der Betreiber nach einer Weile, »bei diesem Anschluss ist der Hörer nicht aufgelegt.«

Da klopfte die Furcht bei ihm an. »Danke.« Er knallte den Hörer auf, seine Gedanken rasten. Dann flippte er mit fahrigen Fingern durch seine Rotationskartei. C, M, P, T – Titan Electronics. Er murmelte die Nummer vor sich hin und tippte sie ins Telefon ein. Nach zweimaligem Klingeln nahm eine Rezeptionistin ab. »Gavil Harrison, bitte.« Seine Stimme war erregt.

»Es tut mir Leid, Sir. Mr. Harrison ist heute noch nicht hier gewesen.«

»Wo ist er?«

»Ich weiß es nicht.« Sie klang entnervt. »Er hätte eigentlich bei einer wichtigen Vertretersitzung dabei sein müssen, ist aber nicht aufgetaucht.«

»Sind Sie sicher, dass er nicht da ist?«

»Ja, Sir, ganz sicher. Möchten Sie eine Nachricht hinterlassen?«

Oh, Gott!

Paul schmetterte das Telefon hin, stürmte aus seinem Büro und krachte in eine schockierte Janet, als er durch den Gang rannte. »Ruf die 110!« Er packte sie bei den Schultern und schüttelte sie heftig. »Hörst du? Ruf die 110 und gib ihnen meine Hausanschrift. Ich glaube, Chelsea ist in Schwierigkeiten!«

Bevor sie noch etwas erwidern konnte, schob er sie beiseite, fegte durch die Doppeltüren und hastete das Treppenhaus hinunter, immer zwei Stufen auf einmal nehmend.

Kapitel 33

»Nein, nein, falsch!« Gavil hieb mit der Faust auf den Tisch. »Ich habe ihr Haus um halb zehn verlassen, nicht um halb neun. Geht das nicht in Ihren Kopf rein?«

»Okay, okay!«, blubberte sie, salzige Tränen im Mund. Er hatte sie Wort für Wort jedes Detail seines Alibis aufsagen lassen und ihre angegriffenen Nerven waren am Ende. Sie hatte das Gefühl, schon stundenlang so zu sitzen. Was machte es schon, was sie dachte? Sah er denn nicht, dass die Polizei darüber hinaus war? Sie musste mal ins Badezimmer, war durstig, traute sich aber in ihrer Angst nicht, zu fragen.

Wenn sie nur an die Steuereinheit der Alarmanlage herankäme, dann könnte sie den Panikknopf drücken – Stern und Raute gleichzeitig –, der eine lebensbedrohliche Situation anzeigte. Der lautlose Alarm schickte ein Signal an die Computer der Wach- und Schließgesellschaft, die unverzüglich die Polizei rufen würde. Sie hielt ihre Augen davon ab, zur Steuereinheit zu gleiten, die um den Tisch herum an der hinteren Wand angebracht war. »Ich verstehe«, brachte sie hervor. In Gedanken ging sie ihre Möglichkeiten durch.

Paul fuhr auf die Autobahn und jagte seinen Lexus auf 120, 140, 150. Bei 160 pendelte er sich ein, schoss auf die Überholspur und hupte jedes Auto wütend an, das ihm in die Quere kam. Waghalsig nahm er eine Hand vom Steuer, um nach seinem Handy zu greifen. Er hielt es hoch und sah von der Straße weg auf die Tasten und wieder zurück, um die Nummer von Sergeant Reiger einzutippen. Zweimal rutschte seine Hand ab. Zweimal setzte er neu an.

»Aahh!« Als zwei Autos rasend schnell näher kamen, ließ

er das Handy fallen und packte das Steuer mit beiden Händen, um einen Haken um sie zu schlagen. Sie verschwammen weiß und blau, als er vorbeiraste.

Er tastete wieder nach dem Handy.

Beim vierten Versuch bekam er ein Freizeichen.

Reiger saß in seinem Wagen und dachte einfach nur nach. Hals Schlussfolgerung klingelte ihm noch in den Ohren. Alle Sorgen über die Presse und seinen Chef Wilburn waren verflogen. Und seine Theorien gleich mit. Reiger ließ den Anschnallgurt in seinem glühend heißen Auto einrasten und kurbelte ein Fenster runter. Instinktiv warf er einen Blick über die Schulter, bevor er rückwärts raussetzte. Autofahren konnte er automatisch. Er hatte die verschiedensten Szenarien mit Hal durchgesprochen, aber keine schien besonders einleuchtend. Vielleicht hatte Meg sich die Handschuhe ausgeliehen, war Hals Vorschlag gewesen. Nein, sagte Reiger, das hätte Marian ihnen erzählt. Und außerdem hatte Meg gerade eine neue Maniküre. Mädchen mit langen roten Fingernägeln waren nicht gerade prädestiniert für Gartenarbeit.

Reiger sah Harrison vor sich, wie er die Handschuhe zum Park trug, Meg in einen Seitenpfad lockte, sie zwang, die Handschuhe anzuziehen, ihren Kopf auf einen Stein schmetterte. Die Handschuhe von der Leiche nahm. Sie die Schlucht hinunterstieß. Die Handschuhe mit nach Hause nahm. Sie fein säuberlich wegräumte.

Warum?

Um sie davon abzuhalten, ihn zu berühren? Zu kratzen? Wenn es ihm um Spuren gegangen wäre, etwa um Haut von ihm unter ihren Fingernägeln, dann hätte er die Handschuhe beseitigt, die selbst wiederum Beweisspuren trugen. Je mehr Reiger darüber nachdachte, desto mehr festigte sich seine Überzeugung, dass diese Handschuhe zu einem dunklen Ritual gehörten. Der Mörder war gestört genug, um sich vor den Händen seines eigenen Opfers zu fürchten, aber arrogant genug, die Handschuhe zu behalten. Könnte das stimmen? Hatte er etwas übersehen?

Doch noch wichtiger war, würde ein Mörder wie dieser wieder zuschlagen?

Reiger konnte sich nicht einmal ansatzweise die Abgründe einer solchen Seele ausmalen. Es kam ihm plötzlich töricht vor, zu versuchen, solcher Irrationalität mit Scharfsinn auf die Schliche zu kommen. Die Mordkommission einer Großstadt wie San Francisco mochte sich von einem solchen Szenario nicht sonderlich beeindrucken lassen, aber in Haverlon passierte so etwas einfach nicht. Es war verrückt von ihm gewesen zu glauben, er und Turnbow könnten den Fall allein aufrollen. Einen schwerwiegenden Fehler hatte er bereits gemacht, vielleicht sogar mehrere. Seine erste Aktion hätte sein müssen, um Unterstützung aus einer der umliegenden größeren Städte zu bitten. Denn Entschlossenheit besaß er; Erfahrung dagegen nicht.

Reigers Hände kribbelten, als er nach links auf den El Camino abbog. Er musste Harrison das Handwerk legen. Vor panischer Angst krampfte sich ihm der Magen zusammen. Genau das Gleiche hatte er gefühlt, als er als junger Polizist einmal Auge in Auge mit einem geifernden, tollwütigen Hund gestanden hatte. Es war die Angst vor der unberechenbaren, tödlichen Wut.

An einer roten Ampel überlegte der Sergeant seine nächsten Schritte. Sobald er im Revier war, sollte er Harry Seltz anrufen, den stellvertretenden Bezirksstaatsanwalt. Obwohl Reiger den Adams versichert hatte, dass Harrison verhaftet werden würde, wenn die Handschuhe ein Treffer wären, war es in Wirklichkeit nicht ganz so einfach. Wenn sich ein Beweis zu stark auf Indizien stützte, konnte ein teurer Rechtsanwalt diesen erfolgreich anfechten. War das zu erwarten, würde Seltz sich nicht für eine Anklage stark machen.

Er betete, dass die Handschuhe genügen würden.

»Biep, biep.« Reigers Funkrufempfänger durchbrach seine Überlegungen. Automatisch griff er nach dem Autotelefon und rief im Polizeirevier an. Die Meldung der Einsatzzentrale ließ ihn keuchen: »Oh, Herr!«

Der Sergeant bellte Befehle in sein Telefon, drückte wie besessen auf einen Knopf und setzte ein Blaulicht auf sein Autodach. Die Sirene heulte auf, als er um eine Kurve schlitterte und Richtung Autobahn raste.

Gavils Verzweiflung sprühte Funken wie eine Hochspannungsleitung. Er ging hin und her, hin und her zwischen dem Küchentisch und der gegenüberliegenden Arbeitsplatte, die Augen unverwandt auf Chelsea geheftet, während er wieder und wieder seine Darstellung rezitierte. Dienstagnacht nach Atherton gefahren, am nächsten Morgen um halb zehn zur Arbeit gefahren, um zehn im Büro gewesen. Wenn sie auch nur mit der Wimper zuckte, war er sofort zur Stelle.

Jedes Mal, wenn er an den Messern vorbeifederte, betete Chelsea, was das Zeug hielt. Kalter Schweiß perlte auf ihrem Arm. »Bitte.« Sie leckte sich über die Lippen. »Ich brauche einen Schluck Wasser.«

Gavils Augen funkelten, als er sie argwöhnisch beäugte. »Also schön. Schluss mit der Heulerei; ich gebe Ihnen was.«

Sie zeigte auf den Schrank, in dem die Gläser standen, und beobachtete mit angespannten Muskeln, wie er die Kücheninsel umkreiste. Es schnürte ihr die Brust zusammen, als sie ihre einzige Chance gekommen sah. Der Atem pfiff in ihrer Nase, während sie nur darauf wartete, dass er den Blick wenigstens für eine Sekunde von ihr nahm. Sie sah sich schon um den Tisch herumschlittern und nach dem Panikschalter langen, sich voll des Risikos bewusst, das sie einging. Er würde mit Sicherheit in die Luft gehen. Ihre Hände drückten gegen den Stuhl, ihre Oberschenkel sammelten sich zum Sprung.

Gavil war nur noch zwei Schritte vom Schrank entfernt. Das Adrenalin brachte alles in ihr durcheinander. Die Speicheldrüsen in ihrem Mund versiegten und sie betete, dass sie sich nicht übergeben müsste.

Er öffnete den Schrank. Sein Kopf verschwand hinter der polierten Tür.

Jetzt!

Chelsea schoss von ihrem Stuhl hoch und stürzte um den Tisch herum, wobei sie beinahe über Gavils Stuhl gestolpert wäre. Aus den Augenwinkeln sah sie, wie sein Kopf herumwirbelte und sich sein Körper in Bewegung setzte. Er jagte hinter ihr her, umschlang ihre Taille und zerrte sie zurück.

»Uff!« Chelseas abgewürgter Schrei blieb ihr in der Kehle stecken. Sie stieß mit beiden Ellbogen rückwärts und versenkte den einen in seiner Magengrube. Ein Luftschwall entfuhr ihm, er schwankte. Sie riss sich los und kämpfte sich zum Alarmknopf vor.

Er taumelte hinter ihr her und packte ihre Bluse. Sie schlug mit der linken Hand fest zu und vergrub ihre Nägel in sein Handgelenk. Den rechten Arm hielt sie ausgestreckt vor sich wie ein Glied auf einer Folterbank. Sie war dicht dran, so dicht. Ihre Fingerspitzen streiften über die Steuereinheit und tasteten wie wild darauf herum.

»Schluss jetzt!«, schrie Gavil heiser, als er an einem ganzen Büschel ihres Haars riss. Chelseas Kopf ruckte zurück und weg war die Steuereinheit. Verzweifelt streckte sie sich noch einmal nach ihr aus. Plötzlich ging alles in Zeitlupe, während sie kämpften. Ihre Finger tasteten fahrig herum, die Panikknöpfe knapp außer Reichweite. In einer letzten verzweifelten Anstrengung bekam sie noch deren Glätte zu spüren. Dann, wie im Traum, schwanden sie dahin.

Gavils Arm war um ihren Nacken geschlungen. »So ist das also, was, Chelsea.« Er zog sie runter und sie schlug auf den Boden. »Sie sind fest entschlossen, mich zu zerstören!«

Sie konnte nichts tun; sie lag, seiner Wut hilflos ausgeliefert, da und schnappte nach Luft. Ihn anzusehen wagte sie nicht.

Paul zog den Lexus in einem gewagten Überholmanöver über zwei Spuren und schlitterte dann zurück auf die linke Spur. Beide Hände umklammerten das Lenkrad. Er nahm den Blick nicht von der Straße.

Gott, beschütze sie. Bitte! Ich werde auch alles tun.

Wieder und wieder verfluchte er sich, dass er zur Arbeit gegangen war. Er würde es sich oder Gott niemals verzeihen, wenn ihr etwas zustieß.

Ein näher kommendes Heulen. Paul sah kurz in den Rückspiegel. Eine Autobahnfunkstreife schloss hinter ihm auf. Erleichterung durchfuhr ihn bei Blaulicht und Sirene. Er musterte seine Umgebung – noch etwa zehn Meilen bis zur Ausfahrt Woodside Road. Er war sich nicht sicher, ob sein Herz das noch so lange mitmachte. Zwar verschluckte sein Auto den Asphalt in gierigen Zügen, aber es war nicht schnell genug. Jede Minute, die verstrich, jede Sekunde war voller Angst.

Ein zweiter Streifenwagen tauchte auf, schob sich auf eine Höhe mit seinem Wagen. Der hinter ihm kam näher. Paul gab Gas. Sie blieben bei ihm. Noch etwas mehr Gas. Sie ließen sich nicht abschütteln. Entsetzt erkannte er, dass sie ihn von den anderen Autos abschirmten, versuchten, ihn nach links auf den Grasstreifen abzudrängen. Es durchzuckte ihn, als ob man mit einem plombierten Zahn auf Alufolie beißen würde. Er würde seine Ausfahrt verpassen. Sein Blick huschte von der Straße in den Rückspiegel, nach rechts und wieder zurück.

»Hört auf! Aus dem Weg!«

Seine Stimme verhallte nutzlos im Wageninneren.

Er umkrallte das Steuerrad mit seiner linken Hand und tastete mit der rechten nach seinem Telefon. Er riss es hoch und drückte auf die Wahlwiederholungstaste.

»Hier ist Paul Adams! Schaffen Sie mir die beiden Streifenwagen vom Hals. Sofort!«

Er hatte keine Ahnung, ob die Dienststelle in Haverlon die Autobahnpolizei rechtzeitig genug erreichen würde, dass er bei Woodside abfahren könnte. Um auf Nummer sicher zu gehen, ging er ein wenig vom Gas. Die Tachonadel fiel auf hundertsechzig.

»Sie *werden* denen sagen, dass ich sie nicht umgebracht habe!« Chelsea schauderte auf dem Boden, während Gavil eine Schimpfkanonade losließ. »Sie haben damit angefangen; also können Sie es auch beenden. Und jetzt stehen Sie auf!«

Herr, flehte sie, *beschütze mich. Gib mir die Kraft, die ich brauche, um mich zu verteidigen.*

Aus dem Nichts tauchten die Gesichter von Michael und Scott vor ihrem geistigen Auge auf. Wie sollten sie weiterleben, wenn ihr etwas zustieße?

Mehr brauchte sie nicht. Gerechter Zorn erfüllte sie bis in die letzten Fasern ihres Wesens.

Gavil streckte den Arm aus, um sie vom Boden hochzuziehen.

»Fassen Sie mich nicht an«, fauchte sie.

Er erschrak bei ihrem unverhofften Ungestüm und ihr Mut schwoll.

»Sie werden mich nicht noch einmal anfassen.« Sie schlang die rechte Hand um einen Stuhl in ihrer Nähe und zog sich auf die Füße. Sie schwankte einmal und klammerte sich fest, bis sie ihr Gleichgewicht wieder hatte, dann richtete sie sich auf. Sie hob den Kopf und sah ihm in die Augen.

In der Ferne heulte eine Sirene.

Augenblicklich wirbelte Chelsea herum, raste zum hölzernen Messerblock und packte das erste Messer, das sie zu fassen bekam. *Ratsch* fuhr die breite Klinge ihres französischen Kochmessers heraus. Sie packte den Griff fest mit beiden Händen und trat Gavil auf Armeslänge entgegen. Mit einer Vehemenz, die sie sich selbst nie zugetraut hätte, schwang sie das Messer in weiten Bögen hin und her. Er machte angsterfüllt und fassungslos einen Rückwärtssatz und riss die Arme hoch, um keinen Schlag abzubekommen. Das Messer schlitzte glatt durch sein schlabberiges Polohemd.

Das Heulen kam näher, misstönend. Chelsea schloss daraus, dass sie mehr als eine Sirene hörte. Mit wachsender Wut schwang sie das Messer immer wilder. »Ich habe zwei Kinder!« *Wusch*. »Und sie werden nicht ...«

Wusch!

»... ohne Mutter ...«

Wusch!

»... aufwachsen!«

Gavil sprang zurück, während sie wie eine Wildgewordene mit ihrer Waffe herumfuchtelte. Als er gegen die Wand stieß, stellte sie sich breitbeinig hin und zielte mit dem Messer wie mit einem Gewehr auf ihn, damit er es ja nicht wagte, sich zu bewegen. Ihre Hände zitterten.

»Sie werden mich nicht noch einmal anfassen«, sagte sie, »eher bringe ich Sie um.«

Sie standen einander in einem Unentschieden gegenüber, die Gesichter verzerrt. Dann holte Gavil mit dem Fuß aus und kickte das Messer in die Luft. Es flog ihr im hohen Bogen aus den Händen und überschlug sich einmal, zweimal. Chelseas Verstand bestürmte sie, ihm hinterherzujagen, aber ihre Beine waren wie angewurzelt. Das Messer krachte auf den Boden.

Vor dem Haus bremsende Polizeiwagen.

»Hilfe!«, schrie Chelsea, drehte sich um und raste zur Tür.

Die nächste Ausfahrt war schon Woodside Road; immer noch schnitten die Streifenwagen Paul den Weg ab. Als ihm nur noch zwei Meilen blieben, bremste er ab. Seine Verfolger taten das Gleiche. Er ging noch weiter vom Gas, ließ den Tacho auf schlappe 140 fallen. Schließlich setzte er den rechten Blinker.

Er blickte zum Fahrzeug rechts von ihm und betete um eine positive Reaktion. Der Polizist griff nach seinem Autofunkgerät. Paul blickte in den Rückspiegel. Der zweite Beamte hatte das Gleiche getan.

Ein großes grünes Schild, das eine Viertelmeile bis Woodside Road anzeigte, flitzte vorbei.

Plötzlich fiel der Wagen zu seiner Rechten zurück. Paul setzte sich rasch vor ihn. Da alles frei war, jagte er über vier Spuren in seine Ausfahrt. Die Streifenwagen folgten.

Er raste die Woodside Road entlang und bog auf zwei Reifen in die Pennhill Lane. Die kurvige Straße zog und zog sich. Als er auf seine lange Auffahrt schlitterte, sah er sein Haus, vor dem es nur so von Streifenwagen und Polizei wimmelte. Paul gefror das Herz. Das Bild passte nicht hierher, es war Picasso-artig, ließ seine schlimmsten Befürchtungen wahr werden. Er kam mit quietschenden Reifen zum Stehen und sah einen Kommissar, von dem er annahm, dass es Reiger sein müsste, auf sich zuhasten.

»Wir haben alle Türen versucht«, keuchte Reiger. »Alle zugeschlossen. Und auf das Megaphon kam auch keine Reaktion.«

Paul drückte auf seinen ferngesteuerten Garagentüröffner, zog die Schlüssel aus dem Zündschloss und stürzte aus dem Wagen. »Hier!« Er warf Reiger die Schlüssel zu. »Nehmen Sie die Haustür; ich gehe durch die Garage.«

Er stürmte an dem in der Garage geparkten Range Rover

vorbei zur Küchentür. Zwei Polizisten kamen ihm zuvor. Verschlossen. Paul raste wieder zur Garage hinaus und die weißen Steinstufen zu seiner Veranda hoch. Er schob sich an Reiger und zwei weiteren Polizisten vorbei, als sie die Tür aufrissen. »Nicht reingehen!«, schrie Reiger. Paul schlug die Warnung in den Wind.

Er krachte über die Schwelle. Im Haus war alles still. Paul kam schlitternd zum Stehen.

»Da ist er!«

Auf einen Schrei von Reiger hin drehten sich drei Köpfe gleichzeitig. Paul sah einen dunkelhaarigen Mann über die Couch im Wohnzimmer und zur Bibliothek hechten. Binnen Sekunden war der Mann überwältigt und am Boden festgenagelt.

Paul scherte sich nicht um Gavil.

»Chelseeeaa!« Er raste zur Küche und spähte hinein. Leer. Normal.

Dann fiel sein Blick auf das lange Messer, das mitten auf dem Parkettboden lag.

»Oh, Gott, nein.« Er wirbelte herum und sprintete zur Treppe. »Chelsea!« Er nahm zwei Stufen auf einmal und rannte in jedes Zimmer, den Namen seiner Frau brüllend. In Michaels Zimmer nichts. In Scotts Zimmer nichts. Vor ihm das Gästezimmer. Er platzte um die Ecke. Leer. Er rannte zum Elternschlafzimmer und blieb ruckartig stehen. Ein umgeworfenes Regal und über den ganzen Boden verstreut Bücher. Seine Schuhe ein wirrer Haufen. Eine Lampe lag seltsam auf der Seite.

Paul schnappte nach Luft und lauschte auf die Stille. »Chelsea?«

Es kam aus dem Ankleidebereich um die Ecke – ein leises, gedämpftes Schluchzen. Für den Bruchteil einer Sekunde war ihm ganz schwach zumute, ihm schauderte bei der Vorstellung, was er zu Gesicht bekommen würde. Von Entsetzen gepackt, schob er sich vorwärts, seine Adern traten hervor. Es pochte in seinem Hals, als er um die Ecke spähte.

Der Fußboden war übersät von Gegenständen. Ein behelfsmäßiges Waffenlager.

Sprachlos ließ Paul seinen Blick über Bürsten gleiten, Rasierer, einen langen Schuhlöffel. Den abgebrochenen Griff eines Rückenkratzers. Eine Nagelfeile. Ein Päckchen Nadeln.

Und schließlich Chelsea. Sie kauerte an der hintersten Wand und hielt krampfhaft eine Schere umklammert, als hinge ihr Leben davon ab.

»O Chelsea.«

Pauls Hals war wie zugeschnürt. Tränen traten ihm in die Augen. Tapfer versuchte sein Herz, wieder in Schwung zu kommen. Mit einem Fuß schob er den Selbstverteidigungshaufen beiseite, sank auf die Knie und vergrub das Gesicht im rotgoldenen Haar seiner Frau.

KAPITEL 34

Gavil Mark Harrison wurde um 11:45 Uhr im Bezirksgefängnis von San Mateo eingeliefert. Angebliche Verbrechen: Freiheitsberaubung, Strafgesetzbuch Artikel 236 (die gesetzeswidrige Verletzung der persönlichen Freiheit eines anderen); Einbruch; Festnahmewiderstand; und dazu ein ganzes Arsenal an Polizeijargon, das sein Fehlverhalten genauer beschrieb. Freiheitsberaubung kam Entführung nahe, meinte aber eher das ungebetene Festhalten eines anderen als dessen unerwünschte Verschleppung. Sie galt als »dehnbar«, da es eine Straftat war, die je nach den Umständen entweder als Vergehen oder als Verbrechen aufgefasst werden konnte. Aufgrund der mit Gavils Handlungen verbundenen Faktoren von Gewalttätigkeit und Bedrohung wurde die Freiheitsberaubung als Verbrechen aufgefasst, was zu der zweiten Anklage auf Einbruch führte – in diesem Zusammenhang das Eindringen in der Absicht, ein Verbrechen zu begehen.

Reiger führte Gavil wortkarg durch die Einlieferungsprozedur, die starke rechte Hand fest um den Arm des Mannes geschlossen. Harrison fuhr zusammen, als sie ihm alles abnahmen bis auf die Kleider, die er am Leibe trug. Seine Uhr, sein Geldclip, das bisschen Kleingeld, den Hotelschlüssel, Gürtel, Schnürsenkel. Seine Autoschlüssel. Er bekam eine Empfangsbestätigung. Man nahm seine Fingerabdrücke ab und fotografierte ihn von vorn und im Profil. Sein Gesicht war aschfahl geworden.

Nach Beendigung der Prozedur ging Reiger mit Harrison den Gang hinunter und brachte ihn zu einer Zelle. Die Gefängnistür dröhnte theatralisch, als sie den Verdächtigen von der Außenwelt abschottete.

Reiger ging das Gesicht von Chelsea Adams nicht aus dem Kopf, wie sie langsam die Treppe ihres Hauses heruntergekommen war und sich dabei wie ein verängstigtes Kind an ihren Mann geklammert hatte. Er hoffte, dass sie heute Abend, wenn es dunkel würde und der Halbmond schien, ruhig schlafen könnte in dem Wissen, dass Gavil Harrison fest hinter Schloss und Riegel saß.

Aber er hatte da so seine Zweifel.

Ja, Gavils Taten hatten eine sofortige Festnahme gerechtfertigt. Aber die Anklagen machten nicht viel her. Die Kaution für Freiheitsberaubung konnte nicht sehr hoch sein – wahrscheinlich Peanuts für einen erfolgreichen Geschäftsmann. Bei seinem sauberen Vorstrafenregister könnte Harrison ruck, zuck wieder auf freiem Fuß sein.

In dem mauselochartigen Büro des stellvertretenden Bezirksstaatsanwalts saß Reiger gegenüber Harry Seltz' Schreibtisch und hielt den Atem an. An den Wänden stapelten sich bis zu sechzig Zentimeter hoch Aktenordner der verschiedenen Fälle, vom Gebrauch zerfleddert und mit Eselsohren. Zu Reigers Linken hing der Steckbrief eines schlitzäugigen, weißhäutigen Mannes mit Pausbacken und zottigem Haar. Michael »Mickey« Howlinger, verurteilter Mörder und flüchtiger Gefangener. Wenn man dem Gemunkel in der Bezirksstaatsanwaltschaft Glauben durfte, hatte Howlinger einen Preis auf den Kopf von Seltz ausgesetzt, die Folge eines bitter umkämpften Prozesses, den Seltz gegen ihn gewonnen hatte.

Reiger kannte Harold R. Seltz als einen Mann von stiller, brillanter Leidenschaftlichkeit. Seine gesamte juristische Laufbahn hatte sich in der Bezirksstaatsanwaltschaft abgespielt, wo er sich mit Hingabe daran gemacht hatte, die schwarzen Schafe der Gesellschaft aus dem Verkehr zu ziehen. Seltz' Gesicht war hart geworden bei dem, was er im Laufe der Jahre zu sehen bekommen hatte, es spiegelte die Mauern, die er hochgezogen hatte, um seine Seele vor Schmerz und Schmutz zu schützen. Er maß drahtige 1,78 m und bewegte sich mit der zielstrebigen, würdevollen Haltung eines Turners, den Rücken gerade, das Kinn vorgestreckt. Die blauen Augen des Staatsanwalts konnten die Kälte einer klirrenden Winternacht annehmen, wenn er einen Zeugen der Verteidigung auseinander nahm. Oder aber weich werden wie ein verschleierter Sommerhimmel, wenn er behutsam ein Opfer oder einen Trauer tragenden Elternteil im Zeugenstand vernahm.

Seltz galt im ganzen Bezirk als der Beste in seinem Fach. Richter, Kriminalbeamten und Gerichtsdiener gleichermaßen kannten seinen Namen. Reiger wusste, dass kein Verteidiger gerne gegen Harold Seltz antrat.

»Das also ist der besagte Fall, ja.« Seltz überflog Reigers Aufzeichnungen. »Gavil.« Er lachte. »Der Name klingt wie prädestiniert fürs Gericht.« Seltz las noch etwas weiter. »Da ist ja alles drin. Sogar Religion.«

Reiger wollte die Bemerkung geflissentlich übergehen, aber irgendetwas in ihm ließ das nicht zu. »Ich würde das nicht gerade ›Religion‹ nennen, Harry. Eher Gottes Eingreifen.«

Seltz zuckte die Achseln. »Religion, Gott, das kommt auf das Gleiche raus.«

»Nicht ganz. Religion kann alles sein. Sich vor Buddha verneigen, Mantras singen, es mit New Age versuchen. Gott ist ... Gott. Unser Schöpfer.«

Seltz sah beinahe belustigt aus. »Na, so was, Dan Reiger«, rief er aus. »Ich wusste ja gar nicht, dass du dich damit so gut auskennst.«

Reiger spürte Gewissensbisse. Er kannte Harry Seltz seit Jahren, länger als er zur Kirche ging. Er zwang sich, nicht wegzuschauen, und raffte allen Mut zusammen. »Ich bin Christ, seit ich fünfunddreißig bin.«

»Oh.«

Reiger konnte sich nicht erinnern, jemals gesehen zu haben, dass es Harry Seltz die Sprache verschlug.

»Das ist ja ... prima.« Die Augen des Anwalts senkten sich wieder auf die Akte. »Schön. Du wirst jede erdenkliche Hilfe von da oben brauchen. Der Fall sieht nicht gut aus.«

»Wo liegt das Problem?«

»Das Beweismaterial wird sich nicht behaupten können; es ist zu gewöhnlich.«

Die Worte schlugen bei Reiger ein wie Kugeln.

»Sieh es doch mal so«, sagte Seltz. »Deine Frau gärtnert auch, stimmt's? Sie besitzt vermutlich ein Paar Handschuhe genau wie die von Harrison; die gibt's nämlich überall. Sie benutzt auch Dünger, vielleicht sogar die gleiche Sorte wie die bei Harrison im Haus. Weißt du was, Reiger«, schnarrte er, *»Edith* könnte es gewesen sein.«

Reiger konnte nicht mitlachen. »Was soll ich dann also deiner Meinung nach tun?«

Seltz wurde geschäftlich. »Du hast keine Fingerabdrücke, keine Handflächenabdrücke, keine Fußeindruckspuren, kein Haar, kein Sperma, nichts. Du musst noch mehr Beweismaterial zusammenkratzen, etwas, das deinen Verdächtigen unzweideutig an das Opfer fesselt. Etwas«, er hob eine Schulter, »das man so leicht in keinem anderen Gartengeräteschrank im Bezirk findet.«

Reiger machte ein langes Gesicht.

»Sieh mal, ich mache nur meinen Job«, sagte Seltz. »Du weißt genau, wenn du *mir* den Fall nicht verkaufen kannst, dann wirst du ihn in der Voruntersuchung auch nicht dem Richter verkaufen können.«

»Ich weiß aber nicht, woher ich im Augenblick noch etwas anderes beschaffen soll.« Reigers Ton war grimmig. »Das mit der DNS wird mindestens noch eine Woche dauern und es kann sich ebenso gut herausstellen, dass sie vom Opfer stammt. Aber eins sag ich dir, Seltz. Ich werde dein Büro nicht verlassen, bis du dir etwas überlegt hast, wie man Harrison hinter Gittern behalten kann. Sonst wirst du mich hier schreiend und strampelnd rausbefördern müssen.«

Seltz schnaubte. »Na schön, na schön, du weißt, dass ich helfen werde.«

Reiger wusste, dass der Mann auch nicht erpicht darauf war, Gavil Harrison wieder auf freien Fuß zu lassen, nicht nachdem er eine Frau und Mutter in ihrem eigenen Haus gejagt hatte. Seltz hatte etwas übrig für Mütter; er hatte Reiger einmal anvertraut, dass seine eigene ihn so manches Mal aus dem Schlamassel gezogen hatte. Der stellvertretende Bezirksstaatsanwalt starrte nachdenklich an die Wand. »Also, wir machen Folgendes.« Er griff nach der Kautionstabelle auf einem grauen Metallbücherbord hinter ihm und blätterte darin herum. »Hier. Freiheitsberaubung – 5000 $. Dazu der Einbruch – o ja, hier liegt ein Verbrechen vor, das macht auf jeden Fall eine Mindestkaution von 10 000 $.« Er stellte das Buch zurück ins Regal und sah Reiger an. »Eine Geldsumme in dieser Höhe wird für deinen Täter ein Klacks sein, was? Also wirst du dich schleunigst auf die Socken machen und eine eidesstattliche Versicherung aufsetzen, um eine höhere Kaution festzulegen. Sagen wir mal eine halbe Million. Das sollte ihn für eine Weile parken.«

Reiger nickte.

»Das ist aber nur eine Atempause.« Seltz sah Reiger eindringlich an. »Du musst mit etwas aufwarten, das für eine Mordanklage ausreicht, und zwar vor der Anklageerhebung.«

Ein tiefes Stöhnen.

»Sieh mal, Reiger, mehr kann ich nicht tun. Wenn Harrison am Mittwochnachmittag vor einem Richter steht wegen einer 500 000 $-Kaution für Freiheitsberaubung und Einbruch, dann wird mein Kopf rollen. Und vorher, darauf kannst du Gift nehmen, werden mir seine Bürgen und Harrisons Anwalt im Nacken sitzen.« Er zeigte auf den Sergeant. »Eins sag ich dir, achtundvierzig Stunden ist das Maximum. Wenn du mir etwas Gutes bringst, werde ich beim Aufsetzen einer Anklageschrift, die Gavil Harrison des Mordes bezichtigt, die Glocken läuten. Aber wenn du mir nichts bringst, dann wird dein Typ eine Sicherheit leisten und wieder draußen sein – so schnell der Richter seinen Hammer schwingen kann.«

Kapitel 35

Noch sechsundvierzig Stunden. Die Zeit war knapp. Am Mittwochvormittag um 11 Uhr würde Gavil Harrison vor das Kommunalgericht gestellt werden.

Turnbow malte sich die Vorgänge auf seiner Fahrt zu Marian Baker aus. Der Gerichtssaal voller Leute, die darauf warteten, aufgerufen zu werden; diejenigen, die in Untersuchungshaft saßen, würden zu zwölft hereingebracht und in der Geschworenenbank platziert werden. Frauen setzte man extra. Mit einer solch hohen Kaution würde Harrison höchstwahrscheinlich in Handschellen und Fußeisen sein. Und sein Klappsitz feuerrot. Harry Seltz und Harrisons Anwalt, wer immer das war, würden mit ihm vor dem Richter stehen.

Harrison. Turnbow stellte sich vor, dass sein Gesicht weiß sein würde, aller Widerstand gebrochen. Unbeholfen würde er in seinen Fußeisen nach vorne zum Richter schlurfen.

Er bog in die Dapple Street ein und fuhr langsam zum Besucherparkplatz. Er hatte vorher bei Marian im Büro angerufen, um sie um ein Treffen zu bitten, aber die Rezeptionistin hatte ihm erklärt, sie habe sich krank gemeldet. Daraufhin hatte er sie zu Hause erreicht. Sie hatte krank geklungen, ja. Herzenskrank.

Es war ihm gar nicht recht, ihr noch mehr Fragen stellen zu müssen, aber er hatte keine Wahl. Wenigstens konnte er allein kommen. Reiger war damit beschäftigt, den Fall mit Polizeichef Wilburn durchzusprechen.

»Hallo.«

Marian sah besser aus als das letzte Mal, als er sie gesehen hatte, sie war geschminkt und frisiert. Trotz ihrer verhärmten Züge sah sie hübsch aus und Turnbow sagte es ihr. Sie dankte ihm und schlug die Augen nieder. Während er ihr ins Wohnzimmer folgte, fragte er sich, ob sie sich die Mühe extra für ihn gemacht hatte.

Sie saßen jeder in einer Sofaecke. Marian standen die ungestellten Fragen ins Gesicht geschrieben und ihre Furcht vor der Antwort. Turnbow hatte ihr am Telefon nichts Näheres gesagt. Er hatte befürchtet, dass die Neuigkeiten sie so aufregen würden, dass jedes Gespräch im Nu beendet sein und seine eigenen Fragen unbeantwortet bleiben würden.

Er versuchte zu lächeln. »Bevor ich dir erzähle, was vorgefallen ist, habe ich noch ein paar Fragen.«

»Na schön.«

»Erstens, die Handschuhe. Du bewahrst sie in diesem Terrassenschrank auf, stimmt's?«

Sie nickte schwach.

»Hat da sonst noch jemand Zugang zu? Hast du sie vielleicht mal einem Nachbarn ausgeliehen?«

Marian schüttelte den Kopf. »Nur ich. Ich benutze sie und lege sie hinterher immer sofort zurück.«

»Aber am letzten Donnerstagabend lagen sie im Haus, weißt du noch? Reiger bemerkte sie auf der Arbeitsplatte. Warum lagen sie dort?«

Marian verdrehte die Augen. »Keine Ahnung. Ich hab ... keine Ahnung.«

»In Ordnung. Gehen wir der Reihe nach. Du erinnerst dich, es war Donnerstag und du warst gerade erst von der Arbeit nach Hause gekommen. Von Dienstag auf Mittwoch warst du auf Geschäftsreise. Und jetzt denk nach. Wo waren die Handschuhe, als du dich auf die Reise gemacht hast?«

Sie starrte ins Nichts, als hake sie die Ereignisse im Geiste ab. Zum ersten Mal entdeckte er die goldenen Pünktchen in ihren Augen.

Sie blinzelte. »Ich hab sie auf der Veranda liegen lassen.«

Eine Alarmglocke ging in Turnbows Kopf an. »Weiter.«

»Ich hatte am Montagabend noch etwas im Garten gearbeitet.« Marian schien weit weg zu sein. »Und just in der Sekunde klingelte das Telefon. Ich zog die Handschuhe aus und ließ sie auf der Veranda liegen, bevor ich zum Telefon rannte. Es war ein Ferngespräch mit einer Freundin und darüber vergaß ich die Handschuhe völlig. Am nächsten Morgen musste ich früh zum Flieger. Ich bemerkte sie wohl, als ich aus der Tür trat, nahm mir aber nicht die Zeit, sie wegzuräumen.«

Turnbow wurde das Herz schwer.

»Als ich am Mittwoch von der Reise nach Hause kam, lagen sie immer noch dort. Ich nahm sie mit ins Haus und pfefferte sie auf die Arbeitsplatte. Ich hatte an dem Abend noch zu tun und deshalb habe ich es irgendwie nicht auf die Reihe gekriegt, sie wegzuräumen.« Das klang fast entschuldigend. »Am Donnerstag standet ihr vor der Tür, kaum dass ich zu Hause war. Und später an dem Abend habe ich sie dann in den Schrank getan.«

Marian sah erleichtert aus wie ein Kind, das ein schwieriges Gedicht aufgesagt hat. Es waren vermutlich ihre ersten zusammenhängenden Gedanken seit Samstagmorgen. Doch für Turnbow hätten die Informationen nicht fataler sein können. Wenn Harrison vor Gericht kam – *falls* er vor Gericht kam – hätten seine Anwälte einen großen Tag.

»Verstehe ich dich richtig. Die Handschuhe lagen von Montagabend bis Mittwochabend auf der Veranda? Würde Gavil sie denn die ganze Zeit dort liegen gelassen haben?«

Ein wehmütiges Lächeln. »Im Haus hält Gavil Ordnung, aber der Garten oder das Drumherum kümmern ihn wenig.«

Präsens. Aus irgendeinem Grund zwickte das Turnbow.

»Es hat mich nicht überrascht, sie genau dort liegen zu sehen, wo ich sie fallen gelassen hatte. Ich bin sicher, er ist an ihnen vorbeigegangen, ohne sie überhaupt zu bemerken.«

Turnbow klopfte mit dem Daumen auf sein Knie. Es war ein

Puzzleteil, das nicht passte. Er versuchte sich auszumalen, wie Harrison die Handschuhe von der Veranda nahm und sie anschließend an haargenau derselben Stelle wieder fallen ließ. Wenn er sie schon nicht loswerden konnte, warum hatte er sie dann nicht wenigstens weggeräumt? Vielleicht weil Marian erwarten würde, sie immer noch dort liegen zu sehen?

Er fragte sie alles über die Handschuhe, was ihm einfiel. Sie gab zwar Auskunft, aber etwas an ihrer Art, einen Kissenzipfel zu kneten und ihre abgewendeten Augen verrieten ihm, dass er einen Nerv traf. Erzählte sie ihm alles? Der erhöhte Argwohn in ihrem Gesicht spiegelte den immer forschenderen Blick, den er bei sich wahrnahm. Es huschte etwas über ihre Züge, als spürte sie sein Misstrauen. Schließlich gingen ihm die Fragen aus.

»Bitte.« Ihre Stimme war gepresst. »Was ist heute Morgen passiert?«

Das hatte er gefürchtet. »Also schön. Das bin ich dir schuldig.«

Behutsam erzählte er ihr das Meiste von dem, was er wusste. Ihre Augen weiteten sich, als er zugab, dass die Pressemeldungen über die Vision von Chelsea Adams stimmten. Als sie hörte, dass der Dünger haargenau der richtige war und dass Meg die Handschuhe getragen hatte, wurde ihr Gesicht kreidebleich. Turnbow sah sie schrumpfen wie Zellophan bei Hitze, als er ihr erzählte, was Gavil Chelsea angetan hatte, und von seiner Verhaftung.

»Nein, das ist unmöglich, das würde er *nie* tun! Das *kann* ich nicht glauben! *Kein Stück* davon glaube ich!« Sie schleuderte das Kissen beiseite und fuchtelte mit der Hand durch die Luft. »Er kann nicht im Gefängnis sein, das ist nicht wahr!« Ihre Augen füllten sich mit Tränen. Sie wandte sich ab, Scham überzog ihr Gesicht.

Turnbow streckte die Hand nach ihr aus, doch sie schrak vor seiner Berührung bis zur äußersten Sofaecke zurück. Er zog die Hand zurück, konnte ihre Misere nachempfinden. »Marian, hör mich an. Bitte. Hör mich an.« Er rückte näher, streckte wieder die Hand aus.

»Nein«, stöhnte sie, »lass mich in Ruhe.«

Er ließ nicht locker. Dreimal griff er nach ihrem Arm; dreimal schubste sie ihn weg. »Marian«, beteuerte er, »es tut mir ja alles so Leid für dich.«

Sie schüttelte verzweifelt den Kopf, aber er war nicht überzeugt. Sie stand nicht auf, sagte er sich; sie floh nicht aus dem Zimmer. Sie wollte, dass er sie in den Arm nahm, da war Turnbow sich sicher, obwohl sie ihm das nicht sagen konnte. Auch würde sie der Verwirrung nicht entkommen, die sie wahrscheinlich empfinden würde, wenn sie in den Armen eines Mannes um einen zweiten trauerte. Vorsichtig rutschte er näher, bis er neben ihr war. Zögernd legte er ihr beide Hände auf die Schultern. Ihre Haut fühlte sich kalt an unter ihrer Baumwollbluse. Er massierte sie sachte, wollte sie nicht verschrecken. Er zog sie näher. Zuerst wirkte ihr Körper ganz steif, wie Eis. Zuletzt lehnte sie sich an seine Brust. Er ließ sie weinen.

»Hör mich an«, sagte er sanft, nachdem sie sich beruhigt hatte. »Ich mache mich schrecklich strafbar, wenn ich dir das jetzt erzähle, aber ich muss einfach. Gavil kommt vielleicht in ein paar Tagen aus dem Gefängnis raus und ich habe Angst um dich. Ich möchte, dass du mir versprichst, die Schlösser in deinen Türen austauschen zu lassen. Auch wenn du meinst, alle Schlüssel zu haben.« Marian fing wieder an zu weinen. Turnbows Herz schlug schneller, als sie sich in seinen Ärmel krallte. »Ich will nicht, dass dir etwas zustößt.«

Marian wurde still. Dann hob sie den Kopf, um ihn offen anzusehen, als sähe sie ihn zum ersten Mal. Ohne ein Wort barg sie ihren Kopf wieder an seiner Brust.

Die Locken in ihrem Haar waren weich unter seinen Fingern.

Dienstag, 11. Juni

Kapitel 36

Er hätte es sich ja denken können, dass Harry Seltz dahinter steckte.

Der ganze Fall war eine heikle Angelegenheit, soweit es William S. Tanley, Esq. – für seine Freunde Bill – betraf. Um ein Haar hätte er ihn gar nicht angenommen. Ein renommierter Volljurist von der rechtswissenschaftlichen Fakultät in Palo Alto wie er konnte sich seine Mandanten aussuchen. Was sollte er mit so einem Kinkerlitzchen wie einer Festnahme wegen Freiheitsberaubung – außer dass sich der angebliche Rechtsbrecher als Gavil M. Harrison entpuppte, ein Vertreter aus Silicon Valley und möglicher Verdächtiger im Mordfall Trent Park. Anfangs hatte Tanley beschlossen, den Teil, dass Gavil ein Mordverdächtiger war, auszuklammern. Man befasste sich immer besser mit den vorliegenden Anklagen. Bis er gehört hatte, dass die Kaution seines Mandanten auf eine sagenhafte halbe Million festgelegt worden war und dass Harry Seltz den Fall übernommen hatte.

»Harry, hier ist William Tanley.« Die Verärgerung ließ die Stimme des Anwalts über das Telefon belegt klingen.

»Ach, Bill, wie geht es Ihnen? Lange nichts mehr von einander gehört.« Seltz schlug immer einen so elend freundlichen Ton an.

Zwei Jahre und drei Monate, wenn du es genau wissen willst, dachte Tanley. Auf dem Höhepunkt ihres letzten gemeinsamen Prozesses. Seltz hatte die Geschworenen mit seinem Schlussplädoyer verhext und Tanleys Mandant war mit einer saftigen Strafe für Geiselnahme und versuchten Mordes belegt worden.

Seitdem hatte William Tanley etwas gegen Seltz. Und Seltz’

schöntuerische Art, ihn »Bill« zu nennen, trug sicherlich nicht dazu bei, das gesträubte Gefieder zu glätten.

»Wir haben anscheinend ein kleines Problem hier, Harry.« Tanley ließ alle Artigkeiten beiseite.

Seltz stimmte zu, sicherlich, es gebe ein geringfügiges Problem in dem Fall Gavil Harrison, das dazu geführt habe, die Kaution ein bisschen höher als gewöhnlich anzusetzen.

»Eine halbe Million Dollar, und das nennen Sie ›ein bisschen höher als gewöhnlich‹?«

»Nun, wir haben da ein paar mildernde Umstände. Nichts, worüber ich im Augenblick reden könnte«, sagte Seltz trocken. »Das müsste sich morgen alles regeln.«

»Reden Sie nicht um den heißen Brei herum, Harry!«, schnappte Tanley. »Ich habe jetzt schon die Reporter an der Strippe, die mutmaßen, dass mein Mandant in Sachen Trent Park angeklagt wird. Wenn Sie etwas Handfestes gegen ihn haben, sagen Sie es mir lieber gleich! Andernfalls möchte ich diesen Mord vor Gericht nicht einmal *erwähnt* haben!«

»Sicher, Bill, wir werden sehen, was passiert. Bis morgen.« Das Telefon klickte in Tanleys Ohr.

Er knallte den Hörer hin und ließ eine Serie von Kraftausdrücken los. Er würde Harold Seltz morgen vor Gericht sehen, also schön.

Er würde ihn *brutzeln* sehen.

Vor zwei Tagen hatte Marian es in eines dieser kleinen durchsichtigen Plastikdöschen getan, in denen man Kontaktlinsen aufbewahrt. Seitdem hatte sie es nicht übers Herz gebracht, es anzugucken.

Allen Mut zusammenraffend, öffnete sie die Tür ihres Medizinschränkchens und nahm das Döschen heraus. Es fühlte sich glatt an in ihrer Hand, fast schwerelos. Ihr Mund verzog sich, als sie seinen Inhalt inspizierte. Sie schloss die Schranktür und betrachtete ihr Spiegelbild. Sie sah fürchterlich aus. Rot unterlaufende Augen, aufgequollenes Gesicht, grauweiße Haut. Marian wandte sich von dem Anblick ab.

Was sollte sie mit diesem Ding machen? Ein Teil von ihr wollte es vergraben, es die Toilette hinunterspülen, es in den Müll werfen. Vernichte das Beweisstück, diesen hässlichen Schandfleck, und Gavil wäre ein freier Mann. Frei, um durch die Straßen zu wandern, zurück zur Arbeit zu gehen – falls man ihn dort noch haben wollte. Frei, mit ihr zusammen zu sein. Übergib dieses Beweisstück der Polizei, und Gavil würde des Mordes angeklagt werden. Es würde zu einer Gerichtsverhandlung kommen. Gefängnis. Anwälte, Richter, Gerichtssäle. Marian wusste nicht, ob sie das überleben würde. Könnte sie weiterleben mit dem Wissen, was sie Gavil angetan hätte?

Eine leise Stimme konterte, dass man ihr keinen Vorwurf machen könne, dass Gavil sich das selber eingebrockt habe. Aber das war ein Gavil, den sie nicht kannte, ein Mann, so fern, so unergründlich, dass sie sich ihm auch nicht im Mindesten verbunden fühlte. Manchmal wollte sie nach ihm greifen, ihn gleichsetzen mit dem Mann, den sie liebte. Doch die Kluft war bereits zu groß, vergrößert durch Lügen, Beweise und die Schulter eines Mannes, dessen Beruf es war, dafür zu sorgen, dass Gavil bestraft würde. Wie konnte sie sich zu Pat Turnbow hingezogen fühlen? Wie konnte sie Gavil derart hintergehen?

Andererseits, wandte sie ein, wie konnte sie sich nicht hingezogen fühlen? Sie war allein. Dank Gavil. Ihr Leben war ein Scherbenhaufen. Dank Gavil.

Sie wiegte das Döschen in der Hand, als wollte sie seinen Inhalt gegen ihre Unentschlossenheit abwägen. Dann ging ihr plötzlich auf, welch ungeheure Rolle ihr zukam. Wie viele Schicksale würden von ihrer Entscheidung betroffen sein?

Das Plastik schien heiß, drohte, in ihren Fingern zu schmelzen. Einen Augenblick lang stellte sie sich vor, wie dem Ding Beinchen wuchsen und es davonkrabbelte wie ein ekelhafter Käfer. Ein Schauder kratzte über ihre Schultern. Unwillkürlich riss sie den Medizinschrank auf, schob das Döschen in ein Regal und knallte die Tür zu.

Die Hand flach auf die Kühle der weißen Badezimmerkacheln gelegt, starrte sie lange und eindringlich in das Spiegelbild ihrer eigenen Augen.

Keine einzige neue Spur. Nichts. Reiger und Turnbow hatten sich die Nacht damit um die Ohren geschlagen, sich gegenseitig verschiedene Szenarien vorzuspielen, eine fruchtlose Übung. Als der Dienstag dämmerte – der fünfte Tag in Folge ohne Nebel in der Bay Area – machten sie noch einmal ihre Runden, sprachen mit Nachbarn, brüteten über Notizen. Reiger fragte sich, wie oft sie noch dieselben Fragen stellen, in dieselben Sackgassen vorstoßen könnten. Sie fuhren ein makabres Karussell, gingen hoch und runter und rum und rum und rum.

Ihre einzige Hoffnung schien in dem neuen Profil von Gavil Harrison zu liegen – ein vorsätzlicher, gerissener Killer und Handschuhfetischist. Sie riefen alle Gerichtsbarkeiten im Umkreis von zweihundert Meilen an auf der Suche nach ähnlichen ungelösten Mordfällen. Zwar hatte Turnbow bereits bei der für Gavil früher zuständigen Gerichtsbarkeit angerufen, aber sie versuchten es trotzdem noch einmal in der Hoffnung, dass ihre neu gewonnene Information etwas in Bewegung setzen würde. Irgendetwas.

Vierzehn Uhr. Reiger trottete aus einunddreißig Grad stehender Hitze in das kühle Foyer des Haverloner Polizeireviers, wischte sich den Schweiß von der Stirn und wurde mit viel versprechenden Neuigkeiten empfangen. Vor sechs Monaten, erzählte ihm Turnbow, habe man eine achtundzwanzigjährige blonde Frau auf einer Landstraße zwei Meilen von ihrem Haus entfernt aufgefunden, in Fremont, auf der anderen Buchtseite, gestorben an einem Schlag auf den Hinterkopf. Man hatte zunächst ihren Freund verdächtigt, der aber später entlastet worden war. Drei wichtige Fakten konnten den Mord eventuell mit dem Trent-Park-Fall in Verbindung bringen. Erstens, die Frau war zur Arbeit in die Gegend des Silicon Valley gependelt. Zweitens, Gavil hatte vor sechs Monaten allein in seiner Eigentumswohnung in San José gelebt, was ihm mehr Spielraum gelassen hätte, sein Unwesen zu treiben und jemanden in größerer Entfernung von seinem Wohnort zu töten. Und drittens hatte das Opfer Handschuhe getragen. Zum damaligen Zeitpunkt hatten sich die Ermittlungsbeamten dabei nichts weiter gedacht, da der Mord an einem kalten, regnerischen Tag im Januar geschehen war.

Mit neuem Schwung fuhr Reiger die Autobahn hinunter und über die Dumbarton Brücke, um diesen Mordfall genauer unter die Lupe zu nehmen. Turnbow blieb zurück, um sämtliche Informationen zu überprüfen, die ihm sein Partner telefonisch durchgeben würde. Als Reiger Fremont erreichte, war es halb drei. Er sah auf die Uhr, während er durch die Türen der Polizeiwache hastete. Die Zeit war knapp. Wenn sich aus diesem Verdacht irgendetwas Brauchbares ergeben sollte, müsste er das noch heute dingfest machen. Dann bliebe ihm am nächsten Morgen genügend Zeit, um Gavil unter Mord zu verbuchen, und Seltz, um eine zweite Anklageschrift einzureichen zusätzlich zu seiner ersten auf Freiheitsberaubung und Einbruch. Harrison könnte dann bei der Verhandlung auf alle drei Punkte angeklagt werden.

Tom Felder, der Kriminalbeamte, dem in der Abteilung »Personenverbrechen« die Mordermittlung oblag, führte Reiger kurz in die Einzelheiten des Laura-Jackson-Mords ein und stellte ihm die Berichte von der Autopsie und der Spurensicherung zur Verfügung. Laura war irgendwann am Donnerstagvormittag, dem 10. Januar, umgebracht worden. Wo genau sich das Verbrechen ereignet hatte, war noch unklar; die Leiche war am Rande einer kaum befahrenen Straße hinausgestoßen worden und hatte dort bis zum Abend unentdeckt gelegen. Im Gegensatz zum Trent-Park-Mord bot der Jackson- Fall mehr handfestes Beweismaterial. Zwar hatte die Polizei weder Fingerabdrücke noch Zeugen, doch sie hatte einen Schuhabdruck mit einem markanten Profil entdeckt. Und es hatten sich einige fremde Härchen auf der Leiche des Opfers gefunden.

Reiger hörte sich die Details aufmerksam an und verbarg, was in ihm vor sich ging. Das Böse auf der Welt hatte so hässliche Gesichter. Manchmal wünschte er, alles andere zu sein, nur kein Polizist. »Was war das für ein Mädel?«

»Karrierefrau, ziemlich gescheit. Arbeitete im Computervertrieb. Lebte allein, hatte aber einen festen Freund.«

»Wie kleidete sie sich? Kokett, stark geschminkt?«

Felder dachte einen Augenblick nach. »Nein, eigentlich nicht. Im Grunde war sie das Bild einer jungen, durch und durch amerikanischen Frau, die hart arbeitet, um im Leben voranzukommen.«

Reiger schnaubte. »Hier kommen wir nicht weiter. Ich habe nicht viel Zeit.« Er klopfte mit einem Finger auf Felders abgewetzten Schreibtisch. »Ich werde mir einen Eildurchsuchungsbefehl besorgen wegen des Schuhs – mal sehen, ob wir eine Entsprechung zu Ihrem Abdruck finden. Und dann ist da noch das Haar.«

Felder verzog das Gesicht. »Das Haar können Sie vorläufig vergessen. Sie müssten sich erst durch einen regelrechten juristischen Dschungel durchschlagen, bevor Harrisons Anwalt ihm gestatten wird, Ihnen ein Muster auszuhändigen. Und wenn Sie nichts anderes finden, was ihn an den Tatort bindet, dann ist es Essig mit dem Haar, fürchte ich.«

»Na schön.« Reiger blies die Backen auf und pustete.

Er benutzte Felders Schreibtischtelefon, um Turnbow anzurufen, und bat ihn, zu überprüfen, wo Harrison sich zum Zeitpunkt von Laura Jacksons Tod aufgehalten hatte. Es wäre sinnlos, damit Zeit zu vergeuden, wenn sich herausstellte, dass Gavil in jener Woche in Japan Computerchips eingekauft hätte.

»Das kann ein Weilchen dauern«, meinte er zu Felder mit einem erneuten Blick auf die Uhr. Halb fünf. »Hoffen wir mal, dass er etwas herausgefunden hat, bis ich zurück im Büro bin und wir dann mit dem Durchsuchungsbefehl weitermachen können.« Er schüttelte Felder die Hand. »Vielen Dank. Ich hoffe, wir tun einander einen großen Gefallen.«

Turnbow war froh über eine sinnvolle Beschäftigung. Sobald er nach dem Gespräch mit Reiger aufgelegt hatte, rief er bei Titan Electronics an und ließ sich Gavils Sekretärin geben. Die Frau antwortete beflissen, aber ihr Ton wurde in unausgesprochener Loyalität kühler, als Turnbow sich vorstellte. Er würde vorsichtig vorgehen müssen.

»Ich brauche ein paar Informationen über den Aufenthalt von Gavil Harrison am Morgen des zehnten Januar dieses Jahres. Könnten Sie bitte in seinem Kalender nachschauen, ob er zu diesem Zeitpunkt irgendwelche Sitzungen oder Treffen hatte?«

»Oh.« Turnbow hörte eine Spur von Erleichterung heraus. »Das tut mir Leid, aber Mr. Harrison führt seinen eigenen Kalender und macht seine eigenen Termine.« Ihre Verwendung des Präsens verfehlte ihre Wirkung auf Turnbow nicht. »Ich bin in dem Bereich nur für Reisevorkehrungen zuständig.« Der Kalender sei ein kleines, schwarzes Notizbuch – vermutlich, so sagte sie, in »Mr. Harrisons« Aktentasche.

Turnbow bedankte sich und legte auf. Nichts war je einfach. Eine einzige lausige Information, und die steckte in dieser Aktentasche. Gestern hatte ein Polizeibeamter Harrisons Zimmer im Welthing Hotel geräumt und dessen Sachen zurück zu Marians Haus gebracht. Turnbow überdachte sein Dilemma. Wenn sie zufällig wieder nicht zur Arbeit gegangen war, könnte sie nach dem Kalender suchen. Er griff zum Telefon.

Beim dritten Klingeln nahm sie ab.

»Hi. Hier ist Pat.«

Verlegenes Schweigen, ihre letzte Begegnung hing noch zwischen ihnen. Turnbow wusste, dass er gestern eine Grenze überschritten hatte, die ihn in ernsthafte Schwierigkeiten bringen könnte. Dumme fallen mit der Tür ins Haus, heißt es, wo Gescheite es sich zweimal überlegen. Nun war Turnbow nicht direkt mit der Tür ins Haus gefallen, aber er hatte mehr als nur die Fußspitze über die Grenze geschoben, die bestehen sollte zwischen einem Polizisten und einem Opfer, zu welcher Kategorie er Marian zählte. Dies war eine weit verbreitete Versuchung und demzufolge ein Thema, das in der polizeilichen Ausbildung deutlich zur Sprache kam. Die Kombination von einer verwundbaren Frau und einem männlichen Polizisten, der im Stil eines Don Quichotte kam, um wieder Ordnung ins Chaos zu bringen, war nicht selten der Stoff für eine Romanze. Turnbow hatte versucht sich vorzumachen, es sei reine Freundlichkeit gewesen, dass er Marian getröstet hatte. Doch die Stille in der Leitung sagte ihm, dass ihre Gefühle den seinen nicht unähnlich waren. Turnbow wusste nicht recht, was er sagen sollte oder wie. Also sagte er gar nichts.

Stattdessen sagte er ihr, dass er eine Information brauche. Sie stutzte, fragte, was los sei, warum er wissen müsse, wo Gavil an jenem Tag im Januar gewesen sei. Turnbow spürte, wie eine Welle der Verärgerung ihn überspülte. Warum konnte sie nicht einfach vertrauen, dass das wichtig war?

»Marian –« Er schnitt sich selbst das Wort ab, bis die Ungeduld in seiner Stimme verflossen war. »Ich brauche jetzt einfach deine Hilfe und später, wenn wir mehr Zeit haben, erzähle ich dir alles.«

Sie meinte auch, dass Gavils schwarzer Terminkalender in seiner Aktentasche sein müsste, die sie zusammen mit seinen anderen sieben Sachen in seinen Schrank gestopft hatte, wobei sie anmerkte, dass sie nichts mehr von ihm sehen wolle. Die Bemerkung freute Turnbow mehr, als er sich selbst eingestehen mochte. Sie versprach Turnbow, in der Tasche nachzugucken und ihn zurückzurufen.

»Danke.« Wieder Stille. »Tut mir Leid, wenn ich dich angeschnauzt habe. Es ist hier gerade nicht besonders lustig.«

»Hier ist es auch nicht gerade lustig.«

Der Denkzettel ließ ihn innehalten.

Er legte den Hörer auf und blickte auf den heißen Tag, der vor seinem Fenster auf den Spätnachmittag zuging. Alles schien so weit weg, als sei die Welt um Haverlon an diesem Dienstag im Juni zum Stillstand gekommen und wartete darauf, dass er und Reiger ein Wunder aus dem Sack zogen. Gavil saß in einer Gefängniszelle; Marian weinte in ihrer Doppelhaushälfte. Turnbow fragte sich, wie ihr nach der morgigen Anhörung zumute sein würde. Würde sie froh sein, wenn Gavil freikäme? Würde sie ihn wieder aufnehmen?

Turnbow wusste, dass Paul Adams heute ebenfalls zu Hause geblieben war. Chelsea traute sich zu Hause anscheinend allein nicht mehr um eine Ecke. Reiger war gerade bei Turnbow im Büro gewesen, als ihm einfiel, dass er nachfragen sollte, wie es ihr gehe. »Erzähl Paul Adams aber bloß nichts von unseren Problemen in dem Fall«, hatte Turnbow gewarnt, als Reiger zum Telefon griff. »Mit dem ist nicht gut Kirschen essen.« Aber Reiger hatte das Gefühl gehabt, das tun zu müssen. Erstaunlicherweise war Adams so erleichtert, dass Chelsea in Sicherheit war, dass er nichts anderes konnte, als Reiger zu danken. »Ich bin unbesorgt«, hatte Reiger seine Worte wiedergegeben. »Ich weiß, Sie werden ihn kriegen.«

Was, seufzte Turnbow, ihnen eine größere Last auflegte, als wenn der Mann sich die Kehle aus dem Hals geschrien hätte.

Das Telefon klingelte. Turnbow nahm ab.

Marian klang ganz geschäftlich. »Ich erinnere mich jetzt wieder, nachdem ich in seinen Kalender geschaut habe. Er ist in jener Woche am Dienstag zu einer Tagung nach Houston aufgebrochen und erst am Donnerstagabend zurückgekommen.«

Turnbow legte die Hand an die Augen. »Bist du sicher?«

»Ja. Ich erinnere mich deshalb so gut, weil Gavil sein Auto in die Werkstatt gebracht hatte für die Zeit, wo er weg war. Ich holte ihn am Flughafen San José am Donnerstag ab, er übernachtete bei mir und am nächsten Morgen holten wir sein Auto.«

»Bist du sicher, dass er diese Tagung besuchte?«

Unwille schärfte ihre Stimme. »Jedenfalls weiß ich, dass ich ihn im Hotel am Mittwochabend spät noch angerufen habe. Spät für ihn jedenfalls; man hat nämlich zwei Stunden Zeitunterschied.«

»Welches Hotel?«

»Ich glaube, es war das Hyatt in der Nähe vom Flughafen.«

Turnbow stellte eine fieberhafte Kalkulation an, scheuchte Gavil von Houston nach San José nach Fremont und dann wieder zurück nach Texas für seinen Heimflug. »Als du ihn am Flughafen abgeholt hast, hast du da draußen an der Straße gewartet oder hast du ihn am Flugsteig begrüßt?«

»Am Flugsteig.«

»Also hast du ihn aus dem Flugzeug kommen sehen.«

»Ja.«

»Sicher?«

»Ja.«

Bei der stillen Festigkeit in ihrer Stimme wusste Turnbow Bescheid. Das überraschte Lächeln, ein Willkommenskuss am Ende der Gangway. Es war eine romantische Sache gewesen. Im Augenblick klang Marian alles andere als stolz auf ihre Geste. Turnbow war sich nicht sicher, wie viel davon mit ihm zu tun hatte. Er war sich jedoch sicher, dass ihre Antwort bedeutungsschwer war für sie beide.

»Pat, was ist? Was ist los?«

Er könnte die Angaben zurückverfolgen, sich vergewissern, ob Harrison auf der Tagung war, im Flugzeug. Er würde ein paar Anrufe machen, für alle Fälle, aber er hatte wenig Zeit. Und außerdem war er sich sicher, nach gestern, dass sie ihn nicht anlügen würde. »Nichts, Marian.« Die Enttäuschung klumpte wie Mehl in seiner Kehle. »Nichts.«

Dreißig Minuten später dampfte Reiger herein. »Was hast du herausgefunden?«

Turnbow sagte es ihm nur ungern. Seit der gestrigen Verhaftung war sein Partner nicht mehr so beschwingt gewesen; nun schwammen ihnen die Felle weg. »Nichts zu machen, Reiger.« Er brachte ihn auf den neusten Stand. »Ich habe im Hotel angerufen und sie haben die Buchung gefunden. Er ist am Donnerstagmorgen abgereist.«

Reigers Schultern sackten zusammen. Er plumpste auf einen Stuhl gegenüber von Turnbow und stierte aus dem Fenster. Eine Minute verstrich. Reiger gab einen tiefkehligen Laut des Geschlagenseins von sich und nahm das Telefon ab. Mit widerstrebenden Fingern tippte er eine Nummer ein. Turnbow hörte es zweimal läuten.

»Mr. Adams, hier ist Reiger. Ich fürchte, ich habe schlechte Neuigkeiten ...«

Turnbow konnte Pauls Stimme über den Schreibtisch bis zu

sich hören. Der Mann schrie und tobte nicht, obwohl der Kommissar im Augenblick das Gefühl hatte, sie hätten das verdient. Offenkundig hatte Paul sich schon überlegt, was zu tun wäre, wenn Harrison frei käme. Turnbow hörte ihn sagen, er würde seine Kinder früher aus der Schule nehmen und sie und ihre Mutter nach Texas – nach Dallas – schicken, wo Chelseas Eltern lebten.

Und sollte sich Gavil wieder in der Nähe ihres Hauses blicken lassen, schwor Paul Adams, würde er sich den Mann eigenhändig vorknöpfen.

Mittwoch, 12. Juni

Kapitel 37

Turnbow rannte und rannte, konnte den Verdächtigen aber nicht einholen. In der Ferne streckte eine verschwommene Gestalt die Hand aus und rief ihm etwas zu. Aus dem Nichts klingelte ein Wecker, verstummte, klingelte, verstummte.

Ein Rasseln in seiner Kehle schreckte ihn aus dem Schlaf.

Benommen schlug Turnbow die bleiernen Augen auf und versuchte, den Tag zu erkennen, der vor seinem Bürofenster dämmerte. Ein düsterer grauer Flaum lag über der Welt. Nebel. Er würde bis zum Mittag verdunstet sein, die Temperatur aber um gute acht Grad absinken lassen. Vögel zwitscherten auf der Telefonleitung auf der gegenüberliegenden Straßenseite. Eine herrliche Sekunde lang dachte Turnbow nur, dass es Tag wurde, nichts weiter. Dann fiel ihm ein, dass es Mittwoch war, wenige Stunden vor Gavil Harrisons Anklageerhebung.

Das Telefon schrillte neben seinem Kopf.

»Oh.«

Stöhnend bemühte er sich, den Oberkörper von seinem Büroschreibtisch aufzurichten. Sein Nacken tat scheußlich weh. Der linke Arm war über den Schreibtisch ausgestreckt und prickelte bis in die Fingerspitzen. Turnbow zog sich hoch und blinzelte. Er und Reiger mussten bis drei Uhr morgens Aufzeichnungen verglichen haben. Er konnte sich nicht einmal erinnern, das müde Haupt zum Ausruhen hingelegt zu haben.

Flüchtig fragte er sich, wo sein Partner war.

Ein weiteres Schrillen ließ Turnbow die Ohren klingeln. Fahrig tastete er nach dem Hörer. »Ja.«

»Pat. Hier ist Marian.«

»Ah ja.« Sein Verstand arbeitete nicht. Seine Stimme war stockend.

»Ich ... ich muss dich sprechen.«

»Marian?« Turnbow rieb sich die Augen, als wollte er seine Hirnzellen in Schwung bringen. »Wie spät ist es?«

»Sechs Uhr.« Als sei das eine lächerliche Frage. »Hör mal, ich muss dich sprechen. Es ist wichtig.«

Turnbow versuchte, sich zu strecken, und zuckte bei dem Schmerz in seinem Genick zusammen. »Ja gut, klar. Wann?«

»Pat, ist alles in Ordnung?« Ihr Ton war eine Mischung aus Besorgnis und Ungeduld.

»Alles bestens. Ich hab nur gestern Nacht nicht sonderlich viel Schlaf gekriegt.« Oder letzte Nacht, genau genommen.

»Also, wach auf, ich bin in zehn Minuten da.« Das war ein Befehl, keine Widerrede. Das war nicht die Marian, die er kannte.

»Ist gut.« Er streckte den Arm zur Ladestation aus und rammte das Mobilteil hinein. Mit einem erneuten Stöhnen zog er sich auf die Füße und stolperte auf den Gang. Auf der Wache war alles still. Er war schon auf direktem Weg zum Waschraum, als er noch einmal stehen blieb und schwerfällig den Rückzug in Reigers Büro antrat.

Sein Partner saß am Schreibtisch und hörte sich seine Bänder an. Vermutlich hatte er gar nicht geschlafen.

»Morgen.«

Reigers Kopf ging langsam hoch. »Morgen.« Dunkle Ringe lagen unter seinen Augen und seine Mundwinkel hingen herunter wie bei einem traurigen Clowngesicht.

Das versetzte Turnbow einen Stich. »Bist du die ganze Nacht hier gewesen?«

»Seit du alle Viere von dir gestreckt hast, ja.« Reiger klang nicht vorwurfsvoll, nur hundemüde. Trotzdem, Turnbow hätte sich treten können, dass er eingeschlafen war. Bei seinem

Kater jetzt war er sich nicht mal sicher, dass es ihm gut getan hatte.

»Marian hat gerade angerufen. Sie ist auf dem Weg hierher, um mich zu sprechen.«

»Jetzt?« Reigers Blick wanderte zur Uhr. »Weshalb?«

»Keine Ahnung.« Turnbow lehnte sich vorsichtig gegen Reigers Türrahmen. Nacken und Rücken schmerzten immer noch. »Sie sagt, es ist wichtig.«

Reiger starrte seinen Partner an. Turnbow konnte das Getriebe in seinem Kopf förmlich knirschen hören. »Meinst du, dass sie gestern vielleicht doch gelogen hat? War Harrison vielleicht doch nicht verreist an dem besagten Donnerstag?« Reiger klammerte sich an Strohhalme, das wussten sie beide, Turnbow und er. »Soll ich mit ihr reden?«

»Nein!« Die Antwort klang barscher, als Turnbow beabsichtigt hatte. Er schlug einen leichteren Ton an. »Ich mach das schon.«

Reiger sah ihn aufmerksam an. Draußen rumpelte ein Lastwagen vorbei, sein Auspuff knatterte gequält. »Läuft da was zwischen euch beiden?«

»Also, Reiger, das ist wohl der Gipfel!«

Turnbow bereute den Ausbruch augenblicklich; sein Partner hatte das wirklich nicht verdient. Aber er war nicht in der Stimmung, über sein Privatleben zu reden. Er richtete sich mühsam auf und zog sich in den Gang zurück. »Ich geb dir Bescheid, was sie will.« Reiger blieb stumm.

Turnbow stolperte in den Waschraum, um sich den Mund auszuspülen und sich kaltes Wasser ins Gesicht zu spritzen. Er stand vor dem Spiegel, zog seine Kleidung zurecht und fuhr sich dann mit einem Kamm durchs Haar. Benommen betrachtete er sich. Ganz ordentlich. Er ließ den Kamm in seine Tasche gleiten, drückte die Tür auf und ging in sein Büro.

Fünf Minuten später traf Marian ein, die Augen blutunterlaufen. Sie kauerte sich auf den Stuhl vor Turnbows Schreibtisch und hielt den Blick niedergeschlagen. »Vorweg möchte ich sagen«, ihr Ton war steif, »dass ich das noch nicht lange weiß. Ich hatte wirklich keine Ahnung.«

Turnbow sah ihr unverwandt ins Gesicht. Er konnte Morgengrüße im Gang hören. »In Ordnung.«

»Und es tut mir Leid. Wirklich Leid, dass ich euch so viel Ärger eingebrockt habe.«

Er atmete tief durch, bezwang seine Ungeduld.

»Ich hoffe, dass, wenn alles vorbei ist …« Ihre Stimme erstarb und sie fuhr mit der Hand durch die Luft, als wollte sie den Gedanken wegwischen. »Ist ja auch egal, ich hab was für dich.« Sie griff in ihre Handtasche und zog ein kleines Ding heraus, die Finger fest darum geschlossen. Bevor sie es ihm gab, drückte sie es an ihre Brust wie eine Mutter, die ihr geliebtes Kind ausliefert. Dann stellte sie es mit Nachdruck auf seinen Schreibtisch. Es machte ein leises *Klack* auf dem Holz.

Er runzelte verwirrt und müde die Stirn. Es war ein kleines durchsichtiges Döschen. Wie ein Anthropologe, der ein Artefakt entdeckt, beugte er sich vor und hob es hoch, um es auf eine Höhe mit seinem Gesicht zu bringen. Seine Augen sahen das Ding, aber sein Hirn weigerte sich zu begreifen. Marian saß unbeweglich da, während er das Döschen hin und her drehte.

Wie ein Blitz traf ihn die Erkenntnis, was das war. Dann, urplötzlich, erkannte er etwas anderes. Er sah an dem Fläschchen vorbei in Marians Gesicht, sah in ihren goldgesprenkelten Augen die Restspuren einer qualvollen Entscheidung, bei der es um mehr ging als um die Wahl zwischen Richtig und Falsch. Ihre Schweigsamkeit unterstrich nur ihre Entschlossenheit. Sie bot sich ihm an, gab die letzte Verbindung auf, die sie an frühere Loyalitäten band.

Turnbow wollte schon ihre Hand ergreifen, hielt dann aber

inne, als er sich ihre Reaktion ausmalte. Trotz ihres Opfers lagen seine Prioritäten nun woanders. In einem unbegreiflichen Moment hatte sich das Blatt gewendet, waren er und sein Partner auf dem Weg zum Sieg und jede Vertraulichkeit mit der Frau, die soeben zu ihrer Hauptzeugin geworden war, wäre ein furchtbar törichtes Risiko. Seine Augen kehrten zu dem Döschen zurück. Mit einer raschen Bewegung schnipste er den Deckel ab und schüttete den Inhalt auf seinen Schreibtisch.

Er fühlte, wie sein Mund sich öffnete, ihm ein Kloß in der Kehle saß. *»REIGERRR!«*

DRITTER TEIL

Das Urteil

Gott will, dass die Waage stimmt;
er selbst hat die Gewichte festgelegt.
Sprüche 16,11

Montag, 16. September

Kapitel 38

Die Zeugenvernehmung in William Tanleys bis dato größtem Fall, *Das Volk gegen Gavil Harrison,* war angesetzt für Montag, 16. September, 9 Uhr Anfangszeit, im Kreisgericht von San Mateo, Department 25, unter dem vorsitzenden Richter Robert L. Benelli. Robert Lawrence Benelli hatte fast zweiundzwanzig Jahre als Bezirksrichter von San Mateo hinter sich. Die letzten Jahre schienen ihn ein wenig milder gemacht zu haben, aber Tanley hatte den Richter noch lebhaft in Erinnerung als eine aufbrausende, temperamentvolle Persönlichkeit, die zornig mit dem Hammer klopfte, wenn sie befand, dass die Dinge außer Rand und Band gerieten. »Dies ist ein Gerichtssaal und kein Kirchenkaffeekränzchen!«, pflegte er dann mit funkelnden Blick über seine Lesebrille zu donnern.

Die Auswahl der Geschworenen war eine langwierige Prozedur gewesen, wobei Tanley versucht hatte, sich gegenüber der Anklage eine vorteilhafte Position zu verschaffen. Die Jury bestand nun aus sieben Frauen und fünf Männern – eine Krankenschwester, eine Grundschullehrerin, zwei Hausfrauen, ein Student, drei Personen aus der Computerbranche, ein pensionierter Elektriker, eine Telefonistin, ein Wirtschaftsprüfer und ein Flugzeugmechaniker –, dazu zwei Ersatzpersonen. Damit war das ganze Feld von sozioökonomischem Status, Volksgruppe, Hautfarbe und Glaubensbekenntnis abgedeckt.

Vor der Vorvernehmung oder der Auswahl der Geschworenen war eine Flut von Voranträgen eingereicht worden. Zunächst, das war nichts Ungewöhnliches, hatte Tanley beantragt, alle Zeugen aus dem Gerichtssaal auszuschließen. Sie würden in dem kleinen Zeugenraum, der vom Foyer abging, warten müssen, bis sie aufgerufen würden. Der Raum war eine Art Fegefeuer, zwar abgesondert vom Reportergedränge in der Eingangshalle, aber ohne die Würde des eigentlichen Gerichtssaals. Zeugen, die für einen bestimmten Tag vorgesehen waren, wurden von den Anwälten benachrichtigt. Sie mussten pünktlich erscheinen und dann warten – manchmal stundenlang –, bis sie aufgerufen wurden. In seinem Antrag hatte Tanley zwei Ausnahmen vorgesehen, von denen er wusste, dass die Anklage darum ersuchen würde – Reiger und Turnbow. Reiger würde, als Hauptermittler in dem Fall, dem Staatsanwalt als Gehilfe und Mädchen für alles zur Seite stehen und überdies als Zeuge auftreten. Turnbow würde ebenfalls in den Zeugenstand treten und könnte auf Wunsch den Prozess mitverfolgen. Doch Tanley wusste, dass Turnbow während der Verhandlung auf der Polizeiwache für zwei schuften würde: für sich und seinen Partner.

Dem Antrag auf Zeugenausschluss wurde stattgegeben.

Mit Tanleys zweitem Antrag, der schließlich zum dritten führte, war es nicht so einfach gewesen ...

»Wie geht es Ihnen?«

Gesellschaftliche Artigkeiten sind schon praktisch, hatte Tanley gedacht, als er seinen Mandanten über einen abgewetzten Tisch hinweg in Augenschein nahm. Der widerliche Gestank von Schweiß, Zigarettenrauch und Käfigangst hing im Raum. Auf der anderen Seite der schmutzig grauen Wand waren noch mehr Räume dieser Art – klein, fensterlos –, in denen sich die Angeklagten mit ihren Verteidigern trafen und prüfende Blicke, Unschuldsbeteuerungen, und – oftmals leere – Versprechungen austauschten.

Gavil schnitt eine Grimasse. »Einfach prächtig.« Er sah schwer mitgenommen aus.

»Schön. Hören Sie«, kam Tanley ohne Umschweife zur Sache, »es geht um Folgendes. Der Einbruch und die Freiheitsberaubung. Wir können es uns nicht leisten, dass diese Anklagen mit der Mordanklage vermischt werden. Das wäre viel zu vorbelastend. Die Anklagen sind nicht von der Hand zu weisen, und wenn die Geschworenen das sehen, werden sie sehr viel schneller bereit sein zu glauben, dass Sie den Mord verübt haben.«

»Was tun wir also?«

Option Nummer eins, erklärte Tanley. Er könnte darum ersuchen, die beiden Anklagen unabhängig voneinander zu behandeln. Also um eine gesonderte Verhandlung für sie bitten und damit sämtliches Belastungsmaterial der beiden Anklagen aus dem Mordprozess heraushalten.

»Was ist dann das Problem?«

Tanley atmete hörbar aus. »Sehr wahrscheinlich kommen wir damit nicht durch. Die meisten Anträge auf Trennung werden abgelehnt.« Er zuckte die Achseln. »Das könnte sich wie folgt abspielen: Seltz und ich treten vor den Richter. Ich werde die vorbelastende Natur der Anklagen anführen. Seltz wird eine Haupt- und Staatsaktion darum machen, wie das Beweismaterial wechselseitig zulässig ist – dass Sie im Haus der Adams waren, habe mit der Mordermittlung zu tun – außerdem zeuge es von Schuldbewusstsein. Und der Richter wird sich vermutlich darauf einlassen. Er wird auf Justizökonomie pochen – derselbe Angeklagte, dieselben Anwälte, dieselben Zeugen – das könne man gleich alles in einem Aufwasch erledigen, Steuergelder sparen usw. usw. Und wir sitzen mit nur einer Verhandlung da.«

Gavil strich sich über die Lippe. »Und Option Nummer zwei?«

Der Anwalt beugte sich vor. »Ich habe viel darüber nachgedacht, Gavil. Ich habe mich mit Kollegen beraten. Ich weiß, es ist gewagt, aber wir haben wenig zu verlieren.«

»Na?«

»Wir werden Einbruch und Freiheitsberaubung nicht anfechten.«

Gavils Hand klatschte auf den Tisch. »Nein!«

»Sehen Sie, Gavil«, sprudelte Tanley hervor wie ein sich den Mund fusselig redender Autohändler, »es ist das Beste, was wir tun können. Wie gesagt, es steht außer Frage, dass Sie diese Dinge getan haben. Dafür werden Sie den Kopf hinhalten müssen; alles Kämpfen würde da nichts nützen – aber es könnte eine Menge Schaden anrichten. Es könnte geradewegs zu einer Verurteilung wegen Mordes führen.«

Gavil hob die Hände. »Also kann ich mich auf mindestens zwei, drei Jahre Knast gefasst machen!«

Zusammenzucken. »Vielleicht sechs.«

»Sechs Jahre! *Niemals!*«

»Sehen Sie. Wenn Sie die Wahl haben zwischen sechs Jahren oder lebenslänglich ohne Bewährung – wofür entscheiden Sie sich?«

Gavil müsse die Risiken verstehen. Eine lebenslange Haftstrafe ohne die Chance, vorzeitig auf Bewährung entlassen zu werden, lag durchaus im Bereich des Möglichen. Zu seiner Hauptanklage wegen Mordes kam noch der »besondere Umstand« des »Auflauerns« hinzu. Auflauern, erklärte Tanley, sei ein dehnbarer Begriff und hieße heutzutage wenig mehr, als das Opfer in Schach zu halten, dank einiger Kuriositäten im Präzedenzrecht. Was, betonte er, bedeute, dass es für die Anklage ziemlich leicht nachzuweisen sei.

Das einzig Gute war, dass Seltz sich entschieden hatte, nicht auf Todesstrafe zu plädieren, obwohl in Kalifornien bestimmte besondere Umstände einschließlich Auflauern die Todesstrafe nach sich ziehen konnten. Tanley wusste nur zu gut, dass die Entscheidung wahrscheinlich vom Bezirksstaatsanwalt kam und Seltz lediglich den Anweisungen folgte. Gavil

Harrison war ein Weißer und dazu ein erfolgreicher Geschäftsmann ohne Vorstrafen, deshalb wären die Aussichten, die Todesstrafe durchzubekommen, gering. Es wäre ein politisches Risiko, das der Bezirksstaatsanwalt nicht eingehen wollte.

»Darauf lasse ich mich nicht ein!« Gavils Gesicht verfinsterte sich. »Ich werde nicht im Gefängnis bleiben! Sie werden *jede einzelne* dieser Anklagen anfechten, kapiert? Wenn nicht, suche ich mir einen anderen Anwalt!«

Mit zunehmender Lautstärke hatte Tanley argumentiert, dass Gavil impulsiv, emotional und töricht sei.

Gavil blieb stur. Damals und am nächsten Tag. Und am übernächsten. Tanley hatte die Antragsformulare auf Trennung eingereicht.

Und verloren.

Das brachte ihn in eine weitere Zwickmühle, über die Tanley gar nicht erst mit Gavil geredet hatte.

Was sollte man mit dieser so genannten »Vision von Gott« machen?

Per Gesetz waren solche Phänomene unzulässig und ein verbindlicher Antrag würde dafür sorgen, dass kein Zeuge die unberechenbare Vision von Chelsea Adams erwähnen durfte. Tanleys Problem war Folgendes: Ohne das übersinnliche Beweismittel – wenn er je ein Oxymoron gehört hatte, dann das – konnte er nicht begründen, warum sein Mandant beschlossen hatte, das Haus der Adams ungebeten zu betreten. Gut, die Geschworenen konnten sich vielleicht noch an die Umstände durch die Berichterstattung in den Medien erinnern. Aber das war lange her und könnte leicht von den aktuellen Ausführungen im Gerichtssaal überschattet werden. Außerdem würden sie schwören müssen, keinerlei Informationen aus den Medien in ihre Überlegungen einfließen zu lassen.

Einige Wochen nach der Ablehnung seines Antrags auf Trennung hatte Tanley beim Ankleiden in seinem geräumigen Haus in Palo Alto über diese »Vision von Gott« nachgedacht. Er hatte über seinem Problem gebrütet, während er auf dem El Camino zur Arbeit fuhr, Kaffee schlürfte, Anrufe tätigte und Ordner wälzte. Da ihm nur noch drei Wochen bis zur Hauptverhandlung blieben, *musste* er sich eine Lösung einfallen lassen. Er hatte an jenem Tag keine Entscheidung gefällt, weil er sich mit anderen Aspekten des Harrison-Falls beschäftigt hatte, zermarterte sich aber immer noch das Hirn, als er abends um zehn Uhr nach Hause fuhr, sich entkleidete und ins Bett fiel. Beim Einschlafen malte er sich aus, wie er Chelsea Adams über ihre Vision ausquetschte, und bei der bloßen Vorstellung zuckten seine Finger.

Am darauf folgenden Morgen hatte er beim Frühstück mit der Möglichkeit gespielt, den übersinnlichen Aspekt als Joker zuzulassen. Wenn er ihn zuließ, könnte er das Bild zeichnen, wie es wirklich war – eine Hexenjagd auf seinen Mandanten. Die Polizei hatte sich nur wegen Chelsea Adams auf Gavil versteift. Was Mrs. Adams betraf – so konnte sich Tanley zahlreiche Verhörtaktiken vorstellen, die sie wie eine religiöse Spinnerin dastehen lassen würden. Er brauchte lediglich ein paar rational denkende Wirtschaftsprüfer-Typen in der Jury. Selbst wenn sie Tatort und -hergang gekannt hatte, warum sollte sie mit dem Täter richtig liegen? Das Ganze war lückenhaft. So hatte sie zum Beispiel nicht gewusst, *wer* das Opfer war, richtig? Und auch nicht den Zeitpunkt oder das Warum.

Gavils Vorstoß in das Haus von Chelsea Adams könnte dann als die Verzweiflungstat eines unschuldigen Mannes dargestellt werden, der seinen Namen reinwaschen wollte. Man müsste nur genügend berechtigte Zweifel an der Ermordung säen und der gesamte Fall der Anklage könnte sang- und klanglos untergehen. Ein einziger Punkt, der hieb- und stichfest war, und die Geschworenen würden keine Einigung erzielen.

Die Idee war gewagt und Tanley wollte keine übereilten Entscheidungen treffen. Er hatte sie im Hinterkopf köcheln lassen.

Was wäre, wenn er verlöre?

Am folgenden Nachmittag recherchierte er an seinem Computer das Präzedenzrecht im Falle unzulänglichen Rechtsbeistands. Der Gedanke war relativ neu – die beiden Hauptpräzedenzfälle datierten erst von 1979 – und räumte einem schuldig gesprochenen Angeklagten das Recht ein, vor Gericht geltend zu machen, dass seinem Anwalt in der Handhabung des Falls schwere Fehler unterlaufen waren. In der Sache *Das Volk gegen Pope* war entschieden worden, dass einem Angeklagten, der das bewies, eine neue Verhandlung zuerkannt werden konnte, wobei sein Schuldspruch aufgehoben wurde. 1984 hatte das Oberste Bundesgericht der Vereinigten Staaten im Fall *Strickland gegen Washington* erklärt, dass, um zu beweisen, dass die Vertretung des Rechtsanwalts unzulänglich gewesen war, der Angeklagte nachweisen musste, dass die Fehler so schwerwiegend waren, dass eine hohe Wahrscheinlichkeit auf Freispruch bestanden hätte, wären sie nicht begangen worden.

Diesen Anträgen auf Neuverhandlung, wie sie hießen, wurde selten stattgegeben. Tanley wusste das. Das lag vor allem an dem bindenden Vorbildcharakter von *Strickland;* konnte ein Verteidiger auch nur *einen* vernünftigen Grund für sein taktisches Vorgehen anführen, konnte er nicht als unzulänglich befunden werden.

Da lag der Knackpunkt. War es als »vernünftig« anzusehen, wenn eindeutig unzulässiges Informationsmaterial wie übersinnlicher Hokuspokus vor Gericht zugelassen, ja hochgespielt wurde?

Tanley sah sich schon zu seiner eigenen Verteidigung im Zeugenstand stehen und zu erklären versuchen, warum er solche Beweismittel zugelassen hatte, falls Harrison lebenslänglich bekäme. Er konnte Gavils neuen Anwalt förmlich hören. »Ein Leben lang im Gefängnis, Euer Ehren. Und das nur, weil Mr. Tanley befürchtete, Gavil Harrison könnte in geringfügigeren Anklagen schuldig gesprochen werden und für läppische sechs Jahre ins Gefängnis kommen!« Schlimmer noch, man würde von ihm Kooperationsbereitschaft erwarten, dass er seinen eigenen Ruf um seines ehemaligen Mandanten willen opferte, der letztendlich frei ausgehen könnte, wenn dem Antrag auf Neuverhandlung stattgegeben würde.

Ein Verfahren wegen Säumnis im Amt würde sicherlich folgen.

Kopfschüttelnd schloss Tanley den Ordner.

Eine knappe Woche später hatten er und Seltz vor Benellis mächtigem, glänzenden Kirschbaumschreibtisch im Amtszimmer des Richters gestanden. Tanley hatte beim Sprechen die Hände gerungen; Seltz die seinen in den Taschen vergraben. Eine Protokollführerin hatte unaufdringlich in der Ecke gesessen, die Finger schreibbereit über der Tastatur. Ringsherum an den Wänden hingen eine Sammlung gerahmter Zertifikate, ein Brief eines früheren Gouverneurs von Kalifornien und Fotos von Benellis Reisen um die Welt mit seiner Familie. Eines, das Benelli besonders mochte, wie Tanley wusste, zeigte ihn und seine Frau auf Kamelen inmitten des welligen Wüstensands der Sahara.

Seltz machte es Tanley nicht gerade leicht mit seinem Antrag, jegliche Berufung auf die Vision auszuschließen, als wüsste der stellvertretende Bezirksstaatsanwalt nicht genau, dass so etwas unzulässig war.

»Ach komm, Bill.« Seltz schnitt eine Grimasse. »Wie soll ich bitteschön den Geschworenen erklären, was Chelsea Adams mitten in der Pampa trieb, als sie die Leiche fand?«

»Sie ging spazieren, Seltz«, schoss Tanley zurück, »einfach nur spazieren.«

»Und was ist mit der Freiheitsberaubung und dem Einbruch?«, hakte Seltz nach. »Was gedenken Sie, damit zu machen?«

Richter Benelli trommelte mit den Fingern auf die Lehnen seines schwarzen Lederdrehstuhls. Tanley verlor die Beherrschung, als er erkannte, dass Seltz sein diesbezügliches Dilemma erraten hatte und ihn nun zappeln ließ, sehr zu Benellis Vergnügen.

»Die Vision ist hochgradig benachteiligend und hat nicht *eine Unze* Beweiskraft, Seltz, das wissen Sie genau! Und was den Einbruch betrifft, so überlassen Sie den mal hübsch mir.«

Seltz öffnete den Mund, aber der Richter schnitt ihm das Wort ab. »Genug, alle beide.« Er schlug mit der flachen Hand auf seinen Schreibtisch. »Antrag stattgegeben.«

»Aber, Euer Ehren –«

»Das ist alles. Schluss, Punkt, aus, Harry.« Benelli sah den stellvertretenden Bezirksstaatsanwalt über seine Brillengläser hinweg an. »Ich werde keine Abrakadabra-Machenschaften in meinem Gerichtssaal dulden!« Er hatte geschäftig Papiere zusammengerafft und sich dann mit einer endgültigen Miene erhoben. »Demnächst«, hatte er gebrummelt, »kommt ihr mir mit einem Medizinmann, der in meinem Zeugenstand Zaubersprüche murmeln soll. Und jetzt raus, alle beide!«

Er hatte sie energisch mit den Händen hinausgewunken, als scheuche er ungezogene Kinder zur Tür.

Als ihm keine ganze Woche mehr geblieben war, hatte Tanley festgestellt, dass sich in seinem Fall allmählich alles zusammenfügte.

Für Reiger und Turnbow mochte dies ein klarer Mordfall sein, aber er wusste, so einfach war das nicht. Es gab immer etwas, auf dem er herumhacken, das er zerreißen, niedermachen konnte. Und dank des amerikanischen Rechtssystems hatte die Verteidigung die Oberhand. Alles, was er bei jedem einzelnen Belastungszeugen und dem Fall insgesamt tun musste, war, den Geschworenen einen gewissen kleinen Floh ins Ohr zu setzen – berechtigten Zweifel. Es war Sache der Anklage, eine Mauer der Beweiserhebung zu bauen, die so hoch und so dick war, dass die Jury mit moralischer Gewissheit von der Schuld des Angeklagten überzeugt wäre. Seine Sache war es, das Fundament dieser Mauer zu erschüttern – selbst wenn es nur ein haarfeiner Riss war. Tanley würde dafür zahlreiche Möglichkeiten haben.

Eine dieser Möglichkeiten bestand darin, Sonya Hocking als die zu entlarven, die sie wirklich war – eine herzlose Lügnerin, die willens war, ihren Liebhaber zu opfern, um ihren Ruf zu retten. Und als ob *sie* nicht schon genug Krach geschlagen hatte, zog ihr Ehemann nun schon seit drei Monaten lautstark über Gavil Harrison her, seit die Kunde von Harrisons angeblicher Liebschaft mit Sonya an die Öffentlichkeit gelangt war. Stuart Hocking hatte sogar die Dreistigkeit besessen, Tanley anzurufen und von ihm zu verlangen, bei der Vernehmung behutsam mit seiner armen, schwer geprüften Frau umzugehen, die angesichts ihrer unentwegten guten Taten nichts von den Schmähungen verdiente, die sie wegen Harrison erlitten hatte. Tanleys Antwort war eindeutig ausgefallen – »Rufen Sie mich noch einmal an und ich werde dem Richter melden, dass Sie versuchen, sich in dieses Gerichtsverfahren einzumischen.«

Eine Schwierigkeit stellte sich Tanley aber immer noch. Sein Problem mit der Freiheitsberaubung und dem Einbruch war geblieben. Er hatte sich zwar letzten Endes für eine Vorgehensweise entschieden, aber sie war riskant. Seine Suche nach einer rationalen Erklärung für Gavils irrationales Verhalten war nicht sehr ergiebig gewesen. Also versuchte er es gar nicht erst auf dieser Schiene. Gavils Tat war irrational und er würde sie als solche behandeln. Was äußerst gefährlich sein würde. Irrationalität und Gewalttätigkeit gingen Hand in Hand.

Es kam darauf an, sie im richtigen Verhältnis darzustellen.

Und Chelsea Adams würde ihm dabei behilflich sein.

Kapitel 39

»Als Sie mit dem Fernglas hinunter in die Schlucht schauten, was sahen Sie da?«

In ihrem erhöhten Zeugenstand fühlte Chelsea, wie ihr Magen bei der Frage des Staatsanwalts einen kleinen Satz machte. Harry Seltz, im dunkelgrauen Anzug mit kastanienbraungestreifter Krawatte, wippte auf den Fußballen, eine Hand um das Kinn gelegt, während er auf ihre Antwort wartete. Die vier langen Sitzreihen des Gerichtssaals waren voll, die Stifte der Reporter schrieben emsig mit. Chelsea hatte es vermieden, Gavil Harrison anzuschauen, der zusammen mit seinem Anwalt direkt vor ihr am Tisch der Verteidigung saß. Sergeant Reiger saß am Tisch der Anklage von Seltz. Unterhalb von Chelsea und zu ihrer Rechten standen die Tische der Protokollführerin und des Gerichtsdieners. Die Geschworenenbank befand sich ganz links von Chelsea.

Chelsea holte einmal tief Luft. »Ich habe eine Leiche auf dem Grund der Schlucht gesehen. Es war eine Frau.«

»Was hatte die Leiche an?«

»Eine kurze gelbe Jogginghose.« Chelsea zögerte. »Das ist alles, was ich sagen kann.«

»Sie können sich nicht erinnern, was für ein Oberteil sie trug?«

Seltz wusste nur zu gut, dass sie das nicht konnte. Chelsea begriff, dass er mit dem Herauskitzeln der grausigen Beschreibung des Opfers, während er so tat, als bedaure er diese lästige Pflicht außerordentlich, ein unauslöschliches Bild des entsetzlichen Verbrechens zeichnen wollte.

Sie fuhr sich mit der Zunge über die Lippen. »Nein. Die Leiche – das meiste vom oberen Teil war weg.« Chelsea sah eine Frau in der letzten Zuschauerreihe das Gesicht verziehen.

»Haben Sie etwas in der Nähe der Leiche gesehen?«

»Ja.«

»Und was war das?«

»Ein Kojote.«

»Was tat er dort?«

Chelsea spürte die Übelkeit erregende Flut der Erinnerung hochsteigen. »Seine Schnauze war in ihrem Magen vergraben. In dem, was davon noch übrig war.«

Ein unterdrücktes Raunen ging durch den Raum.

»Gestatten Sie, dass ich an die Zeugin herantrete?«

Benelli putzte seine Brille an einer Falte seiner schwarzen Robe. Er knurrte.

»Mrs. Adams, es tut mir Leid, Ihnen das zumuten zu müssen.« Seltz klang aufrichtig mitfühlend. »Wir wissen alle, dass dies nicht leicht für Sie ist, also lassen Sie sich Zeit. Ich werde Ihnen jetzt einige Bilder zeigen, die am Tatort aufgenommen worden sind, und Sie bitten, diese zu identifizieren.« Er ging gemächlich zu seinem Tisch und hob einen braunen Umschlag hoch. Aller Augen im Saal waren auf ihn gerichtet. »Sind Sie bereit?«

Chelsea war sich nur zu genau der Blicke, der atemlosen Spannung bewusst, wie sie auf das geronnene Blut auf farbigem Hochglanz reagieren würde. Das war der Augenblick, vor dem ihr gegraut hatte. Sie hatte im Sommer viel für ihre eigene Heilung gebetet. Ihre Nerven waren angegriffen und sie trug noch immer die Furcht vor dem Alleinsein mit sich herum. Sie und die Jungen waren im Juni zu Besuch in Dallas gewesen. Später, im August, waren sie, Paul und die Jungen für zwei Wochen in Urlaub nach Maui geflogen. Als sie so am Strand lag und auf das einschläfernde Rollen der Wellen lauschte, hatte sie schließlich das Gefühl gehabt, dass Gott die

Bruchstücke ihres Kopfes nahm und sie wieder zusammensetzte.

Pauls tiefe Liebe zu ihr hatte sich in seiner Geduld und emotionalen Unterstützung gezeigt, auch wenn er von ihrem Christsein noch genauso wenig hielt wie eh und je. Warum ihr Gott sie in so eine Zerreißprobe gestellt habe, hatte er einmal gefragt. Chelsea wusste darauf keine Antwort. Trotzdem hatte Paul ihr, als sie zurück nach Hause kamen, überraschenderweise wieder erlaubt, zur Kirche zu gehen. »Nur weil ich weiß, dass dir das so viel Freude macht«, hatte er mit einer Spur von Verteidigung in der Stimme erklärt.

»Mrs. Adams?«

Chelsea konzentrierte sich auf den braunen Umschlag in der Hand von Seltz. »Ja, ich bin bereit.«

Seltz zog ein Acht-mal-zehn-Zoll-Foto aus dem Umschlag und legte es vor sie hin. »Können Sie dieses Bild identifizieren, Mrs. Adams?«

Ihr Blick fiel kurz darauf, dann wandte sie ihn ab. »Ja, das ist die Leiche, die ich im Trent Park gesehen habe.«

Seltz nahm ein weiteres Bild heraus. »Mrs. Adams, ich muss Sie bitten, auch noch die beiden anderen Fotografien anzusehen. Können Sie das verkraften?«

Chelsea sah sich die Fotos flüchtig an. Das letzte war eine Nahaufnahme. »Ja, das ist sie.« Ihre Stimme war belegt.

»Gut.« Der Staatsanwalt hob die Hand. »Mehr kommt nicht, versprochen.« Er sammelte die drei Bilder ein und reichte sie dem Gerichtsdiener, der sie unter der Bezeichnung »Beweisstücke des Volkes 1A, 1B und 1C« eintrug. Seltz nahm dem Gerichtsdiener die Fotos wieder ab und wandte sich an die Jury. »Bitte, lassen Sie die durchgehen und anschließend sammle ich sie wieder ein.« Mit der Feierlichkeit eines Leichenhallenaufsehers hielt er sie der Geschworenen Nummer eins hin, einer Frau mittleren Alters am Rand der ersten Reihe. Widerspruchslos nahm diese sie entgegen. Die farbigen Hochglanzabzüge wanderten durch ein Dutzend Hände.

»So«, wandte er sich wieder an Chelsea, »was haben Sie danach gemacht?«

»Ich bin den Pfad zurück zum Hauptweg gerannt.«

»Sie sind die ganze Strecke gerannt? Gehen Sie regelmäßig joggen?«

»Nein. Ich hatte ... einfach Angst.«

»Warum?«

»Wegen dem, was ich gesehen hatte, und weil mir bewusst wurde, wie allein ich war. Das Mädchen da war auch allein gewesen und jetzt war sie tot.«

Seltz nickte, offensichtlich zufrieden, dass sie genau so antwortete, wie sie es eingeübt hatten. Tanley öffnete den Mund, wie um Einspruch zu erheben, schloss ihn aber wieder.

»Als Sie zum Hauptweg kamen, was geschah dann?«

»Ich bin in einen Parkwächter gerannt. Buchstäblich. Er fing mich auf und ich begann, auf ihn einzuschlagen, weil ich solche Angst hatte. Und dann muss ich in Ohnmacht gefallen sein.«

»Sind Sie schon früher einmal in Ohnmacht gefallen?«

»Nein.«

»Nach Ihrer Ohnmacht, was geschah dann?«

»Als ich wieder zu mir kam, erzählte ich ihm, was ich gesehen hatte.«

Die nächste halbe Stunde lang beantwortete Chelsea Fragen zu ihrer Begegnung mit Gavil Harrison beim Dinner, wobei Seltz ihre Vision weiträumig umschiffte. Dann ging er zu dem darauf folgenden Montag über, als Gavil in ihr Haus eingedrungen war. Für Chelsea, die ihre Vision so nachdrücklich erlebt hatte, schien das Umgehen dieses Umstands während der Vernehmung merkwürdig unstimmig. Seltz führte sie vorsichtig durch die Einzelheiten, wie sie Gavil erblickt hatte, vor ihm weggerannt war und versucht hatte, ihn abzuwehren.

Chelsea schauderte, als sie von ihren Versuchen erzählte, weg von Gavil zu kommen, ihrem vergeblichen Ausstrecken nach dem Alarmknopf und ihrer Messerschwingerei. Sie konnte Gavil nicht ansehen, fühlte aber seine Augen auf ihr. Allein schon mit ihm in einem Raum zu sein war Furcht erregend. Sie war froh, dass Paul sich den Tag frei genommen hatte, um im Gerichtssaal zu sein.

»Warum haben Sie das Messer geschwungen?« Seltz blieb an Chelseas linker Seite und ermöglichte damit einen unverstellten Blick zwischen ihr und der Jury.

Sie versuchte ihre Verwandlung von Furcht zum Messerschwingen zu erklären. »Ich hatte Angst, er würde mich umbringen –«

»Einspruch!«, rief Tanley. »Annahmen sind in der Beweiserhebung nicht zulässig.«

Benelli sah aus wie ein verärgertes Elternteil, dessen Kind soeben von seiner Lieblingsfernsehshow umgeschaltet hatte. »Abgelehnt.« Er blickte nach links. »Die Geschworenen werden zu bedenken wissen, dass die Zeugin lediglich ihre Gedanken weitergibt, nichts weiter, und sie werden die Aussage nicht als wahren Tatbestand auffassen.« Er nickte Chelsea zu fortzufahren.

Sie nestelte an dem Spitzenkragen ihrer Bluse im Prinzessstil. Seltz hatte sie empfohlen, zusammen mit einem schlichten marineblauen Rock. Sie trug keinen Schmuck bis auf schmale Goldohrringe. »Ich konnte mir einfach nicht vorstellen, meine beiden Jungen ohne Mutter zurückzulassen. Sie brauchen mich so sehr.«

Sie wartete, dass Seltz fortfuhr, aber er ließ ihre Aussage in der Luft hängen. Jede Mutter auf der Geschworenenbank – und ihrer waren fünf – würde nur zu gut verstehen, was sie meinte.

»Und was taten Sie dann?«

»Nachdem ich das Messer ein-, zweimal geschwungen hatte, schlitzte ich sein Hemd auf und er wich zurück. Und dann hörten wir schon die Sirenen. Die Polizei war im Anmarsch.«

»Was geschah, als Sie die Sirenen hörten?«

»Er wich in eine Ecke zurück und ich stand da und hielt das Messer auf ihn gerichtet und hoffte, ihn damit in Schach halten zu können, bis die Polizei da war. Dann trat er mir plötzlich das Messer aus der Hand. Es flog hoch in die Luft und landete auf dem Boden. Da drehte ich mich um und rannte zur Tür.«

»Zur Haustür?«

Beim bloßen Erzählen spannten sich Chelseas Muskeln an. »Ja. Ich wollte nach draußen zur Polizei rennen. Aber dann fiel mir ein, dass die Haustür ja abgeschlossen war, und ich dachte, ich hätte nicht genug Zeit, sie aufzusperren.«

»Wo war der Angeklagte?«

»Direkt hinter mir. Er rannte mir hinterher.«

»Und was passierte dann?«

Chelsea holte tief Luft. »Ich flüchtete nach oben, dachte, wenn ich es bis ins Schlafzimmer schaffen würde, könnte ich die Tür zuschließen und auf die Polizei warten.« Die Furcht erregende Erinnerung ließ ihr ganz heiß werden. »Ich bin nur deshalb davongekommen, weil er über den Teppich stolperte. Als ich unser Schlafzimmer erreicht hatte, war er mir wieder dicht auf den Fersen und ich konnte nicht stehen bleiben, um die Tür zuzuschließen.«

Ihre Stimme bebte und Chelsea zwang sie zur Ruhe. Seltz hatte ihr gesagt, dass Weinen akzeptabel sei, ja sogar erwartet werden würde. Für ihn vielleicht, aber nicht für sie. Das Entsetzen, das sie erlebt hatte, war nicht irgendein reizvolles Schauspiel für die Zuschauer. Nur der einen Hälfte von Seltz schien es Leid zu tun, ihre Erinnerungen noch einmal aufleben lassen zu müssen; die andere Hälfte schien ihr Unbehagen zu begrüßen, in der Hoffnung, die Geschworenen anzulocken wie Motten zur Flamme. Die Frauen würden erschauern bei der Vorstellung, sie könnten selbst in solcher Gefahr schweben; die Männer würden sich ausmalen, ihre eigenen Frauen, Mütter und Töchter flöhen um ihr Leben.

Tanley nutzte die Pause, um »mit allem Nachdruck« Einspruch gegen »die gesamte Art der Befragung« einzulegen, und sagte, sie sei irrelevant und benachteiligend. Benelli lehnte ohne Zögern ab und winkte Tanley zurück auf seinen Platz, als dieser aufstand, um zu protestieren. Chelsea spürte, dass Seltz erbost war über die Unterbrechung, obwohl er damit gerechnet hatte. Auf Benellis Entscheidung hin drehte er sich um und bedachte Tanley mit einem missbilligenden Stirnrunzeln, als wollte er den Geschworenen die Botschaft übermitteln, dass der Einspruch vom Tisch der Verteidigung sich ebenso gegen die arme Zeugin gerichtet habe wie gegen den Richter. Tanley fing den Blick auf. Sein Gesicht glättete sich zur Teilnahmslosigkeit.

Als sie diese Nuancen wahrnahm, wurde Chelsea schlagartig klar, dass vieles von dem, was sich im Gerichtssaal abspielte, auf reiner Dramatik beruhte – ein Wort hier, um die Geschworenen hierhin zu ziehen, ein Zucken im Gesicht da, um sie dorthin zu zerren. Irgendwo, hoffte sie, lag unter all dem Getue die Wahrheit.

Seltz wandte sich wieder an Chelsea. »Was geschah dann?«

»In meinem Kopf ist alles etwas wirr. Ich weiß noch, dass ich ein Bücherregal vor seiner Nase umgestoßen und ein paar Bücher nach ihm geworfen habe. Eines traf ihn am Kopf und hat ihn etwas gebremst, glaube ich.«

»War die Polizei zu diesem Zeitpunkt schon da?«

»Ich glaube nicht.«

»Und dann?«

»Dann rannte ich in unsere Ankleideecke und fing an, alles herauszureißen, was mir irgendwie zur Verteidigung brauchbar schien. Rasierklingen, Scheren und so Sachen. Und plötzlich bemerkte ich, dass Gavil nicht mehr da war. Ich hörte ihn die Treppe hinunterrennen. Dann hörte ich Stimmen und Rufe. Ich hatte immer noch Angst. Ich kann nicht sagen, was da vor sich ging.«

»Und was taten Sie?« Seltz sprach mit leiser Stimme.

»Ich habe noch mehr Sachen herausgezogen, die ich zur Verteidigung benutzen könnte. Dann saß ich mit dem Rücken zur Wand in der Ecke und hielt eine Schere in der Hand. Ich konnte nirgendwo mehr hinrennen und bei dem Lärm unten war ich nicht sicher, wer wieder hochkommen und mich finden würde – Gavil oder die Polizei.« Zu Chelseas Verdruss füllten sich ihre Augen mit Tränen. Sie sah Seltz fast anklagend an, dass er es ja nicht wagen sollte, ihre Verlegenheit auszukosten. Er deutete auf eine Schachtel mit Taschentüchern zu ihrer Linken. Sie nahm eines und zerknüllte es in der Hand.

Seine Fragen drangen kaum über die Geschworenenbank hinaus. »Wer hat Sie gefunden, Mrs. Adams?«

»Mein Mann, Paul.« Eine Träne rollte über ihre Wange. »Ich hörte ihn nach mir rufen, als er in unser Schlafzimmer kam. Aber ich hatte solche Angst ... ich brachte kein Wort heraus. Ich habe versucht zu antworten, aber ... es ging einfach nicht.« Sie tupfte sich das Gesicht ab. »Also saß ich da, bis er um die Ecke kam. Und dann«, ihr Kinn zitterte, »wusste ich, dass ich in Sicherheit war. Dass alles gut werden würde.« Sie blickte auf ihren Schoß.

Seltz ließ sich Zeit.

»Danke, Mrs. Adams. Ich weiß, das war nicht einfach.« Er wandte sich düster an den Richter. »Vielleicht, Euer Ehren, wäre dies ein geeigneter Zeitpunkt für eine Pause.«

Man unterbrach die Verhandlung für die Mittagspause.

Seltz hatte Chelsea vor Tanleys Kreuzverhör gewarnt. Er würde versuchen, ihre Aussage auf die eine oder andere Art und

Weise zu zerpflücken, auf die sie nie gekommen wäre. Sie solle ruhig bleiben, sagte er, und unverdrossen antworten. Wenn Tanley zu garstig würde, würde Seltz Einspruch erheben, um den Rhythmus zu unterbrechen, und sie sollte eine Frage nie beantworten, solange der Richter über einen Einspruch noch nicht entschieden hatte. Seltz vermutete jedoch, dass Tanley es nicht zu weit treiben würde, da sie eine Sympathieträgerin war.

»Guten Tag.« Tanleys dünne Lippen öffneten sich leicht. Er trug einen dunkelblauen Nadelstreifenanzug und eine bunt gemusterte Krawatte. Sogar hinter seinem Tisch war er imposant – über eins achtzig groß mit breiten Schultern. »Nun, Mrs. Adams, wir haben alle Ihre ausführliche Schilderung einiger unglücklicher Vorkommnisse gehört und ich sehe keinen Grund, Ihnen das noch einmal zumuten zu müssen.« Er warf Seltz einen viel sagenden Blick zu. »Ich möchte lediglich ein paar Einzelheiten klarstellen. Sie haben diesen Mann, Gavil Harrison«, er legte Gavil eine Hand auf die Schulter, »als die Person identifiziert, der Sie erstmals an einem Mittwochabend im Restaurant Bayhill begegnet sind, als Sie und Ihr Mann ein Gespräch mit ihm führten im Blick auf eine mögliche Anstellung in der Firma Ihres Mannes. Es ging dabei nicht nur um irgendeinen Job, sondern um die Stelle des Vizeverkaufsdirektors. Richtig?«

»Ja.« Auch so eine von Seltz' Empfehlungen – nur auf die gestellten Fragen antworten, sonst nichts.

»Ist dies Ihrer Einschätzung nach ein wichtiger Posten in der Firma Ihres Mannes?«

»Ja.«

Mit verschränkten Armen führte Tanley sie durch eine Reihe harmloser Fragen, um die Tatsache zu untermauern, dass Gavil zu jenem Zeitpunkt bereits mehrere Vorstellungsgespräche mit Paul Adams, mit dem Hauptinvestor des Unternehmens und anderen Vorstandsmitgliedern geführt hatte.

»Und warum«, hakte er nach, »wollte Ihr Ehemann, dass auch Sie die in Frage kommenden Bewerber kennen lernten?«

»Ich interessiere mich sehr für die Firma. Und er vertraut meinem Urteil.«

»Er vertraut Ihrem Urteil.« Tanley drehte sich leicht zu den Geschworenen, als er ihre Worte wiederholte. »Was heißt das?«

Chelsea zögerte. Sie wollte nichts von »Intuition« sagen aus Angst, damit ihrer Vision zu nahe zu kommen. Tanley, hatte Seltz sie gewarnt, könnte »Verfahrensfehler« schreien, wenn die Verfügung des Richters diesbezüglich verletzt würde. »Er achtet meine Einschätzung von Menschen.«

»Meinen Sie, dass Sie mit Ihren Einschätzungen für gewöhnlich richtig liegen?«

Chelsea warf einen schnellen Blick zu Seltz hinüber. »Ja.«

»Ich verstehe. Und was hielten Sie anfangs von Gavil Harrison?«

Der Weg, auf dem er sie entlangzuführen gedachte, wurde blitzartig sichtbar, als hätte er einen roten Teppich ausgerollt. Und ihr war klar, dieser Weg würde unweigerlich abrupt bei der Vision enden, die ihre Meinung so drastisch hatte umschlagen lassen.

»Einspruch. Irrelevant.«

Seltz eilte zu Hilfe. Tanley sah den Staatsanwalt mit gleichmütiger Miene an, aber Chelsea konnte das versteckte Grinsen sehen. Er breitete vor dem Richter die Hände aus. »Euer Ehren, es betrifft die Gemütsverfassung der Zeugin. Die Anklage hat darauf viel Zeit verwendet und ich erbitte nur den gleichen Spielraum.«

Benelli dachte einen Augenblick nach. »Ich werde es zulassen. Aber treiben Sie es nicht zu weit, Mr. Tanley.«

»Ja, Euer Ehren.« Tanley wiederholte die Frage. »Was hielten Sie anfangs von dem Angeklagten Gavil Harrison?«

Sie bemühte sich, eine gleichmütige Miene zu bewahren. »Ich mochte ihn.«

»Sie mochten ihn. Und was Ihren Mann betrifft, so war er zu jenem Zeitpunkt drauf und dran, Mr. Harrison einzustellen. Ist das richtig?«

»Ja.«

»Schien Ihr Mann Mr. Harrison zu mögen?«

»Ja.«

»Mrs. Adams. Würden Sie sagen, dass Ihr Mann ein guter Menschenkenner ist?«

Chelsea blickte zu Paul, der ihr ermutigend zulächelte. »Ja, das ist er.«

»Dann waren Sie beide also anfänglich von dem Angeklagten angetan.«

»Ja.«

»Und waren Sie mit Ihrem Mann einer Meinung, dass er ein aussichtsreicher Kandidat für den Posten sei?«

»Ich dachte, er hätte es sein können.«

»Hätte es sein können?«

»Richtig.«

»Nun, können Sie auf irgendetwas verweisen, das Sie denken ließ, er sei *kein* geeigneter Kandidat? Irgendetwas an seinem Hintergrund, seiner Person?«

Chelsea konnte Gavils Augen sehen, dunkel und tief, die sich in ihre bohrten. »Ich ... denke nicht.«

»Also hielten Sie ihn für einen guten Kandidaten?«

Chelsea nestelte an ihrem Rock. »Ja. Anfangs.« Sie betonte das letzte Wort.

Tanley lotste sie zu einem anderen Thema – Gavils »Begegnung« mit ihr bei ihr zu Hause im Juni. Als er jene Begebenheit haarklein auseinander nahm, entstand ein Bild, das gänzlich anders war als das, was Seltz gezeichnet hatte.

»Lassen Sie mich die Ereignisse noch einmal wiederholen,

wie ich sie verstehe«, wagte sich Tanley nach einer langen Befragung vor. »Lassen Sie mich wissen, wenn ich falsch liege. Sie sahen Gavil in Ihrem Salon.«

»Ja.«

»Sie drehten sich um und rannten weg und er kam hinterher.«

»Ja.«

»Dann fingen Sie an, ihn zu schlagen. Sie boxten ihn ins Gesicht.«

Chelsea sah Tanley scharf an. »Ja.«

»Er reagierte, indem er versuchte, Ihre Arme festzuhalten.«

»Ja.«

»Später haben Sie dann zu einem Messer gegriffen und es vor seiner Nase geschwungen. Er wich zurück. Schließlich trat er Ihnen das Messer aus den Händen. So weit alles richtig?«

»Ja.«

»Und verstehe ich es auch richtig, dass das Erste, was der Angeklagte zu Ihnen sagte, war: ›Ich tue Ihnen nichts‹? Und dass er diese Worte mehrmals sagte?«

»Ja.«

»Der Angeklagte war allein mit Ihnen im Haus und hat Sie nicht ein einziges Mal geschlagen oder Ihnen damit gedroht.«

Wut braute sich in Chelseas Magen zusammen. »Er war in meinem Haus und hielt mich gegen meinen Willen fest.«

»Aber hat er Sie geschlagen?«

Sie sah Tanley forschend ins Gesicht. »Ich hatte entsetzliche Angst vor ihm! Ich hatte Angst, er würde –«

»Hat er Sie geschlagen?« Tanleys Worte fielen wie Steine. »Ja oder nein?«

Chelsea schlug die Augen nieder. »Nein.«

»Hat er Ihnen auf irgendeine Art mündlich gedroht, Ihnen etwas anzutun?«

Der Ärger brannte in ihren Lungen. »Nein.«

»Und hat er Ihnen im Gegenteil nicht sogar sehr deutlich zu verstehen gegeben, dass er Ihnen nichts tun würde, dass er einfach nur reden wolle?«

Chelsea stieg die Röte ins Gesicht. »Eine spaßige Art, sich zu unterhalten.«

Tanley kniff die Lippen zusammen. »Mrs. Adams, bitte beantworten Sie nur meine Frage. Hat er nicht gesagt, dass er Ihnen nichts tun würde?«

»Ja. Schätzungsweise.«

»Schätzungsweise?«

»Ja.«

»Mrs. Adams.« Tanley machte ein paar Schritte auf die Jury zu. »Sicherlich stimmen Sie mir zu, dass so ein Verhalten nicht zu dem Profil von jemandem passt, der kaltblütig eine junge Frau ermordet hat.«

»Einspruch!« Seltz klang entrüstet. »Ich stelle den Antrag, das zu streichen.«

»Stattgegeben.« Benelli ermahnte Tanley mit einem Schütteln seiner Hängebacken, als spräche er zu einem ungezogenen Kind. Es entging Chelsea nicht, dass der Verteidiger das leichthin wegsteckte, dass sein Ausrutscher absichtlich und geplant gewesen war. Seine Bemerkung mochte zwar aus dem Protokoll gestrichen werden, doch die Geschworenen würden sie nicht vergessen. Würde sie in deren Gedanken schwären, ihre verständliche Panik in schiere weibliche Hysterie verwandeln?

»In Ordnung.« Tanley sammelte sich. »Würden Sie das Verhalten des Angeklagten an jenem Tag als rational oder irrational bezeichnen?«

Sie beäugte ihn misstrauisch. »Er benahm sich sehr irrational. Mal war er ruhig, dann fing er plötzlich an zu schreien. Ich wusste nie, woran ich bei ihm war.«

Tanley ließ ihr die Ausschmückung durchgehen. »Und

trotzdem waren Sie und Ihr Ehemann noch vor fünf Tagen so beeindruckt von diesem Mann, dass Ihr Mann in Erwägung zog, ihm einen sehr hohen Posten in seiner Firma anzubieten.«

Chelsea fühlte, wie sich ihr Kiefer spannte. »Das stimmt.«

»Würden Sie also sagen«, Tanley schlenderte ein paar Schritte zurück zu seinem Tisch, »dass er sich anders verhielt, als er bei Ihnen im Haus war?«

»Vollkommen anders.«

Tanley strich sich kurz über den Schädel. »Mrs. Adams, können Sie mir, nach bestem Wissen und Gewissen, sagen, was Gavil Harrison während dieser Fünf-Tage-Spanne zustieß?«

»Was meinen Sie damit?«

»Nun, sind Sie bei der Polizei gewesen wegen der Leiche, die Sie gefunden hatten?«

Sie zögerte.

»Irgendwann während dieser fünf Tage?«

»Ja.«

»Und, soweit Sie sich erinnern können, hat man Ihnen dort gesagt, dass Gavil Harrison inzwischen zu einem Tatverdächtigen in dem Mord an Meg Jessler geworden war?«

»Ja.«

Seltz blieb still. Chelsea fragte sich, warum er ihr nicht zu Hilfe kam.

»Hat sich daraufhin Ihre Meinung geändert, dass er für Ihren Mann arbeiten sollte?«

»Ja.«

»Also hatte er die Aussicht auf die Stelle verloren.«

»Ja.«

Tanley machte eine Pause. »Wissen Sie, was noch alles in diesen fünf Tagen passierte? Wie sah es im Privatleben des Angeklagten aus?«

»Nun, ich glaube, seine Lebensgefährtin hat ihn vor die Tür gesetzt, wenn Sie das meinen.«

»Ah ja.« Tanley machte ein paar Schritte. »Der Angeklagte machte auf Sie also einen ganz normalen Eindruck, als Sie ihn am Mittwoch trafen, richtig?«

»Ja.«

»In den darauf folgenden Tagen begann die Polizei, ihn wegen eines Mordes ins Verhör zu nehmen, richtig?«

»So muss es wohl gewesen sein, ja.«

»Daraufhin verlor Mr. Harrison die Aussicht auf eine Anstellung in der Firma Ihres Mannes und offensichtlich auch die Frau, die er liebte, *und* das Zuhause, wo er wohnte. Richtig?«

»Vermutlich.«

»Ich würde sagen, das waren ziemlich bewegte fünf Tage.« Tanley hob die Augenbrauen, als suche er ihre Zustimmung. »Und dann, am Montag, als der Angeklagte bei Ihnen im Hause war, sagten Sie, dass er sich irrational verhalten habe.« Der Verteidiger hielt inne.

Seltz erhob sich. »Euer Ehren, möchte der Herr Verteidiger vielleicht selbst in den Zeugenstand treten? Er macht eine Aussage nach der anderen auf der ganzen Linie der Vernehmung.«

»Mr. Tanley«, Benellis Stimme klang ungehalten, »ist darin irgendwo eine Frage enthalten?«

Ehrerbietig hob Tanley die Hand. »Ja, Euer Ehren.« Er lehnte sich mit verschränkten Armen gegen den Tisch der Verteidigung. »Mrs. Adams, was sagten Sie noch, passierte, als Sie buchstäblich in den Parkwächter vom Trent Park rannten?«

Chelsea geriet gedanklich ins Trudeln. »Ich sagte, dass ich ohnmächtig wurde.«

»Nein. Etwas davor.«

»Oh.« Sie dachte einen Moment nach. »Ich schlug ihn. Weil ich Angst hatte und weil, na ja, ich zuerst nicht wusste, wer er war.«

»Ich verstehe.« Tanley lächelte. »In dem Augenblick hatten Sie das Gefühl, sich zu verteidigen.«

»Ja.«

»Und was tat der Parkwächter, um Sie zu beruhigen?«

»Er hielt meine Arme fest und redete mit mir.«

»Ah ja.« Tanley sah sie seltsam an. »Mrs. Adams, was würden Sie sagen, verhalten Sie sich eher rational oder eher irrational, wenn Sie Angst haben?«

Sie runzelte die Stirn. »Ich verstehe nicht.«

In weiteren Fragen erinnerte Tanley sie daran, dass sie zum Hauptweg des Parks gerannt war, weil sie Angst gehabt hatte, allein zu sein, und weil sie Hilfe suchte. Als sie den Parkwächter gefunden hatte, hätte sie eigentlich froh sein sollen, stattdessen hatte sie auf ihn eingeschlagen. War das eine rationale Reaktion? Chelsea gab zu, dass es keine war.

Zurück zum Montagmorgen. Handelte sie dort nicht genauso? In ihrer Angst versuchte sie, Gavil zu schlagen. In ihrer Angst schwang sie ein Messer gegen ihn, stürzte ein Regal über ihn, schmiss mit Büchern nach ihm. Gavils einzige Taten hatten darin bestanden, sich zu verteidigen – er hatte ihre Arme festgehalten und das Messer weggetreten. Während sie im Ankleidezimmer Waffen herausriss, um sie gegen ihn zu richten, hatte er das Weite gesucht. Der Angeklagte hatte ihr nicht einen triftigen Grund für die Annahme geliefert, er würde ihr etwas antun. Sein einziges Anliegen war es gewesen, sie davon zu überzeugen, wo er am Morgen des Mords gewesen war, als könnte er irgendwie der Polizei seine Unschuld beweisen, wenn er ihr seine Unschuld bewies.

Tanley war äußerst zuvorkommend, jede Frage triefte vor Mitgefühl. Chelsea rechnete schon fast damit, dass sich sein blauer Anzug voll Wasser sog. Sie ließ sich nichts vorgaukeln; sie wusste, was für ein Bild er da malte – ihre Angst vor Gavil war unbegründet gewesen, ihre Meinung über ihn von der Polizei so in den Schmutz gezogen, dass sie nicht auf ihre Vernunft gehört hatte. Trotz der Einwände von Seltz konnte Tanley nicht daran gehindert werden, nur die halbe Geschichte zu erzählen. Denn ohne ihre Vision erschienen sowohl ihre Handlungen als auch die der Kriminalbeamten ungerechtfertigt.

Es sei verständlich, so Tanley weiter, dass sie solche Angst vor Gavil gehabt habe, nachdem sie erfahren hatte, dass er unter Mordverdacht stand. Niemand mache ihr Vorwürfe, etwas falsch gemacht zu haben. Alle hätten vollstes Verständnis; die Tortur am besagten Montagmorgen sei traumatisch gewesen. Der Anwalt putzte sie nicht herunter; er ließ sie dastehen wie eine Frau, die getan hatte, was sie ihrem Gefühl nach hatte tun müssen. Aber ihre Furcht hatte sie zu Dingen getrieben, die sie normalerweise nicht tun würde. Für gewöhnlich kämpfte sie nicht, oder? Sie hatte noch nie ein Messer auf jemanden gerichtet, noch nie jemanden ins Auge geboxt, oder? Sie war einfach von ihren Gefühlen übermannt worden.

»Sie erwähnten, dass Sie unter Angst zu einem anderen Verhalten neigen.« Tanley, der langsam auf und ab ging, blieb stehen. »Ist Ihnen jemals in den Sinn gekommen, Mrs. Adams, dass Gavil Harrisons Verhalten an jenem Montagmorgen allein auf die Tatsache zurückzuführen ist, dass er wegen all dem, was er in den vorangegangenen Tagen erlebt hatte, die *blanke Angst* hatte?«

»Einspruch, Zeugensuggestion.« Seltz versuchte, gelangweilt zu klingen, als hätten ihn die letzten fünfundvierzig Minuten gar nicht berührt.

»Stattgegeben.«

Seltz hatte sie gewarnt. Chelsea war das egal. Sie sah Tanley offen an, dann riskierte sie einen ersten vorsichtigen Blick in Gavils Richtung. Wenn der Verteidiger Spielchen spielen konnte, konnte sie das auch.

»Ja.« Sie betonte jedes Wort. »Das *habe* ich gedacht. Ich habe gedacht, dass er ›die blanke Angst hatte‹, gefasst zu werden, weil er diese arme Frau ermordet hat.«

Die Reaktionen kamen prompt. Tanley stellte sich auf die Zehenspitzen. Seltz gelang es, sein Grinsen unter Kontrolle zu behalten. Reiger war nicht ganz so erfolgreich. Reporter schrieben mit, einige hatten die Münder vergnügt verzogen. Geschworene balancierten auf der Stuhlkante und warteten, was als Nächstes geschehen würde.

»Einspruch!« Tanleys Wangen liefen rot an. »Euer Ehren, Antrag auf Streichung!«

Benelli gab dem kurz angebunden statt und forderte die Jury auf, die Bemerkung nicht zu beachten. »Na, na, werte Dame«, tadelte er und sah dabei über seine Brillengläser auf Chelsea hinunter, »bitte unterlassen Sie solche Bemerkungen.« Er schüttelte streng den Kopf. »Beantworten Sie nur die Fragen, die man Ihnen stellt. Ist das klar?«

Chelsea nickte, scheinbar zerknirscht, und wandte sich dann mit einem herausfordernden Blitzen wieder Tanley zu.

Donnerstag, 19. September

Kapitel 40

Marian legte rasch etwas Mascara auf, die geschwärzten Wimpern und die gezupften Brauen brachten ihre großen Haselnussaugen zur Geltung. Ein Tupfer Rouge, ein Hauch Lippenstift. Ein kurzer Strich mit einer neuen Plastikbürste durchs Haar. Zu mehr Aufmachung reichte ihre Kraft nicht. Sie trat vom langen Badezimmerspiegel zurück und besah sich das Ergebnis von vorne und von der Seite. Während sie beide Hände auf den Bauch legte, spannte sie die Muskeln darunter an. Flach war er, zweifellos. In den letzten drei Monaten hatte sie vierzehn Pfund abgenommen. Ihr Gesicht hatte seine Rundlichkeit verloren; die Wangenknochen waren hervorgetreten. Und sie hatte die Dauerwelle rauswachsen lassen, bis ihr das Haar in weichen Wellen um das Gesicht fiel.

Marian wusste, dass sie besser aussah denn je.

Und trotzdem war dies der schlimmste Tag ihres Lebens.

Schlimmer als der Tag, an dem ihr Mann sie wegen einer anderen Frau verlassen hatte. Schlimmer als der Tag, an dem sie den abgebrochenen Fingernagel in ihrem Gartenhandschuh entdeckt hatte. Schlimmer als die langen Stunden, in denen sie über Gavils Schuld oder Unschuld gebrütet hatte. Ja, schlimmer noch als der Tag, an dem sie den Fingernagel schließlich zur Polizei gebracht hatte.

Nichts von alledem war auch nur annähernd vergleichbar mit dem, was ihr heute bevorstand – vor Gericht gegen den Mann aufzutreten, den sie einmal geliebt hatte. Die Ironie dabei war, dass dieser Tag gleichzeitig einen Neuanfang für sie markierte. Denn sobald es vorbei war, konnte sie die Tür zu diesem Teil ihres Lebens schließen.

Marian hatte Gavil nicht mehr gesehen, seitdem er an jenem

Samstagmorgen im Juni zu ihrer Tür hinausgegangen war. Er hatte vom Gefängnis aus angerufen, geschrieben, sie angefleht, ihn zu besuchen. Sie hatte seine Briefe gelesen und geweint und geweint, bis sie glaubte, alle Tränen verbraucht zu haben. Aber sie brachte es nicht übers Herz, zu ihm zu gehen, nicht jetzt. Und nicht ins Gefängnis. Sie wusste ja sowieso, was er sagen würde – die gleichen Worte, die er wieder und wieder wiederholt hatte. »Ich war's nicht, Marian. Warum kannst du mir nicht glauben? Ich war's nicht.«

Anfangs hatten seine Beteuerungen an einem Körnchen Hoffnung in ihrem Herzen gezerrt. Aber dann hatte sich ihre Verletzung in Ärger verwandelt. »Hör auf, Gavil!«, hatte sie schreien wollen. »Ich habe mit diesem Albtraum gelebt; ich habe der Wahrheit ins Gesicht gesehen! Warum kannst du es nicht einfach zugeben?«

Marian wusste nicht, wie sie den Sommer überstanden hatte. Irgendwie war sie jeden Tag zur Arbeit gegangen, das Gesicht eine Maske der Ruhe. Sie hatte sich mit aller Kraft in fieberhafte Geschäftigkeit gestürzt, hatte die Büros ihrer Mandanten auf Vordermann gebracht und sieben neue Unternehmen auf ihre Mandantenliste gesetzt. Abends schlief sie vor Erschöpfung auf dem Sofa vor dem Fernseher ein. Wegen des Reporteransturms gewöhnte sie sich an, nicht mehr ans Telefon zu gehen. Oft vergaß sie zu essen. Und wenn sie daran dachte, mochte sie nichts essen.

Nach ein paar Wochen hatte Marian einen Therapeuten aufgesucht. Sie hatte das Gefühl, in ein Loch gezogen zu werden; ohne Hilfe würde sie ins Nichts abgleiten. Es gab so viele Dinge, die aufgearbeitet werden mussten: ihre Schuldgefühle wegen Megs Tod, ihre Scham, mit Gavil zusammengelebt zu haben. Als zweifach gebranntes Kind hatte sie das Gefühl, niemals mehr einem Mann trauen zu können. Ihr Selbstbewusstsein war gleich Null. Der Therapeut half, aber die Sitzungen waren beileibe kein Zuckerschlecken. Denn indem sie sich mit ihren Stimmungsschwankungen auseinander setzte, musste Marian all die unschönen Einzelheiten noch einmal durchleben, die diese verursachten.

Pat war eine Hilfe gewesen, obwohl Marian sich über ihre Gefühle für ihn so unklar war, dass sie seinen Anrufen manchmal aus dem Weg ging. Sie hatten bisher nur am Telefon miteinander gesprochen, sonst nichts, und er hatte nach der Anklageerhebung einige Wochen verstreichen lassen, bevor er sich wieder bei ihr gemeldet hatte. Schließlich aber hatte er ihr unmissverständlich zu verstehen gegeben, dass er mehr wollte – nachdem der Prozess vorbei war. Doch in der Zwischenzeit, so hart es auch war, durfte er das Verfahren nicht gefährden, indem er sich mit ihr traf. Er war ein Ermittler in dem Fall, sie eine Belastungszeugin. Die Verteidigung würde ihre helle Freude haben, wenn irgendwelche Gerüchte über ein Verhältnis zwischen ihnen durchsickerten. Im besten Fall würde ihre Glaubwürdigkeit darunter leiden; schlimmstenfalls könnte der Verteidiger unterstellen, so Pat, dass sie beide das mit dem Fingernagel eingefädelt hätten, um Gavil loszuwerden. Wie *krank*. Marian war enttäuscht gewesen, aber einsichtig. Obwohl sie Pats Prinzipien guthieß, dachte sie manchmal, sie würde durchdrehen, wenn sie noch einen Abend allein verbringen müsste. Sie sehnte sich danach, seine Arme um sich zu spüren.

Aber sie wusste auch, dass sie vermutlich wie ein verängstigtes Kaninchen weglaufen würde, wenn er wirklich versuchen sollte, zu ihr zu kommen.

Auch hier ging es wieder um Vertrauen – sie brauchte Liebe, war aber zu misstrauisch, um zu lieben. Das stand ganz oben auf ihrer Liste bei dem Therapeuten. Es gab Augenblicke, in denen sie dachte, wenn überhaupt ein Mann sie heilen könnte, dann Pat Turnbow. Doch dann erinnerte sie sich, dass sie eben das von Gavil gesagt hatte.

Marian hatte noch eine andere Quelle gefunden, die ihr Halt gab. Zu ihrer eigenen Überraschung hatte sie angefangen, zur Kirche zu gehen. Als Kind war sie regelmäßig gegangen, war dann aber davon abgekommen, nachdem sie einen Mann geheiratet hatte, der sein Lebtag nie einen Fuß in eine Kirche gesetzt hatte. Eines Sonntagmorgens hatte ihre verzweifelte Suche nach Antworten sie dazu getrieben, die Baptistengemeinde in Haverlon zu besuchen. Verdutzt, Sergeant Reiger am anderen Ende des Raumes zu sehen, hatte sie den Kopf eingezogen, damit er sie nicht bemerkte. Trotzdem war sie Woche für Woche wiedergekommen, angezogen von der kraftvollen Verkündigung und der Anbetung. Die Menschen dort wirkten gefestigt und stark, während sie ziellos auf einem Meer umhertrieb. *Ob Gott wohl auch mich im Blick gehabt hat*, begann sie zu fragen, *als er Chelsea Adams diese Vision schickte? Hat er versucht, mich vor einigen äußerst falschen Entscheidungen zu bewahren?*

Sie machte sich auch Gedanken über Chelsea Adams. Was für eine Art Frau mochte das sein, die Gott auf diese Art und Weise hörte und mutig genug war, damit zur Polizei zu gehen? Als Marian den Mut dazu aufbrachte, sprach sie mit Pat darüber. Er erzählte ihr alle Einzelheiten der Vision und wie der Mordfall von dort seinen Anfang genommen hatte. Er konnte nicht leugnen, dass es eine erstaunliche Geschichte war.

»Was machen wir jetzt damit?«, hatte sie gefragt.

»Wie meinst du das?«

»Na ja, ich meine, hier geht es um unser Leben. Ich weiß nicht, wie es bei dir ist, aber ich bete ab und zu, wenn ich irgendwo Hilfe brauche. Das Echo ist allerdings eher dürftig. Und dann, urplötzlich, spricht Gott durch diese Vision – richtig laut. Und daraufhin kommt einiges in Bewegung in deinem Leben, in dem von Sergeant Reiger, in meinem und dem vieler anderer. Glaubst du nicht, dass Gott das aus einem bestimmten Grund tut?«

»Ich habe mir keine großen Gedanken darüber gemacht«, hatte er geantwortet. »Ich dachte einfach, dass immer wieder seltsame Dinge passieren.«

»Das ist nicht einfach ›seltsam‹; das ist ... Gott.«

»Und was sollen wir deiner Meinung nach also tun?« Er hatte beinahe besänftigend geklungen.

Sie seufzte. »Ich weiß nicht. Vielleicht mehr Acht geben. So wie ich jetzt zur Kirche gehe. Ich habe in der Kirche mittlerweile öfter gehört, dass Gott für das Leben jedes Menschen einen Plan hat. Vielleicht gehört diese Vision ja zu seinem Plan für mich. Mehr weiß ich auch nicht – bis jetzt. Aber ich arbeite daran. Sie machte eine Pause, nahm allen Mut zusammen. »Wenn wir uns treffen dürfen, würdest du dann mit mir zur Kirche kommen?«

Er hatte gezögert. »Ich weiß nicht. Ich überleg's mir noch.«

Wenig war heutzutage sicher, dachte Marian, als sie einen letzten Blick auf sich im Spiegel warf. Sie schloss ihre Kosmetikschublade und machte das Licht aus.

Eins aber war sicher. Wenn Pat Turnbow sie das nächste Mal sah, würde er eine Überraschung erleben.

Stein für Stein hatte Seltz seinen Fall aufgebaut. Nachdem er Chelsea in den Zeugenstand gerufen hatte, hatte er sich die Parkwächter Jim Sykes und Troy Jenkins vorgenommen. Die Pathologie und die Spurensicherung folgten. Hal Weiss hatte die Beweisstücke, die von Meg Jesslers Leiche stammten, ausführlich erklärt sowie die Verfahren, die er angewendet hatte, um die Fasern, die Erde und den Fingernagel zu bestimmen. Die Aussage von Jenkin Tommason, die der von Hal Weiss gefolgt war, hatte ein schmales Fenster für den Zeitpunkt des Todes ergeben. Nachdem auch noch Turnbow und Reiger in den Zeugenstand getreten waren, war vom Mittwoch nicht mehr viel übrig.

Nun war die Zeit gekommen, die Zeugin zu verhören, die dem Angeklagten am meisten zugetan war. »Die Anklage ruft Marian Baker in den Zeugenstand«, verkündete Seltz. Ein Gerichtsdiener verließ den Saal, um eine Marian Baker hereinzugeleiten, die ganz anders aussah, als Seltz sie von ihrer ersten Begegnung in Erinnerung hatte. Während der gesamte Gerichtssaal die attraktive Frau steif zum Zeugenstand gehen sah, übte Seltz seine Eröffnungsfrage.

Mit zitternden Beinen hob Marian die rechte Hand zum Schwur und setzte sich dann anmutig hin. Jetzt, da der gefürchtete Moment gekommen war, hatte sie das Gefühl, nicht ganz da zu sein, als schwebe sie oben in einer Ecke und beobachte sich selbst. Sie faltete die Hände in ihrem Schoß und stellte die Füße fest auf den Boden. Aller Augen waren auf sie gerichtet. Sie erkannte Reiger und ein paar Fernsehjournalisten einschließlich Milt Waking. Mrs. Geary war da und ebenso ihr Nachbar, Jack Doniger, der in der hintersten Reihe saß. Er fing ihren Blick auf und nickte ihr ermutigend zu. Marian wusste, ohne hinzugucken, dass Gavil sie anstarrte. Was mochte er empfinden? Ob er sie hübsch fand? Marian wäre beinahe zusammengezuckt bei diesem selbstsüchtigen Gedanken zu einem Zeitpunkt, in dem Gavils Leben vernichtet wurde. Sie versuchte, sich auf den Staatsanwalt zu konzentrieren, der auf sie zuging. Sie wollte Gavil nicht angucken, hatte Angst, ihm ins Gesicht zu sehen. Aber wie von selbst wanderten ihre Augen umher, bis sie in seine starrten.

Ihr ging ein Stich durchs Herz. Er blickte sie mit einem solch schmerzlichen Ausdruck an, dass sie es fast nicht ertrug.

Er war so bleich.

Sie hatte vierzehn Pfund abgenommen, aber er musste mindestens zwanzig verloren haben. Seine Wangen waren eingefallen; die Augen tief in das Gesicht gesunken wie dunkle Brunnen. Er saß kerzengerade da, unbeweglich wie ein nasser

Lumpen, der beim Trocknen unnatürlich steif geworden ist. Wenn man diesen Lumpen nehmen und falten würde, dachte sie, würde er unter der Berührung zerbröckeln. Marian fragte sich, was für eine Art des täglichen Dahinvegetierens ihn derart hatte herunterkommen lassen. Konnte er sich sportlich betätigen? Lesen? Wie hatte man ihn behandelt? War er krank gewesen?

Misshandelt worden?

Die plötzliche Erkenntnis, welchem möglichen Trauma sie ihn ausgeliefert hatte, war wie ein Schlag in die Magengrube für sie.

Sie senkte den Blick.

Die nächste Stunde lang führte Seltz Marian durch sämtliche Ereignisse der fraglichen Woche, ganz so, wie er ihr im Vorfeld seine notwendige Vorgehensweise erklärt hatte. Sie antwortete vorsichtig, stellte sich jede Frage als einen Pflasterstein auf der Straße vor, die sie aus dem Gerichtssaal und weiterführen würde – zum Beginn eines neuen Lebens. Sie hatte viel zu geben, wie ihr Therapeut oft wiederholt hatte; egal, wie sie sich fühlen mochte, Gavil hatte ihr nicht alles Leben ausgesaugt. Und darauf konzentrierte sie sich während ihrer Aussage, nicht auf die Bedeutsamkeit der Tatsachen oder die Nuancen, die zwischen der Verteidigung und der Jury flatterten. Unverwandt blickte sie auf den Staatsanwalt. Er war der Führer, der ihr auf der Straße voranging; ihr Folgen war von süßer Bitterkeit.

Seltz hatte sie auch wissen lassen, dass er die Tatsache herausstellen würde, dass sie den Fingernagel nicht sofort der Polizei übergeben hatte. Besser, die Anklage brachte das vor als die Verteidigung. Sie solle vollkommen ehrlich im Blick auf ihre Unentschlossenheit sein.

»Verstehe ich Sie richtig«, Seltz stand neben der Geschworenenbank. »Sie haben den Fingernagel zwei Tage lang in

Ihrem Medizinschrank aufbewahrt, obwohl Sie wussten, wie wichtig er war?«

»Ja.«

»Und was hat Sie dazu gebracht, damit zur Polizei zu gehen?«

Eine unsichtbare Hand zog Marians Augen zurück zu Gavil. Noch bevor sie diese wegreißen konnte, hatte sich ein Kloß in ihrem Hals gebildet. Ihr Mund begann zu zittern. Sie kniff die Lippen zusammen und sah auf ihren grauen Rock, besah sich seine zierliche Stickerei.

»Entschuldigen Sie«, flüsterte sie.

»Schon gut. Lassen Sie sich Zeit.«

Als sie den Kopf hob, war ihr Blick tränenverschleiert. Der Gerichtssaal war mucksmäuschenstill. »Ich konnte nicht länger leugnen, was es war. Ich wollte es nicht glauben. Aber ich musste. Dienstagnacht habe ich kein Auge zugetan und am Mittwochmorgen bin ich als Erstes zur Polizei gegangen.«

Seltz nickte bedächtig. »Mrs. Baker, haben Sie den Angeklagten außer heute danach noch einmal gesehen?«

»Nein.«

»Leben Sie jetzt allein?«

»Ja.« Etwas ließ sie fortfahren. »Ich habe Gavils Sachen allesamt auf den Speicher gebracht. In meinem Haus ist nichts mehr von ihm.«

Seltz ließ ihre Bemerkung nachklingen, dann teilte er dem Richter ruhig mit, er habe keine Fragen mehr. Als er wieder Platz nahm und Tanley aufstand, ging ein Rascheln durch den Saal – ein Husten, ein Umblättern von Notizen. Der Augenblick wurde hinweggefegt wie Staub unter einem Besen. Tanley schien von dem Stimmungsumschwung zu zehren, er begrüßte Marian mit zuvorkommender Geschäftlichkeit.

»Mrs. Baker, lassen Sie uns zu einem Thema kommen, das für Sie leichter sein wird.« Er nahm einen Umschlag vom

Tisch der Verteidigung und sah zum Richter. »Sie gestatten?« Er deutete mit dem Kinn auf den Zeugenstand. Richter Benelli winkte ihm, weiterzumachen. Seltz bat darum, zu sehen, was in dem Umschlag sei. Marian starrte vor sich hin, während die Anwälte sich mit dem Richter besprachen.

Dann schlenderte Tanley mit einem kleinen Packen Farbfotos in der Hand auf Marian zu.

Er reichte ihr das oberste. »Erkennen Sie das Gebäude auf diesem Bild?«

Sie betrachtete es kurz. »Ja. Das ist vor meinem Haus.«

Tanley tippte auf den Umschlag. »Was würden Sie sagen, von wo aus wurde das Foto aufgenommen?«

Leichtes Achselzucken. »Vom Bürgersteig.«

»Vom Bürgersteig. Und, Mrs. Baker, was schätzen Sie, wie groß ist die Entfernung zwischen dem Bürgersteig und Ihrer Veranda?«

Sie überlegte einen Moment. »Vielleicht drei Meter.«

»Und ist das die Veranda, auf der Sie Ihre Gartenhandschuhe liegen ließen?«

»Ja.«

Er klemmte den Umschlag unter seinem linken Arm fest und nahm das Foto wieder an sich. »Wo genau lagen sie?«

»An der vorderen rechten Kante, wenn man vor dem Haus steht.« Marian zeigte es mit dem Finger.

»Ah ja. Was meinen Sie, waren sie gut sichtbar?«

»Ja.«

»Sie waren durch nichts verdeckt? Büsche? Blumen?«

»Nein.«

Tanley legte das Foto hin und gab ihr ein zweites. »Wenn Sie dieses Bild bitte identifizieren würden.«

Es war wieder ihre Veranda, diesmal von der gegenüberliegenden Straßenseite aufgenommen.

»Können Sie irgendetwas auf der Veranda erkennen?«

Sie blickte überrascht auf das Bild. »Ja, ein Paar goldbraune Gartenhandschuhe.« Der Gedanke, dass irgendjemand dieses Foto heimlich nachgestellt hatte, war seltsam verletzend für sie.

»Und dieses Bild?« Er reichte ihr ein drittes.

»Das ist mein Haus von der Seite, aufgenommen von etwa drei Türen weiter.«

»Und sehen Sie etwas auf der Veranda?«

»Ja.«

»Was denn?«

»Wieder die Gartenhandschuhe.«

»Danke.« Er sammelte die Fotos ein, ließ sie als Beweisstücke registrieren und gab sie den Geschworenen. Mit gekreuzten Armen lehnte er sich gegen seinen Tisch. »Mrs. Baker, stimmen Sie mir zu, dass die Gartenhandschuhe, die in den Nächten des dritten und vierten Juli auf Ihrer Veranda lagen, von der Straße aus zu sehen waren?«

»Ja.«

»Und was schätzen Sie, aus welcher Entfernung waren sie zu sehen?«

Marian zog die Schultern hoch. »Das kann ich nicht so genau sagen.«

»Versuchen wir es andersherum. Ist die Straße eng oder breit?«

»Ziemlich eng.«

»Eng. Und wir haben in einer anderen Aussage gehört, dass die Häuser alle in einer Reihe stehen. Richtig?«

»Ja.«

»Wenn man also auf dem Bürgersteig vor Ihrem Haus stand, konnte man die Handschuhe sehen, richtig?«

»Ja.«

»Und wenn man die Straße überquerte und auf dem gegenüberliegenden Bürgersteig stand, glauben Sie, dass man die Handschuhe auch von da aus sehen konnte?« Er blickte zu den Geschworenen, die immer noch die Fotos rumgehen ließen, als wollte er Marian an seinen Beweis erinnern, dass dem so war.

»Ja.«

»In Ordnung. Und Sie haben bereits eine Fotografie identifiziert, auf der man die Handschuhe noch von drei Häuser weiter unten aussehen kann.«

»Ja.«

»Was ist, wenn man vier Häuser weiter geht? Glauben Sie, dass Ihre Nachbarn vier Häuser weiter unten die Handschuhe sehen konnten?«

»Ich weiß es nicht. Vielleicht.«

Tanley ging zur Jury hinüber, um die Bilder von der Geschworenen Nummer zwölf einzusammeln. Er fächerte sie wie Karten in seiner linken Hand auf. »Aber Tatsache ist, dass ein Nachbar, *jeder* Nachbar, der an Ihrem Haus auf dem diesseitigen oder dem gegenüberliegenden Bürgersteig vorbeiging, die Handschuhe sehen konnte. Stimmt das?«

Marian stimmte zu.

Als Tanley schließlich fertig war, befragte Seltz sie abermals. Er versuchte, den Punkt abzuschwächen. Es war das schwächste Glied in seiner Argumentation, das wusste Marian, aber eines, das ihr nicht viel bedeutete. Das verbale Tauziehen schien ihr reine Wortklauberei. Aber es hielt ihren Geist beschäftigt und ihre Augen davon ab, zu Gavil zu wandern. Als sie ihre Zeugenaussage beendet hatte und das Gericht sich vertagte, war sie nur zu bereit, den letzten Akt der Trennung zu vollziehen – aus dem Gerichtssaal zu gehen.

Und Gavil zurückzulassen.

Marians Auto war gute fünf Blocks vom Gericht entfernt geparkt, wohl nicht von ungefähr. Turnbow wäre beinahe daran vorbeigefahren, als er die Gegend durchstreifte, so sehr war er darauf konzentriert, einen Blick auf sie zu erhaschen. Sie hatte ihm am Telefon erzählt, dass sie abgenommen und eine neue Frisur hatte. Er versuchte sich vorzustellen, wie sie aussehen mochte. Es schien Jahre her zu sein, dass sie sich getroffen hatten.

Vor einer Stunde war er zu einem Wohnhaus gerufen worden, um gestohlenen Schmuck zu Protokoll zu nehmen. Als er von dort wegfuhr, ertappte sich Pat dabei, wie er den Weg zum Gericht von Redwood City einschlug. Es war fast fünf; das Gericht würde Feierabend machen. Benelli ging gerne pünktlich nach Hause, das war ihm eigen. Turnbow hatte mit dem Gedanken gespielt, im Gerichtsgebäude herumzuschlendern und Marian auf dem Weg nach draußen abzufangen. Nur für ein kurzes Gespräch. Er war ein Ermittler in diesem Fall, sie eine Zeugin. Wer würde sich dabei etwas denken? Doch Pat hatte Angst, allein schon sein Verhalten könnte seine Gefühle verraten. Er fragte sich, ob ihres das auch tun würde. Würde sie so froh sein, ihn zu sehen, wie sie ihn hatte glauben machen?

Während er noch über dieser Frage grübelte, entdeckte er ihr Auto in einer kleinen Nebenstraße. Er zögerte nur eine Sekunde, dann glitt er in eine Parklücke am Ende des Blocks, saß da und trommelte auf das Lenkrad. Das war bestimmt weit genug weg vom Gerichtsgebäude. Niemand würde beobachten, dass er auf sie wartete. Und außerdem, wer würde sich dabei schon etwas denken? Er sah wirklich zu viele Gespenster.

Besser Gespenster sehen als ertappt werden, dachte er. Er sollte wirklich weiter.

Aber er wollte doch lediglich mit ihr auf der Straße ein paar Worte wechseln.

Er stieg aus seinem Wagen, steckte die Schlüssel in die Tasche, schlenderte zu ihrem Auto und lehnte sich dagegen. Der Tag war immer noch warm. Der September war häufig der schönste Monat in der Bay Area, brachte er doch den Altweibersommer und einen unverhangenen Himmel. Allerdings würde es sich jetzt, eine Stunde vor Sonnenuntergang, bald abkühlen.

Er brauchte nicht lange zu warten.

Sie kam um die Ecke und hielt einige zusammengefaltete Zeitungsblätter in der Hand, die sie wahrscheinlich im Foyer des Gerichtsgebäudes benutzt hatte, um ihr Gesicht vor den Kameras abzuschirmen. Pat stockte der Atem. Sie sah erstaunlich aus. Er hatte ihr kurzes, krauses Haar gemocht, aber dieser neue Schnitt war bildschön, umrahmte ein fein gemeißeltes Gesicht. Seine Ängstlichkeit verflog und hinterließ ein Verlangen, ein *Sehnen,* bei ihr zu sein. Marian blieb stehen, um die Zeitung in einen Mülleimer zu stopfen, dann fischte sie in ihrer Handtasche nach den Schlüsseln. Als sie aufschaute, entdeckte sie ihn, und sein Herz schlug im Zeitlupentakt. Sie erstarrte, die Hand noch immer in ihrer Tasche.

Die Reaktionen strichen über ihr Gesicht wie Wind über Wasser – Überraschung ... Freude ... Besorgnis. Sie sah sich um. Als sie ihn wieder anblickte, waren ihre Lippen leicht zusammengekniffen und das Kinn vorgestreckt, als habe sich ihre Besorgnis in Trotz verwandelt. Sie ging hoch aufgerichtet auf ihn zu, als sei es ihr egal, wer zuschauen könnte. Turnbow hoffte, dass er sie richtig deutete. Es wäre ein kühner Gedanke für sie und sie würde selbst darüber erstaunt sein. Nachdem er von ihren zahllosen Therapiesitzungen gehört hatte, konnte er sich vorstellen, dass sie sich diesen Gedanken später, wenn sie allein war, im Geiste noch einmal vorknöpfen und ihn untersuchen würde.

»Hallo, Marian.«

»Hallo, Pat.«

Sie ging mit den Autoschlüsseln in der Hand an ihm vorbei, um auf die Straße zu treten.

Er zögerte, dann schob er sich von der Motorhaube weg, um sich neben sie zu stellen. »Wie war's?«

»Es war das Schwerste, was ich je getan habe.« Sie beobachtete seine Reaktion.

Er nickte, die Zuversicht schwand. Ihre Gedanken waren bei Gavil, nicht bei ihm. »Das glaube ich.« Die Worte hingen zwischen ihnen, schwer von unausgesprochener Bedeutung. Einen Augenblick lang fiel ihm nichts weiter zu sagen ein.

Er streckte eine Hand aus, legte ihr zwei Finger unter das Kinn. »Du siehst unglaublich aus.«

Sofort floss Spannung. Er wusste, sie fühlte es auch. Keiner von beiden bewegte sich, bis ein um die Ecke biegendes Auto sie gleichzeitig die Köpfe drehen ließ. Turnbow ließ die Hand fallen. Der Fahrer fuhr weiter die Straße hinunter, anscheinend unbeirrt.

»Was machst du heute Abend?« Turnbow zuckte fast zurück. Hatte sein Mund das gesagt?

Ihre Augen weiteten sich kurz, dann wandte sie sich entschlossen ab. Der Autoschlüssel glitt ins Schloss. »Ich gehe nach Hause.«

Sie wollte den Türgriff packen, doch er blockierte ihn mit einem Arm. Sie hob den Blick. »Pat, was machst du da?«

Er wusste es selbst nicht genau. Er schluckte, wunderte sich über seine eigene Narrheit, seine Bereitschaft, sich so verwundbar zu machen. »Ich komme heute Abend zu dir, das mache ich«, stieß er hervor, »zum Abendessen.«

Ihr fiel die Kinnlade herunter. »Aber die Verhandlung ...«

»Du hast deine Aussage gemacht. Es ist unwahrscheinlich, dass sie dich noch einmal vorladen. Und die Verhandlung dauert nur noch ein paar Tage. Wir haben den ganzen Sommer über gewartet, Marian. Das Risiko ist nicht mehr allzu groß.«

Er sah, wie sie seine Worte aufsaugte.

Ein schmerzlicher Ausdruck huschte über ihr Gesicht.

»Nicht heute Abend«, bat sie. »Du kannst dir nicht vorstellen, was ich da drinnen durchgemacht habe. Ich sollte ... ich möchte einfach allein sein, um meine Gedanken zu ordnen. Bitte.«

Das versetzte ihm einen Stich. Therapiesitzungen hin, neues Erscheinungsbild her, dies war immer noch die alte, zerbrechliche Marian. Sie würde nichts mehr sagen, aber die Zerrissenheit schrie förmlich aus ihrem Gesicht. Ja, sie hatte ihre Entscheidung bezüglich Gavil getroffen, aber die Ereignisse dieses elenden Tages versprachen ein abendliches Trauernachspiel, das ein Teil von ihr immer noch meinte verdient zu haben. Turnbow würde nicht zulassen, dass sie sich in falschen Schuldgefühlen suhlte. Allein würde sie wahrscheinlich stundenlang weinen.

»O nein.« Seine Stimme war fest. »Keine Widerrede. Ich werde dich heute Abend nicht allein lassen.« Sie öffnete den Mund. »Nein«, schnitt er ab, »sag nichts.« Er nahm die Haltung eines Polizisten an, mit dem nicht zu spaßen war, breitbeinig, die Füße fest in den Boden gerammt. »Ich komme zu dir. In einer Stunde. Es wird Steak geben, Ofenkartoffeln, einen Salat und ... Schokoladenkuchen. Keinen Schokoladenkuchen?«

Marian schüttelte den Kopf.

»Dann werde ich einen kaufen.«

»Pat, wirklich, ich –«

»Pscht.« Er legte ihr seine Finger auf die Lippen, sein Ausdruck wurde weicher. »Ich habe zu lange gewartet. Und du auch. Du willst heute Abend gar nicht allein sein, nicht wirklich. Und was mich betrifft, nachdem ich dich heute gesehen habe – kann ich nicht länger warten.«

Sie starrte ihn an. »Es wären doch nur noch ein paar Tage.«

»Marian«, flüsterte er. »Bitte. Für uns beide.«

Ihre Augen wurden feucht. Sie nickte.

Wärme strömte durch seine Adern. »Also in einer Stunde.«

Bevor sie noch ihre Meinung ändern konnte, öffnete er ihre Autotür und schob sie hinein.

Das Steak war wunderbar.

Beim Brutzeln des Fleisches, dem Plumpsen von Gurkenscheiben in eine Salatschüssel hatte Marian gespürt, wie sie sich entspannte. Sie musste zugeben, dass sie froh war über Pats Gesellschaft, und wenn auch nur über die Ablenkung, die er mit sich brachte. Sie hätte sich wahrscheinlich die Augen ausgeheult, wenn er nicht gekommen wäre. Am Tisch redeten sie über alles und jedes, nur nicht über die Gerichtsverhandlung. Diese Regel hatte Pat eingeführt, bevor die Steaks fertig waren. Er erzählte ihr von anderen Fällen, die er bearbeitete – Einbrüche, Drogenhandel, ein Selbstmord kürzlich. Marian beschrieb ihre neuen Mandanten und fand sogar den Mut, einige der Themen anzusprechen, die sie mit ihrem Therapeuten entdeckt hatte.

Pat blieb während ihrer Unterhaltung betont heiter, als versuche er, ihre Emotionen mitzureißen. Marian war dankbar dafür, konnte aber offenkundig ihre Erschöpfung nicht überwinden. Mit einem zufriedenen Seufzen aß er den letzten Bissen seines Kuchens und schob den Teller weg. »Eine Frage.« Er beugte sich vor. »Lachst du manchmal?«

Sie bedachte ihn mit einem Blick. »Nein, Pat, so was mag ich nicht.«

»Komm schon, im Ernst.«

Sie verdrehte die Augen. »Ja. Wenn du es wissen willst, ein- oder zweimal in meinem Leben habe ich gelacht.«

»Weißt du«, er streckte die Hand aus, um ihren Oberarm zu liebkosen, »ich habe dich noch nie lachen hören.«

Marian hielt seinen Blick eine Sekunde zu lang, dann schaute sie weg, irgendwohin. »In letzter Zeit hat es nicht viel zum Lachen gegeben.«

»Wie wahr.« Pat lächelte wehmütig. »Das wird sich heute Abend ändern. Und zwar machen wir Folgendes.«

»O nein, nicht schon wieder.«

Er beachtete sie gar nicht. »Ich fahre jetzt zur Videothek und leihe uns den lustigsten Film aus, den ich finden kann. Den schauen wir uns an und essen dabei Popkorn. Magst du Popkorn?«

Sie schüttelte verzweifelt den Kopf. »Pat, du hast einen Knall.«

»Ganz genau.« Sein Blick fiel auf ihre Lippen. Er sah auf ihren Teller. »Iss deinen Kuchen fertig. Ich habe ihn gekauft; also musst du ihn essen.«

Sie griff nach ihrer Gabel und schob sich ein großes Stück Kuchen in den Mund. Pat nickte beifällig. »Nicht verschwinden«, befahl er. »Und während ich weg bin, üb mal das hier.« Er legte einen Finger in jeden Winkel ihres kuchengefüllten Mundes und schob sie nach oben.

Marian warf ihm ihre Serviette ins Gesicht.

Er kam mit *Is was, Doc?* zurück. Den hatten sie beide schon gesehen, aber das machte nichts. An jenem Abend schien er witziger, seine burlesken Einlagen geradezu glänzend, während sie über einer Schüssel Popkorn kicherten. Irgendwann griff Pat nach ihrer Hand, und sie ließ ihre Finger in seine gleiten. Die Wärme ihrer Berührung erhitzte den Raum. Pat wurde still. Marian starrte befangen auf den Bildschirm. Bald fühlte sie seine Hand an ihrer Wange, die ihr Gesicht zu seinem drängte. Sie folgte seiner Berührung.

»Wir verpassen den Film«, flüsterte sie.

»Nein, tun wir nicht.« Ohne die Augen von ihrem Gesicht zu nehmen, griff er nach der Fernbedienung. Ein Knopfdruck, und ein roter chinesischer Drache erstarrte mitten im Flug über einer überfüllten Straße im Chinesenviertel.

»Wir verpassen gar nichts.«

Samstag, 21. September

Kapitel 41

Eine dunkle Ahnung drohenden Unheils hatte Chelsea befallen, als sie den Gerichtssaal vor fünf Tagen verlassen hatte. Paul hatte sie fest in den Arm genommen, bevor er das Auto anließ, und ihr gesagt, wie wacker sie sich geschlagen habe. Sie wusste, dass er ihre Schweigsamkeit auf Erschöpfung zurückführte. Sie ließ ihn in dem Glauben. Er war den ganzen Sommer über so geduldig gewesen; er hatte es verdient, sie bei besserer Laune zu sehen. *Was geht hier vor, Herr?*, hatte sie gefragt.

Seitdem hatte sie Schlafstörungen.

Anfangs sagte sie sich, das sei lediglich ein kleiner Rückschlag, bei seelischer Heilung könne es nicht immer nur bergauf gehen. Sie betete dafür, bat Gladys, dafür zu beten. Aber bis Freitag war es nicht besser geworden. Es fiel ihr schwer, Geduld mit den ausgelassenen Jungen zu haben, und sie konnte es nicht länger vor Paul verbergen.

»Was ist los?«, fragte er besorgt, als sie am Freitagabend ins Bett sank.

Sie legte sich die Hand über die Augen. Wie konnte sie ihm ihre Zweifel erklären, wenn er ohnehin schon schlecht auf Gott zu sprechen war? »Ich bin wahrscheinlich einfach müde. Dieses angespannte Warten, dass die Verhandlung endlich vorbei ist.«

In jener Nacht hatte sie sich hin und her gewälzt.

Chelsea war bei Gladys zum Kaffeetrinken am Samstagnachmittag, während Paul die Jungen mit ins Kino nahm. »Gestern Nacht ist es mir urplötzlich eingefallen«, erzählte ihr Chelsea und rieb sich ein brennendes Auge. »Ich glaube, ich weiß, was los ist. Es ist so schrecklich, dass ich es gar nicht sagen mag. Aber ich fürchte, Gavil wird nicht verurteilt werden.«

Gladys winkte ab. »Ach was! Bei der Beweislast?«

»Ich weiß ja, aber du hättest hören sollen, wie dieser Verteidiger mich runtergeputzt hat. Gavil taucht bei mir zu Hause auf und ich bin die Böse.« Chelsea schüttelte den Kopf. »Nicht auszudenken, wenn er auf freien Fuß käme.«

»Ich kann mir beim besten Willen nicht vorstellen, dass das passiert.«

»Ich wünschte, ich könnte dir glauben.« Chelsea stupste zerstreut gegen ihren Kaffeelöffel. »Ach, ich weiß nicht, vielleicht ist es das ja auch gar nicht. Vielleicht liegt es nur daran, dass ich mich Gott nicht so nahe fühle wie sonst. Diese Vision hat scheinbar nichts als Ärger gebracht. Hätte ich sie doch nie gehabt!«

Gladys nickte bedächtig. »An deiner Stelle würde ich wahrscheinlich das Gleiche sagen. Aber weißt du was, ich wette, dem Apostel Johannes standen die Haare zu Berge, als er seine Vision hatte – die, von der die Offenbarung berichtet. In der Bibel steht sogar, dass er wie tot zu Boden stürzte. Und was war mit der Vision, die den Apostel Paulus nach Mazedonien führte? Er wurde geschlagen und eingekerkert. Das hatte er nun von seinem Gehorsam. Kurzum, es ist nicht immer leicht, dem Willen Gottes zu folgen. Aber Gott macht keine Fehler. Er hat dich für diese Aufgabe ausgesucht, weil er wusste, dass du das packst.«

»Ja, ja, ich wünschte nur, er würde das meinem Mann verklickern«, murmelte Chelsea und verzog das Gesicht. Sie seufzte. »Vielleicht sollte ich Sergeant Reiger anrufen. Nur um zu fragen, wie es im Prozess steht.«

»Tu das«, drängte Gladys. »Er wird dir wahrscheinlich sagen, dass alles seinen Gang geht.«

Als sie nach Hause kam, rief Chelsea im Polizeirevier von

Haverlon an und bat darum, dass man für sie bei Dan Reiger privat anrufe. Binnen Minuten rief er zurück. Auf ihre Fragen hin versicherte er ihr, dass die Verhandlung gut laufe. Der Verteidiger müsse schon einen gehörigen Coup landen, damit man Gavil laufen lasse, erklärte er. »Tanley hat beschlossen, Harrison am Montag in den Zeugenstand zu rufen. Warten Sie ab, bis Seltz den in die Finger kriegt.«

Chelsea konnte Reigers Zuversicht einfach nicht teilen. Irgendetwas nagte an ihr.

»Übrigens«, sagte Reiger, »es wird Sie vielleicht interessieren, dass Gavils Exfreundin Marian Baker jede Woche in unsere Gemeinde kommt. Sie sitzt immer ganz hinten, vermutlich aus Angst, ich könnte sie bemerken. Das Gemeindehaus ist groß. Aber ich halte immer schon richtig nach ihr Ausschau. Mir scheint, sie sucht nach Antworten.«

Chelsea empfand plötzlich Mitgefühl. Nicht auszudenken, was diese Frau durchzustehen hatte. »Vielleicht sollten Sie sie ansprechen.«

»Ich habe darüber nachgedacht. Aber ich glaube nicht, dass ich der Geeignete bin. Sie würde sich wahrscheinlich unwohl fühlen; meine Rolle in ihrem Leben war bisher schließlich eine gänzlich andere.«

Eine Stimme in Chelsea meldete sich. *Sprich du mit ihr.* Chelsea blinzelte. Der Eindruck kam wieder. Sie konnte ihn nicht abschütteln. Plötzlich aber wurde ihr ganz leicht zumute. Vielleicht war es das; Gott wollte, dass sie auf Marian Baker zuging. Ihre Unruhe die ganze Woche über hatte sie dazu getrieben, Sergeant Reiger anzurufen.

»Ich sollte mit ihr reden«, sagte sie.

Reiger zögerte.

»Wirklich, das sollte ich. Ich weiß nicht, was ich sagen werde; weiß der Himmel, was sie von mir denkt. Aber ich denke, dass Gott das von mir möchte.«

»Also schön. Wenn das so ist, dann wird Gott Ihnen sicherlich die Worte geben.«

»Eins noch.« Chelsea fuhr sich mit der Hand durchs Haar. »Gibt sie ... mir die Schuld?«

»Das bezweifle ich. Wenn sie Sie für das schwarze Schaf halten würde, hätte sie uns nie und nimmer dieses Beweisstück gebracht.«

»Da haben Sie wohl Recht.« Chelsea dachte einen Augenblick nach. »Paul hat Gavils alte Privatnummer vielleicht noch in seinem Organizer. *Sie* können sie mir wahrscheinlich nicht geben.«

»Das kann ich wirklich nicht.« Reiger klang bedauernd. »Schweigepflicht, wissen Sie. Aber ich hoffe, Sie werden sie herausfinden.«

Während Paul ihr an jenem Abend beim Geschirrabräumen half, erzählte ihm Chelsea von ihrem Gespräch mit Reiger, ließ aber den Teil, dass Marian Baker zur Kirche ging, aus. »Hast du noch Gavils alte Privatnummer, Paul?«, fragte sie. »Ich würde Marian gerne anrufen.«

Besorgnis malte sich auf seinem Gesicht. »Warum?«

»Sie ... sie tut mir einfach Leid. Ich kann mir vorstellen, dass ihr ein bisschen Zuwendung gut täte.«

»Chelsea.« Paul stellte die schmutzige Schüssel, die er in der Hand hielt, auf die Arbeitsplatte. *»Du* brauchst Zuwendung. *Ich* brauche Zuwendung. Ich denke, wir haben schon genug damit zu tun, diese Geschichte selber unter die Füße zu kriegen.«

»Aber ich rede doch nur von –«

»Einem Anruf, ich weiß. Und dann? Angenommen, sie braucht Hilfe. Dann wirst du dich gleich zum Helfen verpflichtet fühlen.«

Chelsea konnte nicht antworten. *Ich brauche Zuwendung*. Pauls ungeschützte Aussage sickerte in ihre Gedanken. Betroffen ging sie um den offenen Geschirrspüler herum und schlang die Arme um seinen Hals. »Es tut mir Leid«, wisperte sie. »Ich sollte mir mehr bewusst machen, wie schwer das alles auch für dich gewesen ist. Und dazu musst du dich noch mit den Problemen auf der Arbeit herumschlagen. Es tut mir wirklich Leid, Paul. Ich liebe dich.«

Er klammerte sich an sie, atmete in ihr Haar. »Ich liebe dich auch. So, so sehr.«

Noch am gleichen Abend war Paul in seinem Arbeitszimmer verschwunden und mit einem gelben Zettel in der Hand herausgekommen. Darauf stand Marian Bakers Telefonnummer. Chelsea sah ihn überrascht an. Er zuckte die Achseln. »Chelsea«, sagte er, »ich kann dich ja doch nicht davon abhalten, du selbst zu sein. Ruf sie an, wenn du willst. Tu, was du für richtig hältst. Ich hoffe nur, dass wir es hinterher nicht bereuen.«

Danke, Herr, betete Chelsea innerlich. *Und bitte, gebrauche diese Vision, die du mir geschickt hast, weiter, bis sie ihr Werk getan hat.*

Montag, 23. September

Kapitel 42

Vier Ü-Wagen glitzerten in der Sonne, als Turnbow das Gerichtsgebäude betrat. Im Flur vor Department 25 mahnte ein Gerichtsdiener das Gewimmel von Kamerateams, Reportern und Zuschauern zur Ruhe in dem hilflosen Versuch, den Lärm von den anderen Gerichtssälen fern zu halten. Es war die Elf-Uhr-Pause. Turnbow entdeckte Reiger zehn Meter entfernt und winkte. Sie steuerten auf eine Ecke abseits der Menge zu.

Turnbow hielt die Stimme gesenkt. »Wie macht er sich?«

Achselzucken. »Nicht übel. Besser als erwartet, leider.«

»Das ist Tanleys Werk. Der hat ihn vermutlich gründlich instruiert.«

Reiger wurde von einem Reporter abgelenkt, der es auf einen Kommentar von Seltz abgesehen hatte. »Vergiss nicht, Harrison ist Vertreter.«

»Hm.« Turnbow verfiel in nachdenkliches Schweigen. »Worum ging es bisher?«

Reiger lehnte sich an die Wand. »Nun, Harrison hat uns die ganze Zeit erzählt, was für ein toller Hecht und erfolgreicher Geschäftsmann er doch sei, ein bisschen was über seine Kindheit und so Zeugs halt. Tanley möchte anscheinend darauf hinaus, dass Harrison liebevolle Eltern hatte, die ihn unterstützten. Das heißt mit anderen Worten, sie können keinen Killer großgezogen haben. Dann haben sie über den Mittwochmorgen gesprochen, dass Harrison bei Sonya Hocking war, und und und.«

Das musste für die Geschworenen neu gewesen sein. »Irgendwelche Reaktionen?«

Ein Gerichtsdiener öffnete die Türen zum Saal und die Kamerateams packten ihre Ausrüstung zusammen. Die Leute drängten vorwärts.

»Ich muss wieder rein.« Reiger stieß sich von der Wand ab. »Hast du auf der Wache zu tun?«

Turnbow stellte seinen Funkrufempfänger von Klingeln auf Vibrieren. »Schon. Aber ich werde noch ein Weilchen hier bleiben.«

Der Nadelstreifenanzug war dunkelgrau, das Hemd weiß, der Kragen gestärkt. Sie konnten Harrisons bleichen Teint nicht verbergen.

So herausgeputzt, ohne irgendwo hingehen zu können, dachte Turnbow. Er saß in der zweiten Reihe, stellte sich Marian mit diesem Mann vor und fühlte sich elend.

»Wohin sind Sie gegangen, nachdem Mrs. Baker Sie aufgefordert hatte, ihr Haus zu verlassen?« Tanley stand rechts vom Tisch der Verteidigung.

»Zum Welthing Hotel in San Carlos.«

»Haben Sie mit ihr an diesem oder dem darauf folgenden Tag gesprochen?«

»Nein. Ich habe ihr eine Nachricht hinterlassen, wo ich sei. Aber sie hat nicht zurückgerufen.«

»Und Ihre ... Freundin, Sonya Hocking?« Tanley sprach das Wort »Freundin« aus, als hinterlasse es einen üblen Nachgeschmack.

»Sie hat einfach immer wieder aufgelegt.«

»Haben Sie bei irgendjemandem an diesem Wochenende Hilfe gesucht?«

»Nein. Ich hatte niemanden.«

»Ich verstehe.« Tanley verschränkte die Arme.

Turnbow warf einen Blick auf die Geschworenen. Sie waren zu still, zu gespannt. Er forschte in den einzelnen Gesichtern, konnte ihnen aber nichts entnehmen. Vielleicht eine Spur von Zynismus bei dem Mann mittleren Alters in der vordersten Reihe.

»Kommen wir zum Montagmorgen. Warum haben Sie Mrs. Adams aufgesucht?«

Turnbow schnitt eine Grimasse. *Mrs. Adams »aufgesucht«?* Die nächste halbe Stunde lang hörte er Harrison Ausreden hervorsprudeln: Er habe niemanden gehabt, an den er sich hätte wenden können; er habe Angst gehabt; er habe einfach nur reden wollen; er habe Mrs. Adams nie bedroht, habe ihr nie etwas zuleide tun wollen, nie im Leben jemanden verletzt. Überall im Saal schrieben Reporter eifrig mit. Die Zuschauer waren ungewöhnlich still, auch Richter Benelli. Harrisons Stimme wallte hypnotisierend auf und ab, mal flehentlich, mal entrüstet. Tanley pumpte das Einfühlungsvermögen aus ihm heraus, schüttete es zurück, pumpte es wieder aus.

Ich liebe dich, Marian. Turnbow konnte sich vorstellen, wie Gavil seine Lügen in diese seidigen Worte kleidete. Er sah Marian in Harrisons Armen vor sich und wieder überkam ihn der Ekel. Der Mann hatte sie erniedrigt, sie zum Narren gehalten. So, wie er gerade die Jury zum Narren hielt.

Seltz erhob sich zum Kreuzverhör und Tanleys Zauber war gebrochen. Die Spannung entlud sich knisternd beim sarkastischen Tonfall des Staatsanwalts.

»Soso, Sie wollten Mrs. Adams also nichts tun, ist das richtig?« Seltz verschränkte die Arme.

Harrison sah den Anwalt mit einstudiertem Blick an. »Nein, Sir, das wollte ich nicht.«

»Mrs. Adams zufolge hatte sie Sie kaum in ihrem Haus bemerkt, da jagten Sie auch schon hinter ihr her. Richtig?«

»Ja.«

»Sie haben sie auf der Treppe niedergezwungen. Sie warfen sich auf sie und hielten ihr den Mund zu, um sie am Schreien zu hindern?«

»Ich wollte ihr nichts tun.«

»Durchaus nicht.«

»Nein.«

»Genauso wenig, wie Sie ihr etwas tun wollten, als Sie sie in der Küche erneut zu Boden zwangen?«

»Nein. Wie gesagt, ich wollte einfach nur mit ihr reden.«

Seltz breitete die Hände aus. »Ist dies Ihre normale Art, mit Leuten zu reden?«

»Nein.«

»Haben Sie auf diese Weise schon einmal mit einem Mitarbeiter oder einer Sekretärin ›geredet‹?«

»Nein.«

Seltz senkte die Stimme. »Mit einem Mann?«

»Nein.«

»Nur mit Frauen.«

Zögern. »Nein.«

»Ist Chelsea Adams keine Frau?«

Turnbow hörte leises Gekicher.

»Doch. Ist sie.«

»Also reden Sie nur mit Frauen auf diese Art und Weise.«

»Nein. Nur mit Chelsea Adams und nur dieses eine Mal. Weil ich verzweifelt war. In so einer Situation war ich vorher noch nie gewesen.«

Turnbows Füße glühten. Seine Hände glühten. Sein Hemdkragen kratzte am Hals, er kochte. Er konnte nicht umhin, sich Harrisons Stimme vorzustellen, die Marian am Telefon bezirzte. *Glaub der Polizei nicht, Marian. Siehst du nicht, dass das alles eine Lüge ist? Ich liebe dich, Marian.*

»Lassen Sie uns über Ihre angebliche Geliebte reden. Sonya Hocking, die Frau Ihres besten Freundes und Mentors.«

Seltz sprang nun von einem Thema zum anderen, ließ es Schläge hageln wie ein Bantamgewichtler.

»Sie behaupten, Sie und Mrs. Hocking hätten eine Affäre gehabt, nicht wahr?«

Harrison schien zu schrumpfen. »Ja.«

»Und dass niemand sonst davon wusste.«

»Ja.«

»Und dass Sie von Dienstagabend, dem vierten Juni, bis um halb zehn am Mittwoch, dem fünften Juni, bei ihr zu Hause waren?«

»Ja.«

»Aus Gründen intimer Natur.«

»Ja. Unter anderem.«

»Unter anderem?«

»Wir haben gemeinsam gefrühstückt.«

»Oh.«

Erneutes Gekicher.

Seltz blickte zur Decke, als ob er rechnete, dann nahm er seine Wanderung wieder auf. »Was – streichen Sie das. Warum haben Sie die Polizei anfangs belogen?«

Harrisons Lider senkten sich schwer. »Ich wollte nicht, dass irgendjemand davon erfährt.«

»Wovon erfährt? Wo Sie *wirklich* waren?«

»Euer Ehren, Einspruch!« Tanley hielt es nicht auf dem Stuhl, er spreizte die Hände vor Ärger.

Benelli beäugte Seltz. »Ein zweiter Anlauf?«

»Ja, Euer Ehren.« Seltz nickte. Tanley setzte sich. »Mr. Harrison. Was sollte die Polizei nicht erfahren?«

»Ich habe es Ihnen doch schon gesagt ... mein Verhältnis mit Sonya.«

»Ach ja. Und wusste Marian davon?«

Harrisons Gesicht wurde hart. »Nein, wie gesagt.«

Turnbow sah, wie Tanleys Rücken sich versteifte.

»Sie haben ihr nie von Ihrem Verhältnis mit Sonya Hocking erzählt, richtig?«

»Nein.«

»Also haben Sie gelogen.«

»Einspruch, Euer Ehren! Zeugensuggestion.«

»Abgelehnt.« Benelli nickte Harrison zu. »Sie dürfen die Frage beantworten.«

»Ich ... nun, ich habe nicht richtig gelogen; ich habe nur einfach nie darüber geredet.«

»Nun, haben Sie Marian Baker glauben lassen, Sie hätten mit niemand anderem eine intime Beziehung als mit ihr allein?«

»Ja.«

»Ist das für Sie keine Lüge?«

Harrisons Augen wanderten umher. »Ich schätze doch.«

»Sie ›schätzen‹?«

»Also schön. Ja. Es war eine Lüge.«

Seltz ließ sich Zeit. »Soso. Als Sie am Mittwochmorgen, dem fünften Juni, zur Arbeit kamen ... Sie sagten, das sei gegen zehn gewesen?«

»Ja.«

»Haben Sie beim Hereinkommen irgendjemanden getroffen?«

»Sicher.«

»Wen denn?«

»Wie gesagt, zuerst die Rezeptionistin und dann habe ich meiner Sekretärin Bescheid gesagt, dass ich da war.«

»Ah ja.« Die Frage war beiläufig. »Haben Sie ihnen erzählt, wo Sie gewesen waren?«

Keine Antwort.

»Mr. Harrison?«

»Ja.« Missmutig.

»Was haben Sie ihnen erzählt?«

Tanley kam wieder in Bewegung. »Einspruch, Euer Ehren. Das führt zu weit.«

Benelli dachte einen Augenblick nach, strich sich übers Kinn. »Nein, Mr. Tanley, Sie haben das Thema indirekt aufgebracht.« Er deutete mit dem Kinn in Richtung auf den Ankläger. »Fahren Sie fort, Mr. Seltz.«

Tanley sank auf seinen Stuhl.

»Was haben Sie Ihrer Rezeptionistin erzählt, wo Sie gewesen waren, Mr. Harrison?« Seltz war stehen geblieben und wartete auf die Antwort.

»Ich habe gesagt, dass ich zu Hause war, arbeiten.«

»Tatsächlich. Und warum haben Sie ihr das erzählt?«

»Weil mein Verhältnis mit Sonya ein Geheimnis war.«

Seltz rührte sich nicht. »Und Ihrer Sekretärin? Was haben Sie der erzählt?«

Harrison senkte den Kopf. »Das Gleiche.«

»Dass Sie zu Hause gearbeitet hätten.«

»Ja.«

»Hm.« Das Auf-und-ab-Wandern ging weiter. »Verstehe ich Sie richtig. Sie haben Marian Baker belogen, die Frau, die Sie zu lieben behaupten.« Seltz blieb stehen und sah die Geschworenen an. »Sie haben die Polizei belogen im Blick auf Ihren Aufenthaltsort an jenem Morgen. Sie haben Ihre Rezeptionistin belogen. Und Ihre Sekretärin. Richtig?« Er sah den Angeklagten über die Schulter hinweg an.

»Ja.«

»Mir scheint, Mr. Harrison, dass Sie recht viel lügen.«

Schweigen. Turnbow guckte, ob Tanley aufstehen würde, sah aber nur dessen angespannten Rücken.

Seltz wandte sich zum Zeugenstand. »Belügen Sie uns auch gerade, Mr. Harrison?«

»Nein.«

Turnbow sah die Geschworenen das Wechselspiel taxieren, als quetsche man eine saftige Orange bis zum letzten Tropfen aus. Sie schienen zu spüren, dass noch mehr dahinter steckte.

Da die Wiedergabe von Behauptungen Dritter vor Gericht nicht zulässig war, hatten er und Reiger nichts von Harrisons angeblichem Alibi und Sonya Hockings Dementi sagen dürfen. Heute hörten die Geschworenen zum ersten Mal eine Zeugenaussage zu diesem Alibi, aber offensichtlich kaufte der Staatsanwalt diese nicht ab. Sie würden sich erst ein Bild machen können, wenn Sonya Hocking ausgesagt hatte.

Turnbow blieb noch im Gerichtssaal und beobachtete das Katz-und-Maus-Spiel von Seltz. Der Ankläger kam unter anderem auf Harrisons Beziehung zu Meg Jessler (er habe sie kaum gekannt, behauptete Harrison) und die Gartenhandschuhe auf der Veranda (er habe sie kaum wahrgenommen) zu sprechen. Als Richter Benelli gegen Mittag eine Pause ausrief, fühlte Turnbow, wie sein Blut nach Vergeltung schrie, klar und kalt.

Eines stand fest. Selbst beim Lügen machte Gavil Harrison keine gute Figur mehr.

»Hallo.« Jack Doniger grüßte Marian von seinem Gartenweg aus, als sie nach dem Abendessen am Montag aus ihrer Tür trat. Ein kleiner Stapel Post lag in seiner Hand. Marian sank das Herz. Sie hätte erst aus dem Fenster gucken sollen, bevor sie nach draußen zu ihrem eigenen Briefkasten ging. Sie hatte keine Lust auf Nachbarschaftsplausch. »Alles klar bei dir?«, fragte Jack.

Marian gelang ein Lächeln. »Klar, alles bestens.«

»Gut.« Jack sah sie besorgt an, als wollte er noch mehr sagen. »Bitte sag Bescheid, wenn ich ... irgendetwas für dich tun kann.«

»Mach ich. Danke.« Sie nickte ihm zu und lächelte wieder. »Ich bin ziemlich spät dran heute mit Briefkastenleeren. Ich hol die Post mal lieber rein.« Als sie ihren Gartenweg hinunterging, hörte sie seine Haustür auf- und zuklappen.

Als Marian mit ihrer Post zurückkam, klingelte das Telefon. Sie eilte ins Haus und hoffte, als sie den Hörer abnahm, es wäre Pat mit Neuigkeiten von Gavils Zeugenaussage.

»Marian Baker?«, sagte eine Frauenstimme zögerlich. »Hier ist Chelsea Adams.«

Marian erstarrte.

»Es ist mir etwas unangenehm, Sie anzurufen«, fuhr die Stimme nach einer kurzen Stille fort. »Ich weiß ja gar nicht, ob Sie überhaupt mit mir reden wollen. Aber ich ... wollte einfach mit Ihnen reden.«

Marians ließ ihren Blick durch die Küche schweifen. Ein seltsames Gefühl überkam sie, als sie die Stimme hörte, die Gavil als Erste beschuldigt hatte. Trotzdem erschien ihr der Anruf irgendwie richtig, als ob diese Kontaktaufnahme eine weitere Tür zu ihrer Heilung öffnen würde. Schließlich war dies noch eine Frau, der Gavil Unrecht getan hatte. »Schon gut«, hörte sie sich sagen. »Ich war manchmal auch schon drauf und dran, Sie anzurufen. Ich hatte so viele Fragen ...«

Anfangs wollte kein richtiges Gespräch aufkommen. Doch nach einer Weile erzählte Marian von ihrem Leben mit Gavil, von den Qualen, die sie seit seiner Verhaftung ausgestanden hatte. Bald schon löcherte sie Chelsea mit Fragen. Wie war die Vision gekommen? Wann? Warum? Ehe sie sich versah, hatte Marian sich einen Küchenstuhl herangezogen und saugte die Informationen auf. Es beeindruckte sie, dass Chelsea solch einen starken Glauben an Gott zum Ausdruck brachte und gleichzeitig so bescheiden klang. Sie war keine von diesen religiösen Superheiligen. Sie gab sogar zu, dass sie manchmal von ihren eigenen Fragen überwältigt wurde.

Sie redeten über eine Stunde lang. Ein Blick auf die Uhr erinnerte Marian plötzlich an Pat. Er hatte möglicherweise versucht anzurufen. »Ach du liebes bisschen, ich muss los.«

»Ich auch«, erwiderte Chelsea. »Aber ... hätten Sie vielleicht

Lust, mit mir am Sonntag zur Kirche zu gehen? Und anschließend zum Mittagessen zu kommen? Wir könnten vielleicht grillen. Ich habe eine Freundin, die Sie ganz bestimmt mögen werden. Sie hat viel mehr Erfahrung mit all diesen Dingen als ich.«

Marian zögerte. Am Telefon zu reden war eine Sache; Chelsea und ihren Mann zu besuchen war eine andere. Marian war nicht sonderlich gesellig in diesen Tagen. Aber die Aussicht auf Sonntag rührte ihr Herz. Irgendetwas in ihr ließ nicht zu, dass sie absagte. »Ich komme gern«, sagte sie. Sie verabredeten etwas.

Als sie schließlich auflegte, klingelte nur Minuten später das Telefon. Pat war dran. Marian fühle eine seltsame Erregung. Gavils Zeugenaussage war vergessen. »Du ahnst nicht, wer gerade angerufen hat«, erzählte sie.

Mittwoch, 25. September

Kapitel 43

Tanleys Gedanken überschlugen sich, als er nach dem Mittagessen in den Gerichtssaal zurückkehrte. Es war sein dritter Tag, Entlastungszeugen aufzurufen. Die Woche war recht gut verlaufen. Gavil hatte bis Dienstagnachmittag ausgesagt und sich im Schussfeuer von Seltz' Kreuzverhör erstaunlich gut gehalten. Montag und Dienstag waren Schwitztage gewesen. Doch sobald Gavil erst mal aus dem Zeugenstand war, war das Schlimmste überstanden.

Am Dienstagnachmittag und den heutigen Vormittag über hatte Tanley ein halbes Dutzend Leute aufgerufen, die ihre Überzeugung äußern sollten, dass Gavil Harrison außer Stande sei, einen Mord zu verüben – Gavils Sekretärin, zwei weitere Arbeitskollegen und drei Freunde. Seltz hatte getan, was er konnte, um ihre Aussagen zu diskreditieren. Sie kannten Gavil Harrison gut, richtig? Sie waren fest davon überzeugt, dass er keinen Mord begehen könne, richtig? Hatte irgendeiner von ihnen von seinem angeblichen Verhältnis mit Sonya Hocking gewusst? Nein? Schockiert, überrascht? Nun, dann war er entweder nicht ganz das, was er schien, oder er log. Was von beidem? Seltz gelang es sogar, einem Angestellten von Titan Electronics zu entlocken, Gavil habe sich fast den ganzen Tag nach dem Mord in seinem Büro eingeigelt und kaum ein Wort mit jemandem gewechselt. Harrisons Sekretärin jedoch hielt dagegen, dass er an jenem Tag Jahresabschlusszahlen verarbeitet habe und sein Verhalten »ganz und gar nicht ungewöhnlich« gewesen sei.

Alles in allem glaubte Tanley, dass seine Zeugen Eindruck gemacht hatten, ungeachtet der Eskapaden von Seltz. Heute nun war der Tag gekommen, den Sack zuzuschnüren.

»Die Verteidigung ruft Robert Naydeen in den Zeugenstand.«

Naydeen stellte sich als Polizeiberater mit einem Büro in San Francisco vor – eine der wenigen Detekteien im Bundesstaat, bei der man Privatdetektive anheuern konnte, die bei der Aufklärung ungelöster Einbrüche oder Mordfälle halfen. Naydeens Spezialgebiet waren Serienmorde; zu seinen Trophäen zählte unter anderem, dass er einen der berüchtigsten Mörder des Landes von Kalifornien bis nach Key West verfolgt hatte. Naydeen war bekannt für seine Fähigkeit, Einzelheiten eines Mords – wie die Todesursache, die Lage der Leiche und andere Gegebenheiten – zu untersuchen und daraus ein Profil des Mörders abzuleiten.

Verteidigung und Anklage machten aus Naydeens vorläufiger Befragung nach seiner Eidesfähigkeit ein Tauziehen – es ging darum, festzustellen, ob ihn sein Wissen und seine Erfahrung zum Sachverständigen qualifizierten. Diese vorläufige Befragung eines Zeugen war in vieler Hinsicht ebenso vorhersehbar wie das berechnete Drama der Zeugenaussage selbst. Ein Anwalt manipulierte die Referenzen des Sachverständigen, als sei derjenige Gott persönlich; die andere Seite machte sie madig, bekrittelte das Fehlen eines veröffentlichten Artikels hier, einen noch nicht beendeten Fortbildungskurs dort oder die Unvertrautheit mit einem speziellen Fachgebiet.

Nach einer halben Stunde ließ Seltz Naydeen als sachverständigen Zeugen zu und die Vernehmung begann. Diese Befragung würde sich von der anderer Zeugen unterscheiden, da Anklage wie Verteidigung ausführlichere, erklärende Antworten erwarteten.

»Sie haben die Fotos und Beweisstücke vom Mord im Trent Park untersucht, ist das richtig?«

»Ja, das habe ich.« Naydeen beugte sich vor, seine grünen

Augen ruhten gelassen auf Tanley. Sein dunkles Haar war militärisch kurz geschnitten.

»Gehen Sie bitte auf die für Sie interessanten Details ein und auf das sich daraus ergebende Profil der Person, die Meg Jessler getötet hat.«

Naydeen räusperte sich. »Nun, da gibt es allerhand. Zunächst natürlich, dass der Mord in einer abgeschiedenen Gegend abseits vom Hauptweg des Trent Park geschah. Meine unmittelbare Frage lautete: ›Wie hat der Täter Mrs. Jessler dorthin bekommen?‹ Zunächst schien es so, als ob sie die Person, die sie umbrachte, gekannt haben müsste und sie deshalb freiwillig mit zur Schlucht ging. Später habe ich jedoch herausgefunden, dass das Opfer manchmal, äh, impulsiv war. Freunde bezeichneten sie als ›unstet‹.« Er zuckte entschuldigend die Achseln. »Das ist deren Ausdruck, nicht meiner. Als so eine Persönlichkeit – im Gegensatz zu einer streitbaren, selbstsicheren Frau – könnte sie von jemandem derart eingeschüchtert worden sein, dass sie sich auf den Seitenpfad zwingen ließ. Allerdings muss der Verbrecher irgendein Drohmittel benutzt haben, etwa eine Schusswaffe oder ein Messer.«

»Woraus schließen Sie das?«

»Nun, es wäre ziemlich ungewöhnlich, wenn eine Frau, die allein in den frühen Morgenstunden joggen geht, nicht versuchen sollte, einen Angreifer abzuwehren. Solche Frauen gelten in der Regel als selbstsicher und diszipliniert. Und typischerweise achten Joggerinnen sehr genau auf ihre Umgebung, um vor möglichen Schwierigkeiten auf der Hut zu sein. Nicht so Meg Jessler – sie ließ sich vom Hauptweg in eine Situation abdrängen, aus der sie nicht wieder lebend herauskommen sollte. Zwei Dinge müssen zusammenkommen, um mich von diesem Szenario zu überzeugen. Erstens, die Frau ließ sich leicht Angst einjagen und hatte im Augenblick des Angriffs nicht viel entgegenzusetzen. Wie ich ihre Persönlichkeit einschätze, scheint mir das äußerst wahrscheinlich. Und zweitens, der Angreifer muss eine Waffe gehabt haben, die ihr genug Angst einjagte, um sie zu zwingen, etwa eine Meile weit zu gehen. Das ist ein langer Gang unter solchen Umständen.«

»Deutet das für Sie auf einen Verfolger?«

Tanley wusste, dass das eine Suggestivfrage war, aber Seltz ließ es durchgehen.

Naydeen nickte. »Ja, das kann man so sagen. Es sieht nach dem Machwerk von jemandem aus, der das Opfer beobachtete, der wusste, wann und wo sie joggen ging, und ihr im Hinterhalt am Anfang des Pfads auflauerte. Ich würde sagen, der Mord war sorgfältig geplant.«

»Ich verstehe.« Tanley ließ sich von der Protokollführerin die Beweisfotos vom Opfer geben und zeigte sie Naydeen, der sie identifizierte. Er habe sich zahlreiche Fotos und sämtliche Autopsieberichte angesehen, bemerkte er, und mit dem amtlichen Leichenbeschauer gesprochen. Tanley ging langsam auf die Geschworenen zu. »Und was ist Ihnen an der Leiche aufgefallen?«

Naydeen lehnte sich zurück. »Mich interessierten folgende Umstände. Erstens, sie war ins Gesicht geschlagen worden. Zweitens, der Todesschlag zielte auf den Hinterkopf. Das heißt, vom Nacken an abwärts blieb sie unberührt, so weit wir das beurteilen können. Wenigstens können wir sicher sein, dass es zu keiner Vergewaltigung kam.«

»Finden Sie das ungewöhnlich?«

»Nun, Morde gibt es in allen Variationen, aber im Großen und Ganzen würde ich sagen, ja, diese Art des Tötens geht oft mit Vergewaltigung einher. Mit ›Art‹ beziehe ich mich wieder auf den Umstand, dass sie da draußen praktisch in der Pampa waren – es hat eine Weile gedauert, zur Schlucht zu kommen. Das war kein Totschlag, der aus einer Kurzschlussreaktion bei jemandem zu Hause geschah.«

»Noch etwas?«

»Dieser seltsame Umstand mit den Handschuhen. Warum sollte jemand seinem Opfer Handschuhe überziehen, bevor er sie umbringt?«

»Und sie hinterher wieder abnehmen.«

Naydeen schüttelte den Kopf. »Das halte ich nicht für ungewöhnlich. Wenn man schon Handschuhe benutzt, dann würde man, wenn man auch nur einen Funken Verstand hat – was diese Person offenkundig hatte –, die Handschuhe abnehmen, damit sie nicht als Beweisstücke gefunden werden. Die Frage hier heißt, warum überhaupt welche benutzen? Es könnte Symbolcharakter haben.«

Aus den Augenwinkeln konnte Tanley eine Gerichtssaalzeichnerin sehen, die eifrig Naydeens Gestalt und sein eigenes Profil skizzierte – die Zeichnung würde während der Pause an die Wand im Gang gehängt und für die Abendnachrichten abgefilmt werden. Tanley hatte den flüchtigen Gedanken, dass Prozessbeobachter dies einen Tag der Verteidigung nennen würden.

Tanley lehnte sich gegen seinen Tisch. »Würden Sie uns Ihr Gesamtbild von dem Mörder schildern und erklären, was Sie mit ›Symbolcharakter‹ meinen?«

Naydeen zählte die Punkte an den Fingern ab. »Erstens würde ich sagen, dass wir es mit jemandem zu tun haben, der etwas gegen Frauen hat, was vielleicht von Schwierigkeiten mit der Mutter als kleines Kind herrührt. Misshandelt, vielleicht missbraucht. Es ist anzunehmen, dass diese Person keine feste Beziehung zu einer Frau eingehen konnte. In oberflächlichen Freundschaften mag er gut sein, gut genug, um eine Menge Leute hinters Licht zu führen. Aber eine dauerhafte, gelungene Beziehung – das bezweifle ich. Zweitens würde ich sagen, dass den Täter irgendetwas an Frauenhänden stört. Auch das könnte wieder mit Schwierigkeiten mit der Mutter zusammenhängen. Er bedeckte die Hände des Opfers, damit sie ihn nicht berühren konnten. Allein schon der Gedanke an ihre Hände mag für ihn widerwärtig sein. Gehen wir einen Schritt weiter. Wenn in der Tat die Mutter der Grund für seinen Zorn ist, dann könnte das Opfer ein Muttterersatz gewesen sein. Ein kleiner Junge wird geschlagen, irgendwie misshandelt; er kann nichts dagegen tun. Empfindet ohnmächtige Wut. Als er älter wird, richtet sich diese Wut gegen andere Frauen. Sie werden zum Sündenbock, zum Sandsack, wenn Sie so wollen, für alles, was er seiner Mutter antun wollte. Das könnte auch die fehlende Vergewaltigung erklären.«

Naydeen machte eine Pause, um einen Schluck Wasser zu trinken. Tanley wartete.

»Auch die Verletzungen im Gesicht und die Schläge auf den Kopf passen ins Bild. Der Verbrecher sieht die Mutter. Er hasst, was sie sagt, er hasst ihre Augen auf ihm. Er hasst die Gedanken, die durch ihren Kopf gehen. Also bedeckt er die Hände, dann schlägt er in jenes Gesicht und auf den Mund und schmettert den Kopf gegen einen Felsblock, bis alles still ist. Dann ist er frei. Zumindest«, Naydeen kniff die Lippen zusammen, »eine Zeit lang.«

Tanley zog die Pause in die Länge, genoss die zweifelgeladene Luft um ihn her. Die kritischen Augen zahlreicher Geschworener fielen auf Gavil Harrison. Wie konnte dieser Mann, der von einer liebevollen Mutter gesprochen hatte, in das Profil eines solch kranken Hirns passen?

»Sind Sie *fertig*, Mr. Tanley?« Benellis Stimme schnarrte durch die Luft. Der Verteidiger schreckte hoch.

»Ja, ja, Euer Ehren, gewiss.«

Er übergab den Zeugen der Anklage.

Seltz erhob sich langsam und zog dabei sein Jackett zurecht. Er hatte Respekt vor Robert Naydeen, kannte ihn aber nicht persönlich, sondern nur über einen Kollegen, der einmal einen

Fall strafrechtlich verfolgt hatte, bei dem Naydeen hilfreich gewesen war. Wenn man ihn richtig anfasste, könnte sich Naydeen für die Anklage wieder als nützlich erweisen.

»Mr. Naydeen. Sehr angenehm. Ich habe schon viel von Ihrer Arbeit gehört.«

»Danke.« Naydeens Gesicht blieb unbeweglich, aber seine leichte Haltungsänderung verriet, dass er angenehm berührt war.

Im Plauderton begann Seltz, Fragen über den Fall zu stellen, den Naydeen im Jahr zuvor bearbeitet hatte. Er betonte, dass Naydeens Profil des Täters »direkt ins Schwarze« getroffen habe und der Fall schließlich gelöst und der Mörder verurteilt worden sei.

Seltz war sich bewusst, dass Tanley am Tisch der Verteidigung auf dem Sprung saß und seinen Blick wachsam vom Staatsanwalt zum Zeugen wandern ließ. Während er mit seinen Fragen fortfuhr, stellte Seltz die wichtigsten Eigenarten des Falls vor: Das Opfer, die vierzigjährige Maude Victor, war niedergestochen in ihrem Auto aufgefunden worden mit vielen Stichwunden im Gesicht. Sie hatte bei verschlossenen Türen aufrecht dagesessen.

»Einspruch!« Tanley stieß seinen Stuhl zurück. »Euer Ehren, das ist irrelevant. Welcher Fall wird hier verhandelt?«

»Euer Ehren«, fuhr Seltz dazwischen, »es bestehen Ähnlichkeiten zwischen den beiden Fällen. Mein Kollege hat die Sachverständigkeit von Mr. Naydeen hervorgehoben. Ich möchte mir dessen Erfahrung lediglich für diese Verhandlung zunutze machen.«

Benelli sah zuerst Tanley, dann Seltz an, als sei er über die Unterbrechung ungehalten. »In Ordnung, Mr. Seltz, fahren Sie fort.« Er streckte einen knochigen Finger aus. »Ich gebe Ihnen sechzig Sekunden, zur Sache zu kommen!«

»Danke, Euer Ehren.« Seltz beugte den Kopf, bevor er sich

wieder an Naydeen wandte. »Wie wir bereits sagten, alle Autotüren waren verschlossen. Stimmt das?«

»Ja, das stimmt.«

»Einen Punkt haben Sie besonders an jenen verschlossenen Türen betont – ein Punkt, der sich in der Tat als richtig herausstellen sollte. Würden Sie dem Gericht bitte schildern, was das war?«

»Natürlich.« Naydeen machte eine Pause. »Das Auto war an einer Hauptverkehrsstraße geparkt. Es gehörte Maude Victor. Innen, wie schon erwähnt, befand sich ihre Leiche. Aber warum war das Auto zugeschlossen? Jemand versetzt Mrs. Victor insgesamt zweiundzwanzig Messerstiche und ist anschließend geistesgegenwärtig genug, um ihre Autotür abzuschließen, damit das Radio nicht geklaut wird? Das passt einfach nicht zusammen.« Er nahm noch einen Schluck Wasser. »Nachdem ich eine Weile darüber nachgedacht hatte, kam ich zu dem Schluss, dass die verschlossenen Türen auf einen Besitzer hinwiesen. Mit anderen Worten, jemand, der in einer solchen Situation noch stehen blieb, um die Türen abzuschließen, musste daran gewöhnt sein, die Türen dieses bestimmten Autos zuzuschließen. Nennen Sie es Gewohnheit oder wie Sie wollen. Es war einfach eine mechanische Tat.«

»Besitzer«, wiederholte Seltz. »Aber war nicht das Opfer selbst die Besitzerin des Autos?«

»Ja, das stimmt. Aber«, Naydeen hob den Zeigefinger, »jemand, der ihr nahe stand, konnte den Wagen oft gefahren und bei solchen Gelegenheiten die Türen abgeschlossen haben. Davon ging ich aus. Maude Victor war nicht von einem Fremden ermordet worden, sondern von jemandem, der ihr sehr nahe stand, jemand, der sie gut genug kannte, um ihr Auto benutzen zu dürfen.«

Seltz warf einen schnellen Blick auf Benelli. Er machte keine Anstalten einzugreifen. »Und, ganz kurz, Mr. Naydeen, wie ging der Fall aus?«

»Die Polizei verhörte unverzüglich den Freund von Mrs. Victor, der zuerst ein scheinbar solides Alibi beigebracht hatte. Auf weitere Nachforschungen hin erwies sich jenes Alibi aber als nicht haltbar. Letztendlich gestand er das Verbrechen und wurde verurteilt.«

»Würden Sie also sagen, dass der Freund vielleicht ungeschoren davongekommen wäre, wären Sie nicht auf die Idee mit dem Besitzer gekommen?«

Naydeen senkte das Kinn in einer Geste der Bescheidenheit. »Nun, ich kann natürlich nicht mit Gewissheit sagen, wie es letztlich ausgegangen wäre. Allerdings, ja, die Idee mit dem Besitzer brachte die Polizei dazu, sich noch einmal mit dem Freund zu befassen.«

»Ich verstehe.« Seltz wandte sich leicht den Geschworenen zu und starrte so eindringlich in die obere Ecke des Gerichtssaals, dass einige von ihnen nach oben blickten, um zu sehen, was seine Aufmerksamkeit fesselte. Er stieß einen vernehmlichen Seufzer aus und runzelte die Stirn. »Lassen Sie uns über die Handschuhe in diesem Fall reden. Wie deuten Sie die Tatsache, dass sie genau dorthin zurückgebracht wurden, woher man sie genommen hatte?«

»Ja.« Naydeen sah kurz zum Verteidiger hinüber und dann wieder weg, was Seltz nicht verborgen blieb. In dem Blick lagen Anerkennung und vielleicht flüchtig etwas wie Entschuldigung. Naydeens Ego, das wusste Seltz, würde es ihm nicht gestatten, seine Besorgnis über die Handschuhe unausgesprochen zu lassen, damit nicht jemand anderes darauf kommen und seine Beobachtungen unzureichend finden könnte. »Ja, darüber haben wir noch nicht gesprochen.«

»Spricht nicht die Tatsache, dass sie so säuberlich zurückgebracht wurden, wieder für Ihre Idee des Besitzers?«

»Einspruch! Zeugensuggestion!« Tanley war aufgesprungen.

»Stattgegeben.« Benelli sah den Verteidiger mit der Miene eines müden Elternteils an. »Versuchen Sie es noch einmal, Mr. Seltz.«

»Euer Ehren«, Tanley verzog das Gesicht, »das führt zu nichts. Ich erhebe Einspruch und ich ersuche Sie, die Staatsanwaltschaft wieder zum vorliegenden Fall zu bringen.«

Ein Mundwinkel von Benelli hob sich zu einem schiefen Lächeln. »Es hört sich für mich so an, als sei er gerade dabei.« Er machte eine Handbewegung zum Staatsanwalt. Tanley setzte sich.

Seltz blieb nonchalant. »Bitte, sagen Sie uns, was Ihrer Ansicht nach das Zurücklegen der Handschuhe bedeutet.«

»Nun, es könnte auf einen Besitzer hinweisen. Das ist nur eine These; es mag andere Erklärungen geben, die wir einfach nicht wissen können. Vielleicht geschah es aus einer spontanen Eingebung heraus oder aus Arroganz. Aber es könnte auch sein, dass es dem Täter aus irgendeinem Grund wichtig schien, dem Besitzer die Handschuhe unversehrt zurückzugeben.«

»Gut. Da wir wissen, dass die tatsächliche Besitzerin dieser Handschuhe nicht in das Verbrechen verwickelt ist, meinen Sie dann, dass es jemand sein könnte, der dieser Person nahe steht?«

»Einspruch!« Tanleys Faust donnerte auf den Tisch. Gavil schreckte hoch.

»*Setzen* Sie sich, Mr. Tanley! Ich wäre Ihnen sehr verbunden, wenn Sie das Brüllen in meinem Gerichtssaal in Zukunft unterlassen würden. Ich bin nicht schwerhörig!« Benelli presste zwei Finger auf die Mitte seiner Stirn, bevor er Seltz bedeutete fortzufahren. »Ihre Frage war suggestiv, Herr Staatsanwalt. Versuchen Sie es noch einmal.«

Seltz formulierte um.

»Nun, im Rahmen dieser Theorie«, erklärte Naydeen, »meine ich, dass es jemand sein könnte, der der Besitzerin der Handschuhe emotional sehr nahe steht. Ich würde sogar vermuten, dass es jemand ist, der ihr räumlich nahe ist. Mit anderen Worten, ich kann mir keinen Mörder vorstellen, der auf direktem Weg vom Tatort nach Hause ist und dann einen Abstecher macht, um ein Paar Handschuhe zurück auf die Veranda eines Wildfremden zu legen.«

»Verstehe ich Sie richtig. Sie denken zweierlei über die Person, die die Handschuhe zurückbrachte, und, wie ich es verstehe, sind beide Faktoren wichtig, richtig?«

»Ja, vorausgesetzt, diese Theorie stimmt.«

»Erstens, der Mörder stand der Besitzerin der Handschuhe gefühlsmäßig nahe, nahe genug, um dafür zu sorgen, dass sie diese zurückbekam?«

»Ja.«

»Und zweitens, er war ihr räumlich nahe.«

»Ja, ich glaube, beide Aussagen könnten zutreffen, allerdings immer im Rahmen dieser Theorie.«

»Danke, Mr. Naydeen.« Seltz gestattete sich ein kleines Lächeln. »Keine weiteren Fragen mehr.«

Seltz wusste, dass Tanley es nicht dabei belassen würde. Er trat während der abermaligen Befragung seines Zeugen sehr stark auf, versuchte rigoros, den Schaden zu beheben, der seiner Argumentation zugefügt worden war. Er gewann wenig Boden zurück.

Während Tanleys Vernehmung stützte Seltz einen Ellbogen auf den Tisch und das Kinn in die Hand. Seine Pokermiene war perfekt, aber in seinem Kopf vollführte er ein Freudentänzchen über seinen Sieg. Selten waren in einer Gerichtsverhandlung Momente solcher Art, wie er soeben einen katalysiert hatte – das Auflösen eines gegnerischen Sachverständigen in einer chemischen Reaktion, die den eigenen Fall anheizte. Nicht selten war es für einen Anwalt das höchste der Gefühle, die Glaubwürdigkeit eines Zeugen herabzusetzen. Aber Seltz musste schon sagen, dass ihm geradezu ein Geniestreich gelungen war. Er wusste es und war sich bewusst, dass auch die Geschworenen und die Zuschauer es wussten. Im Film würde er jetzt aufstehen und sich verbeugen, verstieße das nicht gegen Jahrhunderte alte Anstandsregeln im Gerichtssaal. Reiger hatte offensichtlich mehr Mühe, ungerührt zu tun. Eines seiner Beine wippte unter dem Tisch und sein Mundwinkel wollte nicht unten bleiben.

Donnerstag, 26. September

Kapitel 44

Der Psychiater David Wagner trat am Donnerstagmorgen in den Zeugenstand. Reiger besah ihn sich von oben bis unten und hob eine Augenbraue. Eins neunzig und über 250 Pfund. Sein massiger Schädel war eingerahmt von einer Fülle grauen Haars und einem ebensolchen Bart, den er sich gelegentlich strich. Jetzt fehlt ihm nur noch die Couch, dachte Reiger.

Wagners Referenzen waren umfangreich, aber Reiger blieb zynisch. Man musste nur lange genug suchen, hartnäckig genug nachfragen, und jeder Anwalt – ob Anklage oder Verteidigung – konnte einen medizinischen Sachverständigen finden, der seine Theorie stützte, egal, wie sehr sie an den Haaren herbeigezogen war. So wie Seltz seinen eigenen Psychiater präsentiert hatte – eine Frau, deren Aussage zufolge Gavil eine gespaltene Persönlichkeit sei und durchaus dazu fähig, mörderische Neigungen zu verbergen –, so ließ Tanleys Mann nun Unschuldsmutmaßungen vom Stapel, eingekleidet in psychologisches Kauderwelsch. Dass der Angeklagte nicht der Mörder sein könne, den der Polizeiberater Robert Naydeen skizziert habe. Dass er das einzige Kind studierter Eltern sei, beide verstorben. Dass er die Veranlagung zeige, die Frauen, die er liebe, zu betrügen – eine Veranlagung, die er trotz aller Anstrengung scheinbar nicht habe unterdrücken können.

Unter den dicken Tropfen von Wagners Annahmen, wie eine chinesische Wasserfolter, begann Reiger sich allmählich Sorgen über die Auswirkungen von Wagners Aussage zu machen. Er warf einen Blick auf die zwölf auf der Geschworenenbank. Die Hälfte von ihnen machte sich mit angestrengt gerunzelter Stirn eifrig Notizen. Als er sie so beobachtete, wurde Reiger mulmig zumute und zum ersten Mal in seinem

Leben ging ihm die Vergeblichkeit dieses Rechtssystems auf. Plötzlich kamen ihm Gerichtsverfahren wie fauler Zauber vor, der die wahre Gerechtigkeit »zum Gespött« machte. Mochte eine junge Frau tot sein, die das ganze Leben noch vor sich hatte. Mochte ein Mörder, der auf freien Fuß kam, zum Wiederholungstäter werden. Mochte Haverlon nie mehr dieselbe Stadt sein wie zuvor, mochten ihre Kinder Angst haben, auf der Straße zu spielen, mochten ihre Frauen in einem Zwangsritual immer wieder kontrollieren, ob sie ihre Türen abgeschlossen hatten. Ursache und Wirkung konnten so sonnenklar sein, wie sie wollten, im Gerichtssaal schienen sie zu verblassen, wo Schmerz und Trauma reduziert wurden auf Streitfragen, Anwaltseskapaden und die schlüpfrige Zunge eines Psychiaters, der für seine Schlussfolgerungen bezahlt wurde.

Irgendwo hinter Reiger saßen wie an jedem Verhandlungstag die Eltern von Meg Jessler. Reiger wunderte sich über ihre innere Stärke, die ihnen die Kraft gab, sich Wagners Aussage anzuhören. Und er fragte sich, wie er ihnen, falls die Anklage verlor, in die Augen schauen sollte.

Lieber Herr, betete er, *lass unseren Mörder nicht frei ausgehen.*

Nicht, dass Reiger nicht schon vorher bewusst gewesen wäre, was alles auf dem Spiel stand. Aber in jenem Augenblick, mit dem völlig von sich eingenommenen Sachverständigen im Zeugenstand, dem anmaßend gelassenen Blick Tanleys und der offensichtlichen Faszination der Geschworenen, spürte Reiger die Verzweiflung über sich zusammenschlagen. Dass dem Psychiater ein Spezialist für DNS vorangegangen war, der anhand zahlreicher eindrucksvoller Graphiken und Tabellen bewiesen hatte, dass das winzige Hautstückchen vom Felsblock weder zum Opfer noch zu Harrison gehörte, hatte die Sache auch nicht besser gemacht. Das sollte eigentlich keine

Rolle spielen; der passende Fingernagel machte alles wett. Die DNS hatte sich lediglich als ein Beispiel für etwas erwiesen, was ihnen in der polizeilichen Arbeit auf Schritt und Tritt begegnete – dass etwas, was man zunächst für äußerst wichtig hielt, letzten Endes bedeutungslos war. Im Kreuzverhör hatte Seltz betont, das Stückchen Haut könne von jedem stammen, der zur Schlucht gewandert war und sich zum Ausruhen auf den Stein gesetzt hatte. Trotzdem hatte die Aussage Reiger nicht gerade glücklich gemacht.

Genauso wenig wie der Psychiater, der jetzt im Zeugenstand war. Reiger atmete tief durch und ärgerte sich über seine eigenen Weltuntergangstheorien. Er schob die Gedanken in einer Willensanstrengung beiseite und zwang sich zur Konzentration auf die Zeugenaussage.

Die Uhr zeigte halb zwei. Der Prozess zog sich und Seltz spürte die Müdigkeit der Jury. Die Verteidigung hatte nach Dr. Wagners Aussage nichts mehr anführen wollen. Seltz hatte wieder das Wort, dieses Mal zum Antritt des Gegenbeweises.

Die Geschworenen sollten mit einem Trompetenstoß geweckt werden.

»Das Volk ruft Sonya Hocking.«

Bei diesem Namen ging eine Wellenbewegung durch den Saal, als tauche man einen Finger in einen verschlafenen Teich.

Im blauen Seidenanzug und dazu passenden Pumps schritt Sonya Hocking mit hoheitsvoller Miene durch den Gang des Gerichtssaals. Das schwarze Haar war zu einem feschen Chignon hochgesteckt, das Make-up makellos. Es knisterte im Saal, als sie in den Zeugenstand trat, aller Augen waren auf sie gerichtet, als sie ihrem Ehemann kurz zulächelte, dessen gelassene Anwesenheit in der dritten Reihe für die Öffentlichkeit keinen Zweifel an seiner Unterstützung ließ. Als Seltz um den

Anwaltstisch herumging, neigte Sonya Hocking huldvoll den Kopf in Reigers Richtung. Der Sergeant nickte zurück.

»Guten Tag, Mrs. Hocking«, begrüßte Seltz sie.

»Guten Tag.«

Seltz sah wachsam zur Geschworenenbank. Er konnte in ihren Gesichtern lesen, was sie über die Frau dachten. Schön, selbstsicher. Mit der Aura einer stillen Würde inmitten der unangenehmen Aufgabe, zu der man sie vorgeladen hatte.

»Gnädige Frau, bitten sagen Sie uns, wo Sie wohnen.«

»In der Wenelle Street sechs, in Atherton.«

»Und mit wem leben Sie zusammen?«

»Mit meinem Mann Stuart.«

»Keine Kinder?«

»Nein.« Ihre Stimme war leise, wehmütig. »Seine Kinder sind aus dem Haus und ich ... wir ... haben keine.«

Seltz senkte das Kinn, um seine Betrübnis über diesen Umstand auszudrücken. »Sind Sie berufstätig, Mrs. Hocking?«

»Nein.«

»Womit verbringen Sie dann Ihre Zeit?«

Die nächsten zehn Minuten lang schilderte Sonya Hocking leidenschaftlich ihre Rolle in zahlreichen Kinderhilfsorganisationen. Im vergangenen Jahr habe sie sich auf die Sonya-Hocking-Stiftung konzentriert, die sie vor kurzem gegründet habe, um krebskranken Kindern zu helfen. Da sie selber keine Kinder haben könne, sagte sie, und Gott sie durch ihre Ehe mit Stuart finanziell gesegnet habe, habe sie beschlossen, sich ganz dafür einzusetzen, dass diesen armen Kindern geholfen wird. Von Februar bis August des laufenden Jahres habe sie, wenn sie nicht gerade Gelder für ein hochmodernes Krebszentrum in Sunnyvale sammelte, das dazu dienen sollte, diese »lieben Kleinen« zu retten, die kranken Kinder besucht und deren Eltern seelischen Beistand geleistet. Nun aber seien die Mittel beisammen und das Zentrum würde seine Arbeit bald aufnehmen.

Seltz stellte seine Fragen geschickt, entlockte ihr die Informationen, als sei sie von sich aus viel zu bescheiden, um ihre Tugenden ohne sein Nachhaken kundzutun. Selbst wenn er redete, war er sich der Einstellung der Zuhörer im Gerichtssaal bewusst. Sie mochten Sonya Hocking; sie saugten ihre Antworten auf. Er *hatte* sie.

Als er das Gespräch über ihre Wohltätigkeit nicht weiter in die Länge ziehen konnte, zeigte Seltz ernst auf den Angeklagten. »Mrs. Hocking.« Sein Tonfall deutete an, dass er nun ein unangenehmes, aber unumgängliches Thema anschnitt. »Kennen Sie diesen Mann?«

Er spürte die Erwartung in der Luft, die in den über Notizblöcken gezückten Kugelschreibern der Reporter und den unruhigen Blicken der Geschworenen sichtbar wurde. Allein der Geschworene Nummer acht, der Student, verlor den Kampf gegen ein Gähnen.

Sonya Hocking gestattete sich nur einen kurzen, traurigen Blick auf den Mann, der einmal der Freund ihres Mannes gewesen war. Wenn sie über Gavils Aussehen schockiert war, ließ sie es sich nicht anmerken.

»Ja. Gavil Harrison und mein Mann waren gut befreundet.«

»Haben Sie Mr. Harrison durch Ihren Mann kennen gelernt?«

»Ja. Er war bei unserer Hochzeit Trauzeuge.«

Seltz machte eine Pause, um diese Information einwirken zu lassen. »Wie lange kennt Mr. Hocking ihn schon?«

Sie dachte nach. »Seit über zehn Jahren.«

»Und Sie sagten, sie waren gut befreundet?«

»Ja. Stuart war Gavils Mentor. Er hat dafür gesorgt, dass Gavil die Stelle bei Titan Electronics bekam.«

»Und wie sah Ihre Beziehung zu Mr. Harrison aus, Mrs. Hocking?«

Ihre Augen schlossen sich kurz. »Wir waren Freunde.

Stuart und ich sind oft zusammen mit Gavil und Marian Baker essen gegangen – der Frau, von der Gavil sagte, dass er sie heiraten wollte. Manchmal habe ich mit den Männern Golf gespielt. Marian spielt kein Golf. Ich hatte Achtung vor Gavil.« Sie runzelte die Stirn. »Ich mochte ihn gern. Und ich dachte, er hätte auch Achtung vor mir.«

Seltz nickte nachdenklich. »Nun, Mrs. Hocking, müssen wir uns dem fraglichen Morgen zuwenden – Mittwoch, der fünfte Juni. Würden Sie dem Gericht bitte sagen, wo Sie an jenem Morgen waren?«

»Gewiss.« Sie holte Luft. »Ich war bis etwa halb elf allein zu Hause. Dann kam Stuart nach Hause und wir sind gemeinsam zu einer Golfpartie im La Prima aufgebrochen, unserem Freizeitklub. Unsere Teezeit war gegen viertel nach elf angesetzt.«

»Wo war Ihr Mann, bevor er nach Hause kam?«

»Auf einer zweitägigen Geschäftsreise in Portland. Am Mittwochmorgen hatte er einen frühen Rückflug, sodass er rechtzeitig zum Golfspielen zu Hause sein konnte.«

»Ah ja. Und was taten Sie, bevor er nach Hause kam?«

Sie zuckte leicht mit den Achseln. »Arbeiten in meinem Büro, soweit ich mich erinnern kann. Ich hatte eine Menge Telefonate zu erledigen im Zusammenhang mit dem Aufbringen der Geldmittel. Kontakte knüpfen und dergleichen.«

Seltz machte eine Pause. »Sie sind sich bewusst, dass der Angeklagte behauptet, an jenem Morgen bis etwa halb zehn bei Ihnen gewesen zu sein?«

»Das bin ich.« In den Worten schwang Bedauern.

»Und war er das nicht?«

Sie blickte Seltz fest an. »Nein. Das war er nicht.«

»Mrs. Hocking.« Seltz gestattete es seinem Tonfall, vor Entrüstung abzusinken. Er breitete beide Hände aus und schüttelte den Kopf, als stünde er vor einem Rätsel. »Es lässt sich einfach nicht gefälliger ausdrücken. Der Angeklagte behauptet, mit Ihnen ein intimes Verhältnis gehabt zu haben, die Nacht vom Dienstag, dem vierten Juni, mit Ihnen in Ihrem Haus verbracht zu haben und bis um halb zehn am Mittwochmorgen, dem fünften Juni, geblieben zu sein. Stimmt das?«

Sonya Hocking kniff die Lippen zusammen. »Ich weiß um seine Behauptungen. Sie sind falsch.«

Ihr Blick wanderte zu Gavil, dann zu ihrem Mann. Stuart nickte ihr ermutigend zu. Sie sah wieder Seltz an. »Wir waren Freunde, wie ich schon sagte. Freunde, weil er und mein Mann Freunde waren. Aber kein Wort dieser Behauptungen ist wahr.«

Seltz sah die Frage im Gesicht der Geschworenen Nummer zwei, eine Frage, die vermutlich vielen durch den Kopf ging. Die Geschworene Nummer zwei gab die Daten in einen Computer ein und wertete diese gerade aus.

»Ich muss Sie etwas fragen, damit Ihre Antwort klarer wird, Mrs. Hocking. Der Angeklagte behauptet, von etwa Dienstagabend, zehn Uhr, bis Mittwochmorgen, halb zehn, mit Ihnen allein gewesen zu sein, und tatsächlich *war* Ihr Mann Dienstagnacht außer Haus und kehrte nicht vor Mittwochmorgen um halb elf zurück. Wie erklären Sie sich diesen Zufall?«

»Das war kein Zufall.« Sonya Hocking seufzte. »Gavil wusste, dass ich in dieser Nacht allein zu Hause sein würde, weil ich ihm ein paar Tage zuvor erzählt hatte, dass Stuart verreist sein würde.«

»Und was hat Sie dazu veranlasst?«

»Ich hatte meinem Mann geholfen, eine Viererpartie Golf für den Mittwoch anzusetzen. Auf Stuarts Bitte hin rief ich Gavil irgendwann in der voraufgehenden Woche an, um ihn zu fragen, ob er uns begleiten wolle. Als ich Gavil unsere Teezeit nannte, wunderte er sich, warum sie so spät lag. Ich erklärte ihm, dass Stuart am Abend zuvor verreist sein würde und Mittwoch einen frühen Flug nehmen würde. Unsere Teezeit – viertel nach elf – war der früheste Termin, bis zu dem Stuart und ich im Klub sein konnten.«

»Und welche Antwort hat Gavil Harrison Ihnen auf Ihre Einladung erteilt?«

»Er wäre gerne mitgekommen, sagte aber, dass das nicht gehe, weil er zu viel zu tun habe.«

»Ich verstehe.« Seltz schlenderte auf die Jury zu. »Als Mr. Harrison den Kriminalbeamten also erzählte, er sei von Dienstagnacht bis Mittwochmorgen bei Ihnen gewesen, wusste er folglich, dass Sie zu der Zeit allein zu Hause gewesen waren, richtig?«

»Ja.«

Der Staatsanwalt hob beide Hände und legte die Fingerspitzen zusammen. »Wann haben Sie nach diesem Telefonat, in dem Sie den Angeklagten zum Golfspielen einluden, das nächste Mal mit ihm gesprochen?«

»Erst wieder am Freitagabend, dem siebten Juni. Er rief mich zu Hause an.«

»Wie klang er?«

»Einspruch, Euer Ehren, Aufforderung zur Spekulation.« Tanley kauerte auf seinem Stuhl wie ein Adler, der nach einer Maus späht.

»Euer Ehren, ich stelle es doch nicht als die Wahrheit –«

»Stattgegeben.« Benelli wedelte mit dem Handrücken, als verscheuche er eine Fliege. »Fahren Sie fort, Mr. Seltz.« Der Staatsanwalt nickte ehrerbietig.

»Was hat der Angeklagte zu Ihnen gesagt?«

»Einspruch, Wiedergabe von Behauptungen Dritter.« Tanley erhob sich.

Seltz breitete frustriert die Arme aus. »Es zielt auf den Gemütszustand des Angeklagten, Euer Ehren.«

Benelli überlegte, er legte den Kopf schief. »Abgelehnt.«

Seltz atmete auf. »Was sagte der Angeklagte zu Ihnen am Telefon an jenem Abend?«, wiederholte er.

Sonya Hocking zögerte, die Fassungslosigkeit stand ihr ins Gesicht geschrieben. »Er sagte, dass wahrscheinlich zwei Polizisten auf dem Weg zu mir seien, um mich zu verhören. Er sagte, sie würden ihn des Mordes an der jungen Frau verdächtigen, die am Tag zuvor im Trent Park gefunden worden war.«

Seltz konnte die Kulis der Reporter hören. Die Geschworene Nummer zwei lehnte sich auf ihrem Stuhl zurück. »Sie wussten von dem Verbrechen?«

»Ja, ich hatte in den Nachrichten davon gehört.« Sie blickte zu Reiger. »Als Gavil mich wegen der Polizisten anrief, die vorbeikommen würden, konnte ich mir einfach nicht vorstellen, dass sie glauben könnten, Gavil habe etwas damit zu tun.«

Reiger senkte den Kopf, als wollte er sagen, dass er verstehe. Seltz tat, als bemerke er das kleine geplante Geplänkel nicht. »Hat der Angeklagte noch etwas anderes gesagt?«

Sonya Hocking legte eine Hand an ihre Wange.

»Euer Ehren«, Tanley war wieder auf den Füßen, »ich erhebe Einspruch gegen das alles. – Dürfen wir näher treten?«

Eine vertrauliche Besprechung zwischen Richter und Anwälten folgte, bei der Seltz seine Position gegen einen kochenden Tanley verteidigte. Die Bestimmung zur Wiedergabe von Behauptungen Dritter greife nicht; die Geschworenen hätten das Recht, das angebliche »Alibi« des Angeklagten in allen Facetten zu kennen. Benelli entschied zu seinen Gunsten. Seltz wiederholte seine Frage.

»Ja, er hat noch mehr gesagt«, antwortete Sonya Hocking. »Er hat gesagt, er habe den Kriminalbeamten erzählt, dass er von Dienstagabend, so gegen zehn Uhr, bis zum Mittwochmorgen um halb zehn bei mir gewesen sei und dass er ihnen auch noch erzählt habe, wir hätten eine Affäre.« Sie sah erzürnt aus.

»*Hatten* Sie denn eine Affäre?«, fragte Seltz freundlich.

»Nein, *niemals.*« Sonya Hocking schüttelte den Kopf. »Das würde ich meinem Mann niemals antun. Ich liebe Stuart und ich habe keinen Mann mehr angeguckt, seitdem er und ich uns begegnet sind. Und ich würde auch niemals etwas tun, was meinem guten Ruf schaden könnte, wo doch der Bau des Krebszentrums auf dem Vertrauen der Öffentlichkeit in mich beruht. Diese Kinder da *brauchen* mich, Mr. Seltz.« Ihre Stimme bebte. »Wenn nicht *ich* dieses Zentrum baue, um sie zu retten, wer dann?«

Seltz unterdrückte den Impuls zusammenzuzucken. Sie war in ihrer Entrüstung zu weit gegangen; Tanley könnte ihr daraus einen Strick drehen.

Er zwang sich, ruhig zu nicken. »Als der Angeklagte Ihnen diese beunruhigenden Mitteilungen machte, Mrs. Hocking, was taten Sie daraufhin?«

»Ich konnte es einfach nicht *fassen*«, sagte sie aufgebracht. »Ich habe ihn immer wieder gefragt: ›*Warum* hast du ihnen das erzählt?‹ Ich verstand ja nicht, warum er überhaupt sagen musste, dass er bei mir gewesen war. Ich verstand nicht, warum er mir das antat.«

Seltz ließ den Geschworenen Zeit, Sonya Hockings gegrämten Gesichtsausdruck zu speichern. »Wenn ich Sie also richtig verstehe, dann nannte der Angeklagte Ihnen Einzelheiten eines Alibis, das er der Polizei beigebracht hatte, richtig?«

»Ja.«

»Was erwartete er von Ihnen, wenn überhaupt etwas?«

Sonya Hocking schloss die Augen, ganz krank. »Er wollte, dass ich seine Geschichte bestätigte.«

Seltz reagierte schnell. »Wollen Sie damit sagen, dass er Sie bat, den Kriminalbeamten die genauen Einzelheiten seines Alibis zu erzählen?«

»Ganz richtig«, sagte sie und runzelte die Stirn. »Das tat er. Er *flehte* mich geradezu an, zu seiner Geschichte zu stehen.«

Tanley stand auf. Ein winziges Grinsen stahl sich über seine Züge, als er sah, wie Sonya Hocking sich in Erwartung des Kreuzverhörs straffte. »Auf geht's, halten Sie sich fest«, flüsterte er Gavil zu und klopfte mit den Fingerknöcheln auf den Tisch. Gavil brachte ein schwaches Lächeln zustande.

Tanley näherte sich der Zeugin mit einem Blick des Verstehens. Er wusste, jetzt kam es auf die richtige Taktik an. War er zu hart mit ihr, würden die Geschworenen Mitleid mit ihr bekommen – der große, böse Verteidiger, der die unschuldige Zeugin hetzt. War er nicht hart genug, würde er sich die Möglichkeit entgehen lassen, ein paar ganz dicke Punkte zu sammeln.

»Mrs. Hocking«, sagte er mit einer Leichtigkeit in der Stimme, die niemanden täuschte, »darf ich Sie daran erinnern, dass Sie sich vor einem Gericht befinden. Dass Sie geschworen haben, die Wahrheit zu sagen. Und dass Meineid eine Straftat ist.«

»Einspruch, Euer Ehren!« Seltz wirkte gekränkt. »Das ist eindeutig argumentativ.«

»Gemach, Gemach, Mr. Seltz.« Benelli sah den stellvertretenden Bezirksstaatsanwalt über seine Brillengläser hinweg an, dann fixierte er Tanley mit finsterem Blick. »Fahren Sie fort, Sir. Versuchen Sie, dieses Mal eine Frage zu stellen.«

»Na schön.« Tanley verschränkte die Arme. »Mrs. Hocking, ich würde gerne noch ein bisschen über Ihre Bemühungen reden, Gelder für kranke Kinder einzutreiben.«

»Bitte sehr.« Sie beäugte ihn misstrauisch.

»Sie erwähnten, dass Sie diese Kinder besuchen würden, wenn Sie nicht gerade Gelder für sie beschafften. Wo genau besuchen Sie diese denn?«

Sonya Hockings Augen sagten ihm, dass sie wusste, worauf er hinauswollte. »Die meisten von ihnen sind sehr krank, Mr. Tanley. Sie liegen im Krankenhaus.«

»Im Krankenhaus?« Er tat überrascht. »In welchem Krankenhaus?«

»Ganz unterschiedlich, das hängt davon ab, wo die Kinder wohnen. Aber oft sind sie im Kinderkrankenhaus von Palo Alto.«

»Ah ja. Das ist diese Klinik, die für ihre ausgezeichnete medizinische Versorgung bekannt ist, richtig? Und wenn ich mich recht entsinne, ist das Krankenhaus – wohlgemerkt das *ganze* Krankenhaus, nicht nur Teile davon – von einer wohltätigen Stiftung finanziert worden, nicht wahr?«

Sonya Hocking machte ein gleichgültiges Gesicht. »Das stimmt.«

»Und die Frau, die jene Stiftung gegründet hat – Edith Dressell –, steht ihr Name nicht in großen Lettern über dem Gebäudeeingang?«

Sie zuckte die Achseln, als sei dieser Umstand belanglos. »Ich glaube schon. Ja.«

»Aha.« Tanley dachte einen Augenblick nach. »Dann kümmert sich diese Klinik – das Kinderkrankenhaus von Palo Alto – also offensichtlich schlecht um krebskranke Kinder?«

»Das habe ich nie behauptet.«

Tanley setzte eine verwirrte Miene auf. »Nun, nein. Aber als Sie über Ihre Geldbeschaffungsbemühungen sprachen, sagten Sie: ›Wenn ich dieses Zentrum nicht baue, um sie zu retten‹ – womit die Kinder gemeint sind –, ›wer dann?‹ Richtig?«

»Ich denke schon; ich weiß nicht mehr genau, was ich gesagt habe.«

»Möchten Sie, dass ich die Protokollführerin bitte, es Ihnen noch einmal vorzulesen?«

Sie musterte ihn. »Nein, das ist nicht nötig.«

»Also haben Sie diese Worte gesagt.«

»Ich schätze ja.«

Tanley kniff die Lippen zusammen. »Wenn also diese Kinder im Palo-Alto-Kinderkrankenhaus, das Edith Dressells Namen trägt, gut aufgehoben sind, warum glauben Sie dann, sie ›retten‹ zu müssen?« Das Wort hatte einen sarkastischen Unterton.

»Einspruch, Euer Ehren.« Seltz klang entrüstet. »Er setzt der Zeugin zu.«

»Euer Ehren, ich bin lediglich –«

Benelli hob die Hand. »Genug, Mr. Tanley. Ich werde noch einmal ablehnen. Kommen Sie aber zur Sache.«

Tanley verbarg seinen Zorn. Seltz hatte seinen Einspruch absichtlich bis zu dem Zeitpunkt zurückgehalten, an dem er seine Gedankenlinie am besten unterbrechen würde. »Erinnern Sie sich noch an die Frage, Mrs. Hocking?«

»Ich erinnere mich sehr gut, Mr. Tanley«, gab sie kalt zurück. »Und ich werde meine Aussage gerne erklären.« Ihre Stimme nahm den Tonfall geduldiger Beherrschung an, als spräche sie mit einem geistig Minderbemittelten. »Wir reden hier über die Bedürfnisse von Kindern, die im *Sterben* liegen, Sir. Sie brauchen *jede* nur erdenkliche Hilfe. Die Kliniken im Umkreis sind – wenngleich sehr gut – eher Allgemeinkrankenhäuser. *Mein* Zentrum wird dagegen ganz darauf spezialisiert sein, Krebs auszurotten – einen schrecklichen Kindermörder.«

Tanleys Mund verzog sich leicht. *»Ihr* Zentrum? Sie meinen das Zentrum, das von der Stiftung, die Sie gegründet haben, gebaut und finanziert worden ist?«

»Ja, natürlich meine ich das.«

»An der Stiftung sind noch mehr Menschen beteiligt außer *Ihnen*, richtig?«

»Ja.« Ihr Gesicht verhärtete sich.

Tanleys Augen verengten sich. »Sagen Sie, Mrs. Hocking, sehen die Pläne für dieses Onkologiezentrum nicht vor, dass Ihr Name in großen Druckbuchstaben über dem Eingang stehen wird?«

Sie sah stirnrunzelnd weg. »Ja, kann schon sein.«

»Kann schon *sein?* Hatten Sie nicht sogar eine – ziemlich heftige – Auseinandersetzung mit dem Architekten dieses Gebäudes, weil Sie die Buchstaben Ihres Namens viel größer haben wollten, als er das vorgesehen hatte?« Tanley ging ein kalkuliertes Risiko ein. Er wusste, dass das stimmte, und sollte sie es bestreiten, würde er den Architekten als Zeugen aufrufen, um sie anzufechten.

Sie beobachtete ihn, gab sich cool. »Ach ja, jetzt erinnere ich mich wieder an diese Buchstabengeschichte. Ja, ich habe darüber mit dem Architekten *diskutiert.*«

»Diskutiert. Es war kein Streit?«

Sie zögerte, blickte ihn fest an. Tanley hatte das deutliche Gefühl, dass sie abschätzte, wie viel er wissen mochte. »Es war eine hitzige Diskussion, das stimmt.«

»Verstehe. Und worum ging es genau bei dieser ›hitzigen Diskussion‹?«

Sie seufzte. »Die Buchstaben standen nicht im rechten Verhältnis zum Rest des Gebäudes.«

»›Nicht im rechten Verhältnis.‹« Tanley dachte darüber nach. »Heißt das, Sie dachten, Ihr Name falle nicht groß genug aus?«

»Das heißt«, gab sie zurück, »dass die geometrischen Figuren, die ich ebenfalls an dem Gebäude wollte, die Buchstaben so stark in den Schatten stellten, dass ich das Design für misslungen hielt.«

Tanley nickte langsam und überlegte seinen nächsten Schritt. Es reizte ihn, das Thema der Buchstaben noch weiter auszuwalzen, aber er beschloss, dem Impuls zu widerstehen.

Seltz würde wieder einwenden, dass er der Zeugin zusetze, und Tanley wollte nicht riskieren, dass Benelli dem stattgab, weil er fürchtete, die Gefühle der Geschworenen könnten zu Sonya Hockings Gunsten umschlagen. Er senkte den Kopf. »Nun. Vielleicht kommen wir darauf noch zurück.« Er räusperte sich. »Ach, übrigens«, fragte er leichthin, »erinnern Sie sich, dass Sie zu Mr. Seltz gesagt haben, Sie würden niemals etwas tun, was Ihrem guten Ruf schaden würde?«

Sonya Hocking blinzelte. Tanley sah, wie sie sich bei der Erkenntnis versteifte, was er aus einer solchen Aussage machen könnte, wenn er sie darauf festnagelte. Ein stiller, tiefer Atemzug hob ihre Schultern. »Ja.«

Tanley nickte und zuckte die Achseln. »Lassen Sie uns einen Augenblick über Ihren Hintergrund sprechen.«

Misstrauen glitzerte in ihrem stoischen Blick. Tanley wusste, sie ließ sich von seiner vorübergehenden Gnadenfrist nicht ins Bockshorn jagen. *Keine Sorge, Mrs. Hocking*, spöttelte er insgeheim, *wir werden schon noch auf Ihren Ausrutscher zurückkommen.*

Vorsichtig und mit anfänglichem Einfühlungsvermögen begann Tanley zu bohren, entlockte Sonya Hocking die Verhältnisse ihrer armseligen Kindheit. Die eingewanderten Eltern. Die abgelegte Kleidung, der Traum, es einmal weit zu bringen. Das harte Arbeiten an der High School, gefolgt von einem Job an einem Bankschalter. Und fünfzehn Jahre später ihr erster Blick in die Augen Stuart Hockings, der eines Tages die Bank betrat, um ein beträchtliches Guthaben auf ein Sparkonto einzuzahlen.

Dann begann Tanley langsam, die Schrauben anzuziehen, die er so präzise angebracht hatte. Sonya Hocking habe es weit gebracht, seit sie Stuart geheiratet habe, nicht? Sie lebe jetzt in einem großen Anwesen, genieße den Luxus und die vornehme Gesellschaft. Sie genieße ihren Ruf, die Achtung, die man ihr entgegenbringe, zunächst aufgrund des Mannes, den sie geheiratet habe, aber schließlich aufgrund ihrer eigenen Verdienste. Sei sie nicht stolz, wozu sie es gebracht habe? Stolz auf ihre Pläne für das Krebszentrum, und erwarte sie nicht ungeduldig den Tag, an dem es fertig vor ihr stände? Welch eine Referenz für sie – das Gebäude mit ihrem Namen in großen Lettern. Und machten Freunde ihr jetzt nicht sogar schon Mut, in die Politik einzusteigen? Überlege sie nicht sogar, sich in einer künftigen Wahl zum Landesparlament aufstellen zu lassen? Sie müsse doch zugeben, stichelte Tanley, dass sie ein hohes gesellschaftliches Ansehen bitter nötig haben würde, um Stimmen zu erhalten. Und dass auch ihr laufendes Projekt – das Zentrum – nicht weniger stark auf ihren guten Namen angewiesen sei. Sie habe ja selbst gesagt, dass es das tue. Und woher wusste sie das? War es nicht ihre eigene Erfahrung, dass wohlhabende Leute ihr Geld zusicherten, weil sie an ihre Integrität glaubten? Was geschah denn mit den Zuwendungen, als Gavil Harrisons Behauptung von seiner Affäre mit ihr bekannt wurde? Sind sie, den Rechnungsberichten der Stiftung zufolge, nicht drastisch zurückgegangen? Und fingen die Gelder nicht erst wieder zu fließen an, nachdem sie unzählige Stunden damit verbracht hatte, vielen Einzelpersonen zu versichern, dass die Behauptung von Gavil Harrison falsch sei?

Mittlerweile lag ein schwacher Glanz auf Sonya Hockings makellos gepudertem Gesicht. Ihr Kiefer war starr, die Augen hart, der Rücken kerzengerade. *Wie können Sie es wagen, mich so zu behandeln!* stand ihr deutlich auf der Stirn geschrieben. Seltz tat sein Bestes, um ihre Fels-von-Gibraltar-Fassade zu stützen, als die ersten Steinchen abzubröckeln begannen. Er erhob lautstark und verächtlich Einspruch, versuchte, Tanleys Fragenfluss zu unterbrechen. Aber Benelli wollte nichts davon wissen und entschied wiederholt, dass

Sonya Hocking der gesamten Art der Befragung Tür und Tor geöffnet habe.

Die Zuschauer schienen zum Zerreißen gespannt, die Blicke der Reporter flogen vom Anwalt zur Zeugin. Die Geschworenen beobachteten aufmerksam, in ihren Gesichtern spiegelte sich, was sie bei sich über Sonya Hockings Motive dachten. Ohne sich umzudrehen, konnte Tanley förmlich *fühlen*, wie sich Stuart Hockings Hass in seinen Rücken bohrte. Vielleicht, wenn er Glück hatte, würde der Mann die Beherrschung verlieren und sich auf ihn stürzen.

»Nun«, räumte Tanley ein, »offensichtlich hat Ihr öffentliches Leben ernsthaften Schaden gelitten durch das Alibi des Angeklagten.« Er blickte Gavil an. »Und wie steht es mit Ihrem Privatleben? Was wäre, wenn Sie, sagen wir, Ihren Ehemann nicht davon überzeugen könnten, dass Sie kein Verhältnis mit seinem besten Freund gehabt haben?«

Sonya Hocking zitterte fast vor Wut. »Ich sehe den Sinn Ihrer Frage nicht. Er *glaubt* mir.«

»Das nehme ich an.« Tanley hob beide Hände, die Handflächen in einer versöhnlichen Geste geöffnet. »Das ist eine rein hypothetische Frage.«

Der Verteidiger stieß weiter vor. Es gelang ihm, in düsteren Farben auszumalen, was Sonya Hocking blühte, falls sich ihr Ehemann wegen Untreue von ihr scheiden ließe. Sie würde vermutlich mit einer kümmerlichen Abfindung dastehen, richtig? Würde sie nicht das Haus verlieren, ihr gesellschaftliches Ansehen, ihre Freunde? Was würde sie tun als mittellose Frau? Wieder zurück an einen *Bankschalter* gehen?

»Wer weiß, Mr. Tanley?« Ihr Ton war eisig. »Ich habe mir über diese Dinge noch nicht eine Sekunde lang Gedanken gemacht, weil mein Mann *weiß*, dass ich ihm treu war – und immer sein werde.«

»Mag sein, Mrs. Hocking.« Tanley gab ein affektiertes Achselzucken von sich. »Mag sein.« Er legte einen Zeigefinger an die Lippen. »Aber eines stört mich.« Seine Worte wurden präzise, wohl überlegt. »Sie haben Mr. Seltz gesagt, dass Sie *niemals* etwas tun würden, was Ihrem guten Ruf schaden würde. Richtig?«

Sonya Hockings Kinn hob sich trotzig, obwohl in ihrer Kehle ein nervöses Schlucken gluckste. »Ja.«

Tanley bewegte sich nicht. »*Niemals*. Das war Ihr Wort.«

Sie starrte ihn an. »Ist das eine Frage?«

»Nein, Mrs. Hocking. *Jetzt* kommt meine Frage.«

Flüchtig stellte sich Tanley vor, wie die Jury lautstark über den letzten Punkt beraten würde, den er jetzt in der Sache *Das Volk gegen Gavil Harrison* vorbringen würde. Sein Herz hämmerte. Seine Kehle zog sich zusammen. Alle Vorbereitungen, alle Zeugenaussagen und Verhöre und Kreuzverhöre. Alle Angst und aller Schlafmangel. Der gesamte Fall spitzte sich jetzt auf eine letzte Frage zu. Er sah die Geschworenen an. *Nur einer von euch*, sagte er sich. *Ein Einziger genügt*. Tanley postierte sich vor dem Tisch der Verteidigung, breitbeinig, die Arme verschränkt.

»*Jetzt* kommt meine Frage, Mrs. Hocking«, wiederholte er langsam, wobei jedes Wort saß. »Wenn Sie *tatsächlich* eine Affäre mit Gavil Harrison hatten und wenn er bei Ihnen *war* an jenem Mittwochmorgen, dem fünften Juni ... in Anbetracht Ihrer eingestandenen Entschlossenheit, Ihren guten Ruf um jeden Preis zu schützen, *warum sollten wir annehmen, dass Sie uns die Wahrheit sagen?«*

Freitag, 27. September

Kapitel 45

Reigers Magen spielte verrückt. Er hatte es schon am Donnerstag gemerkt, als Dr. Wagner im Zeugenstand war. Die Schweinekoteletts mit Kartoffeln, die Edith dann am Abend aufgetischt hatte, waren ihm nicht gut bekommen; nun stieß er heute Morgen ständig Paprika auf. Zu allem Überfluss würde die Verhandlung heute sicherlich geschlossen werden und alle übers Wochenende bis zum Urteilsspruch der Geschworenen schmoren lassen. Während er in seiner Hosentasche nach einem Antazidum grub, beobachtete er Richter Benelli, der sich stirnrunzelnd einige Papiere vornahm.

Der Kopf des Richters hob sich. »Also schön«, sagte er und sah von einem Anwalt zum anderen. »Guten Morgen, zusammen. Mr. Seltz, haben Sie noch Zeugen, die Sie aufzurufen wünschen?«

»Nein, Euer Ehren, ich bin durch.«

»Mr. Tanley?«

Der Verteidiger schüttelte den Kopf. »Wir sind fertig.«

»Hm.« Benelli kratzte sich die Nase. Er warf einen prüfenden Blick auf die große Uhr im Saal. Es war viertel nach neun. »Na schön. Dann machen wir uns also an die Haushaltsführung.«

Reiger fuhr sich mit der Zunge im Mund herum und schmeckte den leicht süßlichen Kalk des Antazidums, als die Verhandlung in die letzte Runde schlurfte – das zähe Prozedere zu diskutieren, welche der vorgelegten Beweisstücke als Beweismittel dienen sollten. Richter Benelli behielt die Uhr im Blick, verkürzte die Mittagspause, als es endlich so weit war, und bestimmte, dass alle um viertel vor eins zurück sein sollten, damit genügend Zeit bliebe für die Schlussplädoyers, die letzen Regelungen und die Rechtsbelehrung der Geschworenen, bevor diese sich zur Beratung zurückzogen. Benellis Bemühungen, zum Abschluss zu kommen, ließen in Reiger den Verdacht aufkommen, dass dieser am Wochenende etwas vorhatte und noch vor dem Freitagsstau aus der Bay Area sein wollte.

Nach dem Mittagessen hielt Seltz sein Schlussplädoyer. Tanley folgte. Gegen drei kam der Verteidiger zum Ende. Reigers Sitzfleisch war müde und seinem Magen ging es nicht besser als am Morgen – vor einer ganzen Packung Antazidum. Und bei dem Tempo, mit dem Benelli die Dinge vorantrieb, sahen die Aussichten auf eine Kaffeepause leider trübe aus.

Während Tanley sprach, machten sich die Geschworenen ausgiebig Notizen, die Ohren gespitzt, die Augen groß, wie Pferde, die heim zum Stall drängen. Reporter, die sehr zu Benellis Verdruss während der vormittäglichen, eher profanen Prozedur heraus- und hereinspaziert waren, saßen nun wieder auf ihren Plätzen. Milt Waking schrieb eifrig mit. Kamerateams lauerten sprungbereit im Korridor, um sich für Prognosen zum Prozessausgang sogleich auf die Anwälte zu stürzen. Tanley und Seltz würden sich diplomatisch geben, vermutete Reiger: Sie hätten ihr Bestes getan und nun liege es »in den Händen der kompetenten Geschworenen«, die so hart gearbeitet hätten und während der Verhandlung so aufmerksam gewesen seien, bla, bla, bla.

In den Händen der Geschworenen.

Reiger riskierte einen längeren Blick auf sie. Wenn er die Einzelnen doch nur besser einschätzen könnte. Seltz konnte das gut, konnte sagen, welche er »hatte« und welche ein »Problem« waren. Um gleich darauf seine Aussage mit der Bemerkung einzuschränken, dass niemand Geschworene wirklich richtig einschätzen könne; sie seien ebenso wechselhaft und oft ebenso verwirrt wie ein Chamäleon in einer Packung Buntstifte.

Der Geschworene Nummer sechs schaute in seine Richtung und Reiger sah wieder zu Tanley hin, der am Rednerpult vor der Geschworenenbank stand und seine Theorien zur Mordanklage zusammenfasste.

»Und somit, meine Damen und Herren, werden Sie Gavil Harrison vielleicht am Ende Ihrer Beratungen des Mordes an Meg Jessler für schuldig befinden. Jedoch nur, und *nur* dann, wenn Sie logische Erklärungen für alle Fragen und Zufälle finden, die ich in der letzten Stunde aufgeworfen habe. Und derer sind viele. Lassen Sie mich noch einmal kurz wiederholen.«

Er schlug seine Notizen auf und zählte an den Fingern ab. »Erstens, Sie müssen der festen Überzeugung sein, dass der Umstand, dass jene Handschuhe zwei Tage lang auf der Veranda lagen, belanglos ist. Jene Handschuhe, die auf einer Veranda nur wenige Schritte vom Bürgersteig entfernt lagen und gut sichtbar für jeden Vorbeikommenden waren. Jeder, der in dieses Wohngebiet kam, könnte die Handschuhe an sich genommen und wieder zurückgelegt haben. Doch diese Tatsache müssen Sie bestreiten. Die Anklage wollte Ihnen nahe legen, dass die Wahrscheinlichkeit, dass jemand anderes diese Handschuhe zur Ermordung einer jungen Frau benutzen und zurückbringen würde, gering sei. *Gering*. Von ausgeschlossen war nie die Rede. Weil Sie und ich wissen, dass es nicht ausgeschlossen ist. Wenn Sie es für ausgeschlossen halten, wie können Sie dann glauben, dass der Angeklagte *selbst* jene Handschuhe nahm, einen Mord beging und sie dann zurücklegte? Warum sollte er sie nicht ins Haus bringen und wegräumen? Er würde sie doch mit Sicherheit untersuchen wollen, dafür sorgen, dass keine Blutflecken oder andere Beweisspuren daran klebten. Oder warum sollte er sie nicht gleich ganz beseitigen? Es lag doch auf der Hand, dass die Polizei in der Gegend auftauchen würde, sobald die Leiche des Opfers entdeckt worden war. Schließlich war sie eine Nachbarin. Und doch sollen wir glauben, dass er diese Handschuhe ganz einfach zurück auf seine eigene Veranda schmiss, wo sie in schönster Sicht lagen. Wie viel wahrscheinlicher ist es doch, dass ein anderer diese Handschuhe benutzt und sie auf ihren sichtbaren Platz zurückgelegt hat. Was für eine glänzende, gerissene Idee, um die Polizei auf eine falsche Fährte zu bringen! Und Sie und ich wissen, dass wir es mit einem äußerst gerissenen, äußerst heimtückischen Mörder zu tun haben.«

Tanley ließ das Argument noch in der Luft stehen, während er einen Schluck Wasser trank.

»Zweitens, um den Angeklagten für schuldig zu befinden, müssen Sie vorbehaltlos glauben, dass die DNS, die weder vom Opfer noch von Gavil Harrison stammt, von einem unschuldigen Wanderer ist, der auf eben jenem Stein Rast machte. Fernerhin müssen Sie glauben, dass das winzige Hautstückchen, das sich auf dem Stein fand, an Ort und Stelle blieb – und nicht beiseite geschleudert wurde –, während ein heftiger Kampf tobte, bei dem der Kopf des Opfers wieder und wieder auf jenen Stein geschmettert wurde. Drittens müssen Sie die Aussage jedes Freundes und Kollegen außer Acht lassen, der unter Eid in diesem Zeugenstand steif und fest behauptet hat, dass der Angeklagte zu solch einem grauenhaften Verbrechen nicht in der Lage ist. Sie müssen sich darüber im Klaren sein, dass jeder Einzelne entweder lügt oder sich gründlich getäuscht hat. Jeder ... Einzelne.

Und viertens müssen Sie auch noch die Aussage von zwei renommierten Sachverständigen unberücksichtigt lassen. Der Polizeiberater Robert Naydeen hat uns das Profil von Meg Jesslers Mörder beschrieben. Jemand, der als Kind misshandelt worden ist, jemand, der keine feste Beziehung zu einer Frau eingehen kann, jemand, der vielleicht schon früher gemordet hat und vermutlich wieder morden wird. Nun wissen wir aber, dass der Angeklagte noch nie einen Mord begangen hat; das war den Ausführungen zu Mr. Harrisons Hintergrund von polizeilicher Seite klar zu entnehmen. Außerdem hat Gavil Harrison mit einer Frau zusammengelebt, die er unbedingt heiraten wollte. Das nenne ich nun wirklich eine feste Beziehung. Halten Sie sich diese Tatsachen vor Augen, meine Damen und Herren. Sie passen in keinster Weise in das Bild des Mörders, das Robert Naydeen für uns gemalt hat.

Überdies müssen Sie, um Gavil Harrison für schuldig zu befinden, die Einschätzung von Dr. David Wagner ignorieren, ein Psychiater, der den Angeklagten bei zwei unterschiedlichen Gelegenheiten untersucht hat und der festen Überzeugung ist, dass Mr. Harrison nicht in der Lage ist, einen Mord zu verüben.

Und fünftens, meine Damen und Herren, müssten Sie glauben, dass Sonya Hocking die Wahrheit spricht, wenn sie sagt, Gavil Harrison sei nicht bei ihr zu Hause gewesen am Mittwochmorgen, dem fünften Juni, und dass sie niemals ein Verhältnis mit ihm gehabt habe. Ich möchte Ihnen zu bedenken geben, dass diese Frau *viel zu verlieren hat*. Sie selbst hat zugegeben, hier in diesem Zeugenstand«, Tanley deutete über seine Schulter, »dass sie niemals etwas tun würde, was ihren guten Ruf zunichte machen würde. *Niemals*. Das war *ihr* Wort. Nun weiß ich, dass sie das im Zusammenhang mit der abgestrittenen Affäre sagte. Aber meinen Sie nicht auch, dass gerade diese Versprecher am vielsagendsten sind? Jene Bemerkungen, die uns unbewusst über die Lippen kommen, wenn wir keine Zeit hatten, über ihre Folgen nachzudenken? *›Ich würde niemals etwas tun, was meinem guten Ruf schaden würde.‹* Meine Damen und Herren, *dies* ist möglicherweise die wahrhaftigste Aussage, die Sonya Hocking hinsichtlich des gesamten Prozesses gemacht hat. Sie würde in der Tat alles tun, um ihren eigenen Ruf zu retten. *Alles.* Sogar *lügen.* Selbst wenn das bedeuten sollte, dass ein Unschuldiger ins Gefängnis kommt. Ich frage Sie, können Sie, nachdem Sie ihren Auftritt im Zeugenstand verfolgt haben, *hundertprozentig sicher* sein, dass sie die Wahrheit spricht?«

Tanley beugte sich über das Rednerpult, seine Stimme wurde leiser. »Was machen Sie nun aus all diesen Überlegungen und unglaublichen Zufällen? Einen Punkt mögen Sie vielleicht auf eine vernünftig und einleuchtend scheinende Weise wegerklären können. Aber *alle*? Denn genau das müssen Sie tun, um Gavil Harrison des Mordes für schuldig zu befinden. Sie müssen felsenfest von seiner Schuld überzeugt sein, ohne jeden Zweifel. Nicht der geringste. Denn wenn Ihnen irgendeiner dieser Punkte fraglich vorkommt, dann dürfen Sie den Angeklagten nach Recht und Gesetz nicht schuldig sprechen. Ohne jeden Zweifel, meine Damen und Herren. Die Handschuhe – kein Zweifel. Die Aussagen von Robert Naydeen und Dr. Wagner – kein Zweifel, beide müssen sich irren. Die Aussagen so vieler Freunde und Mitarbeiter – kein Zweifel, sie müssen sich irren. Die Erklärung von Sonya Hocking, einer Frau, deren ganzes Lebenshaus auf ihrem guten Ruf gebaut ist – kein Zweifel, wenn sie *tatsächlich* ein Verhältnis mit Gavil Harrison hätte, würde sie es vor aller Welt offen zugeben.

Glauben Sie das alles? Können Sie bis in die hintersten Winkel Ihres Gewissens jeden Zweifel ausmerzen?« Tanley ließ seinen Blick über die Geschworenen schweifen, sah jedem in die Augen.

»Ich denke nicht, dass Sie das können.«

Er hielt die Stellung, atmete die Kraft seiner Überzeugungen. Dann drehte er sich mit einem Nicken um und kehrte an seinen Platz neben dem Angeklagten zurück. Gavil schenkte ihm ein mattes Lächeln. Tanley klopfte ihm auf die Schulter.

Husten, Räuspern, Papiergeraschel im Saal.

Reiger zog noch ein Antazidum aus der Tasche und schob es sich in den Mund. Seine zweite Rolle war schon halb aufgebraucht.

Benelli sah den stellvertretenden Bezirksstaatsanwalt an. »Mr. Seltz?« Da der Anklage die Beweislast oblag, war Seltz ein letzter Gegenbeweisantritt gestattet.

»Danke, Euer Ehren.«

Er erhob sich schwungvoll, schritt zum Rednerpult und blickte die Geschworenen wortlos an. Achselzuckend hob er die Hände. »Wir haben bereits alle Beweise erörtert, die Gavil Harrison mit dem brutalen Mord an Meg Jessler in Verbindung bringen. Die Goldfädchen unter ihren Fingernägeln, die zu den Gartenhandschuhen bei ihm zu Hause passen. Der abgebrochene Nagel des Opfers, der in einem der Handschuhe gefunden wurde. Das fehlende Alibi des Angeklagten für den Zeitpunkt des Mordes. Dies sind Schlüsselbeweise, jeder für sich. Und keiner davon ist von der Verteidigung so widerlegt worden, dass berechtigter Zweifel aufgekommen wäre.

Sehen wir uns noch einmal die Gartenhandschuhe an. Ja, sie lagen auf der Veranda am Morgen des Mordes; ja, sie waren von der Straße aus sichtbar. Trotzdem, eine Frage geht mir nicht aus dem Kopf: ›Wenn nicht Gavil Harrison diese Handschuhe benutzt hat, wer dann?‹ Im Szenario der Verteidigung hat jemand anderes sie genommen, vielleicht jemand aus der Siedlung, der sie genauso gut wieder zurücklegen konnte wie überhaupt erst stehlen. Aber wer? Bei ihrer Ermittlung hat die Polizei jeden Nachbar mehr als einmal vernommen. Und nicht einer bot ihnen Anlass, Verdacht zu schöpfen – außer Gavil Harrison. Warum? Weil er der Einzige aus jener Siedlung war, der sofort, schon bei seiner allerersten Begegnung mit der Polizei, hinsichtlich seines Aufenthaltsortes am Morgen des fünften Juni log. Vergessen Sie nicht, dass er, noch bevor er sich die

Geschichte mit Sonya Hocking ausdachte, der Polizei erzählte, er sei auf der Arbeit gewesen.«

Seltz begann, auf und ab zu gehen. »Nun. Um noch berechtigten Zweifel zu hegen, müssen wir annehmen, dass jemand anderes den Mord an Meg Jessler begangen hat. Was schon allein angesichts der sorgfältigen Ermittlung der Kriminalbeamten schwierig ist. Außerdem müssen wir glauben, dass dieser Jemand zuerst ein solch grauenhaftes Verbrechen beging und dann die Handschuhe in aller Seelenruhe zurückbrachte. Bedenken Sie nur das unglaubliche Risiko. Jemand, der seinen eigenen Gartenweg entlanggeht, mag nicht so auffällig sein, wenn aber die gleiche Person stehen bleibt, um einem Nachbarn etwas vor die Tür zu werfen – dann ist das eine längst nicht so unverfängliche Tat. Stellen Sie sich diese Person vor, wie sie sich verstohlen nach rechts und links umschaut und dann schleunigst die Handschuhe wegwirft in der Hoffnung, nicht bemerkt zu werden. Wozu? Warum so etwas riskieren? Wir reden hier von Jemandem, der soeben kaltblütig eine junge Frau ermordet hat, nicht von einem braven Bürger, dem es wichtig ist, dass irgendeine Frau ihre alten, zerschlissenen Handschuhe zurückerhält. Nein. Der einzige Mensch, der allen Grund hätte, die Handschuhe zurückzubringen, ist Gavil Harrison. Und warum warf er die Handschuhe wieder auf die Veranda, anstatt sie mit ins Haus zu nehmen und wegzuräumen?« Seltz betonte in seiner Antwort jedes Wort. »Weil die Frau, mit der er zusammenlebte, ausgesagt hat, dass sie sie genau dort erwartet habe – dass es untypisch für ihn gewesen wäre, sich um ein Paar Handschuhe zu kümmern, das auf der Veranda herumlag. Also legte er sie genau dorthin zurück, wo er sie gefunden hatte. Und sie hob sie auf, als sie später an jenem Tag nach Hause kam. Ganz wie erwartet.

Weiter. Die Verteidigung möchte, dass Sie den Aussagen

von Gavil Harrisons Freunden und Mitarbeitern glauben, die ihn für außerstande halten, einen Mord zu begehen. Ich bezweifle nicht, dass diese Leute aufrichtig sind und nach bestem Wissen und Gewissen die Wahrheit sagen. Aber lassen Sie mich Ihnen etwas sagen. *Man kann sehr aufrichtig und dennoch schwer im Irrtum sein.* Es stimmt, keiner dieser Freunde konnte sich vorstellen, dass Gavil Meg Jessler getötet haben könnte. Doch genauso hatten sie Schwierigkeiten, sich vorzustellen, er könnte eine Affäre mit der Frau seines besten Freundes haben. Und keiner von ihnen hätte auch nur im Traum daran gedacht, dass Gavil Harrison einer unschuldigen Frau wie Chelsea Adams in ihrem eigenen Haus nachstellen würde. Doch das tat er. Der Vorfall mit Mrs. Adams ist gut bezeugt; auch die Verteidigung hat den Tatbestand nicht bestritten. Was nur einen Schluss zulässt – Gavil Harrison ist anscheinend nicht der, der er zu sein scheint, nicht wahr? Alle Freunde, die vor diesem Gericht ausgesagt haben ... Gavil Harrison hat sie alle zum Narren gehalten.

Was Robert Naydeen und sein Gutachten zum Profil des Mörders angeht, so kann er durchaus Recht haben. Sein Profil würde gut auf Gavil Harrison passen. Mr. Naydeen meinte, dass der Mörder nicht imstande sein würde, eine dauerhafte Beziehung zu einer Frau einzugehen. Gavil Harrison, wenn Sie sich erinnern wollen, ist über vierzig Jahre alt und war nie verheiratet. Er versuchte, eine Beziehung mit Marian Baker zusammenzuhalten. Offensichtlich ist ihm das nicht gelungen.

Mr. Naydeen erläuterte abschließend sogar ein Element im Profil des Mörders, das die Verteidigung geflissentlich ignorierte – sein Besitzerkonzept im Blick auf die Handschuhe. Eben dieses Prinzip des Besitzers erwies sich in einem früheren Fall Naydeens als wahr – wahr genug, um einen Mann wegen Mordes an seiner Freundin hinter Schloss und Riegel zu bringen. Hier kommt das gleiche Prinzip zum Tragen. Besitz.

Noch einmal, wen außer Gavil Harrison würde es kümmern, was mit den Handschuhen geschah, nachdem sie für einen brutalen Mord verwendet worden waren? Wer außer Gavil Harrison würde nicht wollen, dass etwas fehlte, wenn seine Freundin nach Hause kam?«

Seltz drehte sich mit einem durchbohrenden Blick zum Angeklagten um. Gavil starrte zurück.

»Und der liebenswürdige Psychiater Dr. Wagner, der seine Zweifel kund tat, dass Gavil Harrison einen Mord begehen könnte. Was sagte er noch im Kreuzverhör? ›Menschen sind wandelbar.‹ Einverstanden. Menschen können sich verändern, sogar von einem Tag zum anderen. Und ein Mensch wie Gavil Harrison erst recht. Mal spielt er den Herrn Geschäftsmann – die Rolle, die seine Freunde kennen. Und im nächsten Moment lässt er Arbeit Arbeit sein und schleicht sich ins Haus von Chelsea Adams. Versetzt sie in Angst und Schrecken. Dieser Tatbestand ist unbestritten. Wenn das keine Veränderung ist.

Zuletzt, was machen wir mit der Aussage von Sonya Hocking? Sie ist eine allseits geschätzte Frau, die viel für die Benachteiligten getan hat. Für kranke Kinder. Obwohl Mr. Tanley sie so unverfroren angegriffen hat, bleibt Mrs. Hocking dabei. Sie hatte *niemals* ein Verhältnis mit Gavil Harrison. Er war *nicht* bei ihr am Morgen des Mittwochs, fünften Juni. Tatsache ist, dass es Mr. Tanley zu seiner großen Enttäuschung in keinem Stück gelungen ist, Sonya Hockings Aussage zu widerlegen. Er hat nicht einen Menschen gefunden, der hätte bezeugen können, etwas von einer Affäre zwischen Gavil Harrison und Sonya Hocking gewusst zu haben. *Nicht einen.*

So.« Seltz holte tief Atem. »Die Verteidigung spricht den Zufall an. Lassen Sie uns über Zufälle reden. Meg Jesslers Ermordung geschieht an einem Morgen, als die Frau, mit der Gavil Harrison zusammenlebt, zufällig verreist ist. An einem Morgen, als Gavil Harrisons engster Freund, Stuart Hocking, ebenfalls zufällig verreist ist und seine Frau allein zu Hause ist – ein Umstand, den der Angeklagte im Voraus weiß. Perfektes Timing! Harrison ist allein zu Hause und hat, wenn es darauf ankommt, ein Alibi, das fast unmöglich zu beweisen oder zu widerlegen ist. Bestenfalls hält sein Alibi zu ihm, bis die ganze Ermittlung vorüber ist. Schlimmstenfalls bestreitet sie alles, aber der Angeklagte beharrt darauf, dass seine Geschichte stimmt und dass sein Alibi, Sonya Hocking, lügt. Sein Wort steht gegen ihres, so einfach ist das. Das ist besser als kein Alibi. Und was kümmert es ihn, ob der Ruf einer unschuldigen Frau zerstört wird, wenn das nur ernsthafte Zweifel im Herzen eines einzigen Geschworenen sät?

Meine lieben Damen und Herren«, Seltz lehnte sich gegen das Pult, »wir haben es hier, um mit der Verteidigung zu sprechen, mit einem äußerst gerissenen Mörder zu tun. Jemand, der gerissen genug ist, exakt zu planen, wie und wann Meg Jessler umgebracht werden soll. Jemand, der schlau genug ist, auf den richtigen Tag zu warten. Jemand mit analytischen und strategischen Denkfähigkeiten. Jemand – wie Gavil Harrison.«

Er sah über die Schulter zum Tisch der Verteidigung, dann schlenderte er auf Gavil zu, die Hände in den Taschen. »*Dieser* Mann«, verkündete er, »dieser gerissene Mann machte nur einen Fehler. Er rechnete nicht mit der Hartnäckigkeit zweier Kriminalbeamten und eines Kriminologen vom Bezirksinstitut. Jene Männer, die den unwiderlegbaren Beweis erbracht haben, dass er, Gavil Harrison, und *nur* er, Meg Jessler ermordet haben muss. *Dieser* Mann«, sagte Seltz lauter mit ausgestrecktem Finger, »schlug die junge Meg Jessler erbarmungslos. Er schmetterte ihren Schädel wieder und wieder auf einen Stein, bis sie schließlich qualvoll starb. Und dann widmete dieser Mann seine ungebetene und Furcht einflößende Aufmerksamkeit Chelsea Adams, der Frau, die rein zufällig über die Leiche des Opfers gestolpert war. Wer weiß, was geschehen wäre, wenn nicht dieselben Polizisten gerade noch rechtzeitig am Ort des Geschehens aufgetaucht wären, zusammen mit dem von panischem Schrecken ergriffenen Ehemann von Mrs. Adams?«

Seltz ließ die Hand sinken und wandte sich wieder den Geschworenen zu. »Angesichts dieser Beweise«, sagte er leise, »können Sie sich wirklich vorstellen, dass der Gerechtigkeit Genüge getan wird, wenn Sie Gavil Harrison freisprechen? Ein Mann, der die Polizei belogen hat, ein Mann, der die Ehefrau und Mutter Chelsea Adams so niederträchtig verfolgt hat? Können Sie sich vorstellen, dass *so* ein Mann frei durch die Straßen wandert? Durch *unsere* Straßen?« Seltz schüttelte den Kopf. »Das wäre keine *Gerechtigkeit*, meine Freunde.

Das wäre ein *Hohn.*«

Wie Tanley ließ auch Seltz seinen Blick lange auf den Geschworenen ruhen, bevor er sich wieder setzte.

Reiger hätte schwören können, eine Stecknadel fallen gehört zu haben.

Samstag, 28. September,
bis
Donnerstag, 3. Oktober

Kapitel 46

Der Samstag traf Marian im Garten an. Seit Monaten war in der Bay Area kein Regen mehr gefallen; der Oktober läutete für gewöhnlich die feuchte Jahreszeit ein, die bis etwa April dauerte. Die Sommermonate waren trocken. Sie suchte mit den Augen den Rasen nach braunen Stellen ab, entdeckte aber keine.

Es hatte etliche Monate gebraucht, um den Garten wieder in Schuss zu bringen, nach jenem Tag, an dem sie wie eine irische Todesfee schaurig klagend darin gewütet hatte. Die Rosenzeit war vorüber; die Stöcke waren beschnitten und sammelten Kraft für das nächste Jahr. Die Orangenbäume hatten ihre Sommerfrucht getragen, die größtenteils unverzehrt geblieben war. Die Apfelsinen hatten sich in einer Schale auf dem Küchentisch gehäuft, bis sie sie, eine nach der anderen, braun und schrumpelig weggeworfen hatte.

Gott sei Dank war Pat aufgetaucht.

Sie hätte es nicht viel länger ausgehalten, sagte sie sich, während sie am Hinterzaun mit einem neuen Paar Handschuhe Unkraut jätete. Er war noch zweimal bei ihr gewesen nach dem Tag ihrer Zeugenaussage und sie war unter seiner Berührung aufgeblüht wie eine Blume in der Sonne. Und trotzdem, wenn Pat gegangen war, spukte ihr Gavil durch den Kopf. Ihre erste Verabredung mit Gavil – das Candle-Light-Geburtstags-Dinner, das er ihr gemacht hatte – der Tag seines Einzugs. Ihre Gefühle waren wie Federn im Sturmwind gewesen. Wenn sie ruhig war, besaß sie die Stille eines Kratersees, der in seinen kalten Tiefen Dinge verbarg, an die sie nicht zu denken wagte.

Wie glühend wünschte sie sich, einfach zur Ruhe zu kommen. Sie wollte Pat in ihrem Leben, konnte sich nicht vorstellen, ihn jetzt zu verlieren. Und doch, wie konnte sie, während Gavil noch auf seinen Schicksalsspruch wartete? Ihre Wünsche, so süß, als Pat sie im Arm hielt, schienen nun selbstsüchtig, ihre Treue wankelmütig. Pats Sieg war Gavils Untergang und Gavils Gewinn Pats Verlust. Dennoch wusste sie, dass sie niemals mehr zu Gavil zurückgehen könnte, selbst wenn er freigesprochen werden sollte, denn seine Freilassung wäre nicht seiner Unschuld zu verdanken. Aber was würde er *tun,* wenn er freikäme? Würde er sie belästigen? Zwischen sie und Pat kommen? Der selbstsüchtigste Teil Marians wollte ihn hinter Gittern sehen um ihres eigenen Lebens willen, nicht wegen des Lebens, das er genommen hatte.

So vieles, was nun geschehen würde, dachte sie, hatte sie nicht mehr in der Hand, beruhte auf der Entscheidung von zwölf Menschen, die nicht wissen konnten und niemals erfahren würden, welche Folgen ihr Beschluss haben würde.

Sie packte ein Büschel Unkraut und wünschte, als sie daran zog, ihre Zwiespältigkeit wäre ebenso leicht auszureißen. Morgen war Gottesdienst und die Einladung der Adams. Marian fragte sich, ob sie die Kraft haben würde hinzugehen.

Gartenarbeit war nichts für Reiger. Doch am Samstagnachmittag fand er sich unverhofft mit Edith im Garten wieder. Die kurze Beratungszeit der Jury am Freitagnachmittag war von einem freien Wochenende abgelöst worden, was ein Gefühl der Hilflosigkeit bei ihm auslöste. Das Wohlergehen einer Familie, eines Ex-Freundes, trauernder Eltern, Haverlons, all das hing in der Schwebe, während die Geschworenen einkaufen gingen oder ein Nickerchen machten. Reiger stocherte etwa eine Stunde lang in der Erde herum, stellte aber fest, dass er mehr im Weg war als alles andere. Edith wusste, was ihn bedrückte, und versuchte, die Geduld zu bewahren. Es gelang – bis er versehentlich in ein Blumenbeet trampelte, als er stehen blieb, um sich ein Antazidum in den Mund zu schieben.

»Dan, kommt nicht vielleicht Sport oder sonst was im Fernsehen, was du gucken könntest?«

Er marschierte ab, zu gedankenverloren, um zu antworten.

Turnbow spielte am Samstag Basketball, dribbelte seine Sorgen in der Turnhalle der High School ab. Ein kindisches »Sie liebt mich, sie liebt mich nicht« tanzte unablässig durch seinen Kopf, während er sich drehte, antäuschte, warf – jeder Korb war ein gutes Omen, jeder Fehlwurf ein »Sie liebt mich nicht«. Trotz des Risikos für seinen Beruf bereute er seine Abende mit Marian nicht. Selbst nach der Urteilsverkündung müssten sie noch eine Weile vorsichtig sein, damit seinen Vorgesetzten keine Gerüchte über ihre Beziehung zu Ohren kämen. Oder Reiger. Turnbow wusste, dass er das nicht gutheißen würde.

Er warf aus großer Entfernung und der Ball *schoss* durch das Netz.

Für Turnbow stand das Urteil fest: schuldig. Das Böse in Gavils Augen war für ihn ebenso wirklich wie die hitzigen Spieler, die den Hallenboden zum Dröhnen brachten. Seine Ungewissheit hatte nichts mit Gavils Verurteilung zu tun, sondern mit den wechselnden Gefühlen einer Frau, die in Seenot schien. Wenn sie ihn nur ließe, davon war er überzeugt, könnte er sie retten.

Er stürmte vorwärts für einen leichten Wurf.

Der Ball prallte am Ring ab.

Sonntagnachmittag. Chelsea saß mit Paul, Gladys und Marian auf der Terrasse und genoss die Sonne und den Duft röstender Rippchen. Die Jungen spielten hinten auf der Wiese mit einem Baseball.

Marian hatte gesagt, dass ihr der Gottesdienst gefallen habe. Nun unterhielt sie sich mit Paul und Gladys über Geschäfte. Chelsea sah, dass Paul von ihr angetan war. »Gut, dass du sie doch noch angesprochen hast«, hatte er ihr zugeflüstert, als sie Getränke aus der Küche nach draußen brachten. »Sie würde eine prima Geschäftsführerin für AP Systems abgeben.« Wie seltsam das ist, hatte Chelsea gedacht; alles hatte damit angefangen, dass Paul Gavil einstellen wollte. Erst letzten Monat hatte er schließlich seinen Vizeverkaufsdirektor eingestellt. *Ohne* ihre Hilfe. Sie habe schon genug um die Ohren, war sein Kommentar gewesen.

Chelsea hatte die ganze Woche lang für Marians Besuch gebetet. Kaum waren sie sich in der Kirche begegnet, hatte sie den Schmerz der Frau gespürt. *Sie ist aufgerieben*, dachte Chelsea, *genau wie ich*. Dann überkam sie ein schlechtes Gewissen, weil sie nur an sich dachte; Marians Verletzung musste viel tiefer sein als ihre lediglich angegriffenen Nerven.

Das Dumme war nur, dass es mit ihren angegriffenen Nerven nicht besser wurde. Am letzten Montag hatte Chelsea gedacht, ihr ungutes Gefühl würde sich legen, wenn sie sich um Marian kümmerte, aber es war im Laufe der Woche nur noch stärker geworden. Selbst jetzt, an diesem wunderschönen Nachmittag, lastete eine Schwermut auf ihr wie eine erstickende, wollene Decke. Sie hatte viel gebetet, aber es hatte nichts genützt. Irgendetwas stimmte nicht, stimmte ganz und gar nicht. Chelsea konnte es nicht länger leugnen. Und auch nicht ihre Befürchtung, was es war.

Gavil würde freigesprochen werden.

Als sie sich am Morgen zum Gottesdienst fertig machten, hatte Chelsea Paul schließlich ihr Herz ausgeschüttet.

»Niemals«, hatte er geantwortet. »Selbst wenn die Mordanklage aus unerfindlichen Gründen nicht durchkommen sollte, wird man ihn auf jeden Fall verurteilen für das, was er dir angetan hat. *Das* ist nun mal passiert – da führt kein Weg dran vorbei.«

»Aber wenn er ihnen Leid tut, wenn sie seinem Anwalt glauben – dass Gavil nicht mehr er selbst war?«

»Ach komm, bleib auf dem Teppich. Das wird nicht passieren, Chels. Hör auf, dir den Kopf darüber zu zerbrechen; du machst *mich* noch ganz verrückt.«

Vom Verstand her wusste Chelsea, dass Paul Recht hatte.

Aber warum fühlte sie diese – Dunkelheit?

Herr, bitte hilf! Zeig mir, was nicht stimmt. Gibt es etwas, das ich tun soll?

»... christlich erzogen worden«, gewann Marians Stimme Chelseas Aufmerksamkeit. »Ich kenne also die kirchlichen Traditionen. Aber in letzter Zeit habe ich Sachen in der Kirche gehört, die neu für mich waren. Oder das, was Chelsea am Telefon gesagt hat.«

Gladys legte die Finger um ihr Glas mit eisgekühltem Wasser. »Ich denke«, begann sie vorsichtig, »dass es einen großen Unterschied gibt zwischen ›die Kirche kennen‹ und Christus kennen.«

»Wie meinst du das?«, fragte Marian.

Paul stand unvermittelt auf. »Ich schau mal nach den Rippchen«, murmelte er. Bald schon spielte er mit den Jungen Ball.

Chelsea hörte zu, wie Gladys Marian erklärte, dass durch den Tod von Jesus am Kreuz alle, die seine Vergebung annehmen, zu ihm kommen und ihn persönlich kennen lernen können. Marian hörte aufmerksam zu und stellte Fragen. Doch nach einer Weile erkannte Chelsea, dass der Gesprächsstoff ausgegangen war.

»Sag mal, Marian«, sagte sie, um das Thema zu wechseln, »möchtest du wissen, was diese Dame hier aus Jux und Tollerei so tut? Los, Gladys, erzähl's ihr.«

Gladys Augen begannen augenblicklich zu funkeln. »Also«,

sagte sie und rutschte auf ihrem Stuhl herum, »wovon möchtest du zuerst hören? Von meinen Motorradreisen quer durch die Staaten, der Afrika-Safari letztes Jahr oder von meinem Neujahrsvorsatz vor zwei Jahren, den ich gehalten habe – mehr als ein Dutzend Mal?«

Marian sah sie staunend an. »Wow. Ähm, was war das für ein Vorsatz?«

»Aus einem Flugzeug springen«, verkündete Gladys mit einem stolzen Grinsen.

Der Montag dämmerte unter einem blauen Himmel. Da die Geschworenen wieder zur Beratung zusammensaßen, lungerten Seltz und Tanley im Gerichtsgebäude herum und taten so, als würden sie sich andere Akten vornehmen. Dort bleiben mussten sie genau wie Richter Benelli für den Fall, dass der Gerichtsdiener eine Frage der Jury überbrachte. Reiger versuchte ebenfalls, sich ein paar Stunden dort herumzutreiben, dann fuhr er auf die Wache, wo er mit vielen nach oben zeigenden Daumen begrüßt wurde. Er war zwei Wochen lang nicht mehr in seiner Dienststelle gewesen. Die erste Stunde oder so verbrachte er damit, herumzugehen und mit verschiedenen Beamten über den Fall zu reden. Er plauderte mit Monika am Tresen, die selbst gebackene Schokoknusperkekse austeilte, als überall Tischzeit ausbrach. Zu mehr reichte sein Appetit nicht. Am Nachmittag machte er sich an Papierkram und versuchte zu helfen, den Berg auf Turnbows Schreibtisch zu versetzen.

Als die Uhr in seinem Büro fünf Uhr Nachmittag anzeigte, ging er nach Hause.

Dienstag.

Reiger sagte sich, nun wäre es ausgestanden, wenigstens bis zum Spätnachmittag. Der Tag kroch träge dahin. Reiger war froh über ein paar kleine Aufträge, die er übernehmen konnte. Aber an Gemüts- – und Magenruhe – war nicht lange zu denken. Es wurde drei Uhr, dann vier. Fünf Uhr kam und ging.

Seltz rief um viertel nach fünf an. »Benelli ist zappelig wie ein Kind in einer Ferienschule«, sagte er müde. »Du solltest ihn sehen; er ist schlimmer als Tanley und ich zusammengenommen.«

Reiger stützte einen Ellbogen auf seinen Schreibtisch. »Hat er sie einzeln zu ihrer Entscheidung befragt?«

»Ja.«

Er richtete sich langsam auf. »Und?«

»Es steht zehn zu zwei.«

»Zehn zu zwei.« Reiger stellte sich die Gesichter der Geschworenen vor – die Krankenschwester, der Student, die Computerspezialisten, der Flugzeugmechaniker ... »Was glaubst du, wer es ist?«

»Ich bin nicht sicher.« Er seufzte. »Immerhin sind es nur zwei.«

Reiger rieb sich die Stirn. »Zwei ist einer mehr, als sie brauchen.«

Der Mittwoch wollte nie zu Ende gehen.

Am Nachmittag war Seltz sich sicher, dass die Geschworenen nicht weiterkämen. Tanley befürchtete das Gleiche. Marian konnte sich bei der Arbeit nicht konzentrieren und putzte drei Mitarbeiter herunter, ehe ihr bewusst wurde, was sie da tat. Chelsea ging den ganzen Tag nicht aus dem Haus, organisierte sogar Freunde, um die Jungen von der Schule abzuholen. Sie durfte nicht riskieren, die Urteilsverkündung zu verpassen. Reiger hatte versprochen anzurufen, sobald die Geschworenen sich festgelegt hätten.

Reiger kaute zwei Antazidums auf einmal.

Donnerstagvormittag, viertel nach zehn. Das Telefon klingelte. Reiger arbeitete an seinem Schreibtisch, füllte gerade ein Einbruchsformular aus. Er griff zum Hörer. Es war Seltz.

»Die Geschworenen haben sich festgelegt.«

Ganz automatisch rief Reiger Chelsea an. Er polterte aus seinem Büro, ging dann aber noch einmal zurück und zog seinen Spiralblock aus der Tasche. Er schlug Marian Bakers Dienstnummer auf und wählte.

»Wo ist Turnbow?«, rief er Monika zu, als er durch die Eingangshalle ging.

»Im Einsatz.« Sie zog ihre gezupften Brauen in die Höhe. »Ist es so weit?«

»Es ist so weit.«

Er schlingerte auf die Tür zu wie ein werdender Vater.

Kapitel 47

Ein Gericht, wenige Augenblicke vor einer lang erwarteten Urteilsverkündung, hat seine ganz eigene Atmosphäre, dachte Reiger.

Wie von Zauberhand waren Reporter mit Kamerateams im Schlepptau auf den Fluren aufgetaucht. Die eintretenden Eltern von Meg Jessler wurden im hastigen Wettstreit gefilmt. Dann schwenkten die Kameras auf andere, saugten gierig die Spannung ein, weideten sich an dem Drama. Erst wenn sich die Türen zum Gerichtssaal schlossen, das wusste Reiger, würden sie aufhören zu surren und die Scheinwerfer ausgehen. Die Teams würden dann warten, um das Nachspiel der Urteilsverkündung in einem grellen Getümmel von gerufenen Fragen, Anwaltskommentaren und Reaktionen der Angehörigen des Opfers einzufangen.

Reiger schob sich durch die Menge. Er begrüßte Seltz in der plötzlichen Stille des Gerichtssaals und nahm die bereits versammelten Reporter zur Kenntnis. Die Zeichnerin hatte sich einen Platz am Rand der vordersten Reihe gesichert und war dabei, ihre Kreide auszupacken. Er und Seltz nickten Tanley zu, als dieser hereinkam, und bemühten dann Smalltalk, wobei sie darüber spekulierten, wann wohl die Herbstregen einsetzen würden. Reiger ging zurück, um Mr. Jessler die Hand zu schütteln und Mrs. Jessler zuzunicken. Sie bedankten sich bei ihm, wie es auch ausgehen sollte. Er senkte zur Antwort den Kopf.

Chelsea hastete herein, vom Spießrutenlauf durch die Reihen der Reporter hochrot im Gesicht. Paul war auf der Arbeit; sie hatte versprochen, ihn hinterher von ihrem Handy aus anzurufen. Vor Angst vor dem Urteil war ihr ganz schlecht. Was, wenn Gavil freigesprochen würde? Er würde dann und dort als freier Mann hinausgehen. Der Gedanke war ihr unerträglich. Was würde sie dann tun? *Bitte, Gott, bitte, lass deinen Willen hier geschehen!* Zaghaft blickte sie sich im Saal um. Im Eingang leuchtete plötzlich ein goldgelber Hosenanzug auf und zog ihre Aufmerksamkeit auf sich. Es war Marian, deren Furcht sie einhüllte wie eine Staubwolke. Chelsea winkte sie zu sich.

»Wie geht es dir?« Sie ergriff Marians Hand und drückte sie.

Marian sah bleich aus. »Ich weiß nicht.« Sie brachte ein schwaches Lächeln zuwege. Eine ältere Frau und ein junger, dunkelhaariger Mann Mitte zwanzig kamen herein. Marian winkte ihnen mit zittriger Hand zu.

Chelsea machte große Augen. »Wer ist das?« Die Frau hatte sie im Publikum gesehen, als sie ihre Zeugenaussage machte, aber nicht weiter auf sie geachtet. Der Mann, das hätte sie schwören können, war nicht dabei gewesen, und doch kam er ihr irgendwie bekannt vor.

Marian atmete vernehmlich ein. »Meine Nachbarn. Mrs. Geary ist dieses Jahr die Vorsitzende unserer Hauseigentümervereinigung. Sie ist die Betriebsamkeit in Person. Und der andere ist Jack Doniger. Er wohnt direkt bei mir nebenan. Ich kenne ihn nicht näher, aber er war immer sehr nett.«

»Woher wussten sie, dass es losgeht?«

Noch ein halbes Lächeln. »Mrs. Geary weiß alles. Sie hat vermutlich seit Freitag im Gerichtsgebäude auf der Lauer gelegen.«

Die alte Frau zog Jack mit sich und wedelte mit einer Hand. »Meine Liebe, wie *geht* es Ihnen?«, begrüßte sie Marian überschwänglich. »Nun machen Sie sich man keine Sorgen, es wird *alles* gut werden. Bestimmt.«

»Mrs. Geary«, tippte Jack sie auf die Schulter und sah Marian entschuldigend an, »warum setzen wir uns nicht? Ich sehe da drüben ein paar freie Plätze.«

»Na schön, na schön.« Sie verdrehte die Augen, als wollte sie zu Marian sagen: »Diese Jugend von heute, immer in Eile.« Sie quetschten sich eine Reihe weiter hinten an den Knien anderer Zuschauer vorbei und setzten sich ein paar Plätze rechts von Chelsea.

Marian schien erleichtert. »Wenn der Spuk doch schon vorbei wäre«, flüsterte sie Chelsea zu. »Ich will einfach wieder ein normales Leben führen.«

Chelsea murmelte ihr volles Verständnis, hatte aber nur mit halbem Ohr zugehört. Sie musste immerzu das zu drei viertel abgekehrte Profil von Jack Doniger anstarren. Wo hatte sie ihn schon einmal gesehen?

Plötzlich fiel es ihr ein.

Vorne tat sich etwas und zog ihren Blick auf sich. Gavil wurde hereingeführt. Er setzte sich neben seinen Anwalt und bekam ein Schulterklopfen. Marian holte tief Luft. Die Geschworenen kamen hintereinander herein und nahmen ihre Plätze ein. Nicht einer sah Gavil an. War das ein gutes Zeichen? Vier zusätzliche Gerichtsdiener hatten sich an der rechten Wand aufgestellt, ihre Anwesenheit sollte unverhohlene Reaktionen auf das Urteil im Keim ersticken. Der Gerichtsdiener, dessen Gesicht im Laufe der Verhandlung vertraut geworden war, stand bei ihnen, die Hände zusammengelegt.

»Erheben Sie sich.«

Ein hastiges Rascheln von Kleidern, Zetteln und Menschen.

Richter Benelli trat ein und musterte den Saal mit prüfendem Blick, bevor er sich setzte.

»Setzen Sie sich.«

Allgemeines Hinsetzen, Notizblockgeblätter, dann eine plötzliche, atemlose Stille.

»Bevor wir fortfahren«, verkündete Benelli über seine Brillengläser, »möchte ich eines klarstellen. In meinem Gerichtssaal dulde ich keinen Aufruhr.« Er bedachte die Journalisten mit einem Blick über die Brille. »Wenn das Urteil verlesen ist, erwarte ich von allen, dass sie sitzen bleiben, während die Geschworenen befragt werden. Dass mir keiner zur Türe rennt, verstanden?« Er sah auf die Uhr. »Sie werden vermutlich alle wegen der Mittagsnachrichten in Eile sein, aber das schaffen Sie schon. Alle bereit?« Ein paar Köpfe nickten. »Die Herren Anwälte?«

»Ja, Euer Ehren«, sagte Seltz.

Tanley schlug mit der flachen Hand auf den Tisch. »Startklar, Euer Ehren.«

Chelsea rang um ihre Konzentration. Da stimmte etwas nicht; die Stimmen wurden mal leiser, mal lauter wie schlechter Radioempfang. Sie sah leicht verschwommen.

Benelli drehte den Kopf zur Jury. »Sind Sie zu einem Urteil gekommen?«

»Ja, Euer Ehren.« Der Obmann erhob sich. Seine Stimme klang, als käme sie aus einer tiefen Höhle.

Plötzlich verstummten alle Geräusche.

Es wurde dunkel im Saal. Chelsea wurde eingewickelt, eingesponnen in einen Kokon. Dann erstreckte sich ein Tunnel vor ihr, umgab sie. Sie fühlte, wie sie hineingezogen wurde, hindurch, weiter.

Nein, nein!

Windgeflüster in Mammutbäumen blies Chelsea in die Ohren.

Bitte, Herr, hilf mir!

Sogar als sie erkannte, was geschah, kämpfte sie dagegen an, saß unbeweglich da und versuchte, im Geist wieder zurück in den Gerichtssaal zu kommen. Sie durfte nicht zulassen, dass sie den Albtraum ihrer Vision noch einmal erlebte. Aber sie konnte es nicht anhalten. Sie fühlte ihren Sitz zu hartem, kaltem Boden werden. Eukalyptusduft stieg ihr in die Nase.

»Ich hasse dich!«

Chelsea schrie innerlich, als sie sich auf den Schmerz gefasst machte. Sie fühlte eine Faust in ihren Mund und ihre Augen donnern. Ein Paar Hände hoben sie vom Boden hoch. »Nein!«, schrie sie und ihre Stimme hallte durch das Unterholz. Die Hände stießen sie nach unten. Ihr Kopf schmetterte gegen einen Stein. Sie hoben sie wieder hoch, stießen sie wieder nach unten. Ihre Hände fuchtelten herum, ganz heiß und schwer in Handschuhen. Sie wurde ein drittes Mal hochgehoben. Ein drittes Mal auf den Boden geknallt. Sie versuchte zu sprechen; doch ihre Zunge und Lippen wollten die Worte nicht formen. Ihr Blut verdickte sich, ihr Körper kämpfte gegen sein eigenes Abschalten. Im letzten Augenblick ihres Bewusstseins wurde das Gesicht über ihr plötzlich scharf. Ihre Augen flackerten verwundert auf, dann brachen sie.

Die Welt wurde schwarz.

Von weit, weit weg hörte Chelsea die Stimmen aus dem Gerichtssaal.

Marian sah die Jury unverwandt an. Obmann war der Geschworene Nummer elf. Flüchtig fragte sie sich, wer er war. Der Computerspezialist? Der Wirtschaftsprüfer? Spielte das eine Rolle? Sie blickte zu Seltz hinüber, aber seinem unbeweglichen Gesicht war kein Hinweis zu entnehmen.

Der Gerichtsdiener ging gemessenen Schrittes zur Geschworenenbank, seine Schuhe quietschten in der Stille des Saals. Der Obmann wartete. In der Rechten hielt er einen zusammengefalteten Zettel. Der Gerichtsdiener nahm ihn in Empfang, drehte sich um und ging auf den Richter zu. Der Obmann nahm wieder Platz. Benelli streckte den Arm aus. Der Zettel wechselte wieder die Hand. Benelli faltete ihn auseinander und rückte seine Brille zurecht. Las ihn ausdruckslos. Faltete ihn wieder zusammen. Gab ihn zurück. »Bitte geben Sie das der Protokollantin.«

Marian befand sich auf einer anderen Bewusstseinsebene und beobachtete sich selbst. Sie wagte nicht zu atmen aus Angst vor Hyperventilation. Ihre Hände kribbelten und sie zuckte mit den Fingern. Noch drei Schritte bis zum Tisch der Protokollführerin. Der Gerichtsdiener reichte ihr den Zettel, und das Urteil wanderte noch einmal in eine neue Hand. Der Gerichtsdiener stellte sich wieder zu seinen Kollegen an die Wand, breitbeinig wie sie, die Hände im Rücken gefaltet.

Die Protokollführerin erhob sich von ihrem Stuhl. Marian sah, wie sich Gavils Rücken versteifte. »Der Angeklagte möge sich erheben.« Er gehorchte. Tanley stand mit ihm auf, eine Hand unter den linken Ellbogen gelegt. Die Protokollantin räusperte sich. »Wir, die Geschworenen im Kreisgericht des Bundesstaates Kalifornien, in der Sache *Das Volk gegen Gavil Harrison,* Prozessnummer ...«

Marian bemerkte, dass Seltz die Ellbogen aufgestützt und das Kinn in die Hand gelegt hatte. Reigers Hände lagen flach auf dem Tisch. Plötzlich wünschte Marian schmerzlich, Pat wäre da, dann wurde ihr klar, dass sie in ihrer Schwäche sie beide verraten würde, wenn er da wäre.

»... angeklagt wegen Freiheitsberaubung nach Strafgesetzbuch Paragraph ...«

Marian ballte die Hände.

»... befinden wir den Angeklagten für schuldig.«

Ein plötzliches Raunen flog auf und davon. Die Stifte der Reporter schrieben.

Gavil senkte den Kopf. Zwei Geschworene sahen zu ihm hin, aber gleich wieder weg.

Das Herz drehte sich Marian im Leibe um, es setzte kurz aus.

In der vordersten Reihe legte Mr. Jessler fest den Arm um seine Frau.

Die Protokollführerin ergriff wieder das Wort, kam zur Anklage auf Einbruch. Das Urteil: schuldig.

Erneutes Geschreibsel. Ein unterdrücktes Stöhnen von Mrs. Jessler.

Fünf bis sechs Jahre, dachte Marian. Das hatte ihr Pat gesagt. Wenigstens so lange würde Gavil im Gefängnis sein. Sie fühlte sich erleichtert. Sie fühlte sich überwältigt. Wie in einem Vakuum waren noch einmal alle Geräusche aus dem Gerichtssaal gesaugt. Jetzt kam der Teil, auf den alle gewartet hatten.

Die Protokollführerin verlas die letzte Anklage auf Mord. »Wir, die Geschworenen im Kreisgericht des Bundesstaates Kalifornien, in der Sache *Das Volk gegen Gavil Harrison ...«* Marians Herz flatterte wie ein Blatt im Sturm, dann hämmerte es gegen ihre Rippen. Ihr Mund wurde trocken. Beide Hände zitterten.

»... befinden den Angeklagten für schuldig.«

Die Worte klingelten ihr in den Ohren.

Schuldig.

Marian konnte sich nicht bewegen. Sie fragte sich in diesem Moment, ob sie sich je wieder würde rühren können.

Ein letzter Schlag stand noch aus und wurde von der Protokollführerin rasch ausgeführt. Die Geschworenen klagten Gavil des besonderen Umstands des Auflauerns an.

Marian ließ den Kopf hängen. Gavil würde nie wieder frei kommen.

Gavil klappte auf seinem Stuhl zusammen, seine Schultern sackten nach vorn. Das gedämpfte Murmeln im Saal wurde lauter. Tränen verschleierten Marians Blick, als sie zu ihm hinblickte. Empfinden konnte sie nichts mehr. Mrs. Jessler sank leise schluchzend an der Brust ihres Mannes zusammen.

Benelli schlug mit dem Hammer, einmal, zweimal. Im Saal kehrte Ruhe ein. Die Geschworenen wurden jetzt zu jedem

Urteil einzeln befragt. Marian saß wie versteinert da, als aus einen Dutzend entschlossener Münder »Ja« erklang, jeweils viermal. Benelli dankte ihnen großmütig, dass sie ihre Pflicht getan hätten.

Dann, mit einer schlichten Erklärung – »Die Verhandlung ist geschlossen« –, war es vorbei.

Die Türen zum Gerichtssaal flogen krachend auf, dann die Türen zur Eingangshalle. »Herein mit euch; es lautet schuldig!« Milt Waking hielt die Außentür auf, während sein Kameramann hereinstürmte, gefolgt von einer Horde weiterer. Der Saal war in strahlendes Licht getaucht; technisches Equipment surrte.

Marian fand sich in einem Pulk von Journalisten wieder. Sie konnte sich nicht erinnern, wie sie von ihrem Platz weggekommen war.

»Mrs. Baker, was haben Sie jetzt vor?« Milt Waking kam bedrohlich näher.

»Werden Sie Gavil Harrison im Gefängnis besuchen?«

»Was halten Sie von seinem angeblichen Alibi?«

Verwirrt blickte sie sich rechts und links nach einem Fluchtweg um. Jemand packte sie am Ellbogen und begann, sie in Sicherheit zu ziehen. »Komm, ich bring dich hier raus!« Es war Jack Doniger. Ständig im Fluss, zog sich die Journalistengruppe von ihr zurück und wogte auf die Anwälte und Reiger zu.

»Heute zeigt sich unser Rechtswesen von seiner besten Seite«, hörte sie Seltz hinter sich verkünden. »Der Gerechtigkeit wurde Genüge getan und um Meg Jesslers und ihrer Eltern willen bin ich zufrieden ...«

Aufschluchzend flüchtete Marian in den Korridor.

Chelsea kauerte in einem abgelegenen Winkel des Gerichtssaals, bis dahin unbemerkt von der Menge. Sie wusste nicht, wie sie dorthin gekommen war. Sie wusste nicht, wie sie hinauskommen sollte. Sie wusste nicht, wie sie ihren nächsten Atemzug tun sollte.

Sie war am Boden zerstört. Die Puzzleteilchen von Meg Jesslers Ermordung waren in ihrem Kopf in unendlich viele Stückchen zersprungen und hatten sich dann im irrsinnigen Tempo wieder zusammengesetzt. Aber das Bild sah jetzt anders aus.

Die Wahrheit sah anders aus.

Chelsea sah Sternchen. Ihre Knie wurden weich. Sie hatte das Gefühl, als würde ihr dieses Wissen den Garaus machen.

Gavil Harrison war unschuldig.

VIERTER TEIL

Die Wahrheit

Genauso ist es mit dem Wort, das ich spreche:
Es kehrt nicht unverrichteter Dinge zu mir zurück,
sondern bewirkt, was ich will,
und führt aus, was ich ihm auftrage.
Jesaja 55,11

Kapitel 48

Chelsea kniete nun schon über eine Stunde lang in ihrem Schlafzimmer. Ihre Beine waren längst eingeschlafen und brannten wie von tausend Ameisenbissen. Die Tränen waren schon alle geweint. Ihre Augen waren rot und geschwollen, ihre Stirn heiß. Stöhnend streckte sie die Knie gerade, um sich auf dem Teppich auszustrecken.

Sie konnte niemandem mehr unter die Augen kommen.

Irgendwie war sie aus dem Gerichtssaal geflohen, während der Verteidiger den laufenden Kameras eine erbitterte Berufung versprach. Irgendwie war sie in ihr Auto gekommen und nach Hause gefahren. Irgendwie hatte sie Paul angerufen und bei seiner Sekretärin eine Ein-Wort-Nachricht hinterlassen: Schuldig. Das Wort war ihr im Halse stecken geblieben. Sie wusste, dass er versucht hatte, zu Hause anzurufen; das Telefon hatte mehr als einmal geklingelt. Aber sie war nicht rangegangen. Er wunderte sich bestimmt, wo sie war. Wie konnte sie es ihm sagen? Wie konnte sie es überhaupt jemandem sagen? Was hatte sie nur *getan?* Sie hatte das Leben eines unschuldigen Mannes *zerstört*. Schuld, Scham und Angst waren fast mehr, als sie ertragen konnte. *Warum? Warum hast du so lange gewartet?*, hatte sie zu Gott geschrien. *Warum hast du mir das angetan?*

Während sie allein in ihrem Schlafzimmer gebetet und geschluchzt hatte, hatte Gott es ihr gezeigt. Wie sie nicht auf ihn gewartet hatte. Wie sie vor Angst und Ungeduld bei der Polizei mit Gavils Namen herausgeplatzt war, obwohl er sie durch Gladys ausdrücklich davor gewarnt hatte. Er hatte es so weit kommen lassen, nicht um sie zu bestrafen, sondern um ihr eine Lehre zu erteilen. Doch wenn sie ihm jetzt gehorchte und der Polizei sagte, was sie wusste, dann würde er in seiner Gnade die Sache in Ordnung bringen.

Aber Chelsea konnte nicht gehorchen.

Was würden die Leute sagen? Die Kriminalbeamten, nachdem sie so geschuftet hatten? Nachdem sie sie vor Gavils Impulsivität beschützt hatten? Was würde man in ihrer Gemeinde sagen? Und was die vielen Leute, die in den Nachrichten die Geschichte von ihrer Vision gehört und Gottes Macht erkannt hatten? Was war mit Marian, die so kurz davor stand, sich zu bekehren? Ganz zu schweigen von Pauls Reaktion.

»Gott«, flüsterte sie, »das *kann* ich nicht.«

Die Minuten verstrichen, eine halbe Stunde, eine Stunde, während Chelsea auf dem Boden lag und ihr Herz ausschüttete. Schließlich quälte sie sich auf die Füße, ihr Blick streifte die Uhr. Halb drei. Zum Glück waren die Jungen bis fünf beim Basketballtraining. Dann würde sie sich zusammenreißen müssen. In der Zwischenzeit musste sie mit *irgend*jemanden reden. Sie atmete tief durch und griff zum Telefon.

»Du hast mir nie Vorwürfe deswegen gemacht, dass ich Gavil gleich erwähnt habe«, meinte Chelsea, nachdem sie und Gladys viel Zeit im Gebet verbracht hatten. Sie saßen in Gladys Wohnzimmer, genauso wie an dem Tag nach ihrer ersten Vision von dem Mord. Das schien so lange her.

Gladys überlegte. »Damals wollte ich dich unterstützen, nicht hinterfragen. Und wie die Dinge sich entwickelten, schienst du Recht zu haben.«

»Dann hältst du mich jetzt also nicht für vollkommen durchgeknallt?«

»Nein. Ich habe gespürt, wie Gott während des Betens zu mir geredet hat. Ich glaube, dass er dir die Wahrheit gezeigt hat.«

»Danke.« Dankbarkeit stieg in Chelsea hoch. Sie brauchte so dringend jemanden, der sie verstand. Aber ihre Erleichterung war von kurzer Dauer. »Was *mache* ich jetzt, Gladys?« Wieder brannten Tränen in ihren Augen. »Ich kann nicht wieder zur Polizei gehen, nicht nach allem, was vorgefallen ist. Sie werden mir nie im Leben glauben. Ich weiß, wie selbstsüchtig das klingt, wo Gavil im Gefängnis sitzt und der wahre Mörder weiterhin frei sein Unwesen treiben kann. Ein Teil von mir kann es selbst kaum glauben, dass ich in diesem Moment an mich denke. Aber – ich *kann* einfach nicht.«

Gladys nickte, ihr sonst so fröhliches Gesicht war düster. »Ich kann dir nicht sagen, was du tun sollst, Chelsea. Ich kann nur beten, dass Gott dir hilft, das zu tun, was er möchte.« Sie suchte kopfschüttelnd nach Worten. »Ich denke, durch all dieses ... Wirrwarr ... will Gott dich etwas lehren und am Ende wirst du stärker sein als vorher. Ich weiß, das hilft dir im Moment nicht viel ...« Ihre Stimme versandete.

Chelsea schwieg. Es waren vier so lange Monate gewesen. Sie *wollte* nicht, dass Gott ihr noch etwas beibrachte.

Sie wollte einfach, dass der Albtraum ein Ende hatte.

Irgendwie schaffte es Chelsea, die Jungen abzuholen, Essen zu machen und Paul zu begrüßen, als er von der Arbeit nach Hause kam. Sie fühlte sich benommen, als stände sie neben sich, erschöpft.

»Was ist los, Mutti?«, fragte Scott, während er beim Essen mit seinem Stuhl näher zum Tisch rutschte. »Ist doch alles so gelaufen, wie du wolltest, oder?«

Chelsea brachte ein Lächeln zustande. »Ja, Schatz. Ich bin nur müde, das ist alles.«

»Du musst heute früh ins Bett«, erklärte Michael mit der Weisheit eines Zwölfjährigen.

Paul betrachtete sie besorgt. »Ganz richtig, lasst uns dafür sorgen, dass Mutti eine Extraportion Schlaf bekommt. Sie hat einen anstrengenden Tag hinter sich.«

Später abends in ihrem Schlafzimmer erzählte Chelsea Paul zitternd und zagend von der Vision, die sie im Gerichtssaal gehabt hatte. Als sie geendet hatte, starrte Paul sie mit herabhängendem Kiefer an und suchte nach Worten.

»Chelsea«, brachte er schließlich hervor, »du weißt, das kann nicht sein. Nach dem, wie Gavil dich bedroht hat, dich verfolgt hat? Jetzt, wo der Prozess endlich vorbei ist. Dein Leben kann jetzt wieder seinen gewohnten Gang gehen. Unser Leben.«

»Es ist *nicht* vorbei, das ist es ja gerade.« Neue Tränen traten ihr in die Augen. »Das habe ich ja auch gedacht. Ich wollte, dass es vorbei ist. Aber das ist es nicht. Und jetzt weiß ich nicht, was ich *tun* soll.«

»Was du tun sollst?«, wiederholte er. »Du wirst *gar nichts* tun, so einfach ist das. Lass alles, wie es ist. Es ist vorbei.«

»Aber dann dreh ich durch, verstehst du das nicht? Ich kann mich doch nicht auf diesem Wissen ausruhen, wenn ein unschuldiger Mann im Gefängnis ist und der schuldige auf freiem Fuß? Das halt ich nicht *aus!* Aber ich hab solche Angst.« Ihre Worte endeten in einem Wimmern, als sie auf das Bett sank. Paul eilte an ihre Seite und zog sie in seine Arme.

»Vielleicht sind das ja nur die emotionalen Nachwirkungen«, wagte er nach einigen Augenblicken zu sagen. »Weißt du, so ähnlich wie bei einem Soldat, der keine Schlachten mehr zu kämpfen hat. Vielleicht hast du dich in ein paar Tagen beruhigt und bist wieder die Alte.«

»Woher weißt du das?«, weinte sie an seiner Brust. »Wieso meinst du, dass ich mich jetzt irre und nicht vorher?«

»Weil, guck dir doch an, was alles passiert ist!« Er hob ihr Kinn, um ihr in die Augen zu schauen. »Du warst schließlich nicht die einzige Beteiligte. Die *Polizei* hat Beweise gegen Gavil gefunden. Eine *Jury* hat ihn schuldig gesprochen. Es ist alles genau so gekommen, wie es dir dein Gefühl gesagt hatte.«

Sie wischte eine Träne weg. »Aber damals hast du mir auch nicht geglaubt. Erst als die Dinge ins Rollen kamen. Es könnte doch wieder so sein.«

Besorgnis huschte über Pauls Gesicht, dann verblasste sie. In jenem flüchtigen Ausdruck erkannte Chelsea die Tiefe seiner Fürsorge für sie. »Nein, es wird *nichts* mehr ins Rollen kommen. Ich möchte, dass wieder Normalität einkehrt, Chelsea.« Seine Stimme klang belegt, als er sie noch einmal umarmte. »Ich möchte dich zurückhaben. Ich möchte meine Partnerin zurück.«

»Es tut mir so Leid, Paul. Das alles habe ich nie gewollt!« Chelsea schluchzte in sein Hemd, bis sie nicht mehr weinen konnte. Vollkommen erschöpft ließ sie sich von ihm schließlich zu Bett bringen.

»Warten wir ab, wie's dir morgen geht«, flüsterte er. »Morgen sieht die Welt schon ganz anders aus. Bestimmt.« Er sah sie flehentlich um Zustimmung bittend an.

Doch der Morgen brachte Chelsea keine Erleichterung – nur die neuerliche Gewissheit, dass Gott ihr die Wahrheit gezeigt hatte. »Denk noch mehr darüber nach«, drängte Paul, als er zur Arbeit aufbrach. »Ich ruf dich an.«

Chelsea dachte und betete, bat Gott um einen Ausweg. »Lass jemand anderen irgendwie die Wahrheit herausfinden!«, flehte sie. »Lass mich nicht zur Polizei gehen müssen!«

Doch in ihrem Herzen wusste sie, was Gott von ihr verlangte. Sie wusste nur nicht, wie sie das fertig bringen sollte.

»Paul«, jammerte Chelsea, als er am späten Vormittag anrief, »ich habe mir den Kopf zerbrochen. Und es geht so nicht weiter. Mein Herz ist schwer wie Blei. Ich *muss* zu Kommissar Reiger gehen. Ich sterbe tausend Tode, aber ich muss.«

Paul seufzte.

Bitte, Gott, betete Chelsea und klammerte sich an den letzten Strohhalm, *lass ihn Nein sagen.*

»Ich werde dir das wohl nicht ausreden können, was?« Pauls Stimme klang trocken, müde.

Chelsea schloss die Augen. Sie mochte gar nicht daran denken, was sie ihm antat. »Ich kann nicht ändern, was ich weiß«, sagte sie sanft. Sie umklammerte das Telefon und wartete.

Keine Antwort.

»Paul? Bitte, zieh dich jetzt nicht von mir zurück; ich brauche dich. Bitte! Sag mir einfach, ob ich gehen kann oder nicht.«

»Kommissar Reiger wird dir nicht glauben, Chelsea; er wird denken, du spinnst.«

»Dann brauchst du dir ja keine Sorgen zu machen.« Sie schluckte, ihre Kehle war wie zugeschnürt. »Vielleicht erzähl ich es ihm einfach und überlasse es ihm. Wenn sich nichts daraus ergibt, dann ... ergibt sich eben nichts.«

»Ich möchte, dass unser Leben wieder normal wird, Chelsea«, sagte Paul. »Um unsretwillen und um der Jungen willen.«

Die Verzweiflung in seiner Stimme stach sie wie ein Messer. »Das wird es, Paul, sobald ich das getan habe. Das wird es.«

Als Paul schließlich einwilligte, legte Chelsea auf und wünschte beinahe immer noch, er hätte es nicht getan. Neue Furcht stieg in ihr auf bei dem Gedanken, was sie jetzt tun musste.

Kapitel 49

Chelsea saß stocksteif vor Reigers Schreibtisch, seine »Mann des Jahres«-Tafel schien ihren Rücken durchbohren zu wollen. Sie wusste, wie angesehen er war, erst recht jetzt. Selbst als er sie den Gang hinunter zu seinem Büro geführt hatte und zwischendurch nur kurz stehen geblieben war, um Pat Turnbow Bescheid zu sagen, dass sie da war, hatten ihm zahlreiche Kollegen ihre Glückwünsche zugerufen. In diesem Augenblick, dachte Chelsea bei sich, waren die beiden Kommissare wohl die »Männer der Stunde« auf der Wache. Sie wusste nicht, wie sie jemals wieder gut machen könnte, was sie ihnen angetan hatte.

Pat Turnbow saß breitbeinig mit verschränkten Armen rechts neben ihr und starrte sie mit offenem Mund an, als komme sie soeben vom Mars. Reigers Stuhl, von ihr aus gesehen auf der anderen Schreibtischseite, quietschte in der beklemmenden Stille, während er schaukelte und sie mit einer Mischung aus Schock und Fassungslosigkeit ansah. Chelsea suchte nach weiteren Worten, fand aber keine. Sie hatte alles erklärt, war praktisch vor ihnen auf die Knie gegangen.

Reiger räusperte sich. »Nun. Das ist ... bemerkenswert.«

Turnbow schnaubte. »Bemerkenswert? Das ist *hirnrissig!*« Er sah Chelsea aus schmalen Augen an. »Wie können Sie das jetzt tun? Was ist nur in Sie gefahren, dass sie *heute*, einen Tag nach der Urteilsverkündung, hier auftauchen und so etwas von sich geben? Weiß Ihr Mann, dass Sie hier sind?«

Chelsea blickte auf ihren Schoß.

»Nicht so schnell«, kam Reiger ihr zur Hilfe. »Jetzt nur nicht ... den Kopf verlieren. Das ist alles ziemlich viel auf einmal.«

Er gab einen Stoßseufzer von sich, während sein Blick die Decke entlangwanderte. »Schön. Ich weiß, dass die Geschichte, die Sie uns gerade erzählt haben, nicht auf Logik basiert. Aber da Sie nun einmal auf dem Tisch ist, sehen wir uns doch mal die Fakten an. Mehr können wir nicht tun.« Er sah Chelsea beinahe hilflos an. »Wir finden bestimmt für alles eine Erklärung.«

Sie nickte.

»Na schön.« Sein Blick war wieder an der Decke. »Erstens. Sie sagten, Sie haben in dem Mann den Oberkellner erkannt, der Sie an jenem Abend im Bayhill bedient hat.«

»Was an sich schon völlig abwegig ist«, fiel ihm Turnbow ins Wort. »Man ›erkennt‹ einen Restaurantbediensteten nicht vier Monate später; man achtet ja schon während des *Essens* kaum auf sie.«

»Schon gut, Pat, halt noch ein bisschen die Luft an.« Reiger hob die Hand. »Mrs. Adams, das ist unlogisch. Wenn Doniger im Bayhill gearbeitet hätte, dann hätten er und Harrison sich doch erkannt. Sie wohnten Tür an Tür.«

»Na ja«, erwiderte sie, »Gavil wohnte dort ja noch nicht lange, und vielleicht durch die unterschiedlichen Arbeitszeiten ...«

»Gut, aber genau da liegt der Haken.« Turnbows Stimme war schneidend vor Überzeugung. »Wir haben den Kerl vernommen. Ich bin sogar extra noch einmal zu ihm hin und habe die Befragung zu Ende geführt, wegen der Unterbrechung beim ersten Mal. Ich *kannte* die Geschichte mit dem Restaurant Bayhill. Wenn Doniger gesagt hätte, er arbeite im Bayhill, wäre ich sofort hellhörig geworden.«

»Weißt du, das ist ganz einfach.« Reiger griff zum Telefon. »Wir prüfen das mal eben nach.«

Turnbow lehnte sich achselzuckend zurück.

Reiger rief die Auskunft an, fragte nach der Nummer des

Bayhill und tippte sie ein. »Hallo.« Chelsea staunte über seinen unbeschwerten Ton. »Ist Jack Doniger zu sprechen?«

Sowohl Chelseas als auch Turnbows Augen hingen an seinem Gesicht. Überraschung malte sich auf seiner Stirn. »Oh. Alles klar, danke. Ach, übrigens«, fügte er hinzu, »er arbeitet ja schon eine ganze Weile bei Ihnen. Wie lange wohl etwa?«

Turnbow erstarrte.

»Richtig. Danke.« Reiger legte auf und sah sie beide verblüfft an. »Er ist dort abends Oberkellner. Schon seit sechs Monaten.«

»Ach, *komm!*« Turnbow stand auf und wäre dabei beinahe über seinen Stuhl gestolpert. »Das ist unmöglich! Jetzt wird's mir zu bunt; ich hole meine Notizen.« Er ging mit großen Schritten durch das Büro und rauschte aus der Tür.

Selbstsüchtige religiöse Heuchlerin!, schimpfte Turnbow vor sich hin, während er die Schublade aufriss, in der die Fallakte vom Trent Park lag. Sie hatten sie erst gestern in sein Büro geräumt, da Reigers Aktenschrank überquoll. Wer hätte gedacht, dass er sie schon einen Tag später brauchen würde.

Er ließ sich krachend in seinen Stuhl plumpsen und überflog die ersten Seiten. Da war es. Ihr erstes Gespräch mit Doniger. Turnbows Blick überflog die Seite. Er erinnerte sich, dass sie auf Harrisons Erscheinen gewartet hatten, und sobald er aufgetaucht war, hatten sie die Vernehmung vorzeitig abgebrochen. *Kellner* lautete das Stichwort zu Donigers Beschäftigung. Daran erinnerte sich Turnbow noch, aber das musste reiner Zufall sein. In dieser Gegend wimmelte es von Restaurantangestellten. Er seufzte ungeduldig, blätterte weiter, bis er Teil zwei des Interviews gefunden hatte. Dort musste alles über die Berufstätigkeit stehen; Fragen zum Arbeitsplatz einschließlich Adresse und Telefonnummer gehörten zum Standardprogramm. Er folgte seinen Aufzeichnungen Wort für Wort mit dem Finger. Ging noch einmal zum Anfang, las von vorn.

Kein Hinweis auf Donigers Arbeitsstelle.

Er las zum dritten Mal.

Nichts.

Verdrießlichkeit machte sich in ihm breit. Wie hatte ihm das passieren können? Wie hatte er so *dumm* sein können? Er prüfte ein letztes Mal nach. Es stand nicht dort.

Er fuhr sich mit der Hand durchs Haar und saß dann nachdenklich, regungslos da.

Das *war* ein reichlich merkwürdiger Zufall.

Doch das hatte nichts weiter zu sagen. Es war Zufall, sonst nichts. Dann arbeitete Doniger eben im Bayhill. Dann hatte Turnbow bei der Vernehmung dieses Typen eben einen Fehler gemacht. Na *und?* Aufs Ganze gesehen, war das eine Mücke gegen einen Elefanten.

Turnbow knallte das Notizbuch zu und räumte es weg. Ungeachtet des Fehlers, den er jetzt eingestehen musste, würde er dieses Spielchen nicht länger mitspielen. Er hatte schon zu lange auf das Ende dieser Verhandlung gewartet; Marian hatte schon zu lange gewartet. Nicht auszudenken, was so ein Gerede ihr antun würde. *Ihnen.*

Ohne mich, dachte er, als er sich straffte, um zurück in Reigers Büro zu gehen. *Ohne mich.*

»Na schön«, bemerkte er unwirsch, als er sich wieder auf den Stuhl in Reigers Büro sinken ließ. »Du hast Recht. Irgendwie ist es mir durch die Lappen gegangen, Doniger zu fragen, wo er arbeitet. Ich weiß zwar nicht wie, aber so ist es.« Er warf Reiger einen Blick zu. »Aber das hat nichts zu bedeuten.«

Reiger rieb sich die Stirn, als hätte er heftige Kopfschmerzen, dann stieß er fast ein Lachen hervor. »Das ist einfach zu viel.« Er hob den Kopf und sah seinen Partner müde an. »Ich weiß nicht recht, wie es jetzt weitergehen soll.«

»Gar nicht«, gab Turnbow zurück. »Überhaupt gar nicht.«

»Meinen Sie nicht«, mischte sich Chelsea ein, als habe die Bestätigung einen neuen Mensch aus ihr gemacht, »dass es stimmen könnte, was Gavil zu seiner Verteidigung gesagt hat? Dass *tatsächlich* jemand anders die Handschuhe genommen hat und Gavil *doch* bei Sonya Hocking war an jenem Morgen?«

»Ach ja?«, schoss Turnbow zurück. »Und wer hat Sie *in Wirklichkeit* verfolgt?«

Chelsea schlug die Augen nieder.

Turnbow beugte sich vor, seine Taktlosigkeit ließ ihn völlig ungeniert. »Ich sag dir eins, Reiger, das Ganze ist lächerlich. Wir sollten nichts darauf geben; wir haben genügend anderes zu tun. Kannst du dir vorstellen, damit unserem Chef Wilburn zu kommen? Er würde uns beide hochkant aus seinem Büro werfen!«

Reiger durchbohrte ihn mit einem missbilligenden Blick und deutete dabei mit einer Kopfbewegung auf Chelsea. Turnbow zählte bis fünf.

»Mrs. Adams«, Reigers Stimme war beherrscht, »entschuldigen Sie die kleine Meinungsverschiedenheit. Das ist einfach eine Art Schock, wissen Sie. Aber um zurück zur Sache zu kommen, selbst wenn Doniger Ihnen an dem Abend das Dessert serviert hat –«

»Er hat uns nicht nur das Dessert serviert«, fiel ihm Chelsea ins Wort. »Er war da, und zwar *genau dann*, als ich die Vision hatte. Verstehen Sie? Er stand neben Gavil; ich weiß es noch so genau. *Seine* Gegenwart war das Böse, das ich gefühlt habe.«

»Schon gut, schon gut.« Reiger hob die Hand. »Ich weiß, dass Sie das glauben. Und ich muss zugeben, dass es da ein paar Zufälle gibt, die ich mir nicht erklären kann. Aber wir haben da ein Problem, das Sie verstehen müssen. Der Fall ist *abgeschlossen*. Harrison ist verurteilt worden.«

»Na ja.« Chelsea richtete sich auf. Turnbow konnte sehen,

wie es in ihrem Kopf arbeitete, während sie sich als Stammtischdetektivin versuchte. »Sie haben doch die DNS. Die wird zu Jack Doniger passen. Überprüfen Sie es einfach.«

Turnbow unterdrückte ein verächtliches Grunzen.

»Das geht nicht«, erklärte Reiger geduldig. »Wir haben nichts in der Hand, um von Doniger eine Probe dieser Art zu verlangen. Sie müssen verstehen, dass wir nach vielen, vielen Regeln spielen. *Ich* stelle sie zwar nicht auf, aber ich muss mich nach ihnen richten.«

»Wollen Sie damit sagen, dass sie *nichts* unternehmen können?«, fragte Chelsea. »Und wenn ich Recht habe? Wollen Sie den falschen Mann im Knast sitzen lassen? Und den *richtigen* frei herumlaufen lassen? Er wohnt direkt neben Marian!«

Turnbow zuckte zusammen. *Hör auf; es spielt keine Rolle,* sagte er sich. *Das Ganze ist großer Quatsch.* »Hören Sie«, platzte er hervor, »sagen Sie *bloß* nichts Marian davon. Sie haben Ihr den Kopf schon mit genug Müll vollgestopft.«

Kaum waren ihm die Worte entschlüpft, bereute er sie auch schon. Chelsea schien erschüttert. Reigers Augen wurden schmal. Turnbow sah keine Rückzugsmöglichkeit.

»Wenn Sie auf Sonntag anspielen«, sagte Chelsea leise, »dann tut es mir Leid. Ich dachte ... ich hatte den Eindruck, es hätte Marian gefallen.«

Reiger durchbohrte Turnbow mit Laserblicken. »Was war am Sonntag?«, fragte er Chelsea, ohne die Augen zu bewegen.

»Sie kam mit uns zum Gottesdienst. Und anschließend zum Mittagessen. Das ist alles.«

Verlegene Stille. Chelsea sah fragend von einem Mann zum anderen.

»Verstehe.« Reiger wandte sich ihr mit einem gezwungenen, leichten Lächeln zu. »Sie haben bestimmt keinen Schaden angerichtet, da bin ich mir sicher.« Sein Blick glitt zurück zu Turnbow, dann wieder weg. »Wissen Sie was, Mrs. Adams«, sagte er mit einer Miene, die etwas Endgültiges hatte, »ich werde nachdenken, wie man das handhaben kann, und mich wieder bei Ihnen melden.« Er machte eine Bewegung, als wollte er aufstehen.

Chelsea rührte sich nicht. »Vielen Dank, Sergeant. Wie schon am Telefon gesagt, ich habe stundenlang gebetet, bevor ich hierher gekommen bin. Und dann wäre ich um ein Haar trotzdem nicht gekommen, weil ich solche Angst hatte. Bitte, bevor Sie irgendwelche Entscheidungen treffen, beten Sie darüber. Ich werde auch für Sie beten.«

Ihre Worte hingen in der Luft. Turnbow empfand schadenfrohen Zynismus, obwohl er sich auf den Schlips getreten fühlte, dass man ihn so überging. Reiger suchte offensichtlich nach einer Antwort, die sie zufrieden stellen würde, ohne sich vor seinem Partner bloßzustellen. Turnbow begriff es als Chance, ihm aus der Klemme zu helfen, und Turnbow wusste, er war jetzt auf jedes Quäntchen Gunst angewiesen, das er sich erschleichen konnte.

»Mrs. Adams, nur eine Frage«, sagte er. »Wenn Gott Ihnen diese erste Vision geschickt hat und er so unfehlbar ist, dann ...« Er breitete die Hände aus.

Chelsea lächelte matt. »Er *ist* unfehlbar, Herr Kommissar. Genau wie seine Worte. Nur leider sind wir, seine Diener auf Erden, das nicht. Ich habe Ihnen schon erklärt, wo ich mich geirrt habe. Ich hoffe, Sie nehmen sich das zu Herzen. Das ist für mich das Schwerste von allem, wissen Sie, wenn ich daran denke, dass ich andere ins Zweifeln bringe. Bitte, denken Sie nicht, das sei Gottes Schuld. Geben Sie mir die Schuld, wo sie hingehört.«

In ihrer Stimme lag eine solch ruhige Gewissheit, dass Turnbow keine Antwort einfiel. Gewissenbisse wegen seiner Unfreundlichkeit überfielen ihn. Und verschwanden.

Er würde sich von ihrer fehlplatzierten Aufrichtigkeit nicht umstimmen lassen.

Kapitel 50

»Möchtest du mir vielleicht erklären, woher du von Marians Besuch bei den Adams wusstest?«

Reiger hatte Chelsea zum Ausgang begleitet und Turnbow angewiesen, sich nicht von der Stelle zu rühren. Sie standen sich wie wachsame Kämpfer im Ring gegenüber, die Tür war geschlossen.

Turnbow spielte den aufsässigen Teenager. »Marian hat es mir erzählt.«

Reiger atmete vernehmlich aus. Er hatte die Anzeichen gesehen; er hatte nur nicht hinsehen wollen. »Läuft da was zwischen euch?«

»Das ist nicht deine Sache.«

Reiger sah Rot. »Nicht meine –! Während der *Verhandlung*, Turnbow! Wie *konntest* du, bei dem, was auf dem Spiel stand!«

»Es war nicht ›während der Verhandlung‹, klar? Ich habe den ganzen Sommer über gewartet, also halt mir keine Predigten!«

»Die Verhandlung ist seit *gestern* vorbei.«

Turnbow verschränkte die Arme. »Okay. Dann hab ich sie eben nach ihrer Zeugenaussage besucht. Ihr Part war vorbei; und ich dachte, es könnte nichts mehr schaden.«

»Könnte nichts mehr schaden? Jetzt machst du dir selbst was vor und das weißt du genau. Du hättest eine *Menge* Schaden anrichten können!«

»Na schön, na schön. Aber das ist jetzt vorbei. Und egal, was jetzt passiert, es hat nichts mit dir zu tun.«

»Du kannst nicht mit ihr durch die Gegend rennen. Wie sieht das denn aus?«

»Ich *weiß;* glaubst du, ich bin *blöd,* oder was?«

Reiger warf ihm einen Blick zu.

»Wir werden nichts überstürzen, okay? Ihre Gefühle sind eh ganz durcheinander; du hast ja keine Ahnung, wie sehr sie das alles mitgenommen hat.« Turnbow legte eine Hand über die Augen. »Und deshalb will ich nicht, dass man ihr irgendetwas von diesem Unsinn steckt. Sie hat schon genug durchgemacht.«

»Ist es wirklich das, was dir Sorgen macht? Oder machst du dir eher Sorgen um ihre Loyalität?«

Das traf offensichtlich einen blanken Nerv. Turnbows Rücken versteifte sich, eine Ader pulsierte an seinem Hals. »Das muss ich mir nicht sagen lassen!« Er drehte sich zur Tür.

»Pat!« Reigers Ton ließ den jüngeren Mann herumfahren. »Tu, was du willst; ich kann dich nicht aufhalten. Aber merk dir eins. Du bist *raus* aus dem Fall.«

»Ach, wirklich?«, Turnbows Mund verzog sich. »Aus *welchem* Fall?«

»Keine Ahnung«, schoss Reiger zurück. »Aber egal, welcher, du bist raus!«

»Nein, nein, nein. Jetzt mach mal halblang.« Turnbow bewegte sich schrittweise auf Reiger zu. »Du wirst ja wohl nicht in vier Monaten gemeinsamer Arbeit herumpfuschen und mir erzählen wollen, ich dürfe nicht wissen, was abgeht.«

»Doch, genau das.«

»O nein, das wirst du nicht.«

»Doch, das *tue* ich, Turnbow! Sieh dich doch mal an! Wo liegt dein Interesse? Wo ist dein Kopf? Dir geht es nicht darum, die Wahrheit herauszufinden. Dir geht es um deine eigenen Bedürfnisse. Das kann ich nicht dulden.«

Turnbow funkelte seinen Partner an, die Zähne zusammengebissen, der Kiefer arbeitete. »Erstens«, seine Stimme war scharf, »haben wir die Wahrheit bereits herausgefunden und *dem ist nichts hinzuzufügen*. Und zweitens, glaub mir, wenn ich wirklich dächte, dass Marian von diesem Typen nebenan Gefahr drohte, wäre ich der Erste, der deshalb etwas unternehmen würde.«

»Du würdest es nicht sehen, selbst wenn es *wahr* wäre«, erklärte Reiger, »weil du es nicht sehen *willst*.«

Turnbow blickte zum Fenster hinaus und riss sich sichtlich zusammen. »Hör mal, Dan. Ich rate dir im Guten, lass die Finger davon. Mach einen *Punkt*.«

»Der *Punkt*«, erklärte Reiger, »ist der, dass ich dem noch ein bisschen auf den Zahn fühlen muss, bevor ich es ad acta legen kann. Aber da du ja so genau weißt, dass das alles Humbug ist, brauchst du dir ja keine Sorgen zu machen.«

»Ich mache mir Sorgen um Marian«, erwiderte Turnbow, »und ich werde nicht zulassen, dass man sie schikaniert.«

»Schön, Turnbow, schön.« Reiger hob beschwichtigend die Hand.

»Ich warne dich, Reiger, wenn du dich da zu sehr reinhängst, erzähle ich es Wilburn.«

»Oho! Als ob *ich* keinen Trumpf in der Hand hätte?« Reigers Augen wurden hart. Der Junge ging wirklich zu weit.

Turnbow kniff den Mund zusammen, stürmte zur Tür und ließ sie ungehobelt hinter sich zuknallen.

Reiger saß über seinem Schreibtisch gebeugt und hatte den Kopf in den Händen vergraben. Noch nie hatte er mit einem Partner die Geduld verloren. Es geschahen so viele Dinge auf einmal, dass er kaum wusste, wo ihm der Kopf stand. Erstaunlich eigentlich, dass er sich noch vor vierundzwanzig Stunden wie der große Sieger im siebten Himmel gefühlt hatte.

Davon fühlte er sich jetzt weit entfernt.

Ein Teil von ihm kochte immer noch vor Wut auf Turnbow. Es sei sein gutes Recht, wütend zu sein, sagte er sich. Und unter den gegebenen Umständen war seine Entscheidung, Turnbow den Laufpass zu geben, das einzig Richtige gewesen. Trotzdem, er *brauchte* seinen Partner gerade jetzt, sowohl zur seelischen Unterstützung als auch wegen seines beruflichen Könnens.

Und was Chelsea Adams' neueste Vision anging, so wusste er nicht, was er davon halten sollte. Er glaubte an ihre Aufrichtigkeit und bewunderte sie enorm dafür, dass sie wiedergekommen war. Wie viel Überwindung musste es sie gekostet haben, ihnen das zu erzählen! Kein noch so großer Wunsch, im Rampenlicht zu stehen, könnte jemanden dazu bewegen. Es war zu riskant, lief zu sicher auf Demütigung hinaus. Außerdem war sie nicht der Typ dafür. Nein, Reiger hatte keinen Zweifel, dass sie von der Richtigkeit ihrer Sache überzeugt war. Und er musste zugeben, dass die Geschichte mit Doniger ein echter Thriller war. Doch er hatte, genau wie Turnbow, so viele Wochen lang an Harrisons Schuld geglaubt, dass alle Beweise der Welt es schwer hätten, ihn umzustimmen. Sein Hirn brauchte mehr Zeit, um sich auch nur an die geringste Möglichkeit zu gewöhnen, dass das wahr sein könnte.

Reiger bohrte die Finger in seinen Schädel. Das Schlimmste von allem war seine eigene Feigheit. Als Chelsea Adams ihn gebeten hatte zu beten, hatte er sie vor Turnbow im Regen stehen lassen und kaum ein Wort hervorgebracht. Alles nur, weil er sich schämte, für seinen Glauben, ja für Gott einzutreten.

»O Herr«, flüsterte er, »vergib mir meine Schwachheit. Ich bin sie so *leid*.«

Er wusste nicht, wie viel Zeit verstrichen war, während er so dasaß, den Kopf aufgestützt, die Augen geschlossen, die Welt ausgesperrt. Als das Telefon klingelte, beachtete er es nicht. Er konnte nur noch an sein Versagen denken – die vielen Chancen, die er im Laufe der Jahre gehabt hatte, für Gott den Mund aufzumachen, aber nichts gesagt hatte. Eine Gelegenheit nach der anderen kam ihm in den Sinn, gefolgt von der

Erkenntnis, wie heuchlerisch seine sonntägliche Frömmigkeit war.

»Jetzt ist Schluss damit, Herr«, wisperte er, »jetzt ist Schluss.« Wenn jemand, der zwanzig Jahre jünger und gute achtzig Pfund leichter war als er, so den Mund aufmachen konnte, wie Chelsea Adams es getan hatte, warum dann er nicht? »Gib mir neue Chancen, Herr. Beim nächsten Mal lasse ich dich nicht hängen. Zeig mir, wie ich anderen davon erzählen kann, was du für mich getan hast. Auch Pat. Gerade Pat.«

Selbst dann konnte Reiger noch nicht den Kopf heben. Er dachte an Chelseas Mahnung und betete um Leitung, was er tun sollte. »Herr, wenn diese neue Tür von dir geöffnet wurde, dann halt sie auf. Zeig mir, was ich wissen muss. Aber wenn das keine Tür von dir ist, dann mach sie bitte ganz schnell zu. Nach allem, was gewesen ist, ist das einfach zu viel, wenn es nicht sein muss.

Viel zu viel.«

KAPITEL 51

»Tut mir Leid, dass ich gestern Abend nicht kommen konnte.«

Turnbow saß mit Marian auf ihrem Sofa, während das Geschirr vom Abendessen ins Spülbecken verbannt war. Marian hatte müde abgewinkt, als Pat sich erbot zu helfen, und gemeint, sie würde das später machen. Sie hatte sich umgezogen und ihren Hosenanzug gegen Jeans und ein T-Shirt ausgetauscht. Nun lehnte sie, die nackten Füße unter sich hochgezogen, an Pat.

»Mach dir darüber keine Gedanken«, erwiderte sie. »Ich wäre wohl eh nicht sonderlich genießbar gewesen. Es war so ein harter Tag. Zu viele Gefühle. Deshalb konnte ich vom Gericht auch nicht direkt wieder zurück zur Arbeit fahren.«

Er hob eine Strähne ihres Haars und beobachtete, wie es fiel. »Heute geht's dir aber besser.«

»Ja.« Ihr Ton war entschlossen. »Es ist vorbei. Schluss. Aus. Ich muss weitermachen.«

Turnbows Gedanken huschten zu jenem Vormittag.

»Jedenfalls bin ich froh, dass du da bist.« Sie lächelte ihn an und sein Herz schmolz wie Wachs in der Sonne.

»Ich auch.« Er zog sie an sich und küsste sie, ihre Lippen ließen nicht voneinander. Es war so ein gutes Gefühl, sie im Arm zu halten, er konnte sich nicht vorstellen, sie gehen zu lassen. Sie hatten beide Verletzungen; seine waren lediglich älter als ihre. Wenn Marian dachte, sie wäre die Einzige, die Zuwendung erfuhr, so irrte sie sich gewaltig.

Sie schmiegte sich an seine Brust. »Kommst du nächsten Sonntag mit mir zur Kirche? Ich möchte gerne wieder hin.«

Er spürte eine Mauer hochgehen. »Du weißt doch, das geht

nicht. Es ist zu früh. Wir müssen immer noch ein Weilchen undercover bleiben.«

»Na schön. Ich schätze, da muss ich wohl einfach auf dich hören. Aber das heißt doch, wenn wir ausgehen *können*, dann kommst du mit. Richtig?«

Er spielte mit ihrem Haar. Erstaunlich, wie manipulativ selbst die beste aller Frauen sein konnte. »Ich denke schon.«

»Gut.« Sie schwieg einen Moment. »Hast du Lust, morgen zu mir zu kommen und mir im Garten zu helfen? Das ist bestimmt ›undercover‹.«

Er schnaubte leise. »Ich kann mir verlockendere Alternativen vorstellen.«

»Na dann.« Sie sah verstimmt aus. »Die Arbeit muss getan werden, so oder so. Schon gut.« Sie winkte märtyrerhaft ab. »Vielleicht leistet mir ja wenigstens Jack über den Zaun ein bisschen Gesellschaft.«

Turnbows Hand erstarrte. »Jack?«

»Du weißt schon, mein junger Nachbar.«

»Was tut der, treibt der sich hier rum?«

»Der ›treibt sich hier nicht rum‹; er wohnt hier.«

»Was quatscht der dich an?«

Sie sah ihn missbilligend an. »Doch nicht oft, Pat, nur wenn er mich bei der Gartenarbeit sieht oder wenn ich gerade die Post reinhole oder so. Ich treffe ihn fast nie. Was ist los, eifersüchtig?«

»Nein.« Er versuchte, gelangweilt zu klingen. »Ich bin nicht eifersüchtig. Nur ...« Eine dunkle Ahnung kroch ihm das Rückgrat hinunter. Das war schon das zweite Mal heute, dass die Rede auf diesen Typen kam. Er versuchte, sie abzuschütteln, aber sie klammerte sich mit spindeldürren Fingern fest.

»Nur was?«

»Ich will nicht, dass du mit ihm sprichst.«

Sie fuhr zurück, beäugte ihn. »Warum?«

»Weil ... einfach so.«

»Pat, komm, er ist zehn Jahre jünger als ich. Ich mache mir wirklich nichts aus ihm.«

»Warum macht er sich etwas aus dir?«

Sie zuckte die Achseln. »Er ist einfach nur nett. Vielleicht tue ich ihm Leid. Er tut immer ganz beschützend, fragt mich, wo ich arbeite, und macht sich Gedanken, ob ich manchmal allein in dem Gebäude bin.«

Die dürren Finger der Angst drückten zu. Pat saß wie auf glühenden Kohlen. Seine Gedanken rasten. Das konnte nichts zu bedeuten haben. Es konnte nicht.

»Was hast du ihm erzählt?«

»Worüber? Na ja, ich hab ihm erzählt, wo ich arbeite. Was das Alleinsein betrifft, keine Ahnung. Manchmal arbeite ich bis abends spät.« Ihr Blick glitt über sein Gesicht. »Was hast du denn?«

Er zwang sich zu einem Lächeln. »Ach, ich bin einfach schon zu lange Polizist, das ist alles. Du kennst den Typen kaum. Und jetzt weiß er, wo du arbeitest, kennt ein paar deiner Gewohnheiten. Du bist zu offenherzig; du solltest es besser wissen.«

Sie zog den Kopf ein wie ein gescholtenes Kind. »Wirklich, Pat, er ist harmlos.«

»Das hast du von Gavil auch gedacht.«

Betroffen wandte sie sich ab.

Turnbow hätte sich treten können. Was war nur *los* mit ihm heute, dass er solchen Blödsinn von sich gab?

»Es tut mir Leid.« Er streckte die Hand nach ihr aus, drängte ihr Kinn zurück zu ihm. Sie gab nicht nach. »O Marian, ich bin ein Trottel. Komm schon, bitte.« Er stupste ihr Gesicht wieder, bis sie seiner Berührung folgte. Tränen standen in ihren Augen. »Marian, komm her.« Er zog ihren Kopf an seine Brust, wie er es an jenem Tag vor so langer Zeit getan hatte. Ein stummer Schluchzer durchschauerte sie. Die Lippen reuevoll zusammengekniffen, hielt er sie fest und liebkoste ihr Haar.

Sie hatten noch einen langen Weg vor sich.

Binnen Sekunden wanderten seine Gedanken zurück zu Jack Doniger.

Samstag, 5. Oktober

KAPITEL 52

Reiger ließ seinen Schlüsselbund in die Hosentasche gleiten und seinen Blick über die Häuserzeile in der Dapple Street streifen. Er hoffte inständig, dass Marian ihn nicht vom Fenster aus sehen würde. Keine Menschenseele weit und breit. Für einen Samstag war es ziemlich ruhig. Während er auf die Nummer sechs zuging, warf er einen Blick über die Schulter auf das Haus von Alice Geary. Wenn ihn jemand beobachtete, dann Geary. Er sah sie förmlich auf ihre Veranda stürzen und zur Begrüßung lauthals seinen Namen schmettern. So viel zum Thema geheime Mission. Doch als er über den Parkplatz schlenderte, hörte er nur Vogelgezwitscher aus dem Baum im Innenkreis und leise Musik in der Ferne.

Sein Besuch war das Ergebnis von viel Gebet und zwiespältiger Planung. Er hatte letzte Nacht nicht gut geschlafen – was nichts Neues war. Er hatte sich auf die eine Seite gewälzt und gedacht: *Unternimm nichts, Reiger, lass es sein;* dann hatte er sich auf die andere Seite gedreht und Gott gebeten, ihm den nächsten Schritt zu zeigen. Am Morgen war er sich sicher gewesen, was zu tun war. Aber es würde in seiner Freizeit sein müssen, außerdienstlich. Und selbst dann war es kein kleines Risiko. Wenn Wilburn Wind davon bekäme, würde er Rede und Antwort stehen müssen.

Mit einem Stoßgebet betrat Reiger Jack Donigers Gartenweg und sein Blick wanderte unwillkürlich zu Marians Veranda. Die beiden Veranden *lagen* sehr dicht beieinander, keine drei Meter auseinander.

Doch das hatte er schon gewusst.

Er schellte und wartete mit angespannten Muskeln. Er wusste kaum, was er sagen sollte. Auch hatte er keine Vorstellung, was Doniger sagen könnte, das Klarheit in seine Gedanken bringen würde, in die eine oder die andere Richtung. Doch im Grunde genommen war das nichts Neues. Er war auf einem unerlaubten »Beweisfischzug«, wie er in seiner Laufbahn schon viele gemacht hatte. Einige waren erfolgreich, andere nicht.

Er hörte drinnen ein Geräusch. Doniger war zu Hause.

Überraschung malte sich auf dem Gesicht des jungen Mannes, als er ihn wiedererkannte. »Hallo«, sagte er, die Hand noch an der Türklinke.

»Mr. Doniger.« Reiger nickte. »Entschuldigen Sie die Störung an einem so herrlichen Tag. Aber ich war gerade in der Gegend und da kam mir der Gedanke, ob Sie nicht helfen könnten, noch ein paar letzte Kleinigkeiten in unserem Fall zu klären.«

Er zögerte. »Okay. Tja. Wollen Sie hereinkommen?«

»Danke.« Reiger trat ein und sah sich unauffällig um. Die Wohnung wirkte sauber, spärlich. Viel braun und weiß, ab und zu ein paar Pflanzen.

»Und da dachte ich, Sie würden jetzt groß feiern.« Doniger winkte Reiger zu einem kleinen Sofa.

»Nun, die Arbeit eines Kriminalbeamten ist wohl nie beendet.« Er lächelte. »Ehrlich gesagt, dies ist Arbeit, die ich schnell erledigt haben möchte. Tanley – Harrisons Anwalt – ist entschlossen, Berufung einzulegen, und ich möchte von vornherein ein paar zusätzliche Fakten an der Hand haben, damit wir sie anfechten können.« Er sah Doniger unverwandt in die Augen und hoffte, der Mann hatte wenig genug Ahnung von Strafrecht, um ihm zu glauben.

»Na schön.«

Erleichterung machte sich in Reigers Magen breit. »Gut. Also. Ich weiß nicht, wie viel Sie von der Verhandlung mitbekommen haben, aber eines der Themen waren die Handschuhe, die auf der Veranda lagen.«

»Hm!«

»Sind die Ihnen dort irgendwann mal aufgefallen? Oder lagen sie vielleicht mal im Garten herum?«

Er überlegte kurz. »Nein. Auf beide Fragen.«

»Schön. Was ist mit Gavil und Meg Jessler. Haben Sie die beiden je zusammen gesehen?«

Donigers Lippen wurden einen Hauch schmäler. »Nicht dass ich wüsste. Aber er muss sie ziemlich gut gekannt haben.«

»Er wohnte ja noch nicht lange hier. Sie waren ihm noch nie begegnet, nicht wahr?«

»Nein, aber ... das heißt, nicht vor seinem Restaurantbesuch. Und selbst dann wusste ich noch nicht, wer er war.«

Reiger ließ sich nichts anmerken. Er hatte nicht erwartet, dass Doniger das ansprechen würde. »Dann haben Sie Harrison mit Chelsea Adams und ihrem Mann also an jenem Abend gesehen.«

»Ja.«

Der Sergeant gestikulierte unverbindlich lächelnd. »Ich weiß, dass wir darüber eigentlich nie geredet haben.«

»Nein. Aber ich wusste ja auch nichts davon, bis ich die Geschichte von der Vision dieser Frau in den Nachrichten gehört und zwei und zwei zusammengezählt habe. Ich hatte ja gesehen, wie eine Dame an einem meiner Tische in eine Art Trance gefallen war. Am Anfang dachte ich ja noch, nee, das kann nicht sein. Aber dann hat mich doch die Neugier gepackt und ich habe die Einnahmen von jenem Abend überprüft. Ein Paul Adams hatte die Kreditkartenrechnung unterschrieben.«

Reiger saß ganz still, als ob eine Bewegung Donigers Redefluss unterbrechen könnte. Die Leute brachten sich oft selbst in die Bredouille, wenn sie zu viel quasselten. Trotzdem, dies hatte nichts zu bedeuten. Gar nichts. Doniger hatte das also herausgefunden, na und?

»Warum haben Sie uns das nicht erzählt?«

Er zuckte mit einer Schulter. »Was gab es da schon groß zu erzählen? Als Nächstes hörte ich, dass Sie Ihren Verdächtigen festgenommen hatten. Sie und Ihr Partner haben sich nie wieder bei mir blicken lassen. Außerdem konnte ich mir nicht vorstellen, dass man mit dieser Geschichte vor Gericht weit kommen würde.«

»Da haben Sie Recht.« Reigers Verstand raste, er fragte sich, wohin er als Nächstes vorstoßen sollte. »Die drei haben das Restaurant danach ziemlich schnell verlassen, nicht?«

»Ja. Die Dame vergaß sogar ihre Handtasche. Als es mir auffiel, dachte ich, es sei schon zu spät, aber vorsichtshalber habe ich die Tasche doch noch rausgebracht. Sie und ihr Mann saßen im Auto. Sie sah aus, als würde sie weinen. Ich wollte nicht stören, aber sie brauchte ihre Tasche ja wieder, also habe ich an die Scheibe geklopft.«

Neue Unruhe überkam Reiger. Das hörte er zum ersten Mal. Es hatte zwar nichts zu bedeuten, aber nachdem er so viel Zeit in den Fall gesteckt hatte, sollte ihm eigentlich nichts neu sein. Er nickte und hatte das unbestimmte Gefühl, neben sich zu stehen und sich selbst zu beobachten. »Das war nett von Ihnen.«

»Ja.«

Doniger verstummte abwartend. Reiger suchte krampfhaft nach etwas zu sagen. »Eine erstaunliche Geschichte, was?«, meinte er.

»*Echt* erstaunlich. So etwas hatte ich noch nie gehört. Und dann herauszufinden, dass alles stimmte. Die Frau möchte *ich* nicht zur Nachbarin haben«, fügte Doniger mit einem Lächeln hinzu.

Reiger lächelte zustimmend.

»Aber ich habe viel darüber nachgedacht. Ich meine, Sie machen Ihren Job schon eine ganze Weile, stimmt's? Sie müssen im Laufe der Jahre so einiges gesehen haben. Was haben Sie gemacht, als diese Frau das erste Mal zu Ihnen kam?«

Reiger überlegte die geschickteste Antwort. »Ich wusste wirklich nicht, was ich davon halte sollte. Weil wir zu dem Zeitpunkt noch gar nicht wussten, dass ein Mord vorlag.«

»Ach ja, richtig. Und dann hat sie die Leiche gefunden, richtig? Genau da, wo sie vorher gesagt hatte?«

»So ziemlich.« Ein Schauer überlief Reiger. Er sagte sich, er sei einfach überreizt. Jeder würde bei dem Thema neugierig sein. Aber etwas an der Neugier dieses Mannes schien ein wenig überspannt.

»Also wusste sie *wirklich* alles.«

»Hm.«

»Wow.« Doniger schüttelte den Kopf. »Wahnsinn.«

Stille. Die Unterhaltung würde beendet sein, wenn Reiger nicht ganz schnell etwas einfiel. Er fühlte, dass es hier ein Sprungbrett gab, etwas, das er übersah. Seine Gedanken eilten zurück zu dem Tag an seinem Küchentisch, als ihn Megs Hände so gestört hatten. *Hilf mir, Herr, ist da etwas? Es ist meine einzige Chance.*

Völlig grundlos begann sein Herz zu hämmern. Er sagte sich, er sei albern. Ein gestandener Kriminalbeamter, der sich bei so einer läppischen Vernehmung graue Haare wachsen ließ. *Der Fall ist vorbei, Reiger, reiß dich zusammen.* Er spürte Donigers Augen auf sich, der sich über sein Hinhaltemanöver wunderte. Sein Herz schlug heftiger. Was war *los* mit ihm? Er sollte einfach gehen, und zwar sofort.

»Sie wusste sogar, was er sagte, als er sie umbrachte.« Reiger hörte seine eigene Stimme. »Erinnern Sie sich?«

Der junge Mann legte den Kopf schief. »Mm. Ja, so dunkel. Tatsächlich, jetzt, wo ich so darüber nachdenke, ist das wohl der Grund, warum ich glaubte, dass Harrison sie ziemlich gut gekannt haben muss.«

Reiger rauschte das Blut in den Ohren. Er rammte seine Absätze in den Teppich. »Sicher. Das ist einleuchtend.«

Doniger nickte. »Na ja. Ich meine: ›Ich hasse dich.‹ Da musste er doch mal was mit ihr gehabt haben, oder?«

Reiger schluckte den Kloß in seinem Hals hinunter. »Das haben wir auch angenommen.«

Ein wissender Ausdruck stahl sich über Donigers Gesicht. »Sie hat ihn vielleicht sitzen gelassen. Ihn wütend gemacht. Ich meine, das haben wir doch alle schon erlebt. Was?«

»Sicher.« Die Antwort des Sergeant klang kühl in seinen eigenen Ohren. »Das haben wir bestimmt.«

»Hey, Reiger, was machst du denn hier?«, fragte der am Zentralschalter Dienst habende Beamte, als Reiger durch die Türen des Polizeireviers rauschte. »Warst du die Woche nicht ausgelastet?«

Er versuchte zu lächeln, aber es misslang. »Muss ein paar Kleinigkeiten nachgucken.«

In seinem Büro grub er die Schlüssel zu der abgeschlossenen Kassette mit den Trent-Park-Bändern heraus und suchte sie nach dem von Chelsea Adams durch. Er schob es in seinen Kassettenrekorder und wollte sich gerade einen Kopfhörer aufsetzen, als er innehielt. Sein Blick fiel auf die Tür. Er nahm den Kopfhörer ab und wählte die Zentrale an. »Übrigens, ich bin nicht da«, sagte er kurz.

»Kein Problem.«

Er schloss die Tür ab, kauerte sich auf seinen Stuhl und sah sich beim Hören immer wieder um. Schnellvorlauf. Noch einmal. Ein drittes Mal. Sie sprach nun von dem Tunnel am Anfang ihrer Vision. Sein Herz hämmerte wild, als er ihre Worte aufsaugte. Da war es. Er schloss die Augen und konzentrierte sich. Spulte das Band zurück, hörte es sich noch einmal an.

Ich hasse dich; ich habe dich immer gehasst.

Die Furcht fuhr ihm mit einem Fingernagel den Nacken hinunter.

Reiger nahm den Kopfhörer ab und starrte blicklos aus dem Fenster. Er war sich fast sicher, dass diese Information in keiner Nachrichtensendung vorgekommen war.

Konnte das wahr sein?

In seinem Kopf spielte er wieder und wieder die Fernseh- und Zeitungsberichte ab. Nachdem Kanal Sieben die Geschichte gebracht hatte, hatten andere Sender sie aufgegriffen. Jeder hatte die Vision bis zum letzten Tropfen ausgelutscht. Aber es hatte keine neuen Enthüllungen mehr gegeben nach dem Exklusivbericht. Reiger konnte sich vorstellen, dass der Informant, nachdem Polizeichef Wilburn wutschnaubend durch das Revier getobt war, es nicht mehr gewagt hatte, weitere Informationen herauszurücken. Die Nachrichtenberichte hatten Chelseas Namen bekannt gegeben und Einzelheiten des Mords, die als Beweismittel eine Rolle spielten. Aber mehr hatten sie nicht erwähnt. Weder den Namen vom Restaurant Bayhill noch die Begleitumstände der Vision. Sendezeit war knapp; die Geschichten waren auf äußersten Nervenkitzel angelegt.

Hatte Milt Wakings Veröffentlichung dieser Geschichte jene Worte enthalten?

Reiger kniff die Augen zu und versuchte nachzudenken. Was sollte er *tun*? Er konnte schlecht bei dem Sender anrufen und um eine Kopie des Films bitten. Das würde Fragen geben. Gerede, dass er den Medien einen Wink gebe. Wer könnte es *sonst* noch wissen? Wie konnte er sich Gewissheit verschaffen?

Er tippte sich mit den Fingern an den Mund, seine Gedanken rasten. Dann griff er zum Telefon.

Sonntag, 6. Oktober

KAPITEL 53

Die Sonne war aufgegangen, hatte den Tag trübe gefunden und sich prompt hinter einem grauen Nebelschleier versteckt. Reiger saß steif in seinem Lieblingssessel mit den abgewetzten schokoladenbraunen Armlehnen und einer ebensolchen Kopfstütze. Edith drohte schon seit Jahren, das gute Stück auszumustern, aber er konnte sich einfach nicht von ihm trennen. Sie hatte ihm vorgeworfen, sich wie Columbo mit seinem Regenmantel anzustellen. Na und, hatte er erwidert. Der Sessel war an genau den richtigen Stellen durchgesessen und urgemütlich. Edith hatte mit dem Kauf einer weichen, in Erdtönen gehaltenen Decke gekontert, die über der Rückenlehne liegen sollte, um seine schlimmsten Makel zu verbergen. Manchmal legte sich Reiger die Decke an einem kalten Wintermorgen über die Füße. Die restliche Zeit über dekorierte sie das Sofa.

Seine trüben Augen ruhten auf der kleinen Pendeluhr, die über dem Fernseher hing. Es war nach sieben. Gleich würde seine bessere Hälfte auftauchen und zum Kaffee eilen, den er vor gut zwei Stunden gekocht hatte. Er war die ganze Nacht auf gewesen. Dieser Fall hatte eine merkwürdige Art, sich im Kreis zu drehen.

Sein Blick fiel auf den VHS-Rekorder, dessen Stand-by-Anzeige immer noch rot leuchtete. Er griff nach der Fernbedienung, schaltete den Apparat ab und starrte dann stumpfsinnig auf den leeren Fernsehbildschirm.

Den ganzen gestrigen Abend über hatte er sich Nachrichtenaufzeichnungen vom Trent-Park-Fall angesehen, eine freundliche Leihgabe von Alice Geary. Seine Anrufe bei den Adams und einigen wenigen engen Freunden hatten ihn bei der Suche nach seiner Information nicht weitergebracht. Dann war ihm die Vorsitzende der Hauseigentümervereinigung eingefallen. Er hatte sie eigentlich nicht anrufen wollen, wohl wissend, dass sie ein einziges Fragezeichen sein würde. Doch sie war seine letzte Rettung gewesen. Bestimmt hatte sie eine Mappe mit Zeitungsausschnitten und eine Videokassette mit allen Nachrichtensendungen, die über den Fall existierten, einen kompletten Prozessmitschnitt. Offenkundig war sie Abend für Abend auf der Jagd nach Neuigkeiten zwischen den Kanälen hin und her gesprungen, hatte einen Berichterstatter ohne Übergang an den nächsten gehängt. Reiger hatte sich einzureden versucht, er müsste nur die Geschichten vom Anfang des Falls überprüfen, angefangen mit der Sendung des Exklusivberichts über Chelsea Adams. Aber er hatte sich letztlich doch das ganze Band angeschaut und jeden Zeitungsbericht durchgesehen, nur um sicherzugehen, dass jene drei Wörter nicht doch noch in irgendeiner Ausgabe zwischen die Zeilen gerutscht waren. Er durfte sich keinen Irrtum mehr erlauben; dieses Mal musste er sicher sein.

Edith hatte ihm geholfen. Als sie fertig waren, hatten sie noch lange geredet und gebetet. Schließlich war sie zu Bett gegangen.

Eine Nacht wie diese hatte Reiger bis dahin selten erlebt. Anfangs, sich selbst überlassen, war er nicht vorangekommen. Er konnte nur die Faust gegen Gott schütteln, versuchen, das alles zu verarbeiten, Antworten verlangen. Er hatte gedacht, sein Kopf würde bersten. Sein gesamtes Denkmuster der vergangenen vier Monate musste umprogrammiert werden. Selbst nachdem er jene entscheidenden drei Wörter in keinem Nachrichtenbericht gefunden hatte, selbst während er tief in sich spürte, dass er schließlich über die Wahrheit gestolpert war, wollte er immer noch nicht glauben. Vergeblich suchte er nach irgendeiner anderen Erklärung. Vergeblich bat er den Herrn, ihm dieses Gefühl im Bauch zu nehmen, wenn es falsch wäre. Als die Stunden vergingen und sein ungutes Gefühl immer stärker wurde, bekam Reiger Wut auf Gott und fragte, warum er zugelassen habe, dass sie sich so geirrt hatten. Warum hatte er ihre falsche Schlussfogerung mit einem glücklichen Prozessausgang gesegnet? Und warum hatte er die Wahrheit erst jetzt enthüllt, da ihnen die Hände gebunden waren?

In der letzten Stunde vor Sonnenaufgang hatte Reiger allmählich angefangen zu akzeptieren. Er kannte die Antworten auf seine Fragen immer noch nicht und vielleicht würde er das auch nie. Aber im Glauben hatte er begonnen, den Herrn um Führung zu bitten. Er würde von jetzt an bei jedem Schritt Hilfe brauchen, denn er wusste weder aus noch ein. Schließlich hatte er um Kraft gebetet. Und Mut. Denn er spürte Gefahr im Anzug.

Aufseufzend ließ Reiger die Fußstütze seines Sessels zurückschnappen und stemmte sich hoch. Er musste Turnbow noch rechtzeitig erreichen, bevor der Mann sich in den Tag stürzte. Möglicherweise etwas mit Marian unternahm. Bei diesem Gedanken rieb Reiger sich müde die Augen. Vielleicht könnte er, nachdem er mit Turnbow geredet hatte, immer noch in den Spätgottesdienst gehen. Nichtsdestotrotz würde er Edith sagen, dass sie nicht auf ihn zu warten brauchte.

Nur Gott wusste, was dieser Tag bringen würde.

Turnbow saß an seinem Küchentisch, betrachtete den Nebel und sinnierte, dass sein Hirn nicht weniger benebelt sei. Reiger war auf dem Weg zu ihm mit einem »Es eilt«, ein völlig anderer Ton als vor zwei Tagen. Was nur eins bedeuten konnte:

Er hatte etwas herausgefunden.

Turnbow fürchtete Reigers Klopfen an die Tür seiner Eigentumswohnung wie den Zahnarztbohrer. Gerade jetzt, wo sich die Wogen geglättet hatten – der Fall, sein mögliches Zusammensein mit Marian, sein Seelenfrieden –, drohte die Welt, verrückt zu spielen. Er versuchte sich einzureden, das sei alles nichts, nur ein Aussetzer auf dem Bildschirm, aber das mulmige Gefühl von Freitag bedrückte ihn. Diese Sache mit Doniger hob immer wieder ihren hässlichen Kopf.

Turnbow hatte den Samstag mit Marian zusammen verbracht, ihr nach dem Mittagessen sogar ein paar Stunden im Garten geholfen. Sie hatten still vor sich hingearbeitet, er am Zaun zu Doniger, sie in der hintersten Ecke, als plötzlich Doniger ihren Namen rief.

»Dachte ich mir doch, dass du hier draußen sein würdest«, flötete er.

Turnbows Hand erstarrte. Ihm war die Freundlichkeit in der Stimme des Mannes egal. Er schaute auf, konnte Doniger aber nicht sehen.

»Hallo«, antwortete Marian und sah dabei zu Pat hinüber, als wollte sie gucken, wie er reagieren würde.

Es folgte ein unbehagliches Schweigen. Turnbow spürte, wie Doniger sie taxierte, ihr Zögern abwog, während seine Augen ihrem Blick folgten. Langsam tauchte Donigers Kopf auf. Ein jäher, irrationaler Stich der Angst durchfuhr Turnbow bei der Vorstellung, welche Konsequenzen Donigers Wissen von ihrer Beziehung haben könnte.

Ihre Augen trafen sich.

Donigers Blick durchbohrte ihn. Die Reaktionen huschten über sein Gesicht wie Sand, der über Stein gepustet wird: Wiedererkennen. Überraschung. Gerechte Entrüstung. Seine Stirn zog sich zusammen, sein Kinn hob sich ruckartig, als hätte man ihn an den Haaren gezogen. Dann wanderten seine Augen zurück zu Marian und blieben an ihr hängen. Sein Gesicht verdüsterte sich, als er sie ansah.

Turnbow stockte der Atem.

Hoch erhobenen Hauptes drehte Doniger sich um und verschwand.

Seitdem hatten sie ihn nicht mehr gesehen.

Turnbow nestelte bei dieser Erinnerung an dem Henkel seines Kaffeebechers. Kein Zweifel, Doniger hatte den Betrogenen gespielt. Selbst Marian hatte das bemerkt.

»Es gefällt mir nicht, wie er mich angesehen hat«, hatte sie beim Abendessen gesagt. Turnbow hatte sie in ein italienisches Restaurant in San Francisco North Beach ausgeführt.

Er hatte nach ihrer Hand gegriffen und mit sich gekämpft, wie viel er sagen sollte. »Vielleicht solltest du nicht mehr mit ihm reden. Sein Tagesablauf ist so anders als deiner, dass du ihm vermutlich eh selten über den Weg läufst. Aber wenn doch und er dir dumm kommt, dann möchte ich das wissen.«

An diesem Morgen, keine fünfzehn Minuten vor Reigers Anruf, war Turnbow plötzlich, von einem Gedanken besessen, aufgewacht. Was, wenn Marian in der Kirche zu Chelsea Adams etwas über Doniger sagte? Würde Chelsea Stillschweigen über ihre letzte Vision bewahren?

Er war hastig aufgestanden, hatte das Telefonbuch gefunden und die Nummer der Adams gewählt. *Sagen Sie ihr nichts,* hatte er einer überraschten Mrs. Adams befohlen und es nicht geschafft, seiner Stimme die Schärfe zu nehmen. Chelsea hatte sich einverstanden erklärt und taktvoll persönliche Fragen vermieden. Sie hatte nur gefragt, ob er und Reiger etwas Neues wüssten.

»Wir arbeiten daran«, hatte seine kurze Erwiderung gelautet.

Erst nachdem er aufgelegt hatte, ging Turnbow auf, dass er sich und Marian verraten hatte. Dann hatte er über den Gedanken gelacht. Er hatte ganz vergessen, mit wem er da sprach. Wer wusste schon, *was* diese Frau nicht alles wusste.

Ein Klopfen an der Tür brachte Turnbow in die Gegenwart zurück. Er raffte sich auf, ließ Reiger herein und schenkte ihnen beiden Kaffee ein. Niemand verlor ein Wort über Freitag;

Reigers Anwesenheit war beredt genug. Er verschwendete keine Minute und kam direkt zu seiner Entdeckung.

Ihr Kaffee wurde kalt.

Als Reiger geendet hatte, krabbelte Turnbow ein Schauer über den Rücken. »Es muss eine Erklärung geben.«

Reiger schloss seine blutunterlaufenen Augen. »Ich wäre von Herzen dankbar, wenn du sie finden würdest.«

Das war zu viel. Turnbow stöhnte innerlich. Er hatte Harrison vier Monate lang verabscheut. Er wünschte sich Zeit zum Nachdenken, hatte aber Angst, sich Zeit zu nehmen. Und wenn es *stimmte*? Sein Verstand wirbelte, Furcht und Ungläubigkeit verschlangen sich ineinander. Eilig erzählte er Reiger von Marians Begegnungen mit Doniger und sah das bleiche Gesicht seines Partners noch weißer werden. Sein eigenes fühlte sich taub an. Sein Mund bewegte sich von allein. Schließlich gingen ihm die Worte aus.

Schweigen.

Sie sahen einander über den Tisch hinweg an.

»Und jetzt?« Turnbow fühlte sich wie ein ausgesetztes Waisenkind. »Wir haben nichts. Das ist kein Beweis, mit dem man Wilburn kommen könnte. Es ist buchstäblich *nichts*. Worte aus einer Vision, die zu Worten aus einer Vernehmung passen. Na und?« Er sprang von seinem Stuhl hoch und begann, auf zu und ab zu wandern. »Das Ganze ist Wahnsinn.«

»Pat«, Reigers Stimme war schwer vor Müdigkeit, »ich *weiß*. Ich habe mir damit die ganze Nacht um die Ohren geschlagen. Aber sag mir: Was sollen wir mit dieser Übereinstimmung machen? Nichts, was Chelsea Adams in ihrer Vision sah oder hörte, hat sich bisher als falsch erwiesen. *Woher wusste Doniger das?*«

»Ich weiß es nicht!« Turnbow riss die Hände zur Decke hoch.

»Dann sag mir was anderes.« Reiger beugte sich über den

Tisch. »Kannst du das jetzt auf sich beruhen lassen, ohne dir Sorgen um Marians Sicherheit zu machen?«

Turnbow hörte auf zu wandern, während seine Augen die Küche nach einer Antwort absuchten.

»Nach dem, was du gestern in Donigers Gesicht gesehen hast?«

Er erlebte den Augenblick noch einmal. Irgendetwas in ihm klickte, als raste ein wichtiges Maschinenteilchen ein.

»Nein.«

Die Antwort hing in der Luft.

»Ich auch nicht«, sagte Reiger.

Turnbow ließ sich auf seinen Stuhl fallen. »Meinst du, er hatte mal was mit Meg Jessler? Und dass sie ihm den Laufpass gegeben hat?«

»Hört sich ganz danach an.«

»Ihre Freundinnen wussten aber nichts davon.«

»Ihre Freundinnen wussten von dem Typen in Chicago. Vielleicht hat sie ihre Seitensprünge für sich behalten.«

Turnbow rieb sich die Schläfe. »Wir können nichts unternehmen. Ich werde Wilburn das nicht erzählen; der steckt uns beide in die Klapsmühle.«

»Ich weiß.«

Der Kaffee in Turnbows Magen wurde sauer. Er schob seine halb ausgetrunkene Tasse beiseite. »Marian sollte nicht länger bei sich zu Hause wohnen. Selbst wenn das Risiko gering ist, möchte ich es nicht auf mich nehmen.«

Reiger dachte an Marian. »Wie wird sie die Neuigkeiten aufnehmen?«

Er wollte nicht darüber nachdenken. »Vermutlich aus allen Wolken fallen.« Was, wenn sich dies alles als wahr herausstellte? Würde ihr schlechtes Gewissen wegen Harrison sie wieder zu ihm zurücktreiben? Turnbow überlegte, wie sie allein schon auf die Möglichkeit von Harrisons Unschuld reagieren würde, und seine Selbstbezogenheit machte ihn elend.

»Wenn ich es mir recht überlege«, sagte Turnbow und wich dabei dem Blick seines Partners aus, »werde ich ihr nicht die ganze Geschichte erzählen. Das kann ich einfach nicht. Ich sage ihr einfach, wir hätten etwas gegen Doniger gefunden, mehr nicht.«

Aus dem Nichts schoss Turnbow plötzlich ein Gedanke durch den Kopf. Er untersuchte ihn, wunderte sich über dessen blanke Ironie. Plötzlich lachte er auf. »Weißt du was, Reiger? Es kam mir gerade, dass wir schließlich genau da angekommen sind, wo Chelsea Adams uns haben wollte. Wir haben nichts außer ihrer Vision.« Er konnte sich den Sarkasmus nicht verkneifen. »Sich auf nichts anderes verlassen als auf das ›Wort Gottes‹.«

Reigers Augen flackerten auf wie ein Streichholz in der Dunkelheit. Die Müdigkeitsfalten auf seiner Stirn glätteten sich. Als Turnbow seinen Partner die Bemerkung aufnehmen, verarbeiten, sich zu eigen machen sah, spürte Turnbow, dass Reiger darin etwas Tiefsinniges entdeckt haben musste.

Was, konnte er sich beim besten Willen nicht vorstellen.

»Uns fehlt dieses Teilchen; schaut mal, ob ihr es findet.« Paul deutete auf die Anleitung für das Modellauto, das er und die Jungen zusammenbauten. Teilchen aller Formen und Größen waren vor ihnen auf dem Küchentisch ausgebreitet. »Schaut mal, ob es unter –« Das Telefon klingelte und durchschnitt seinen Gedankenfaden. Paul beachtete es nicht und es klingelte erneut. Von oben kam das Geräusch des Staubsaugers. Offenkundig hörte Chelsea das Läuten nicht. »Wartet kurz, Jungs.« Er stand von seinem Stuhl auf, um das Mobilteil abzunehmen, und klatschte ungeduldig mit der Handfläche auf die Arbeitsplatte.

»Mr. Adams? Hier ist Sergeant Reiger.«

Pauls Hand stockte mitten in der Luft. »Oh. Hallo.« Er warf einen unbehaglichen Blick auf seine Söhne.

»Ich habe Mrs. Adams gesagt, ich würde mich noch mal bei ihr melden wegen ... ihrer Befürchtungen.«

»Ja, natürlich. Vielen Dank.« Paul ging von der Küche in den Flur, er war plötzlich ganz wissbegierig. »Sie ist gerade beschäftigt, wissen Sie«, sagte er mit einer Stimme, die leise genug war, den Ohren seiner Söhne zu entgehen. »Wenn es nicht zu viel ist, kann ich ihr etwas ausrichten.«

»In Ordnung.« Reiger machte eine Pause. »Also, Mr. Adams, ich würde die Befürchtungen Ihrer Frau ja gerne ad acta legen, aber ich fürchte, das geht noch nicht. Wir müssen noch ein paar Erkundigungen einziehen – in aller Stille, Sie verstehen.«

Alles in Paul schrie. Er lehnte sich gegen die Wand und schloss die Augen. »Bitte, können Sie mir davon erzählen?«

Fünf Minuten später schleppte er sich ganz aufgewühlt von den zögerlichen Worten des Sergeant die Stufen hoch. *Der Mann hat ein Detail des Verbrechens beschrieben, das er eigentlich nicht wissen kann ... von äußerster Wichtigkeit, dass Sie beide niemandem davon erzählen ...* Paul hatte Chelsea gefunden, den Staubsauger ausgemacht und sie schwer atmend angesehen.

Die Angst ließ ihre Gesichtszüge erschlaffen. »Was ist?«

Er versuchte zu sprechen, aber die Worte wollten nicht kommen. Er starrte seine Frau an – diese schöne Frau, die er mit jedem Tag mehr liebte, auch wenn ihre erstaunlichen Fähigkeiten sie ihm immer rätselhafter erschienen ließen. Er konnte seine Gefühle jetzt nicht analysieren. Erleichterung, dass der Sergeant sie nicht für verrückt hielt, Entsetzen, dass sie Recht haben könnte – wieder. Nagender Unglaube. Schuldgefühle.

»Paul! *Was?*«

Mit einem Kloß in der Kehle nahm Paul, von plötzlicher Fürsorglichkeit ergriffen, Chelsea in den Arm. »Es sieht so aus, als ob wir noch nicht über den Berg sind.«

Kapitel 54

Marian saß in der Kirche neben Chelsea und Gladys wie auf glühenden Kohlen. Sie fühlte sich irgendwie bloßgestellt, als sei die Predigt des Pastors allein auf sie gemünzt. Er sprach über Psalm 22. Marian hatte diesen Psalm noch nie gehört, obwohl er genau vor dem bekanntesten Psalm überhaupt stand. Doch die Verzweiflungsschreie von König David ließen sie nicht los. *Ich habe mich genauso gefühlt*, dachte sie. Ihr ging ein Licht auf, als der Pastor erklärte, dass der Text den Tod Jesu am Kreuz widerspiegele. Die Augen auf den Pastor geheftet, spürte Marian seine Worte, aus denen Hoffnung und *Leben* strömten, durch sich hindurchfließen.

War es das, was Chelsea ihr zu erklären versucht hatte?, fragte sie sich. Dass Gott ihr neue Hoffnung und die Kraft geben könnte, ihren Lebenswirrwarr in den Griff zu bekommen? Der Gedanke an solch eine Möglichkeit führte zu einem anderen Gedanken, der noch spitzer war, wie ein Pfeil in ihrer Brust. Könnte Gott die tragischen Ereignisse ihres Lebens absichtlich dazu gebrauchen, um sie mit diesen Fragen zu konfrontieren – in genau diesem Augenblick?

Tief in Marian leuchtete verheißungsvoll etwas von Erneuerung auf.

Nach der Predigt erhoben sich alle zu einem letzten gemeinsamen Lied. Es erfüllte die Kirche und hallte in Marian wider, sein Text sprach von Dunkelheit, die zu Licht, von Hoffnungslosigkeit, die zu Freude wird. Marian saß ein Kloß in der Kehle, Tränen standen in ihren Augen. Da tat sich etwas, etwas in ihrer Seele. Die Wahrheit erhob sich vor ihr leuchtend wie ein Sonnenaufgang, der durch ein schmutziges Fenster scheint. Wenn sie doch nur dieses Fenster putzen und die Wahrheit sehen – sie ganz begreifen könnte! Die Tränen begannen Marian die Wangen herunterzulaufen. Sie scherte sich nicht darum, sie wegzuwischen. Als sie etwas Weiches an ihrer Hand spürte, sah sie, dass Chelsea ihr ein Taschentuch zugesteckt hatte. Marian dankte ihr mit einem Lächeln, das kaum mehr als eine Andeutung war, und las Verständnis in Chelseas Augen. Marians Tränen flossen stärker.

»Wenn Sie Jesus nicht persönlich kennen«, sagte der Pastor abschließend, »dann lade ich Sie ein, dieses Gebet jetzt mit mir zu beten, leise, an Ihrem Platz. Es ist ein Gebet der Errettung und der Beginn eines neuen Lebens.«

Das will ich – ich will ein neues Leben, rief sie sich zu. Die Worte des Gebets rieselten auf Marian herab und sie saugte deren Bedeutung und Verheißung in sich auf. Und dann, erstaunlicherweise, kamen alle ihre Gefühle zur Ruhe. An ihrer Stelle: Friede. Sanft fließender, erfüllender Friede.

Nach dem Gottesdienst konnte Marian nicht einfach so gehen. Sie wollte gerne mit dem Pastor reden, ihm erzählen, was sie erlebt hatte. »Könnte ich wohl ... meinst du, ich könnte ihn für einen Augenblick sprechen?«, fragte sie Chelsea.

»Er wird sich freuen, dich kennen zu lernen«, antwortete sie.

Chelsea führte Marian nach vorne und stellte sie dem Pastor vor. Als Marian ihre Hand in die des Pastors legte, hatte sie plötzlich einen Knoten in der Zunge. »Ich habe das Gebet mit Ihnen gebetet«, platzte sie heraus und wunderte sich über den Klang der Worte aus ihrem eigenen Mund. »Ich ... wusste einfach, dass es richtig war.«

Noch lange nachdem sich die Kirche geleert hatte, saß Marian mit Chelsea und Gladys in einer Bank und erzählte und fragte, was als Nächstes dran sei. Ab und zu hüpften Michael oder Scott mit einem Kommen-wir-denn-*nie*-mehr-hier-weg-Ausdruck auf den Gesichtern herein.

Gladys grinste über Marians wachsenden Eifer. »Du bist genau wie ich, als ich Christ wurde. Voll bei der Sache, ich wollte wissen, was als Nächstes auf meiner Checkliste stand. Man braucht nicht lange, um zu erkennen, dass es wenig gibt, was man *tun* kann im herkömmlichen Sinne des Wortes. Jesus hat es bereits für dich getan. Doch ich merkte, dass ich das Bedürfnis hatte, die Bibel zu lesen und zu beten. Und Zeit mit anderen Christen zu verbringen.«

»Was ist mit Paul?«, wandte sich Marian plötzlich neugierig an Chelsea. »Kommt er ... nicht mit zur Kirche?«

Chelsea und Gladys wechselten ein wehmütiges Lächeln. »Wir bearbeiten ihn noch«, sagte Chelsea.

Marian konnte sich nicht vorstellen, wie traurig es für Chelsea sein musste zu wissen, dass ihr heiß geliebter Ehemann nicht verstehen konnte, was Gott in ihr getan hatte. Dann dachte Marian an Pat und fragte sich, wie er ihre Neuigkeiten aufnehmen würde. Er hatte nicht sehr offen gewirkt. *Und wenn er mich auslacht*, dachte sie plötzlich mit einem Stich im Herzen. *Ich darf ihn nicht verlieren. Nicht jetzt.*

Sie überlegte kurz, ob sie es Chelsea erzählen, sie um Rat fragen sollte, falls Pat sich weigerte zuzuhören. Sie wünschte so sehr, dass er das erlebte, was sie gerade erlebte. Doch sie sagte nichts. Sie hatte Pat versprochen, nichts zu verraten, und es wäre unfair, das Versprechen zu brechen.

Sie würde darüber beten. Vielleicht würde Gott ihr sagen, was sie tun sollte. Obwohl Marian keine Ahnung hatte, wie das vor sich gehen sollte.

Turnbow konnte nicht umhin, seinen Blick über Haus Nummer sechs schweifen zu lassen, als er bei Marian klingelte. Doniger war nirgends zu sehen.

Sie öffnete mit strahlendem Gesicht erwartungsvoll die Tür. Ihre Arme umschlangen ihn, kaum dass er im Haus war, ihre

Worte sprudelten nur so hervor. Sie zog ihn zum Sofa und erzählte ihm von dem Gottesdienst, was sie gefühlt hatte, dass sie Christ geworden war, und ihre Sätze purzelten übereinander. Weiter und weiter erzählte sie. Ihre Worte zwickten ihn auf eine ihm unverständliche Art, während er versuchte, all das zu begreifen. Irgendetwas war anders an ihr – das konnte er nicht leugnen. Sie wirkte lebhaft, schwungvoll, zielstrebig. Er saß, an ein Kissen gelehnt, seitlich da mit einem Knie auf der Couch und beobachtete sie erstaunt. Wie konnte sich jemand an einem Vormittag so drastisch verändern? Er dachte an Freitag, als ein Versprecher seinerseits einen einstündigen Heulkrampf bei ihr ausgelöst hatte. Oder gestern Abend nach dem Essen, als sie nach einem an sich ereignislosen Tag erschöpft gewesen war.

»Pat«, sagte sie und drückte seine Finger, »bitte, mach jetzt nicht gleich dicht. Ich hatte erst Angst, es dir zu erzählen, aber ich *musste* einfach.«

Er war verdutzt. »Ich ... freue mich für dich«, brachte er hervor. »Wirklich. Ich sehe, dass es dir viel bedeutet. Warum sollte ich es mir also nicht anhören? Es ist nur so ...« Er leckte sich über die Lippen, suchte nach Worten. »Ich persönlich bin da zur Zeit nicht sonderlich scharf drauf.«

Sie nickte. Selbst ihr Nicken war anders, nicht duckmäuserisch oder ängstlich. Es war ein zustimmendes Nicken, obwohl ihre Augen ihm sagten, sie wisse, was das Beste für ihn sei, und sie werde dafür beten, dass er das erkenne.

Zorn hüpfte ihm kling, klang das Rückgrat hinunter. Er brauchte keine Frau, die ihm sagte, was ihm fehlte. Er hatte im Augenblick genug vom Thema Gott. Oder überhaupt in nächster Zeit. Wenn er so darüber nachdachte, dann war er tatsächlich umzingelt – Chelsea Adams, Reiger und nun Marian. Und dazu dieses Problem mit Doniger. Wenn Gott versuchte, ihm eins auszuwischen, dann ging ihm jegliche Subtilität ab.

Flüchtig stellte er sich Marians Reaktion vor, wenn er ihr alles über den Fall erzählte. Was würde *das* mit ihrem sprudelnden neuen Glauben an Gott anstellen? Womöglich alles Prickeln auf einen Schlag verpuffen lassen. Einen Moment lang war er versucht, es auszuprobieren, ihr Christsein auf die Probe zu stellen. Dann erschrak er vor seiner eigenen unerklärlichen Boshaftigkeit.

»Hör mal«, sagte er und nahm sie in die Arme, »wir reden später noch ausführlicher darüber. Versprochen. Aber ich habe dir auch etwas Wichtiges zu erzählen.«

Sie sah ihn so zuversichtlich an, als könnte keine Nachricht der Welt sie erschüttern. »Worum geht's?«

Er hatte es ein Dutzend Mal geübt. »Reiger war heute Morgen bei mir. Er hat das mit uns beiden spitzgekriegt. Nein, das ist in Ordnung«, fügte er hinzu, als ihre Augen groß wurden, »darum geht es nicht. Es geht darum, dass er ein paar Gerüchten über Jack Doniger nachgegangen ist. Wir überprüfen das noch, aber wir haben Grund zu der Annahme, dass er gefährlich sein könnte. Und jetzt beunruhigt es uns beide ziemlich, dass Doniger dir immer so viel Beachtung geschenkt hat. Und du wohnst nur ein paar Schritte von ihm entfernt. Deshalb ... halte ich es für das Beste, wenn du eine Weile bei jemand anders unterkommen würdest, bis wir der Sache auf den Grund gegangen sind. Ich muss wissen, dass du in Sicherheit bist.«

Er sah die Neuigkeiten über ihr Gesicht ziehen. Es dauerte einen Augenblick, bevor sie sprach. »Das ist *seltsam«*, sagte sie. »Erst Gavil und jetzt Jack? Was habe ich nur *an* mir? Ich muss irgendein merkwürdiger *Magnet* sein.«

Turnbow riss sich zusammen. Noch vor einem Tag wäre ihr bei so einem Gedanken schwindlig geworden.

»Was hat er denn getan?« Ihre Augen blieben groß.

»Das ... das kann ich dir im Moment nicht sagen. Du wirst mir einfach vertrauen müssen.«

Da wurde sie plötzlich ganz ruhig. »Es hat nicht zufällig etwas mit Megs Ermordung zu tun, oder?«

Das war die Frage, von der er gehofft hatte, sie würde sie nicht stellen. Turnbow zögerte, er spielte in Gedanken ihre mögliche Reaktion auf die Wahrheit durch. Es würde sie umhauen, wenn auch nur der leiseste Zweifel an Gavils Schuld in sie gepflanzt würde! Sie hatte schon genug Wirrwarr hinter sich. Und eigennützig fragte sich Turnbow, was solch ein Zweifel ihrer Beziehung antun würde. Würde er sie dazu bringen, zurück zu Gavil zu gehen? Der Gedanke war ihm unerträglich. Turnbow zwang sich, Marian in die Augen zu sehen. »Nein.«

Sie nickte, glaubte ihm. Er hatte Gewissensbisse. Sobald er ihr die Wahrheit sagen könnte, machte Turnbow sich vor, würde er es tun.

»Bist du sicher, dass ich hier weg muss?«, fragte sie. »Ich habe nämlich wenig Lust dazu.«

»Ja.« Er berührte ihr Haar. »Ich weiß, das ist nicht leicht. Aber wenn dir etwas zustoßen sollte ...«

Sie sah ihm forschend ins Gesicht und lächelte dann. »Hatten wir das nicht schon einmal?«

Die Bemerkung setzte seiner Stimmung zu. Das hatten sie zweifellos. Was, wenn er sich in Gavil geirrt *hatte*? Nicht auszudenken, was er ihr zugemutet hatte. Ihn durchfuhr der Wunsch, sie zu beschützen, um jeden Preis alles gut für sie zu machen.

»Gewissermaßen schon«, sagte er. »Aber damals habe ich dich nicht geliebt.«

Ihre Lippen öffneten sich, ihr Blick ließ sein Gesicht nicht los, während die Worte ihren Gesichtsaudruck glätteten und in sie einsickerten. »Ich liebe dich auch.« Sie klang fast erstaunt.

Eine Aussage, die er schon lange nicht mehr gehört hatte.

Sie leuchtete in seiner Seele. Ein Lächeln brach durch seine Züge.

»Und ich werde irgendwo unterschlüpfen, wenn du meinst«, fügte sie hinzu.

Er hätte sie so gerne bei sich gehabt. Er hatte sie darum bitten wollen, wusste aber nicht, wie. Auch war er sich nicht sicher, ob das zu diesem Christenkram passen würde. »Wo denn?«, erwiderte er. »Ich will dich nicht aus den Augen verlieren.«

Sie überlegte einen Augenblick, dann erhellte eine Idee ihr Gesicht. »Ich weiß. Ich wette, Paul und Chelsea haben ein Gästezimmer. Außerdem hätte ich so mehr Möglichkeiten, mit Chelsea zu reden.«

Turnbow sank das Herz bis in die Zehenspitzen. Großartig. Marian bei Chelsea Adams, Tag für Tag.

Einfach großartig.

Montag, 21. Oktober

Kapitel 55

Turnbow legte auf, nachdem er vom Büro aus mit Marian telefoniert hatte, und haute auf den Schreibtisch. Anscheinend war alle Welt um ihn herum gereizt in diesen Tagen. Marian war gereizt, weil sie schon zu lange nicht mehr zu Hause gewesen war und sich Sorgen um ihren Garten machte. Chelsea Adams war gereizt, weil er und Reiger nichts unternommen hatten, um ihren neuen »Mörder« zu schnappen. Reiger war gereizt, weil ihnen die Hände gebunden waren und Doniger nichts getan hatte, weshalb sie ihm auf die Pelle hätten rücken können. Und Turnbow war gereizt, weil er es ebenfalls gründlich satt hatte, dass Marian bei Chelsea Adams war und immer tiefer in diese neue Christsein-Masche hineingeriet. *Und* er hatte seinen Fall gründlich satt. Was hatte er sie nicht an Schweiß und schlaflosen Nächten gekostet und doch kam er sich genauso vor wie damals im Juni, als sie Gavil Harrison nicht zu fassen kriegten. Er schnaubte laut. Bei dem, was in diesem Fall alles an »Vision von Gott« drinsteckte, hätte es ein himmlischer Fall sein müssen, stattdessen hatte er sich als höllisch entpuppt.

Ganz zu schweigen von der Verquickung mit ihrem Privatleben. Dank seines eigenen Anrufs bei Chelsea Adams war sie schnell dahinter gekommen, wie er zu Marian stand. Die beiden redeten wahrscheinlich wie ein Wasserfall über ihn. Und beteten wie ein Wasserfall. Und Marian bestand immer hartnäckiger darauf, dass er mit ihr zur Kirche gehen sollte, und beschuldigte ihn, sich hinter Ausreden zu verstecken, die längst Schnee von gestern waren. Was seinen Partner anbetraf, so hatten Reiger und er genug andere Aufgaben, auf die sie sich konzentrieren mussten, aber zwei Dinge standen ständig zwischen ihnen. Erstens Reigers anhaltender Unmut, dass Turnbow sich mit Marian während des Prozesses verabredet hatte. Und jetzt stand Reigers Mund auch nicht mehr still, über Gott, und was der Herr nicht alles in seinem Leben getan hätte, zu erzählen. Es war, als hätte ihm jemand aus heiterem Himmel ein Heftpflaster abgezogen. Jetzt bedrängte sogar *Reiger* Turnbow, mit Marian zur Kirche zu gehen.

»Ich dachte, du hast was gegen unser Zusammensein«, hatte Turnbow erwidert.

»Ich hab was dagegen, *angelogen* zu werden. Du *weißt,* dass das falsch von dir war. Aber jetzt mit ihr zum Gottesdienst zu gehen, wo der Prozess vorbei ist? Dem möchte ich nicht im Weg stehen.«

Natürlich, klar. Chelsea hatte Reiger alles über Marians wunderbare Wandlung erzählt. Das wurde groß gefeiert. Die dachten vermutlich alle, Marian würde dem armen alten Turnbow nichts als Gutes tun.

Er kam sich wie das fünfte Rad am Wagen vor.

Aufseufzend schob sich Turnbow von seinem Schreibtisch weg. Gott sei Dank war der Tag fast vorbei. Marian würde direkt von der Arbeit zu ihm nach Hause zum Abendessen kommen. Selbst wenn sie irgendwohin ausgegangen waren, hatte er sich geweigert, sie bei den Adams abzuholen. Das wäre ihm einfach zu unangenehm gewesen, wo er doch Chelsea Adams nicht mehr begegnet war, nachdem er sie in Reigers Büro nach der Verhandlung so angefahren hatte. Er wusste, dass er sich entschuldigen sollte, und im Grunde war er dankbar, dass sie Marian half – und ihr Versprechen hielt, Stillschweigen über Doniger zu bewahren. Aber irgendwie konnte er sich nicht dazu überwinden. Er sah sie vor sich, fromm vergebend und verständnisvoll. Das fehlte ihm noch.

Noch ein paar Akten zusammengeschoben, und er hatte Feierabend. Er fragte sich, ob Marian ihn mit weiteren Fragen bestürmen würde. Sie schien zu spüren, dass er etwas verheimlichte, und das kratzte sie. Jedes Mal, wenn er ihr erzählte, er könne zu Doniger nichts sagen, benahm sie sich, als würde sie ihm nicht glauben.

Leider *war* das die Wahrheit. Er und Reiger konnten nichts anderes tun, als Doniger im Auge zu behalten und zu beobachten, ob er irgendeinen Schritt machte. Großartige Polizeiarbeit – wollte man einen Verdächtigen kriegen, musste der erst versucht haben, jemanden umzubringen. Wenigstens würde er sich jetzt nicht an Marian vergreifen. Aber was, wenn Doniger *wirklich* jemand anderem nachstellte? Was, wenn es ihm gelang?

Was, wenn nicht und sie für immer in dieser Denkfalle festsaßen?

Was, wenn? Was, wenn?

Turnbow haute wieder auf den Schreibtisch.

Er hatte diesen Fall so *satt*.

Chelsea rührte Jasminreis in kochendes Wasser ein, schaltete die Flamme kleiner und tat den Deckel auf den Topf. Im Augenblick war alles ruhig. Die Jungen machten in ihren Zimmern Hausaufgaben, Marian war für den Abend ausgegangen und Paul noch nicht zu Hause. Sie war dankbar, ein bisschen Zeit für sich zu haben. In ihrem Kopf herrschte so ein Wirrwarr, dass sie manchmal dachte, nie wieder einen klaren Gedanken fassen zu können.

Marians Zeit bei ihnen war ein Segen gewesen. Jeden Tag dankte Chelsea Gott für den neu gefundenen Glauben ihrer Freundin und für die Möglichkeit, ihr bei ihrem Neuanfang zu helfen. Marian wuchs schnell und Chelsea sah es mit Freude. Trotzdem empfand sie die Beziehung als anstrengend. Da sie gezwungen war, ihr Wissen über den Fall vor Marian zu verbergen, kam sie sich so heuchlerisch vor, besonders wenn sie gemeinsam für Gavil beteten. Er war vergangene Woche zu lebenslänglich ohne Bewährung verurteilt worden und auf dem Weg ins San Quentin – *für immer* – wenn Gott nicht eingriff. Die Nachricht, wenngleich nicht unerwartet, hatte Marian schwer zu schaffen gemacht und sie hatte viel Verständnis und Zuwendung gebraucht. Die Belastung, Marian zu helfen, während Chelsea innerlich selbst aufgewühlt war, begann ihren Tribut zu fordern. Seitdem Sergeant Reiger Paul von seinem Gespräch mit Doniger erzählt hatte, fühlte sie eine lauernde Dunkelheit, als warte Satan nur darauf, zuzustoßen.

Herr, betete sie, während sie grüne Bohnen knackte, *bitte tu bald etwas. Ich halt das nicht mehr lange aus. Dieses Verstellen vor Marian, die mich für so geradlinig und ehrlich hält. Die Sorge um Gavil. Meine eigenen Schuldgefühle, obwohl ich weiß, dass du mir vergeben hast. Und meine Angst vor Jack Doniger, der immer noch frei herumläuft. Bitte, Herr, lass ihn nicht noch einmal morden.*

Ihre Gedanken wanderten zu Kommissar Turnbow. Marian war unübersehbar verliebt und Chelsea freute sich über das Glück, das in ihr Leben gekommen war. Marian könnte einen starken Einfluss auf ihn ausüben; sie betete oft für seine Errettung. Chelsea betete mit Marian zusammen und behielt ihre Bedenken im Blick auf die Beziehung für sich. Als junger Christ einen ungläubigen Partner zu haben war schwierig; Chelsea wusste das nur zu gut. Sie fürchtete, dass Pat Turnbow Marian mit der Zeit vom Herrn fortziehen könnte.

Was Chelseas eigenen Partner betraf, so erlebten sie Höhen und Tiefen. Sie mussten vor Marian eine starke Fassade aufrecht erhalten, aber insgeheim haderte Paul immer noch mit Chelseas letzter Vision. Zwar zweifelte er nach Reigers Entdeckung nicht länger an ihrer Richtigkeit, konnte aber nicht verstehen, wie ein »angeblich liebender« Gott zulassen konnte, dass die Dinge dermaßen den Bach hinuntergingen. Chelsea konnte sagen, was sie wollte, Paul war empört. Er weigerte sich einzusehen, dass sie den Fehler gemacht hatte, nicht auf Gottes weitere Führung zu warten. Seiner Meinung nach war Gott selbst Schuld, wenn er ihr eine lückenhafte Vision schickte. Chelsea hatte sich die beste Deutung einfallen lassen, auf die sie gekommen war – und wenn es die falsche war, warum hatte er ihr die Wahrheit dann nicht auf der Stelle um die Ohren geschlagen?

Ich weiß es nicht, ich weiß es nicht!, hätte Chelsea am liebsten geschrieen. Warum nur dachte jeder, sie habe die Antworten parat, wo sie sich doch als die schwächste von allen erwiesen hatte? Manchmal glaubte sie, es keinen Tag länger auszuhalten, für Paul und Marian und jetzt sogar noch für Sergeant Reiger eine Stütze zu sein. Er hatte sich bei ihr dafür entschuldigt, dass er sich vor seinem Partner nicht zu seinem Glauben bekannt hatte. Hatte ihr gesagt, wie sehr er ihren Mut bewundere und wie er nun selber Mut finde. Sie lobte Gott dafür, wollte aber nicht sein Vorbild sein. Sie hatte das nicht verdient und sie war nicht stark genug.

Sie knackte die letzte grüne Bohne und stellte das Gemüse in einer zugedeckten Schüssel in die Mikrowelle, um es noch kurz zu dämpfen. Sie würde nichts davon essen. Auch nicht vom Reis. Und nicht vom Hühnchen, das im Ofen brutzelte. Dies war der zweite Tag, an dem sie fastete und betete, dass Gott in seiner Gnade durch das Chaos brechen möge. Heute fastete Gladys mit ihr. Sie spürten beide, dass der Durchbruch bald kommen würde. Trotzdem kam es Chelsea so vor, als warte sie nur auf den zweiten Streich.

Sehnsucht überkam Marian, als sie in ihre Wohnsiedlung einbog. Sie wünschte, sie könnte richtig nach Hause kommen! Bei Paul und Chelsea Adams war es wunderschön gewesen, aber dort wohnte sie nun schon seit über zwei Wochen und kam sich allmählich vor wie ein Pflegekind. Ihre Post lagerte im Postamt, wo sie sie gelegentlich abholte. Und ihre armen Zimmerpflanzen waren auf die Terrasse verbannt worden, wo sie von verirrten Tropfen aus ihrem Gartensprenger bewässert wurden. Sie hatte Pat sogar versprechen müssen, ihr Haus nicht einmal allein zu betreten, um nach dem Rechten zu schauen. Er blieb dabei, dass es gefährlich sein könnte, wenn sie in die Nähe von Jack Doniger geriet. Pats Einstellung hatte in ihr Furcht vor ihrem jungen Nachbarn geweckt, obwohl sie die Gründe nicht verstehen konnte. Jedenfalls war sie drauf und dran, ihr Versprechen zu brechen, nur dieses eine Mal. Sie würde bald mehr Kleidung brauchen; ihr Auto brauchte dringend eine Wartung und war noch in der gleichen Woche bei der zuständigen Niederlassung angemeldet. Chelsea würde sie zur Arbeit bringen und abholen müssen, solange der Wagen in der Werkstatt war. Deshalb würde sie diese Gelegenheit nutzen, um noch ein paar Sachen von zu Hause zu holen, bevor sie weiter zu Pat fuhr. Es spielte eh keine Rolle; Jack Doniger arbeitete abends.

Zum hundertsten Male fragte sich Marian, was da vor sich ging.

In letzter Zeit war sie sich des öfteren vage fehl am Platz vorgekommen wie ein Schauspieler auf der falschen Bühne. Irgendetwas stimmte nicht: dieser Ton in Pats Stimme, wenn er von Jack sprach, dieser Schleier, der in merkwürdigen Augenblicken über Chelseas Gesicht fiel, und diese gelegentlich stechenden Blicke von Paul. Sie hatte darüber nachgedacht, sich den Kopf zerbrochen und sich schließlich weisgemacht, sie sehe Gespenster. Sie sei immer noch angegriffen, im Heilungsprozess. Und gerade jetzt sei so viel in ihrem Leben neu. Sie müsse ihre Mimosenhaftigkeit überwinden.

Aber andererseits ...

Der Besucherparkplatz war voll. Marian seufzte. Zu viele

Leute mit Zweitwagen. Sie umrundete die kleine Parkfläche und fuhr das kurze Stück zurück zu ihrem Reihenhaus. Anwohnern war das Parken auf der engen Straße nicht gestattet, aber es regnete und sie würde ja nur fünf Minuten bleiben. Sie fuhr so dicht an den Bordstein heran wie möglich und tauchte durch den Regen zu ihrer Veranda. Ein zusammengefalteter Zettel klebte an der Tür. Sie ließ ihre Schlüssel in ihre Handtasche fallen und riss ihn ab.

»Ich hoffe, es geht Ihnen gut. Habe Sie länger nicht mehr gesehen und mir Sorgen gemacht. Rufen Sie mich doch kurz an, dass alles in Ordnung ist. Alice Geary. P. S. Der Partner Ihres Freundes wollte mir nicht sagen, wonach er suchte, als er sich mein ganzes Zeug über den Prozess ausgeliehen hat. Wissen Sie es vielleicht?«

Marian blinzelte, las den letzten Teil noch einmal. »Der Partner Ihres Freundes.« Sie schüttelte den Kopf. Sie hätte es sich ja denken können, dass Mrs. Geary Pats Kommen und Gehen überwachen würde. Die gesamte Siedlung und die halbe Stadt wussten wahrscheinlich über ihre Beziehung Bescheid. Aber dass Reiger sich ihr »Zeug über den Prozess« ausgeliehen hatte? Und nach etwas Geheimem suchte? Marian beugte sich stirnrunzelnd über den Zettel. Warum hatte Pat ihr nichts davon erzählt? Wusste er selbst nichts davon?

»Hallo, Marian.«

Sie erschrak bei der vertrauten Stimme direkt hinter ihr. Als sie herumwirbelte, prallte sie gegen Jack Doniger und schnappte leise nach Luft.

»Holla!«, rief er aus und packte ihre Arme. »Ich wollte dich nicht erschrecken.«

Sie starrte ihn an, spürte seine Hände auf ihrer Haut. Sie suchte nach einer ungezwungenen Antwort, aber ihre Kehle wollte sich nicht öffnen.

Sie sahen einander an.

Sie zog ihre Arme weg. »Schon gut. Ich will nur –« Sie schob den Zettel in ihre Handtasche, wühlte nach dem Haustürschlüssel. »Ich will nur eben ein paar Sachen holen.«

»Wo hast du gesteckt?«

»Bei Freunden.« Sie hoffte, dass ihre Stimme nicht zitterte. *Reiß dich zusammen.*

»Oh.« Er schenkte ihr ein wissendes Lächeln. »Ich habe dich vermisst.«

Sie ging nicht auf den Hintersinn jener Worte ein. Sie zwang ihre Lippen zu einem Lächeln. »Heute gar nicht auf der Arbeit?«

»Heute ist Montag. Da hat das Restaurant geschlossen.«

»Ach, natürlich.« Wie idiotisch sie klang. »Na ja.« Sie drehte sich mit dem Schlüssel in der Hand zur Tür. »Ich bin nur auf dem Sprung. Ich muss ein paar Klamotten holen und dann ab.« Sie fummelte mit ihrem Schlüssel am Schloss herum und ließ ihn fallen. Sah ihm entgeistert nach. Jack hob ihn auf.

»Bitte.« Er schob sie behutsam beiseite, schloss die Tür auf, stieß sie auf und trat ein. Er zog den Schlüssel aus dem Schloss und hielt ihn ihr hin. Sie sah ihn hilflos an. »Na, komm rein. Schließlich *wohnst* du hier, nicht?«

Marian trat mit zitternden Beinen über die Schwelle und nahm den Schlüssel. Steckte ihn in ihre Tasche. »Danke. Nett, dich getroffen zu haben, Jack. Jetzt muss ich aber wirklich fix machen.«

Er machte keine Anstalten zu gehen, lächelte wieder und zeigte seine makellosen Zähne. Mit einer Drehung des Handgelenks drückte er die Tür zu. Marian gefror das Blut in den Adern. »Was tust du da?«

»Ich wollte nur kurz mit dir reden, das ist alles. Du hast unsere Gespräche doch immer gemocht.«

Marian stieß ein eigenartiges, kurzes Lachen aus. »Das würde ich ja gerne, aber ich muss wirklich los.«

Er beachtete sie nicht, seine braunen Augen streiften durch ihr Wohnzimmer. »Schön hast du's hier. Einiges hübscher als bei mir.«

»Jack.«

»Hm?«

»Ich muss *wirklich* gehen.«

»Na schön. Hol deine Sachen. Ich helf dir beim Raustragen.«

»Ich brauche keine Hilfe.«

»Ich mach das trotzdem.«

»Ich *brauche* deine Hilfe nicht.«

»Was ist los mit dir?« Er sah gekränkt aus. »Ich versuche doch nur, nachbarschaftlich zu sein.«

»Ich weiß das zu schätzen.« Sie versuchte zu schlucken. »Aber mein Auto steht an der Straße. Und da steht es nicht gut.«

»Oh, natürlich.« Er zuckte die Achseln. »Dann lass mich dir helfen, dein Zeug zu holen.«

Ihr Herz schlug zu heftig. Sie hatte Angst, sich zu verraten, als würde das Fallenlassen der Maske eine gefürchtete Tür öffnen. »Mir wäre es lieber, wenn nicht.«

Erregt strich er ihr ein Haar aus dem Gesicht. Sie zuckte zurück. »Warum?«

Keine Antwort.

»Triffst du dich immer noch mit diesem Polizisten?« Sein Ton war fast anklagend.

»Ja.«

Er legte den Kopf schief. »Ist das der Typ, bei dem du gerade bist?«

Wie konnte er es wagen, sie zu belästigen, wo er doch wusste, dass ein Kriminalbeamter auf sie aufpasste?

Aber andererseits, was hatte er getan?

»Nein.«

Jacks Gesichtsausdruck verdüsterte sich. »Sein Partner, dieser Reiger, ist nach der Verhandlung noch mal bei mir gewesen, weißt du.«

Marian hatte Mattscheibe. Sie rang darum, sich die Überraschung nicht ansehen zu lassen.

Er beobachtete sie genau. »Das hast du nicht gewusst, was?«

Sie schüttelte den Kopf. Eine ungeahnte Beklemmung verband sich mit ihrer Angst vor Jack, schleifte eine Kette durch ihren Magen.

»Dein *Freund* wohl, darauf kannst du Gift nehmen.«

Marian konnte nicht anders. »Was hat er gesagt?«

Jack schnaubte. »Hat gesagt, er brauche mehr Informationen wegen Gavils Berufung. Ich hab mit ihm geredet, klar; hab ja nichts zu verbergen. Aber ich habe danach mit ein paar befreundeten Anwälten gesprochen und die sagen, da ist etwas faul; Berufungen laufen nicht so. Deshalb frage ich mich schon: Was wollte er *wirklich*?«

Der zerknüllte Zettel in Marians Tasche zog schwer an ihrer Schulter. Was sollte diese Betriebsamkeit *nach* der Gerichtsverhandlung? Das ergab keinen Sinn. Und warum verheimlichte Pat ihr das? Sie *wusste*, dass er vertrauenswürdig war; sie *glaubte* an ihn. Aber sie hatte auch ihrem Ehemann vertraut. Und Gavil. Sie spürte alle Farbe aus ihren Wangen weichen, als sie Jack prüfend ins Gesicht sah. Plötzlich fühlte sie sich ihm seltsam verbunden, als seien sie beide Zielscheibe einer geheimen Verschwörung.

»Würdest du mir genauer erzählen, was er dich gefragt hat?«

»Klar.« Er erzählte von Fragen zu den Handschuhen und was er über Meg Jessler wisse.

Kalter Kaffee. »Das war's?«

Jack zuckte die Achseln. »Ich war neugierig auf die Vision von dieser Frau. Er hat mir ein bisschen mehr darüber erzählt. Dann ist er gegangen.«

»Ah ja. Na ja.« Ihr Lächeln fühlte sich an wie aus Wachs. »Ich bin sicher, es ist ... wie er sagte. Nichts weiter.«

Seine Lippen pressten sich zusammen. »Oh ja. Bestimmt.«

Spott ging von ihm aus wie Hitze von Asphalt. Neue Furcht stieg in Marian auf. Er schien so unberechenbar.

»Ich ... sollte jetzt meine Sachen holen.«

»Wohin musst du denn so eilig?«

In Gedanken ging sie blitzschnell die am wenigsten anstößigen Antworten durch.

»Du willst zu *ihm,* nicht wahr? Zu deinem *Freund.*«

Wie ein Schlag traf sie die Erkenntnis, dass sie auf Gedeih und Verderb einem Mann ausgeliefert war, in dem eine Missgunst brodelte, die lange vor diesem Augenblick entstanden war. Dann tauchte unerwartet Gavil vor ihr auf. War dies eine kleine Kostprobe, wie es im Gefängnis war, eingesperrt mit den Menschenhassern der Gesellschaft? Ein Schauer lief ihr den Rücken hinunter.

»Ja. Er erwartet mich.«

Jack richtete sich auf. »Na dann. Will dich nicht *aufhalten.*«

»Danke.«

Seine Augenbrauen hoben sich. »Also, lass uns deine Sachen holen.«

Das war alles nicht wahr. Sie hätte ihn nie und *nimmer* ins Haus lassen dürfen. *Herr, hilf mir.* »Jack.« Sie sprach mit Bestimmtheit wie eine Mutter mit ihrem Kind. »Ich möchte deine Hilfe nicht. Ich mach das allein. Ich möchte einfach, dass du jetzt gehst. Bitte.« Ohne ihm den Rücken zuzukehren, öffnete sie die Tür.

Seine Augen wurden zartbitterschokoladendunkel. »So warst du früher nicht. Früher warst du nett. *Ich* bin nett; ich versteh nicht, was dein Problem ist. Ich habe dir eine Chance gegeben. Du bist nicht besser als der Rest. Aber ich gehe«, fügte er mit würdevoll erhobener Hand hinzu. »Ich gehe.«

Hoch erhobenen Hauptes stolzierte er hinaus und donnerte die Tür hinter sich zu. Marians Knie gaben nach. Während sie gegen die Tür sackte, schob sie mit einem lauten *Klack* den Riegel vor und erschauerte bei der Vorstellung, wie er auf das Geräusch reagieren würde.

Kapitel 56

»Das ist doch nicht zu *fassen!*« Turnbow wanderte in seinem Wohnzimmer auf und ab. Marian hatte kaum ihre Tasche abgelegt, da sprudelte die ganze Geschichte auch schon aus ihr heraus. Entsetzt hatte er sie haarklein ausgefragt und mit jeder Antwort hatte sich seine Furcht mehr und mehr in schäumende Wut verwandelt. »Wie *konntest* du ihn hereinlassen? Du hast ja nicht einmal Reiger und mich hereingelassen, als du uns das erste Mal gesehen hast! Ich hab dich vor ihm *gewarnt*. Erst *versteckst* du dich vor ihm und dann *lässt du ihn ins Haus?*«

»Ich hab dir doch gesagt, ich habe ihn nicht ins Haus *gelassen;* er ist einfach hineingegangen!«

»Und du hinterher! Ins Haus, wo ihr allein sein würdet!«

»Was hätte ich denn sonst tun sollen? Ich konnte ihn doch schlecht wissen lassen, dass ich Angst vor ihm hatte! Da hätte ich ja schön blöd ausgesehen, wenn ich mich geweigert hätte, mein eigenes Haus zu betreten.«

»Marian –« Turnbow ging zurück und baute sich vor ihr auf. »Wen kümmert es, wie du *aussiehst*? Was glaubst du, wie Frauen ums Leben kommen? Sie sagen sich, sie seien albern, wenn ihr Gefühl ihnen etwas anderes erzählt. Und sowieso hättest du da gar nicht erst aufkreuzen dürfen; das hab ich dir doch *gesagt!*«

Marians Mund wurde hart, Tränen standen in ihren Augen. »Es tut mir *Leid,* okay! Ich hatte ja nicht im Traum damit gerechnet, dass er da sein würde. Und überhaupt brauchst du mich nicht anzuschreien. Das war nicht *lustig*; ich hatte *Angst.* Also lass mich in Ruhe!« Sie wischte sich unwirsch über das Gesicht. »Und außerdem bist du mir auch noch ein paar Erklärungen schuldig.«

Er starrte sie an. »Wovon redest du?«

»*Davon,* dass dein Partner Jack nach der Gerichtsverhandlung Fragen stellt und sich die gesammelten Videos und Zeitungsausschnitte von Alice Geary borgt. Sie hat mir einen Zettel geschrieben und fragt sich, was los sei. Ich hab sie angerufen, bevor ich aus dem Haus ging, und sie sagte, Reiger habe sich die Sachen *zwei Tage nach dem Schuldspruch* ausgeliehen. Ich will wissen, wieso!«

Alle Wärme wich aus Turnbow. Die Furcht nagelte ihn am Teppich fest.

»Du hast es *gewusst;* es steht dir ins Gesicht geschrieben! Erzähl mir lieber, was hier läuft, Pat! Ich dachte, ich könnte dir *vertrauen!*«

»Du *kannst* mir vertrauen.«

»Warum dann diese schuldbewusste Miene?«

»Marian, ich ... das ist Polizeiarbeit; manchmal kann ich dir eben nicht alles sagen.«

Enttäuschung ätzte sich in ihre Stirn. »Ich glaube dir nicht. Da steckt noch mehr dahinter.« Sie wartete schwer atmend. »Chelsea weiß Bescheid, stimmt's? *Und* ihr Mann.«

»Wieso meinst du –«

»*Alle* wissen Bescheid außer mir!«

»Marian.«

»*Sag* es mir! Es hat mit Gavil zu tun, stimmt's? Mit dem Fall. Und Jack ist darin verwickelt. Und *du* hast mir gesagt, Jack habe nichts damit zu tun! Aber das Einzige, worüber Reiger ihn befragt hat, war Megs Ermordung!«

Turnbow packte sie bei den Schultern. »Marian, *hör auf*. Glaub mir, *bitte*. Ich liebe dich. Ich würde dir niemals wehtun. Wenn es Dinge gibt, die ich dir nicht erzählt habe, dann aus gutem Grund.«

Wut ließ Marians Gesicht ganz starr werden. Sie schlug seine Hände weg. »Fass mich nicht an! Und fass mich nicht wieder an, bevor du es mir nicht gesagt hast. Etwas ist *faul*, das weiß ich! Du hast mich *angelogen!*« Sie sah ihm fest in die Augen, bis er den Blick abwandte. »Und wenn du es mir nicht erzählst, dann tut es Chelsea. Du hast ihr den Mund gestopft, stimmt's? Ich schwör's dir, wenn du mir nicht die Wahrheit sagst, rede ich *kein* Sterbenswörtchen mehr mit dir!«

»Marian, beruhige dich! Du benimmst dich wie ein Kind!«

»Ich benehme mich *nicht* wie ein Kind! Ich benehme mich wie jemand, der ständig angelogen wird! Es hat lange gebraucht, um Vertrauen zu dir zu fassen, und jetzt *lügst du auch*. Ich habe nicht mehr die Kraft, mich länger anlügen zu lassen, Pat! Oder die Lust. Dafür habe ich zu viel durchgemacht. Ich bin einfach ... müde.« Sie sank auf seine Couch und schluchzte in ihre Hände.

Turnbow sah ihr hilflos zu und fuhr sich mit der Hand über das Gesicht. Er setzte sich neben sie, legte ihr behutsam einen Arm um die Schultern. »Komm schon, Marian, es wird alles gut werden.«

»Nein.« Ihre Stimme tönte dumpf durch ihre Finger. »Es ist nicht ›alles gut‹. Glaub ja nicht, du kämst so einfach davon, bloß weil ich weine.«

Er konnte das Spielchen nicht länger spielen; sie wollte ihm nicht glauben. Er bat sie, es gut sein zu lassen, sagte, dass er mehr verraten würde, sobald er die ganze Geschichte kennen würde. Er habe das von Anfang an so vorgehabt. Sie rührte sich nicht. Er schmeichelte, sagte ihr, dass er sie liebe, flehte. Sie blieb hartnäckig. Er hatte sie noch nie so stark erlebt. Dies war eine ganz andere Marian als die, die er kennen gelernt hatte, oder sogar noch als die Marian vor drei Wochen. Sie hörte auf zu weinen, drückte sich mit dem Rücken gegen die Couch und verschränkte die Arme.

»Es reicht, Pat. Ich bin das Streiten leid. Du hast eine Minute oder ich gehe zu Chelsea. *Sie* wird mich nicht anlügen.«

Turnbows Augen schlossen sich ergeben. »Marian, du bist dir selbst der größte Feind.«

»Sag es mir.«

»Du verkraftest das nicht.«

»*Doch*.«

Er nahm ihre Hand. »Wirst du genauso tapfer sein, wie du jetzt tust?«

»Ja.«

»Versprochen?«

»Hör auf, mich zu bevormunden!«

»Okay, okay.«

Er sagte es ihr.

Jack wanderte noch lange auf brennenden Sohlen in seinem Schlafzimmer auf und ab, nachdem er sie hatte wegfahren sehen. Das Feuer begann in seiner Brust und loderte dann an seinen Armen entlang, den Beinen, über sein Gesicht. Wie *konnte* sie es wagen, ihn so zu behandeln! Wie *konnte* sie es wagen, vor *ihm* wegzulaufen, wo er ihr eine Chance gegeben hatte!

Mit ihren Haselnussaugen, diesem Haar, diesem Körper, so schlank jetzt. Er konnte immer noch ihre Haut im Griff seiner Hände spüren. Zwei Wochen lang hatte er jeden Tag nach ihr Ausschau gehalten, sehnsüchtig, ihrer bedürftig. Hatte auf die Gelegenheit gewartet, einen Vorstoß zu machen. Sie war verletzt, einsam; es hätte so einfach sein müssen.

»Aaah!«

Jäh packte er den Radiowecker neben seinem Bett und schmetterte ihn auf den Fußboden. *Dafür* hatte er nun gewartet. *Dafür* hatte er den Kopf voller Träume von ihr gehabt. Sie hatte ihn den ganzen Sommer über an der Nase herumgeführt, als sie mit ihm am Zaun plauderte. So süß, so empfindsam. Seine Lippen verzogen sich. So *falsch*. Selbst Meg hatte ihm zwei Nächte geschenkt, gurrend: »Aber das *geht* doch nicht«, während jede Bewegung ihres Körpers darum bettelte.

Seine Wut hatte gedroht, ihn bei lebendigem Leibe zu verbrennen, bis er ihr nachgegeben hatte. Dann: Friede. Wunderbarer Friede.

Und jetzt stand er wieder da, das Herz entbrannt, fortgetreten wie ein räudiger Hund.

Megs höhnische Bemerkungen hallten in seinem Kopf wider: »*Mein* Liebster wohnt in Chicago ... Chicago ... Chicago ...«

Genau wie seine Mutter. »Komm her, Baby, gib deiner Mama einen Kuss; komm her, Baby ...«

»Halt's *Maul!*« Rasend vor Wut hob er den Wecker auf und schleuderte ihn gegen seinen Kleiderschrank. Er krachte mit einem lauten *Klirr* in den Spiegel. Das Glas zerbarst in gezackte Risse wie der Boden bei einem Erdbeben und zerfiel dann in Hunderte scheppernder Scherben.

Er starrte sie an, geschockt. Emotionen strichen über sein Gesicht wie Wind über ein Weizenfeld.

Er starrte lange vor sich hin.

Dann, langsam, mit Präzision, richtete er sich auf.

Genug davon. Was war sie denn schon wert – für ihn, dass er deswegen sein ganzes Haus zertrümmerte? Für wen *hielt* sie sich eigentlich? Eine Betrügerin, das war sie. Nicht besser als Meg. Nicht besser als seine Mutter. Marian Baker war nichts als eine Verräterin. Sie hatte sogar ihren eigenen *Liebhaber* in den Knast geschickt. Und sich dann abgemagert, um den Kommissar anzulocken, der ihn eingelocht hatte.

Genug davon. Er *würde* sie nehmen. Genau wie er Meg genommen hatte.

Ein Grinsen verzerrte seine Lippen, als ihm ein neuer Gedanke kam. Was würde Marian wohl tun, wenn sie erfuhr, dass sie den falschen Mann überführt hatte? Er dachte darüber nach. Schlurfte zu seinem Bett und ließ sich darauf niedersinken, um noch gründlicher nachzudenken.

Dachte ... stellte sich vor ... träumte ...

Plante.

Flüchtig bedachte er das Risiko. Doch es war ihm ja schon einmal gelungen, ungeschoren davonzukommen. Wie zuvor würde er abwarten, nach dem günstigsten Zeitpunkt Ausschau halten.

Nur noch einmal, und seine Seele hätte Ruhe.

Nur noch einmal.

Freitag, 25. Oktober

Kapitel 57

Feierabend. Reiger stapelte Protokolle auf seinem Schreibtisch und hakte in Gedanken seine To-do-Liste für Montagmorgen ab. Die Woche war lang gewesen. Die Delikte umfassten ein paar Jugendliche, die ein Gebäude mit Graffiti beschmiert hatten, zwei geklaute Autoradios (vermutlich wieder Jugendliche), eine Körperverletzung unter Familienangehörigen und sogar einen Raubüberfall auf einen Kiosk ein Stück weiter den El Camino hinunter. Doch sie stellten nicht den Grund für Reigers Erschöpfung dar. Die Sache mit Jack Doniger zog sich nun schon seit drei Wochen hin und hüllte ihn in Angst. Er wartete auf etwas, wusste aber nicht, worauf. Chelsea Adams mahnte ihn unablässig, am Ball zu bleiben; Gott würde das nicht auf sich beruhen lassen. Sie hatte mit ihm sogar über Fasten gesprochen und er hatte es am Dienstag einen halben Tag lang versucht. Er hatte noch nie im Leben gefastet und sich mit knurrendem Magen getröstet, dass, wenn er diese Art Übung bewältigen könnte, Gott mit Sicherheit *irgendetwas* tun würde.

Auf dem Weg zum Ausgang steckte er noch den Kopf in Turnbows Büro. Sein Partner saß über Protokolle gebeugt. »Wird es nicht langsam Zeit, dass du hier rauskommst?«

Turnbow sah auf die Uhr und zuckte die Achseln. »Ich häng noch ein paar Stunden dran. Gibt ja sonst nichts zu tun.«

»Redet Marian immer noch nicht mir dir?«

»Nein.«

Reiger schlenderte herein und sank auf einen Stuhl. »Sie kommt schon noch darüber hinweg. Das ist nur der Schock; das verstehst du doch.«

Turnbow schüttelte den Kopf. »Ich weiß nicht. Sie stellt immer noch meine »Motive« in Frage. Du weißt schon, ich gegen Gavil. Ehrlich gesagt, ich glaube, sie redet mehr über ihre eigenen Loyalitäten.«

»Kann sein.« Reiger trommelte auf die Lehne seines Stuhls.

»Warum bin *ich* an allem Schuld?«, fragte Turnbow. »Warum nicht Chelsea Adams? Oder du? Warum nicht *Gott?*«

Reiger sah ihn an. »Hast du ihr das gesagt?«

»Na, und wenn schon.« Turnbow rückte einen Ordner zurecht. »Ich war sauer.«

»Kein Wunder, wenn sie nicht mit dir redet.«

»Ach, komm, Reiger, du musst es mir nicht auch noch geben.«

»Na schön, na schön.« Er hob die Hand. »Aber weißt du, was ich glaube?«

Turnbow warf ihm einen Blick zu. »Ich habe das unbestimmte Gefühl, dass du es mir gleich sagen wirst.«

»Ich glaube, in Wirklichkeit bist du sauer auf dich selbst. Marian hat sich verändert – gewaltig. Das kannst du nicht leugnen. Sie ist bei den Neuigkeiten nicht zusammengebrochen; sie zeigt Rückgrat. Diese Kraft kommt von ihrem neuen Glauben.«

»Willst du mich wieder anpredigen, Reiger?« Turnbow vergrub den Kopf in seinen Händen.

»Nein, tut mir Leid.« Reiger stand auf. »Wollte nicht drängen. Nur, wie du selbst gesagt hast, es sieht so aus, als ob Gott jetzt alles ist, was wir haben. Und mir scheint, du gehst leer aus.«

»Reiger. Geh nach Hause.«

»Ja, ja.« Er ging zur Tür. »Edith und ich sind heute Abend bei Freunden zum Essen. Ansonsten hätte ich dich zu uns eingeladen und versucht, dich auf andere Gedanken zu bringen. Du siehst nämlich wie ein glänzender Gesellschafter aus.«

Turnbow schnitt eine Grimasse. Reiger grinste und verschwand durch die Tür.

Viertel nach sieben. Es war bereits dunkel. Marian blickte geistesabwesend aus ihrem Bürofenster im dritten Stock, in Gedanken noch ganz bei ihrer Arbeit. Die Parkplatzbeleuchtung war angegangen und tauchte den Beton in ein orangegelbes Licht. In fünfzehn Minuten musste Marian Schluss machen, obwohl sie noch Arbeit für zwei Stunden gehabt hätte. Ihr Auto war zur Wartung beim Händler in Redwood City, deshalb hatte sich Chelsea erboten, sie heute Abend abzuholen und sie morgen nach Redwood City zu fahren, damit sie ihr Auto abholen könnte.

Zweimal hatte Marian zum Telefon gegriffen, um stattdessen Pat zu bitten zu kommen. Das Polizeirevier war keine Meile entfernt und sie hatte Pat ihr Büro sogar schon einmal nach Feierabend gezeigt, wohingegen Chelsea sich überhaupt nicht in der Gegend auskannte und gute zwanzig Minuten weg wohnte.

Zweimal hatte sie wieder aufgelegt.

Sie sehnte sich nach Pat, vermisste ihn schrecklich. Aber sie brauchte Zeit. Seit Montag kreisten ihre Gedanken ohne Landemöglichkeit. War die zweite Vision wahr? Könnte Gavil wirklich unschuldig sein? Sagte er die Wahrheit über Sonya? Was, wenn er *tatsächlich* unschuldig war und jetzt in diesem scheußlichen Knast saß? Und was hatte sie nicht alles unternommen, um ihn dorthin zu bringen! Am Dienstagmorgen war ihr so elend zumute gewesen, dass sie nicht aus dem Bett gekommen war und sich deshalb auf der Arbeit telefonisch krank gemeldet hatte. Was ihre Projekte noch weiter zurückwarf. Chelsea war verständnisvoll gewesen wie immer, hatte ihr zugehört, mit ihr gebetet, versucht, Fragen zu beantworten. Und Fragen hatte Marian viele. Einmal hatte sie aus lauter Ärger und Verzweiflung Chelsea sogar Vorwürfe gemacht, sie wegen ihrer Visionen gescholten.

Was für ein Feigling bin ich doch, dachte Marian. *Zu feige, um Gott anzuschreien.*

Seufzend wandte sie sich wieder ihrem Computer zu. Noch ein paar kurze E-Mails, und sie würde ihn für das Wochenende herunterfahren. Sie hatte sich selbst das Versprechen abgenommen, an diesem Wochenende keine Arbeit mit nach Hause zu nehmen. Sie musste über zu vieles nachdenken.

»Hallo, Marian.«

Die Stimme war wie eisiger Honig.

Ihr Blick gefror am Bildschirm. Eine Gänsehaut überzog ihre Arme. Langsam, wie im Traum, drehte sie den Kopf.

Er lehnte im Türrahmen und lächelte ein schiefes Lächeln. »Ich habe dich vermisst.«

Ihr Herzschlag setzte aus, überschlug sich. Sie konnte sich nicht von ihrem Stuhl rühren.

Jack trat ein, streckte einen Zeigefinger aus und drückte die Tür zu. Verschloss sie. »Du arbeitest ja mächtig lange heute, was?«

Kein Laut bildete sich in ihrer Kehle.

»Weißt du, dass du ganz allein hier bist?« Er ging gemächlich auf sie zu, ohne ihren Blick dabei loszulassen. »Das solltest du nicht tun. Könnte gefährlich sein.«

»Was willst du?«, fragte sie.

Seine Zähne waren so makellos. Er hob die Schulter. »Nur ein bisschen reden.«

»Du hättest anrufen können.«

»Wohl kaum. Irgendetwas sagt mir, dass du aufgelegt hättest.«

Er blieb vor ihrem Schreibtisch stehen. Sie schluckte. »Ich will nicht reden.«

»Zu *spät* für das, was *du* willst.« Sein Ton wurde schärfer. »Es ist für so manches zu spät.«

Lieber Herr, beschütze mich!

Er betrachtete sie süffisant, sein Blick fiel auf ihren Hals. »Steh auf.«

»Jack, hör auf.«

»Steh *auf!*« Er raste um ihren Schreibtisch herum und zog ihren Stuhl zurück. »Ich hab es satt, dass du nicht auf mich hörst. Sie hat auch nie gehört. Also *steh auf!*«

Marian zog sich mit zitternden Beinen von ihrem Stuhl hoch. Es musste doch noch jemand im Gebäude sein. Was würde er tun, wenn sie schrie?

»Gut so.« Er griff in seine Hosentasche. »Und jetzt machst du schön, was ich sage.«

Chelsea fuhr langsam den Ashley Way in Haverlon nach Straßennummern ab. Ein dreistöckiges Gebäude mit viel Glas, hatte Marian gesagt. Von Bäumen umstanden, etwas zurückgesetzt an einem Bach, kurz vor der dritten Ampel. Chelsea hatte ihr Handy angeschaltet neben sich auf dem Beifahrersitz liegen, falls sie das Haus nicht fand. Doch da war es schon – Nummer 815. Als sie die großen weißen Zahlen entdeckte, bog sie auf den Parkplatz ein, rollte aus und brachte das Getriebe in Parkstellung. Punkt halb acht. Marian müsste gleich rauskommen.

Sie sah sich um. Weit und breit kein anderes Auto. Ein ungutes Gefühl beschlich sie. Das war leichtsinnig. Keine Frau sollte nach Einbruch der Dunkelheit allein in einem Gebäude sein.

Chelsea verriegelte ihre Wagentüren. Eine Minute verging. Zwei. Chelsea machte das Radio an, die Stille war ihr unangenehm. Ihr Blick schweifte über den Parkplatz, ging prüfend in den Rückspiegel. Nur sehr selten seit jenem Tag im Juni war sie bei Dunkelheit allein draußen gewesen.

Zwei weitere Minuten verstrichen.

Chelsea lehnte sich gegen die Kopfstütze und sah zu den

Büros im dritten Stock hinauf. Sie waren alle erleuchtet. Sie fragte sich, welches davon Marians wäre.

Der Radiosender brachte nichts als Werbung. Sie spielte an den Sendern herum.

Jack saß neben Marian auf dem Zweiersofa in ihrem Büro. Er hatte zugesehen, wie ihr alle Farbe aus dem Gesicht gewichen war, als er ihr haarklein schilderte, was er Meg angetan hatte. Dinge, für die sie ihren eigenen Liebhaber hinter Gitter gebracht hatte. Seine Hand ruhte nun auf ihrem Knie. Es fühlte sich warm an unter seiner Berührung, Seide und Feuer. Ihre Hände steckten in schwarzen Glacélederhandschuhen, butterweich. In ihrem Schoß gefaltet. Bei Meg war der Gebrauch von Handschuhen ungeplant gewesen – eine glückliche Entdeckung in letzter Minute, die ihre Hände davon abhielten, ihn zu berühren, als sie starb. Und trotzdem, die Gartenhandschuhe – rau, schmutzig und billig – hatten zu ihr gepasst. Marians Handschuhe dagegen waren mit Bedacht ausgewählt. Sie waren vornehm wie sie. Weich, wie sie zuerst schien. Schwarz, wie sich ihr betrügerisches Herz erwiesen hatte.

Er streckte den Arm aus, strich mit den Fingern durch ihr Haar. Sie zuckte zurück. »Weißt du was?«, flüsterte er heiser. »Es ist zwar erstaunlich, aber du bist immer noch Marian.« Er fuhr ihr mit einem Fingernagel die Wange entlang. »Sogar mit Handschuhen an.«

Ein fast unmerkliches Runzeln huschte über ihre Stirn. Sie hob nicht den Blick. Er schürzte die Lippen. Das ging über ihren Horizont. Mühsam bezwang er seinen Ärger. Es war noch nicht so weit.

»Glaub mir, du *möchtest* Marian bleiben. So lange wie möglich.« Er legte seine Finger um ihren Nacken. »Komm her.«

Sie nahm sich zusammen.

Er zog sie an sich.

Chelsea rieb über das Lenkrad. Sie spielte mit dem Gedanken, Marian suchen zu gehen, wollte ihr Auto aber nicht gegen ein ihr unbekanntes Gebäude eintauschen. Ihr Blick ging zur Uhr. Zwanzig vor acht. Das dauerte zu lange. Sie musste zurück nach Hause, das Essen auf den Tisch bringen. Was sollte sie tun? Hupen war so unhöflich.

»Ach, was soll's.«

Während ihre Augen die oberen Fenster absuchten, drückte sie auf die Hupe.

Turnbow streckte sich auf seinem Stuhl und hörte mit Genugtuung die knacksenden Laute, die ihm die Wirbelsäule hinunterliefen. Zwanzig vor acht. Alle Protokolle fertig. Zeit, nach Hause zu gehen. In ein leeres Zuhause. Es war noch gar nicht lange her, dass er das jeden Tag getan hatte, und doch, es schien Urzeiten her zu sein. Er hatte sich so daran gewöhnt, Marian um sich zu haben. Er stieß einen Stoßseufzer aus und verzog das Gesicht. Was sollte er mit diesem Wochenende anfangen? Wenn bei ihr nicht bald wieder gut Wetter einkehrte, würde er noch verrückt werden.

Er stapelte seine fertigen Protokolle übereinander und stieß sich vom Schreibtisch ab.

Beim Ertönen der Hupe erstarrte Jack. Er drehte den Kopf zum Fenster. Marian rutschte von ihm weg, ihre Gedanken rasten. Sie konnte nur die Straße sehen, aber das Geräusch war eindeutig vom Parkplatz gekommen.

Chelsea.

Ehe sie sich versah, riss Marian sich los und sprang vom Sofa auf. Sie raste auf das Fenster zu und fragte sich flüchtig, warum sie sich nicht gleich hinausstürzte. Vier Schritte durch das Büro, und schon war Jack hinter ihr, seine Finger tasteten an ihrem Rücken herum.

»Chelseeeaa!«, schrie sie, während sie zum Fenster stürzte und mit den Armen winkte. Just bevor sie gegen die Scheibe prallte, packte Jack den Kragen ihres Kleids und riss sie zurück. Ihr Schrei erstickte. Speichel spritzte aus ihrem Mund. Im Reflex stießen ihre Ellbogen rückwärts und trafen ihn in die Rippen.

»Uff!« Ein Luftschwall entwich seiner Kehle. Sein Griff lockerte sich. Wieder taumelte sie schreiend auf das Fenster zu. Er hinterher, packte sie seitlich am Hals. Mit aller Kraft riss sie ihn mit sich, ruderte mit den Armen. Seine Finger rutschten vor, fanden ihre Kehle und drückten zu. Ihre Schreie verebbten zu einem tiefen Knurren. Schwarze Punkte tanzten vor ihren Augen. Das Fenster schwankte auf und nieder wie eine Fata Morgana in der Wüste. Er drückte fester. Ihr Mund sprang auf, ihre Augen weiteten sich. Verzweifelt kämpfte sie um Luft. Jack schob seine zusammengebissenen Zähne an ihr Ohr und ließ einen Schwall Flüche los. Seine andere Hand fand ihre Kehle und packte zu. Unirdisches Fauchen erfüllte den Raum. Ein Urinstinkt aus grauer Vorzeit explodierte in Marian und ihre behandschuhten Hände verkrallten sich wütend in die Luft.

»Du bist erledigt«, spie Jack. »Ich werde dir beim *Sterben* zusehen. Genau ... wie ... Meg.«

Seine Finger schlossen sich fester.

Marian gurgelte. Sie hatte das Gefühl, aus ihrem Körper gesaugt zu werden wie Wasser aus einer Flasche. Sie schwebte zur Decke und blieb dort hängen, sah mit Grausen von oben, wie ihre eigenen Knie sich aufbäumten, ihre Arme erschlafften ...

Chelseas Blick klebte an dem Fenster im dritten Stock ganz am anderen Ende des Gebäudes. Ihr Hirn weigerte sich, die Szene zu begreifen. Es sah zu unwirklich aus – zwei Schauspieler auf einer Bühne mit Hintergrundbeleuchtung in einem lautlosen Kampf ums Überleben. Schmerz schoss durch ihre Hand. Ihr furchtsamer Blick glitt nach unten und stellte fest, dass diese das Steuerrad umklammerte. Mit bewusster Anstrengung entkrampfte sie ihre Finger, dann richtete sie die Augen wieder nach oben zum Fenster. Marian. Das *war* Marian!

Und Jack Doniger!

Chelseas Herz begann wild zu hämmern. *Lieber Herr, lieber Jesus.* Ihr Atem kam pfeifend, als sie nach dem Handy auf dem Autositz griff und es mit zitternden Fingern an sich riss. Eine qualvolle Sekunde lang fiel ihr die Nummer nicht ein. Dann tippte sie 1-1-0 ein.

»Notfall.«

»Ich –« Ihre Luftröhre schloss sich. Sie beugte sich vor, ihre Augen suchten das Fenster im dritten Stock ab. Jack legte Marian eine Hand an den Hals.

»Was gibt es, bitte?«

Herr Jesus …

Die Worte purzelten ihr von selbst über die Zunge. »Ashley Way acht-fünfzehn in Haverlon. Eine Frau wird erwürgt! Rufen Sie die Beamten Reiger und Turnbow. Sagen Sie ihnen, es sind Marian und Jack. Ich geh rauf.«

»Tun Sie das nicht, meine Dame«, sagte die Stimme ruhig. »Bleiben Sie, wo Sie sind, halten Sie die Verbindung. Wir schicken jemanden –«

Chelsea schmiss das Telefon hin und fingerte am Türgriff.

Während sie auf das Pflaster taumelte, zwang Chelsea mit purer Willensanstrengung Kraft in ihre wackeligen Beine und rannte zum Eingang des Gebäudes.

Kapitel 58

Turnbow streifte seine Jacke über und schaltete das Licht im Büro aus. Er wünschte, er könnte irgendwo anders hingehen als nach Hause.

»Hey, Pat, schon spät, was?«, witzelte ein Kollege von der Nachtschicht, als er durch die Halle trottete.

»Ja«, entgegnete er geistesabwesend. Vielleicht sollte er geradewegs zu den Adams gehen und an die Tür hämmern, bis Marian mit ihm redete. Was könnte sie dagegen tun – die Polizei rufen? Er durchquerte stirnrunzelnd das Foyer und drückte die Glastür auf.

»Okay, warten Sie, er ist noch hier. Turnbow! *Turnbow!*«

Der Ruf vom Tresen ließ ihn innehalten. Er drehte sich ungehalten um. »Was gibt's?«

»Ein Eins-Eins-Null. Zwei Streifenwagen sind unterwegs.« Sie sah auf ihre Notizen. »Jemand hat gemeldet, dass eine Frau erwürgt wird in dem Bürogebäude Ashley Way 815. Sie sagte, man solle es dir und Reiger sagen. Etwas von einem Jack und einer Marian?«

Eine Falltür öffnete sich in Turnbows Magen. *Marian!* Er rannte zur Eingangstür und drehte sich nur kurz um, um zu rufen: »Funk Reiger an. Ich gehe!«

Er stürmte zur Tür hinaus.

Die Rouladen ließen einem das Wasser im Mund zusammenlaufen. Reiger hatte bereits drei verputzt. Er wollte sich eben eine vierte nehmen, als Edith ihn ins Knie zwickte. Er zog die Hand zurück.

»Also ehrlich, die spielt doch *grottenschlecht.*«

Sie saßen am Esstisch ihrer Freunde zusammen mit zwei anderen Paaren, die gutmütig über die neuste Kinoschnulze herzogen.

»Na ja, ich denke ja auch nicht, dass sie wegen ihres Schauspieltalents engagiert wurde.«

Reigers Funkrufempfänger meldete sich. Edith sah ihn mit einem O-nein-nicht-heute-Abend-Ausdruck an. Er stand vom Tisch auf und tastete unwillkürlich nach seinem Pistolenhalfter. »Darf ich mal euer Telefon benutzen?«

Er schlurfte zum Apparat in der Küche, die Serviette immer noch umklammert. Die vorzügliche Rippe lag ihm schwer im Magen. »Hier Reiger.«

Er vernahm die Worte mit wachsendem Grausen. »Bin unterwegs.« Er schmetterte das Telefon hin und verfehlte die Ladestation. »Entschuldigt, ich muss weg!«, schrie er zum Esszimmer hinüber, dann raste er zu seinem Auto.

Chelseas Schritte hallten ungleichmäßig, als sie die letzte Treppe hoch ächzte. Sie riss eine Tür auf, stürmte hindurch, schwenkte nach links und raste den Gang entlang. *Herr Jesus, beschütze uns.* Sie hatte keine Ahnung, was sie tun sollte, wenn sie bei der letzten Tür angelangt wäre. In ihrem Kopf gab es keinen vernünftigen Gedanken, keine Vorsicht, nur den Schrei, hilf Marian.

Das Büro schien eine Ewigkeit weit weg, ihre Beine waren staksig wie die eines Fohlens. Nur das Bild von diesen Fingern an Marians Kehle, ihren rudernden Armen, trieb Chelsea vorwärts.

»Marian!«, gellte ihre Stimme, als sie zur Tür kam und den Knauf packte. Sie ließ sich nicht öffnen. *»Marian!«* Fieberhaft drehte sie den Knauf in die eine, dann in die andere Richtung.

»Jaaack!« Sie hämmerte an die Tür, trat dagegen, rüttelte am Griff mit beiden Händen. »Jack! Hör auf! Die Polizei kommt!« Tränen strömten ihr aus den Augen, als sie mit einer

Panik, als hätte sie plötzlich Platzangst bekommen, auf das Holz einschlug, flehte, heulte. »Mach die Tür auf! Mach die Tür auf! *Mach die Tür auf!*«

Marians Kehle röchelte unter Jacks Fingern und trotzdem kämpfte sie noch. Hände in Handschuhen griffen nach ihm, grabschten seine Hose, sein Hemd. Selbst als er spürte, wie ihre Knie nachgaben und ihr Körper sich zusammenkrümmte, verkrallten sich diese abscheulichen Hände immer noch in ihn. Hass, blank und kalt, ließ ihm das Blut in den Adern gerinnen. Wie konnte sie es *wagen*, nach all seiner Planung? Nach seinen »Krankheitstagen«, wo er nicht zur Arbeit gegangen war, sondern beobachtet und gewartet hatte. Bevor er die Arme fest um sie schlingen konnte, solange sie noch Marian war, und sie nehmen konnte. Jetzt konnte er nur noch seine Mutter in ihr sehen.

»Marian!« Der Schrei drang durch die Tür. Dann das Hämmern. »Jack!«

Jäh lösten sich seine Finger von der Kehle, seine Nerven bebten. Marian krachte auf den Fußboden.

»Jack! Hör auf! Die Polizei kommt! Mach die Tür auf!«

Er zog sich vom Fenster zurück und schlitterte durch das Büro. Schwer atmend lehnte er sich gegen die Tür, er war ganz durcheinander. Eine Sirene jaulte in der Ferne. Eine zweite folgte; ihr Auf und Ab schlang sich ineinander, webte eine Decke der Verwirrung in seinem Hirn. Sein Kopf drehte sich zurück zu Marian. Zur Tür. Zu Marian. Was sollte er *tun*? Die Sirenen heulten, sie kamen immer näher.

Jack riss die Tür auf.

Noch einmal stemmte sich Chelsea gegen das Hindernis und wie durch ein Wunder gab es plötzlich nach. Für den Bruchteil einer Sekunde hing sie in der Luft, frei schwebend, dann krachte sie in einen Körper und warf ihn um. Benommen rappelte sie sich auf und versuchte wegzukrabbeln. Starke Hände packten ihre Schultern und schleuderten sie fort. »Ächz!« Ihre Augen schlossen sich. Sie bekam keine Luft. Augenblicklich war sie am Boden festgenagelt.

Noch bevor sie die Augen aufschlug, wusste sie, wie sich seine Hände anfühlten. Die Zeit splitterte entzwei, als sie mit rasender Geschwindigkeit in den Wald ihrer Vision gezogen wurde. Wie deutlich sie sich erinnerte, der Boden unter ihr, die Gerüche, seine hasserfüllten Worte. »Nein!«, schrie sie im Chor mit Meg. Ihre Augenlider flatterten und Jacks Gesicht erschien, wutentbrannt und mörderisch. Sie krallte sich hinein. Ihre Nägel gruben sich in seine Haut und zogen tiefe Furchen über beide Wangen.

»Aaahh!« Jack fuhr zurück und schlug beide Hände vors Gesicht. Blut quoll aus den Wunden.

Die Sirenen schrien näher.

Panik trat in seine Augen. Er wippte zurück auf die Fersen, stieß sich mit den Fäusten vom Teppich ab und federte zur Tür. Seine Hand klatschte gegen den Rahmen und hinterließ einen blutigen Abdruck, als er hinausstürmte. Die nächste Tür zum Treppenhaus klappte auf und donnerte zu.

Chelsea brach in Schluchzen aus. Sie rollte sich auf die Seite und suchte nach Marian. Beim Anblick des reglosen Körpers stemmte sie sich zu einem schwankenden Krabbeln hoch.

Turnbow kam quietschend auf dem Parkplatz zum Stehen und schätzte die Entfernung der lauter werdenden Sirenen ab. Er warf sich aus dem Auto und stolperte beinahe über seine eigenen Füße. Während er in das Gebäude stürmte, zog er seine Schusswaffe und hielt auf den rechten Treppenaufgang zu. An der Tür zum Treppenhaus blieb er abrupt mit gesenktem Kopf stehen. Kam da ein Laut aus dem Treppenhaus? Er entsicherte, riss die Tür auf und preschte mit vorgehaltener Pistole hindurch.

Nichts.

Er lauschte wieder.

Stille.

Er nahm zwei Stufen auf einmal.

Sie lag zusammengekrümmt da, den Rücken zu Chelsea. »Marian«, flüsterte Chelsea und drehte sie um. »O *Gott*«, stöhnte sie, als sie die Blutergüsse an Marians Kehle sah. »Herr, bitte, rette sie, *bitte*.« Mit fahrigen Händen suchte Chelsea nach einem Pulsschlag an Marians Hals. Suchte noch einmal, mit bebenden Lippen.

»Nein, nein. Bitte, Herr, *nein*.« Marians Hände steckten in Handschuhen. Chelsea zog einen davon ab und zerrte am Ärmel ihres leblosen Arms, legte ihre Finger an das Handgelenk.

»*Bitte*, Gott«, heulte sie, »lass sie nicht sterben.«

Die Flurtür krachte auf und zu. Chelsea konnte sich nicht bewegen, es war ihr gleich, ob Jack zurückgekommen war oder nicht. Es spielte keine Rolle mehr. Was hatte ihr tragischer Fehler nur angerichtet. Er konnte sie genauso gut gleich mit umbringen.

Draußen verstummte das Sirenengeheul. Chelsea beugte den Kopf über Marian, Tränen tropften auf das bleiche Gesicht ihrer Freundin.

Die Rücklichter von zwei leeren Polizeiautos flammten rot über den Beton, als Reiger auf den Parkplatz schlitterte. Turnbows Zivilwagen blockierte beinahe den Gebäudeeingang. Reiger sprang aus seinem Auto und zog die Pistole. Er wusste, dass das Gebäude hinten an ein Waldstück mit dichten Mammutbäumen, unwegsamem Dickicht und einem Bach grenzte. Wenn es Jack gelang, in diesem Wald unterzutauchen, dann würde man seine Spur leicht verlieren.

Plötzlich sah Reiger, wie sich etwas in der dämmrigen linken Parkplatzecke bewegte. Mit zusammengekniffenen Augen starrte er ins Halbdunkel. Eine Gestalt löste sich aus dem Schatten und schlich in Richtung Straße.

Reiger legte den Kopf zurück, um zu den Bürofenstern hochzuschauen. Irgendwo in diesem Gebäude befand sich seine Verstärkungsmannschaft. Er sah keine Spur von ihnen. Er würde das alleine angehen müssen.

»Stehen bleiben! Polizei!«, rief er die Gestalt an.

Der Mann zuckte überrascht zusammen, drehte sich um und verschwand zurück um die Ecke Richtung Wald.

»Stehen bleiben!«

Reigers Blick strich wieder vergeblich über die Gebäudefenster. Er packte seine Schusswaffe und rannte hinter seinem Verdächtigen her.

Turnbow stürmte in Marians Büro, das Herz klopfte ihm bis zum Hals. Als er Chelsea über Marians Körper gebeugt sah, gefror ihm das Blut in den Adern. Er stürzte zu ihnen hin und schubste Chelsea beiseite. Beim Anblick der lila Flecken am Hals der Frau, die er liebte, stöhnte er. »Marian!« Seine Stimme brach, als er sie hochhob, ein Ohr an ihre Brust presste und lauschte, *lauschte*. Einen Moment lang vergaß er alle Ausbildung und Erfahrung. Einen Moment lang schrie alles in ihm nur, dass sie von ihm gegangen war, dass er zu spät kam. Trauer wallte in ihm auf, stieg ihm die Kehle hoch. Er riss sie an sich, gab ein Schluchzen von sich.

Verschwommen nahm er neben sich Chelsea Adams auf den Knien wahr. »Jesus«, flüsterte sie tränenerstickt, »bitte, rette sie.«

Gott, bitte, lass sie leben; ich werde auch alles tun. Das Gebet fand wie von selbst seinen Widerhall in Turnbows Kopf.

Und als es verklang, kam seine Ausbildung durch. Entschlossenheit packte ihn.

Behutsam ließ er Marian zu Boden gleiten und griff nach seinem Funkgerät, rief den Notarzt. Dann streckte er Marians Kinn, wobei er sorgsam auf ihren verletzten Hals achtete. »Chelsea«, sagte er knapp, »Ich werde für sie atmen. Du musst für das Herz pumpen, kapiert?«

Sie hob ein tränenverschmiertes Gesicht und nickte. Er eilte auf Marians andere Seite, um Chelsea Platz zum Arbeiten zu machen.

Als die beiden Polizisten eintrafen, wäre sie von ihnen beinahe zur Seite gedrängt worden, aber Turnbow wies sie an, Doniger suchen zu gehen.

Mit der Pistole in der Hand glitt Reiger durch die Dunkelheit, Jacks Fluchtgeräuschen auf den Fersen. Er trat über einen umgestürzten Baumstamm, alle Nerven in höchste Alarmbereitschaft versetzt. Sorgen füllten seinen Kopf und wollten ihn ablenken. Er wusste, dass Turnbow und seine zwei Verstärkungsmänner mit Marian und Chelsea Adams in dem Gebäude sein mussten. Er konnte einen Rettungswagen hören, der sein Näherkommen jaulend ankündigte.

Er betete zu Gott, dass die Frauen am Leben waren.

Ein Schatten bewegte sich hinter einem mächtigen Mammutbaumstamm in etwa zehn Meter Entfernung.

»Doniger!«, rief Reiger. »Bleiben Sie stehen! *Jetzt!* Eine Pistole ist auf Sie gerichtet.«

»Lasst mich in Ruhe!« Die körperlose Stimme klang verzweifelt. »Ich habe nichts getan!«

»Komm raus, Jack. Dir geschieht nichts.«

»Du *lügst*. Du hast mich schon einmal angelogen.«

Reiger pirschte sich vor. »Ich lüge dich nicht an, Jack. Dir bleibt keine Wahl.«

Stille.

»Na komm schon, Jack, sprich mit mir. Ich will dir nicht

wehtun. Heb die Hände hoch, wo ich es sehen kann. Komm raus.«

Keine Antwort.

Reiger blieb stehen und suchte mit seinem Blick die Bäume ab. Tödliche Stille umgab ihn. Er war sich nicht sicher, wo Jack war. Auch wusste er nicht, ob der Mann bewaffnet war. Ein knotiger Finger krümmte sich um sein Rückgrat und drückte zu. Er glitt hinter einen Baum, die Muskeln gespannt, die Waffe gezückt.

Er konnte sein eigenes Atmen hören.

Die Härchen auf seinen Armen stellten sich auf, als sei er von Bösem umgeben. Ein leises *Knack* ertönte zu seiner Linken. Er riss den Kopf hoch und versuchte, die Dunkelheit zu durchdringen. Ihm kam plötzlich der Gedanke, dass er mit Doniger in einem Waldstück war genau wie Meg damals. Noch ein Geräusch. Er starrte angestrengter, konnte aber nichts erkennen. Dann ein drittes Geräusch, lauter, wie ein herabfallender Stein. Er zielte mit gespanntem Hahn in die Dunkelheit. Auf leisen Sohlen pirschte er sich Schritt für Schritt vorwärts.

Etwas zischte hinter ihm durch die Luft. Reiger wirbelte herum. Doniger. Er hatte die Arme erhoben und schmetterte einen Knüppel gegen Reigers rechte Hand. Seine Waffe landete ein paar Schritte weiter. Der Schmerz schoss ihm bis in die Schulter hoch.

Reiger schwang den linken Arm und landete einen gekonnten Schlag in Donigers Magengrube. Der Mann wich zurück. Reiger ließ sich auf alle Viere fallen und tastete in der Dunkelheit nach seiner Pistole.

Die Sirene des Notarztwagens heulte vor dem Gebäude auf und erstarb dann wie ein verendetes Tier.

Doniger taumelte auf Reiger zu, der zur Seite wich, Doniger an der Hüfte packte und ihn herunterriss. Doniger trommelte mit beiden Fäusten auf ihn ein. Er traf Reiger an der Schulter, am Kiefer. Der Sergeant biss die Zähne zusammen und warf sich auf Doniger, diesmal froh über sein Gewicht. Der Mann zappelte und wehrte sich, dass Reiger beinahe abrutschte. Während sein rechter Arm nutzlos herunterbaumelte, quetschte Reiger Donigers Körper mit den Knien zusammen, beugte sich vor und drückte einen Arm gegen dessen Hals. Donigers Hand ging hoch, fiel dann aber herunter und tastete mit den Fingern am Boden herum. Aus den Augenwinkeln sah Reiger, wie Donigers Finger etwas fanden und sich darum schlossen.

Sein eigener Pistolenlauf richtete sich auf ihn.

»Komm schon, Marian, komm schon.« Pat Turnbow blies ihr unablässig Luft in den Mund. Chelsea drückte auf das Herz, bis sie glaubte, ihre Arme würden zerfließen.

Eine Rettungswagensirene heulte auf den Parklatz. Zwei Türen krachten. Chelsea sprang nur kurz auf, um den beiden Sanitätern wie besessen vom Fenster aus zuzuwinken. Sie gaben ihr ein Handzeichen, während sie eine Rollbahre herauszogen. Dann ließ sie sich wieder an ihre Aufgabe sinken.

Fieberhaft beatmete Kommissar Turnbow Marian weiter.

Dann hörte es Chelsea. Ihr Blick flog fragend zu Pat. Da war es wieder. Ein schwacher, kehliger Atemzug röchelte tief in Marians Hals.

Turnbows Blick war auf Marians Gesicht geheftet.

Herr, bitte! Chelseas Hände schwebten über dem Brustkorb ihrer Freundin.

Noch ein Stöhnen. Ein hauchzartes Rosa tönte Marians Wangen und verschwand wieder.

Sie warteten. Nichts mehr.

»Mach weiter!«, befahl Turnbow und beugte sich wieder

nach unten. Chelsea drückte Handinnenseite auf Handrücken und pumpte.

Die Zeit lag flach, hingestreckt zwischen dem dunklen Wald und dem Himmel. Reiger sah Donigers Finger über den Abzug gleiten. Tausend Erinnerungen, tausend Dinge, die er bereute, gingen ihm durch den Kopf, dann war da nur noch Ungläubigkeit.

Der Finger zuckte, als Reiger sich ruckartig vorbeugte. Die Pistole explodierte neben seinem Kopf, ramponierte sein Trommelfell. Er machte sich auf Schmerzen gefasst, fühlte jedoch nur Donigers schreiende Kiefer, die unter seinem Brustkorb festgeklemmt waren.

Ein Krachen kam aus dem Gehölz irgendwo hinter ihm. Stimmen riefen. Reigers linke Hand schnellte zu Donigers Handgelenk und vergrub sich in die Sehnen. Die Pistole wackelte in den Fingern des jungen Mannes.

»Polizei! Legen Sie die Waffe nieder!«, schrie eine Stimme.

Reigers eigener Mund brüllte: »Nicht!«

Ein zweiter Schuss explodierte in der Nacht.

Doch diesmal klingelten Reiger nicht die Ohren.

Doniger bäumte sich heftig unter ihm auf und lag dann still. Reigers Pistole schlug dumpf in den Dreck.

Sekunden verstrichen. Reiger sog die Luft in seine Lungen. Er konnte seine Knie nicht von Donigers Seiten lösen. Dann begannen seine Beinmuskeln unkontrolliert zu zittern. Er sackte zu einer Seite und rollte herunter.

»Zurück, Pat, zurück!«, befahl der Sanitäter. Turnbows Finger blieben starr um Marians Nase und Mund gelegt. Der junge Mann legte dem Kommissar die Hände auf die Schultern und zog energisch. Turnbow gab nach.

Augenblicklich waren die beiden Sanitäter bei Marian, kontrollierten, pumpten, führten Sauerstoff zu. Chelsea nahm den Kommissar bei der Hand und zwang seine furchtsamen Augen, sie anzusehen. »Bete«, bat sie. »Mehr können wir nicht tun.« Sie hielt ihn ganz fest und betete laut, während sie zusahen.

Marian stöhnte wieder. Die Sanitäter hielten inne, um zu kontrollieren.

»Wir haben einen Herzschlag.«

»*Ja,* Gott, bitte«, flüsterte Turnbow.

Eine Ewigkeit sahen sie zu, während die Sanitäter arbeiteten. Sekunden verstrichen, Minuten, die wie Stunden schienen. Chelsea glaubte, ihr würde selber das Herz stehen bleiben. »Komm schon, komm schon«, flehte sie. »Bitte, *bitte*, Jesus!«

Schließlich tat Marian einen abgehackten, tiefen Atemzug. Dann noch einen. Und noch einen. Ihr Herz begann gleichmäßig zu schlagen. Ihre bläulich weiße Blässe nahm ab, als ein Hauch Farbe auf ihren Wangen erschien.

Einer der Sanitäter sah hoch und nickte zufrieden. »Turnbow. Sie kommt durch.«

EPILOG

Chelsea hing an Pauls schützendem Arm, während er sie durch das Gedränge in der Eingangshalle des Gerichts führte und Milt Waking und seinesgleichen abwimmelte. Als sie den Gerichtssaal betraten, wappnete sie sich und verscheuchte die immer noch frischen Erinnerungen an den Prozess. Sie nickten Reiger und Seltz zu, sagten aber nichts und nahmen Platz. Paul legte den Arm um Chelsea und drückte sie.

»Ich liebe dich«, flüsterte er.

Sie brachte ein Lächeln zustande. »Ich liebe dich auch. Ich bin ja so froh, dass du hier bist.«

Er schüttelte den Kopf. »Möchte jetzt nirgendwo anders sein.«

Gavil kam mit seinem Anwalt herein, in Anzug und Krawatte sah er aus wie der Geschäftsmann von einst, jedoch merklich dünner. Es ging das Gerücht um, dass er auf starke Dosen Antidepressiva angewiesen sei, sich aber auf dem Weg der Besserung befinde. Seine Wangen wirkten eingefallen. Sein Mund war hart, als sein Blick über die Menge glitt und schließlich an ihr hängen blieb. Chelseas Herz setzte für einen Schlag aus, als sie einander ansahen. Sein Gesicht war versteinert. Er betrachtete Paul, Reiger, Seltz und ließ sich dann auf seinen Stuhl am Tisch der Verteidigung sinken. Empörung über die Verunglimpfung sprach aus seinen gebeugten Schultern und der schnellen Drehung seiner Handgelenke.

Herr, bitte, dring zu ihm durch, betete Chelsea. *Lass nicht zu, dass er sein Herz für immer verschließt wegen meiner Schwäche und schrecklichen Fehler.*

Von Reiger wusste sie, dass Gavil sich gerade ein wenig an den Trott im San Quentin gewöhnt hatte, als er von seinem

Anwalt von Jack Doniger erfuhr. Nachdem Jack Marian haarklein beschrieben hatte, wie er Meg umgebracht hatte, hatte die Polizei das genetische Beweismaterial aus dem Hautfragment vom Tatort von Megs Ermordung mit der DNS von Jack verglichen. Die Ergebnisse waren eindeutig. Die DNS stimmte überein.

Sonya Hocking hatte Gavils Alibi weiterhin dementiert. Doch die Medien begannen schon bald in ihrem Privatleben zu wühlen und förderten eine frühere Affäre zu Tage. Ein Mann, der für Sonyas Ehemann arbeitete, beschloss, sein schlechtes Gewissen wegen Gavils Schicksal zu erleichtern, indem er seine eigene Affäre mit Sonya Hocking im Jahr zuvor gestand. Der Mann konnte glaubhaft bezeugen, dass sie mit ihm Kontakt aufgenommen hatte, nachdem ihre Dementierung von Gavils Alibi an die Öffentlichkeit gedrungen war, und ihm gedroht hatte, er würde »alles verlieren«, wenn er zur Polizei ginge. Nach dem Geständnis dieses Mannes brach Sonya Hocking schließlich zusammen. Auf Anraten ihres Anwalts bekannte sie sich des Meineids schuldig in der Hoffnung auf Strafmilderung. Sie sollte gegen Ende der Woche ihr Urteil empfangen.

Zwei Tage nach Sonyas Schuldgeständnis gab ihr erschütterter Ehemann eine Pressekonferenz, auf der er beteuerte, nichts von ihren Affären gewusst zu haben, und bekannt gab, dass er die Scheidung einreiche. Er versprach, um der Kinder willen, die so tapfer gegen den Krebs kämpften, ihre Arbeit am Krebszentrum in Sunnyvale fortzuführen. Die Stiftung, die Sonya gegründet hatte, würde umbenannt werden und – selbstverständlich – würde das Gebäude nicht ihren Namen tragen.

Chelsea hörte nur mit halbem Ohr zu, während der Richter seine Urteile vortrug. Die Anhörung war nur noch reine Formsache; jeder kannte den Ausgang. Gavils Verurteilung wegen

Mordes war aufgehoben worden. In Anbetracht der Umstände und zum Teil auf Chelseas persönliche Fürsprache hin war seine Strafe für Einbruch und Freiheitsberaubung von sechs auf vier Jahre verkürzt worden mit der hohen Wahrscheinlichkeit, nach drei Jahren auf Bewährung entlassen zu werden.

Sie dachte an Marian und Pat. Wo würden sie in drei Jahren sein? Würden sie verheiratet sein? Eltern? Sie wusste, Marian sehnte sich danach, häuslich zu werden. Sie und Pat waren fast unzertrennlich gewesen während Marians Krankenhausaufenthalt und auch hinterher, als sie wieder bei Chelsea und Paul gewohnt hatte, bis sie wieder zu Kräften gekommen war. Die Liebe floss zwischen ihnen wie die zusammenströmenden Wasser eines gegabelten Flusses. Das zu sehen war eine Freude. Aber Pat blieb dem Christentum gegenüber verschlossen und Gott zeigte Marian bereits sehr deutlich, wie wichtig es war, einen gläubigen Lebenspartner zu haben. Immerhin war Pat am letzten Sonntag mit Marian zur Kirche gegangen. Ein erster Schritt, auch wenn Pat es nur Marian zuliebe getan hatte. Doch was machte das schon, wenigstens war er in der Kirche. Sie und Marian konnten nur beten, das sein Herz sich mit der Zeit öffnen würde.

Wie durch ein Wunder war Paul ebenfalls in diesem Gottesdienst gewesen. Die vier hatten zusammengesessen. Er trotzte zwar immer noch Gottes Ruf, aber Chelsea hatte Frieden im Vertrauen darauf, dass Gott weiter an seinem Herzen arbeiten würde.

Chelsea selbst war von allem, was geschehen war, innerlich noch so aufgewühlt, dass die Tränen bei ihr sehr locker saßen. Ihre Dankbarkeit, dass Gott Marians Leben und ihr eigenes gerettet hatte, hatte sie viele Male auf die Knie getrieben.

Doch die Erleichterung, dass es endlich, wirklich vorbei war, wurde von Zeit zu Zeit von Schuldgefühlen getrübt, die sie immer noch überkommen wollten. Gladys hatte oft mit ihr gebetet, dass Gott nicht zulassen würde, dass ihre Gewissensbisse wegen der Vergangenheit die Zukunft beeinträchtigen würden, die er für sie geplant hatte.

Beim Knall des Hammers schreckte Chelsea hoch. Die Anhörung war vorbei. Die Reporter schwärmten aus. Paul ließ sich von ihnen nicht stören und umfasste ihr Kinn. »Bist du sicher, dass ich nicht mitkommen soll?«

Sie nickte. »Ganz sicher.«

Ein Gerichtsdiener eskortierte Gavil zu einer Seitentür hinaus. Sie blickte zu Tanley hin. Er nickte.

Sie folgte einem zweiten Gerichtsdiener durch dieselbe Tür in einen kurzen Gang und vernahm nur vage die gerufenen Fragen der Journalisten und Tanleys triumphierende Stellungnahmen. »Heute wurde der Gerechtigkeit endlich Genüge getan ...« Die Tür schloss sich hinter ihr, verschluckte die Stimmen und Geräusche. Nun war da nur noch hallende Stille. Ihre Knie wurden weich. Der Gerichtsdiener deutete mit einem Kopfnicken auf eine Tür am Ende des Ganges. »Denken Sie daran, Sie haben nur ein paar Minuten.«

Sie lächelte ingrimmig, froh, dass Reiger immerhin so viel für sie hatte erreichen können. Sie wischte sich die feuchten Hände an ihrem Rock ab, öffnete die Tür und betrat den kleinen Raum. Gavil stand wartend da mit einer Hand in der Tasche, das Kinn zu ihr vorgestreckt, den Kopf ein wenig schief gelegt. Ein Gerichtsdiener sah von einer Ecke aus zu.

»Hallo«, brachte sie hervor.

»Chelsea.« Seine Augen waren kalt.

»Danke, dass ich kommen durfte. Ich wollte nur –« Sie zwang sich, ihn weiter anzusehen. Die Erinnerung an ihre schreckliche Angst vor diesen Augen überkam sie. Sie fand sie immer noch einschüchternd, auch wenn ihre Angst übertrieben gewesen war. »Ich möchte Ihnen sagen, wie Leid es mir tut. Ich weiß, das klingt ... armselig angesichts dessen, was Ihnen zugestoßen ist. Aber ich musste Sie persönlich sehen und mich bei Ihnen entschuldigen.«

Keine Reaktion. Sein Gesichtsausdruck war eine Mischung aus Hass und Hohn, aber sie fuhr fort.

»Ich weiß, das wird für Sie vielleicht schwer zu verstehen sein. Aber meine Vision war richtig. Ich habe nur nicht lange genug zugehört – und gewartet –, dass Gott mir alles zeigen konnte. Ich bin auf eigene Faust losgezogen, anstatt mich an ihn zu wenden. Und es ist allein ihm zu verdanken, dass am Ende des Prozesses die Wahrheit herauskam. Ich möchte, dass Sie das wissen. Gott *streckt* sich nach Ihnen aus.«

Seine Lippen verzogen sich. »Tatsächlich? Das hätte er ein bisschen früher tun können.«

Sie nickte. »Ich weiß, das scheint –«

»Gar nichts wissen Sie! Sie leben schließlich noch zu Hause. Mit Ihrer Familie. Ich habe nichts. Keine Arbeit. Kein Zuhause. Selbst die Frau, die ich liebte, ist nun mit dem Polizisten zusammen, der mich hierher gebracht hat. Ich wette, das ist ganz nach Ihrem Geschmack.« Gavil schnitt eine Grimasse. »Sie treibt es in ihren Briefen mit ihrem Gott-Fimmel schon genauso weit wie Sie. *Jetzt* hat sie gut schreiben. Wo war sie vorher, als ich meine Unschuld beteuerte? Wo war Gott?« Er schnaubte verächtlich.

»Es tut mir aufrichtig Leid.« Tränen der Enttäuschung stiegen ihr in die Augen. Sie hatte so inständig um die rechten Worte gebetet und nun schien keines zu ihm durchzudringen. Auf keinen Fall aber würde sie vor ihm heulen. Sie wandte sich zum Gehen.

»Warten Sie. Sie müssen noch nicht gehen.«

Widerstrebend wandte sie ihm wieder das Gesicht zu. Wenn er seinen Ärger an ihr auslassen wollte, dann war das wohl sein gutes Recht. Wenigstens konnte sie frei von hier fortgehen, wenn er fertig war.

»Warum ist Marian nicht gekommen?« Seine Stimme hatte ihre Schärfe verloren.

»Sie hat Ihnen doch gesagt, warum. Es wäre einfach zu schwer. Für Sie beide.«

Er funkelte sie mit verkniffenem Mund an.

Sie starrte zurück und auf einmal ging ein Ruck durch sie. Plötzlich erkannte sie seinen Gesichtsausdruck, seine Haltung als das, was sie waren – mickrige Bollwerke gegen einen unvorstellbar tiefen Schmerz. Es war, als sei er aufgeknackt worden und erlaube ihr einen Blick in seine Seele. Es tat ihr weh für ihn. *Herr, kann ich ihm irgendetwas sagen, das ihm zeigt, wie Leid es mir tut?*

»Gavil«, sagte sie sanft, »soll ich ihr etwas von Ihnen ausrichten?«

Er rührte sich nicht.

Sie wartete. Schließlich senkte sie den Blick, drehte sich zur Tür. Griff nach der Klinke.

»Ja.«

Ihre Finger blieben auf dem kühlen Metall liegen, abwartend.

»Sagen Sie ihr, es täte mir Leid, die Sache mit Sonya vor ihr verheimlicht zu haben.« Er schnaubte bitter. »Wie sich herausgestellt hat, war sie es eh nicht wert.«

Chelsea sagte nichts, als ihr wieder die Tränen kamen.

»Und was diesen Kaplan betrifft, den sie geschickt hat«, schnappte Gavil, »sagen Sie ihr, sie soll sich keine Mühe machen. Ich habe keine Lust, mir dieses Gott-Geschwafel anzuhören. Mein Leben – *unser Leben* – war *wunderbar*, bevor dieses ganze Zeug angefangen hat.«

Die Tränen liefen Chelsea über das Gesicht. Gavils hartes Herz stand wie eine greifbare Wand zwischen ihnen. Ein Teil von ihr wollte sich vor ihm auf die Knie werfen, ihn um Vergebung bitten und ihm dann gewaltsam die Augen für Gottes heilende Kraft öffnen. Doch sie wusste, das konnte sie nicht. Er würde nicht hören – nicht auf sie, nicht auf Gott. Es gab nur noch eins: beten, dass Gott ihn schließlich doch noch erreichen würde.

»Ich werde es ihr ausrichten.«

Chelsea öffnete die Tür und ließ ihn allein.

Sie folgte dem Gerichtsdiener auf wackeligen Beinen zurück durch den Gang, während die Schuldgefühle wie Fluten über ihr zusammenschlugen. »Gott«, betete sie, »ich brauche deine Kraft jetzt mehr denn je.«

Als Chelsea durch die Gerichtssaaltür trat, um wieder zu ihrem Mann zu kommen, kam ihr der weise Ratschlag von Gladys in den Sinn. »Immer wenn diese Schuldgefühle ihren hässlichen Kopf heben«, hatte sie erklärt, »sagst du ihnen einfach, sie sollen sich zu dem scheren, der sie geschickt hat. Gott hat dich dies alles nicht von ungefähr durchmachen lassen, Chelsea. *Glaub nur*. Er wird deine geistliche Gabe auf ganz neue Weise gebrauchen. Du musst nur den Blick fest auf ihn gerichtet halten.

Jederzeit.«

LESEPROBE

Wenn Sie bis zu dieser Seite ausgehalten haben, dann können wir Ihnen guten Gewissens weitere Bücher der Autorin empfehlen, zum Beispiel:

Brandilyn Collins, **Wohin führst du mich?** Roman
Verlag Johannis, Lahr, 2002, 352 Seiten

KAPITEL 1

Als ich meine Mutter zum letzten Mal lebend sah, war sie auf dem Weg zu den Armen.

Sie trug eines ihrer Lieblingskleider, ein blaues Baumwollstrickkleid mit einer Schärpe in der Taille. Sie hatte es schon seit Jahren. Nicht dass es besonderen Stil gehabt hätte, aber es gefiel ihr, weil es bequem und leicht zu waschen war. »Das Kleid ist genau richtig«, entgegnete sie jedes Mal, wenn ich jammerte, sie habe es so oft im Hope Center an, dass die Leute schon denken müssten, sie ginge damit zu Bett. Wenn sie zur Arbeit ging, kleidete sie sich sorgfältiger, stärkte ihre Blusen und besserte die alten Röcke geschickt aus, damit man ihr nicht ansah, dass sie eigentlich keine richtige Garderobe besaß. Dazu trug sie eines ihrer drei Paar Billig-Ohrringe, manchmal eine schlichte Kette. Doch im Center kam Schmuck überhaupt nicht in Frage, würde er sie dort doch nur behindern oder, schlimmer noch, die Heimatlosen und Hungernden daran erinnern, dass ihre Bedürfnisse weit unter unseren lagen. Das blaue Baumwollkleid war schon von schreienden Babys besabbert, von Kindern mit Suppe bekleckert und sogar vom krampfhaften Griff einer ängstlichen jungen Mutter zerrissen worden. Wenn Mutti sich nach einem weiteren langen Abend im Hope Center nach Hause schleppte, wenn ihr die Müdigkeit in das schöne Gesicht geschrieben stand und sich eine dicke Strähne ihres dunklen, kastanienbraunen Haars aus dem Zopfgummi gelöst hatte, schüttelte sie gutmütig den Kopf, wie mitgenommen ihr Kleid wieder aussehe. Dann wusch sie es mit der Hand und hängte es zum Trocknen bis zum nächsten Mal auf.

Ich half oft an Muttis Seite im Center aus. Nachdem ich mit Hausaufgaben fertig und ihr Arbeitstag als Rezeptionistin bei einer Versicherungsgesellschaft beendet war, aßen wir schnell eine Kleinigkeit und fuhren dann zu dem zweistöckigen Backsteinhaus in der Innenstadt von Cincinnati, wo Arme Nahrung und Unterkunft fanden. Samstags ging ich immer mit. Bis auf jenen Samstag. Ich hatte in der folgenden Woche meine Abschlussprüfungen vom zweiten High-School-Jahr und Mutti hatte darauf bestanden, dass ich zu Hause bleiben und lernen solle. »Dann musst du aber auch zu Hause bleiben«, hatte ich gebettelt. »Du bist erschöpft und hast dir schon seit Wochen keinen freien Tag mehr gegönnt. Lass dich doch vertreten, nur dieses eine Mal.«

»Oh, das geht nicht«, hatte sie sanft erwidert. »Ich habe doch der kleinen Jianying und der ganzen Rasselbande versprochen, ihnen heute vorzulesen, und dann muss ich ja auch noch die Stunde zum Thema Bewerbungsgespräche halten. Außerdem ist Brenda krank, deshalb muss ich zusehen, dass in der Küche nichts anbrennt.« Brenda Todd hatte das Center zehn Jahre zuvor gegründet und leitete es. Mutti war acht Jahre lang ihre »rechte Hand« gewesen.

Und so kam es, dass meine Mutter mich an jenem entsetzlichen Samstag zum Abschied küsste, aus der Tür unseres kleinen Mietshauses trat und die Veranda hinunterging, um davonzufahren. Ich folgte ihr, immer noch protestierend. »Dann lass mich wenigstens mitkommen. Vielleicht kann ich beim Essenmachen helfen, dann kannst du nach dem Unterricht gleich nach Hause. Ich werd schon jemanden finden, der mich mit zurücknimmt. Und außerdem habe ich morgen noch den ganzen Tag zum Lernen.«

Sie legte ihre Hände mit sanftem Druck auf meine Schultern. »Nein, Jessie. Bleib hier und lerne. Vielleicht finde ich ja jemanden, der mich morgen vertreten kann. Ich hätte nichts dagegen, wieder einmal so richtig auszuschlafen.« Sie lächelte und versuchte, ihre Müdigkeit zu verbergen, als sie in unseren verbeulten Chevy Impala schlüpfte.

Dieses Lächeln werde ich nie vergessen. Es hat sich in mein Gedächtnis eingegraben wie in Diamant geschliffen. Ich sehe ihr blaues Kleid vor mir; die Blässe ihrer ungeschminkten Wangen; die Wärme ihrer braunen Augen. Als sie ihre abgewetzte weiße Handtasche neben sich auf den Sitz legte, klappte der gebogene Henkel nach vorn. Irgendetwas an dieser alten Tasche ließ mir das Herz schwer werden. Ich dachte an den langen Dienst, den sie schieben und – wie üblich – nichts dafür bekommen würde. Wie viele Kleider, wie viele Handtaschen hätte sie sich nicht schon kaufen können, wenn sie ebenso viel Zeit ans Geldverdienen verwandt hätte?

Mutti hatte selbst kein leichtes Leben gehabt, aber immer dachte sie an andere. Ihr Mann – mein Vater – war fortgegangen, als ich noch ein Baby war, hatte sie sitzen lassen mit nichts anderem als dunklen Erinnerungen an seine Trinkerei. Jahre später war er betrunken irgendwo in einer Kneipe am anderen Ende von Ohio bei einer Messerstecherei ums Leben gekommen. Ihre einzige Schwester lebte in einer kleinen, abgelegenen Stadt in Kentucky und die beiden sahen einander selten. Und von ihren Eltern hatte Mutti sich schon Jahre vor deren Tod entfremdet. Nachdem unser erster und einziger Besuch bei ihnen ein fürchterlicher Reinfall gewesen war, hatte ich mit der ganzen Entschiedenheit einer Zehnjährigen erklärt, dass wir niemals mehr dorthin gehen würden. Binnen vier Jahren nach diesem Besuch war ihr Vater an Leberschrumpfung und ihre Mutter an Herzleiden gestorben.

Als Mutti den Schlüssel ins Zündschloss steckte, erstarb dieses Lächeln, das mir unvergesslich ist, auf ihren Lippen. Dann schlossen sich für einen winzigen Moment ihre Augen und ich sah, wie ein Ausdruck der Verzweiflung über ihre Züge huschte. Die Angst um sie versetzte mir einen Stich und ich wollte gerade wieder ansetzen, sie zum Bleiben zu überreden, als sich ihre Augen öffneten. Sie bemerkte, dass ich sie anstarrte, und der Ausdruck verschwand. Sie lächelte wieder, ein bisschen zu fröhlich.

Das Auto sprang an und rollte langsam vom Bordstein. Ich sah, wie sich ihre linke Hand hob, die Finger gespreizt. Es war ein kleiner, vertrauter Gruß. »Danke für deine Fürsorglichkeit«, schien er zu sagen, »aber du weißt doch, ich schaff das schon.« Ich winkte zurück, brachte ein schwaches Lächeln zustande.

Mit einem sorgenvollen Seufzen sah ich Mutti langsam unsere Straße hinunterfahren und rechts abbiegen. Dann war sie außer Sicht. Zwei Häuserblöcke weiter würde sie links abbiegen und die Viewridge erklimmen, die sich den Berg hinaufschlängelte und nach einigen Kurven wieder in mein Blickfeld kam …